（南昌大学哲学社会科学学术精品培育资助项目）

国家社科基金项目"20世纪以来中国大学叙事研究"（编号 13BZW114）成果

U0507199

20世纪以来
中国大学叙事研究

李洪华　著

上海三联书店

读书·书简之一:《20世纪以来中国大学叙事研究》(代序)

洪华,你好:

春节前你伉俪由赣来沪,欢聚小酌间,我说我会尽快拜读你的新著。当时嘴上虽这么说着,心里却没有把握,因为我担心马上到来的春节期间人来客往,影响读书。没有想到一场疫情改变了人们的生活方式,大家都变作《十日谈》中的说故事人。于是我很快读完了你的书稿,现就你所研究的20世纪文学中的大学叙事,谈一点不成熟的想法。

我先要申明,我对这个课题没有做过深入研究,只是粗粗读了你的新著,引起了一点思考,说出来就教于你。应该说,你选了一个很好的研究课题。"五四"新文学缘起于北京大学发起的新文化运动,新文学作家最早诞生在大学校园,虽然大学在当时的中国还屈指可数,却离新文学最近,与新文学的关系最密切。那么,为什么如你所说,文学史研究者都偏重于乡土题材、市民题材和知识分子题材的作品,却很少有人关注到最熟悉的大学题材?——教育题材倒是有的,主要偏重于中学以及中小学教员之间展开,而忽略的是近在身边的大学校园。这也是陈平原教授从更加广泛的意义上提出的问题:为什么大学叙事"很难进入文学史视野"①?这个问题不是针对文学创作本身,而是针对了"文学史视野",也就是责问文学史研究者:为什么视而不见"大学叙事"。不过,平原兄在这个问题上

---

① 陈平原《文学史视野中的大学叙事》,《北京大学学报》2006年第2期。

做出了一点小小的修正,从"大学题材"变作了"大学叙事"。这是不一样的,大学题材指的是文学创作中与大学相关的主题、事件和意义所在,然而大学叙事则可以理解为大学背景下的一切叙事,如平原兄在论文里所分析的材料,主要是回忆性散文,尤其是关乎"老大学"的逸闻传说。这与文学创作中的正儿八经的"大学题材"还是有很大区别的。

你的新著是在"大学叙事"的基础上又推进了一步,把大学叙事的概念扩大了,在"大学"这个背景下,知识分子叙事、青春浪漫叙事、留学生叙事都纳入其内。"五四"新文学初期的文学创作,在乡土题材、市民题材以外,大多数知识分子题材、爱情题材的叙事,背景都可能是发生在大学里的;异国题材中,留学生的故事也是异国大学故事的一部分。以这样的角度来看,大学叙事就被洋洋大观地呈现出来,大学题材也就呼之欲出了。

在你的文学史框架下,"大学教授"、"大学生"、"留学生"的标识从一般知识分子形象中被分离出来,成为独立的文学形象群体。这是很有意义的视角。从时间上说,最早的一篇新文学白话小说《一日》(后收入小说集《小雨点》)就是描写留学生生活的,描写了不同国家的学生之间的交流和友谊;上世纪 20 年代庐隐的《海滨故人》则更是大学校园生活的代表作;鲁迅的小说中通常不被人关注的《高老夫子》的意义,就不仅仅是一篇讽刺小说,而是作家开创性地把笔墨伸进了大学课堂,从性心理的角度来探讨师生之间的关系。——毫无问题,这个叙事角度后来成为从《八骏图》一直到"市场经济时期的大学叙事"中许多作品的滥觞。创造社的作品就不用再分析了,"留学生题材"更加鲜明地凸显了异国大学的场景,而鲁迅的《藤野先生》,把文学笔墨又一次伸进了异国的大学课堂。这样看来,你对新文学初期的大学叙事分析,不仅仅只是替换了一个分析角度,而确确实实赋予了一批作品新的意义。

你的新著题目是《20 世纪以来的中国大学叙事研究》,前五章是用文学史框架对"大学叙事"做了全面扫描,把文学史分作五个时期没有问题,但具体到大学叙事的流变脉络,第一章对"文化启蒙时期的大学叙事"的描绘还是稍显简略。大学叙事可以分作"教授叙事""学生叙事"以及"留学生叙事",由此进入文学叙事的"大学想象"。但是我总觉得在这些叙事中,还没有直接切入大学体制中的重要问题。也就是说,在大学教授、大学生之间,应该有某种特殊的人事关系,而这些"关系"又构成大学与时代社会的联系,这是别的题材所不能够取代的。我们随便举个例子,老舍的名著《骆驼祥子》是一部写人力车夫悲惨命运的长篇小说,当然不属于大学题材,但是祥子的人生命运却与大学有关,那个曹先生,应该是在大学里教书的,平时也喜欢在课堂里讲讲"社会主义",自命为"社会主义者"。有个坏学生阮明读书不用功,考试不及格,就去举报曹先生在课堂里讲"社会主义",是"共产党",于是就出现了国家机器的小爬虫孙侦探,把祥子辛苦积蓄的买车钱给抢走了。我们撇开祥子的故事不说,在曹先生的故事里,就有教授—学生—学校当局三者的关系:教授在课堂里讲社会主义,被学生举报告密,引起学校当局(通过国家机器"孙侦探")的迫害。我不知道这种关系里是否还隐含了国民党当局对学校的"党化"教育与控制。这才是大学叙事中很重要的环节。

如果我们进一步把纪实性散文(**包括杂文**)也列入考察对象,那么,文学中的大学叙事揭露了更加直接、尖锐的学院政治冲突——我指的是上世纪20年代女师大的学潮风波,周氏兄弟与陈西滢的论战以及对杨荫瑜校长、章士钊总长的批判,这里既有教授与学生之间的关系,又有学校当局与教授、学生之间的冲突,还有教授与教授之间的冲突,最后政府部门的介入……社会上血淋淋的现实总是比文学虚构的故事要深刻得多,也惊心触目得多。

如果从大学叙事的角度来梳理文学史,那么,老舍先生的《赵子曰》应该给以更多的关注。我们以前不怎么讨论这部书,因为它对学生运动做了反面的描写,就像老舍在《猫城记》里对社会革命做了反面描写一样。这是作家的大学叙事与现实中的大学教育状况之间更为复杂的关系的反映。其实任何一部文学作品,都包含了作家主体对社会事件的判断,且不讨论具体事件的对与不对,从抽象的意义上来看,作家的忧虑里也包含了某种警世的意义。老舍青年时当过小学校长和教育部的劝学员,对学生运动天然的不喜欢,在《赵子曰》里他写学潮,一批坏学生把老校工的耳朵割了,校长也挨打了,还破坏了学校的公物。其实这个场景如果放到经历过 60 年代学潮的人的经验里,算得了什么呢?这难道就不是大学叙事中的一个负面元素,反映出特定时代下的社会现象吗?而且,作家的这种批判性的立场应该成为研究大学叙事的重要参照系,一直可以贯穿到《围城》以及更往后的当代文学中的大学叙事。

从第二章到第五章,你非常完整地分类描述了文学史视野下的大学叙事。民族救亡时期的不辍弦歌,社会主义革命时期的校园烽火,思想解放运动中的改革前哨,市场经济时期的教育伦理失范等等,社会主流、支流、旁流,都进入了你的研究视野。我很佩服你的勤奋,孜孜不倦,搜集到那么多的作品,几乎把涉及到大学叙事的小说都归纳进来,加以分析、归类和提炼,写成了一份资料详尽、论述丰富的文学史长卷。可惜你的研究下线到 2015 年前后,其实还可以往下延伸一点,把最近几年问世的几部大学叙事力作也归纳进去,这样就把"大学叙事"这个领域完整地呈现给读者。当然这只是你的研究的第一步,我真心希望你继续深入研究,这个课题的研究才刚刚开始,富有持续研究的价值,你不要浅尝辄止,咬定青山不放松,最终一定会做出较大的成绩来。

我这么说,不仅是鼓励你,也是对我自己的一种鞭策。说来也很惭愧,你书中第五章所罗列分析的许多长篇小说,我都没有读过,一来是工作实在太忙,时间不够,其次是——说实话,我对这类大学叙事作品不太喜欢,也许是我自己身在校园里生活了四十年,对于大学在当下的意义及其社会功能,都已经形成了自己固定的看法,所以对当下文学中的"大学叙事"总有点不以为然,至少觉得离我的实感经验比较远。但是读完你的论著,让我产生了很大的兴趣,我决心把最近出版的一些大学叙事作品找来读一下。今天听说疫情的拐点还没有出现,所以我们还必须继续实行自我隔离,我本来就决心在这次隔离中把已经欠下的文债都还清了,接下来就可以轻松上阵,现在我又给自己加了一份"任务",好好读几本小说,如有新的体会,当再与你一起分享分享探讨。顺致全家问候,保重身体。

陈思和

2020 年 2 月 8 日

目　录

导　言

　　自"五四"以来,大学便作为一个独特的叙事空间进入了现代作家的文学视野。20世纪以来,随着文化语境的嬗变,不同时代的大学呈现出不同的精神风貌,关于大学的文学想象和叙述方式也各不相同。大学作为一种有意味的叙事空间,不仅具有物质要素的"使用功能",而且具有精神载体的"表达功能"。大学叙事使大学空间故事化、情节化、形象化,营造出多元的情感体验和深度的感染力。不同文化语境中的大学叙事塑造出不同的大学形象,折射出不同的时代精神。大学不仅创造和传承学术文化,而且凝聚和彰显时代精神,不同文本中的大学形象及其折射的精神气候各不相同。不同时期的大学叙事生动描写了各个历史时期学院知识分子的生存状态和精神品格,集中表现了20世纪中国现代知识分子的精神轨迹。大学叙事蕴含着创作主体对大学体制和精神文化的反思,它们不仅是创作主体对大学人物、事件的怀旧与想象,也是对大学体制、精神、文化的反思与重构,指向大学的历史、现状和未来。20世纪以来的大学叙事既借鉴西方现代叙事经验,也传承了中国古代叙事传统,大大丰富了中国现代小说的艺术经验。在20世纪中国文学乃至思想文化视野下,系统研究20世纪以来的中国大学叙事,分析大学叙事艺术形态,总结大学叙事的艺术经验与不足,见证中国现代大学的历史变迁,反思中国大学文化精神,探析中国现代知识分子的生存状态和精神轨迹,不仅具有重要的学术价值和美学价值,而且对构建和发展中国特色社会主义的文化教育事业具有重要的现实意义。

一、大学与大学叙事

在词源学上,"大学"(university)一词源自拉丁语"universitas"。在中世纪的欧洲,随着城市的发展和商人行会的出现,产生了一种被称为"universitas"(教师行会)的教师联合组织。经由教皇特权许可,教师行会在世俗政权和宗教势力之间获得了相对稳定独立的位置,并在一定程度上为教师提供了传授知识和研究学问的自主权,以免受到地方政府和宗教势力的干涉。一旦自治权利受到外部势力的威胁和干涉,大学通常采取举校迁移和停止工作等方式以示抗议①。因而,大学自治和学术自由是现代大学信守的核心价值和伦理精神。众所周知,虽然中国古代就有"太学""国子监"和"书院"等不同形式的培养高级人才的教育机构,但是它们显然不是现代意义上的大学。晚清以来,西方列强的坚甲利炮击碎了"天朝大国"闭关锁国的大梦。大批有识之士开始"睁眼看世界",从最初"师夷长技以制夷"的洋务运动开始,从器物到制度,再到思想文化,在各个层面循序渐进地学习西方。中国现代意义上的大学就是在近现代以来西学东渐潮流的冲击下和社会深刻变革的基础上产生和发展起来的。19 世纪末,北洋公学(1895 年,天津大学的前身)、南洋公学(1896年,西安交大和上海交大的前身)、京师大学堂(1898 年,北京大学前身)等的相继成立,标志着中国近代大学的产生。20 世纪初,自清政府颁布"癸卯学制",引进西方现代学科门类,改革大学课程体系和教学内容起,至民国初期,蔡元培"仿德国大学制"②进行大学改革,倡导兼容并包、学术自由、教授治校等现代大学理念,中国现代大学体制才得以真正建立。二十年代后期至三四十年代,国民政府仿效欧美大学体制,制定实施大学教学规程和聘任制度,革命救亡时期的大学仍然在一定程度上得到发展。

① 海斯汀·拉斯达尔:《中世纪的欧洲大学》(第一卷),重庆大学出版社,2011年,第 16 页。

② 蔡元培:《自写年谱》,《蔡元培全集》(第七卷),中华书局,1989 年,第 312 页。

建国后至"文革"爆发前的十七年间,中国高等教育被纳入社会主义建设的总体框架,要为社会主义政治和经济建设服务,五十年代初更是进行了一场全国性的高校"院系大调整",把民国时期形成的"欧美模式"的大学体制改造为"苏联模式"高等教育体系。这场高等教育体制改革虽然在短时期内适应经济快速增长的需要,然而,从更长远的角度来看,它对中国大学健康发展的负面影响不容忽视。"文革"期间,为了"彻底搞好文化革命",领导层开始进行了教育制度的"彻底改革"①,大学一度停止上课,高考招生制度被废除。虽然后经最高领袖"指示"②,大学恢复招生,但那些肩负"上、管、改"政治使命的工农兵学员,都把主要精力耗费在政治运动和劳动实践中,大多数人的知识水平还不如"文革"前的中学生,而他们的老师则大多在"革命大批判"的改造中被迫走下讲坛,放弃学术。对此,有学者指出,接踵而至的政治激进运动"完全改变了中国大学的独立性,同时也几乎摧毁了大学这样一种体制"③。"文革"结束后,新时期之初,随着高考制度的恢复和思想解放潮流的到来,大学校园内焕发出勃勃生机。然而,随着改革开放的深入,相对滞后的高等教育体制越来越与校园内觉醒了的自我意识和不断增长的精神需求发生了难以调和的矛盾冲突,大学教育改革的呼声此伏彼起。九十年代以来,在市场经济和各种评估制度的导引下,中国大学进入到一个以规模和数量急剧扩张为主要特征的"高速发展"期,大学校园在一定程度上也成为了金钱和权力角逐的名利场,学院知识分子渐趋失去了昔日的精英意识和理想主义风格,以大学独立、学术自由、教授治校为核心价值的大学精神遭遇危机和质疑。当然,需要指出的是,无论是中世纪以来西方大学的发展,还是百年来中国大学

----

① 本报评论员:《彻底搞好文化革命,彻底改革教育制度》,《人民日报》,1966年6月18日。

② 1968年7月21日,毛泽东在《人民日报》关于《从上海机床厂看培养工程技术人员的道路(调查报告)》的编者按中批示:"大学还是要办的,我这里主要说的是理工科大学还要办,但学制要缩短,教育要革命,要无产阶级政治挂帅,走上海机床厂从工人中培养技术人员的道路。要从有实践经验的工人农民中间选拔学生,到学校学几年以后,又回到生产实践中去。"这段话后来被称为"七二一指示"。

③ 韩水法:《世上已无蔡元培》,《读书》,2005年第4期。

的变迁,完全意义上的大学自治与学术自由只能是一个乌托邦式的大学想象,在社会现实中几乎不可能实现。正如杰拉德·德兰迪在《知识社会中的大学》中所认为,大学在其发展的四个历史阶段都难以挣脱外部力量的制约,即从中世纪教会势力的围剿中突围后又陷入政治、国家等政治组织制度的泥潭;当科技革命爆发、经济全球化开始,大学又不得不从属于以市场为代表的经济力量,被动地充当起了知识生产者和知识使用者之间的交流场域;在后现代时期,随着时局的变更,工具主义和实用主义又成为左右大学的两股重要力量,一时间,大学半推半就地放下了自己高贵的身段向权力、金钱和美色看齐①。

所谓"大学叙事",本文指的是以大学校园为主要叙事空间,以各类大学人物为主要描写对象,并由此表征不同大学形象和精神气候的小说作品。在 20 世纪以来的中国文学发展进程中,大学叙事与大学之间有着相生相随的密切关联。首先,从创作主体来看,大学是培养包括作家在内的知识分子的摇篮,是知识分子生活的社区。20 世纪以来大学叙事的作者都有过直接或间接的大学生活经历,或者在大学校园度过了青春浪漫的学生时代,或者在大学校园有过终生难忘的职业经历,大学对创作主体人生观、价值观的形成有着十分重要的影响。作为创作主体的作家,既是实践主体,也是精神主体②。在创作实践中,大学叙事的作家们与实践对象——大学之间建立起主客体关系,主体既按照自己的方式进行创作实践,又必须遵循客体对象的事实存在和既有逻辑。因而,不同背景和身份的创作主体对大学的想象方式和情感态度各不相同。譬如早年没有大学经历的作者,其大学想象常常缺少自我认同感,叶圣陶、沈从文、老舍等在大学叙事作品中就很少对大学校园风物景观进行耐心细致的描写,对大学人物的描写也几乎都持嘲讽和批判态度,这些不难从《英文教授》《八骏图》和《赵子曰》等小说中人性扭曲的大学教授和不学无术的大学生那里得到见证。正如老舍在谈及《赵子曰》时所说:"虽然我差不多老没和教育

---

① 杰拉德·德兰迪:《知识社会中的大学》,黄建如译,北京大学出版社,2010 年。
② 刘再复:《论文学的主体性》,《文学评论》,1985 年第 6 期。

事业断缘,可是到底对于这个大运动是个旁观者。看戏的无论如何也不能完全明白演戏的。"①其次,从叙事文本来看,虽然小说通常被认为是虚构的叙事艺术,但是任何叙事作品都必须要面对所要维持其存在的历史现实和生活世界,没有人可以使其作品完全脱离于现实生活世界而得以产生和发展,无论其所述事件的真实与否。自"五四"以来,大学便作为一个独特的叙事空间进入了现代作家的文学视野,大学校园给大学叙事提供了各类大学人物丰富多彩的生活空间和纷繁复杂的精神世界。程树榛在《大学时代》的"后记"中说:"我的大学时代,就是我记忆之窗留下的最绚丽的一段","我那时,就生活在这样的天地里,生活唤起了我的情思,激发了我的灵感,于是,我拿起了笔","我用赤诚的心,描述了一群有理想、有志气、有献身精神的大学生为了科学、为了真理,敢于在艰难险阻中攀登、敢于在坎坷中抗争的故事"②。康式昭、奎曾也在《大学春秋》的"后记"中说,这部小说来源于他们"相近的经历和相同的感受","旨在反映第一个五年计划时期党对青年学生培养教育","今天,在为祖国的四个现代化而勤奋学习、努力工作的青年朋友们,也许很想了解祖国开始社会主义建设的五十年代的大学生活,了解那个时期大学生们的理想、志趣、学习、工作、友谊、爱情、欢乐、苦恼,并从中获得一些有益的启示,那么就请读一读这部小说"③。一时代有一时代之大学,同一时代之大学也往往各不相同,因而,不同时代或同一时代的大学叙事文本所呈现出来的大学形象各不相同。同样是四十年代抗战时期的大学想象,鹿桥的《未央歌》呈现了一个诗意浪漫的西南联大,而钱锺书的《围城》则描画的是一个蝇营狗苟的三闾大学。面对同一个北京大学,五十年代杨沫的《青春之歌》注重的是"政治北大"的形象,八十年代张中行的《负暄琐话》追忆的是"学术北大"的传统,而新世纪张者的《桃李》则影射了一个"世俗北大"的形象。最后,从读者接受来看,具有主体性的读者在接受作品的同时也参与了文学

①　老舍:《我怎样写〈赵子曰〉》,《老舍全集》第 16 卷,人民文学出版社,1999。
②　程树榛:《大学时代》,人民文学出版社,1980 年,第 586—587 页。
③　康式昭、奎曾:《大学春秋》,人民文学出版社,1981 年第 682—683 页。

史的构建。在尧斯看来,如果一部文学作品的历史生命里缺少了接受者的积极参与"是不可思议的"①。有学者认为,接受者的主体性主要表现为:一是在接受过程中的自我实现;二是在接受过程中的审美创造②。在20世纪以来的大学叙事中,接受者参与文本建构的典型案例莫过如《青春之歌》的改写。《青春之歌》初版后,引起了广泛关注,《中国青年报》和《文艺报》等官方媒体甚至组织读者进行相关讨论,并提出了"许多意见",其中主要有三个方面:"一、林道静的小资产阶级情感问题;二、林道静和工农结合问题;三、林道静入党后的作用问题。"尽管杨沫在在承受着巨大精神压力的情况下为自己的最初创作进行了谨小慎微的"辩护":"小说中的人物已经变成客观存在的东西,它的发展有它自己的规律。如果作者不洞悉这种规律,不掌握这种规律来创造人物,那就会歪曲人物,就会写出不真实的东西来。"但是,杨沫还是基本上吸收了"各种中肯的、可行的意见","在党的社会主义建设总路线和大跃进的形势鼓舞下",对小说进行了符合主流意识形态规范要求的修改:删除了林道静"不够健康"的小资产阶级感情,"增加了林道静在农村的七章和北大学生运用的三章"。此外,杨沫还对批评家和广大读者的"监督、支持与帮助"表示了感谢,并对自己的修改留有余地:"不过因为时间的仓促,因为生活经验的不足,更因为自己政治水平不够高,这部小说可能还存在许多缺点"③。尽管如此,在随后到来的激进政治运动中,杨沫及其《青春之歌》仍然难逃遭受各种批判和打击的厄运。综上所述,大学是大学叙事的生活依据和创作源泉,大学叙事是大学的文学想象和形象呈现。没有大学,大学叙事无以依凭;缺少大学叙事,大学形象无法呈现,二者之间相生相随,不可或缺。

二、大学叙事研究

20世纪以来,中国大学叙事创作可谓异彩纷呈,自成一脉,它们以文

① 尧斯:《接受美学与接收理论》,辽宁人民出版社,1987 年,第 3 页。
② 刘再复:《论文学的主体性》,《文学评论》,1986 年第 1 期。
③ 杨沫:《青春之歌》,人民文学出版社,1979 年,第 673—675 页。

学审美的方式呈现并反思了中国现代大学的历史变迁和精神风貌,塑造了形态各异的知识分子形象,集中表现了不同时期中国现代知识分子的精神轨迹,无疑具有十分重要的文学史、文化史乃至思想史意义。然而,关于 20 世纪以来中国大学叙事的相关研究却长期未能得到足够重视。目前已有的中国现当文学史著作,几乎没有提及"大学叙事"这一概念,更没有把它作为一种小说类型加以关注,虽然有些学者在文章中论及了"大学叙事",但并未对其进行学理上的界定和系统的研究。目前关于大学叙事的相关研究主要在以下几个方面展开:一是在知识分子题材小说的框架内论及大学叙事的相关方面;二是论及一段时期大学叙事或大学叙事的某些方面;三是对部分作家大学叙事进行讨论,主要以文本阐释为主,较少进行理论归纳和系统研究。

(一)在知识分子题材小说的框架内论及大学叙事的相关方面。代表性成果有王卫平的《中国现代知识分子小说史论》、赵园的《五四时期小说中的知识分子形象》、蓝天的《五四小说中知识分子形象的类型及其价值趋向》、任晓楠的《在规训中"成长"——建国后十七年长篇小说中知识分子形象的叙事策略》、易晖的《新时期小说中知识分子的身份意识研究》、汪翠萍的《新世纪小说中的知识分子形象建构》等。王卫平认为,现代知识分子题材小说的中心冲突是个人与社会的冲突,形象的主要特征是"文人无用"与"文人无行",身份认同经历了自我认同、革命认同和人民认同。赵园认为,"五四"小说中的知识分子形象在心理内涵上表现出"向个人"和"向社会"这一对矛盾,与现代知识者在五四时期以至整个新民主主义革命时期的精神历程相应。蓝天认为,"五四"小说中的知识分子形象,鲜明地体现出孤独、彷徨、虚无的情绪特征,普遍呈现出"时代精神"与"时代情感"的矛盾冲突。任晓楠认为,"十七年"小说对知识分子形象的塑造遵从一种安全的叙事模式——成长叙事,在无产阶级革命的烈火中,小资产阶级知识分子必须经历一个"再锻炼、再教育和再改造"的过程,在精神取向上表现为对工农情感世界的体认。易晖认为,新时期小说中知识分子的身份意识经历了文化认同与社会关怀、自我建构与解构、世俗语境下的认同危机。汪翠萍认为,新世纪知识分子题材小说在严肃探索与商品追逐中多元发展,一方面延续传统知识分子小说的基本内容,另一方面有意无意地抹去理想、启蒙、诗意特征,着力渲染物质狂欢和身体欲望,表现出世俗化、日常化、去精英化的知识分子书写模式。虽然上述论者主要讨论的是知识分子题材小说,但毋庸讳言,大学叙事是其中重要的组成部分。

(二)论及一段时期大学叙事或大学叙事的某些方面。陈平原的《文学史视野中的"大学叙事"》是此类研究的重要成果,是目前唯一一篇把"大学叙事"置于中国现当代文学史视野中进行考察的论文,论者分析了不同时期的大学叙事对时代思想变迁的投射,反思了大学文化精神的实质。但遗憾的是,论者讨论的对象主要是钱锺书的《围城》、鹿桥的《未央歌》、杨沫的《青春之歌》和张中行的《负暄三话》,而忽略了20世纪以来大量的大学叙事,并认为"标榜'平民文学'的新文学家,不太愿意将笔触对准优雅的大学校园",显然并不符实。冯肖华的《当代大学生题材创作的三股浪潮》把当代大学生题材创作分为五六十年代、七十年代和八九十年代三个时段,认为三股创作浪潮分别勾画出三个时期大学生的不同面貌:五六十年代的热血报国的奉献精神;七十年代的盲从率真和创伤梦醒后的抗争;八九十年代的融入改革,与时代和弦共奏。在主题上,三个时期的作品大致涉及了伦理道德、理想与信仰、人际关系、青年的爱情观、要求改革五个方面,揭示了大学生丰富的精神世界及新的思想理念,塑造了一批诸如许瑾、秦江、郭凯、岳明辉、梁晓菌、梁亮等当代大学生的典型。叶晓雯的《综论近年来中短篇小说中的大学生形象》把新时期初期大学叙事中的大学生形象分为勇敢探索者、思想僵化者、扭曲畸形者等三种类型,概括出他们所经历的狂热追求、冷静思考和振兴中华三个成长阶段。刘卫东的《论新世纪长篇小说中"大学叙事"的不足与缺失》分析了新世纪"大学叙事"的焦虑心态及其表征,认为"大学叙事"没有提出合理开放的价值评判体系,价值取向的多元化导致了知识分子选择的焦虑化。此外,一些研究大学叙事的硕博论文值得关注,如翟二猛的《中国现代文学中的大学叙事》、郑飞的《建国以来大学题材长篇小说论》、周晨的《转型期中国小说大学叙事研究》、邓慧的《论1990年代以来的"大学叙事"》等。

（三）对部分作家大学叙事的阐释分析,这类研究文章最多。如温儒敏的《〈围城〉的三层意蕴》分析了《围城》主题意蕴的三个层面:生活描写层面、文化反省层面和哲理思考层面。宋遂良的《追求人格的完备与完善——读长篇小说〈未央歌〉》认为,《未央歌》是一部人道主义的杰作,它对人的生存现状,对人格完善的探讨,对人的心灵痛苦的关怀和抚慰,对人生艰辛的浩叹,都进入到一个较深的层次。张劢《〈大学春秋〉:十七年文学中的大学叙事》以《大学春秋》为例,分析五六十年代大学校园学术理念与政治意识相克相生的思想倾向。王柑琪的《别样的青春:〈青春之歌〉里的大学叙事》结合"十七年"文化语境,分析了《青春之歌》充满革命色彩排斥学术氛围的大学想象。张帆的《90年代学院知识分子小说三家论》分析了格非、李洱、徐坤的学院知识分子小说,把它们分为纪实性叙事、反讽式叙事和寓言式叙事。颜敏的《90年代以来的"大学叙事":十部长篇小说读记》结合转型时期语境,从自我认同的危机、人生的迷惘和人性的迷失等三个方面阐析了《裸体问题》《欲望的旗帜》《大学潜规则》《沙床》《风雅颂》《桃李》《大学纪事》和《所谓大学》等90年代代表性的长篇大学叙事的主题意蕴和学院知识分子形象。此外,吴义勤的《崩毁的"象牙塔"》、陈晓明的《校园生活"后青春期"的绝唱》、周平远的《令人堪忧博士点》、马彩娥的《守望大学精神》等分别结合马瑞芳、张者、南翔、汤吉夫等大学叙事文本,反思了市场经济转型过程中大学体制失范和精神危机的现象与根源。

已有研究在视角、方法和观点等方面对今后该领域研究具有重要的参考价值和借鉴意义。然而,20世纪以来中国大学叙事研究仍存在一些局限和不足:一是整体研究较为薄弱,目前还没有此类研究的专著。已有研究较多关注九十年代以来的大学叙事,缺少对20世纪以来中国大学叙事进行整体研究;二是忽略了对知识分子品格和大学精神的多维度探析。已有研究大多是对学院知识分子精神品格和大学文化精神负面的揭示与反思,在一定程度上忽略了对其多维向度的积极建构;三是主要借鉴西方叙事理论,缺乏对中国传统诗学的运用。已有研究主要借鉴西方叙事学理论阐释大学叙事文本,缺乏对中国传统诗学理论的转化、吸收和运用。

本课题力争在以上这些方面取得一些突破,拟对20世纪以来大学叙事进行整体研究;借鉴传统诗学和西方叙事理论,分析大学叙事的艺术形态;从不同层面探讨大学叙事的价值取向。

三、本书的主要内容

本研究所指涉的大学叙事指的是20世纪以来,以大学校园为主要叙事空间,以各类大学人物为主要描写对象,并由此表征不同大学形象和精神气候的小说作品。本研究主要结合不同时代的文化语境,梳理20世纪以来中国大学叙事的发展衍变,探析中国现代知识分子的生存状态和精神轨迹,反思中国大学文化精神,分析大学叙事的艺术形态,总结大学叙事的艺术经验与不足,并在此基础上,探讨大学叙事的思想价值和现实意义。全书除导言和结语外,共分六个部分:启蒙文化语境中的大学叙事、革命救亡时期的大学叙事、政治文化语境中的大学叙事、改革开放时期的大学叙事、商品经济时期的大学叙事以及老舍、沈从文、宗璞、陈世旭等的大学叙事个案分析。

第一章启蒙文化语境中的大学叙事,主要探讨五四时期的大学叙事,包括:一、个性解放中的自我建构;二、新旧转型中的大学想象;三、东西冲突中的留学书写;四、现代叙事艺术的转型与拓展。在中国现代文学史上,大学叙事是伴随着新文学同时起步,相生发展的。五四时期,陈衡哲、庐隐、冯沅君、苏雪林、冰心、丁玲、鲁迅、郭沫若、郁达夫、张资平、废名等最初从事白话小说创作的新文学作家几乎都是大学叙事的作者。"五四"作家在描写大学人物、叙述大学经验的时候,常常是以自身的生活经历和思想情感为基础的,明显地带有"自叙传"的特征,在很大程度上,他们在大学叙事中进行文学想象的过程,同时也是在进行自我建构的过程,表现了青年一代知识分子在个性解放的时代潮流中,从觉醒与叛逆,到思索与追求,终至彷徨与苦闷的心路历程和自我形象。"五四"时期,作家们并没有自觉建构大学形象的叙事意识,其作品中的大学形象主要是通过作为活动场域的校园风物、作为叙事对象的师生形象以及在此基础上形成的精神面貌构成的,小说中那些关于大学的现实艰窘、浪漫诗意和教育状貌的生动描写,在很大程度上弥补了我们对于民国大学的"历史叙事的不足"和"想象的空白"。作为"五四"文学重要组成部分的留学生小说,主要描写了知识青年在异邦大学的学习、生活和情感经历,反映了特殊历史时期弱国子民在东西文化冲突中的思想文化心理,是我们梳理20世纪中国思想文化流变、勾画现代知识分子精神轨迹不可或缺的重要文本。留学异邦的知识青年在文化认同的危机中产生了严重的身份焦虑,而这种根源于文化冲突的身份焦虑不可能短时间内在异国他乡得到有效解决,但是现实又要求他们对此做出调适,以适应异域学习和生活的需要,于是通过想象的方式,在异域情爱关系中重构自我、寻求认同成为一种暂时解决身份焦虑的替代性途径。留学生小说在描写主人公的情感世界的同时,也在不同程度上展示了大学校园内的学习生活,并通过对异邦大学风物和师生形象的描写,呈现出风格各异的域外大学形象。

第二章革命救亡时期的大学叙事,主要讨论三四十年代的大学叙事,包括:一、时代激流中的责任担当;二、战乱时代的精神颓变;三、不同视域中的大学想象;四、大学叙事艺术的成熟与深化。三四十年代,在革命救亡的时代语境中,巴金、茅盾、阳翰笙、司马文森、齐同、鹿桥等大学叙事,大量呈现了进步的青年知识分子在时代激流中的自发奋起和责任担当,他们或者走上街头,为民请命,以实际行动寻求救国救民的真理;或者放下书本,投身抗战,在烽火硝烟中躬行践履;或者身在校园,心系天下,在艰苦卓绝的环境中执著坚守,教书育人,弦歌不辍。然而,客观环境的险恶和现实生活的困顿,使得向来长于思考短于行动的知识分子在不同程度上很快暴露出软弱动摇、虚荣空想和自私虚无等各种性格缺陷和精神弱点,这些在郁达夫、沈从文、老舍、万迪鹤、骆宾基、张恨水、钱锺书等的大学叙事中得到真实反映。三四十年代的大学叙事在叙事艺术上更加趋向成熟,更多趋向把大学校园与更深广的社会生活和时代风潮相衔接,无论是在题材内容、叙事视角和结构规模上都有了新的突破,尤其是长篇大学叙事《围城》和《未央歌》的出现,更标志着大学叙事在艺术上的成熟。

第三章政治文化语境中的大学叙事,主要分析五六十年代的大学叙事,包括:一、政治文化语境中的成长叙事;二、"十七年"大学叙事的伦理书写;三、政治文化视域中的大学想象。五六十年代,在主流意识形态和政治工具理性的规范下,大学叙事随着文化语境的变迁而深深打上了时代的烙印。这一时期的大学叙事在某种意义上大多可归于"成长小说"一类,特别注重表现主人公在特殊生活环境中,执著探求实现人生目标或价值理想的奋斗历程。这类"成长小说"小说既描写个体自我奋斗的历程,更强调个体融入集体的历程,常常表现主人公在"内心自我"与"外部规约"的激烈争夺中最终做出自己的人生选择,形成自己的世界观和人生观的故事。政治文化语境中大学叙事中的日常生活和伦理情感书写空间十分有限和逼仄,常常是通过只能通过否定建立在"小我"基础上的普遍人性,构建基于阶级属性之上的革命伦理,将爱情话语纳入民族、国家、阶级等宏大主题之中,才能获得爱情叙事的合法身份。在公共意识形态一体化和文学艺术规范化的要求下,五六十年代的大学叙事主要是从革命政治的视域构建大学形象的,在艺术构思、思想倾向和表现方式等方面表现出二元对立的叙事模式和战争话语风格。

第四章社会转型时期的大学叙事,主要探讨七十年代末至八十年代的大学叙事,包括:一、转型时期大学叙事的发展衍变;二、八十年代大学叙事中的"公共领域";三、新时期大学叙事中的"文革"记忆;四、转型时期大学叙事的叙述声音和话语方式。七十年代末至八十年代,中国经历了思想文化与经济社会的转型。新时期之初,大学叙事生动反映了恢复高考后大学校园自由开放的空气。拥有不同经历和知识背景的大学生们积极从事各种文化活动,共同构建了一种类似"公共领域"的校园文化空间。80年代中期,随着改革开放的深入,思想文化和社会生活各领域出现了诸多复杂的变动,相对滞后的教育体制和思想观念与校园内觉醒了的自我意识和不断增长的精神需求发生了难以调和的矛盾冲突,一批挣扎、叛逆、虚无、颓废的时代青年成为了这一时期大学叙事中的主人公。80年代后期,随着经济体制的市场化转型和庸常生活形态的到来,大学叙事更多以追忆的方式回望昔日大学往事。新时期"文革"大学叙事主要对特殊年代学院知识分子的生存境遇和精神危机进行了"伤痕式"书写和反思,反映了遭受毁灭性破坏的大学校园生态。转型时期,众声喧哗的大学叙事汇聚了各种"思想"和"声音",并由此折射出改革开放时代的精神气候。这些大学叙事在叙述声音与话语方式上主要有作者型、个人型和集体型三种形式,分别彰显出反思意识、主体意识和群体意识。

第五章市场经济时期的大学叙事,考察 90 年代至新世纪以来的大学叙事,包括:一、市场社会视域中的大学叙事;二、商品经济时代的学术生态;三、大学叙事中的知识蕴含与学院气质;四、市场经济时期的大学叙事的反讽艺术。20 世纪 90 年代以来中国进入到市场经济体制下的后转型时期。在新的时代背景下,市场一方面成为大学加快发展的推手和服务社会的平台,另一方面也以其自身的逻辑和要求不断改塑学院人物和大学自身的形象和精神气质。这一时期的大学叙事大多关注市场经济时代学院人物的生存尴尬和精神焦虑,揭示市场经济对学院人物和大学形象的破坏性影响。在市场之外,大学科层体制中的权力关系成为这一时期大学叙事的重要主题,汤吉夫、南翔、马瑞芳、陈世旭、史生荣等揭示了大学科层体制中权力建构的非正当性、权力运行中的"官本位"思想以及大学权力场域中的人性异变。在后转型时期的文学叙事中,彰显学院气质的知识蕴含成为大学叙事独具魅力的题材优势和审美特征,主要表现在对校园知识性活动、学院人物气质和学术伦理事件的关注上。在后转型时期,大学叙事在话语、情景、结构和主题等各方面充分彰显了反讽叙事的艺术魅力。

第六章大学叙事的个案研究,分析老舍、沈从文、宗璞、陈世旭等的大学叙事,包括:一、老舍的大学叙事;二、沈从文的大学叙事;三、宗璞的大学叙事;四、陈世旭的大学叙事。老舍早年虽然没有大学读书的经历,但后来曾辗转于多个大学教书授业,其小说创作主要是在大学校园中展开的,这些促成了他"边缘化"的大学视野和以讽刺批判为基调的大学叙事。在大学叙事中,老舍用幽默讽刺的笔墨,揭示了各类学院知识分子的流浪性生存状态和身陷迷途的精神状态。在一定程度上,老舍的大学叙事缺少了关于校园风情和学术人生的本色化书写,而更多是借学院人物故事完成国民性批判的叙事主旨。大学是沈从文生命和创作中的重要一环。然而,以"乡下人"自居的沈从文对大学如同对待都市一样始终缺乏认同感,在他的系列大学叙事作品中,他常常从世俗、乡土、边缘的视角打量大学校园,观照大学人物,揭示他们身上的人性弱点和人格缺陷。显然,沈从文的大学叙事,不是从大学的本身出发,而是基于人性的考量,彰显了作者一以贯之的文明批判态度。宗璞是当代文学中极具学院气质的女作家,从最初的短篇小说《红豆》,到后来四卷本的《野葫芦引》(《南渡记》《东藏记》《西征记》和《北归记》),宗璞将不同历史时期的知识分子复活在她的大学叙事作品中。在她笔下,不同时代的知识分子呈现出不同的人生遭际和精神风貌,或在动荡岁月徘徊迷惘,人性异化;或在乱离时代弦歌不辍,彰显家国情怀。宗璞大学叙事的优雅气质与古典韵味彰显出独浓郁的学院气质。自 20 世纪 90 年代以来,在物质消费主义渐趋流行的商品经济时代,陈世旭始终以坚韧的姿态,持守知识分子特有的精英立场,直面转型时期的社会现实,从代际传承、精神迷失与自我救赎等不同方面,执著探寻知识分子的生存境遇和精神谱系。

由于研究对象的复杂性,涉及的时间跨度大,再加上笔者理论知识和研究能力的局限,本书主要按照文化语境分为五个时段进行,每个历史时期的大学状况和大学叙事都有较大不同,关注的侧重点也不一样,因而最终成果在结构体系上不够完善,对于一些大学叙事文本可能存在遗漏的地方。本书虽然梳理了 20 世纪以来中国大学叙事的发展衍变,分析了不同时期大学叙事的艺术经验与不足,考察了大学叙事中现代知识分子的生存状态和大学文化精神,形成了一个较为系统的整体研究框架。但是,对于不同时期大学知识分子品格和大学文化精神的多维度探析有待进一步加强,对于大学叙事的艺术形态和价值取向有待进一步深入。

第一章　文化启蒙时期的大学叙事

　　在中国现代文学史上,大学叙事是伴随着新文学同时起步,相生发展的。"五四"时期,大学叙事是与新文学一道发源滥觞、蓬勃发展的①。最初从事白话小说创作的新文学作家几乎都是大学叙事的作者。被夏志清称为"中国现代文学中的第一篇作品"的陈衡哲的短篇小说《一日》②便是一篇不折不扣的大学叙事作品。小说描写的是大学新生"在寄宿舍中一日间的琐屑生活情形",其中不乏寝室、餐厅、课堂、图书馆等富有代表性的大学生活场景。虽然作者在题头谦虚地说"他既无结构,亦无目的,所以只能算是一种白描,不能算为小说",但也真诚地告诉读者"他的描写是很忠诚的,又因为他是我初次的人情描写,所以觉得应把他保存起来"③。而新文学的第一部小说集郁达夫的《沉沦》也几乎都是"自叙传"式的大学叙事,表现了留日学生在异域的彷徨和苦闷。作为新文学的两位扛鼎人物鲁迅和郭沫若,前者分别以纪实和虚构的方式在《藤野先生》和《高老夫

---

　　① 陈平原在《文学史视野中的"大学叙事"》开篇便说"古往今来,成功的'学堂(大学)叙事'不仅数量不多,而且很难进入文学史视野",王彬彬在《中国现代大学与现代文学的相互哺育》中说 1917 年后的 30 多年间"在总体上新文学逐渐与大学相脱离",笔者认为,上述判断是值得商榷的。
　　② 发表于 1917 年第 1 期《留美学生季报》(任叔永、胡适主编),而鲁迅的《狂人日记》直到 1918 年 5 月发表于《新青年》。
　　③ 陈衡哲:《民国女作家小说经典·陈衡哲小说》,上海古籍出版社,1997 年第 8 页。

子》中刻画了两类迥然不同的大学教师形象,后者则以自我抒发的方式在《残春》《落叶》《阳春别》《喀尔美萝姑娘》等系列"身边小说"中表达了留日学生在异域求学时的困顿和欲望。尤其值得重视的是,"五四"时期"浮出历史地表"的女作家冰心、庐隐、苏雪林、丁玲等人,各自用不同的笔致,表现了启蒙时代青年知识分子自我觉醒后的追求和迷惘。此外,废名、张资平、叶圣陶、许地山、冯沅君、石评梅、汪敬熙等在创作起始时期都有不同程度的大学叙事作品。

"五四"前后,是中国社会文化新旧转型时期,对于中国教育尤其是大学教育来说,是一个非常重要的阶段。这一时期,军阀割据,乱象丛生,北洋政府无力实行集权统治,大学教育与思想文化获得了相对自由的生长空间,取得了长足发展。据统计,仅 1917 年至 1923 年间,大学的入学人数从 23334 人增加到 34880 人①。1912 年 10 月 24 日,民国教育部颁布《大学令》规定,"大学设教授、助教授","遇必要时,得延聘讲师"②。自此,大学教员职级系列正式形成,并延续至今。1922 年和 1924 年民国政府颁布了新学制(史称"壬戌学制")。新学制规定,由于环境的发展变化,新的教育目标和方针是"适应社会进化之需要,发挥平民教育精神,谋个性之发展,注意国民经济力,注意生活教育,使教育易于普及,留各地方伸缩余地"③。这一时期女子高等教育获得了突破性进展,1907 年制定的学制中,妇女还只是获得了初级教育和师范教育的权利,1917 年获许进入普通中学和职业学校。直到 1919 年北京女子师范学校升级为高等女子师范学校(中国历史上第一所女子高等学府),妇女才正式进入公立大学,此后大多数国立大学都开始招收女生。据统计,截止 1922 年,全国31 所大学中共有女生 665 名(教会大学除外),其中 236 名在北京高等女子师范学校,庐隐、苏雪林、冯沅君便都是"女高师"当时名震一时的同窗才女。随着大学规模的发展,大学学生和教授群体的形成,相应的现代大

---

① 周予同:《中国现代教育史》,良友图书公司,1934 年,第 223 页。
② 中国第二历史档案馆编:《中华民国史档案资料汇编》第三辑,江苏古籍出版社,1991 年,第 109 页。
③ 周予同:《中国现代教育史》,良友图书公司,1934 年,第 33 页。

学制度、文化、精神逐步形成。有学者指出，"只有在这一时期，中国才真正开始致力于建立一种具有自治权和学术自由精神的现代大学"①，这典型地体现在蔡元培及其治下的北京大学。此外，值得重视的是，这一时期出国留学人数大增，据记载，仅 1911 年去日本留学人数达 3328 名，此后较长一段时间仍保持相当规模，赴欧美留学人数也相当多②。这些留学生归国以后，有很多人都担任了各大学的校长、系主任和教员，在中国大学教育的发展过程中产生了极其重要的影响（而此前晚清留学生归国后大多在政府部门任职）。

大学叙事是大学生活经验的文学表达，主要讲述的是大学人物的故事，同时关注大学文化思想状况，并由此折射出时代的精神气候。正是由于"五四"时期现代大学的蓬勃发展，才有了大学叙事的繁荣。因而，这一时期的大学叙事既契合着个性解放、民主科学的时代主题，也关联着乱象丛生、困窘落后的社会问题；既反映了国内大学校园的文化风尚，也书写了海外留学生们的生存状态。诚然，由于是草创时期的创作，"五四"时期的大学叙事大多是取材作者自身经历或身边人物的"身边小说"，在叙事艺术上都不够成熟，同时还普遍地染上时代的"感伤色彩"，但毕竟"这是东方的微光，是林中的响箭，是冬末的萌芽，是进军的第一步"③，为现代文学和大学叙事提供了最初的审美样式和叙事经验。

第一节　个性解放中的自我建构

重回"五四"文学，我们不难发现，新文学"尝试期"的开路先锋当时几乎都是在新文化运动的中心——大学，接受个性解放思潮的影响并开始从事文学创作的，因而，身边大学校园的生活人事和情感心理最先也最容易成为他们想象和书写的对象。更值得注意的是，"五四"作家在描写大

---

① 许美德：《中国大学 1895—1995 一个文化冲突的世纪》，教育科学出版社，2000 年，第 66 页。

② 陈学恂、田正平：《留学教育》，上海教育出版社，1991 年，第 687 页。

③ 鲁迅：《白莽作〈孩儿塔〉序》，《鲁迅全集》第六卷，人民文学出版社，1981 年。

学人物、叙述大学经验的时候,常常是以自身的生活经历和思想情感为基础的,明显地带有"自叙传"的特征,在很大程度上,他们在大学叙事中进行文学想象的过程,同时也是在进行自我建构的过程。"五四"时期,在个性解放的时代潮流中,从觉醒与叛逆,到思索与追求,终至彷徨与苦闷,青年一代知识分子的心路历程和自我形象都在这一时期的大学叙事中得到真切的记录和生动的反映。

一、觉醒与诉求

"五四"时期,晚清以降的改良、革新运动循着器物、制度的路线,终至思想文化层面。在西方民主、科学思想的改塑下,一批接受了现代大学教育的先进知识分子率先从老中国的睡梦中觉醒,举起个性解放的大旗,冲破一切专制束缚,发出了现代"人"的呐喊:"我是我自己的,他们谁也没有干涉我的权利"①,"身命可以牺牲,意志自由不可以牺牲,不得自由我宁死"②。这些觉醒的声音和叛逆的身影都在大学叙事中得到真实反映。

"五四"大学叙事乃至整个"五四"文学是与个性解放思潮和现代个人观念的兴起分不开的。伴随着思想文化界的个性解放思潮和现代个人观念的确立,新文学创作的重要主题和基本诉求之一就是发现"个人",张扬"个性"。对此,茅盾曾指出:"人的发见,即发展个性,即个人主义,成为'五四'期新文学运动的主要目标;当时的文艺批评和创作都是有意识的或下意识的向着这个目标。……个人主义成为文艺创作的主要态度和过程,正是理所必然。而'五四'新文学运动的历史的意义,亦即在此。"③在"五四"之前的传统社会,国家、民族、家庭等群体观念是超越个人自我观念之上的主宰力量,所谓"天下之本在国,国之本在家,家之本在身"(《孟子》)。在知识分子修身、齐家、治国、平天下的道德理想和行为准则中,修身只是齐家、治国、平天下的文化准备和逻辑起点。所谓"修身",就是要

---

①　鲁迅:《伤逝》,《鲁迅全集》第 1 卷,人民文学出版社,1981 年,第 114 页。
②　淦女士:《隔绝》,《创造》季刊,1923 年 7 月。
③　茅盾:《关于"创作"》,《茅盾文艺杂论集》上,上海文艺出版社,1981 年,第 298 页。

遵循忠恕之道和三纲五常等伦理规范,其本质就是要束缚自我,放弃个性,为群体而牺牲个体。直到"五四"时期,在先进知识分子对传统伦理纲常激烈批判和对西方民主科学思想大力倡导中,"尊个性而排众数"①的个性解放思潮和现代个人观念才得以真正确立。正如胡适所说:"无疑的,民国六七年北京大学所提倡的新运动,无论形式上如何五花八门,意义上只是思想的解放与个人的解放。……我们在当时提倡的思想,当然很显出个人主义的色彩。"②

在个性解放思潮和现代个人价值观念的影响下,"五四"作家对自己的身份定位主要是"个体思考者或个性表达者"③。庐隐说:"足称创作的作品,唯一不可或缺的就是个性—艺术的结晶,便是主观—个性的情感。"④叶圣陶主张:"语言的发生本是为着要在大群中表白自我,或者要鸣出内心的感兴",衡量作品的标准即"这文字里的表白与感兴是否确实是作者自己的",因此作文应该"要写出诚实的,自己的话"⑤。而郁达夫更是坦言:"至于我的对于创作的态度,说出来,或者人家要笑我,我觉得文学作品,都是作家的自叙传这一句话是千真万确的。"⑥"五四"一代作家开始从事创作的时候大多正处于大学读书阶段,恰逢新文化运动发生之时,是"老中国儿女"中最先醒来的一群。他们在描写人生,表达自我时,常常有着明确的自我建构意识和对理想人格的期许。冰心在《"破坏与建设时代"的女学生》中提出了对于女学生理想人格的建构要求。她认为,作为与以前不同的第三时期女学生,她们是中国女子的希望所在,要

① 鲁迅:《鲁迅全集》第1卷,人民文学出版社,1995年,第46页。
② 胡适:《个人自由与社会进步》,《胡适全集》第22卷,安徽教育出版社,2003年,第284页。
③ 罗晓静:《"群"与"个人":晚晴政治小说与五四问题小说之比较研究》,《文学评论》,2012年第6期。
④ 庐隐:《创作的我见》,贾植芳等编《文学研究会资料》上册,河南人民出版社,1985年,第159页。
⑤ 叶圣陶:《诚实的自己的话》,贾植芳等编《文学研究会资料》上册,河南人民出版社,第122—125页。
⑥ 郁达夫:《五六年来创作生活的回顾》,《郁达夫全集》第五卷,浙江文艺出版社,1992年,第66页。

有自我修养，要从十个方面进行努力：在着装要"稳重"、"雅素"、"平常"、"简单"，言论要挑选"实用"、"稳健"的题目；不上"剧场"、"游艺园"而代之以"学术演讲会"、"音乐会"、"古物陈列所"和"隔绝尘嚣的园林"；应慎重选择课外读物；多注意世界时事；亲近自然，发掘"天然之美"；慎交朋友；多与社会接近；应多学习些对未来事业特别是为社会服务的事业有用的课题①。凌叔华也在《读了纯阳性的讨论的感想》中发出大学生应该阅读广泛、勤于思考、注目社会的呼吁："我是嗜好报纸的读者，凡报上的题目，大至国家小至民家，以及优伶娼妓之记载，都使我生无穷兴味的。凡三十岁以前的人，都应当随时随地虚心接物的作学生，然后才能真确而广大的学问。"②"五四"时期大学叙事中的主人公几乎都是接受着现代教育、自我意识觉醒、追求个性解放的大学生形象。

通常，自我写作身份的认同决定着写作立场、取材倾向和表达方式。"五四"时期，大学叙事的创作主体主要是基于个人立场，取材身边生活，在追求个性解放和婚恋自主中塑造独立的自我人格。庐隐的小说创作是从女高师读书时期开始的，主要以自身经历和身边生活为题材，塑造了一批"呼吸着'五四'时期的空气"、"叫着'自我发展'"的"时代的产儿"③。《海滨故人》和《象牙戒指》均取材于女高师时期的大学生活，前者以庐隐和她的同窗好友王世瑛、陈定秀、程俊英、舒畹荪等人为原型④，描写了露莎、玲玉、莲裳、云青、宗莹五位女大学生的人生聚散；后者是为了"忠实地替我的朋友评梅不幸的生命写照留个永久的纪念"⑤，讲述了张沁珠与伍念秋、曹子卿两段均无结果的爱情故事。通常而言，自我人格是在自我认同、关系认同和社会认同中建构起来的。自我建构与文化传统和社会环境密切相关。西方文化重视独立个体的意义，主要表现为一种独立型自我建构，强调自我与他人的差异。东方文化重视自我与他人的联系，主要表现为一种

① 冰心：《冰心全集》第1卷，海峡文艺出版社，1999年，第6页。
② 凌叔华：《凌叔华文存》，四川文艺出版社，1998年，第802页。
③ 茅盾：《庐隐论》，《文学》第三卷第一号，1934年。
④ 苏雪林：《关于庐隐的回忆》，《文学》第二卷第三号，1933年。
⑤ 庐隐：《象牙戒指》，人民文学出版社，2009年。

依存型自我建构,在这种文化背景之下,个体对自我的定义主要以自己与他人的关系,以自己在团体中的地位与身份为基础。《海滨故人》中的露莎们既接受了西方民主科学和个性解放思潮的影响,追求独立的个体自我,对人生、婚姻、爱情都有着独立的认识和追求,但又长期受到传统文化的熏陶,当她们在对爱情、人生产生失望和怀疑后,便寄希望于亲密朋友关系中建构起相互确证的关系自我。虽然"她们五个人的相貌和脾气都有极显著的区别",但性情相投,"志行相契",相约"携手言旋"。然而,爱情、婚姻、事业等诸多方面的变故,很快让露莎们借以依托的"姐妹同盟"风流云散了。在《象牙戒指》中,爱情取代了友谊,作者通过一种更广泛的依存型自我建构,描写了主人公张沁珠在两次不幸爱情经历中由"活泼生动"到"悲凉沉默",终至"香消玉殒"的过程。现代性爱意识的产生是"五四"时期知识分子"自我意识"觉醒的重要表征。觉醒了的"人"在对一切传统束缚的反抗中必然产生"爱情自由"、"婚姻自主"的要求。伍念秋期待的爱情生活代表了那时一般年轻浪漫大学生们的理想:"我常想象一种富有诗意的生活,——有这么一天,我能同一个了解的异性朋友在一所幽雅的房子里同住着,每天读读诗歌,和其他的文艺作品,有时高兴谁也可以尽量写出来;互相品评研究,——就这样过了一生。"然而,现实中的爱情却是充满了坎坷和悲伤的。正如小说中素文所说的那样:"这个时期的青年男女很难找到平坦的道路,多半走的是新与旧互相冲突的岔道,自然免不了种种的苦闷和愁惨。"张沁珠的两次爱情经历都是不幸的悲剧。在第一次与伍念秋爱情经历中,当她准备编织美好的爱情梦幻时,却被对方已婚的无情现实击得粉碎。第二次虽有曹子卿至死不渝的追求,但对爱情失望的沁珠又与它失之交臂,并为之付出了生命的代价。可见,《象牙戒指》虽也是取材身边人物,但与《海滨故人》不同的是,作者关注的重心已从同性朋友间的人生聚散转移到异性恋人间的爱情坎坷。

与露莎们一样,冯沅君笔下的主人公也是在大学里"被'五四'的怒潮从封建的氛围中掀起来"[①]的觉醒了的女性,但在追求自我独立和婚姻自

---

① 茅盾:《庐隐论》,《文学》第三卷第一号,1934 年。

主的步伐上有了更大的进步。在《隔绝》中,隽华在大学读书期间,不顾"父母之命"的婚约与士轸因"精神绝对融洽"而相爱。母亲得知女儿"大逆不道"的消息后,以病重为由把她骗回家,锁进一间小黑屋里,逼她与已有婚约的刘慕汉结婚。隽华虽身处"隔绝",仍不屈服家庭压力,策划出逃,甚至在给士轸的情书中表示:"我能跑出去同你搬家到大海中住,听悲壮的涛声,看神秘的月色更好,万一不幸我是死了,你千万不要短气,你可以将我的爱史的前前后后详详细细写出,将我写给你的 600 封信整理好发表",开一条"为要求恋爱自由而死的血路","将此路的情形指示给青年们,希望他们成功"。在接下来的《旅行》中,主人公"我"的身份仍然是一名已有婚约的女大学生,为了追求自由爱情,竟冒天下之大不韪,"旷了一个多礼拜的课,费了好多的钱",公然与已有妻室的男友外出旅游,一起度过了"梦也似的十天甜蜜的生活"。在自我意识和爱情自由方面,"我"比隽华有了更为大胆的追求:"我们所要求的爱是绝对的无限的。我们只有让它自由发展,绝不能使它受委屈,为讨旧礼教旧习惯的好。在新旧交替的时期,与其作已宣告破产的旧礼法的降服者,不如作个方生的主义真理的牺牲者。万一各方面的压力过大了,我们不能抵抗时,我们就向无垠的海洋沉下去。"显而易见,隽华们对爱情自由的追求不止是个体自我的觉醒和诉求,更具备了社会启蒙的意义。

　　庐隐和冯沅君笔下的人物虽然在觉醒之后走出家庭,努力摆脱传统束缚,但是在追求个性解放和人格独立的过程中,并没有完全摆脱传统依存型的自我建构,仍然期待在亲密同性或异性之间的关系认同中实现自我认同。而与此不同的是,稍后于她们的丁玲在关注知识女性自我觉醒和个性诉求的时候,则更注重一种个体自我的建构。《梦珂》中,大学三年级女生梦珂,在学校里因替被欺侮的女模特打抱不平,反遭"鼻子"教员污蔑,而主动离开早已"厌倦"了的学校。寄居姑母家后,梦珂对周围晓淞、澹明、雅楠、朱成等"虚伪的人儿"深感失望,再次选择离开。梦珂最后走向了社会,到圆月剧社做演员,尽管她感到也许是"直向地狱的深渊坠去",但她决定坚持隐忍下去,"她的隐忍力更加强烈,更加伟大",直到"那奇怪的情景,见惯了,慢慢的可以不怕,可以从容"。梦珂从学校读书到投靠姑母再到求职谋生的过程,实际上是个体自我建构的过程。在这个过程中,个体自我不断摆脱各种依附力量(父亲、姑母、表哥等),自身区别于他人的独特性,包含性格、品质、兴趣和经历等得到不断强调。在《莎菲女士的日记》中,莎菲明显有了更为独立和主动的女性自我意识和个体诉求。虽然小说叙述的仍主要是主人公的爱情经历和内心感受,但莎菲在与苇弟、凌吉士的情感交往中明显处于主动性和支配性地位。对于苇弟,"我"既感动于他的真挚,又嘲弄他的懦弱,"我"对他的心理十分的洞察,他却对"我"的内心一无所知。"我总愿意有那末一个人能了解得我清清楚楚的",可是周围的所有人只是"盲目的爱惜我",而不能真正"懂得我"。在与凌吉士的交往中,"我"最初虽然迷恋他的丰仪,但"我"并没有臣服他,而是要"征服"他,"我要占有他,我要他无条件的献上他的心,跪着求我赐给他的吻"。而当"我明白了那使我爱慕的一个高贵的美型里",安置的是"一个卑劣灵魂"时,"我"毅然从情感和欲求的挣扎中解脱出来,决计南下寻找新生。

二、苦闷与彷徨

"那时觉醒起来的智识青年的心情,是大抵热烈,然而悲凉的。即使寻到一点光明,'径一周三',却更分明的看见了周围的无涯际的黑暗。"[1]正如鲁迅在《中国新文学大系·小说二集·导言》中所指出的那样,"五四"作家在大学叙事中建构的自我形象既是"热烈"的,然而也是"悲凉"的,那些自我意识觉醒的知识青年在追求个性解放、自由民主的过程中不久便陷入了苦闷与彷徨,沦落为"孤独的个体"。庐隐小说中的露莎们常常发出这样的感叹:"我心彷徨得很呵"(《或人的悲哀》),"作人就只是无聊"(《胜利以后》),"人们无论是怎样的使自己不孤独,实在是不可能的"(《寂寞》)。丁玲笔下的莎菲们也在对爱的寻找中失望地感叹:"在这宇宙间,我的生命只是我自己的玩品,我已浪费得尽够了,那末因这一番经历

---

[1]　鲁迅:《中国新文学大系·小说二集·导言》,《鲁迅全集》第 6 卷,人民文学出版社,1981 年,第 238 页。

而使我更陷到极深的悲境里去","我决计搭车南下,在无人认识的地方,浪费我生命的余剩"(《莎菲女士的日记》)。冰心笔下的颖铭们最终也只能被禁锢在家里顾影自怜地悲吟:"出门搔白首,若负平生志,冠盖满京华,斯人独憔悴"(《斯人独憔悴》)。

　　"五四"大学叙事中的"孤独的自我"主要是在个体与家庭、社会以及自我内心世界的矛盾冲突中建构的。觉醒了的个体在追求个性解放和独立自主的过程中,首先遭遇的是来自家庭的阻挠和束缚。冯沅君的《隔绝》《旅行》和《隔绝之后》中,觉醒了的女主人公"毅然和传统战斗"①,追求爱情自由、婚姻自主,大胆与志同道合的恋人相爱,出走,甚至同居。但是在母亲看来,她的这些思想和行为都是"大逆不道"的,先是以生病为由把她诱骗回家,然后锁进小屋进行"隔绝",并要求她遵守父母之命,践行已有婚约。"隔绝"之后的隽华,陷入了到亲情和爱情冲突的苦闷中:"我爱你,我也爱我的妈妈,世界上的爱情都是神圣的,无论的男女之情,母子之情。"罗家伦的《是爱情还是苦痛》同样深刻揭露了"五四"知识青年在恋爱婚姻上无法摆脱家庭束缚的痛苦。在上海读大学的程叔平,热爱梅德林克的戏剧、托尔斯泰的小说和严复的翻译,深受西方自由民主思想的影响,爱上了志趣相投的知识女性吴素瑛。然而,正当他们情投意合、彼此爱慕的时候,家中父亲却为他定下亲事。尽管程叔平多次写信据理力争解除父母之命的婚约,但都被父亲以"诗礼之家"为由拒绝。最后,叔平只得放弃爱情,回家成亲,在旧式婚姻中自怨自艾。冰心的《斯人独憔悴》是在思想观念的另一个层面上表现个体与家庭冲突的。在南京上大学的颖铭、颖石兄弟受到新思潮的影响,担任学生干部,上街演讲,启蒙民众。但是父亲化卿却把他们的爱国行为视为"作奸犯科",不但强迫他们回家,而且剥夺了他们继续求学的权利。颖铭兄弟最终只得在"斯人独憔悴"中低回欲绝。

　　有学者认为,"五四"时期知识分子题材小说的中心冲突是"觉醒的个

---

　　①　鲁迅:《中国新文学大系·小说二集·导言》,《鲁迅全集》第6卷,人民文学出版社,1981年,第239页。

人与整个社会的对立"，这种冲突"往往以个人与世俗社会的两极对抗的形态出现"①。这一判断在很大程度上也适用于作为知识分子题材小说一部分的大学叙事。在郁达夫、庐隐、丁玲、倪贻德等人的笔下，觉醒的个体自我总是处于与世俗社会无法沟通和解的对立冲突中。《沉沦》中，主人公的忧郁、孤僻不是"从来如此"的，他本来是一个"心思太活"、"爱自由"的人。因为那时 H 大"浸润了一种专制的弊风，学生的自由，几乎被压缩得如同针眼儿一般的小"，所以他心里"总有些反抗的意思"，"对那些迷信的管束，怎么也不甘服从"。后来他看到学校的专制势力"实在太无道理了，就立即告了退"，转入另一所教会学校，然而，那里也同样黑暗，在与一位很卑鄙的教务长"闹了一场"后，不得不又退学，再加上家道中落，"他的忧郁症的根苗，大约也就在这个时候培养成功的"。《茫茫夜》《秋柳》和《茑萝行》中，A 地政法学校现实腐恶，军阀弄权，校长被驱，学生停课，到处都"同癫病院的空气一样，渐渐的使人腐烂下去"，于质夫每天"同上刑具被拷问一样，胸中只感着压迫"，最终悲愁难遣，辞职而去。庐隐的《秦教授的失败》中，秦元教授是一个接受过西方新思想熏陶的热衷于改革的新青年。他曾对着莱茵河水立下雄心壮志，回国后致力于革除各种封建思想和制度。然而，当他真正回到祖国，才发现阻碍重重。他在台上演讲，慷慨激昂地描绘"未来的新中国"，却遭到台下封建旧势力的反对叫嚣。他批判封建旧家庭的溃烂腐败，他父亲却第一个站出来反对，还要为他包办婚姻。在封建父权、族权的强大压力下，他的改革理想举步维艰。家庭的羁绊，封建势力的强大，使得他最终只能选择消极地放弃了。《海滨故人》中的露莎们对恶浊的社会、乏味的学校和周围的同学都感到失望。在她们眼里，"人间譬如一个荷花缸；人类譬如缸里的小虫，无论怎样聪明，也逃不出人间的束缚"，现在还未出学校便已感到"无事不灰心"，"想到将来离开了学校生活，而踏进恶浊的社会生活，不禁万事灰心"，"她们在一切同学的中间，筑起高垒来隔绝了"，而最初借以依偎的朋友也最

---

① 康林：《论"五四"时期知识分子题材小说的中心冲突》，《中国社会科学》，1986 年第 6 期。

终一个个流散了。《梦珂》中，女主人公从学校，到姑母家，再到社会，一次次逃离，一次次失望。学校里，秩序混乱，淫邪的教员借机欺侮模特；姑母家，沉闷乏味，周围都是一些"虚伪的人儿"；社会上，更是"地狱的深渊"。百般无奈的梦珂，只得隐忍地生活着，常常在一个人的时候"才放声——但又怕人听见的咽咽的极其伤心的痛哭起来"。《莎菲女士的日记》中，独自幽居在公寓的莎菲，经常一个人自怨自艾："除了我自己，没有人会原谅我的。谁也在批评我，谁也不知道我在人前所忍受的一些人们给我的感触。别人说我怪僻，他们哪里知道我却时常在讨人好，讨人欢喜。不过人们太不肯鼓励我说那太违心的话，常常给我机会，让我反省我自己的行为，让我离人们却更远了。"在对周围一切都感到失望之后，莎菲最终决定一个人到无人认识的地方去"浪费生命的余剩"。倪贻德的《玄武湖之秋》中，E 先生的理想便是"倘若有一日能够和我的爱人驾一叶之扁舟，在幽静的湖面上作一夕之清谈，就是立刻把我葬身到湖边里去，也是情愿的"，但是"这一种希望终究是极渺茫而不可捉摸"。当他与三个女学生稍有亲密接触后，便引来校方的调查和周围的指责。"心怀是再抑郁不过"的 E 先生打算辞职一走了之，可是又顾虑"你走到那里去？天南地北，何处是你的安乐土"，最后只得任凭"境遇的困苦，生世的孤零，社会的仇视，把我这美好的青春时代，完全沦落在愁云惨雾的里面而不能自振"。"五四"大学叙事中的个体与社会之间的冲突，在本质上是"历史的必然要求和这个要求的实际上不可能实现"①之间的矛盾。当觉醒的个体从自我的角度提出合理的要求时，但是整个社会在政策制度和思想观念等诸多方面仍然处在滞后和蒙昧之中，因而，这种无法解决的矛盾冲突最终必然制造出不可避免的悲剧。

在很大程度上，"五四"大学叙事中的个体与家庭、社会之间的矛盾究其根本，主要还是思想观念的冲突，是沿袭了几千年的传统封建思想与来自西方的现代民主思想之间的矛盾冲突。这种矛盾冲突并不止是表现在个体与外部世界之间，更是由表及里，表现为个体自身的内心冲突。"五

---

① 　恩格斯：《致斐·拉萨尔》，《马克思恩格斯全集》第 6 卷，人民出版社，第 583 页。

四"作家笔下的知识青年大多是在传统思想熏陶和现代大学教育的双重影响下成长起来的,一方面接受了西方现代民主思想的影响,自我意识觉醒,有了个性解放和民主自由的要求;另一方面,早期所接受的传统思想观念仍然盘踞在内心,再加之外部滞后力量的制约和束缚,从而使得他们在追求个性解放和民主自由的时候多了很多顾虑和羁绊。《海滨故人》中,觉醒了的露莎们终日沉浸在理性与感性的内心纠葛中难以自拔,一方面要学习知识做现代女性,追求人生意义,另一方面又埋怨"知识误我",感到"人生虚无","进了学校,人生观完全变了。不容于亲戚,不容于父母,一天一天觉得自己孤独","十年读书,得来只是烦恼与悲愁"。《旅行》中,女主人公既想追求爱情自由,私自与男友旅行同居,又担心人言可畏,在旅行中处处顾忌别人的目光以及家庭和社会各方面的压力。尤其是在车上,"我很想拉他的手,但是我不敢,我只敢在间或车上的电灯被震动而失去它的光的时候,因为我害怕那些搭客们的注意。可是我们又自己觉得很骄傲的,我们不客气的以全车中最尊贵的人自命。"正如鲁迅所说:"这一段,实在是五四运动之后,将毅然和传统战斗,而又怕敢毅然和传统战斗,遂不得不复活其'缠绵悱恻之情'的青年们的真实的写照。"[1]《是爱情还是苦痛》同样表现了主人公在新旧思想之间挣扎的"觉醒的痛苦"。程叔平既想追求现代爱情,又不敢违背父母之命,"我不知道我的家庭是为'诗礼'而有了,还是为'人性'而有的? 我的终身幸福要紧? ……我爹爹养我一世,爱我一世,为什么为了别人一个女儿,就把二十年爱我的心事,一旦抛弃呢? 我到今天还不解";既感到包办婚姻的痛苦,又不忍心离婚伤害无辜的女性,"我现在虽然同她一起处,精神方面,总觉隔着一个太平洋",但是"想起他们这般女子受二千多年社会压制的苦痛;把一切罪恶,都不加在他们的本身上","我的精神虽然不能同她相合,凭空弄死一个人,我又何忍。我现在只是讲'人道主义'罢了"。

值得提出的是,在郭沫若、郁达夫、张资平等的早期小说中,同样表现

---

① 鲁迅:《中国新文学大系·小说二集·导言》,《鲁迅全集》第 6 卷,人民文学出版社,1981 年,第 239 页。

了自我觉醒的留学生们在东西文化冲突中的内心挣扎和精神痛苦,譬如郭沫若笔下噩梦连连的爱牟们,郁达夫笔下苦闷难遣的于质夫们,张资平笔下疚责不已的韦们。这些漂泊异域的学子们的痛苦,且留待后面单独论述。

三、绝望与新生

20 世纪 20 年代初,鲁迅在谈及知识青年觉醒后的出路时指出:"娜拉既然醒了,是很不容易回到梦境的,因此只得走;可是走了以后,有时却也免不掉堕落或回来。"鲁迅的悲观是情有可原的,周围都是"无涯的黑暗",而觉醒的青年又缺乏"经济的独立"。当然,鲁迅另外还提到了一种方式,"假使她很特别,自己情愿闯出去做牺牲,那就又另是一回事"。然而,鲁迅向来是不提倡做无谓的"牺牲"的,因为"这牺牲的适意是属于自己的,与志士们之所谓为社会者无涉。群众,——尤其是中国的,——永远是戏剧的看客"①。"五四"大学叙事中,那些接受了新思想洗礼的知识青年在经历了觉醒、追求、彷徨、苦闷之后,感到了无路可走的悲观与绝望,"牺牲"或者说"死亡"成了许多人最终无奈的选择。

郁达夫的大学叙事描写了一系列"零余者"绝望与死亡的悲剧。《银灰色的死》中的 Y 君在经历丧妻之痛和爱情幻灭后,经常"一个人冷冷清清的在薄暮的大学校园中"发呆,或是"昼夜颠倒地到各处酒馆里"喝酒,最终凄凉地死在了"银灰色的月光"下。《沉沦》中的"我"在"生的苦闷"和"性的苦闷"中找不到出路,最终只好投海自尽。《微雪的早晨》中的朱雅儒由于家庭贫困、婚姻不幸、爱情破灭和用功过度,导致精神分裂,最后因服错药而死在了"微雪的早晨"。冯沅君《隔绝之后》中的隽华曾经以决绝的姿态与家庭和社会抗争,追求个性解放和爱情自由,但是最终无法摆脱亲情与爱情、束缚与自由的精神困扰,而在"隔绝之后"选择了自杀。庐隐《象牙戒指》中的张沁珠在经历了爱情挫折之后,"为了一个幻梦的追逐而

---

① 鲁迅:《娜拉走后怎样》,《鲁迅全集》第 1 卷,人民文学出版社,1981 年,第 170 页。

伤损了一颗诚挚的心,最后又因忏悔和矛盾的固执而摒弃了那另一世界的事业,将生命迅速地结束了"。丁玲《自杀日记》中的伊萨对周围的一切都感到悲观绝望,"觉得这生活确是凄凉的可怕",找不到一点"可留恋的人和事",最终选择了自杀。柔石的《旧时代之死》的朱胜瑀在寡母的艰苦支持下,勉强读到大学二年级,在失学失业之后,陷入了生活困窘和精神痛苦,最后怀着对社会的憎恨、对自己的不满和无力改变现实的绝望服毒自杀了。

五四运动落潮后,觉醒了的知识青年既不满社会的黑暗和现实的压迫,但又茫然不知所之,无力改变现状,大多数成为歧路彷徨的"零余者",而那些不堪重负、悲观绝望者更是陷入了穷途末路,只得牺牲生命,结束痛苦,这是一种普遍的"时代病"。正如柔石在《旧时代之死》中对主人公朱胜瑀所作的分析那样:"一种旧的力压迫他,欺侮他,一种新的力又引诱他,招呼他。他对于旧的力不能反抗,对于新的力又不能接近,他只在愤恨和幻想中,将蜕化了他的人生。"诚然,时代的步伐从来不会因个体的彷徨或生命的逝去而作短暂的逗留,即使同一个战阵中的伙伴也会"有的高升,有的退隐,有的前进"①。"五四"退潮后,仍有一批先进的知识分子继续坚持前行,总结个人奋斗的经验教训,把个体投入到群体中去获取新的生命。大学叙事中不乏这样重获新生的前行者。丁玲的《韦护》以挚友瞿秋白与王剑虹为原形,描写了S大学教授韦护在革命、爱情和艺术之间的矛盾冲突。韦护一方面想在生命的自然需要上,追求爱情,钟情艺术,他"像酗酒者般陶醉在爱情中的一些难忘的快活时日","他对于艺术的感情,渐渐的浓厚了,竟至有时候很厌烦一些头脑简单、语言无味的人。他只想跑回家,成天与这些不朽的书籍接近。他在这里可以了解一切,比什么都快乐"。另一方面,他又要站在革命事业的立场,"不希望为这些烦恼,让这些占去他工作的时间,使他怠惰","在一个长的激烈的争斗之后,那一些美的、爱情的、温柔的梦幻与希望、享受,均破灭了。而那曾有过一

---

① 鲁迅:《〈自选集〉自序》,《鲁迅全集》第5卷,人民文学出版社,1973年,第49页。

种意志的刻苦和前进，又在他全身汹涌着。他看见前途比血还耀目的灿烂"。最终革命战胜了爱情，韦护离开了丽嘉，离开了学校，到广州去投身到社会革命。韦护走后，丽嘉在感到一段幻灭的痛苦和悲哀后，也决心要做出点事情来。胡也频的《光明在我们的前面》以"五卅"运动前后的北京大学为背景，描写了经济学教授刘希坚和女大学生白华之间由政治上的分歧导致的爱情纠葛，反映了知识青年在时代洪流中的思想转变和斗争生活。刘希坚和同时代的许多青年人一样，曾经追求过无政府主义，但后来在现实斗争中逐渐认识到它盲目和虚无的本质，及时纠正了自己信仰上的错误，成为坚定的共产主义者。然而，他热恋着的美丽善良的女大学生白华却是一个虔诚的无政府主义者。政治信仰上的分歧，使得他们的爱情遭遇了挫折，他们开始话不投机，感情隔膜。但是，刘希坚坚定自己的信仰，努力投入革命工作，积极宣传马列主义，热情帮助白华改变自己的认识。白华在恋人的帮助下又经历了"五卅"风暴，迅速地成长起来，最终脱离了无政府组织，加入共产党，和刘希坚共同投入革命事业。柔石的《旧时代之死》中，叶伟和李子清从好朋友朱胜瑀的悲剧中觉悟到："单靠一个人的力量是不够的，要团结你们的血，要联合你们的火，整个地去进攻。"叶伟有着坚强的意志和毅力，对自己认定的目标从不放弃，非达到目的不可。他并不认同瑀对社会的悲观态度，而是认为"社会确是很有意义的向前跑的有机体"。他主张要振作精神，积极有为，"将我们这种社会化的生活，改变一下"，并计划到家乡去办学校，为乡村儿童和农民谋幸福。李子清也表示要以朋友的死"为纪元"，开始"新的有力的生活"。他决定对佃农实行减租，把自己分得的二万元家产散发给穷人，自己到法国或俄国去研究政治或社会。

丁玲曾经这样描述过胡也频从追求个性解放到投身社会革命的转变："他还不了解革命的时候，他就诅咒人生，讴歌爱情，但当他一接触革命思想的时候，他就毫不怀疑，勤勤恳恳去了解那些他从来也没有听到过的理论。"①然而，毋庸讳言，"五四"落潮后，经历了新文化运动洗礼的知

---

①   丁玲：《也频与革命》，《诗刊》，1980 年第 3 期，第 31 页。

识青年能够像丁玲、胡也频和柔石等先进知识分子那样,穿越个性解放和无政府主义的迷雾,在更宏大的社会革命和理想信仰中获得新生的,并不多见。事实上,那时候代表着先进力量的信仰和政党并没有成熟或强大到使大多数觉醒后的知识青年获得信心和希望,"五四"时期的马克思主义只是当时诸多新思潮中的一种,新近成立的革命组织也没有获得广泛的群众基础。正如瞿秋白当时所描述的那样:"社会主义的讨论,常常引起我们无限的兴味。然而究竟如俄国 19 世纪 40 年代的青年思想似的,模糊影响,隔着纱窗看晓雾,社会主义流派,社会主义意义都是纷乱,不十分清晰的。"①即便是走在时代最前列的马克思主义者当时也是如此"不十分清晰",更何况一般的知识青年了。因此,他们仍然只能在社会的黑暗、家庭的束缚和内心的羁绊中挣扎、彷徨、痛苦,乃至绝望。这些不难从这一时期大学叙事关于学潮或者革命的态度上得到反映。《海滨故人》中,露莎等人不仅对学潮置身事外,而且还对它的破坏性影响表示了不平。作者借云青的视角描述了学潮之后,学校里令人难受的"萧条气象":"在这学潮后,杂乱无章的生活里,只有沉闷烦纡,那守时刻司打钟的仆人,一天照样打十二回钟,但课堂里零零落落,只有三四个人上堂。教员走上来,四面找人,但窗外一个人影都没有。院子里只有垂杨对那孤寂的学生教员,微微点头。"在《茫茫夜》和《秋柳》中,郁达夫也对盲目的学潮运动进行了贬损性描写。A 地法政学校的学生受到军阀李麦及其走狗韩省长的蛊惑,驱逐正直有为的校长和教务长,导致学校停课,人心涣散,"风潮之后,学校里的空气变得灰颓得很,教职员见了学生的面,总感着一种压迫"。在《梦珂》中,丁玲借梦珂的视角对当时在大学生中盛行的无政府主义进行了嘲讽。当朋友雅南要介绍梦珂加入无政府党时,梦珂被那些无政府党的污浊环境、粗俗生活和浅薄的表情"骇呆了",趁他们不注意时偷偷地溜出来逃跑了。在老舍的《赵子曰》中,名正大学的学生们发动学潮不是为了自由正义,而是为了一己之私。在欧阳天风的煽动下,赵子

---

① 瞿秋白:《俄乡纪程》,《瞿秋白文集》文学编第一卷,人民文学出版社,1998年,第23页。

日等人公然罢课,打砸学校,殴打校长,残害校工,不但没有读书人的斯文,反而充满了暴戾的匪气,全是一副流氓作派。尽管师范毕业且对五四运动采取旁观态度的老舍,对大学和学生运动有些隔膜,但在一定程度上,也能反映出当时社会对偏激学生运动的一种态度。即便是"北大之父"蔡元培也在公开信中呼吁北大师生不要参与政治活动,而应该把主要精力集中在"纯粹的科学研究"上,以便为"中国的新民族文化奠定基础"①。

总之,在重个体求自由的启蒙文化语境中,"五四"作家在大学叙事中进行自我建构时,不可能也不会超越时代的局限,从个性解放的小天地跨越到阶级革命的大世界中去。大学叙事中,那种知识分子放弃小我投身革命重获新生的整体性转变,直到时代主题由启蒙转入救亡之后的三四十年代才得到更全面的反映。

第二节　新旧转型中的大学想象

中国古代向来有"学在官府"和"官师合一"的传统。传统高等教育机构主要表现为两个方面,一是官府控制的翰林院、国子监和太学等,"其最终目的就是为封建统治阶级培养各种官吏";另一是民间筹办的书院,主要依靠学术造诣"开学授徒和聚众讲学"②。然而,无论是官学还是书院,他们都主要以儒家学说为教学和研究对象,都要求恪守传统礼法,都直接或间接为封建王朝服务。直到1895年天津北洋公学、1896年南洋公学和1898年京师大学堂等一批近代大学的建立,中国现代大学教育才开始全面转型。然而,中国高等教育的现代转型是长期的和艰难的。"在中国社会中,传统的知识模式向来都是理论和实践密不可分,研究学问的中心问题就是如何'治国平天下'",因此,在新旧转型的很长一段时期,"中国

---

①　蔡元培:《蔡元培选集》,中华书局,1959年,第98页。

②　许美德:《中国大学1895—1995 一个文化冲突的世纪》,教育科学出版社,2000年,第26—28页。

存在着这种矛盾和冲突:既要获得西方科学和技术可能带来的经济和社会利益,同时又要竭力维护本国的文化知识传统,以保持自己的民族特色"①。"五四"前后,转型时期的大学在社会动荡和文化转型中呈现出诸多症候和气象。一方面,新生的共和政权很快被北洋政府所取代,军阀割据,社会动荡,大学面临着诸多现实问题,譬如经费短缺、管理混乱、积弊丛生、学潮频发等;另一方面,大学在军阀割据的分裂局面下,获得了相对独立的生长空间,诸如大学管理机构的成立、新学制的颁布、新增大学数量的增加、大学师生队伍的扩大和现代大学教育思想的成熟等。

如果说作为虚构的叙事,小说是一种想象中国的方法,那么五四时期的大学叙事也即是新旧转型时期的大学想象,小说中那些关于大学的现实艰窘、浪漫诗意和教育状貌的生动描写,在很大程度上弥补了我们对于民国大学的"历史叙事的不足"和"想象的空白"②。

一、现实的艰窘

"五四"前后,内忧外患,时局维艰。一方面,军阀连年混战,社会经济凋敝,政府财政入不敷出,教育经费短缺;另一方面,教育成本剧增,寒门子弟陷入生活困境,教职员工遭遇积欠薪酬,这一时期的大学面临各种现实艰窘。众所周知,科举时代尚有宗族例规、学庄义举和书院接济等建制来扶持读不起书的寒门子弟。而至学堂时期非但没有了上述援助,而且还增加了学费、操衣、旅费等各种开销,这对学生家庭的经济条件提出了更高要求,一般的中下层家庭只好望而却步。正如夏丏尊所说:"到了中学,贫困者就无资格入门,因为做中学生的不是富家儿,即是中产者的子弟。至于入大学,费用更巨,年须三四百元以上,故做大学生的大概是富家儿,即使偶有中产者的子弟蛰居其间,不是少数的工读生,即是少数的叫父母流泪典制了田地不惜为求学而破家的好学的别致朋友罢了。"③孙

① 许美德:《中国大学 1895—1995 一个文化冲突的世纪》,教育科学出版社,2000 年,第 50 页。
② 王德威:《想象中国的方法》,生活·读书·新知三联书店,1998 年。
③ 夏丏尊:《你须知道自己》,《中学生》创刊号(1930 年 1 月)。

伏园也在《回忆"五四"当年》中说,那时候"除极少数封建地主和买办阶级的子弟以外,大多数小资产阶级家庭的子弟的物质生活还是低劣的"①。

废名早期反映大学生活的小说突出表现了大学校园内寒门学子的生活艰辛和精神痛苦。《讲究的信封》中,在北京上大学的仲凝家境窘迫,为了省钱,决定寒假不回家过年,经受着丧子之痛的妻子来信对此也表示支持,因为"往返盘费至少要用三十元,家里无论如何节省,总填不起这个数目"。而为了供养他读书,全家人省吃俭用,年迈的父亲甚至来信让他去请求有声望的乡贤李先生写信举荐到县衙做事。仲凝即使对求人举荐一事感到"耻辱"和"痛苦",但迫于无奈也仍然只有放弃尊严去请求"行踪不定"的李先生帮助。小说尤其细致地展示了仲凝在受着经济压迫和维护人格尊严之间犹豫不决的矛盾心理。《少年阮仁的失踪》中,阮仁当初"苦央着父亲的允许",千方百计到北京来上大学,以为"大学才是适合于我的地方",却不料后来却发现"越读书越与世人不相容,越与世人不相容越没有饭吃"。因担心"将来家里的产业因了我的学费而卖完了"和不忍心"看着爹娘受饿",阮仁逃离了学校。《去乡》和《病人》分别叙写了两个大学生读书期间贫病交加,不得不退学归家的凄凉故事。《去乡》中,"病里作客"的S回到家中,然而家中困窘不堪。为了让生病的儿子吃饱,寡母借米下锅,并且"望着我一粒一粒的把饭吃完"。贫病交加的S不忍心再待家中,只得再次离家出门。《病人》中的"他",患了吐血的"痨病",身体"渐渐黄瘦下去",性情也越发孤僻、自卑和敏感。最后,"他"拒绝了同学的送别要求,趁大家上课的时候,一个人孤独地走了。郁达夫的《微雪的早晨》通过家境贫寒的"我"和朱雅儒的生活交往,反映了寒门学子在大学校园中的生存状态。"一般新进学校的同学,都是趾高气扬的青年",而家境贫寒的"我"则"见了一般同学,又只是心虚胆怯,恐怕我的穷状和浅学被他们看出,所以到学校后的一个礼拜之中,竟不敢和同学攀谈一句话"。放年假的时候,同学们大多回家过年去了,"只有贫而无归的我和其他的二三个南方人,脸上只是一天一天的在枯寂下去,眼看得同学们一个一个的兴高采烈地整理行

---

① 孙伏园:《回忆"五四"当年》,《人民文学》,1954年5月。

篓,心里每在洒丧家的含泪"。朱雅儒家里虽则有几十亩地,然而这几十亩地的出息,除了赋税而外,他老父母的饮食和媳妇儿的服饰,都供给不了,更何况还要供养他上大学。因而,他也与"我"一样,勤学俭用,"同病相怜",在大家面前保持着"谦恭的样子"。柔石的《旧时代之死》更是"掇拾青年的苦闷与呼号,凑合青年的贫穷与忿恨"[1],描写了寒门学子朱胜瑀在寡母的艰苦支持下,勉强读到大学二年级,终至失学失业,最后在贫病交加中死去。在叶圣陶的《投资》中,主人公一家都把花钱上大学作为一项重要的投资,对它怀着神圣的期待。对于金钱一向非常爱惜的"爸爸",为了"博取比资本多出多少倍的盈利",不惜"支出大量的可爱的金钱作为资本"。小说生动地描写了"爸爸"把一叠钞票给"我"时的紧张心理:"他的白皙而露出青筋的手微微发抖,他说:'这里两百五十块',要当心!"在这些作品中,那些"拿着'将本求利'的眼光来衡量教育效果,仅足温饱的父兄,亦何甘以四五千元血汗之资,送子弟由中学而大学,造成一个分利的分子?"[2]

"五四"前后乃至整个民国时期,大学所面临的现实艰窘并非只是校园内部的生活难题,更突出地表现在社会层面上的知识分子普遍所面临的就业难题。由于长时期的社会动荡和经济萧条,社会职业岗位的供给远远不能满足迅速增长的毕业生就业需求。据统计,仅 1917 年至 1923 年,全国高校的招生总数从 3511 人增加到 13098 人[3]。"五四"前后,许多知识青年像当年的沈从文一样离开家乡,怀揣着梦想到北京、上海等大城市寻找新出路,可是现实的艰难却让他们始料不及,"北京城目下有一万大学生,毕业后无事可做,愁眉苦脸不知何以为计。大学教授薪水十折一,只三十六块钱一个月,还是打拱作揖联合罢教软硬并用争来的。大小书呆子不时读死书就是读书死[4]。对于"五四"时期大学生就业的艰难

---

① 柔石:《旧时代之死·自序》,北新书局,1929 年。

② 舒新城:《舒新城教育论著选》(下),吕达、刘立德编,人民教育出版社,2004 年,第 675 页。

③ 周予同:《中国现代教育史》,良友图书公司,1934 年,第 225 页。

④ 沈从文:《一个传奇的本事》,《沈从文随笔 生之纪录》,北京大学出版社,2007 年,第 157 页。

情形,郁达夫当时曾在《给一位文学青年的公开状》中如此描述:"引诱你到北京来的,是一个国立大学毕业的头衔,你告诉我说,你的心里,总想在国立大学弄到毕业,毕业以后至少生计问题总可以解决。……大学毕业以后就可以有饭吃,你这一种定理,是哪一本书上翻来的? 想你这样一个白脸长身,一无依靠的文学青年,即使将面包和泪吃,勤勤恳恳的在大学窗下住它五六年,难道你拿毕业文凭的那一天,天上就忽而会下起珍珠白米的雨来的吗? 现在不要说中国全国,就是在北京的一区里头,你且去站在十字街头,看见穿长袍黑马褂或哔叽旧洋服的人,你且试对他们行一个礼,问他们一个人要一个名片来看看,我恐怕你不上半天,就可以积起一个堆的什么学士,什么博士来,你若再行一个礼,问一问他们的职业,我恐怕他们都要红红脸说'兄弟是在这里找事情的'。"①

"五四"时期大学生就业如此艰难,以至于那些捧着各类文凭和介绍信四处奔波的大学生们,如无父兄余荫,亲故引援,就要靠母校收容,家境富裕或凭偶然之技能,补他人之缺,否则基本只能得到最坏的结果——失业②。叶圣陶在《感同身受》中就真实反映了"五四"时期大学生就业难的问题。小说中,春假刚过,毕业生们就三天两头跑到老师家里,请求老师"栽培栽培","不要错过有一线希望的机会"。迫于无奈,老许和他的同事们只好把毕业学生"平均分配",36 个毕业生,11 位老师,每人负责推荐 3个。尽管老许竭尽所能,利用各种关系,到书局、学校等地四处"推销",却始终没有收获。作者最后借老许之口感慨道:"这样的大学教育真糟糕! 给一个大学生读到毕业,公家总得花上几千块钱,他自己家里拿出来的也不在少数,结果连三十块钱的事情也找不到:还说不上失业,简直是无业! 这是何等严重的问题!""五四"前后,面临就业难题的不止是那些国内大学的毕业们,对于那些从海外回来的留学生来说,同样也是"感同身受"。郁达夫早期的一些小说生动反映了留学生回国后就业艰难、生活无

---

① 郁达夫:《给一位文学青年的公开状》(1924 年 11 月 13 日),见《郁达夫随笔 伤感行旅》,北京大学出版社,2009 年,第 129 页。
② 舒新城:《我和教育》(上),(台北)龙文出版公司,1990 年,第 112—113 页。

着的痛苦。《茑萝行》中,留学回国的"我","一踏了上海的岸,生计问题就逼紧到我的眼前,缚在我周围的运命的铁锁圈就一天一天的扎紧来了"。由于找不到工作,"我"在黄浦江边流浪,或上公园坐冷板凳,甚至几次到江边想自杀。《杨梅烧酒》也描写了在国外专攻应用化学的留学生,雄心勃勃,满以为可以回国干一番事业,然而回国后,连职业都找不到,所学的知识始终"没有正当的地方去用"。《风铃》(本篇最初发表时,题为《风铃》,收入《达夫短篇小说集》时,改题为《空虚》)中的于质夫从国外留学回来,发现"中国的社会不但不知道学问是什么,简直把学校出身的人看得同野马尘埃一般的小"。他东奔西跑,就是找不到工作,最后只好失望地再次去国。同样,郭沫若的《阳春别》和冰心的《去国》也都描写了留学生报国无门,再次去国的悲伤和无奈。《阳春别》中,从日本留学归国的工科毕业生王凯云到上海找工作,五个月了,"找事找不到手,也没有人可以攀缘",穷困潦倒,典当书籍、衣裳,晚上到车站过夜,最后不得已连毕业文凭也拿到虹口日本人的当铺里"当了四张五圆的老头票",买船票再回日本。《去国》中,留学归国的英士拿着父亲朱衡的推荐信到北京某部求职,总长却当面大倒苦水:"现在部里人浮于事,我手里的名条还有几百,实在是难以安插。外人不知道这些苦处,还说我不照顾戚友,真是太难了。"后来,虽然仰仗父亲与总长的深厚交情补了一个"技正"的虚职,但是壮志难酬的英士最终还是选择了再次去国。

　　尽管自古以来,中国知识分子并不看重物质财富,注重精神追求,所谓"无恒产而有恒心者,惟士为能"(《孟子·梁惠王(上)》)。但是,"物质上不受牵制,精神上才能独立"①,知识分子只有"在不受经济压力干扰的情况下才能全身心地投入工作"②。正如马克思所说:"人们为了能够'创造历史',必须能够生活。但是为了生活,首先就需要衣、食、住以及其他东西。"③"五

---

　　①　李大钊:《物质和精神》,《李大钊全集》第三卷,河北教育出版社,1999年第430页。
　　②　(美)刘易斯·科塞:《理念人:一项社会学的考察》,郭方等译,中央编译出版社,2001年,第308页。
　　③　马克思、恩格斯:《马克思恩格斯选集》第1卷,人民出版社,1972年,第58页。

四"前后,"教育经费积欠日多,教育界感着生存的需要,常常用罢课停职种种方法对待政府"①。自 1919 年至 1926 年间,全国范围内的教师罢课索薪运动持续不断,1921 年更是酿成了规模最大的"六三事件",北京国立八校职员全体辞职,会同 600 余名京师学生,到总理府和总统府请愿,甚至于绝食抗争。但即便如此,大学教师的欠薪问题以及由此导致的生活危机仍未得到解决,这必然导致他们对教师职业认同感的下降和对社会现实的不满。正如当时沈从文从旁观者角度的观察:"'五四'已过,低潮随来。官僚取了个最官僚的政策,对他们不闻不问,使教书的同陷于绝境。然而社会转机也即在此。教授过的日子虽极困难,唯对现实的否定,差不多却有了个一致性。"②叶圣陶的《席间》借一群大学教授宴席间的谈话反映了这一时期大学里普遍存在的欠薪问题及其由此产生的不良反应。子衡因不满学校欠薪,准备调到另一所大学去教书。同事们为此在宴席上表示庆祝,因为对方学校给他约定"至少开学后一个月内可以拿到六折的薪水"。然而,根据倒 U 先生搜集的"各大学发薪统计表",实际上那边大学的欠薪问题也很严重,现在只发了"五月份的五分之二"。对此,子衡决定"拿六折的薪水,教六折的功课","采用现成书本,不编半个字的讲义,还有早退十分钟"。宴席间,教授们的中心话题始终不离欠薪与索薪。对于大学发不出薪水、维持不了教员生活,既有要求"关门"的牢骚,更有实行"逃跑主义"的现象,而唯一认真教书的小陆在严峻的"唯物史观"面前,理想主义"被打得粉碎",最后也敷衍塞责起来。小说中,虽然作者对这些夸夸其谈、不负责任的教授们颇多嘲讽,但其间所反映出来的现实问题确是令人深思的。同样,郭沫若在《阳春别》中也通过一位比利时籍绘画教授 A. H. 的经历,反映了当时大学教师普遍存在的欠薪问题和不满情绪。A. H. 教授在 P 大教了十六年绘画,八年前每月的薪水很丰富,生活宽裕,"1917 年以后,薪水便渐渐拖欠起来,到最近两三年来简直

---

① 舒新城:《教育经费独立》,《舒新城教育论著选》(下),人民教育出版社,2004 年,第 725 页。

② 沈从文:《向现实学习》,见《沈从文随笔 生之纪录》,北京大学出版社,2007 年,第 246 页。

是分文不发了"。由于爱妻病逝,薪酬积欠,悲愤交加的 A. H. 决定辞去教职,变卖家产,离开中国。《茑萝行》中,A 地法政学校教书的"我"认为,"教书是有识无产阶级的最苦的职业",每天上课"同上刑具被拷问一样,胸中只感着一种压迫",并且哀叹:"当这样有作有为的年纪,我的生命力,我的活动力,何以会同冰雪下的草芽一样,一些儿也生长不出来呢?"《李教授》(废名)中,李方正平时喜欢别人称他为教授,朋友们一见面也都叫他李教授,但是李方正心里知道,那是拿他开玩笑。小说中,作者以速写的方式,通过编辑部的朋友、理发铺的师傅、偶遇的学生和老家的乡邻等不同对象对李方正教授的态度,反映了社会上对大学教授的鄙薄。尤其是在老家,当他的一位本家问他干什么差事时,他迟疑了一会,慢慢地加两个字道:"大学教授。"本家很不以为然地告诉他:"你该弄一个知事做一做,当教员干什么呢?"这位本家对大学教授的鄙夷让李方正一下陷入了不知如何是好的尴尬,以至于后来不敢再回家乡。"五四"前后,由于欠薪问题导致大学教师们普遍产生了不同程度的生存焦虑和抵触情绪,而大学教授此前所拥有的职业优越感和社会认同感也被厌教弃学心理所取代。

二、浪漫的诗意

大学向来被誉为"象牙塔"。"象牙"是纯洁、典雅、高贵和神圣的象征,"塔"则具有内敛性和神秘性的文化内涵。作为一个独特的文化空间,大学既是学习知识、追求真理、创造思想的精神殿堂,也是激扬青春、交流情感、建立友谊的生活世界。"五四"时期,新旧转型中的大学想象既有无法回避的现实艰窘,也不乏激情飞扬的浪漫诗意。在个性解放和思想自由的空气里,青春萌动的爱情、情投意合的友谊和各种撒播青春激情的学生活动,处处洋溢着浪漫的诗意。

如果我们有意遮蔽关于个性解放、民主自由一类的社会性内涵,而只单纯从爱情角度来观照露莎、沁珠、隽华、莎菲们的生活故事,毋庸讳言,"五四"大学叙事中的爱情书写同样有着令人向往的浪漫和诗意。在恋爱中的露莎看来,"青年男女好像是一朵含苞未放的玫瑰花,美丽的颜色足以安慰自己,诱惑别人,芬芳的气息,足以满足自己,迷恋别人"。露莎与梓青的爱情是在心灵的交流中"从泛泛的交谊,变为同道的深契"的。在爱情的滋润下,从前消极冷淡的露莎变得"生趣勃勃":"她每天除上课外,便是到图书馆看书,看到有心得,她或者作短文,和梓青讨论,或者写信去探梓青的见解,在这个时期里,她的思想最有进步,并且她又开始研究哲学,把从前懵懵懂懂的态度都改了。"《象牙戒指》中,张沁珠与伍念谈诗论酒的爱情描写更有着令人陶醉的"古典情调":他们从新诗谈到旧诗,从情趣思想谈到遣词造句,"那时房里的光线渐渐暗下来","一阵穿过纱窗的晚风,挟了玫瑰的清香"。随后,他们又沉醉在"充满艺术风味的酒"中,"这酒的确太好看了,鲜红浓醇,装在那样小巧的玻璃杯里","在一点一滴中,都似乎泛溢着梦幻的美丽",醉酒微醺的沁珠"只觉一股热潮由心头冲到脸上来,两颊好像火般烧了起来,四肢觉得软弱无力,便斜靠在藤椅上","他替我剥了一个橘子,站在我的身旁,一瓣瓣地往我口里送,唉! 他的眼里充满着异样的光波,他低声地叫我'沁珠'他说:'你觉得怎样?'我说:'有些醉了,但是不要紧'"。庐隐的朋友刘大杰说,"庐隐的作品里,是男学生,女学生,同性爱,多角爱,是爱情的追逐","庐隐是女高师国文系出身的,她的作品,很浓厚的凸显着中国旧诗词旧小说的情调",的确是知人之论。如果说庐隐的爱情描写带有浓浓的书卷气息和古典情调,那么冯沅君笔下的爱情场景则更多敞现出在古典与现代之间羞涩犹疑的动人情趣:"我很想拉他的手,但是我不敢,我只敢在间或车上的电灯被震动而失去光的时候;因为我害怕那些搭客们的注意。可是我们又自己觉得很骄傲,我们不客气的以全车中最尊贵的人自命。他们那些人不尽是举止粗野,毫不文雅,其中也有很阔气的,而他们所以仆仆风尘的目的,是要完成的名利的使命,我们的目的却是要完成爱的使命。他们要求的世界是要黄金铺地玉作梁的。我们所要求的世界是要清明的月儿与灿烂的星斗作盖,而莲馨花满地的……一切,一切,世间的一切我们此时已统统忘掉了。爱的种子已在我的心中开了美丽的花了。房中——我们的小世界——的空气,已为爱所充满了,我们只知道相偎倚时的微笑,喁喁的细语,甜蜜热烈的接吻,我的旗子上写些什么也是不足轻重的。"(《旅行》)相较于庐隐和冯沅君,丁玲所表现的现代知识女性在追求爱情过程中既独立自主又悱恻缠绵的内心幽微同样美丽动人。莎菲最初如此迷恋凌吉士的丰仪:"他的颀长的身躯,白嫩的面庞,薄薄的小嘴唇,柔软的头发,都足以闪耀人的眼睛,但他还另外有一种说不出,捉不到的丰仪来煽动你的心。……我为要强迫地拒绝引诱,不敢把眼光抬平去一望那可爱慕的火炉的一角。两只不知羞惭的破烂拖鞋,也逼着我不准走到桌前的灯光处。我气我自己:怎么会那样拘束,不会调皮的应对? 平日看不起别人的交际,今天才知道自己是显得又呆,又傻气。唉,他一定以为我是一个乡下才出来的姑娘了!"然而,当莎菲明白了那使她爱慕的一个高贵的美型里,安置的是一个只追求金钱、女人和职位的卑劣灵魂时,莎菲陷入了既诅咒自己又难以摆脱的烦恼中,在她看来,"也许爱才具有如此的魔力,要不,为什么一个人的思想会变幻得如此不可测! 当我睡去的时候,我看不起美人,但刚从梦里醒来,一揉开睡眼,便又思念那市侩了"。"五四"时期大学校园的浪漫诗意不仅表现在女作家笔下,同样也呈现在男作家文中。在《玄武湖之秋》中,倪贻德以优美哀婉的笔调描写了 E 与三位妙龄女郎既思慕相亲又不为世俗所容的美丽与忧愁,其中三秋佳节泛舟湖上的一段描写格外动人:"慢慢的撑到湖心中,我们吩咐船家不要再撑,还是让它自己去浮荡着的好。那里将近正午,太阳光正中的射下来,使人觉得好像在和蔼的冬日之下。芦荻都寂静无声,远山也懒洋洋的在睡着,只一声声的午鸡,从远村中悠悠地传过来,破了四周的寂寞。啊,这和平的秋光!在静寂的湖面! 我愿意一辈子的在此地安安乐乐的过去。"罗家伦《是爱情还是痛苦》中关于程叔平与吴素瑛的爱情描写同样流露出相亲思慕的美丽和被世俗阻隔的忧伤。程叔平在演说会上偶遇吴素瑛时便一见钟情,她"眼波盈盈,于妩媚中现出一种庄严流丽的态度",深深印了他的脑海里,后来在同学韩紫诚家再次被她富有见地的新思想所打动。然而他们情投意合的爱情却被程叔平父亲阻隔,最后素瑛一个人怅惘地赴美留学,程叔平也只好在"强不爱以为爱"的包办婚姻中感伤。此外,郁达夫、郭沫若、张资平等的域外大学叙事,大量描写了留学生们的爱情经历和性爱心理,虽也不乏美丽感伤的情调,但更多的是苦闷的挣扎和扭曲的心理。

一般而言,爱情产生于人的生理和精神两方面的需求,二者是构成爱情的基本要素。爱情的产生实现需要经过男女双方在爱情价值要素需求上相互弥合。每个具有自我意识的人都希望寻找理想、志趣、性格、气质、经挤状态、文化程度、相貌、体格等方面符合自己预期的对象。作为一种精神需求,爱情必然还要受到经济条件、社会制度及其相应的伦理道德、风俗习惯和社会风气的影响。"五四"时期,爱情书写中的精神需求和生理需求大多是分裂的。通常,女作家笔下更多强调的是精神的需求,而男作家笔下更多书写的是生理的需要。毋庸讳言,正是由于精神需求与生理需求的分裂,再加上自我意识觉醒与传统思想束缚的冲突,从而导致了"五四"大学叙事中新旧转型时期的爱情大多流露出既美丽又忧伤的浪漫诗意。

"五四"大学叙事中的浪漫诗意不只是体现在知识青年的爱情追求上,同样也流露在同学情谊中。庐隐的《海滨故人》生动描写了中国最早一批女大学生们的校园生活和同学情谊。小说是以露莎、玲玉、莲裳、云青、宗莹五个大学同窗好友在海滨充满诗情画意的假期生活开始的:"呵!多美丽的图画! 斜阳红得像血般,照在碧绿的海波上,露出紫蔷薇般的颜色来,那白杨和苍松的阴影之下,她们的旅行队正停在那里。五个青年的女郎,要算是此地的熟客了,她们住在家海的村子里;只要早晨披白绡的安琪儿,在天空微笑时,她们便各拿着书跳舞般跑了来。黄昏红裳的哥儿回去时,她们也必定要到。"她们虽然性格各异,但是志趣相投,一起看日出日落,畅谈人生,相约未来,在平淡的校园生活里相互依偎,互诉衷肠。在废名的《文学者》里,学园公寓的男生们,"有自命将来做一个文学家者,有自命为数学家者,种类繁多,等而下之,则是自认没有多大的奢望,只想当一个律师"。他们躺在床上,无所顾忌地抽烟,唱歌,写诗,谈小说,聊女生,这些大学生们原生态的宿舍生活虽有些粗鄙不堪,但却朝气蓬勃,真实生动地呈现了恰同学年少时的纯真友谊和理想情怀。即便是越过一个世纪的风烟,在今天的大学生宿舍里,这些场景仍然日久弥新。

物以类聚,人以群分。大学作为一个独特的文化空间和生活世界,其本身具有聚合和重塑的功能。原本是生活在别处的人们,在同一时间聚集到同一个空间后,很快会根据各自不同的兴趣爱好重新选择可供归属的群体,从中获取新的情感力量和精神支撑,以填补由离开家庭亲情造成的情感空缺,纯真的友谊便是在这个浪漫的季节产生并逐渐发展成终身难忘的。当然,在个性解放的年代,由于各种不同的缘由,校园内的同窗情谊也有"荒腔走板"的时候,"五四"大学叙事中也有关于同性书写的"越轨"笔致。庐隐的《丽石的日记》中,丽石"不愿从异性那里求安慰,以为和他们——异性——的交接,总觉得不自由",因而,与沅清"从泛泛的友谊上,而变成同性的爱恋了",并打算将来一起共同生活。冯沅君的《说有这么一回事》中,云罗与影曼在排演话剧《罗密欧与朱丽叶》的过程中产生感情,形影不离,相爱的程度"比任什么男子都要深,都要长久",并希望"能够在一块过一辈子"。丁玲的《暑假中》,承淑与嘉瑛、春芝与德珍、玉子与娟娟等女校教师为抗拒世俗而立志独身,在暑假中相互依偎,同睡一床,恣肆接吻,因爱生嫉,发展成同性恋情。郁达夫的《她是一个弱女子》中,女校学生郑秀岳与冯世芬由同窗友谊发展成同性恋情,上课、吃饭、自修、散步、睡眠"一刻儿都舍不得分开","不问是在课堂上或在床上,不问有人看见没有看见",她们都要"互相看看,互相捏捏手,或互相摸摸"。当冯世芬移情陈应环之后,意志薄弱的郑秀岳又在李文卿的诱惑和胁迫下,与她在一起同床共枕了,以至后来"她的对李文卿的热爱,比对冯世芬的更来得激烈,因为冯世芬不过给了她些学问上的帮助和精神上的启发,而李文卿却于金钱物质上的赠与之外,又领她入了一个肉体的现实的乐园"。

同性书写(主要是女同性恋书写,也有个别描写男男相恋的,如郁达夫的《茫茫夜》中的于质夫与吴迟生)成为"五四"大学叙事中一道独特的文学景观,这与当时的外部气候和内部环境有着密切相关。从外部社会大气候来讲,在追求个性解放和民主自由的时代语境中,"五四"大学叙事中的同性恋爱不是作为伦理道德的负面来书写的,而是常常被纳入到对抗传统和世俗的主题中来表现的,因而,无论是文本外创作主体的思想倾向还是作品中小说人物的情感态度,都没有表示反对或不安,甚至流露出不同程度的赞美和同情,这些不难从那些充满浪漫诗意的话语片段中得到确证。《丽石的日记》中,丽石是在对学校的单调生活和世俗的道德假面厌烦失望后,才与沅清"从泛泛的友谊上,而变成同性的爱恋"的。丽石如此描绘她与沅清"将来共同生活的乐趣":"在一道小溪的旁边,有一所很清雅的草屋,屋的前面,种着两颗大柳树,柳枝飘拂在草房的顶上,柳树根下,拴着一只小船","玫瑰花含着笑容,听我们甜蜜的深谈,黄莺藏在叶底,偷看我们欢乐的轻舞,人们看见我们一样的衣裙,联袂着由公园的马路上走过,如何的注目呵"。《说有这么一回事》中,影曼与云罗相恋的场景不仅充满了诗情画意,而且获得了周围人们的认同:"她们俩抬头望月时,月儿好像穿上银闪闪的舞衣,站在天中向她们微笑道喜。五月初旬吹面不冷的夜风阵阵送过这西墙下德国白茶薇的芬馥来,好像开一瓶甘酒,倒在幸福杯内等候她们。'你是月儿,我是旁边那颗星!'影曼仰面笑,携着云罗的手走下亭子。'你常跟着我,我常陪着你。'云罗说着低下头走。她们的感情好像同校园的桃李茶薇等树的叶子比长",全学校的人说起她俩来都不用她们的本名,好像罗密欧与朱丽叶两名字本来是她的,"以后她俩差不多每晚都去校园散步谈心,同学们远远望见,都含笑让道"。从大学内部情况来看,"五四"时期,女子高等教育主要集中在北京高等女子师范学校和一些教会大学。虽然中国近代大学教育在1895年就开始了,但直到1919年以后,女性才开始正式进入中国的公立大学,其标志便是中国历史上第一所女子高等学府——北京高等女子师范学校成立,并开始招收女生,此后其他国立大学开始允许招收女生入学。但据资料记载,截止1922年,全国31所大学共有女生665名,其中236名在北京女子高等师范学校①,庐隐、冯沅君、苏雪林、石评梅等均为女高师首届同窗,冰心、凌叔华分别为协和女子大学和燕京大学(都是教会大学)学生。"五四"大学叙事中,女大学生之间的同性恋爱便是在"女校"这样一个疏离男性的相对封闭的生活空间里萌发的,大多强调的是精神依偎,而遮蔽了肉体关系。这种柏拉图式的同性爱情虽然表现出"五四"时代特有的浪漫诗

---

① 许美德:《中国大学 1895—1995 一个文化冲突的世纪》,教育科学出版社,2000年,第72页。

意,但在严酷的现实面前不可避免地只能以风流云散或生离死别的悲剧告终,庐隐笔下的丽石与沅清、凌叔华笔下的云罗和影曼、丁玲笔下的承淑与嘉瑛、郁达夫笔下的郑秀岳与冯世芬等等,莫不如此。"它从一个层面表现了女性刚刚踏上解放之途时的特殊心态,同时也是对她们精神痛苦的理解中批判了从现实处境和内在精神两方面压抑女性的不合理社会"①。

三、大学的形象

大学形象是社会公众对大学的感觉、印象和认知,是大学整体状况的综合反映。它既是被建构的客体,又是自我建构的主体。通常而言,大学形象主要由校园风物、师生形象、典章制度和精神面貌等"聚合"而成②。然而,"五四"时期,作家们并没有自觉建构大学形象的叙事意识,其作品中的大学形象主要是通过作为活动场域的校园风物、作为叙事对象的师生形象以及在此基础上形成的精神面貌构成的。

"五四"时期,虽然"大学"已经作为独特的叙事空间进入现代作家的文学视野,但是它们并没有成为独立的叙事对象得到作家们的审美观照,而大多只是作为人物的活动空间和故事的发生背景存在。在《海滨故人》《曼丽》和《丽石的日记》等作品中,庐隐在叙述露莎们聚散离合的情感经历时,也浮光掠影地描写了图书馆、讲堂、操场、宿舍和栉沐室等场景,譬如,"露沙每天只在图书馆,一张长方桌前坐急拿着一枝笔,痴痴地出神","当一阵吃饭钟响,她才放下笔,从图书馆出来,她一天的生活大约如是";"宗莹最喜欢和同学谈情。她每天除上课之外,便坐在讲堂里,和同学们说'人生的乐池就是情'";"她(莲裳)跑到操场里,跳上秋千架,随风上下翻舞,必弄得一身汗她才下来,她的目的,只是快乐",等等。显然,叙述者无意在这些校园日常生活空间作过多停留,它们都只是作为人物活动的

---

① 李玲:《青春女性的独特情怀——"五四"女作家创作论》,《文学评论》,1998年第1期。

② 刘潮临:《论大学形象》,《湖北社会科学》,2003年第10期。

场所点到为止。在冯沅君的《隔绝》《旅行》和《隔绝之后》等作品中,则更是难觅校园风物,人物活动的场所甚至已移至家庭、车厢和旅馆等校园外部空间,只不过人物的大学生身份标识了大学叙事的文本属性。在丁玲的《梦珂》《莎菲女士的日记》和《韦护》等作品中,美术学校的教室、京都大学的公寓和 S 大学的课堂等,也都是作为人物活动的空间和故事发生的背景出现在作品中。同样的情形也表现在冰心、废名、郁达夫等的大学叙事作品中,作者同他们笔下的人物一样,对校园风光和学习生活都缺乏兴趣和耐心,而只是关注人物的情感经历和内心感受。但是,值得注意的是,"五四"大学叙事中也有个别钟情校园风物和日常生活的文本。《象牙戒指》中,作者借叙述人素文的视角,全景式描写了校园风物的全貌和日常生活的细节:

"于是我们就一同下楼去参观全校的布置,我们先绕着走廊走了一周,那一排的屋子,全是学生自修室和寝室,没有什么看头。出了走廊的小门,便是一块广阔的空场,那里设备着浪木、秋千、篮球架子,和种种的运动器具。在广场的对面就是一间雄伟庄严的大礼堂,四面都装着玻璃窗,由窗子外可以看见里面一排排的椅子和庄严的讲台。再看四面的墙上挂着许多名人哲士的肖像,正中那面悬着一块白地金字的大匾额,写的是:'忠义笃敬'四个隶字;这是本校的校训。穿过礼堂的走廊,另外有一个月亮门,那是通入校园的路,里面砌着三角形的,梅花式的,半月形的种种花池,种着各式的花草。围着校园有一道很宽的走廊,漆着碧绿的颜色,非常清雅。我们在校园玩了很久,才去看讲堂,——那是位置在操场的前面,一座新盖的大楼房,上下共分十二个讲堂。我们先到体育科去,后来又到国文科去。它们的形式大约相同。没有什么意思,我们没有多耽搁,就离开这里。越过一个空院子,看见一个八角形的门,沿着门攀了碧绿的爬墙虎,我们走进去,只见里面另有一种幽雅清静的趣味。不但花草长得格外茂盛,还有几十根珍奇的翠竹,原来这是学校特设的病人疗养院。在竹子后面有五间洁净的病房,还有一位很和蔼的女看护,沁珠最喜欢这个地方。离竹屏不远还有一度茶筋架。这时,花已开残,只有绿森森的叶子,偶尔迈缀着一两朵残花。在花架旁边,放着一张椅子,我们就在这里坐了很久。自然,那时我们比现在更天真。我们谈到鬼,谈到神仙,有时也谈到爱情小说。不过我们都太没有经验,无论谈到那一种问题,都好像云朵走过天空,永远不留什么痕迹,等到我们听见吃饭的钟声响了,才离开这里到饭厅去,那是一间极大的厅堂,在寝室后面。里面摆了五十张八仙桌,每桌上八个人,我们四个人找了靠窗边的桌子坐下,等了一会,又来了四个不很熟识的同学。我们沉默着把饭吃完,便各自分散了。"

这段校园风物及其后文关于晨起、自修、上课、考试,甚至请假、逃课等诸多大学日常生活细节生动呈现了五四时期大学校园的风物气象和精神风貌。在这里,大学已成为独立的审美对象,不再是一个空洞的符号,而是一个内涵丰富的能指。

大学师生是大学信息最广泛、最直接的传播者,是建构大学形象的生命主体和气质灵魂。一所大学的社会地位、形象,主要取决于大学师生的形象。大学形象的树立在很大程度上依赖于师生的共同参与和认同,"所谓大学者,非谓有大楼之谓也,有大师之谓也"①。然而,"五四"时期,大学叙事中的教师形象是不尽如人意的,他们大多以负面形象出现在作品中。《高老夫子》中,鲁迅以嘲讽的笔调描写了一个爱慕虚荣、不学无术、庸俗混世的女校教员形象。高尔础本名高干亭,因仰慕俄国大文豪高尔基,遂改名高尔础。以"新学问,新艺术"自我标榜的高尔础实际上不学无术,整日"打牌,看戏,喝酒,跟女人"。自从在《大中日报》上发表了一篇所谓的"名文",并因此得了贤良女学校的聘书之后,便自我膨胀起来,觉得周围的人"一无所长",都是"下等相"。第一次上课的高尔础内心潜藏着"看看女学生"的欲望,"工夫全费在照镜,看《中国历史教科书》和查《袁了凡纲鉴》"上。然而,课堂上"半屋子蓬蓬松松的头发"让心怀不轨的高老夫子一下乱了分寸,张皇失措起来。提前下课后,狼狈不堪的高尔础很快便又与"打牌,看戏,喝酒,跟女人"的"下等相"们同流合污了。叶圣陶主要以描写中小学教员为主,在其为数不多的大学叙事作品中,大学教员也多是庸俗自私、不学无术之辈。《席间》中,子衡等一群夸夸其谈的教授们

----

① 梅贻琦:《就职演说》,《国立清华大学校刊》第 341 号,1931 年 12 月。

所关心的无非是薪酬、女人、麻将一类的事情,完全没有了为人师表和师道尊严。《英文教授》中,悲观失望的董无垢,像地板底下的老鼠一样"蜷伏在大学的一个角落里",不问世事,皈依佛教,烧香参禅。丁玲在《梦珂》中也对一位外号"鼻子"的美术教员极尽丑化之能事:"他那红得像熟透了的樱桃的鼻子却很惹人注意,于是自自然然就把他那特点代替了他的姓名。其实他不同别人的地方还够多:眼睛呢,是一个钝角三角形,紧紧的挤在那浮肿的眼皮里;走起路来,常常把一只大手放到头上不住的搔那稀稀的几根黄毛;还有咳嗽,永远的,痰是翻上翻下的在喉管里打滚,却总不见他吐出一口或两口来的。"这位"鼻子"教员不仅外表丑陋,而且内心龌龊,利用绘画的时候,欺侮女模特,之后还要诬告伸张正义的梦珂。在《韦护》中,作者借小说人物毓芳和珊珊之口,公然表示了对 S 大教师鱼龙混杂、没有真才实学和缺少责任心的不满:"你们去打听一下吧,什么人都在那里做起教授来了,问他们自己可配?社会学,他们懂吗?他们一股脑儿看了几本书?文学,除了翻译一点小说,写几句长短新诗,发点名士潦倒牢骚,可有一点思想在哪里","这位教授讲一点翻译的小说下课了,那位教授来讲一点流行的白话诗,第三位教授又来命他们去翻一点不易懂的易经和尚书。到底这有什么用"。与鲁迅、叶圣陶、丁玲等不同,郁达夫在《茫茫夜》《秋柳》《莺萝行》等自叙传式的大学叙事中,对那些多愁善感、漂泊不定的大学教师于质夫们并没有讽刺和贬斥,而是在一定程度上流露出"于我心有戚戚焉"的同情和悲悯。但是,显而易见,这些借酒消愁、寄情声色,甚至心理变态的于质夫们即便有各种为自己开脱的理由,也并非值得肯定的"师者"。

值得深思的是,为何传道、授业、解惑的正面"师者"形象竟然缺席于"五四"时期的大学叙事呢?这显然与现实中意气风发的"五四"大学形象有着很大反差。究其缘由,首先,恐怕与大学叙事的时间间距不无关联。"五四"大学叙事大多创作于"五四"之后,曾经在"广场"上振臂高呼的启蒙者"散掉了,有的高升,有的退隐,有的前进"①,风云激荡的时代潮流已

---

① 鲁迅:《〈自选集〉自序》,《鲁迅全集》第 5 卷,人民文学出版社,1973 年,第 49 页。

经退却,满眼已是感伤流被的"彷徨"和"苦闷"。其次,与这一时期的大学现实状况有关。"五四"前后,北洋政府时期的教育管理体制十分混乱。1912 年到 1927 年的 15 年间,仅教育总长便更换了 30 人次之多,有时 2 个月或数月甚至数天便位移人换。教育行政首脑更换频繁,教育管理机构基本瘫痪,相关制度难以实施,也再加上教育经费短缺、教师薪酬积欠和各类学潮运动,这一时期教育的混乱状况可以想见。因此,"五四"时期的大学校园也几无"净土",这必然对教师队伍造成重大影响。正如蔡元培在给吴稚晖的信中所说:"大学之所以不满人意者,一在学课之凌杂,二在风纪之败坏"[1]。第三,与"五四"作家的创作心态有关。"五四"作家大多是怀着"启蒙"心态进行创作的,"揭出病苦,引起疗救的注意"[2]的创作初衷使得他们更多地关注各种社会"问题",从而把批判的矛头指向大学的阴暗面,而教师便首当其冲。第四,与一般知识分子的软弱性和精英知识分子的批判精神有关。一方面,从知识分子的本质特征来看,他们往往比别的阶层更具有自私虚伪和敏感脆弱的特点,尤其是在社会动荡时期表现得格外突出,正如张闻天在 20 年代初所指出:"知识阶级,世界最无力之阶级也,乃能说而不能行者也,能行而行之无力者也。"[3]另一方面,知识分子具有"明道救世"的精英意识,"作为基本精神价值的维护者,他们比较富有使命感和正义感,因此具有批判和抗议精神"[4]。正是由于上述原因,"五四"时期大学叙事中的教师主要以负面形象出现。

与大学教师的负面形象不同的是,"五四"大学叙事中的大学生形象因叙事主体的不同而呈现出更为复杂的面相。庐隐、冯沅君、冰心、丁玲、废名等以学生的身份和视角描写自身经历和身边人物,他们笔下的大学生多是勤学、善思、有理想、敢担当的一代青年形象。他们常常从阅读中汲取思

---

[1]　蔡元培:《覆吴敬恒函》(1917 年 1 月 18 日),《蔡元培全集》第 2 卷,中华书局,1984 年,第 10 页。

[2]　鲁迅:《我怎么做起小说来》,《鲁迅全集》第 4 卷,人民文学出版社,1981 年,第 512—513 页。

[3]　张闻天:《知识阶级与民众势力》,《张闻天早期文集》,中央党校出版社,1999 年,第 217 页。

[4]　余英时:《中国知识分子论》,河南人民出版社,1997 年,第 128 页。

想的养料,并对人生展开深入的思考。《海滨故人》中,露莎"每天除上课外,便是到图书馆看书,看到有心得,她或者作短文,和梓青讨论,或者写信去探梓青的见解,在这个时期里,她的思想最有进步,并且她又开始研究哲学,把从前懵懵懂懂的态度都改了。"《旅行》中,男女主人公即便是在热恋的旅行途中也不忘功课和读书。在旅馆里,只要"他"出去了,"我"就好好地读书。"我"总是不喜欢"他"出去,"无论是买东西,或瞧朋友",一方面是因为"自己怕受独处的寂寞",另一方面是"怕他跑得心野了,抛荒他的功课"。在冰心的《一个忧郁的青年》中,阅读和思考让曾经"性情很活泼"的彬变得"偏于忧郁静寂"起来,在他看来,"眼前的事事物物,都有了问题,满了问题。比如说:'为什么有我?'——'我为什么活着?'——'为什么念书?'下至穿衣,吃饭,说话,做事;都生了问题。从前的答案是:'活着为活着'——'念书为念书'——'吃饭为吃饭',不求甚解,浑浑噩噩的过去。可以说是没有真正的人生观,不知道人生的意义。——现在是要明白人生的意义,要创造我的人生观,要解决一切的问题"。

"五四"知识青年的精神读本不再是宣扬三纲五常的"四书五经",而是蕴涵着自由民主思想的现代读物。《梦珂》中,女主人公的自主意识是与《茶花女》一类的精神读物分不开的,当她在卡尔登看《茶花女》时,"梦珂聚精会神地把眼光紧盯在幕上,一边体会从前看的那本小说,一边就真把那化身的女伶认作茶花女,并且去分担那悲痛,像自己也是陷在同一命运中似的"。罗家伦的《是爱情还是痛苦》中,程叔平和吴素瑛的思想情感共鸣来自于梅德林克的剧本《青鸟》《内幕》、严复的翻译《权界论》和托尔斯泰的小说《安娜·卡列宁娜》。废名的《文学者》中,学园公寓里的大学生们,"有自命将来做一个文学家者,有自命为数学家者,种类繁多,等而下之.则是自认没有多大的奢望,只想当一个律师",这些关于未来的梦想显然与他们的大学精神读本高尔基小说和雪莱诗歌密不可分。显然,"五四"青年的精神风貌和对未来的美好憧憬显然与各类现代读物是分不开的。正如当年的文学青年沈从文一样,"我于是按照当时《新青年》《新潮》《改造》等等刊物所提出的文学社会运动原则意见,引用了些使我发迷的美丽辞令,以为社会必须重造、这工作得由文学重造起始,文学革命后,就可以用它燃起这个民族被权势萎缩了的情感,和财富压瘪扭曲了的理性,两者必须解放,新文学应负责任极多。我还相信人类热忱和正义终须抬头,爱能重新黏合人的关系,这一点明天的新文学也必须勇敢担当。我要那么从外面给社会的影响,或从内里本身的学习进步,证实生命的意义和生命的可能"①。

"五四"时期,在大学校园接受了现代民主思想的知识青年们,并不仅仅是在象牙塔内编织自己的乌托邦世界,他们还常常走出校门,把青春热情投入到救国救民的运动中,表现出有责任、敢担当的青年一代形象,正如冰心当时对新时代的女大学生们所呼吁的那样:"我们已经得了社会的注意,我们已经跳上舞台,台下站着无数的人,目不转睛地看我们进行的结果。台后也有无数的青年女子,提心吊胆,静悄悄地等候。只要我们唱了凯歌,得了台下欢躁如雷的鼓掌,她们便一齐进入光明。假如我们再失败了……我们的失败,是关系众生。"②"五四"大学叙事作家常常以亲历者的身份在场书写了一些大学生们走上街头,举行罢课请愿、游行示威、集会演讲等社会活动。冰心的《斯人独憔悴》以"五四"运动为背景,描写了颖铭、颖石兄弟在运动中的英勇表现及其爱国热情被压抑的苦闷。颖铭、颖石在学生会里担任着干事和代表,当国人对青岛问题保持沉默的时候,他们与同学们一道走上街头,发表演讲,劝人购买国货,即使被军警刺伤,仍然慷慨激昂。然而,兄弟俩在爱国热情遭到父亲扼杀之后,陷入了"冠盖满京华,斯人独憔悴"的感伤。胡也频的《光明在我们的前面》以"五卅"运动前后的北京大学为背景,描写了知识青年在时代洪流中的火热战斗生活。女主人公白华忧国忧民,总想有所作为,献身社会,从最初信仰无政府主义到后来寻求救国救民的真理,是"五四"时期有热情、有理想、有追求的知识青年的典型。此外,庐隐的《海滨故人》、废名的《讲究的信封》、罗家伦的《是爱情还是痛苦》和丁玲

---

① 沈从文:《一个传奇的本事》,《沈从文随笔　生之记录》,北京大学出版,2007年,第157页。

② 冰心:《冰心全集》第1卷,海峡文艺出版社,1999年,第9页。

的《梦珂》《莎菲女士的日记》等也都直接或间接地描写了大学生们罢课请愿、集会演讲和散发传单等活动。

　　然而，由于写作身份和观察视角的不同，郁达夫、叶圣陶和老舍等笔下的大学生形象明显不同于上述亲历者的描述。《茫茫夜》《秋柳》和《茑萝行》中，在法政学校教师于质夫的眼里，学生们不再是尊师重教、勤奋好学的时代青年，而成了军阀收买的帮凶，阴谋罢课，驱逐校长，辞退教师。《感同身受》中，作者借教师老许之口感叹：学生们"压榨"家里和公家的钱，在学校里消磨岁月，结果成为"销不出去的呆货"。而在《赵子曰》中，老舍更是对"五四"时期的大学生们进行了漫画式的嘲讽。以赵子曰为代表的一群大学生聚居在天台公寓，整日不思进取，不学无术，喝酒，打牌，听戏，玩耍，嬉闹。表面追逐新潮，实际浅薄无知。为了一己私利，煽动学潮，殴打校长，残害校工，无恶不作。

　　毋庸讳言，郁达夫、叶圣陶和老舍等旁观者笔下的"五四"大学生形象缺少了亲历者的亲切和生动，与现实中的知识青年有着一定的距离和差异，这些可以从老舍关于《赵子曰》的一番表白中可以得到证实。老舍说《赵子曰》是"想象多，事实少"。这实在"委屈了《赵子曰》，因为我在一方面离开学生生活已六七年，而在另一方面这六七年中的学生已和我作学生时候的情形大不相同了，即使我还清楚地记得自己的学校生活也无补于事。'五四'把我与'学生'隔开。我看见了五四运动，而没在这个运动里面，我已作了事。是的，我差不多老没和教育事业断缘，可是到底对于这个大运动是个旁观者。看戏的无论如何也不能完全明白演戏的，所以《赵子曰》之所以为《赵子曰》，一半是因为我立意要幽默，一半是因为我是个看戏的。我在'招待学员'的公寓里住过，我也极同情于学生们的热烈与活动，可是我不能完全把自己当作个学生，于是我在解放与自由的声浪中，在严重而混乱的场面中，找到了笑料，看出了缝子。在今天想起来，我之立在五四运动外面使我的思想吃了极大的亏，《赵子曰》便是个明证"①。

---

① 老舍：《我怎样写〈赵子曰〉》，《老舍全集》第 16 卷，人民文学出版社，1999 年。

陈平原在论及大学叙事中的"北大"形象时说,文学想象中始终纠缠着两个"北大"形象,一个是"学术的北大",一个是"政治的北大",两个"北大"的形象"同样可爱,同样值得深入探究"①。"五四"时期,"大学校园里,同样涌动着文化的激流以及政治的漩涡"②,虽然上述两种大学的形象在早创时期的大学叙事中都并不明晰,但也初露端倪,而更值得注意的是,由大学师生共同建构的一个交织着现实艰窘和浪漫诗意的大学形象已经跃然纸上。

第三节　东西冲突中的留学书写

留学是中国近代以来的一个重要教育、文化与政治现象。晚清开禁以来,天朝梦破的国人开始"睁眼看世界",走出国门,学习西方,自清道光二十七年容闳等赴美"游学"开始,至"五四"前后大批学子留学东洋和欧美,在国外大学求学的留学生们既传递了现代科学技术文化,也记录了东西文化冲突中的生活经验和心路历程,前者凸显在社会实践中,后者表现在文学创作中。在某种意义上可以说,自从有了留学生,也就随之产生了留学生文学。容闳的回忆录《西学东渐记》应该是最初关于留学生活的书写,表现了近代先进知识分子向西方寻找真理,试图"以西方之学术,灌输于中国,使中国日趋于文明富强之境"的努力奋斗,及其功败垂成、归而复去的悲凉感慨,可谓是开辟了现代留学生文学"感时忧国"的叙事主题和"出国——归国——去国"的情节模式。"五四"留学生文学既上承晚清留学书写的遗绪,又在文化启蒙的现代语境中成为开启新文学的重要一脉。从大学叙事的角度来看,作为"五四"文学重要组成部分的留学生小说,主要描写了知识青年在异邦大学的学习、生活和情感经历,反映了特殊历史时期弱国子民在东西文化冲突中的思想文化心理,是我们梳理 20 世纪中国思想文化流变、勾画现代知识分子精神轨迹不可或缺的重要文本。

---

①　陈平原:《文学史视野中的"大学叙事"》,《北京大学学报》,2006 年第 2 期。
②　同上。

一、弱国子民的身份焦虑

科伯纳·麦尔塞认为,"在相对孤立、繁荣和稳定的环境里,通常不会产生文化身份的问题。身份要成为问题,需要有个动荡和危机的时期,既有的方式受到威胁","那时一向认为固定不变、连贯稳定的东西被怀疑和不确定的经历取代"[①]。"五四"时期,怀抱救国理想的知识青年告别故国,求学异邦,首先遭遇的是自我身份和民族文化认同的焦虑。作为漂泊异域的弱国子民,他们孤悬海外,既与母国的文化传统失去了联系,又与所在国的异质文化格格不入。这种自我身份的焦虑导致他们中的许多人改变了当初"实业救国"的理想,从理工学科转向人文学科,尤其是文学,以通过虚构想象的方式释放内心焦虑,重构自我认同。譬如,鲁迅放弃医学,胡适放弃农学,周作人放弃海军,徐志摩放弃经济学等,转而从事文学(当然,这并不排除鲁迅等改变初衷的其他原因)。

"五四"时期,留学生们的身份焦虑常常表现为对民族歧视的敏感。郁达夫在早期那些明显带有自叙传性质的留学生小说中,集中描写了一批留学异邦的弱国子民在异族歧视下的自哀自怜和痛苦挣扎,最典型的莫过于《沉沦》。小说中,虽然作者并没有刻意描写日本人对中国学生的歧视,但敏感多疑的主人公还是无时无刻不感受到弥漫在周围空气中的民族歧视。在学校里,"他的同学日本人在那里欢笑的时候,他总疑他们是在那里笑他","他每觉得众人都在那里凝视他的样子。他避来避去想避他的同学,然而无论到了什么地方,他的同学的眼光,总好像怀了恶意,射在他的背脊上面"。即便在陌生的妓女和嫖客面前,他也感受到轻慢和侮辱:"狗才!俗物!你们都敢来欺侮我么?"挥之不去的民族屈辱感导致了主人公偏激的复仇心理和极端的自卑心理:"他们都是日本人,他们都是我的仇敌,我总有一天来复仇,我总要复他们的仇","日本人轻视中国人,同我们轻视猪狗一样。日本人都叫中国人作'支那人',这'支那人'三字,在日本,比我们骂人的'贱贼'

---

①　科伯纳·麦尔塞:《进入乱麻地:后现代政治中的认同与差异》,转引自 Jorge Larrain 著、戴从容译《意识形态与文化身份》,上海教育出版社,2005 年版,第 195 页。

还更难听"。种族的歧视及其所表现出的身份焦虑同样在郭沫若、张资平、郑伯奇等的留学生小说中也有不同程度的表现。郭沫若的《漂流三部曲》中,当日本房东发现爱牟"支那人"的真实身份后,竟然改变初衷,拒绝把房子租给他,"漂泊着的支那人,你在四处找房子住吗? ……我们都到海边上避暑来了,我们的房子是狗在替我们守着呢"。爱牟感到气愤不平的不仅仅是没有租到房子,更有日本人对中国人高高在上的歧视。而爱牟的妻子晓芙也因嫁给支那人而被日本家族拒之门外。张资平的《木马》中,日本房东也不愿把房租给中国留学生,日本学生更不愿与中国留学生同馆居住。郑伯奇的《最初之课》中,地理课堂上日本老师公然宣传鼓动侵略中国,并当着中国留学生的面肆无忌惮地污蔑中国人,说"世界上最多而到处都有的只有老鼠同支那人"。梁实秋的《公理》中,主人公鲁和与中国留学生同学一起驾车旅行,由于美国人开车不遵守交通规则而导致了车祸。然而在处理事故时,美国警察却歧视中国人,歪曲事实,判罚中国留学生。

"五四"时期的留学生文学本质上是一种移民文学,是"老中国儿女"在异邦移民生活的写照。对于移民而言,身份焦虑不仅表现在对异族歧视的敏感和不平,而且更直接地表现为生活融入的艰难。在陈登恪、郭沫若、郁达夫、张资平等人的留学生小说中,留学异邦的主人公在生活和精神上总是处于一种无法融入、难得安定的漂泊状态。在陈登恪的《留西外史》中,留学生即使生活在充满异国情调的异邦都市,但住所内部仍然布置成传统的中式风格:"桌上陈列的笔墨书籍等项……墙上悬着一幅石印中国仕女图,画着一个窄袖,短衣齐腰,大裤脚,垂辫子的女郎;大约是郑曼陀画的。一副对联分列在画的两旁,用图钉钉住,上联是:一生只为多情误,下联是:四海飘零直到今。"而女留学生张振英与何瑛在船上面对落日和海涛时的触景生情,更是集中表现了留学生脱离母国孤悬海外的漂泊心境:"我们这一部分在船上的人,好像与世界脱离了关系一般……人的生世也和江心里的树叶相似,随着波打风吹,飘流到那里是那里。"在《漂流三部曲》中,郭沫若以大量篇幅和细致笔触描写了爱牟生活无着的漂泊和痛苦。无论是在异域,还是在本土,爱牟苦苦寻求生活的安宁和心灵的归属而不得,其中《歧路》开头爱牟送别妻儿的场景极具象征意味:

"只看见一片混茫茫的虚无。由这一片虚无透视过去,一只孤独的大船在血涛汹涌的苦海上飘荡。"爱牟的漂泊感显然既来自物质生活的贫困,也来自精神世界的孤独。与郭沫若笔下的"漂泊者"一样,郁达夫小说中的"零余者"也总是常常"觉得孤冷得可怜","世人与他的中间介在的那一道屏障,愈筑愈高","绝不相容"(《沉沦》)。《沉沦》中的"我"无法融入身边的生活,从学校、旅馆、妓院,以至野地,不断地逃离,最终无路可投,跳海自尽。《南迁》中的伊人,自从十八岁到日本之后,从没有回国去过,一年四季,绝不与人往来,只一个人默默地坐在寓室里沉思默想,性格也变得愈趋愈怪了。同样,张资平、郑伯奇、陶晶孙等人笔下的主人公也无不是难以融入异族的生活,只好在苦闷彷徨中"怅望着祖国的天野"。

伯明翰学派著名代表人物乔治·拉伦认为:"在文化的碰撞过程中,权力常常发挥作用,其中一个文化有着更强大的经济和军事基础时尤其如此。无论侵略、殖民还是其他派生的交往形式,只要不同文化的碰撞中存在着冲突和不对称,文化身份的问题就会出现。"[①] 20 世纪初,在西方列强的环伺下,半封建半殖民社会形态下的中国一直处于被动挨打的弱势地位。在这场由被动走向主动的不对称的文化碰撞中,以弱国子民的身份置身异邦的留学生们是很容易产生文化认同危机和身份焦虑的。一方面,自晚清以来民族积贫积弱、被动挨打的挫败感让他们对母国文化传统感到失望,所以要睁眼看世界,主动学西方;另一方面,在强势异族文化和民族歧视面前,他们显然并没有放弃文化传统和民族自尊,尤其当他们面对的是一个历史上曾经长期附庸于中华文化的民族,那种难以认同的焦虑尤其强烈,不平衡的心态也更为复杂。他们既如郭沫若笔下的人物那样激愤:"日本人哟!日本人哟!你忘恩负义的日本人哟!我们中国究竟何负于你们,你们要这样把我们轻视? 你们单是在说这'支那人'三个字的时候便已经表示尽了你们极端的恶意。你们说'支'字的时候故意要把鼻头皱起来,你们说'那'字的时候要把鼻音拉作一个长顿"(《行路

① (英)乔治·拉伦:《意识形态与文化身份》,戴从容译,上海教育出版社,2005年版,第 194 页。

难》);又像郁达夫笔下的主人公那样疾呼:"祖国呀祖国!你快富起来!强起来罢!你还有许多儿女在那里受苦呢!"

毋庸讳言,"五四"留学生小说中主人公们的身份焦虑其实也正是作者自身经验感受的真实表达。郁达夫曾如此坦承:"人生从十八九到二十余,总是要经过一个浪漫的抒情时代的,当这时候,就是不会说话的哑鸟,尚且要放开喉咙来歌唱,何况乎感情丰富的人类呢? 我的这抒情时代,是在那荒淫惨酷,军阀专权的岛国里过的。眼看到的故国的陆沉,身受到的异乡的屈辱,与夫所感所思,所经所历的一切,剔括起来没有一点不是失望,没有一处不是忧伤,同初丧了夫主的少妇一般,毫无气力,毫无勇毅,哀哀切切,悲鸣出来的,就是那一卷当时很惹起了许多非难的《沉沦》。所以写《沉沦》的时候,在感情上是一点儿也没有勉强的影子映着的;我只觉得不得不写,又觉得只能照那么地写,什么技巧不技巧,词句不词句,都一概不管,正如人感到了痛苦的时候,不得不叫一声一样,又哪能顾得这叫出来的一声,是低音还是高音? 或者和那些在旁吹打着的乐器之音和洽不和洽呢?"①陈登恪也曾直言不讳地说,《留西外史》是"前几年在欧洲的时候,耳闻目见关于中国人的事","尤以英法德比等国为多","这一类的事何足稀奇,在现在的社会里会差不多无时无地皆可遇见",只是"一到将它们描写在纸上","便觉得有些刺目,格外引人注意些"②。留学异邦的知识青年对家园和故土缺失了归属感,又在物质和精神的双重困窘中"流离失所",成为"永远的流浪人,永远的离乡背井,一直与环境冲突,对于过去难以释怀,对于现在和未来满怀愁苦"③,这些都不可避免地导致了精神的痛苦和身份的焦虑。因此,转移和排解这种痛苦和焦虑成为一种重构自我的内在需要和精神动力。

二、文学想象的自我重构

"认同是移民文学的中心问题,对于认同的关切支撑着移民文学的存在"④。

---

① 郁达夫:《忏余独白》,《北斗》第一卷第四期,1931年12月20日。
② 陈登恪:《留西外史》,新月书店1928年再版,第1页。
③ (美)赛义德:《东方学》,三联书店,1999年。
④ 钱超英:《流散文学与身份研究》,《中国比较文学》,2006年第2期。

"五四"时期,留学异邦的知识青年在文化认同的危机中产生了严重的身份焦虑,而这种根源于文化冲突的身份焦虑不可能短时间内在异国他乡得到有效解决,但是现实又要求他们对此做出调适,以适应异域学习和生活的需要,于是通过想象的方式,在异域情爱关系中重构自我、寻求认同成为一种暂时解决身份焦虑的替代性途径。正如《沉沦》主人公所呼喊的那样:"知识我也不要,名誉我也不要,我只要一个安慰我体谅我的'心'。一副白热的心肠! 从这一副心肠里生出来的同情! 从同情而来的爱情!""五四"时期,留学生小说中的异域情爱想象往往体现着性别、种族、政治和文化冲突的内涵。正如杰姆逊所指出:第三世界的文本,甚至那些看起来好像是关于个人和力比多的文本,总以民族寓言的形式投射一种政治,关干个人命运的故事,包含着第三世界大众文化受到冲击的寓言①。在转移和排解身份焦虑的替代性建构中,情爱关系中的双方通常被想象为漂泊他乡的男性和温柔美丽的异邦女子,他们的身份境遇和情爱故事与传统才子佳人小说中的人物类型和情节模式在一定程度上形成了遥远的呼应。

"才子佳人"是中国传统小说的一种重要情节模式,叙述的是才子和佳人的遇合与婚姻故事,鲁迅在《中国小说史略》中说:"至所叙述,则大率才子佳人之事,而以文雅风流缀其间,功名遇合为之主,始或乖违,终多如意。"②可见,传统才子佳人小说在人物设置和情节结构上都有着一定的模式,通常是才貌双全的男女主人公,一见钟情,题诗酬和,私定终身,后遭外力阻拒,备尝离合悲欢之苦,但终因才子功成名就,良缘得成。借香草美人浇心中块垒,述难酬之志,向来是中华民族的文学传统,才子佳人小说也不例外。兴起于明清时期的才子佳人小说,是在政治鼎革新变和民主思想初醒之际,一些怀才难遇的士子对"温柔乡"和"功名场"的美好想象和心理补偿。"五四"时期,留学生小说中的才子佳人式异域情爱故事在本质上与传统才子佳人小说并无二致,也通常叙述的是留学异邦的

① 弗·杰姆逊:《处于跨国资本主义时代的第三世界》,《当代电影》,1989 年第 6 期。
② 鲁迅:《中国小说史略》,《鲁迅全集》第 9 卷,人民文学出版社,1981 年。

"才子"偶遇美丽温柔的"佳人"后,一见钟情,互相倾慕。陶晶孙的《音乐会小曲》《木犀》《暑假》和《洋娃娃》等小说中,男主人公都是漂泊异邦的留学生,文化身份的差异使他们总是怀着难以融入异邦生活的忧郁,但是富有音乐才华的他们常常受到异国女性的爱慕。如《音乐会小曲》中女学生对 H 的倾慕、《木犀》中女老师 Toshiko 对素威的表白、《洋娃娃》中 C 姑娘对中国钢琴教师的爱恋、《暑假》中的晶孙则同时成为爱丽和夫人"这两个女性的珠玉"。此外还有,郭沫若《落叶》中,年轻的日本看护菊子姑娘对留学生洪师武一往情深,张资平《约檀河之水》和《她怅望着祖国的天野》中日本少女芳妹、秋儿对留学生韦、H 敬慕爱恋等。

然而,由于时代语境和生活空间的斗转星移,"五四"留学生小说与传统才子佳人小说毕竟不同,在时间和空间都已沧桑巨变的异域情爱故事中,具有现代思想意识的"才子"早已失去了"朝为田舍郎,暮登天子堂"的现实依据和想象逻辑,更何况是在充满认同危机和身份焦虑的异邦土地,因而,无法消弭的现实阻拒常常导致难以团圆的悲剧结局。《音乐会小曲》中,女学生最终移情别恋,H 陷入无限惆怅;《落叶》中,菊子姑娘远走南洋,洪师武手捧情书病逝;《约檀河之水》中,韦与芳妹的爱情也遭到芳妹父母的阻挠。"五四"时期,留学生小说中的异域情爱故事还常常表现为一种求之不得的失落和悲哀。在郁达夫、郭沫若等的小说中,当陷入生的苦闷和性的苦闷之中的留学生们在正常生活世界无法获得身份认同和心灵慰藉时,常常采取一种非正常的方式排解或转移这种挥之不去的痛苦和焦虑。他们或者在现实中主动追求异族女性,或者在梦幻中把异族女性作为欲望的对象,或者以游戏的态度发泄内心的苦闷。《沉沦》中,主人公"他"在孤独痛苦中渴望异性的爱抚,单方面主动地爱上了旅馆主人的女儿,然而弱国子民的自卑和自尊让他的内心充满矛盾,"他心里虽然非常爱她,然而她送饭来或来替他铺被的时候,他总装出一种兀不可犯的样子来。他心里虽想对她讲几句话,然而一见了她,他总不能开口"。最后,一次无意中的偷窥彻底击败了"他"的单恋,而当风尘女子也无法排泄他的苦闷时,走投无路的主人公只好选择用结束生命的方式来结束痛苦。《银灰色的死》中,贫困交加的Y君虽然明知酒馆里那些当炉的日本少妇，"是想骗他的金钱，所以肯同他闹，同他玩的"，但是他总是控制不住她们肉体的诱惑。当他坐在图书馆里的时候，"他的书的字里行间，忽然会跳出一个红白的脸色来。一双迷人的眼睛，一点一点的扩大起来。同蔷薇花苞似的嘴唇，渐渐儿的开放起来，两颗笑靥，也看得出来了。洋磁似的一排牙齿，也看得出来了。他把眼睛一闭，他的面前，就有许多妙年的妇女坐在红灯的影里，微微的在那里笑着。也有斜视他的，也有点头的，也有把上下的衣服脱下来的，也有把雪样嫩的纤手伸给他的。到了那个时候，他总会不知不觉的跟了那只纤手跑去，同做梦的一样，走了出来。等到他的怀里有温软的肉体坐着的时候，他才知道他是已经不在图书馆内了"。尽管Y君私下里爱着当炉的静儿姑娘，但是静儿后来还是嫁给了酒馆老板，悲哀无助的Y君最后在银灰色的月光下死去。《残春》中，留日的医科大学生爱牟，在医院看望生病的贺君时，暗地里喜欢上了温柔可爱的日本看护妇S姑娘。于是，有妇之夫的爱牟只好把现实中无法实现的爱欲通过梦境扭曲地表现出来："（她）缓缓地袒出她的上半身来，走到我的身畔。她的肉体就好像大理石的雕像，她袒着的两肩，就好像一颗剥了壳的荔枝，胸上的两个乳房微微向上，就好像两朵未开苞的蔷薇花蕾。我忙立起身来让她坐，她坐下把她一对双子星，圆睁着望着我。"爱牟的春梦最终被朋友和妻子打断，潜意识的欲望受到现实伦理道德的制约。同样的情景在《喀尔美萝姑娘》中表现得更为曲折细致。工科大学生"我"也是一位有妇之夫，但却无可救药地暗恋上了美丽动人的喀尔美萝姑娘。生活拮据的"我"即使每天只有一角钱的电车费和三角钱的中饭费，也要节俭下来，借买糖之由去看望喀尔美萝姑娘，"我"在现实中无法实现的欲望只好借助梦境来实现，"平常那么娇怯的女儿竟热烈地向我亲吻，吻了我的嘴唇，吻了我的眼睛，吻了我的肩"。在喀尔美萝姑娘离开之后，"我"又接受了有着"娼妓美"的S夫人的诱惑。当"我"在"驰骋着爱欲的梦想"时，也备受伦理道德的煎熬，妻子瑞华是像圣母一般的善良圣洁，焦虑绝望的"我"最后跳海自尽了。

　　"'想象'这一词极富有暗示意义，表明主体在形成的过程中，通过外界客体而认识到由于文化和历史的原因使主体自己受到'肢解'的那一部分"①。显而易见,"五四"时期,留学书写中的异域情爱故事表征创作主体对西方的想象和对自我身份的重构。文本中,作为弱国子民的留学生们渴望消解边缘人的身份尴尬,融入异邦文化空间,寻求自我身份的认同。在他们的情爱想象中,男主人公虽然身世坎坷,但是大多才情兼备,譬如《沉沦》中的"他"、《音乐会小曲》中的 H、《暑假》中的晶孙等,都有着过人的文学或音乐的天赋,《喀尔美萝姑娘》中的主人公更觉"我是这些鸡群中的一只白鹤"。而想象中的异国女性,不但美丽动人,更重要的是她们对男主人公大多心生恋慕,爱得真挚,譬如《落叶》中菊子对洪师武、《银灰色的死》中静儿对 Y 君、《木犀》中 Toshiko 对素威、《约檀河之水》中芳妹对韦先生等。毋庸讳言,这些异域的情爱想象在很大程度上是创作主体对弱国子民文化身份的一种替代性补偿和自我重构,正是通过这一想象和重构,文化冲突中知识青年的身份焦虑在一定程度上得到了转移和排解。当然,这与现实中的东西文化权力关系和留学生的生存境遇是不相符合的,正如赛义德所说:"毫无疑问,想象的地域和历史帮助大脑通过对与其相近的东西和与其相隔的东西之间的距离和差异的夸大处理使其对自身的认识得到加强"②。

三、留学异邦的大学想象

大学叙事是关于大学生活的文学想象,主要讲述的是大学人物的故事。从这个意义上说,作为大学叙事的留学生小说是异邦的大学想象,讲述的是留学生的生活、学习和情感经历。"五四"时期,留学生小说在描写主人公的情感世界的同时,也在不同程度上展示了大学校园内的学习生活,并通过对异邦大学风物和师生形象的描写,呈现出风格各异的域外大学形象。

作为留学生小说乃至现代小说的开风气之先者,陈衡哲在《一日》

---

① 张京媛:《后殖民理论与文化批评》,北京大学出版社,1999 年,第 348 页。
② 赛义德:《东方学》,王宇根译,生活・读书・新知三联书店,1997 年,第 69 页。

和《洛绮思的问题》中,"很忠诚"地描写了美国大学的校园生活和师生形象。前者以速写的形式描写了寝室、餐厅、课堂、图书馆等校园典型场景和女大学生们的活动,其间还涉及了教务长对玛及和贝田的处理,以及他们关于留学生的议论,从侧面批评了不求上进的惰性学生,赞扬了勤奋好学的学生。后者描写的是大学师生在爱情和事业之间的矛盾与选择。哲学教授瓦德与女研究生洛绮思相爱三年,并订下婚约。但洛绮思一心想在哲学上有所成就,担心婚后陷于家庭琐碎生活而妨碍了学问事业,虽然她很爱老师瓦德,但还是提出解除婚约。为了成全洛绮思的理想,瓦德同意了洛绮思的要求。瓦德并没有痴情等待"天上的天鹅"重新飞回他的身边,后来与一位体育教员结婚。婚后他曾给洛绮思写了一封幽怨而缠绵的信,述说了婚后差强人意的生活,并表示对于洛绮思,"他的心是永远开放着的"。但是,瓦德后来对此感到"不妥",觉得"这信中的情意,却是已经越出朋友范围之外了",他无权去伤害"高尚纯洁"的洛绮思,而应该"把这个秘密的种子保存在自己的心中","永远不让它再见天日"。最后瓦德不但撤回了信,而且还告诉洛绮思,"除了切磋学问,勉励人格之外,在他们两个中间,是没有别的关系可以发生"的了。尽管有诸多理由认为上述两篇作品是陈衡哲留美时期在瓦萨女子大学的生活经历及其与胡适隐秘情感的影射,但我们在此并非要作历史人物情感故事的考证,而只是把它们作为大学叙事文本来分析,前者所反映的美国大学生活朝气和后者所表现的域外大学师生自由平等关系都鲜明呈现出一个与同时期本土大学殊异的异邦大学形象。

1921年秋至1925年间,苏雪林留法三年,在中法学院先学西方文学,后习绘画艺术,回国后发表了她的自传体长篇小说《棘心》。作者在《自序》中说:"本书的主旨在介绍一个生当中国政局蜕变时代,饱受五四思潮影响,以后毕竟皈依了天主教的女性知识青年,借她故事的进展,反映出那个时代的家庭、社会、国家及国际各方面动荡变化的情形;也反映出那个时代知识分子的烦恼、苦闷、企求、愿望的状况;更反映出那个时代知识分子对于恋爱问题的处理,立身处世行藏的标准,救国家救世界途径的选择,是采取了怎样不同的方式。"①但从作品实际来看,本书的主要价值在于通过主人公醒秋留学法国的学习、生活、情感经历,反映了"五四"时期中国留学生尤其是女留学生在海外的留学生活和心路历程,并呈现了域外大学形象和异邦风物人情。一个奇怪的事实是,早在晚清时期,女子在不允许进入本土大学学习时便获得了出国留学的机会②,至"五四"时期,新思潮影响下,有机会接受高等教育的女性,更有了出国留学改变命运的自觉。小说中,在女高师读书的醒秋便是这样,"自我意识觉醒了,对于自己的前途也拟出些具体计划,她应该升学,求得比较高深的学问"。像其他人一样,醒秋经过考试选拔,获得官费资助,来到法国里昂的中法学院留学。旅欧女留学生苏雪林笔下的留学生活显然与郁达夫、郭沫若、张资平等笔下压抑苦闷的留日生活迥然不同。那些怀着报国之志的知识青年不但没有文化冲突中的身份焦虑,而且大多能够克服生活烦恼,迷恋异域文化,勤奋向学,"许多人将速成的观念抛去,预备留欧为长时期的研究,有展期为十二年,十五年的,甚至还有打算终身留学的"。在主人公醒秋看来,他们之所以如此,"一半为学问欲之难填,一半为法国文化的优美","人在国外,爱国之心,极为浓挚,只要能为祖国争一点光荣,心理便觉得有无可比拟的快乐"。小说中的秦风,在失恋之后更有了超越个人情爱的报国之志,决定"致力于艺术的研究,使艺术的曙光,照彻中国,唤醒中国民族麻痹的灵魂,温暖民族灰冷的心"。主人公醒秋"来欧之后,见法文之难学,欧洲文化之优美,觉得非短时间内所能精究,竟将她留学期限,由七年展为十年"(后因家庭原因不得不提前回国)。她与留美的未婚夫叔健虽然身心远隔,但这并没有影响她对法国文化的热爱和留学的志向。小说中,醒秋由绘画到文学,再到电影和宗教,从历史积淀深厚的里昂到风景如画的丹乡,再到文化时尚之都巴黎,全面深入地学习和了解法国文化。苏雪林笔下的留学生们不但勤奋好学,而且团结友爱,醒秋"在海外大学里除了旧朋友宁陆两小姐外,又认识一班新的男女同学,内中伍小姐

①　苏雪林:《棘心·自序》,群众出版社,1999 年。
②　陈东原:《中国妇女生活史》,商务印书馆,1937 年,第 350 页。

同她成了挚交。课余之暇,三三两两在校园里散步,在夕阳芳树之下谈谈闲天,有时大家传读一本新买的书,有时几个人讨论着翻译一首法文诗,这样悠闲自在的光阴,比在中国真舒服十倍"。当然,《棘心》中的留学生们也仍然没有完全摆脱新旧转型时期知识青年在现代和传统之间徘徊的精神特征。醒秋和叔健虽分别留学欧美,却都还是"老中国的儿女",守着"父母之命,媒妁之言"的旧训,在爱情婚姻观念上表现出传统的影响,譬如醒秋"平生取士,最喜的是贞固不移之操,最恶的是朝三暮四,反复无常的人",她理想中的男性"须有学者冷静的头脑,诗人热烈的性格,同时又有理学家的节操,为爱情固可以赴汤蹈火,牺牲一切;为事业,也可以窒情绝欲,终身不娶"。值得注意的是,《棘心》中还描写了热心助人的马丹瑟儿、性情温和的白朗女士和德性醇厚的马沙女士等异邦师长形象。尤其是教员白朗女士,她爱学生像自己的子女,学生也没有一个不爱她的,"她在里昂各校授课,据说有八百余学生,但八百学生个个得了白朗完全的爱情。她对于她们的爱抚、温柔、亲密、扶助,不是世间数字可以计尽,世间尺度可以测量的。她的一颗心,括尽了普天下母亲的爱。她有绝人的记忆力,她不但能将八百学生的姓名、年龄、容貌、性情、通信地址,一齐记在心里,连学生家族,都清清楚楚像写了一本账似的记住"。这种仁厚博爱、克己敬业的异邦大学教师形象除了鲁迅笔下的藤野先生之外,在同时期的留学生文学中是不多见的。

与上述两位留学欧美的女作家不同,郁达夫、郭沫若、张资平、陶晶孙等男性留日作家关于异邦大学的想象大多为负面印象。他们笔下的留学生们大多因生活的困顿和精神的苦闷而被愁云惨雾所笼罩,颓唐消沉,无心向学。《银灰色的死》中的 Y 君,卖完了身边的物件,当掉了亡妻的戒指,"昼夜颠倒的到各处酒馆里去喝酒",寻求当炉少妇的安慰,常常"一个人冷冷清清的在薄暮的大学园中"呆立着,即便有时坐在图书馆里,也难以抵御诱惑静心学习,"他的书的字里行间,忽然会跳出一个红白的脸色来。一双迷人的眼睛,一点一点的扩大起来"。《沉沦》中的主人公,知识也不要,名誉也不要,而只要一个安慰体谅他的"伊扶"。学校里的教科书对他而言,"味同嚼蜡,毫无半点生趣"。上课的时候,"他"虽然坐在全班学生的中间，然而总觉得"孤独得很"；同学们"一个个都是兴高采烈地在那里听先生的讲义，只有他一个人身体虽然坐在讲堂里头，心思却同飞云逝电一般，在那里作无边无际的空想"，有时候甚至"接连四五天不上学校去听讲"。《落叶》中的洪师武，曾经要为医学事业献身，在学校里成绩"出类拔萃"，被称为"稀有的俊才"，然而刚学满两年，便为了爱情放弃学业，逃遁到南洋去寻找恋人菊子，最后穷困潦倒，病逝异邦。《喀尔美萝姑娘》中的"我"，带着妻儿远渡重洋到日本F市工科大学留学，全家的生活费仅靠每月几十元的官费，然而"我"却陷入到对喀尔美萝姑娘的情欲中难以自拔，最终在愧对妻子的内疚和荒废学业的悔恨中自杀。《约檀河之水》中的韦先生，像"苦海中激浪狂潮里的一根浮萍"，东飘西泊。由于沉湎于与芳妹的恋爱，跟同学和教授到矿山实习的韦先生难以安心，甚至打算放弃实习，"留级一年"。当芳妹离开之后，韦先生在良心的苛责和失恋的痛苦中"亡魂失魄"。《壁画》中的崔太始，贪恋女色，不能自拔，"虽是学了五年的画，从来没有画完工过一幅"，最后因追求女模特被拒，精神受到刺激，酗酒后吐血住院。毋庸讳言，郁达夫、郭沫若、张资平、陶晶孙等笔下消沉颓唐的留学生形象在很大程度上是当时留日学生的真实写照，正如张资平所说，留日期间，由于"性的苦闷和经济的压迫"，"差不多每天晚上都到咖啡店里去喝洋酒，和侍女说笑"来寻求发泄，他的小说大多是"以这时期所受的刺激，及直观的延长写成的"①。

郁达夫、郭沫若、张资平等自叙传式的留日小说虽然以"惊人的取材与大胆的描写"②，"在中国枯槁的社会里，好像吹了一股春风"③，但是由于作者们的着力点主要是通过"生的意志与现实的冲突"来表现知识青年的"现代的苦闷"④，在很大程度上忽视了对异邦大学师生形象及其校园本体性生活的关注。在郁达夫、郭沫若、张资平等的笔下，日本大学师生

① 张资平：《我的创作经过》，《资平自选集》，上海乐华图书公司，1933年，第12—14页。
② 成仿吾：《〈沉沦〉的评价》，《创造季刊》，1923年2卷4期。
③ 郭沫若：《论郁达夫》，《沫若文集》第12卷，人民文学出版社，1979年。
④ 周作人：《沉沦》，《晨报副镌》，1922年3月。

形象及其校园生活并不清晰,只是从侧面浮光掠影地偶尔涉及。值得一提的是,郑伯奇的《最初之课》以小说人物留学生屏周的视角近距离表现了异邦大学师生形象和校园风貌。校园里充满了青春活力,学生们"个个都是衣冠齐整,步武堂皇,三个成群,五个成对,说说笑笑","就是在旁边看的人也都觉得一种快感"。课堂上表现出狭隘的民族主义心理和骄矜蛮横的态度。日本大学生们热衷于学习政治、经济等专业,目的是要谋求"大日本帝国"政治、经济上的发展,成为世界的"一等国"和东亚的"主人公"。而那位"有点怪癖,时而偏偏头,时而摆摆身"的地理教师在课堂上更是充满了军国主义情绪和民族歧视心理,鼓动学生今后要用武力侵占满洲、蒙古和南洋,故意把"中华民国"说成"清国",把支那人(中国人)与猪和老鼠相提并论。此外,小说还描写了讲堂、操场、宿舍、小路等校园风物和开学前的始业、面会、宣誓等仪式。小说中,主人公屏周的心情是复杂的,一方面,异邦大学校园的精神风貌既让他振奋,决定"从此不要辜负","从今日起要作规划的生活,要读想读的书,研究想研究的学问","一步一步向光明的地方去";另一方面,故国的记忆和异邦的屈辱又让他感到"一种不可言说的悲哀和感伤"。既要学习异邦的繁荣进步,又不甘心弱国子民的屈辱,是"五四"作家关于异邦大学想象时的共同心态,也是他们回避正面描写异邦大学的内在原因。

第四节　现代叙事艺术的转型与拓展

"五四"时期,现代作家的小说创作大多是以大学人物的身份从大学叙事开始的,现代文学史上的第一篇短篇小说《一日》、第一部小说集《沉沦》、第一部长篇小说《冲积期化石》等都是反映大学人物生活的大学叙事,因而,在一定意义上可以说,"五四"时期的大学叙事代表了"五四"小说以全新的思想内容和艺术形式实现了对中国传统小说的现代转型,开启了中国叙事艺术的新阶段。

"五四"时期,大学叙事的作家们具有自觉的现代叙事变革意识,他们在清末民初梁启超等"小说界革命"的基础上,把小说从"改良群治"的社会政治层面进一步深入到"为人生""为艺术"的文学本体层面,更加强调小说的"人学"性质和"个性"风格。冰心认为无论什么样的文学作品,"可以使未曾相识的作者,全身涌现于读者之前。他的才情,性质,人生观,都可以历历的推知","这种的作品,才可以称为文学,这样的作者,才可以称为文学家",因此她呼吁文学家"努力发挥个性,表现自己"①。庐隐说:"足称创作的作品,唯一不可或缺的就是个性,——艺术的结晶,便是主观——个性的情感。"②罗家伦也说,小说要写出"人类的天性"来③。郁达夫更是强调,"文学的进步,在于个性的发扬","伟大的个性是不能受环境的支配的。改造环境,创新时代的工作,都是由个人的艺术的冲动演出来的",文艺小说"向人生的恒久的倾向、状态、命运等着眼,忠于内部的根本的要求","描写那些潜藏在人心深处的人类的恒久的倾向者为主"④。思想观念的变革必然带来艺术形式的变化。"五四"时期,大学叙事的作家们对小说叙事艺术进行了自觉探索和现代转换。

一、自叙传式身边叙事

郁达夫说:"文学作品,是作家的自叙传。"⑤"五四"时期,大学叙事大多具有自叙传式身边叙事的特征,常常以第一人称或第三人称视角叙述作者本人亲历的大学生活和情感体验。陈衡哲的《一日》和《洛绮思的问题》取材于作者在美国瓦沙女子大学和芝加哥大学留学时的经历和见闻,其中后者历来被认为"影射了陈(衡哲)、胡(适)二人不寻常的关系,至少也透露了陈自己对胡的一番爱慕"⑥。庐隐的《海滨故人》《丽石的日记》

---

① 冰心:《文艺丛谈(二)》,贾植芳等编《文学研究会资料》上册,河南人民出版社,1985年,第69页。

② 庐隐:《创作的我见》,贾植芳等编《文学研究会资料》上册,河南人民出版社,1985年,第159页。

③ 罗家伦:《今日中国之小说界》,《新潮》第1卷第1号,1919年1月。

④ 郁达夫:《文学概说》,《郁达夫文集》第5卷,花城出版社,1982年,第70页。

⑤ 郁达夫:《五六年来创作生活的回顾》,《郁达夫文集》(卷七),花城出版社,1983年,第180页。

⑥ 唐德刚:《胡适杂忆》,台湾传记文学出版社,1979年,第16页。

和《象牙戒指》等均取材于她在女高师读书时期的生活和交往,作品中的人物都有着作者本人或身边朋友的影子。正如茅盾所说:"她给我们看的,只不过是她自己,她的爱人,她的朋友——她的作品带着很浓厚的自叙传的性质。"①冯沅君的《隔绝》《旅行》和《隔绝之后》等小说,也来自她在北京读书时期与恋人王品青的恋爱经历。丁玲的《梦珂》《莎菲女士的日记》《韦护》主要反映的是她在上海和北京读书时期的生活经历和身边见闻。郁达夫的早期小说更是如此,大多取材于他在日本留学和回国后在大学教书的经历,小说中的人物,无论是第一人称"我",还是第三人称"他"、于质夫或黄仲则等,都有着作者本人的影子,以至于有人说,"把郁达夫的小说连起来读,基本上就是他的一条生活轨迹"②。同样,郭沫若、张资平、郑伯奇、陶晶孙等的留日小说也都取材于作者本人在日本的留学生活经历。

虽然自叙传小说叙述的是作者的身边生活,但自叙传小说并非是作者的自传,作者叙事目的既不是为了给自己"立此存照",也不是像传统史传小说那样注重情节和趣味,而是要真实反映社会人生,真实表达内心世界。因此,自叙传小说首先追求的是"真实"。郁达夫说:"小说的生命,是在小说中事实的逼真。"③罗家伦说:"所作的小说,不可过于荒诞无稽,一片胡思乱想,既不近情,又不合理。"④叶圣陶也认为,衡量作品的标准即"这文字里的表白与感兴是否确实是作者自己的",因此作文应该"要写出诚实的,自己的话"⑤。从这里我们不难看出,"五四"作家强调的"真实",与传统小说在"无巧不成书"中编造的"真实"完全不同,它要求真实反映外部生活,真实表达内心世界。自叙传小说主要来自作者的生活经历和内心感受,充分体现了五四作家对"真实"的叙事要求。为了凸显这种叙事的"真实"性,自叙传小说有时以第一人称"我"作为主人公和叙事者,有

①　茅盾:《庐隐论》,《文学》第三卷第一号,一九三四年七月一日。

②　温儒敏:《论郁达夫的小说创作》,《中国现代文学研究丛刊》,1980 年第 2 期。

③　郁达夫:《小说论》,《郁达夫文集》第 5 卷,花城出版社,1982 年,第 16 页。

④　罗家伦:《今日中国之小说界》,《新潮》第 1 卷第 1 号,1919 年 1 月。

⑤　叶圣陶:《诚实的,自己的话》,贾植芳等编《文学研究会资料》上册,第 125 页。

时则以一个充分指涉自我的小说人物出现在文本中,譬如庐隐笔下的露莎、冯沅君笔下的隽华、丁玲笔下的莎菲、苏雪林笔下的杜醒秋、郁达夫笔下的于质夫、郭沫若笔下的爱牟、陶晶孙笔下的晶孙等,这些人物充分传达了作者本人的个性气质和情感体验,让读者真实感受到作者的生命存在。

"五四"时期,自叙传式的大学叙事在叙述身边生活、表达内心世界时,改变了传统小说注重故事完整性的情节模式,向片段化和心理化的非故事性小说转型。陈衡哲的《一日》由新生开学的几个日常生活场景构成。庐隐的《海滨故人》由露莎、玲玉、莲裳、云青、宗莹等五个女大学生的生活交往片段组成。冯沅君的《旅行》所叙述的仅仅是男女主人公的一段旅行生活。丁玲的《莎菲女士的日记》则是由一些莎菲在日记中的自怨自艾组成。叶圣陶的《席间》全篇由几个大学教授在席间的谈话构成。废名的《李教授》由李方正一路经过报馆、理发室、大街等几个场景组成。郁达夫的《沉沦》由主人公的一些日常生活片段和内心感受组成。郭沫若的《残春》主要由爱牟的性意识流动构成。陶晶孙的《音乐会小曲》的春、秋、冬3章分别由主人公的三段交往组成。郑伯奇的《最初之课》叙写的是屏周在开学第一堂课上的见闻感受。不难看出,在"五四"大学叙事中,几个场景、一组对话、一段经历、一丝意绪、一种心理等都可以构成一篇小说,虽然有时看上去,"既无结构,亦无目的",像是"一篇白描"①;有时"故事的结构颇觉杂乱,人物很多,忽面讲到这个,忽然又讲列那个,'控制'不得其法"②,但是它把小说创作推进到一个日常化和生活化的新阶段,拓展了小说的表现领域和叙事空间。胡适把这种现代短篇小说的叙述方式称为"横截面"式叙述,并认为这种横截面式的叙述是"用最经济的文学手段,描写事实中最精彩的一段,或一个方面,而能使人充分满意的文章"③。

---

① 陈衡哲:《民国女作家小说经典·陈衡哲小说》,上海古籍出版社,1997年第8页。

② 茅盾:《庐隐论》,《文学》第三卷第一号,一九三四年七月一日。

③ 胡适:《论短篇小说》,《中国现代文论选》,贵州人民出版社,1982年,第12页。

二、内向化主观表现

中国传统小说以情节和人物为中心,情节由一系列外部生活事件组成,人物则主要通过外部行为动作来呈现,属于一种外向化的客观叙述。小说中,叙述者通常在文本外运用全知全能的第三人称视角展开叙述,并时常扮演历史家或道德家角色,进行叙述干预,以表明叙述者对人物、事件的立场和态度。"五四"时期,小说创作开始出现"向内转",审美视角和叙述指向由外部客观世界向着内心主观世界位移。这种位移主要在两个层面展开,一是向作家自身的体验和感受转移;二是向叙述对象的内心体验和感受转移。在自叙传式小说中,这两个层面常常是重合的,叙述者和小说人物合而为一。

毫无疑问,注重主观表现的内向化叙事大大拓展了小说的表现领域,是小说叙事艺术现代转型的重要表征,它在"五四"大学叙事中得到充分体现。首先,内向化叙事体现在题材的心理化。"五四"大学叙事的题材不再只是关注外部生活世界,而是更多以内部心理世界为中心,注重表现外部世界在人物心理引起的情感反应,有些甚至深入到潜意识层面。《海滨故人》注重表现的是露莎们对时代纷扰和朋友聚散的感伤;《隔绝》主要描写了隽华对个性解放和爱情自由的内心呼喊;《莎菲女士的日记》全篇由莎菲对理想爱情的内心诉求和失望构成;《沉沦》注重表现的是"他"的内心压抑和苦闷;《残春》的"着力点并不是注重在事实的进行",而"是注重在心理的描写","描写的心理是潜在意识的一种流动"①。

其次,内向化叙事表现为情绪的个体化。"五四"大学叙事是启蒙时代的产物,普遍笼罩着觉醒后的苦闷感伤情绪。庐隐小说中的人物几乎都是在悲哀寂寞中呻吟:"世界上的事情,本来不过尔尔,相信人,结果不免孤零之苦,就是不相信人,何尝不是依然感到世界的孤寂呢?"(《海滨故人》);冯沅君笔下的人物在爱情与亲情的不可调和中痛苦感伤:"我爱

---

① 郭沫若:《批评与梦》,《文艺论集》,人民文学出版社,1979 年,第 113 页。

你,我也爱我的妈妈,世界上的爱情都是神圣的,无论是男女之情,母子之情。"(《隔绝之后》);罗家伦小说中的人物在"有爱情而不得"和"强不爱以为爱"的痛苦中无可奈何:"我不知道我的家庭是为'诗礼'而有了,还是为'人性'而有的? 我的终身幸福要紧?"(《是爱情还是痛苦》);冰心笔下的人物常常陷入觉悟之后的忧郁和感伤:"从去年以来,我的思想大大的变动了,也可以说是忽然觉悟了。眼前的事事物物,都有了问题,满了问题。比如说:'为什么有我?'——'我为什么活着?'——'为什么念书?'下至穿衣,吃饭,说话,做事,都生了问题。"(《一个忧郁的青年》);郁达夫笔下的人物常常在生的苦闷和性的压抑中挣扎呐喊:"知识我也不要,名誉我也不要,我只要一个安慰我体谅我的心,一副白热的心肠! 从这心肠里生出来的同情! 从同情而来的爱情!"(《沉沦》)显而易见,"五四"大学叙事所表现的苦闷感伤既迥异于清民初"新小说"所强调的"改良群治"的集体诉求,也不同于三四十年代抗战文学所表现的救亡图存的民族意志,而主要主体觉醒后在个体自我基础上产生的一种个体化情绪。

第三,内向化叙事表现为语言的抒情性。通常而言,叙事性文体与抒情性文体在语言上具有不同的表征,前者倾向客观叙述;后者偏于主观抒情。在古代文学传统中,小说作为一种叙事性文体向来以客观叙述见长,誉之以"史"是对小说的最高评价,譬如金圣叹赞"《水浒》胜似《史记》"(《读第五才子书法》);毛宗岗说"《三国》叙事之佳,直与《史记》仿佛"(《读三国志法》);张竹坡称"《金瓶梅》是一部《史记》"(《批评第一奇书金瓶梅读法》)。然而,"五四"时期,小说的内向化转型使得小说语言呈现出抒情性特征。首先,"五四"大学叙事大多设置一个多愁善感的叙事者或抒情主人公(很多时候二者合为一体),他们的性情或外向,或内倾,但都具有丰富细腻的情感、复杂激烈的内心冲突,从而为小说语言增添浓郁的主观情绪和抒情色彩。譬如庐隐笔下的露莎们、郁达夫笔下的于质夫们、郭沫若笔下的爱牟们、丁玲笔下的莎菲们等等,主人公们常常以其强烈的情感语言、繁复的心理活动和饱含情绪的形体动作表现出强大的情感力量和艺术张力。其次,"五四"大学叙事作家常常"引'诗骚'入小说,突出情调和意境,强调即兴与抒情"①,从而使得小说语言呈现出浓郁的抒情性。郁达夫、郭沫若、庐隐、冯沅君、冰心、废名、倪贻德等人,或在小说中直接运用诗歌来表达人物内心情感,譬如《沉沦》中引用华兹华斯的《The solitary Highland reaper》(《孤寂的高原刈稻者》),表达主人公孤独寂寞的心理,《斯人独憔悴》中化用杜甫的《梦李白》"出门搔白首,若负平生志。冠盖满京华,斯人独憔悴",抒发主人公忧郁感伤的心理;或运用景物描写营造诗歌意境,渲染气氛,烘托心理,譬如《海滨故人》开头关于海滨夕阳残照的景物描写,营造出如诗如画的意境,烘托出五位年轻女郎的浪漫情怀,《玄武湖之秋》中关于玄武湖如梦似幻般的景致描写融入了作者对理想人物的倾慕和赞美;或运用饱含感情色彩的内心独白和对白抒发内心情感,譬如《隔绝》中女主人公在给恋人信中的爱情独白大胆炽烈,《喀尔美萝姑娘》中主人公对朋友的倾诉悔恨交加。

"五四"时期,大学叙事主观表现倾向的兴起,首先当然是时代的产物,自由民主和个性解放的时代潮流唤醒了主体自我,内心产生了强烈的情感表达欲望。正如郁达夫所说:从前的人,是为君而存在,为道而存在,为父母而存在,现在的人才晓得为自我而存在了②,社会"压榨机"造成了一代青年的苦闷,我只求世人能够了解我内心的苦闷就对了,我只是要赤裸裸的把我的心境写出③。其次,也是文学自身发展的结果,既与来自西方的叙事经验有着直接关系,也与本土抒情传统不无关联。虽然"五四"作家大多强调西方文学背景,否认本土文学传统,但事实上,"五四"文学是在东西融合中形成的。正如捷克学者普实克所说:"旧中国的主要文学趋势是抒情诗代表的趋向,这种偏好也贯穿在新文学作品中,因而主观情绪往往支配着甚至冲破了史诗形式。"④陈平原在考察"五四"时期小说叙

---

① 陈平原:《"史传"、"诗骚"传统与小说叙事模式》,《文学评论》,1988年第1期。
② 郁达夫:《中国新文学大系·散文二集·导言》,上海良友图书公司,1935年。
③ 郁达夫:《写完了笃萝集的最后一篇》,《郁达夫文集》第七卷,花城出版社,1983年,第155页。
④ 普实克:《传统东方文学与现代西方文学在中国文学革命中的对抗》,见陈平原著《陈平原小说史论集》,河北人民出版社,1997年。

事模式转型时指出:五四作家对传统文学的借鉴,都不只是一种简单的"接受",而是复杂得多的"转化"。传统文学更多作为一种修养、一种趣味、一种眼光,化在作家的整个文学活动中①。

三、开放式文体结构

中国古代小说受史传影响,主要以事件为中心,按时间线性发展,注重情节的"起—承—转—合",形成了一种首尾完整的封闭式叙述结构。在叙述方式和语言体式上,古代小说主要以第三人称全知全能视角展开叙述,虽然不乏"有诗为证"的传统,但是那些用来为证的"诗"是与主体叙述分裂的,更多时候是作者在以诗歌为正宗的传统时代用来彰显才情的策略和途径,若从小说本身而言,完全可以忽略不计。"五四"时期,小说在文体结构上开始由传统封闭式格局向自由开放式格局转型。这种文体结构上的现代转型在大学叙事中得到充分彰显,主要表现在结构开放、视角转换、文体互渗和语体杂糅等方面。

"五四"时期,大学叙事不再讲究情节的完整性,甚至完全淡化情节,而主要突出人物的性格和心理,在叙述上表现出更多的随意性,有时从故事中间写起,有时从最后结局开头,倒叙、补叙、插叙等多种叙述方式交互运用,一切以人物为中心来结构全篇,从而表现出与传统小说封闭式结构完全不同的开放式结构。如庐隐的《海滨故人》采取的是一种缀连组合的结构方式,把露莎等五个女大学生的离散聚合和内心纷扰组合在一起,没有中心事件和情节框架,内容主要包括假期生活、学校生活、家庭生活、情感交往、人生感悟等不同片段,各片段之间既没有因果关系,也不按线性时间叙述,经常穿插一些过往回顾中断叙述。譬如,关于露莎的幼年经历分两处插叙,第一处在海滨度假时,露莎们走累了便坐下来讲述"海上的故事",露莎讲述的幼年往事刚开始,便被宗莹插叙去了,而宗莹也只讲述到露莎六岁前的经历也不了了之。第二处是在她们离散重聚时,聚散无

①　陈平原:《传统的创造性转化与小说叙事模式的转变》,《中国现代文学研究丛刊》,1988 年第 1 期。

定的感慨让露莎追忆起从九岁到十三岁之间与一位儿时朋友的交往。可见,这些穿插在作品中的人生片段只是为人物的情感心理变化服务的,其自身的完整意义已不再重要了。再如冯沅君的《旅行》,以第一人称"我"为叙述人讲述一次同恋人秘密"旅行"的经历。令人意外的是,叙述者把一个原本具有"传奇"色彩的故事拆解成了一串失去线性逻辑的记忆碎片,存放这些碎片的空间主要是车厢和旅馆。譬如,在车厢里,"我很想拉他的手,但是我不敢,我只敢在间或车上的电灯被震动而尖去它八勺光的时候,因为我害怕那些搭客们的注意";在旅馆里,"我们占了两间房,并且我们告诉查店的警察说我们是同学",但是"已有好多人注意我们同住这回事了","他们每问我在什么地方住的时候,辞意中都含着讥笑的神气"。很明显,在这里叙述者讲述的重点不是"旅行"事件,而是"旅行"中的体验,包括主人公自身的感受和周围人的反应。郁达夫的《沉沦》主要表现的是主人公苦闷和感伤的心理情绪,没有结构全篇的故事,只是以人物的生活片段和心理活动组成,譬如郊外漫游、学校感受、国内经历,以及手淫、偷窥、嫖妓等各种不正常性心理和性行为等。同样,郭沫若的《残春》《喀尔美萝姑娘》、丁玲的《梦珂》《莎菲女士的日记》、废名的《文学者》《李教授》、张资平的《一班冗员的生活》《冲积期化石》、陶晶孙的《音乐会小曲》《壁画》等大学叙事,都只是以人物的心理、情感或情绪等为中心,不再有贯穿始终的完整的故事,中间可以随时插叙,结尾也常常是开放式,不知所终。

视角(viewpoint)即观察事物和叙述事件的角度和眼光。中国传统小说大多采取单一的第三人称叙述视角,文本外的作者通常以全知全能叙述者的身份展开叙述,对小说中的人物和事件有着绝对的权威,不但控制着叙述的节奏和去向,而且随时以立法者的身份进行干预和评论,这种单一的全知全能的叙述视角和叙述方式是与情节性封闭式结构相契合的。"五四"时期,大学叙事在叙事视角和叙述方式上的开拓转型有助于开放式文体结构的建构。首先,"五四"大学叙事比较偏好选取第一人称"我"作为叙事者以回忆的方式展开叙述,通常叙述者也是小说人物,大多时候还是主人公,这种叙述视角和叙述方式有利于不同的叙事片段以比较自然的方式组合成开放式的叙述结构。譬如,《旅行》以第一人称"我"的视角回忆与恋人挑战世俗的一次爱情旅行经历和各种感受体验;《莴萝行》中第一人称"我"以自责的口吻回忆日本留学和回国教书等不同时期的生活经历及其对妻子的歉疚;《微雪的早晨》以第一人称"我"的视角讲述朋友朱儒雅病逝前的经历和"我们"之间的交往;《喀尔美萝姑娘》以第一人称"我"向朋友倾吐心声的方式讲述"我"对喀尔美萝姑娘的畸恋和对妻子瑞华的歉疚。其次,"五四"作家在大学叙事中对不同视角之间的转换进行了有效尝试。这种转换常常在第一人称和第三人称、限制性和非限制性之间转换,从而为开放式文体结构提供了多种可能。《丽石的日记》中,小说开始以第一人称"我"的限制性视角简单交代朋友丽石的生前状况和日记的由来,主体部分则把原来的第三人称丽石转换为第一人称在日记中讲述她与沅青的伤心往事,结尾又回到第一人称"我"作为叙述者表达阅读丽石日记的感受。《象牙戒指》中,开始叙述者以第一人称"我"引出素文,然后再转换成素文以第一人称视角追忆已经逝去的朋友张沁珠的"苦闷和愁惨"的过往人生,然而,文中又间或中断素文的讲述,插入"我"与素文的对话,第十八章改为由第一人称"我"讲述沁珠"最近两年来的生活和她临终时的情形",第十九章又转换为沁珠的日记,日记中沁珠以第一人称身份讲述了"我"与素文所不知道的经历和心理,小说的结尾是开放式的,叙述重新回到开始时的状态,讲述了第一人称"我"与素文一起去拜祭沁珠,最后,"我们抱着渴望天亮的热情,离开了长寿寺,奔我们茫漠的前途去了"。《落叶》的叙述也由三部分组成,一是第一人称"我"作为叙述者讲述的洪师武的生前往事;二是洪师武以第一人称讲述的他和菊子之间的爱情故事;三是菊子在信中以第一人称讲述的南洋经历和对洪师武的思念。从这里我们不难看出,叙述视角的转换打破了叙述结构的完整性和叙述方式的单一性,不同视角及其不同叙述的并置大大拓展了叙述的空间,形成了多维度、跳跃式的开放式文体结构。

　　"五四"时期,大学叙事的开放式文体结构还与语言文体的融合互渗关联密切。众所周知,"五四"时期中国文学的现代转型是从语言革命开始的,推翻文言旧文学,建立白话新文学,是"五四"作家的共同主张和诉

求。"古人在语言运用中,强调'辞达而已',以简要为贵,句子大都比较短
小简洁,极少结构复杂的长句。这样,某种程度上束缚了一些句式自身的
发展,同时也往往使意思的表达受到一定的影响"①,丰富的生活细节和
情感内涵在言简意赅中被忽略或舍弃。既然"用死了的文言决不能做出
有生命有价值的文学来",那么要建立"国语的文学"和"文学的国语"②,
需要借助于西方的欧化语体文学。正如傅斯年所说:"既然明白我们的
短,别人的长,又明白取长补短,是必要的任务,我们做起白话文来,当然
要减取原来的简单,力求层次的发展,摹仿西洋语法的运用。"③毋庸讳
言,"五四"作家主要是通过欧化语体增加了中国文学语言的逻辑性、严密
性和丰富性,使现代文学语言走出传统文言语体的封闭和桎梏。然而,事
实上,现代文学语言并不像"五四"作家口头上所表现的那样与传统决绝,
它们在学习西方的同时,也与传统"总还是暗地里接续着",在"五四"新文
学的理论家周作人看来,现代文学语言的出路应该是"融合","现代国语
须是合古今中外的分子融合而成的一种中国语"④。"五四"时期,语言文
体的融合互渗在大学叙事中得到充分体现。郁达夫、郭沫若、庐隐、冯沅
君、苏雪林、丁玲等人擅长把叙事与抒情、文言与白话、中文与外语等各种
语辞句式杂糅一处,产生出一种"适切地表现现代人的情思"⑤的现代文
学语言体式。《沉沦》中,叙事语言与抒情语言相互融合,英文诗歌、德语
诗歌与古典诗词共处一体;《棘心》中,文白相间的叙述语言雅洁流丽,其
间还穿插一些法文语辞和宗教典故;《海滨故人》中,主体叙述用的是现代
白话,而人物之间的书信往来则多用文言句式,其间人物抒情达意则时而
古典诗词,时而现代新诗。文体即文本体式,不同文体对语言体式有着内
在规定性,文体互渗指的是不同文本体式相互渗透、相互激励,以形成新

---

① 刁晏斌:《试论近代汉语语法的特点》,见《近代汉语研究》(二),商务印书馆,
1999年。

② 胡适:《建设的文学革命论》,《新青年》,1918年4月15日,第4卷第4号。

③ 傅斯年:《怎样做白话文》,《新潮》,第1卷第2号,1919年2月。

④ 周作人:《艺术与生活·国语文学谈》,上海群益书社,1931年。

⑤ 周作人:《理想的国语》,《周作人散文全集》,广西师范大学出版社,2009年,
第288页。

的结构性力量,更好地表现创作主体丰富的人生经历与情感体验。文体互渗既彰显着特定时代的文化精神与审美取向,也折射出作家的思维方式、情感表现特点及其审美创造力。"五四"作家常常跨越文体界限,在大学叙事中把散文、诗歌、日记、书信等各类文体融合互渗,从而表现出一种开放式的文体结构特征。譬如,《落叶》主要由四十一封长短不一的书信组成;《莎菲女士的日记》完全由并不连贯的日记组成;《象牙戒指》在叙述过程中穿插书信和日记。总之,五四作家对西方文学的借鉴和传统文学的继承,"不只是一种简单的'接受'而是复杂得多的'转化'。其他文体被引入小说作为小说整体中的有机组成部分,自有其新的表现形态、美感效果与结构功能"①。大学叙事中不同语言文体的融合互渗,在文体结构上呈现出开放式特征,"表达了主体对世界的独特理解,文体间的交融和整合,在某种程度上消解了各文体间的排他性,在拓展文体的丰富性和多维化同时,探索了文学内部的共同要求与技术的结合可能,打破了艺术的疆界,为文学的发展提供了诸多新的艺术生长点"②。

---

① 陈平原:《传统的创造性转化与小说叙事模式的转变》,《文艺研究》1987 年第 5 期。

② 罗振亚:《悖论与焦虑:新文学中的"文体互渗"》,《湘潭大学学报》,2008 年第 6 期。

第二章　革命救亡时期的大学叙事

　　三四十年代,中国进入到一个交织着民族矛盾和阶级斗争的动荡时期。一方面,大革命失败后,国民党当局进一步加强了专制统治,实行白色恐怖,推行党化教育,阶级矛盾日益尖锐。另一方面,"九·一八"事变后,民族矛盾急剧上升,东北、华北、中原相继沦陷,中华民族濒临生死存亡的危急关头。然而,在这样一个充满了内忧外患的动荡时期,中国大学仍然取得了较大的发展和特殊的成就。三四十年代,中国大学的数量和招生人数一直在稳步上升。1930 年,中国总共只有 85 所大学、学院和专业学校,在校学生数也只有 37566 名,而到 1947 年,高校数量和在校学生数则分别上升到了 207 所和 154612 名,其中女生数量 27600 名,占总数的 17.9%①。战乱时期,一方面,国民党政府在高等教育领域开始加强控制,制定和实施符合国家建设需要的教学规程和聘任制度;另一方面,由于这一时期大量留学生回国,进入大学任教,注入了新的力量,再加上战时大学迁徙,国民党政府对大学难以实施真正有效管控,从而使得许多大学仍然坚持不懈地保持了相对独立的办学特色,尤其以当时最著名的两所大学,即昆明的西南联大(由北京大学、清华大学、南开大学合并而成)和西安的西北联大(由北平大学、北平师范大学和北洋工学院)为代表。正如有学者指出,"此时期中国现代大学在其发展过程中,在吸收欧美大

---

① 《中国教育成就:统计数据 1949—1983》,人民教育出版社,1984 年,第 40 页。

学思想的基础上,结合中国的传统和实际情况,最终形成了自己独特的知识自由和社会责任的大学办学思想","这使得大学能够在战时成为一支有效的独立力量,为民族的独立和发展作出自己的积极贡献,并能抵制国民党统治中的消极不利方面"①。与大学在艰难中砥砺前行一样,三四十年代的大学叙事也在动荡不安的特殊时期取得了长足发展,且独具时代特色。其主要表现在以下几个方面:一是大学开始真正成为作家笔下独立自足的审美对象和生活空间。不像"五四"时期,大学只是作为思想启蒙和个性解放的场域和背景出现在文学书写中,三四十年代,在阳翰笙《大学生日记》、万迪鹤《中国大学生日记》、茅盾《路》、巴金《知识阶级》、沈从文《冬的空间》、齐同《新生代》、钱锺书《围城》、鹿桥《未央歌》、张爱玲的《沉香屑·第二炉香》等作品中,大学已经成为独立的审美对象和生活空间,独具特色的本体性大学生活得到长足关注和充分书写。二是大学人物的生存和精神状态得到广泛关注和深入开掘。三四十年代的大学叙事已突破了五四时期重视个体和心理的叙事格局,而在更广泛的社会生活和更深远的民族国家层面关注大学人物的生存方式和精神状态,从而更具有了历史内涵和理性深度。三是大学叙事艺术更加趋向成熟。五四时期大学叙事大多带有作者的自叙传特征,主要采取自我抒发的短篇方式表达青春时期的烦恼和苦闷,在文体结构上具有抒情性和片段化特征,而三四十年代的大学叙事,更多趋向把大学校园与更深广的社会生活和时代风潮相衔接,无论是在题材内容、叙事视角和结构规模上都有了新的突破,多采取中长篇体制以容纳更丰富的生活内容和思想讯息,尤其是《围城》和《未央歌》的出现更标志着大学叙事在艺术上的成熟。

第一节　时代激流中的责任担当

三四十年代,各种社会矛盾日益加剧,尤其是"九·一八"事变后,迅速上升的民族矛盾使得救亡图存成为中华民族当前最迫切的时代使命。

---

① ［加拿大］许美德:《中国大学 1895—1995》,教育科学出版社,2000 年,第 86 页。

这一时期的大学叙事,大量呈现了进步的青年知识分子在时代激流中的自发奋起和责任担当,他们或者走上街头,为民请命,以实际行动寻求救国救民的真理;或者放下书本,投身抗战,在烽火硝烟中躬行践履;或者身在校园,心系天下,在艰苦卓绝的环境中执著坚守,教书育人,弦歌不辍。在交织着民族矛盾和阶级斗争的动荡时代,曾经试图进行文化启蒙、追求个性解放的现代知识分子,在民族危难的严峻时刻,纷纷告别书斋,走上街头,以各种不同的方式投入到救亡图存的时代洪流中,奉献自己的聪明才智和青春热血,彰显出"天下兴亡,匹夫有责"的知识分子精神传统和责任担当。

一、十字街头的革命抉择

20 世纪 20 年代后期,在"文化启蒙"转向"革命救亡"的历史转换时期,柔石、胡也频、丁玲等左翼作家就分别在《旧时代之死》《光明在我们的前面》和《韦护》等大学叙事中生动呈现了大学人物从"学院书斋"走向"十字街头"过程中的心路历程和革命抉择。《旧时代之死》中,陷入了生活困窘和精神痛苦的朱胜瑀,在自杀前已经意识到,"一种旧的力压迫他,欺侮他,一种新的力又引诱他,招呼他"。而他的同学好友叶伟和李子清则更是从朱胜瑀的悲剧中觉悟到,"单靠一个人的力量是不够的,要团结你们的血,要联合你们的火,整个地去进攻"。叶伟决定到家乡去办学校,为乡村儿童和农民谋幸福,"将这种社会化的生活,改变一下"。李子清也表示要以朱胜瑀的死为"纪元",开始"新的有力的生活",他把分得的家产散发给穷人,自己到法国或俄国去研究政治和社会。胡也频的《光明在我们的前面》通过北大经济学教授刘希坚和女大学生白华之间的政治分歧、爱情纠葛以及最终转变,反映了大学人物在时代洪流中的思想转变和革命抉择。刘希坚具有坚定的革命信仰,努力投入革命工作,积极宣传马列主义,并且热情帮助女友白华从一名虔诚的无政府主义者成长为共产主义者,共同投入革命事业。丁玲的《韦护》则以挚友瞿秋白与王剑虹为原形,描写了 S 大学教授韦护在革命、爱情和艺术之间的矛盾冲突。韦护一方面想在生命的自然需要上,追求爱情,钟情艺术。另一方面,他又要站在革命事业的立场,"不希望为这些烦恼,让这些占去他工作的时间,使他怠惰","在一个长的激烈的争斗之后,那一些美的、爱情的、温柔的梦幻与希望、享受,均破灭了。而那曾有过一种意志的刻苦和前进,又在他全身汹涌着。他看见前途比血还耀目的灿烂"。最终革命战胜了爱情,韦护离开了丽嘉,离开了学校,到广州去投身到社会革命。

由于外部社会环境和作者思想认识的局限,二十年代末,柔石、胡也频、丁玲等人在表现大学人物走向革命十字街头时,明显带有不同程度的"左倾幼稚病"和"革命罗曼蒂克"色彩,对人物从个性解放到社会革命转换过程中的心路历程和精神痛苦缺少必要的铺垫和深入的开掘。如果说朱胜瑀对旧社会的诅咒情有可原,那么叶伟和李子清对集体力量和社会进步的思考和认识在很大程度上缺乏现实依据和叙事逻辑,显然是作者自己的革命思想僭越了小说人物的生活感悟。同样,经济学教授刘希坚和女大学生白华之间的因政治信仰导致的爱情纠纷及其后来的弥合升华,也缺乏现实生活基础和情感发展逻辑,更多的是作者革命浪漫想象的投射。值得注意的是,虽然丁玲在《韦护》中把她一向擅长刻画女性细腻心理的笔墨挪移到男主人公身上,生动呈现了韦护在革命、爱情和艺术之间的矛盾冲突,但是最后韦护对爱情的毅然决然还是缺乏令人信服的铺垫。

三四十年代末,巴金、茅盾、沈从文等对大学人物尤其是青年学生在革命抉择过程中思想心理的复杂性和丰富性进行了更为成熟的描写和开掘。巴金的小说向来以反映各种知识分子问题著称,正如他自己所说:"我作品大部分都写知识分子的问题,因为中国知识分子的世界是我最熟悉的世界。当我写他们的时候,我觉得我会写得成功。"[①]从处女作《灭亡》,到代表作"激流三部曲"、"爱情三部曲"以及"抗战三部曲",以及短篇集《沉落》《神·鬼·人》《复仇》等,巴金集中描写了从"五四"到抗战时期的各类大学知识分子形象,反映了他们在时代洪流中的抗争、犹疑、痛苦、担当等各种行为表现和精神状态。《灭亡》中,杜大心

---

① 巴金:《巴金论创作》,上海文艺出版,1983年,第684页。

在上海一个有名的大学读书,一年后因受到时代风潮的影响,参加社会主义革命团体,后来竟然完全抛弃学业,离开学校,"把他底全副精力用在革命工作上",以至于积劳成疾,最终因刺杀军阀未遂,牺牲了生命。杜大心的朋友李冷和恋人李静淑也都在上海 N 大学读书,也因受到"逐渐澎湃起来的新思潮底洗礼",加入到革命组织,后来成为罢工运动的领导人物。《家》虽主要以高公馆为主要生活空间展开,但是作者同时也不惜笔墨大篇幅地描写了"外专"学生觉慧与同学们一道创办《黎明周报》、散发宣传手册、上街游行请愿等各种进步活动。小说中,主人公觉慧不止是一个封建家庭"幼稚而又大胆的叛徒",更是一个毅然从校园走上街头的具有"激流"精神的青年知识分子。在《电》中,革命的闪电已经在"漆黑的天空中闪耀",曾经幼稚的校园进步青年已经成长为街头成熟的革命者。在大学教书的吴仁民已经成为 A 地的革命斗争的核心人物,和大家一道走上街头,参加集会,发表演讲,散发传单。而李佩珠、敏、明、亚丹等一群年轻的革命者在爱情与革命、个人与集体之间经过深入思考,有了清醒认识。当明为了革命而用工作折磨自己,用忧郁摧残自己,并且"要消灭爱的痕迹"时,吴仁民告诉他:"个人的幸福不一定是跟集体的幸福冲突的,爱并不是犯罪。"李佩珠也说:"我们没有理由轻易牺牲,血固然很可宝贵,可是有时候也会蒙住人的眼睛。"《死去的太阳》集中描写了 T 大和东南大学的学生吴养清、程庆芬、高慧民等为了唤醒民众对西方殖民者的同仇敌忾,组织学生和群众集会演讲、罢课罢工、游行示威等革命活动。对于外国巡捕屠杀市民,武力占领租界,青年学生们决定"这次我们要有大牺牲的决心,用全力来做反抗运动。学生罢课,商人罢市,工人罢工"。但是随着罢工人数和次数的增加,困难也不断增多,人们的热情也渐渐冷却,罢工最终走向失败。在革命思潮高涨的红色三十年代,虽然巴金充满激情地描写了青年知识分子从校园到街头的革命抉择,也反映了他们在革命活动中的爱情苦恼,譬如杜大心与李静淑、觉慧与鸣凤、吴仁民与李佩珠、吴养清与程庆芬等,但是与柔石、胡也频、丁玲等左翼作家不同的是,巴金关于青年知识分子的大学叙事的独特之处在于,它们不但真实地记录了"二三十年代一些并未纳入中国共产党领导的知识青年的革命道路和情感历程①，与左翼作家的"左倾幼稚病"和"革命罗曼蒂克"保持着明显的距离（巴金甚至坦言："我所写的只是有理想的人，不是革命者。"②），而且因真实表现青年知识分子对待人生、爱情、革命的不同态度、不同选择和为了理想信仰的青春激情，而在更广泛的范围获得了青年读者的共鸣。毋庸讳言，巴金小说中的知识分子问题向来受到大家的关注，但是以往人们对巴金的知识分子小说主要在社会层面上进行分析，而向来缺乏"大学"的视角。事实上，巴金的知识分子小说大多具有"大学"的叙事背景。虽然在巴金上述小说中，"大学"的身影有些模糊，譬如《灭亡》中的 N 大学、《家》中的"外专"、《电》中的 A 大学、《死去的太阳》中的 T 大学等，但是大学和校园不仅是作为生活空间出现，而且更重要的是对小说人物精神成长的重要意义不容忽视，觉慧在学校才感受到"沸腾有生命力的生活"，而一旦回到高公馆，则感到"孤寂袭来，好像寒冷的深渊，无人迹的沙漠"。李冷和妹妹李静淑也正是因为在 N 大学受到"逐渐澎湃起来的新思潮底洗礼"才走上革命道路的。巴金对于大学校园生活的本体性书写在《知识阶级》《沉落》《鬼》等短篇小说中得到更充分的体现，我们将在后文展开更为详细的分析。

茅盾三十年代初创作的反映大学生学潮运动的中篇小说《路》向来不为大家所关注，小说主要描写了校园进步青年学生与学校反动当局的矛盾斗争以及在此过程中主人公火薪传与蓉、杜若之间的情感纠葛，揭示了国民党专制下大学教育的腐败和革命低潮时期青年知识分子寻找人生路向时的芜杂状况。小说中，学生们不满学校当局的专制和腐败，成立了两个反抗性组织，一个是设在第四自修室的"秀才派"，主要通过办壁报批评当局，另一个是在第三自修室的"魔王团"，以揭发个人隐私为手段来打击当局。在斗争中，两派一度结成联盟，但后来由于"魔王团"被收买而分化。颟顸的学校当局则以荆总务长为代表。荆自称在学生时代"也有过

① 刘慧贞：《巴金代表作·前言》，河南人民出版社 1989 年。
② 巴金：《致树基》，《巴金全集》第 6 卷，人民文学出版社，1988 年，第 479 页。

左倾思想"，但是，事过境迁，现在已成为反动、专制、腐败政治势力的代表，为了维护"本党革命"的成果和意义，竭力批评、阻止、破坏学生反抗运动。虽然学生们的两次反抗都被反动当局镇压下去，但正如小说主人公"火薪传"的名字所寓意的，革命之火传承不息，已有燎原之势。小说结尾时，薪在给父母的信中表示，即使时代给他走的是"一条狭的路"，但自己也要告别家庭和学校，"向前进"，去寻找属于自己的"活路"。虽然作者在小说中大量描写了薪、炳、雷、杜若等青年学生的革命斗争行为以及薪与蓉和杜若之间的情感纠葛，但是与当时其他革命罗曼蒂克小说完全不同的是，茅盾在此并没有把进步青年的革命与爱情简单地处理成"革命＋恋爱"的普罗小说模式，火薪传的爱情取舍一直在资本家小姐蓉和革命者杜若之间摇摆不定，小说最终都没有给青年知识分子指出一条通向光明的"革命之路"。然而，值得注意的是，由于作者并不熟悉当时的校园环境和学生生活，大学的本体性生活在小说中并没有得到很好展开，人物塑造和情节安排也在一定程度上存在着概念化痕迹，对此，茅盾曾作如此坦陈："我在当时实在没有到学校去体验生活的可能，也很少接触青年学生；既没有'体验'，也缺乏'观察'，因而这一作品是没有生活体验基础的，这一作品的故事不现实，人物概念化，构思过程也不是胸有成竹，一气呵成，而是零星补缀。"①虽然茅盾这番表白针对的是《三人行》，但显然对同时创作的《路》也同样适用。

与具有左翼进步倾向的茅盾、巴金不同，作为自由主义作家的沈从文在《大小阮》里对青年学生从校园到街头的革命行为进行了一种略带嘲讽式的"另类"描写。作者以略带嘲讽的语调对比式地描写了革命年代两种青年知识分子的典型，"一个伤人逃命、东奔西窜、神出鬼没煽动革命而终于丢掉脑袋的侄子，和一个讲究打香水、宿娼捧戏子、当小报编辑，成了名'作家'而回到母校当训育主任的叔父"②。大小阮叔侄是四川地主家庭子弟，最初在同一个私立学校读书，分别加入了学校里两个极可笑的学生

---

① 茅盾：《茅盾选集·自序》，《茅盾选集》，开明书店，1952 年。
② 朱光潜：《编辑后记》，《文学杂志》，第一卷第 2 期，1937 年 6 月。

组织——"君子会"和"棒棒团"。"君子会"注重的是穿衣戴帽,养成小绅士资格,其中多是白面书生,文雅,懦弱,聪明,虚浮,功课不太好,学问不求深入,但杂书读得多,知识倒还丰富。"棒棒团"则多是军人子弟,平时喜欢寻衅滋事,不仅喜欢在本校打架,而且还常常出校代表本校打架。学校因为不开放女禁,身心刚发育的年轻人在学校无机会实证对女性的需要,"欲望被压抑扭曲,神经质的青年群中,就很出了几个作家,多血质的青年群中,就很出了几个革命者"。大小阮就分别属于前者和后者。小阮用枪伤人后逃到上海,住在亭子间,靠"同志"互助,"物质上虽十分艰窘,精神上倒很壮旺","没有钱,就用空气和幻想支持生活"。后在朋友的帮助下到日本,考进一个专门学校念书,学习"政治"。小阮在国外大学读书照规矩得到本族公款的补助,一年后又回国走上革命道路,加入北伐,参加南昌暴动,组织上海大罢工,最后被捕入狱,绝食而死。大阮一面在北大外国文学系读书,一面作了一家晚报评戏讲风月的额外编辑,因他的地位,在当地若干浮华年青学生、逛客、戏子和娼妓心目中"成为一个小名人",后来又娶了一个党国要人的小姐为妻,毕业后到母校当训育主任,过着平庸但自觉幸福安宁的生活。很显然,虽然小说在题材内容上描写了青年学生在时代风潮影响下的一些所谓的"革命"行动,但显然,这些并不是小说的重心,作者另有表达的思想主旨,即通过对两类具有不同的性格、思想、道路和命运的人物对比,表达了当时一般政治主题之外的人生感慨。小阮的革命和牺牲,在作者笔下都并没有获得赞赏和同情,而是被当做一个不安分生命在动荡时代的"自作孽"。当然,大阮的世俗和平庸更不可能获得作者的认同。正因如此,朱光潜说:"从题材、作风以及作者对于人物的态度看,《大小阮》在沈先生的作品中似显示转变的倾向。讽刺的成分似在逐渐侵入他素来所特有的广大的同情。正因为这层,他的观察比以前似更冷静深刻"①。

无论是柔石、胡也频、丁玲等人对青年知识分子探寻人生道路时的革命罗曼蒂克式表现,还是巴金、茅盾、沈从文等对青年学生在革命抉择过

---

① 朱光潜:《编辑后记》,《文学杂志》,第一卷第2期,1937年6月。

程中思想心理的复杂性和丰富性更为成熟的开掘,与追求个性解放、注重自我建构的"五四"大学叙事相比,三四十年代的大学叙事显然已经发生了根本性转变,题材内容已从表现自我内心转向注重社会行动,艺术风格从感伤抒情转向深沉悲凉。正如郁达夫三十年代所指出的那样,"最近的小说界,似乎又在酝酿着新的革命",这种"新的小说内容的最大要点,就是把从前的小我放弃了,换成了一个足以代表全世界的多数民众的大战",他们"表现人生,务须拿住人生最重要的处所,描写苦闷,专在描写比性的苦闷还要重大的生的苦闷"①。同样,冯雪峰也以丁玲的小说《水》为例,指出当时"新小说的诞生","作者有了新的描写方法",它"不是个人的心理的分析,而是集体的行动的开展"②。郁达夫和冯雪峰当时针对小说整体情况所作出的上述判断显然也同样也适合这一时期的大学叙事。

二、救亡时代的躬身践行

三四十年代进入到一个战乱频仍的危难时期,"九·一八"事变和"七·七"卢沟桥事变后,随着东北、华北的相继沦陷,中华民族面临生死存亡的危急关头。中共中央发表了著名的"八一宣言",号召全体同胞动员起来,集中人力、物力、财力,为抗日救国的神圣事业而奋斗③。向来以"攘外必先安内"为要务的国民党政府也发出了"地无分南北,年无分老幼,无论何人,皆有守土抗战之责,皆应抱定牺牲一切之决心"的"严正声明"④。值此国难当头、民族危亡之际,向来以"天下兴亡"为己任的知识分子毅然放下书本,走出书斋,积极投身于抗日救亡运动。这一时期的大学叙事真实反映了包括爱国师生在内的各类大学人物在救亡时代以各自不同的方式躬身践行,保家卫国。

抗战时期,知识分子参与救亡运动的方式主要有两种,一是在后方进

---

① 郁达夫:《关于小说的话》,《达夫全集》第七卷,北新书局,1933 年。
② 冯雪峰:《关于新小说的诞生——评丁玲的〈水〉》,《北斗》二卷一期,1932 年1 月。
③ 中共中央:《为抗日救国告全体同胞书》,《救国报》,1935 年10 月1 日。
④ 蒋中正:《对卢沟桥事件之严正声明》,1937 年7 月7 日,"庐山谈话"。

行文化宣传,唤醒民众,鼓舞士气,进行文化抗战;另一种更直接更积极的方式是奔赴前线,投笔从戎,"直面淋漓的鲜血"。司马文森在《尚仲衣教授》中,主要描写了"一个有热情,有正义,不屈于威武的文化工作者"在抗战救亡中如何从一个"美国式绅士"转变为一个身先士卒、不畏艰辛、忘我工作的"文化斗士",同时也展示了广大青年知识分子在抗战时期"不屈的苦斗精神"。尚仲衣教授曾经留学美国,获得哥伦比亚大学哲学博士,回国后在大学教书,一度过着"奢侈的大学教授生活"。抗战前,尚仲衣任北京大学教授,虽然最初给人的印象是"一个骄傲的人,一个十足美国式绅士",但是他很爱国,富有正义感。当"看见一群纯洁的青年男女无辜的遭害",他勇敢地站出来,出面说话。当局在收买失败后,实行造谣和威胁,说他是"激烈份子"和"共产分子"。"一二·九"运动中,尚仲衣再一次声援学生,"冒着风雪,到处奔跑,参加会议,作鼓动演讲",后来被捕,被控告"鼓动学潮,妨碍友邦"的罪名,即使被禁锢在潮湿而简陋的牢狱中,"用大而重的铁镣扣着",他也没有屈服,因为在他看来,"我没有错,我是一个中国人,中国人来救中国是正当光明的"。抗战爆发后,"华北之大,竟容不下一张安静的书桌"①。出狱后,尚仲衣南下广西、广东,先后任西大和中大教授。在任职中大教授期间,尚仲衣发起成立"抗战教育实践社",兼上校领章,成为广东青年的偶像。在主持"抗教社"工作时,尚仲衣教授已不再是一个美国式绅士和空头文人,而逐渐成为"一个重实际,肯努力,肯苦干的战时工作者"。他和学员们一起过着战时紧张的集体生活,每天按时起床和学员们一起早操,按时上办公厅,讲课,开会,晚上草拟计划和替几个报纸杂志撰稿,"凡是足以增强抗战力量的工作",他都愿意做,态度严肃认真,有时工作到通宵不睡。尚仲衣教授是在抗战救亡实践中逐渐成熟的,"他不放松自己每个被教育的机会,但也不放松每个教育人家的机会。工作就是他的生命,生命的存在是为着工作"。小说结尾,被当局以"左倾"理由辞退的尚仲衣教授在去香港的途中遇车祸不幸去世。诚然,作者并没有把尚仲衣教授塑造成一个完美的抗战文化英雄,而是把他当

---

① 蒋南翔:《告全国民众书》,《清华周刊》,1935 年 12 月 10 日。

作一个"活的人,典型的人",不仅描写了他最初"美国式绅士"的讲究和孤傲,也没遮蔽他后来在工作中"缺乏敏锐的观察力,尤其是对人方面,他有许多牢不可破的成见和顽固"的缺点。对此,作者说:"我要通过这个活的人,典型的人,来看更广大被迫害觉醒的文化斗士! 来反映从抗战开始,到广州武汉撤退后,中国从抗战高潮到走上低潮的这一段历史事实。"①

茅盾曾经在《子夜》和《第一阶段的故事》中以讽刺的笔调分别刻画过李玉亭和朱怀义两个负面的大学教授形象。经济学教授李玉亭奔走于资本家赵伯韬和吴荪甫之间,是一个臣服于金钱和权势的仆从。历史学教授朱怀义则是一个空谈误国的"熟权利害者",一会儿是激烈的主战派,一会儿又成为宣扬"悲观论"的失败主义者。与上述二者明显不同的是,茅盾在《锻炼》(最初以《走上岗位》为题在重庆的《文艺先锋》连载,后经改写以《锻炼》为题在香港《文汇报》连载)中,以上海"八·一三"抗战为背景,刻画了一个知难而进、坚毅果敢的大学教授陈克明的形象。陈克明曾经留学日本,回国后在上海一所大学教书。"八·一三"抗战打响后,学校被划为战区,寄居在朋友家的陈克明不顾个人安危,坚持与严季真等人一道克服重重困难,创办《团结》周刊,宣传抗日救亡。在"朋友"胡清泉的眼里,为民族大义奔走、随时准备付出牺牲的陈克明是"头号傻瓜",可他却甘于当这种"傻瓜"。他对严洁修说:"我们这一代,恐怕甚至连你们这一代,都是命定了要背十字架的!……我们一切都忍耐了,我们宁愿背十字架! 我们要对民族的敌人复仇,我们是顾全大局的。艰难困苦,我们来担当,高官厚禄,人家去享受;我们愿意。为什么? 为了一致对外抗战,为了我们下一代,下下一代,能够做自由的人民。"陈克明的这种为民族大义忍辱负重的责任担当和牺牲精神充分彰显了中华民族优秀知识分子的精神传统。

齐同的《新生代》是第一部反映"一二·九"运动的长篇小说。作品以主人公陈学海从哈尔滨到北平的学习、生活、斗争经历为主线,真实反映了从

---

① 司马文森:《我怎样写〈尚仲衣教授〉》,《尚仲衣教授》,上海文化生活出版社,1947 年,第 66 页。

"九·一八"事变到"一二·九"运动期间,青年学生反帝抗日的爱国激情和在此过程中的思想转变。"九·一八"事变前,陈学海还只是哈尔滨大学化学系一个埋头读书不问世事的大学生,做着出国留学的美梦。家乡沦陷后,陈学海的留学梦化为泡影,只好奉父命到北平继续求学。随着民族危机的加深和抗日救亡运动的高涨,陈学海逐渐抛弃了原来"国防救国"、"学生读书"的思想,积极投身到救亡图存的时代洪流中。作者以亲历者的身份真实生动地展示了陈学海从不关心时事到以民族国家为己任的转变历程,细腻地刻画了他在转变过程中的内在心理和外在因由,从而赋予了救亡时代"新生代"人物的独特内涵和典型意义,即在民族危难之际,青年知识分子只有把个体生命投入到抗日救亡的民族大义中,才能真正实现人生的价值和拥有值得赞美的青春。很显然,《新生代》已经开启了后来《青春之歌》的叙事主题。诚然,值得注意的是,从大学叙事的角度来看,《新生代》仍然只是侧重校园政治斗争生活一面,"对学生日常状态中的生活细节用心不多,加上写学生下乡,叙述多于描写,因此全书的笔墨是颇为粗疏的"①。

鹿桥六十余万字的《未央歌》是一部具有史诗意义的长篇大学叙事。小说"以战时的云南和昆明为衬景,以西南联合大学为舞台,写一群大学生在烽火岁月中的成长,将族国兴亡的悲壮,离乡背井的哀愁、相濡以沫的友情,物质生活的贫乏、乐观的希望,以及爱情的歧误、人生蹉跌,浑成悲欢离合、挣扎啼笑,以写意的彩笔、活泼泼的画了出来"②。小说中,战争不但让学校和学子们劳途远徙,更是使得正常的教学无法开展。为了躲避空袭,联合大学只得把上课时间进行特别安排,早上七点到十点半,下午两点到五点半,"所以清明愉快的上午刚开始,就是大家都没有课的时候了,而冬天的早晨,大家简直是披星戴月地去上早课"。烽火遍国的时候,大家都感觉到能够弦歌不辍的日子不会太多,他们的学业可能随时会中辍。学校规定了休学服役的办法,允许服役的人保留学籍,也随时为他们返校开放大门。寒假里学生们"都抛了书去作战地服务工作",开学

---

①　杨义:《中国现代小说史》第三卷,人民文学出版社,1998 年,第 522 页。

②　司马长风:《中国新文学史》,照明出版社,1978 年,第 113 页。

时学校又"重新把学生吸收回来"。战时的学校就"像一个存贮青年的银行。国家是一个大存户。青年们是常常由一纸支票提走的。联合大学是一家资本雄厚的银行,这时便又付出了一大笔款项"。国军入缅时征调了很多学生,特别是遴选了各系有特别技能的学生去作不同性质的服务工作。凌希慧中途辍学到缅甸作随军记者,桑荫宅,蔡仲勉,薛令超等人直接上前线从军,余孟勤、范宽湖、蔺燕梅、范宽怡等人都在后方作后援服务工作。虽然《未央歌》主要描写的是抗战时期西南联大一帮学生暂避一隅,弦歌不辍,诗意浪漫的校园青春故事,但也不时表现了烽火岁月战争对大学校园的惘惘威胁和莘莘学子放下书卷报效国家的赤子情怀。

此外,值得一提的是,张爱玲的《色戒》以独特的另类视角叙写了一群岭大流亡学生在抗战时期组织策划的一场爱国锄奸行动。主人公王佳芝是岭大学生剧团的当家花旦,在学校里演的大都是一些慷慨激昂的爱国历史剧。广州沦陷前,岭大搬到香港,借港大的教室上课,大家"不免有寄人篱下之感"。香港一般人对国事漠不关心的态度让人愤慨,黄磊、欧阳灵文、邝裕民、王佳芝等几个谈得来的流亡学生们形成了一个小集团,打算用美人计,进行一次爱国锄奸活动。一切就绪,各有分工。黄磊负责筹款,租房子,借车子,借行头,充当司机,欧阳灵文做麦先生,王佳芝扮麦太太,邝裕民装表弟陪表嫂。然而,不料易先生离港,锄奸计划搁浅。后来大家纷纷转学到上海读书,有地下工作者找到他们,锄奸行动得以继续进行。当然,向来以日常题材开掘人性深度的张爱玲不可能按照革命逻辑讲述一个俗套的锄奸故事。香港部分只是在回忆中简单插叙,主体部分是王佳芝在上海与易先生假戏真做过程中的情欲纠缠,结果王佳芝在关键时刻不忍心"锄奸"而招致行动失败,一帮热血青年成为阴谋政治的牺牲品。虽然张爱玲在《色戒》中的主要目的是借一个爱国锄奸故事继续开掘特殊环境中的复杂人性主题,但客观上仍然呈现了抗战救亡年代青年学生们不甘沉默、躬身践行的爱国热情。

三、乱离岁月的岗位坚守

自"五四"以来,在启蒙与救亡的时代变奏中,"大学校园里,同样涌动着文化的激流以及政治的漩涡"①,现代大学及其所培育的知识分子也因之形成了"学术"与"政治"两种不同的精神传统。前者以学院、书斋为基础,以知识、学术为本位;后者以社会、广场为领地,以政治、斗争为志业。然而,究其本质,缘起于西方的现代大学及其知识分子,理应以自由、独立为原则,以知识、学术为本位。对于"五四"之后蓬勃兴起的学生运动,蔡元培、胡适、蒋梦麟等人在肯定学生爱国精神的同时,殷切期望青年学生要注意校园生活,即学问的生活、团体的生活、社会服务的生活,呼吁他们不要"牺牲神圣之学术"②,不要"抛弃学业、荒废光阴","这既不利于青年的精神成长,又不利于教育的深入开展,是动摇国家社会根基的自残行为"③。同样,当时的著名政治领袖、北大图书馆主任李大钊为北大校庆二十五周年撰文时,也只字未提如火如荼的学生运动,而是强调"只有学术上的发展值得作大学的纪念"④。因而,即便是在三四十年代启蒙让位于救亡的乱离岁月,仍然有一批大学知识分子坚守知识学术岗位,在战火硝烟中弦歌不辍,敬业守则,让民族精神和文化生命薪火相传。

梁启超说:"夫学也者,观察事物而发明其真理者也;术也者,取所发明之真理而致用也"。⑤ 学术乃天下之公器,是承载国民精神与民族生命寄托的动力泉源。学人报国救国离不开知识学术。鹿桥的《未央歌》以诗意浪漫的笔调描绘了抗战救亡年代,西南联大学生和老师坚守知识学术岗位,弦歌不辍,相濡以沫,砥砺前行的动人篇章。在"前奏曲"中,作者把那段刚刚过去的大学生活比作"又像诗篇又像论文似的日子",大家"一面热心地憧憬着本国先哲的思想学术,一面又注射着西方的文化,饱享着自由的读书空气,起居弦诵于美丽的昆明及淳厚古朴的昆明人之中"。面对战争的威胁,联大学生们没有丝毫畏惧,仍然以乐观向上的态度志于学

① 陈平原:《文学史视野中的"大学叙事"》,《北京大学学报》,2006 年第 2 期。
② 蔡元培:《告北大学生暨全国学生书》,《蔡元培全集》第 3 卷,中华书局,1984 年,第 313 页。
③ 胡适、蒋梦麟:《我们对于学生的希望》,《晨报副刊》,1920 年 5 月 4 日。
④ 守常:《本校成立第二十五年纪念感言》,《北京大学日刊》,1922 年 12 月 17 日。
⑤ 梁启超:《学与术》,《国风报》,1911 年 6 月 26 日。

业,他们把图书馆、试验室放在校外山野、市尘中去。外文系的学生说:"警报是对学习第二外国语最有利的,我非在躲警报躺在山上树下时记不熟法文里不规则动词的变化。"社会系学生有走不尽的边民部落要去,地质系、生物系都就地取材,进行调查实践。那些躺在校园草坪上看书的学生们"想起迢迢千里的路程,兴奋多变的时代,富壮向荣的年岁,便骄傲得如冬天太阳光下的流浪汉;在那一刹间,他们忘了衣单,忘了无家,也忘了饥肠,确实快乐得和王子一样"。小说中,同学之间的友谊、爱情以及各种活动的展开,都与知识学术紧密联系在一起。刻苦钻研心理学的余孟勤,沉迷生物世界的童孝贤,品学兼优的生物系伍宝笙,聪明勤奋的外文系蔺燕梅,勤于思索的历史系朱石樵,"他们对于用心已经是成了习惯,沾上了一点学术味儿的东西全爱好,所以,大家虽然学的不同,谈起来一样投机"。蔺燕梅、余孟勤、范宽湖、童孝贤、伍宝笙等人即使是在爱情的歧误中,也能"如此关切着急和原谅,全是为着一种崇高、永恒的学术理想的原故"。抗战救亡年代学生们如此砥砺品行,崇尚学术,当然离不开学校、教师的熏陶和引领。在西南联大的校风"思想学术自由,尊师重道,友爱亲仁"中,思想学术首先得到强调。为了让学生们在战乱中不误学业,学校当局根据实际情况调整作息时间,制定战时休学服役办法,既支持学生们利用课余假期进行战地服务工作,更注意开学时把他们吸收回来,下面一番劝慰充分体现了学校当局的苦心:"你们已经爱你们的新工作了。你们又已经明白过去学业成绩是可珍贵的了。我们现在允许大家在课余参加工作,正如同在军队中允许同学工余自修一样。你们工作是为了保护这个自由的国家,为了保护这自由的教育,我们的教育的目的也正是一样。你们应该可以安心上完你们最后的一课,直到命令来征调你们走。你们却不可以自己离开了团体。免得最后给你机会求知识时,你不能得到,而调用你的时候又找不到。我们尽量给你最合宜的工作,也许能力高的人仅能发挥最起码的效用。那时你便要明白你的知识的责任,不要放弃了自修,而竟始终被当做一个起码的'人'用了!尽可能维持你的学校生活!"虽然《未央歌》中的联大故事主要以学生为主体,但小说中也适当描写了金先生、陆先生、顾先生、赵先生等一批联大教师形象。心理系主任金先生用"人制"来改进新生"行止",让品学兼优的老生以哥哥姐姐的身份指导新生的学习生活。生物系教授陆先生平时虽与学生谈笑风生,但治学态度认真严谨,对学考卷严格要求,哪怕一分也丝毫绝不马虎。外文系教授顾先生与学生们打成一片,常常邀请他们到家里畅谈西洋小说,学生们"管去顾先生家称为去耶路撒冷朝圣!回来总是带了书来念,或是带了言论来发表"。南院女生宿舍舍监赵先生平日便待同学如女儿,从来没有责骂过。同学如有事她无不尽力帮忙,她有话大家也都肯听,整个南院宿舍里总是一团和气,其乐融融。这些西南联大的教师们,即便是在战乱时期,生活艰苦,居无定所,教无所依,仍然坚守教育岗位,与学生们同舟共济,以自己的才情学识、道德文章成为学生们关键成长时期的良师益友。这些都是西南联大在艰苦卓绝的战乱环境中仍然成就中国乃至世界教育史"神话"的重要原因。

值得提出的是,由于鹿桥是"在学生生活才结束了不久的时候"想要挽住那行将逝去的"又像诗篇又像论文似的日子",因而这种学生的身份和怀旧的视角使得他在《未央歌》中主要关注的是学生群体,而对教师生活并未很好展开。这种遗憾在半个世纪后宗璞追忆父兄辈的"野葫芦引"系列小说中得到了弥补。战火硝烟中,孟樾、秦巽衡、萧澂、庄卣辰、江昉等联大教授以"士之谔谔"的精神品格坚守岗位,著书立说,教书育人,为民族国家培育后备力量,他们坚信:只有学校尚在,才能继续为国家培养新生力量,民族文化就得以传承,国家就不可能灭亡。《南渡记》中,孟樾在敌机的轰炸声中毅然完成了四十万字的学术巨著《中国史探》,把自己的学术思想、人格品行和爱国情怀熔铸在著作中,以弘扬民族精神,启发国民意识。当好友萧子蔚劝告他要小心行事、躲避政治陷害时,孟樾坦荡回答:"我的思想则在著作中,光天化日之下。说左倾也未尝不可。无论左右,我是以国家民族为重的。我希望国家独立富强,社会平等合理。"对学术理想的追求、对民族国家的热忱构成了乱离岁月联大教授群体壮美的人生图景。

寒生(阳翰笙)的《大学生日记》虽然主要以批判讽刺的笔调描写了大革命失败后,一群大学师生不学无术、浑噩混世的校园生活,但同时也刻画了一些热爱自主学习、反对专制作风、坚持思想自由的潘先生、炳生、胡俊、梁警世、沈如渊等进步师生形象。"才四十左右,头发有些发白了"的政治系教授潘先生,反对讲堂主义,强调教授思想自由,提倡学生自主学习,鼓励社会实践活动,利用业余时间,发表学术演讲,指导学生自修,帮助他们成立社会科学研究会,深受学生爱戴。炳生、胡俊、梁警世、沈如渊等人主动找潘先生开"自修书目",组织成立社会科学研究会,拟定《政治学研究大纲》,创办壁报《前进》,举行"辩证法与形式逻辑"讨论会。

　　然而,对于乱离时代的坚守知识学术岗位的大学教授们,还有另一种不同的视角。三四十年代,巴金的《沉落》、沈从文的《道德与智慧》、张爱玲的《殷宝滟送花楼会》都在不同程度上讽刺了那些"很有学问很有地位的教授"们。《沉落》中,那位"很有学问很有地位的教授"整天坐在书斋里,提倡"苦读能够战胜一切",教育年轻学生"我"要以读书安身立命。而"我"对他则由最初的尊敬,到怀疑、逃避,最后到嘲弄。就连他的妻子也与他离了婚,跟一位年轻的历史教授到美国去了。教授坚守学术岗位本没有错,错就错在他只做学问忘了国家,甚至认为日本侵占东北,搞伪满洲国都已客观存在,既是存在就有它存在的理由,所以他主张"勿抗恶"。因此,他不但不能安抚青年,最后连自己也沉落下去,委顿了生命。虽然教授的学术文化得到了周围人的敬重,但在作者笔下却成为守旧势力的代表而被嘲讽。巴金说,"《沉落》的小说就充分的表示了我的态度","让那一切的阴影都沉落到深渊里去罢!我们要生存,要活下去。为了这生存,我们要踏过一切腐朽了的死尸和将腐朽的活尸走向光明的世界去。历史不是循环的,是前进的。几千年来没有人做过的事,我们也要着手去做。将一切存在的和存在过的东西重新来估价——这样做,我们绝不会跟着那一切的阴影'沉落'到深渊里去了"①。同样,沈从文在《道德与智慧》中,对国难当头"用口舌叫卖知识传播文化"的湖北大学的教授们充满了鄙夷和嘲弄。虽然"这些人见过了中外文化与文明所成就的'秩序'与'美',经过许多世界,读过许多书,非常有名气而且非常有学问","能够告给学生以伟人的历史,古怪的思

---

　　①　巴金:《巴金论创作》,上海文艺出版社,1983年。

想,十年的政治,百年的法典,千年的文学,万年的天地",但是"这些体面人,照例都有他们个人的哲学,用自己一种书生的观念,为一切事胡乱加以注解",有的"已渐渐的成为教书匠了的,懒惰的,有中国名士风味的,便很容易发生了一种琐碎趣味,常常在一些极小事情上,纠纷百端,无从解决"。在《殷宝滟送花楼会》中,张爱玲也用满含嘲讽的笔调描写了外国文学专家罗潜之教授的不端品行和阴暗心理。这位留学美国,到过欧洲,通多国语言的名教授,虽然学识渊博,才华横溢,也不失幽默,但却性情暴躁、狷介和自负,最后竟然沉迷于对学生殷宝滟的爱恋中不能自拔。然而,在殷宝滟看来,"他那样神经病的人,怎么能同他结婚的",只好逃之夭夭了。从上述分析中不难看出,乱离时代坚守岗位的大学知识分子,如果其学术人生不能与民族国家取得一致的精神毗连,即使他们"很有学问很有地位",也难免成为作家们批判和嘲讽的对象。

第二节   战乱时代中的精神颓变

三四十年代,国家处于动荡的战乱时期,社会经济遭受战争严重破坏,民众生活陷入水深火热。战乱不仅从根本上改变了中国的政治、经济和文化状况,同时也深刻地"改变了知识分子在中国现代化进程中的社会地位及其与民众的关系"[①]。在民族生死存亡的危急关头,一些知识分子主动放弃此前"高高在上"的启蒙身份,"到民间去,到兵间去",投身实际斗争。然而,客观环境的险恶和现实生活的困顿,使得向来长于思考短于行动的知识分子在不同程度上很快暴露出软弱动摇、虚荣空想和自私虚无等各种性格缺陷和精神弱点。民族危亡时期,一方面,广大的社会民众对知识分子寄予了更高的期待,另一方面,软弱动摇的知识分子不但无法切实肩负起"天下兴亡,匹夫有责"的使命,而且还暴露出各种性格缺陷和精神弱点。上述情势使得这一时期的作家们在大学叙事中把讽刺批判的矛头投向各类大学人物,或表现他们在革命救亡低潮时期幻灭退守,丧失

---

①   陈思和:《简论抗战为文学史分界的两个问题》,《社会科学》,2005 年第 8 期。

理想信念;或嘲讽他们在民族危亡时期追名逐利,丧失道德品行;或批判他们在启蒙救亡时期不学无术,丧失岗位职志。总之,在这样一个骤风暴雨的战乱时代,作家们并不只是单纯地对驻足于大学人物在时代激流中的责任担当,也没有简单停留在对现实艰窘和环境恶劣的描绘上,而是进一步剖析大学人物的性格缺陷和人性弱点,以及造成这种缺陷和弱点的文化传统与现实因素,彰显了同为知识分子的作家们在民族救亡过程中的自我反省和责任担当,从而赋予了三四十年代大学叙事以独特的价值和意义。

一、革命救亡年代的幻灭退守

三四十年代,面对风云诡谲的政治现实和艰窘恶劣的生存环境,一些曾经走出书斋,投身社会的知识分子在时代激流的冲刷下败退下来,在经历了动摇、苦闷、彷徨之后,很快逃回个人的小我世界,陷入到自我封闭、精神幻灭之中。由于时代语境的不同,这种幻灭退守的知识分子与五四时期歧路彷徨的时代青年既有一脉相承的精神传统,又在现实表现上不尽相同。五四时期,郁达夫、郭沫若、庐隐、丁玲等大学叙事中主人公的歧路彷徨,是个性解放的主体遭遇黑暗落后的现实之后无路可走的反映,而三四十年代,叶圣陶、茅盾、阳翰笙等大学叙事中主人公的幻灭退守,是革命低潮时期知识分子丧失理想信念的表征。很明显,前者的批判对准的是封建传统和守旧势力,小说人物则常常以受害者的身份获得同情与悲悯;而后者的讽刺指向的是知识分子自身的性格缺陷和精神弱点,小说人物本身就是讽刺批判的对象。在三四十年代的大学叙事中,"即使那些一心弃旧向新的文化人,甚或就是那些新文化的斗士们,由于他们仓猝间未及建立起成熟的新文化形态可供自己皈依,未及建立起牢固的独立地位可供自己凭藉,他们也往往处于无根的、动摇的、软弱的状态,并因为这种状态而显出某些形象上的丑恶"①。

叶圣陶的《英文教授》通过英文教授董无垢在大革命前后的思想嬗

---

①　李书磊:《1942:走向民间》,山东教育出版社,1998 年,第 85 页。

变,表现了知识分子软弱动摇的精神弱点。曾经留学美国的董无垢,是哈佛大学的哲学硕士,刚从外国回来的时候,充满了青春和朝气,"无论走到哪里,人家总觉得他带来一股青春的光辉"。在工作上,是一位"最热心最认真的教授",讲课"预备绝不马虎,讲解非常认真","不像那些出门不认货的大学教授,他愿意把自己所知道的移植到学生的头脑里"。在生活上,穿着讲究,"西服笔挺,应和着时行和时令";举止得体,"虽然喜欢看女人,但不曾做过放浪的事情";孝敬母亲,"每逢周末,他坐了三点钟的火车回家看望他的母亲";睦爱妻子,觉得婚后生活"无比的甜蜜"。五卅运动打破了董无垢平静的教授生活。热情高涨的董无垢积极投身于各种爱国主义运动,被推举为代表,编辑出版爱国宣传手册,组织罢工罢课斗争。北伐革命到来后,"他的心神依着军队的路线在地图上活跃着"。怀着对革命的无限向往,董无垢积极投入到武装斗争中,"挤在满身臭汗的人群中间"参加"盛大的集会","跑遍租界的各处,观察帝国主义爪牙色厉内荏的窘态","领略那些准备站起来的男女的狂热情形"。然而,董无垢的这些革命热情很快在白色恐怖中丧失、颓变,"他头脑里空空洞洞地,从前装过的许多东西,仿佛生了翅膀飞走得干干净净。他宛如从海船上调到海里的孤客"。自此以后,董无垢变得悲观失望,自我封闭,皈依佛教,在"蜂房似的大学"校园里,"每天念佛,竟像一个迷信很深的老太婆",甚至连日常的工作和生活都无法正常进行了。院长分配给他教西洋哲学、心理学、伦理学等课程时,他都一口回绝,他觉得"这些学问好比照在池塘上的月光,印在墙上的花木的影子,看看固然教人眼花缭乱,实际却空无所有",他认为,"我的意见和现在的教育旨趣是不相容的。所以,我希望我所教的功课不要触着思想这方面"。他教英文课时,一副出家人穿着打扮,主张慈悲,戒杀生。最后,他像地板底下的老鼠一样"蜷伏在大学的一个角落里"。

二十年代末,茅盾在《蚀》三部曲中反映了大革命前后知识分子由兴奋、追求,到失落、动摇,终至彷徨、幻灭的心路历程。创作于三十年代初的《路》,在揭露国民党专制统治下大学教育的腐败和校园进步青年学生与反动当局的斗争的同时,探讨了革命转入低潮时期青年学生的出路问题。小说中,以"秀才派"和"魔王团"为代表的学生团体在与以总务长老荆为代表的反动当局的斗争中,由于缺乏自觉的革命意识和先进力量的领导,始终处于一种自发自为的无序状态,其失败也是必然的。然而,小说中作者对主人公火薪传及其女友杜若的革命表现和情感纠葛更值得我们深思。破产"士大夫"家庭出身的火薪传是学校的"高材生",面临着大学毕业后的出路问题,因为"他到社会上找职业时反不及一个熟练的劳工"。因此,从一开始,迫于生计和家庭压力的火薪传就在犹豫是否要与江蓉发展恋爱关系,并借此到她家的工厂去工作。但是,如果这样,"恃富骄人"的江蓉便会要了他的"全部自由、全部独立",而"赤贫的他所有的全部就是个人的独立和自由,这在薪,看得比什么都重要"。而杜若,这个从革命前线退却下来的女性,对于薪具有更大的诱惑,并最终让他沉迷。杜若"奇异的笑"、"附耳低语时的口脂香"、"会说话的眉毛"和"娇小丰满的胸脯"等身体符号和她充满神秘的过去经历(革命)让薪感到"迷乱"和"火一样热的自然要求的勃然发动"。很显然,茅盾是从阶级、政治的角度来设定人物的身份和特征的,火薪传、江蓉、杜若分别是小资产阶级知识分子、资产阶级和革命的符号指代。如果说薪对江蓉的舍弃有着清醒的认识,但他对杜若的迷恋却并不是理智选择的结果。虽然薪在学生运动中有着积极的表现,并被推选为主席团成员,但是他对革命正如他对恋爱一样,容易转为"极端的革命",也容易"消极悲观失望"。小说结尾,杜若"袅袅地走了",薪决定脱离家庭,寻找前进的"活路"。值得注意的是,虽然杜若在革命低潮时期消极、颓废的表现在小说中并没有充分展开,薪由"极端的革命"到"消极悲观失望"的转变也未到来,但是作者仍然通过杜若对薪的忠告表明了他对小资产阶级知识分子的一贯立场:"现在你立在阵头斗争,你已经不是你自己的你","你是一时的浪漫的情绪,将来这浪漫情绪转了方向,你会消极,会颓废,我是经验过了来的。"

寒生(阳翰笙)的《大学生日记》以第一人称"我"的视角呈现了二十年代末革命低潮时期,国民党专制统治下某大学政治系学生们的学习生活和精神状态。"大革命"失败后,大学校园成为政治退守的"收容所",这既给大学带来了革命进步的因素,也同时带来了消极颓唐的影响。哲学系的张淡吾曾经是"一个生龙活虎般的社会改造者",与三个年轻有为的同伴一起参加北伐革命,"想从人类的最底层去燃烧一把烈火","建立一个光明的社会"。然而不久,一个同伴在北伐战争中牺牲,一个被人抓去"拦腰截成了两段",还有一个已经失踪了两年。"干得很投合的几个好同伴"如今只剩下他一个了,再加上"后来目睹着层出不穷的许多事变",使他感到"中国改革前途的大失望","简直没有一个值得信仰的东西了","对社会上的一切都有憎恶,对一切的社会活动也都抱着悲观","努力的想要离开现实逃避现实,去打开一条空幻之门"。叙述者炳生也曾经从过军,大革命失败后"为了求真理",到大学读书,可是校园却变成了"政治舞台"和"压榨机器"。"政客化"的教授主张"社会改良",反对"激进革命"。训育长"老滑头"更是拉帮结派,坚决主张取缔"偏激思想"。此外同居一室的同学,"没有一个是相知的友人","简直是几只典型的怪物"。文学系的钟存疑,整天一副"颓丧的神色",几乎没有"半痕微笑"。不学无术的曹道心抱定"三不"主义,不上课、不读书、不管校事。悲观失望的张淡吾更是一个"异人",从头到脚"全一色的黑打扮",总是挂着"一张冷冰冰的毫无表情的瘦削的面孔"。小说结尾时,炳生陷入了更大的"迷茫",不知道自己还要到哪儿去"探求真理"。

三十年代初,鲁迅便指出,革命"有血污,有痛苦,但也有新生的婴儿",然而青年知识分子却容易对革命"抱着浪漫谛克的幻想",又在革命中"容易失望"①。三四十年代,随着左翼运动的开展和抗战救亡的深入,知识分子对变化发展的革命救亡情势常常缺乏理性的认识和持久的耐心,很容易从浪漫幻想跌入悲观虚无。正是在这一时代背景下,叶圣陶、茅盾、阳翰笙等在大学叙事中并没有简单地停留在政治革命和民族危机的描绘上,而是进一步深入剖析人物自身的性格缺陷和精神弱点,以及造成这种缺陷和弱点的社会现实和文化传统。这种从批判知识分子精神弱点的角度,呼吁知识分子克服自身弱点,战胜个人空想,积极投身现实斗

---

① 鲁迅:《对于左翼作家联盟的意见》,《鲁迅全集》第 4 卷,人民文学出版社,1981 年。

争,既是革命救亡年代同为知识分子的作家们责任担当的又一重要表现,也是三四十年代大学叙事的特殊价值所在。

二、民族危难之际的道德沦丧

三四十年代,战乱频仍,经济衰退,政治腐败,随着民族危机和社会矛盾的不断加剧,知识分子尤其是此前生活宽裕、地位优越的大学教授们逐渐陷入尴尬困窘之中。据时人描述:大学教授有两难:一是生活难,一是工作难。……既有万迪鹤之贫死,又有张天翼之贫病,大后方的大学教授、作家们的生活是这样困难,死的死,病的病,有的改行,有的做苦力,有的做生意①。战乱时期大学人物的生存困窘在这一时期的大学叙事中得到真实反映。骆宾基的《北望园的春天》中,由于战乱时期学校不能按时足额发放薪酬,原本年轻有为的大学教师赵人杰陷入了生活的困顿。二十七岁的赵人杰看起来"倒有三十四五",整月不刮胡子,春天仍身着一件破旧的冬大衣,好像"五年也没洗过一次似的","脸色永远是阴沉的,没有看见到他有一次微笑"。靳以的《生存》中,被称为天才画家的艺术学院教授李元瑜经常受到温饱问题的威胁,冬天穿着夹袍,靠喝酒支持体温,家中饭菜经常散发着霉气。张恨水的《傲霜花》中,抗战时期饱受通货膨胀之苦的大学教师们食无求饱,居无求安,黄卷青教授一家经常靠煮南瓜和糙米饭度日;华傲霜、李子豪、谈伯平等人或寄宿学生家中,或住茅草房,或住在山上,而洪安东教授为帮女儿治病不得已卖掉所有藏书。然而,值得注意的是,三四十年代大学叙事并不只是描写战乱时期知识分子的生活困窘,而是更深入地揭示一些儒林丑类在内忧外患的社会纷乱中,置民族国家于不顾,追逐个人名利欲望,精神裂变,人格扭曲,以此展开对知识分子精神症候的批判。

钱锺书的《围城》向来被誉为"新儒林外史",作者以充满机智和讽喻的语言揭示了抗战时期国统区一批大学人物的各种丑行和卑劣心理,代表了"五四"以来大学叙事的新高度。小说中,三闾大学的各类人物从校

---

① 通讯《从"大学教授难"想起》,《解放日报》,1943 年 6 月 22 日。

长、训导主任、系主任到一般教师几乎都是追名逐利之徒,丝毫没有知识分子的道德良知。校长高松年奉教育部之命筹备组建三闾大学,从思想理念,到人员聘请,处处为了个人名利。在他看来,大学不是独立自由的研究机构,而是"科学管理"的行政机关,"在健全的机关里,绝没有特殊人物,只有安分受支配的一个个单位"。为了便于管理,请名教授不如请没有名望的人来。因为名教授"有架子,有脾气,他不会全副精神为学校服务,更不会绝对服从当局指挥"。而没有名望的人"才真能跟学校合为一体,真肯为公家做事",才会"安分受支配"。因此,他聘请教员不重知识学问,而重出身背景。训导主任李梅亭是他的老同事,历史系副教授顾尔谦是他的亲戚,政治系主任赵辛楣是他的学生,方鸿渐和孙柔嘉也需通过赵辛楣的举荐才得以聘任,而国文系主任汪处厚更是教育部汪次长的叔父。正如作者在小说中所指出:理科出身的人当个把校长,不过是政治生涯的开始;从前大学之道在治国平天下,现在治国平天下在大学之道,并且是条坦道大道。生物学出身又老于世故的高松年不但深谙"适者生存"是天经地义,更自负最能适应环境,对什么人,在什么场合,说什么话。在三闾大学,由于职级或职称不同,待遇和地位完全不同,而即便是同一职级的职称或职务也被分成了不同等级,因此学校内部不但像官场一样充满了"政治暗斗",而且像商场一样充满了利益之争。在系主任里,历史系韩学愈比政治系赵辛楣高一级,赵辛楣又比外文系刘东方高一级。同样是副教授,方鸿渐要比顾尔谦高两级。历史系主任韩学愈的太太是白俄人,不会讲英文,却要到外文系当教授,外文系主任刘东方开始坚决不同意,后来经过利益交换双方达成一致,韩学愈聘请刘东方的妹妹做历史系助教,刘东方同意聘请韩学愈老婆当外文系教授。由于方鸿渐识破了韩学愈克莱登大学的假文凭,韩学愈便请学生旁听方鸿渐的课,引导他说刘东方的坏话,挑拨二人的关系,好让刘东方赶走方鸿渐。而古典文学教授李梅亭则利用战乱交通不便贩卖药品牟取暴利,由于高松年把原本承诺他的国文系主任让给了更有政治背景的汪处厚,不肯罢休的李梅亭经过讨价还价,要求学校收购他的药品,并候补训导主任才息事宁人。在国难当头的危难之际,《围城》中的大学人物为了一己名利勾心斗角,不但完全放弃了知识分子本应有的道德良知和责任担当，甚至精神颓变，人格扭曲。正因如此，钱锺书在《围城》的序言中说："在这本书里，我想写现代中国某一部分社会、某一类人物。写这类人，我没忘记他们是人类，只是人类，具有无毛两足动物的基本根性。"①

老舍的《文博士》以幽默讽刺的笔调描写了留学生文志强在求职过程中通达世故、追逐名利的各种丑行和卑劣心理。留学美国时，文志强的主要精力不在求学问知，而是注重交际，"工作，关系，发展，这些字眼老在他的嘴边上，说得纯熟而亲切"，他"时时处处留着神"，希望"能多交一个朋友便多交一个，为的是给将来预备下帮手"。回国后，顶着"美国哲学博士"头衔的文博士，处处把西方留学获得的文化身份作为自己获取理想婚姻和工作的"筹码"。在他看来，"一个寒士中了状元，马上妻财位禄一概俱全。咱们就是当代的状元，地位，事业，都给咱们留着呢"。然而，乱离时期，留学生和国内大学毕业生一样找事困难，许多人一闲便是几年，越闲越没机会。在一连串的碰壁之后，文博士终于明白，"博士，学问，本事，几乎都可以搁在一边不管，得先'打进去'"，打进一个团体或党系，死抱住不放，才能成功。"顿悟"了的文博士后来在焦委员的帮助下，"另辟途径"，跟那些既无经验又没多大学问的新博士与硕士们一样，去"当新姑爷"了。"打进去"了的文博士成为商会会长家的女婿后，又借助杨家的背景当上了明导专员。值得注意的是，老舍在讽刺批判文志强不务正业，一心钻营，追逐名利的同时，不止是停留在知识分子性格缺陷和精神弱点的本身，而是更深挖了其背后的深层传统文化原因。文志强的"状元"心理和"打进去"、"爬上去"的人生观背后联系着的是封建时代影响深远的科举传统和官场哲学。

沈从文的《道德与智慧》用嘲讽的语调描写了湖北大学的一群教授们在国难当头之际不顾民族安危，只管个人名利，庸俗无聊的行径和心理。这些人大致都曾在国外留过学，见过了中外文化与文明所成就的"秩序"与"美"，"经过许多世界，读过许多书"。这些所谓"非常有名气而且非常

---

① 钱锺书:《围城・序》,《围城》,上海晨光出版公司,1947年。

有学问"的教授们,之所以从南京新都或北京旧都来到这里教书,既不是为了学术,也不是为了育人,更不是为了救国,而只是为了个人的名利,他们中"有些知道自己是应当做官的,都在那里十分耐烦的等候政治的推迁";有些是为了"可以多拿一些钱,吃一点好东西,享享清闲的福";而那些"爱钱的",更是"把所得的薪水,好好处置到一种生利息的事情上去"。张恨水的《牛马走》(又名《魍魉世界》)在揭示抗战时期陪都重庆贪官当道、奸商横行的黑暗现实的同时,也描写了大学教授西门德博士弃教经商、道德沦丧的过程。抗战时期,国难当头,各类官僚士绅们不思报国,反而乘机囤积居奇,坑蒙拐骗,大发国难财。在这种颓败风气的引诱下,西门德教授也不安于清贫,弃教从商,当上了"高等跑街",利用替别人卖货的机会,暗中提价,谋取私利。自缅甸经商回来后,西门德教授更是摇身变成了几十万元的富翁。在西门德看来,"如今是个致富的社会,我只图找得着钱,就不问所干的是什么事了"。很显然,他完全丧失了知识分子应有的社会良知和道德品行。

乱离时代,战争的非正常状态和破坏性因素不仅造成了社会动荡、民生凋敝的混乱衰败景象,而且更进一步深入影响到战时社会大众的价值评判和道德认知。同样,业已巨变的社会环境需要知识分子对自我价值取向和人生坐标进行重新思考和定位。战乱时期,一旦传统的价值理想遭遇功利主义和市侩主义的挑战和威胁,一些知识分子很容易在时代的洪流中暴露出自己的性格缺陷和精神弱点,从而背离知识分子"先天下之忧而忧,后天下之乐而乐"的精神传统和理想情怀,以致在追名逐利的时代投机中彻底沦落。因此,三四十年代,作家们对乱离时代大学人物追名逐利的揭示与讽刺不只是知识分子批判精神的彰显,也是文化抗战的重要表现。

三、社会乱离时期的不学无术

"大学者,研究高深学问者也,大学者囊括大殿,网罗众家之学府也。"中国现代大学之父蔡元培这番关于大学的表述,既强调了大学功能的学术定位,也彰显了大学人物在岗位职志上的学术角色。在大学校园,无论是传道授业解惑的教师，还是励学博闻敦行的学生，求知问学应是大学人物最基本的岗位职志。三四十年代，民族乱离时期，庸俗浮躁之风盛行。一方面，外部社会仍然在表面上强调教育背景和知识学问的重要，学历文凭成为就业和婚娶的重要参照。另一方面，大学内部知识学术并没有得到真正重视。这种表里不一、庸俗浮躁的现实环境，为一批不学无术、欺名盗世之徒提供了生存土壤和表演舞台。三四十年代的大学叙事中，描写了乱离时期大批不学无术、丧失岗位职志的大学人物形象。

万迪鹤的《中国大学生日记》以一个玩世不恭的大学生视角描述了三十年代上海某野鸡大学学生和教授们不学无术、空虚无聊的大学生活。在这所野鸡大学里，学生们不读书，空虚无聊，经常逃课、赌博、跳舞、看电影，谈女人，嘲弄老师，考试作弊成风。教授们不学无术，迂腐保守，行为卑琐，或讲课照本宣科，或无耻抄袭别人著作，或不顾廉耻，专对女学生说些无聊话。小说中，"我"与室友老季等人既不愿读书，又不想谈天，即使相约到路上看女人，说下流话，仍然难耐空虚无聊，于是便到课堂上去捉弄老师，"寻找可以发笑的材料"。在"中国学术史"课上，故意"先把人赞成，然后把人反对"，用"孔子不独革命，而且反动"之类过激的言辞，挑逗复古尊孔的姚老头子生气，好让大家看他的笑话。国文系主任姚老头子一人身兼论文、中国学术史、文字学等多门功课。他尊孔守旧，痛骂新学，"以整个老年人的心，以百折不回的复古精神，来向我们说教"，教导学生读书不是重在理解，而是要"唱出精义来"。相比较而言，迂腐保守的姚老头子"在教授中还算是水平高的"，别的教授更是不学无术，误人子弟。教"词选及作词"的汪教授表面上派头十足，实际上胸无点墨。上课时，"把金丝眼镜架在鼻梁的中段，从来不大望人"，对着讲义照本宣科，念起诗来自我陶醉，全然不顾学生感受，那神气好像"是被有着纵横浩瀚的气魄与天才的苏东坡所感动了"，可是底下的学生们却恨不得"要把他拉下来"，他讲义上的那些东西"都是由书上东抄一首西抄一首"，还要收学生的讲义费。对于万迪鹤在《中国大学生日记》中所反映的大学乱相，时人陶清（韦君宜）如此评价："如果由作为'暴露'这点去看，这本书还是值得一读的。主人公无聊而又空虚，高傲而又可怜，代表了这一时代中某型青年的面型。他写的是'大学生',但许多'非大学生'的生活与思想也未始不可包括在内,作者之所以单要写大学生者,想是因为大学生的生活最足以代表他要写的'中间层'。这里,作者给现代大学教育作了一幅极刻毒极妙肖的卡通。他告诉我们大学校的内容是如何腐烂,庄严的衣裳怎样盖着一个最丑最丑的骨架。"①

阳翰笙的《大学生日记》对国民党统治时期大学乱相的揭示虽不像万迪鹤的《中国大学生日记》那样"令人难以置信"②,但对教授和学生们不学无术、丧失岗位职志的描写同样让人侧目。教务长"老滑头"不学无术,生活腐化,玩情妇、嫖妓女,把大学当成"政治舞台"和"压榨机器",排挤"非留美派的教授",反对学生进步思想言论。社会学教授夏博士在学生眼中不过是一个从美国回来的"饭桶",只注重外表,没有真才实学,对待学生态度傲然,上课迟到,说话"半中半英"让人无法听懂,主张"社会改良",反对"激进思想",在学生的质问下仓皇逃走。"短而肥"的经济学教授缺乏基本的经济学常识,对学生"资本是什么"的突然提问,竟然"摸着短髭闷了半天",答不上来。小说中,不止是教授们不学无术,作风腐败,缺乏为人师表、教书育人的专业水平和职业道德,学生们也大多无心向学,精神空虚。小说一开头便写道:"学虽开了,课,在头一个把礼拜,照例是没有谁去上的"。与"我"同住的室友,"简直是几只典型的怪物"。文学系的钟存疑厌弃学校生活,"颓丧的神色",一天到晚很少展露"半痕微笑"。哲学系的张淡吾"更是一个异人","一张冷冰冰的毫无表情的瘦削的面孔",从头到脚"全一色的黑打扮","常常都是冷冰冰的"。庸俗混世的曹道心更是抱定了"三不"主义:不上课、不读书、不管校事。在这种环境下,原本想到大学"探求真理"的"我",最后更感到激愤和迷茫。

许地山的《三博士》以幽默讽刺的笔调描写了民国时期一批留学生们不学无术的丑行。小说中,留洋归国的吴博士向人吹嘘他的博士论文,"凡是博士论文都是很高深很专门的。太普通和太浅近的,不说写,把题

---

① 陶清:《中国大学生日记》,《清华周刊》第 43 卷第 2 期,1935 年 5 月。
② 苏雪林:《新文学研究》,国立武汉大学印行,1934 年,第 236 页。

目一提出来,就通不过"。他写的《麻雀牌与中国文化》,"这题目重要极了。我要把麻雀牌在中国文化和世界文化地位介绍出来。我从中国经书里引出很多的证明,如《诗经》里,'谁谓雀无角,何以穿我屋'的'雀'便是麻雀牌的'雀'"。而另一位留洋博士,何小姐的男友,之所以要"出洋",不是为了念书,而是为了"争口气",因为何小姐"爱的是功名","若不是他出洋","也没有爱他的可能"。令人啼笑皆非的是,何小姐的男友在信中告知,他的博士论文题目也是近年来西方时兴的"中国文化"——《油炸脍与烧饼的成分》,而前几年有中国留学生也因为《北京松花的成分》的论文也得了博士学位;所以外国博士到底是不难得的。如果说前两位博士虽然不学无术,但表面上还是留过洋,做过论文,得过博士学位。而第三位"博士"甄辅仁,则更是令人哭笑不得,这位"前北京政府特派调查欧美实业专使随员",只不过在美国混了一年,连学校也没进过,居然招摇撞骗地自称是"美国鸟约克柯蓝卓阿大学特赠博士"。小说中,爱慕虚名的女子爱洋博士,不学无术的男子爱装洋博士,从一个侧面深刻地揭示了民国时期崇洋媚外的民族心理和弄虚作假的社会风气。

抗战时期,钱锺书的《围城》更以讽刺批判的笔触集中描述了战乱年代大学"围城"内知识分子不学无术、荒唐滑稽的丑陋表演。主人公方鸿渐可谓是不学无术的典型。他在大学期间,先读的是社会学系,后转到哲学系,最后又转到中国文学系毕业。学国文的人出洋"深造"原本就很"滑稽",更何况方鸿渐在欧洲留学期间,无心向学,四年里换了三个大学,从伦敦到巴黎,又到了柏林,随便听几门功课,"兴趣颇广,心得全无,生活尤其懒散"。虽然方鸿渐"痛骂博士头衔的毫无实际",但是父亲和丈人都十分看重这个"头衔",于是觉得"自己没有文凭,好像精神上赤条条的,没有包裹","可是现在要弄个学位。无论自己去读或雇枪手代做论文,时间经济都不够"。最后,为了应付父亲和丈人,方鸿渐花钱买了个美国克莱登大学哲学博士的假文凭充数。如果说方鸿渐虽不学无术,但还没有完全丧失知识分子的道德良知,对自己的假文凭心感羞愧,平时讳莫如深,也没想拿它来"欺名盗世"。而高松年、韩学愈、李梅亭、汪处厚等三闾大学的校长、教授们,则是既无才,更无德,明明不学无术,却要欺名盗世;骨子里市侩庸俗,表面上却要附庸风雅,丝毫没有知识分子的道德良知。颟顸无能的校长高松年,任人唯亲,用人不察,看重关系背景和表面文凭,不顾实际学问能力,所聘用的教授全是一批不学无术之辈。表面木讷朴实的韩学愈实际上擅长弄虚作假,公然用买来的克莱登大学博士学位招摇撞骗,谋取了三闾大学历史系主任的职务。市侩好色的李梅亭打着"国文系主任"、"新闻所所长"的名片招摇撞骗,利用战乱,贩卖药品,发国难财。附庸风雅的汪处厚凭借教育部次长侄子的举荐,从官场到大学,虽不学无术,却精于人事,当上了三闾大学中国文学系主任。学识渊博的钱锺书不仅把不学无术作为人物的精神特征,而且还用它作为情节设计和人物刻画的策略手段。小说中,方鸿渐应邀给家乡学校演讲,本已准备好的讲稿,却突然不见了踪影,于是方寸大乱中只好大讲"鸦片"与"梅毒"。学位造假的韩学愈同样公然学术造假,他宣称自己的著作散见美国"史学杂志"、"星期六文学评论"等大刊物,而实际上只是他曾经在"星期六文学评论"的人事广告栏和"史学杂志"的通信栏里刊登过"取费低廉"和"请某处接洽"之类的广告启事。被称为"老科学家"的高松年,明明对自己20年前研究的生物学都不甚了了,却要装作"对学校里三院十系的学问,样样都通"。政治学会开成立会,他要"畅论国际关系";文学研究会开联欢会,他要畅谈各国诗歌;物理学会开迎新会,他更要"呼唤几声相对论"。《围城》中,钱锺书常常让不学无术之徒在知识学术面前出丑卖乖,以达到"以子之矛攻子之盾"的讽刺效果,从而使其不学无术的真实面目昭然若揭。

上世纪初,梁启超就曾痛心疾首地指出:"中国学风之坏,至本朝而极,而距今十年前,又末流也。学者一无所志,一无所知,惟利禄之是慕,惟帖括之是学。"①至三四十年代,政局动荡,战乱四起,经济衰退,民生凋敝,许多大学人物愈加急功急利,放弃岗位职志,"惟利禄之是慕",学风之坏,更至"末流"。"国家与学术为存亡,天而未厌中国也,必不忘其学术。

① 梁启超:《南海先生传》,《饮冰室合集》(第一册),中华书局,1989年,第64页。

天不欲亡中国之学术，则与学术所寄之人，必因而笃之。世变愈亟，则所以笃之者愈至。"①王国维的这番感慨真实反映了乱世之秋一代学人的学术操守和内心焦灼。虽然学术兴衰未必真能直接危及国家存亡，但是知识学术毗连着文化血脉，凝聚着民族精神，承载着国家未来，事实上关乎文明兴衰和国家存亡。正是从这个意义上，我们说，三四十年代大学叙事关注乱离时期大学人物的品行操守，讽刺批判不学无术、丧失岗位职志的大学乱相，具有重要的思想价值。

第三节　不同视域中的大学想象

鲁迅说："我总以为倘要论文，最好是顾及全篇，并且顾及作者的全人，以及他所处的社会状态。这才较为确凿，要不然是很容易近乎说梦的。"探讨三四十年代的大学叙事，在关注革命救亡的时代语境之外，还要充分考虑创作主体的自身状况。由于作家的文化身份、教育经历、生活体验和个性气质等各不相同，其笔下呈现的大学想象也必然各异。茅盾、阳翰笙、巴金、齐同、司马文森等左翼或民主主义进步作家，主要从政治革命的视域反映革命救亡年代大学校园各种学潮运动，大学人物的政治倾向和人生抉择，往往充满了浓郁的政治化色彩。沈从文、王西彦、张爱玲、老舍、郁达夫、钱锺书、鹿桥、万迪鹤等自由主义作家，从生命人性或大学本体的视域描写民族乱离时期大学及其知识分子的日常生活、人格心理和精神风貌，常常呈现出人性化和本体化特征。茅盾、老舍、沈从文等早年没有大学亲身经历和体验的作者，他们对大学的想象往往缺少认同感和亲近感，多带批判嘲讽的笔调。同样是关于抗战时期的大学校园生活的描写，教师身份的钱锺书与学生身份的鹿桥则呈现出完全不同的大学风貌，前者重在讽刺教授们的种种丑态，后者旨在讴歌学子们的浪漫青春。在纷纷复杂的三四十年代，不同身份的作者，对同一对象的叙事立场各不相同；不同人生阅历和个性气质的作者，在相同时代语境中的叙事心态

---

① 　王国维：《观堂集林》，卷二三，《沈乙庵先生七十寿序》，中华书局，1959 年。

各异。

一、政治视域中的大学想象

三四十年代,中国政治革命形势发生了急剧变化,一方面,国民党政府进一步加强专制统治,实行党化教育,排除异己分子,政治纷争不断;另一方面,左翼思潮高涨,革命文学兴起,民族危机加剧,抗战救亡如火如荼。在这种被充分政治化的社会情势下,愈演愈烈的政治喧嚣打破了向来被称为"象牙塔"的大学校园的宁静。原本以知识学术为岗位职志的大学知识分子不仅在校园内部,而且在广泛的社会外部,掀起了各种革命斗争和政治运动。正因如此,茅盾、阳翰笙、巴金、齐同、司马文森等左翼或民主主义作家,从政治革命的视域,反映了革命救亡年代大学人物在校园内外的各种政治活动,分别以不同的叙述方式呈现了一个充满政治化色彩的大学校园形象。

大学叙事在某种意义上是一种为大学赋形的想象活动。作家以想象的方式通过语言符号对他所经验或体会到的大学进行形象化的塑造。原本纷繁复杂的校园人物事件、风物情感、精神脉络等,经过作家的取舍、编排、剪裁、调度,最后形成一个整体的综合的印象,大学形象便如此在大学叙事中呈现并展开。三四十年代,茅盾、阳翰笙、巴金等政治视域中的大学想象,主要叙写的是社团组织、集会演讲、游行示威等各种政治性活动,而对教书育人、求学问道、师生情谊等本体性的大学生活和讲堂、宿舍、图书馆等各种校园风物景观缺少关注的热情;对大学人物也主要强调的是政治品行(进步或反动),而非学术操守和职业道德。茅盾的《路》主要描写了以"秀才派"和"魔王团"为代表的进步学生组织,与以总务长荆为代表的反动学校当局之间的矛盾斗争,其中重点写了两次学生风潮。第一次风潮主要在校内展开,"秀才派"以"文"的方式,即通过办壁报批评学校当局,"魔王团"以"武"的方式,即以实际行动揭发个人隐私为手段来打击以荆为代表的学校当局。第一次风潮因"魔王团"被收买,学生联盟分化而失败。第二次风潮规模更大,学生们不但罢课集会,提出明确口号,成立领导机构,组织纠察队,冲击教务室,而且还把风潮延伸到校外,争取其他学校学生的支持。虽然学生们的两次反抗运动都被反动当局镇压下去,但正如小说主人公"火薪传"的名字所寓意的那样,革命之火将会传承不息,主人公火薪传决定告别家庭,走出学校,投身革命。阳翰笙的《大学生日记》以具有革命经历和左翼倾向的大学生炳的视角,描写了 20 年代末三十年代初大学校园内思想动向和政治生态。曾经从过军的炳"为了求真理"到某大学政治系读书,然而大学里的一切却令他十分失望。在国民党专制统治下,学校当局推行"党化"教育,控制学生言论,打击进步力量;学生思想大多萎靡不振,对现实悲观失望;政客化的教授主张"社会改良",反对"激进革命"。小说中,进步力量受到排挤和打击,逐步失去生存空间。学生进步组织社会科学研究会和壁报《前进》,由于批评社会时政和学校现状,被学校当局斥为"不法行为",遭到禁止。思想进步、广受学生欢迎的潘先生由于反对讲堂主义,提倡教授思想自由、学生自主学习和社会实践,而受排挤,遭解聘。政治系学生的罢课斗争最终也被镇压,学生的合理要求被驳回。巴金有关大学叙事的系列作品更是淡化了大学的校园背景,主要关注进步青年学生的革命行动和成长历程。《灭亡》中的杜大心,因受到时代风潮的影响,参加社会主义革命团体,毅抛弃学业,离开学校,"把他底全副精力用在革命工作上"。《家》中关于校园的叙事部分,主要描写了"外专"学生觉慧及其同学们,创办《黎明周报》、散发宣传手册、上街游行请愿等各种政治性活动。《死去的太阳》集中描写了 T 大和东南大学的学生吴养清、程庆芬、高慧民等组织学生和群众集会演讲、罢课罢工、游行示威等革命活动。此外,《雨》《雷》《电》等作品,同样也主要描写的是大学人物在校园外面的集会演讲、游行示威一类的革命活动。《雨》中的吴仁民甚至还认为:"大学校,实验室,书斋只会阻碍革命的精神。读书愈多的人,他的革命精神愈淡泊。"革命思潮高涨的红色三十年代,在表现青年知识分子从校园到街头的革命行动上,信仰安那其主义的巴金甚至比一般左翼革命作家更充满激情。

与茅盾、阳翰笙、巴金等一样,司马文森、齐同四十年代的大学叙事《尚仲衣教授》和《新生代》也主要是从政治革命视域关注抗战救亡时期大学人物的爱国行为和牺牲精神。《尚仲衣教授》虽然笔涉尚仲衣留学时的哥伦比亚大学,及其先后担任教授的北京大学、广西大学教授和中山大学,但显然大学只是作为塑造人物的背景存在,并没有得到作者的充分关注,小说所要突出表现的是尚仲衣教授在抗战救亡过程中的责任担当和牺牲精神。《新生代》虽然比前者能够更多程度地表现了大学校园生活内容,但作者依然侧重于校园政治斗争生活的一面,并将视野从大学校园扩展到广泛的社会层面,主要以"一二·九"北平学生运动为背景,反映了以主人公陈学海为代表的青年学生反帝抗日的爱国热情和他们的思想转变,但"对学生日常状态中的生活细节用心不多",且笔墨"颇为粗疏"①。

然而,值得注意的是,三四十年代作家们在大学叙事中关于学潮运动的书写与二十年代已经有了显著不同。二十年代,庐隐、郁达夫、丁玲、老舍等人对于学潮运动大多采取置身事外的消极态度,描写了学潮运动的盲目性和破坏性。而三四十年代则基本上采取的是积极进步的态度(也有少数例外的情况,如巴金的《知识阶级》、沈从文的《大小阮》等),表现青年学生在校园内外反抗专制、侵略,争取民主、独立的斗争。这种前后不一的叙事态度,主要是不同时代主题及其对创作主体所产生的不同影响在文学创作上的投射。二十年代(或曰"五四"时期)以追求个性解放为时代主题,整个社会都笼罩在重个体而轻集体的启蒙文化氛围中。从稍远距离来看,以"反帝"为导火线的五四运动实际上是以反封建为主题的文化启蒙运动,或者说,"爱国反帝"并没有真正成为五四时代主题。正因如此,二十年代作家们对集体性的学潮运动,更多关注的是它对个体自由和正常秩序的破坏性影响,这些在庐隐的《海滨故人》、丁玲的《梦珂》、郁达夫的《茫茫夜》和老舍的《赵子曰》等大学叙事作品中都有不同程度地表现。然而,进入三四十年代,情况显然发生了显著变化。一是不同的政党力量(主要是国共两党)介入大学校园,带来了各自不同的思想理念、组织形式和行动方略,深刻地影响了原本只是崇尚知识学问的大学知识精英(当然也影响了同为知识精英的作家)。二是随着民族危机的加深,以个人主义为本位的启蒙主题让位于以民族主义为本位的救亡主题,强调集

---

① 杨义:《中国现代小说史》第三卷,人民文学出版社,1998 年,第 522 页。

体力量的学潮运动经过先进政党的组织引导,在抗日救亡时代更具有了合理性与合法性。因而,三四十年代大学叙事中的学潮运动以积极进步的姿态赋予了大学形象以鲜明的政治化色彩。

二、人性视域中的大学想象

三四十年代,在以革命救亡为时代主题的特殊政治文化语境中,仍然有一批自由主义作家试图与政治保持距离,坚持自由主义人性、文化的立场,反对"将艺术堕落到一种政治的留声机"[①],提倡以"健康的常态的普遍的"人性为核心的文学,主张"伟大的文学乃是基于固定的普遍的人性。文学发于人性,基于人性,亦止于人性。人性是测量文学的唯一标准"[②]。这种自由主义倾向在大学叙事中主要表现为从人性文化的视域进行大学书写,呈现大学形象。人性文化视域中的大学想象,在题材内容上主要表现的是大学人物的情感生活和内心世界,尤其注重以嘲讽的笔调揭示大学知识分子的人格缺陷和扭曲心理。与政治革命视域中的大学想象相同的是,大学校园的本体性生活和大学风物在人性文化视域中的大学想象中也没有得到足够重视,仍然只是作为人物的活动场域和生活背景存在。但与前者不同的是,在人性文化视域的大学想象中,作为生活空间的大学与人物的人性文化书写具有更为密切的关联,或者说,后者比前者更具有了大学的生活气息和精神联系。三四十年代,从人性文化的视域进行大学叙事的作家主要有沈从文、王西彦、张爱玲、老舍、郁达夫等人。

三四十年代,长期在大学教书的沈从文创作了一系列知识分子题材的大学叙事。在这些作品中,沈从文始终保持与政治和商业的距离,来自湘西、只有高小学历的他总是以"乡下人"的身份进入大学想象,以自然淳朴的人性标准烛照出大学人物的人格缺陷和心理扭曲。《道德与智慧》描写了湖北大学一群教授们庸俗的生活方式和无聊的精神状态。民族危难之际,这些"用口舌叫卖知识传播文化的上等阶级人物",在空虚无聊中不

---

① 胡秋原:《阿狗文艺论汇》,《文化评论》,1931 年 12 月 25 日。
② 梁实秋:《偏见集》,正中书局,1934 年。

忘寻找生活的"乐趣"。他们常常在课余时间聚集一起，"充满智慧"地议论薪水、国事、女人和谣言，"大家从一个小事情上驰骋感想，发抒意见。大家复能在一句趣语上，一致微笑或大笑"。小说中，作者不但以底层士兵的雄强生命力和报国情怀为对照，讽刺上层知识者的孱弱猥琐和自私庸俗，而且还直接借乡土妇人的视角描写城市知识者的自私虚伪。《八骏图》通过对青岛大学八位教授扭曲性心理的描写，揭示了知识分子的"阉寺性"问题。暑期到青岛大学讲学的八位教授，表面上是术有专攻、道貌岸然的学问家，实际上却都是人性欲望被压抑和扭曲的疾患者。他们有的私藏艳诗、美女半裸画、保肾补药；有的难抑情欲、意淫所遇女子，甚至由生活物品联想到女人胴体；有的信奉畸形变态的恋爱观。小说结尾，那位自以为能够替别人诊断精神疾患的小说家达士先生自己也身陷性幻想难以自拔。《有学问的人》中，物理学教授天福先生趁妻子不在家的时候，对妻子的同学周小姐产生了私通的冲动和念想，小说细致地描写了二人在压抑与冲动之间的对话、行动和心理，"天福先生想，乘此一抱什么问题都解决"，女人"冒险心比天福先生来得还比较大，只要天福先生一有动作，就准备接受"。虽然他们难抑内心膨胀的欲望，但又要顾忌知识者的身份，这场知识者的欲望冲突最后在天福夫人到来后"偃旗息鼓收兵回营"了。沈从文关于大学及其知识分子的文学想象常常在城乡文化和人性的对立冲突中进行，总是以底层乡土自然淳朴的人性为对照，嘲讽上层城市知识者的庸俗虚伪。在他看来，上层城市知识者的人性扭曲是他们所接受的教育和所生活的环境造成的。注重知识忽视人事的近代教育制度和社会组织导致知识阶级的生存"很像一个生物，只有目前，没有理想；只有生活，没有生命"[①]。

曾与沈从文相从甚密的王西彦，同样有着从乡土到都市的经历和体验，也同样在大学叙事中常常用"乡下人"的眼光，从文化、人性的视角描写城市"文明病"及其所造成的知识者的人性异化，甚至认为，"山野间最

---

① 凌宇：《联大时期沈从文的知识分子观》，《湖南师范大学社会科学学报》，2008年第1期。

坏的坏人,比起都市里最好的好人,仍然是好人"(《寻梦者》)。在《病人》中,主人公郝立明曾经留学欧洲,回国后一直在上海的大学教书,经常在报刊杂志上发表文章,受人尊崇。然而,他后来渐渐发现自己走的是一条不切实际的虚浮道路,开始厌恶都市洋场社会的浮华虚无,把上海看成是"文明病"的染缸,是一个最容易使人堕落的地方。于是,郝立明放弃城市和大学,接受一个乡下中学的聘请,希望自然淳朴的乡土能够疗治自己的精神疾患。然而,淳朴乡土的人性也无法医治城市知识者的精神疾病,郝立明最终象一个"失败的约伯"仓皇逃回了城市。《乡下朋友》同样是在城乡对立冲突中来表现知识者无法救治的精神疾病。主人公庄道耕是一个颇负声望的学者,长期的都市生活使他精神疲惫,患上了失眠症和胃酸过多症。在对都市生活厌倦后,庄道耕应约到"乡下朋友"大学同学刘乐能的家中去休养。刚到乡下时,他为田园乡土的美好而赞叹不已,把农民视为具有人类一切美德的最可尊敬的劳动者。然而一段生活时间之后,他开始觉得田园乡土的辛劳、危险、迷信和愚昧,对农民和同学刘乐能的生活隔膜起来,最后因为"悬想着都市生活的热闹多趣,不禁归心似箭",仓促结束了原本"至少住上三个月"的乡土休养计划。此外,在《古屋》《清醒的醉汉》和《假希腊人》等作品中,曾经在大学期间积极参加过爱国学生运动的孙尚宪、领导过抗战宣传队的卓竟成、有过英雄热血的贾自我等人,在历经生活磨难和人世纷争之后,尽管退守乡土,也仍然无法解救精神的困境和颓败的人生。王西彦对大学人物的人性书写,与沈从文一样主要是在城乡对立冲突的架构中进行的,不同的是,他在讽刺批判的同时,更进一步探寻知识者乡土救赎的现实可能。

四十年代,因战乱从香港大学辍学回到上海的张爱玲创作了不少关于大学人物的叙事作品,它们主要是在战乱语境中,从人性和文化的视域展开的。然而由于它们大多涵括在更广泛的都市和人性主题范围内,而作者本人又没有明确的大学叙事意识,所以这些作品的大学叙事征候向来被人们所忽略。实际上,《沉香屑·第二炉香》《茉莉香片》《年轻的时候》《心经》《封锁》《殷宝滟送花楼会》和《色戒》等所讲述的都市日常生活传奇和所呈现的乱世人性"千疮百孔",都发生在大学人物身上,都与大学有着不同程度的精神联系。《沉香屑·第二炉香》通过华南大学教授兼舍监罗杰的婚姻事件及其在校园内引起的波澜，揭示了人性的阴暗与生命的残破。小说中，愫细在新婚之夜仓皇逃离，罗杰在流言和失意中自杀。罗杰的婚变悲剧固然与东西文化观念的冲突不无关联，但作者更在意的是由阴暗人性所导致的生命残破。原本是因愫细性蒙昧导致的婚变事件，却被心怀叵测的众人扭曲为罗杰的色情丑闻。曾经乐观自信的罗杰在突然而至的人生变故中难以承受生命之重，最终在同事的流言中伤、学生的轻慢嘲弄和校长的失信辞退中走向人生终点。大学教授罗杰与美丽可人的愫细本应幸福浪漫的婚姻爱情还没来得及展开便很快走向了令人唏嘘的悲凉结局。《茉莉香片》描写了华南大学新生聂传庆自闭孤僻、懦弱顺从、嫉妒怨恨等各种扭曲心理和变态行为。自闭孤僻的大学新生聂传庆暗恋活泼开朗的校花言丹朱。然而，言丹朱接近聂传庆，只是"因为他没有朋友，守得住秘密"，而且"把他当做一个女孩子看待"。表面懦弱顺从的聂传庆内心常常充满幻想和怨恨。他幻想母亲冯碧落与教授言子夜曾是情人，如果他是子夜与碧落的孩子，他应该比起现在的丹朱更优秀。聂传庆在暗恋言丹朱的同时，也对她的"优秀"和"滥交"充满畸形的嫉妒和怨恨。《心经》描写了一段更为畸形的父女恋。大学女生许小寒竟然爱上了自己的父亲许峰仪。为了摆脱不伦恋畸恋，许峰仪跟长得像许小寒的同学段绫卿同居，伤心绝望的许小寒决定报复，但幸得母亲阻止，用长期缺失的母爱挽救了小寒，最终避免了一场悲剧的发生。许小寒对父亲的畸恋既有自身的性格因素，也因平时父亲的溺爱纵容和母亲的不闻不问所导致。此外，《封锁》描写了申光大学英文助教吴翠远与华茂银行会计师吕宗桢在封锁时期电车中的一段短暂的"爱情"邂逅。《年轻的时候》描写了医科大学生潘汝良与俄国姑娘沁西亚之间一段似是而非的情感交往。《殷宝滟送花楼会》描写了大学教授罗潜之与学生殷宝滟之间一段还未展开的婚外情。由此不难发现，张爱玲在作品中主要借的是大学人物演绎人性的主题。

　　三四十年代，从人性视域叙写校园生活的作品值得提到的还有郁达夫的《她是一个弱女子》和老舍的《大悲寺外》。在《她是一个弱女子》中，郁达夫继续延续二十年代抒情感伤的风格描写了乱离时代女大学生郑秀岳由柔弱性情所导致的情感变迁和人生悲剧。大学读书期间，郑秀岳与同学冯世芬惺惺相惜，同性相恋；冯世芬离开后，郑秀岳在"女金刚"李文卿的追求和胁迫下屈服顺；毕业后，郑秀岳又先后对李得中、张康和吴一粟等男性产生了物质和精神上的依赖，最终被日本士兵轮奸毙命。小说中虽也偶尔涉及了时代风云和社会变局，譬如小说后半部分关于北伐革命、抗日救亡背景下郑秀岳的生活变故和冯世芬的罢工斗争等，但显然主体部分还是关于郑秀岳与冯世芬、李文卿等的校园生活和情感交往。老舍的《大悲寺外》以散文化的抒情笔调，从人道主义的人性视角表现了舍监黄先生感人的博爱、宽恕和牺牲精神。小说中并没有动人的故事和完整的情节，作者只是运用了一些场景、细节的描写和渲染烘托的方法，来展现黄先生为人的温和纯厚，对工作的尽职守则。黄先生"没有什么学问"，也"决不是聪明人"，但是"他每晚必和学生们一同在自修室读书"，而一旦学生们有了什么"小困难"，"黄先生是第一个来安慰我们"的，正是"这人情的不苟且与傻用功"使得多数同学敬爱他。最后，黄先生在罢课风潮中被学生误伤去世，而"凶手"丁庚则终生深陷愧疚无力自拔。

虽然人性视域中的大学想象主要关注的是大学人物的精神人格、情感心理，但值得注意的是，与政治视域中的大学想象不同的是，借大学校园演绎人性主题的大学叙事与其所凭依的大学仍然保持着较大程度的精神联系。譬如，《道德与智慧》中湖北大学教授们课后的无聊聚谈，《沉香屑·第二炉香》中华南大学"不宜于思想"的校园空气，《茉莉香片》中聂传庆想入非非的课堂表现，《殷宝滟送花楼会》中罗潜之教授上课时自我陶醉的神态，《色戒》中岭大流亡学生在港大的"寄人篱下"之感，《她是一个弱女子》中女校学生们的学习生活和同性恋情，等等。显而易见，人性视域中的大学想象在深刻表现人性和呈现校园风情两方面都显示出独特的审美价值。

三、本体视域中的大学想象

三四十年代，虽然社会动荡，战乱频仍，但是大学及其文学书写却仍然得到了很大程度的发展,前者可以在这一时期的大学规模和教育质量上得到体现,后者可从这一时期的大学叙事创作状况得到见证。三四十年代大学叙事的发展与成熟,其重要表征之一是大学不再只是作为人物和事件的背景存在,而是成为了叙述的独立本体。在本体视域的大学想象中,大学本身的生活内容、功能特征和精神气候都得到充分重视和及物书写,从而彰显出大学叙事本身特有的审美特质。三四十年代,鹿桥、钱锺书、万迪鹤、阳翰笙、沈从文等人以各自不同的方式对曾经或正在亲历的大学生活展开了本体性的文学想象,生动呈现了革命救亡年代大学校园的日常生活、知识活动和景观风物等本体性内容。

鹿桥四十年代创作的长篇大学叙事《未央歌》最初在台湾出版的时候,曾被誉为"校园圣经",感动了无数青春少年。小说中,大学生活刚结束不久的作者,以唯美诗意的笔调记录下了"那种又像诗篇又像论文似的日子"。《未央歌》最动人也最值得称道的是,写出了救亡年代大学校园生活的诗意。这种诗意首先体现在真挚的校园情谊之间。伍宝笙、余孟勤、蔺燕梅、童孝贤等之间那种建立在友爱信任和志同道合基础上的同学情谊和青春爱情被作者演绎得美妙动人。此外,"同窗、同室的学友,或是同队打球的伙伴,同程远足的游侣。吵过架的,拌过嘴的,笑容相对的,瞪眼相同的,都是一样,走出校门时,只要有机会再遇上,便都是至亲密友,竟似脉管里流着同样的血,宛若亲骨肉"。其次,《未央歌》里的校园诗意体现在广泛的知识活动中。大学是以创造知识和传播知识为基本职能的知识共同体,是知识分子从事各种知识学术活动的社区。鹿桥不仅大量正面描写了学生们的勤奋好学和刻苦钻研,而且还把他们在烽火岁月弦歌不辍的知识学术活动浪漫化、诗意化。战乱时期,学校的设施虽然简陋、生活虽然艰苦,"可是学生们心上却把图书馆、试验室放在校外山野、市廛中去了",外文系学生躲警报时躺在山上树下记"法文里不规则动词的变化",社会系学生到边民部落调查实践,地质系学生更是把暑假西康边境的考察当做旅行。草地上、茶馆里、旅途中的读书之乐让学生们"忘了衣单,忘了无家,也忘了饥肠,确实快乐得和王子一样"。第三,《未央歌》里大量关于校园风物的描写如诗如画。校园风物是形成大学形象的物质外壳和精神内涵,既包括楼台亭榭、花草树木等校园物质景观,也融汇制度文化、校风学纪等校园精神风貌。鹿桥在《未央歌》里不仅大量描写了讲堂校舍、草长莺飞、花开日落等如诗如画的物质自然景观,而且还通过富有传奇色彩的建校"缘起"、"哥哥姐姐"保护人制度、"思想学术自由,尊师重道,友爱亲仁"的校风讨论、生动活泼的夏令营、才艺荟萃的毕业晚会等生动呈现了联大的人文精神风貌。在家国危殆之际,鹿桥的联大想象固然有着一定程度上的乌托邦色彩,但不可否认,《未央歌》的校园诗意正是凭借其大学本体化的书写而带给人们感动的。

同样是四十年代抗战时期的大学想象,然而,钱锺书在《围城》中却呈现出一个迥然不同的大学形象。有过几所大学教职经历的作者以幽默讽刺的笔调描绘了三闾大学教授们的丑恶形象,并进而揭示了战乱时代大学"围城"内的种种怪现状。《围城》关于大学的本体化书写大致在知识学术、人际关系和风物制度等三个层面上展开。首先,作者揭示了三闾大学教授们在学历文凭和知识学术方面的"坑蒙拐骗"。方鸿渐和韩学愈的博士学位都是花钱从子乌虚有的"克莱登大学"买来的。方鸿渐读大学时从社会学系转到哲学系,最后又转到中国文学系毕业。留学欧洲,四年里换了三个大学,从伦敦到巴黎,又到了柏林,随便听几门功课,兴趣颇广,心得全无。韩学愈那些散见于美国"史学杂志"和"星期六文学评论"上的"著作"居然是"取费低廉"、"请求接洽"的广告通信。中国文学系教授李梅亭所擅长的研究居然是根本不存在的"先秦小说史"。而校长高松年的学问则是早已过时了的二十年前在外国研究过的昆虫学。大学本为知识学术研究之机关,而三闾大学从校长、系主任到一般教师,竟然全都是不学无术之辈,这里虽然有作者恃才傲物的夸张讽刺,但也在一定程度上反映了抗战时期大学生态的混乱程度。其次,《围城》描写了三闾大学内部勾心斗角的人际关系。三闾大学不但像官场一样充满了"政治暗斗",而且像商场一样充满了利益之争。历史系主任韩学愈聘请外文系主任刘东方的妹妹做历史系助教以换取白俄太太到外文系当教授,而刘东方也随机改变拒绝的初衷,同意聘请韩学愈的白俄太太。由于方鸿渐识破了韩学愈克莱登大学的假文凭,韩学愈便请学生在方鸿渐的课上捣乱,挑拨他与系主任刘东方的关系,以便借刘东方之力赶走方鸿渐。高松年为了安抚没做成国文系主任的李梅亭,不但同意学校收购他的高价药品,还许之以训导主任息事宁人。退休政客汪处厚凭借侄子是教育部次长的关系当上了国文系主任,为了继续升迁院长,不惜请客、做媒来拉拢方鸿渐和赵辛楣。在这种错综复杂的争斗中,既没有关系背景又有些单纯善良的方鸿渐在左右失据中只好辞职走人。第三,《围城》反映了三闾大学思想理念和风物制度的落后混乱。小说中,三闾大学是一所抗战时期新建的大学,奉命组建大学的校长高松年缺乏正确的大学理念,用人失察,任人唯亲,盲目推行导师制。高松年认为,名教授有架子,不会好好为学校服务,也不会服从领导。没有名的,要依靠学校,能努力为学校服务,因此他聘请的教员都是与他非亲即故的无名之辈和无术之徒。教员在学校的职级待遇因学历背景不同而等级分明,学生对老师的尊重与否凭的是他们的职称、学位和社会关系,而不是知识学问和上课水平。方鸿渐老觉得班上的学生不把他的课当作一回事,因为他只不过是个争来的副教授,又没有什么关系背景。而孙小姐教英文课直接遭到学生们的反对,因为她只是个助教。源于西方大学的导师制本应因地因时制宜,而三闾大学却盲目推行,机械袭用,仅仅把它体现在"每位导师每星期至少跟学生吃两顿饭"的形式上,而且为了防患师生恋爱于未然,规定"未结婚的先生不得做女学生的导师"。虽然杨绛说"《围城》只是一部虚构的小说",里面写的"全是捏造"①,正如陈平原所指出,"三闾大学里集合着政治、人事、职业、情场等诸多矛盾的明争暗斗,以及令人头晕目眩的各种谣诼诽谤",表达了"作家对于大学生态的一种理解与表述"②。

从大学本体视域观照,万迪鹤在《中国大学生日记》中所描写的"野鸡大学"与《未央歌》中温馨浪漫的西南联大和《围城》中勾心斗角的三闾大学又迥然不同。小说以一个玩世不恭的大学生视角描写了上海某野鸡大学校舍的简陋破败、教师的不学无术、学生的空虚无聊,揭示了三十年代

---

① 杨绛:《记钱锺书与〈围城〉》,湖南人民出版社,1986 年。
② 陈平原:《文学史视野中的"大学叙事"》,《北京大学学报》,2006 年第 2 期。

部分大学从物质外壳到精神世界灰暗腐坏的状况。小说中,野鸡大学的简陋破败简直令人难以置信,"这里的所谓学校,就是赤裸裸的两幢房屋,还有一块像三十年不曾耕种样的荒地,算是操场。四面用一人多高的竹篱笆围起来,这些,会叫你一眼瞧上去就发生厌弃的感觉。出了校门,煤渣铺成的路。四面并没有树木,许多被炮火烧掉的房屋,剩下的只有墙壁在那儿颓然的立着。木的电杆依然立在路旁,可是上面的电线已经被人割掉了,这便是学校周围的景物"。如果说,乱离年代,大学物质条件简陋匮乏,似乎情有可原,然而,大学人物精神人格的空虚卑琐则更令人匪夷所思。教授们既不学无术,迂腐保守,也没有师道尊严,人格卑琐。国文系七门功课,迂腐保守的姚老头子竟然一人兼任四门。他不但尊孔守旧,痛骂新学,而且还"以整个老年人的心,以百折不回的复古精神,来向我们说教"。教"词选及作词"的汪教授表面上派头十足,上课时"把金丝眼镜架在鼻梁的中段,从来不大望人",实际上胸无点墨,只会对着抄来的讲义照本宣科。此外,麻子教授讲课也是照本宣科,曹先生抄袭别人著作,秀子教授则不顾廉耻地只对女学生说些无聊的话。与简陋的校舍、卑琐的教授"相映成趣",野鸡大学的学生们个个空虚无聊,一无是处,经常逃课,赌博,跳舞,看电影,谈女人,嘲弄老师,考试作弊成风。也许万迪鹤笔下的野鸡大学多少有些"寻常情理以外"①的虚构想象,但是"如果由作为'暴露'这点去看,这本书还是值得一读的。主人公无聊而又空虚,高傲而又可怜,代表了这一时代中某型青年的面型。……作者给现代大学教育作了一幅极刻毒极妙肖的卡通。他告诉我们大学校的内容是如何腐烂,庄严的衣裳怎样盖着一个最丑最丑的骨架。"②

此外,从题材内容来看,这一时期沈从文的《冬的空间》、阳翰笙的《大学生日记》和巴金的《知识阶级》等作品也可视为本体视域中的大学想象文本。在《冬的空间》中,沈从文更多关注的是大学校园的日常生活形态。作品主要以滨江某私立大学文学教授 A 的校园生活和情感活动为主线,

① 苏雪林:《新文学研究》,国立武汉大学 1934 年印行,第 236 页。
② 陶清:《中国大学生日记》,《清华周刊》第 43 卷第 2 期,1935 年 5 月。

反映了二十年代后期大学校园内的生活状态和精神风貌。小说中,作者一方面生动呈现了玉、五、朱等女生们在不同校园空间情趣盎然的日常生活,诸如宿舍内的学、说、逗、唱,课堂上的浮想联翩,盥洗室内的戏谑打闹,等等;而另一方面又细致描写了教授A在冬季校园烦闷无聊的生活和萎靡寂寞的心情。与妹妹玖相依为命的A时常陷入当衣、卖稿、生病等窘迫的生活境遇,而一段遐想中的美好恋情还未开始就已经结束了。毋庸讳言,《冬的空间》主要是以作者在上海吴淞中国公学教书经历为基础展开的大学想象。与万迪鹤的《中国大学生日记》一样同属“大学生日记”的阳翰笙版《大学生日记》,也从在校学生的视角描写了20年代后期的大学校园生态。其一是学校商业化,校方只收学生的建筑费,却不搞校园建设,校门前后“大马路”式地开设起大餐室、洋服店、皮鞋铺、弹子房等商业娱乐场所;其二是学生空泛化,不爱学习,精神空虚,感情淡漠。与“我”同住一室的几个人“没有一个是相知的友人”,“简直是几只典型的怪物”,有的整天面露“颓丧的神色”,有的挂着“一张冷冰冰的毫无表情的瘦削的面孔”,有的抱定“不上课、不读书、不管校事”的“三不”主义。三是教授“政客化”。“老滑头”排挤“非留美派的教授”,把大学变成“政治舞台”、“压榨机器”;社会学教授夏博士主张“社会改良”,反对“激进革命”;潘先生思想左倾,受到排挤,被迫辞职。但值得注意的是,由于叙述者及其叙述姿态的不同,左翼作家阳翰笙的大学想象毕竟要比民主作家万迪鹤积极进步得多,《大学生日记》中毕竟还有潘先生、炳生、胡俊、梁警世、沈如渊等思想进步的大学人物。巴金的《知识阶级》一反他在其他大学叙事作品中的的叙事态度,对于大学人物上至校长下至学生全无好感,一向被他视为革命进步运动的学潮也被描写成权势斗争利用的工具。卷进“罢课风潮”的三方为了各自利益各怀鬼胎。以校长云甫为代表的“当权派”为了巩固受到威胁的权力,试图拉拢经济学教授王意伟。有部长靠山的“造反派”张伯高欲图夺取校长大权,暗中鼓动学潮,多方拉拢。“骑墙派”王教授、唐院长没有自己的主张,看重的是女人、位置、荣誉,在风潮中见风使舵,甚至阵前倒戈。而学生们空虚无聊,狡猾虚伪,无意学业,追逐私利,举行罢课不是为了民主权利,而是为了打发无聊时光。

　　"本体"是指事物的本源性存在,即亚里士多德所说的"实是之所以为实是,以及(实是)由于本性所应有的禀赋"①。本体视域的大学想象就是通过对大学本应具有的内容、形式、功能、特征等的想象与描述,呈现大学自身形象。三四十年代,鹿桥、钱锺书、万迪鹤、沈从文、阳翰笙、巴金等的本体性大学叙事,通过对大学校园日常生活、知识活动和风物景观的文学想象,在革命救亡的宏大主题之外,生动呈现了大学自身形象,从而使得这一时期的大学叙事具有了独特的审美价值和文化意义。

第四节　大学叙事艺术的成熟与深化

　　三四十年代,不断深入的政治革命和民族危机不但改变了"五四"以来中国社会的现代性进程,也相应地转换了新文学的现代性方向。对此,陈思和先生指出:"抗战改变了知识分子在中国现代化进程中的社会地位及其与中国民众的关系,战争文化规范的形成取代了知识分子启蒙文化规范。"②民族生死存亡的危急关头,知识分子主动放弃此前"高高在上"的启蒙身份而融入到普通的平民大众中间,共御外侮,服务抗战。战争的影响不仅表现在社会的表层,也渗透到文化的肌理。战时的价值判断、行为方式、思想倾向渗透到社会公共意识中,形成了一种明显带有战争文化特征的社会心理,进而深刻地影响了作家的创作心理和审美方式。在革命救亡的时代语境中,一方面,为了服务抗战救亡的现实需要,有些创作者放弃了艺术现代性追求,主动走向民族化和大众化;另一方面,部分创作者也在乱离时代获得了更深广的生命体验和文化视野,从而使得这一时期的文学创作具有了更成熟的审美样式和更高的艺术境界,这在大学叙事创作中得到充分的体现。三四十年代大学叙事的成熟与发展,不仅表现在题材内容上,大学校园生活获得了独立审美地位,而且还表现在叙事艺术上的进一步拓展与深化。

---

① 亚里士多德:《形而上学》,吴寿彭译,商务印书馆,1997年,第58页。
② 陈思和:《中国新文学整体观》,上海文艺出版社,2001年,第11页。

一、叙事视角的多元

在叙事艺术中,视角(viewpoint)既指观察事物的角度,也被视为一种叙述加工的方式,向来是探讨叙事艺术的中心问题,甚至有学者认为"小说复杂的表达方法归根结底就是视角问题"①。事实上,视角不仅仅是一个单纯的观察事物的角度问题,它还常常涵涉立场观点、情感态度、措辞用语、结构安排等诸多重要方面。五四时期,带有强烈主观色彩的第一人称视角在构建自我的大学叙事作品中得到大量运用。这种通过第一人称视角展开的叙述具有回顾性和个性化特征,故事中的人物与叙述者通常合为一体,有利于进行自我抒发,具有浓郁的主观抒情性。即便是在一些表面上是第三人称视角的大学叙事中,作者也常常在具体叙述过程中把它转换为自叙传形式,从而使其具有明显的内倾指向性特征,譬如《海滨故人》《象牙戒指》《隔绝》《莎菲女士的日记》《落叶》《沉沦》等,通过日记、书信或回忆的方式把第三人称视角的大学叙事转换为具有内倾指向性的自叙传形式。然而,三四十年代大学叙事中的视角明显更趋多元和复杂。

三十年代初,阳翰笙的《大学生日记》和万迪鹤的《中国大学生日记》在叙事视角的运用上,具有过渡时期的特点,仍然运用的是五四时期常见的日记体第一人称视角,"我"既是小说人物,又是叙事承担者。小说中,"我"以亲历者的身份叙述身边的见闻和感受,这种第一人称叙述往往带有人物的主观倾向和感情色彩,与文本外的作者并非同一关系,有时基本重合,有时保持一定距离。《大学生日记》中的叙述者"我"是一个思想进步的大学生,与文本外的作者基本上是同一的,整个叙述都有明确的情感指向,主要在进步与反动的对立冲突中进行。《中国大学生日记》中的叙述者"我"是一个玩世不恭的大学生,在精神上接近世纪末的"垮掉一代",与文本外的作者保持一定距离,叙述具有自我解构的功能,充满了现代主

---

① 帕西·卢伯克:《小说技巧》,转引自申丹《叙事文体与潜文本》,北京大学出版社,2009 年,第 79 页。

义的荒诞意味。就叙事视角而言,《中国大学生日记》中由独特视角所产生的叙事艺术的超前性,使其在强调政治进步和现实主义的三十年代不被理解。同样是第一人称视角,巴金的《鬼》《老舍》的《大悲寺外》和司马文森的《尚仲衣教授》则表现出不同的叙事特征。《鬼》以第一人称"我"的视角叙述了"我"与堀口君的交往经历。小说中,重点描写的是堀口君的生活经历和精神状态,"我"已不再是聚焦人物,但也没有完全边缘化。值得提到的是,作者难得一见地正面描写了留学生与日本同学之间的友谊和生活经历。《大悲寺外》以第一人称"我"的视角,描写了学监黄先生尽忠职守、克己恕人的高尚品行。"我"的在场身份既增强了叙述的可靠性,又使得作品充满了浓郁的抒情氛围。《尚仲衣教授》以"我"的视角叙述了尚仲衣教授的生平事迹。叙述者"我"虽然还是小说人物,但基本上只是承担叙述功能,不再具有所指的意义。与五四时期大学叙事主要运用自叙传式的第一人称视角相比,三四十年代的第一人称叙事更加复杂多元,叙述功能明显得到加强。

在叙述视角上真正体现三四十年代大学叙事艺术拓展的,是第三人称视角的大量运用与转换。与第一人称视角相比,第三人称视角具有更大的伸展性和灵活性,叙述者不需要将视野限定在自己所见所闻的范围内,既可以采用全知全能的视角,观察自己不在场的事件,自由表达各种认知和情感(这是中国古代评书体小说中最常见的叙事视角);也可以选择放弃全知全能的"特权",转换聚焦方式,采用故事内不同人物的眼光来观察事物。沈从文的系列大学叙事作品对第三人称叙述视角进行了多方尝试。在《道德与智慧》中,叙事主体部分采用的是全知全能的第三人称视角,文本外的叙述者以优越的居高临下的叙述姿态,带着嘲弄的口吻,描述了湖北大学教授们貌似充满"道德与智慧",实际空虚无聊的生活。但是,在叙述过程中,作者不断变换叙述视角描写不同的对象,时而从娘姨的视角描写教授的言行举止,时而以教授的眼光打量周围的事物。《八骏图》中,不同视角的叙述形成了不同是层次。第一层叙述由文本外的第三人称视角完成,聚焦人物是达士先生。而第二层叙述包含了三个叙述段落,一是达士以第一人称在给未婚妻瑗瑗的信中叙述自己在青岛大学的见闻,二是达士日记和旧信中关于前任女友的叙述,三是前任女友在旧信中的叙述。第一层叙述采用故事外叙述者眼光的外视角,叙述较为冷静、客观。第二层叙述采用故事内人物眼光的内视角,叙述明显带有人物的主观偏见和感情色彩,尤其是达士在信中关于自己和其他七位教授的叙述,以为"众人皆病唯我独醒"的达士实际上都他所嘲讽的几位教授一样,患有性压抑的阉寺性病症。同一叙述空间中不同视角的叙述既相互弥合,又相互解构,有意制造了叙述的缝隙,大大增强了文本的张力和叙述的生动性。类似上述的视角转换及其制造的叙述效果同样也表现在《冬的空间》《平凡的故事》《大小阮》等大学叙事作品中。众所周知,张爱玲喜欢在小说中制造出传统与现代、通俗与高雅相融合的审美效果。这种审美效果的达成与叙事视角和聚焦方式的多元转换不无关系。在《沉香屑·第二炉香》《茉莉香片》和《殷宝滟送花楼会》等大学叙事作品中,作者在开头有意让隐含作者公然现身,以制造出传统说书的氛围,随之很快在正式叙述中隐身而去,此后整个叙述的主体部分主要以第三人称全知视角展开,并在叙述过程中转换视角或聚焦方式。《沉香屑·第二炉香》以克荔门婷向我讲故事的方式开始,随后主要以全知视角叙述罗杰的婚变遭遇,其间聚焦人物和观察视角在罗杰、愫细、学生等之间转换。《茉莉香片》以说书人的口吻"我将要说给您听的一段香港传奇"开始,正文主要以第三人称视角叙述聂传庆、言丹朱、言子夜等的故事,而言子夜的过去则是借聂传庆的视角完成的。《殷宝滟送花楼会》以殷宝滟向"我"讲故事的方式开始,主体部分罗潜之与殷宝滟的故事以"我"转述的方式,运用第三人称殷宝滟的视角展开。在第三人称叙述中,全知全能的视角往往具有很强的干预性,叙述者的思想倾向和情感态度是决定一切的权威,而一旦转换为小说人物的内视角,则以人物本身的认识水平和情感指向进行叙述,这样增加了叙述的不可靠性,使得原本单一的叙述生动活泼起来。

作为三四十年代大学叙事的代表《围城》与《未央歌》,虽然都运用的是第三人称全知叙事视角,但在叙述语态和聚焦方式上有着明显不同。在《围城》中,文本外的叙述者以"上帝"的姿态,与小说人物保持着距离。

在"序"中作者称,小说描写的是"现代中国某一部分社会、某一类人物。写这类人,我没忘记他们是人类,只是人类,具有无毛两足动物的基本根性",这种明显带有嘲讽口吻的语态一直支配着叙述。在聚焦方式上,作者运用的是散点转移和随物赋形的方式,方鸿渐并不是中心聚焦人物,也不是叙述承担者,而只是线索人物,根据活动空间变换聚焦人物,从海上到上海,从旅途到大学,线索人物方鸿渐始终不变,变换的是他周围的人物。由于场外的叙述者始终强有力地控制着叙述的进程,文本中的叙述语言和人物对话都充满了钱锺书式的智趣和幽默。在《未央歌》的"前奏曲"中,鹿桥说:"为了一向珍视那真的,曾经有过的生活,我很想把每一片段在我心上所创作的全留下来,不让他们一齐混进所谓分析过的生活经验里,而成了所谓锤炼过的思想。"很明显,作者在此告诉我们,这是他自己本人生活经验的记录。在《再版致〈未央歌〉读者》中,作者更是明确表示:《未央歌》的"主角"是由"四个人合起来"的一个"我","书中这个'我'小的时候就是'小童',长大了就是'大余',伍宝笙是'吾',蔺燕梅是'另外'一个我"。这种"四人合一"的观念在很大程度上体现了道家"天人合一"的哲学思想。因而,每个聚焦人物身上,都寄寓了作者对美丽青春和理想人格的赞美,余孟勤外表高大健美,内心沉着坚定;伍宝笙美丽娴静,温文尔雅;蔺燕梅聪明美丽,清纯动人;童孝贤聪明活泼,纯朴可爱。小说中,叙述者不再是"上帝"的姿态,而是以零距离的方式隐身其中,附着于聚焦人物,保持着亲切的姿态和语调。正因如此,《未央歌》的叙述视角变得复杂暧昧起来,其形是文本外第三人称的全知视角,其神又穿行在文本之内无所不在,这种形神合一的叙述视角使得作品在把叙述者视角转换为聚焦人物视角时,读者浑然不察。譬如关于描述蔺燕梅在校园引起反响的描述:"半个学期过了。全校的人都熟悉了蔺燕梅的一切。远远地便可以认出是她的身型。看熟了她的脚步,默察出她的声音。……谈起她的人口里都像是说自己的妹妹那样喜爱偏疼。又像自己的情人那样痴情,执迷,又像是自己梦中的一位女神,自己只配称赞她,而也只能称赞而已。"在这里,叙述者仍然是文本外的隐含作者,但视角已转移为"全校的人",这种形神合一的叙述视角不仅把文本外的叙述者与文本中的聚焦人物合而为一,而且还让读者也参与其中。

总之,对于大学叙事而言,从"五四"时期以第一人称视角为主的自叙传式叙述,到三四十年代多元叙述视角及其转换方式的广泛运用,既是题材内容拓展深化的需要,也是叙事艺术发展成熟的表征。

二、文体结构的成熟

文学上的"文体"概念,向来有广义和狭义的理解。广义的文体是指包括文章体裁、叙述方式、结构形式和语言风格在内的文本体式,而狭义的文体则指文体学意义上的语言体式。我们在此探讨的文体结构是包括文本体裁、叙述结构和语言风格在内的广义上的文体概念。三四十年代的大学叙事,除短小灵活的短篇体制之外,具有较大规模和容量的中长篇小说得到广泛运用,叙述方式更趋多元,结构形式由强调时间的线性结构向注重空间的复合结构发展,不同作家逐渐形成了富有个性的语言风格,尤其是形成了以《围城》为代表的讽刺批判和以《未央歌》为代表的诗意浪漫两种不同的叙事风格,这一切都在文体结构上标志着本时期大学叙事艺术的成熟。

"五四"以来,新文学家们便在文体上进行了多方尝试,努力突破旧文学在体制上的束缚。对于大学叙事而言,在追求个性解放、强调内心感受的思想启蒙时期,篇幅短小,结构精巧,情节简单,人物集中,适合反映生活横截面和人物内心活动的短篇小说被广泛运用,尤其是注重主观抒发和片段式结构的日记体或书信体受到格外重视。然而,三四十年代,在倡导社会革命、强调反帝抗日的革命救亡年代,历史变动时期的社会生活内容和思想情感世界更趋纷繁复杂,具有更长篇幅、更大规模、更多容量、适合反映一段历史时期生活的中长篇小说备受作家青睐。这时期反映大学校园生活的中篇小说主要有阳翰笙的《大学生日记》、万迪鹤的《中国大学生日记》、茅盾的《路》、沈从文《冬的空间》、巴金的《爱情三部曲》、司马文森的《尚仲衣教授》等,长篇小说有齐同的《新生代》、钱锺书的《围城》、鹿桥的《未央歌》等。这些中长篇小说更全面也更深入地反映了社会变时期大学校园的真实状况,及其对大学人物生活和精神的影响,把原本相对封闭独立的校园生活与广阔的社会生活和时代风潮衔接在一起，从而使得三四十年代的大学叙事比五四时期更具有了大学生活的质感和历史厚重感。

文体与结构有着不可分割的联系。正如陶东风所说："如果文本是一种特殊的符号结构，那么文体就是符号的编码方式。"[1]小说是以叙事的形式对于现实生活片段和个人经验世界的缀合。从叙事的角度来看，有时候研究组织事件的结构显得比探讨事件本身更重要。结构既内在地统摄着各个叙事单元，又外在地指向作者的人生经验和思维逻辑。中国传统小说的叙事结构属于单一维度的时间线性结构，大多以事件为中心，按时间线性发展，强调因果关系，注重大团圆式结局，蕴含着"天人合一"、"因果报应"的思想观念和审美心理。"五四"以来，现代作家常常在小说中大量植入抒情性因素和心理活动空间，不再以事件为中心，也不再强调因果关系，从而打破小说的线性结构，把人物和事件从单一发展的因果关系链中解放出来，表征了重视个体生命的人道主义情怀，大大拓展了现代小说的叙事空间。这种开放式的抒情性结构在以知识青年为主人公的大学叙事中表现得更为突出。然而，需要注意的是，忽视情节、打破因果、时空错置的五四大学叙事并不符合读者大众的审美习惯，只是小说叙事艺术现代性转向的第一步。三四十年代，在革命救亡的文化语境中，"中国作风与中国气派"得到格外强调，大学叙事一方面吸取了五四以来的现代叙事经验，另一方面对传统叙事艺术进行现代性转换，在叙事结构上呈现出空间化、复合式特征。这种空间化的复合叙事结构主要表现为：事件的延续或组合不再依靠时间，而是空间；各个叙事单元之间不再是具有因果关系的线性结构，而是在语义（即统一的叙事指向）基础上的空间复合结构；不以某一人物作为中心聚焦（主人公），而以一部分或一群人为表现对象，人物之间可以关系密切，也可以互不关联，但仍然有一个共同的叙事指向，所有的叙事单元均为这一共同指向的局部表现。我们不妨以《围城》和《未央歌》为例，进一步探讨三四十年

---

① 陶东风：《文体演变及其文化意味》，云南人民出版社，1994年，第2页。

代大学叙事结构的空间复合特征。《围城》中的故事推进是在不同的空间转换中进行的,船上、上海、途中、三间大学等不同生活空间发生的事件之间并没有直接的因果关系。虽然方鸿渐表面上作为主人公穿行在不同的生活空间,但事实上方鸿渐并不是中心聚焦人物,作者要描写的是"现代中国某一部分社会、某一类人物"(《围城·序》),这些人物之间可以关系密切,譬如方鸿渐、苏文纨、唐晓芙,也可以互不关联,譬如鲍小姐、唐晓芙、孙柔嘉等。但是,《围城》仍然有着一个明确的叙事指向,即讽刺批判抗战时期"儒林人物"的丑行,也即作者所说的"无毛两足动物的基本根性"(《围城·序》),而统摄全篇的是"围城"这个蕴涵丰富人生哲理内涵的抽象文化空间。《未央歌》更是打破了封闭的线性结构,主要由不同的生活流或者说众多的生活片段组合而成,这些生活片段分属于一群青春烂漫的西南联大学生,而代表这个群体的主要是伍宝笙、余孟勤、蔺燕梅、童孝贤四个人。在《前奏曲》中作者明确地表明小说的叙事指向,是要用文学想象的方式挽留住大学校园内"又像诗篇又像论文似的日子",浪漫的青春、珍贵的情谊、烦恼的爱情等组合成小说丰富的主题意蕴。对于《未央歌》的文体结构,作者如此解释:"记载时所采用的形式也是一样特殊的。这精神甚至已跳出了故事、体例之外而泛滥于用字、选词和造句之中。看吧!为了记载那造形的印象,音响的节奏,和那些不成熟的思想生活,这叙述中是多么荒唐地把这些感觉托付给词句了呵!以致弄成这么一种离奇的结构、腔调,甚至文法。……我们知道小说的外表往往只是一个为紫罗兰缠绕的花架子并不是花本身,又像是盛事物的器皿,而不是事物本身。所以这里所说的故事很可以是毫无所指的。"毋庸讳言,作者在此明确告诉我们,对于这样一部不讲情节而重情调的小说是不能用传统小说的文体结构来框定它的,但是《未央歌》仍然有"为紫罗兰缠绕的花架子"和"盛事物的器皿",即缀连各个叙述片段的"架子"和融汇众多人物精神的"器皿"是作为人物共同活动的生活空间和充满理想诗意的文化空间——西南联大。

语言风格是文体的决定性因素。在文体学中,狭义的文体专指文学语言的艺术性特征、作品的语言特色或表现风格、作者的语言习惯、以及特定创作流派或文学发展阶段的语言风格等①。三四十年代,作家们已经摆脱了"五四"时期新文学对欧化句式和传统文言语法的依赖,并逐渐形成了具有个性化特征的语言风格,尽管作家们的语言风格并不单属于大学叙事,同样也体现在其他作品中,但是它们在大学叙事中表现得更为突出。巴金充满青春热力和激情的激流式语体在《幻灭》《家》《雷》《电》《鬼》等大学叙事中得到充分彰显。茅盾具有社会分析性质的理性色彩在《路》和《第一阶段的故事》的语言中得到体现。万迪鹤的《中国大学生日记》与阳翰笙《大学生日记》虽然都用日记体反映同一时期同一群体的同一题材,但是语言风格却迥然不同,前者充满了不正经的油滑和轻佻,后者则都是严肃、理性、冷静的叙述。钱锺书的《围城》与鹿桥的《未央歌》虽然都以抗战时期的大学校园为书写对象,但是前者语言机智幽默,句式紧凑短促,充满了讽刺批判;后者语言纯净优美,句式轻松舒缓,饱含着浪漫诗意。然而,三四十年代的大学叙事作者中,真正有意识在语言文体上进行自觉尝试并取得成功的是沈从文和张爱玲。沈从文自三十年代起便被称为"文体家",在作品中"苦心地构想出那自己以为那颇有深刻意味而又机警的词句"②,"向读者贡献新奇优美的文字"③。在《冬的空间》《平凡的故事》《道德与智慧》《大小软》《八骏图》《如蕤》《摘星录》等大学叙事文本中,沈从文有意识地尝试着以佛经、《圣经》、民歌、文言等各种不同的语言进行着文体的试验,"形成了自己独特的风格——朴讷、平淡和抒情"④。张爱玲曾经说:"我喜欢素朴,可是我只能从描写现代人的机智与装饰中去衬出人生素朴的底子,因此我的文章容易被人看做过于华靡。"⑤这番话无疑可以看作张爱玲对自己作品文体风格的最好诠释。在《沉香屑·第二炉香》《茉莉香片》《年轻的时候》《心经》《殷宝滟送花楼会》《色戒》等诸多大学叙事中,素朴与华丽、

　　① 　申丹:《叙述学与小说文体》,北京大学出版社,2004 年,第 73 页。
　　② 　侍桁:《一个空虚的作者———评沈从文先生及其作品》,《文学生活》第 1 卷第 1 期,1931 年 3 月。
　　③ 　苏雪林:《沈从文论》,《文学》第 3 卷第 3 期,1934 年 9 月。
　　④ 　杨联芬:《中国现代小说导论》,四川大学出版社,2004 年,第 189 页。
　　⑤ 　张爱玲:《张爱玲文集》第四卷,安徽文艺出版社,1992 年,第 176 页。

热烈与苍凉、高雅与通俗、传统与现代奇异地结合在一起,彰显了张爱玲独有的杂糅风格。

法国著名文艺理论家丹纳认为,艺术"作品的产生取决于时代精神和周围的风俗"①。中国古代大文论家刘勰也强调,"文变染乎世情,兴废系乎时序"(《文心雕龙·时序》)。革命救亡年代,动荡不安的社会环境和不断加剧的民族危机,使得原本相对独立静谧的大学校园变得开放和喧闹起来,而向来以敏感多思著称的学院知识分子再也难以在象牙塔内"安分守己"了,三四十年代的大学叙事正是在这种时代语境中,继承了五四以来的大学叙事经验,进一步走向成熟和深化的。

三、学院气质的彰显

大学叙事主要以大学校园为叙事空间,以各类大学人物为主要描写对象,并由此表征不同的大学形象和精神气候。三四十年代,大学叙事在艺术上成熟与深化的一个重要标志便是学院气质的彰显。这种学院气质主要体现在题材内容、人物塑造和话语风格三个方面。与五四时期的大学叙事相比,三四十年代大学叙事更多关注大学校园的本体性生活,更多关注学院人物的精神气质,叙事话语也更具知识蕴含和学院特色。

气质是指相对稳定的个性特点和风格气度,是形象外貌和精神内涵的综合性体现。学院气质就是具有不同于世俗的学院本质特征的风格气度,它主要通过大学形象的物质外壳和精神内涵彰显出来。三四十年代,大学已经作为独立的生活空间成为大学叙事的审美对象,曾经有过大学生活经历或是仍在大学校园的作家们在各自的大学想象中着力营构散逸着学院气息的物质空间和精神空间。鹿桥在《未央歌》中对于西南联大校园景观的描绘如诗如画:"太阳从新校舍东面慢慢升起,红彤彤的朝霞又唤醒自强不息的一天。新校舍在夜晚显得模糊不清,似乎没有固定的线条,这时轮廓渐渐清晰,一排排板筑土墙,铁皮搭建的房屋,整齐地排列着","校里花草坪上的蝴蝶也减少了。那里横七竖八躺着晒太阳的学生

---

① (法)丹纳:《艺术哲学》,傅雷译,天津社会科学院出版社,2004年,第76页。

们，或是因为手中一本好书尚未看到一个段落，或是为了一场可意的闲谈不忍结束，他们很少站起身来的"。沈从文在《冬的空间》里对女生宿舍的描写充满了学院生活的情趣："女生宿舍黄字四十号，二楼的东向一角，阳台上搁有一钵垂长樱花大如碗的菊花，在寒气的迫胁中，与房中一女人的清朗柔软歌声中，如有所感，大的花朵向着早晨的光明相迎微笑"，"在盥洗间，各处是长的头发同白的腿臂，各处是小小的嘴唇与光亮的眼睛，一个屋子里充塞了脂粉腻香，大的白瓷盆里浮满着白的泡沫，年轻人一面洗脸一面与同宿舍中的女子谈着这一天关于工课的话语，或还继续在床上的谈话，说着旁人纵听到也不分明那意义所在的笑谑"。阳翰笙在《大学生日记》中对校园操场的描写象喻了专制统治下学院生活的暗淡冷寂："我愤然的在草场上绕了几步，这时，沉沉西垂的半弯残月，已经黯然的快褪尽了它的一切光芒。空场上只零落的残染得有一些模糊暗淡的光丝，云气渐低，蝉翼般的薄雾也腾上半空去了。大地上是一片迷朦，一片暗淡，看看天色，似乎离破晓的辰光已经不远了。四围是异常的冷寂，楼头舍侧的电灯，在那儿一闪又一闪吐着凄然的淡光，使我顿增无限空漠凄寂之感。"此外，万迪鹤的《中国大学生日记》、茅盾的《路》、老舍的《大悲寺外》等作品中，都不乏关于校舍、教室、图书馆、运动场等各种具有学院特色的物质空间的描写。这些校园建筑和景观既是作为大学形象的物质外壳而存在，更因学院人物的知识性活动，而具有了丰富的知识性蕴含，从而彰显出独特的学院气质。

三四十年代大学叙事的学院气质不仅表现在富有知识蕴含的物质空间，更在独具学院特色的精神文化活动中得到彰显。鹿桥在《未央歌》中关于毕业晚会的描写凸显了救亡年代西南联大"尊师重道，友爱亲仁"的校风："她们依了天色，季节，气候，雨水的指示只是悄悄地，悄悄地，也就从从容容地把她们的舞台布置好了""校委董先生，代表学校致了词。他儒雅安详，微笑多于言语。学生代表宴取中致欢送词，兴奋多于矜持，热情胜过感伤"，"游艺开始了。大家又都兴高采烈起来。毕业生和在校同学是一致地。笑，一同笑，呆，一同呆，不曾分过彼此，似乎欢会的日子正复长长地等待着他们"。钱锺书在《围城》中关于三闾大学导师制讨论会的描写充分暴露了学院人物的丑陋自私:"在导师制讨论会上,部视学先讲了十分钟冠冕堂皇的话,平均每分钟一句半'兄弟在英国的时候'。他讲完看一看手表,就退席了。听众喉咙里忍住的大小咳嗽声全放出来,此作彼继","有人反对这提议是跟提议的人闹意见。有人赞成这提议是跟反对这提议的人过不去。有人因为反对或赞成的人跟自己有关系所以随声附和"。张爱玲在《殷宝滟送花楼会》中关于罗潜之教授讲授莎士比亚的描写,生动表现了学院人物轻狂狷介的品性:"他用阴郁的不信任的眼色把全堂学生看了一遍,确定他们不爱莎士比亚","他激流地做手势像乐队领班,一来一往,一来一往,整个的空气痛苦振荡为了那不可能的字,他用读古文的悠扬的调子流利快乐地说英文,渐渐为自己美酒似的声音所陶醉"。此外,叶圣陶的《英文教授》、巴金的《知识阶级》、齐同的《新生代》等诸多大学叙事作品中都不乏关于授课、学潮、演讲、集会等彰显学院气质的精神文化活动。

小说是叙事的艺术,而叙事由语言来呈现,因而在某种意义上,小说的存在本质上是语言的存在,语言是生活的载体和精神的容器。大学叙事的学院气质归根结底要通过叙事语言得以彰显。叙事语言在形式上主要包括作为创作主体的叙述语言和作为表现对象的人物语言(当然从本质上来说,人物语言也属于叙述语言),三四十年代大学叙事的学院气质在这两个方面都得到充分体现。从创作主体方面来看,大学叙事的作者多为学院式知识分子,不但对学院生活有着切身的体验,而且更有着理性的省察,学院式的生活习惯和思维方式使得他们在表现学院生活和学院人物的话语方式上,常常是融感性于知性,既不乏情感的厚度,更具有理性的深度。这方面最典型的莫过于钱锺书的《围城》了。有着"文化昆仑"之誉的钱锺书以其渊博的知识和丰富的想象在小说中无拘无束地引经据典,驰骋古今,融汇中西,妙趣横生。譬如,讽刺方鸿渐买假文凭遮人耳目时,作者信守拈来《圣经》人物作譬:"这一张文凭,仿佛有亚当、夏娃下身那片树叶的功用,可以遮羞包丑。"在描写赵辛楣与方鸿渐争风吃醋的表现和心理时,作者竟然以政治外交典故为喻:"赵辛楣对方鸿渐虽有醋意,并无什么你死我活的仇恨。他的傲慢无礼,是学墨索里尼和希特勒接见小国外交代表开谈判时的态度。他想把这种独裁者的威风,压倒和吓退鸿渐。给鸿渐顶了一句,他倒不好像意国统领的拍桌大吼,或德国元首的扬拳示威。幸而他知道外交家的秘诀,一时上对答不来,把嘴里抽的烟卷作为遮掩的烟幕。"在讽刺高松年知识落后思想守旧时,作者运用语言学的分析方法进行调侃:"三闾大学校长高松年是位老科学家。这'老'字的位置非常为难,可以形容科学,也可以形容科学家。不幸的是,科学家跟科学不大相同;科学家像酒,愈老愈可贵,而科学像女人,老了便不值钱。将来国语文法发展完备,终有一天可以明白地分开'老'的科学家和'老科学的家',或者说'科学老家'和'老科学家'。"在《中国大学生日记》中,万迪鹤以反讽的方式描写了国学系主任姚老头子思想学术的迂腐守旧:"他以整个老年人的心,以百折不回的复古精神,来向我们说教","他讲学的态度,对于许多许多不独有消极的批评,破坏,而且有积极的理论发挥,作为他破坏后的建设。他尊孔守旧,痛骂'毛学'。毛是二毛子,以胡适等为代表。他攻击辩学。辩是曲辫子,以三家村学究与秀才举人等科举出身者作代表"。同样,张爱玲在《沉香屑·第二炉香》中,如此嘲讽罗杰教授不思进取的惰性:"时间就这样过去了。十五年来,他没有换过他的讲义。物理化学的研究是日新月异地在那里进步着,但是他从来不看新的科学书籍与杂志;连以前读过的也忘了一大半。他直到现在用的还是十五年前他所采用的教科书。二十年前他在英国读书时听讲的笔记,他仍旧用作补充材料,偶然在课堂里说两句笑话,那也是十五年来一直在讲着的。氮气的那一课有氮气的笑话,氢气有氢气的笑话,氧气有氧气的笑话。"

从表现对象来看,大学叙事主要描写的是大学人物在大学校园的学院生活。通常而言,小说人物的语言既要符合人物的性格特点,也要符合人物的文化身份。正如鲁迅所说,"饥区的灾民,大约总不去种兰花,像阔的人老太爷一样,贾府上的焦大,也不爱林妹妹的"①。人物往往因阶层、文化、身份的不同,其思维方式、兴趣爱好和言行举止都会大相径庭。学

---

① 鲁迅:《"硬译"与"文学的阶级性"》,《鲁迅全集》第4卷,人民文学出版社,1981年,第203页。

院人物长期浸淫在知识学术活动中，讲究谈吐文雅，举止得体，但也往往会脱离现实，酸腐卖弄。《围城》中的"新儒林人物"虽不学无术，却好做作卖弄。譬如方鸿渐、苏文纨、曹元朗等聚会时关于诗歌的对话，方鸿渐看完曹元朗的诗作后说："真是无字无来历，跟做旧诗的人所谓'学人之诗'差不多了。这作风是不是新古典主义？"苏小姐看完说："这题目就够巧妙了。一结尤其好；'无声的呐喊'五个字真把夏天蠢动怒发的生机全传达出来了。"曹元朗道："我这首诗的风格，不认识外国字的人愈能欣赏。题目是杂拌儿、十八扯的意思，你只要看忽而用这个人的诗句，忽而用那个人的诗句，中文里夹了西文，自然有一种杂凑乌合的印象。"而身为三闾大学校长的高松年为了显示"对学校里三院十系的学问样样都通"，无论什么会都好作报告，今天政治学会开成立会，他会畅论国际关系；明天文学研究会举行联欢会，他会大谈诗歌是"民族的灵魂"，文学是"心理建设的工具"；后天物理学会迎新会上，他会呼唤几声相对论。《未央歌》中的联大学子们对于"沾上了一点学术味儿的东西全爱好"，大家虽然专业不同，但是谈起来一样投机。其中童孝贤与宴取中一段关于人情人性的争论，从卢梭、夏多布里昂，到中国古代诗人和任侠之士，古今中外，无所不谈。童孝贤问："那么顺从大自然是错了？怎么从卢梭，沙多勃易盎起人家也喊了那么些年回到自然去呢？"宴取中说："我们从人情中体会出来的道理是履行上帝的旨意最可靠，最捷近的路"，"还有一种死，英雄是英雄些，如同太史公笔下的任侠之士，与常提到的溺死桥下的，所谓尾生之信的故事的主人翁，便属于这一类"。《冬的空间》中女大学生们的宿舍生活充满了学院式的情趣，玉丫头竟然把功课编成诗歌："应当融解，应当融解，我们的硝酸，硫酸，盐酸，还有那近视眼小胡子的今韵古韵，还有那尚书的今文古文。"

　　正如人的气质一样，学院气质是大学外在表现与内在本质综合因素的体现。无论是对大学校园的诗意想象，还是对大学人物的批判讽刺，大学叙事都表现出与世俗叙事不同的学院派和书卷气，这种独特的学院气质是在大学校园的一草一木和大学人物的一言一行之间自觉或不自觉地表露出来的，是由富有知识学养和人文气息的大学人物及其校园生活所决定的,是大学叙事区别于其他题材小说的本质性特征。正是在这个意义上,我们说,学院气质是三四十年代大学叙事在艺术风格上成熟的重要表征。

第三章　政治文化规范时期的大学叙事

　　"政治文化"这一概念最早由美国政治学家阿尔蒙德在《比较政治体系》一文中提出。他认为,"政治文化是一个民族在特定时期流行的一套政治态度、信仰和感情。这个政治文化形成于本民族的历史以及现在社会、经济、政治活动进程之中。人们在过去的经历中形成的态度类型对未来的政治行为有着重要的强制作用。政治文化影响各个担任政治角色者的行为、他们的政治要求和对法律的反应"①。根据阿尔蒙德的定义,我们认为,政治文化规范是指特定历史时期形成的政治文化语境对人们思想观念、情感心理和行为方式等制约与影响。建国初期,由于频仍的政治运动的影响,思想文化领域"愈益转向政治与革命语境"②。为帮助"思想上难免留下旧社会烙印"的广大知识分子摆脱剥削阶级世界观的束缚,树立为人民服务的思想,新生政权在知识分子中进行了持续的思想改造运动。作为知识分子聚集的大学,成为思想改造学习运动的重要"战场"。1951 年 9 月,周恩来受中共中央委托,向北京、天津两市高校教师学习会作了《关于知识分子的改造问题》的报告。同年 11 月 30 日,中共中央发出《关于在学校中进行思想改造和组织清理的指示》,要求在学校教职员

---

　　①　阿尔蒙德:《比较政治学:体系、过程、政策》,曹沛霖等译,上海译文出版社,1987 年,第 29 页。

　　②　王智:《1949—1976:中国文化发展的语境转换与知识分子状况》,《知识分子与近现代中国社会》,湖北人民出版社,2009 年。

和高中以上学生中普遍开展学习运动,号召他们认真学习马列主义、毛泽东思想,联系实际,开展批评和自我批评,进行自我教育和自我改造。此后,思想改造运动由教育界逐步扩展到整个文艺界和知识界。虽然经过一段时期的思想改造,知识分子的"面貌已经发生了根本的变化"①,但是关于知识分子的各类批判改造运动一直在以不同方式持续进行着,直至"文革"结束。1956 年"双百方针"的提出对一度在政治运动中谨言慎行的文化思想界来说,无疑是一次解放,极大调动了知识分子的主动性和积极性,文化思想领域出现了一片生动繁荣的局面。但是,随后 1957 年"反右"斗争的扩大化,又使得"昙花一现"的繁荣局面丧失殆尽,占总数 6.5% 的大约 17769 名大学工作人员被划为右派分子②。有学者对此指出,"由于 1957 年 6 月开始的反右派运动扩大化,许多知识分子被迫背井离乡地流亡,从而使民国时期培养起来的一代著名学者的集体知识和智慧丧失了二十年"③。

　　建国后至"文革"爆发前的十七年间,中国高等教育在社会主义建设的总体框架内进入到一个新阶段。1950 年 6 月召开的第一届全国高等教育会议提出,高等教育要为社会主义政治和经济建设服务,要在高等教育体系中开设一批既具有坚定的理论基础,又能适应国家实际应用所需要的课程,并开始着手进行相关课程改革。为了实现快速工业化的宏伟计划,使高等教育地区分布合理化,1952 年 6 月至 9 月,在大批苏联专家的帮助下,中国大学更是进行了一场全国性的"院系调整",把民国时期形成的"欧美模式"的大学体制改造为"苏联模式"高等教育体系。五十年代初的这场高等教育体制改革,从总体上讲,"曾获得了巨大成就,特别是就这一体系适应经济快速增长的需要而言,更是如此"④,"院系调整"加强了工科类专门学院人才培养,为新中国培养了大批经济建设所急需的专门人才,改变

---

①　周恩来:《关于知识分子问题的报告》,《人民日报》,1956 年 1 月 30 日。
②　毛礼锐、沈灌群:《中国教育通史》,山东教育出版社,1988 年,第 126 页。
③　[加]许美德:《中国大学》,许洁英译,教育科学出版社,2000 年,第 124 页。
④　周渠:《苏美高等教育经验与我国高等教育改革》,《中国社会科学》,1984 年第 3 期。

了工程技术教育过于薄弱的状况。然而,在这一表象背后政治和文化方面的情况则不容乐观,从更长远的角度来看,它对中国大学健康发展的负面影响更是不容忽视。"院系调整"结束时,中国高等院校的总数由 227 所减少到 181 所,许多综合大学变成文理学院或工业大学,全国大学多数学科单一,发展不均衡。部分久负盛名的综合性大学在很大程度上被削弱,"失去了由历史积淀而来的体现于课程设置中的精神气质"①。

　　新中国成立后,思想文化领域在逐渐取缔非社会主义因素过程中建构起"为政治服务"的主流意识形态规范。在新的社会历史背景下,文学创作被纳入社会主义革命和建设事业的重要组成部分,呈现出思想上的统一性、艺术上的规范性和组织上的体制性。毛泽东的《在延安文艺座谈会上的讲话》成为新中国文艺工作的总方针,它所规定"为工农兵服务"的文艺方向成为新中国文艺创作的"唯一正确的方向"②。在五六十年代的政治文化语境和文学规范下,以表现知识分子为主体的大学叙事在当代文学题材的等级秩序中处于边缘位置,难以避免遭受质疑和批判的现实处境,譬如《青春之歌》的改写,《大学春秋》与《大学时代》的"生不逢时",《红豆》和《西苑草》所遭受的批判。因政治文化语境和文学规范的影响,五六十年代的大学叙事无论是在创作数量还是艺术质量上都远不如三四十年代,主要集中在五十年代"反右"扩大化以前。值得注意的是,这一时期大学叙事的作者以各种方式努力与主流意识形态保持一致,以获取大学叙事的合法性与合理性,试图表现建国初期革命理想与建设热情鼓舞下,大学知识分子尤其是新一代大学生们的成长历程、青春梦想和校园生活。

第一节　政治文化语境中的成长叙事

　　"十七年"的大学叙事在某种意义上大多可归于"成长小说"一类,特

---

① ［加］许美德:《中国大学》,许洁英译,教育科学出版社,2000 年,第 109 页。
② 周扬:《新的人民的文艺》,《周扬文集》第 1 卷,人民文学出版社,1984 年,第513 页。

别注重表现主人公在特殊生活环境中,执著探求实现人生目标或价值理想的奋斗历程。这类"成长小说"小说既描写个体自我奋斗的历程,更强调个体融入集体的历程,常常表现主人公"在'内心自我'与'外部规约'的激烈争夺中最终做出自己的人生选择,形成自己的世界观和人生观的故事"①。建国初期,在主流意识形态和政治工具理性的规范下,"十七年"的大学叙事随着文化语境的变迁而深深打上了时代的烙印。无论是反映三十年代革命救亡时期学潮运动的《青春之歌》,或者是表现四十年代新旧交替时期知识青年人生与爱情选择的《红路》《红豆》,还是描写五十年代大学校园生活的《大学春秋》《大学时代》和《勇往直前》等,"十七年"大学叙事大多贯穿着一个共同的成长主题:即风华正茂的青年知识分子只有让个体生命的成长与民族国家的宏大事业结合起来才有值得赞美的青春。

一、革命时代的成长故事

"成长小说"源自德语 Bildungsroman,在西方有着悠久的传统,但在中国却仍是一个方兴未艾的小说类型,"这类小说的主题是主人公思想和性格的发展,叙述主人公从早年开始经历的各种遭遇。主人公通常要经历一场精神上的危机,然后长大成人并认识到自己在人世间的位置和作用。"②"十七年"大学叙事中,杨沫的《青春之歌》和扎拉嘎胡的《红路》分别叙述了三十年代和四十年代青年知识分子在思想立场、人生方向和情感选择等方面,经历各种考验,最终在中国共产党的领导下,扬弃小资产阶级知识分子个人主义习性,或走上革命道路,或投身学习和劳动实践。《青春之歌》以三十年代的学潮运动背景下的北京大学为主要场域,叙写了林道静、卢嘉川、江华等青年知识分子的革命成长历程。虽然主人公林道静由于家庭变故高中毕业后未能如愿进入大学,但是她由一个孤独无

---

① 徐渭:《20 世纪成长小说研究综述(一)》,《当代小说》,2007 年第 1 期。

② 艾布拉姆斯:《欧美文学术语词典》,朱金鹏,朱荔译,北京大学出版社,1990 年,第 218—219 页。

助的小资产阶级知识分子成长为一个坚定成熟的革命者主要是经由"大学"完成的。林道静成长过程中的三次危机与嬗变都离不开"大学"这个媒介。当她逃离家庭在北戴河遭遇挫折对人生感到绝望时,得到了余永泽的救助,在她眼里这个北大学生是个"多情的骑士,有才学的青年"。然而,爱情并不能解决林道静的苦闷,余永泽并不像她原来所想的那么美好,"他那骑士兼诗人的超人的风度在时间面前已渐渐全部消失。他原来是个自私的、平庸的、只注重琐碎生活的男子"。当林道静在北大红楼沙滩公寓与余永泽同居后陷入家庭主妇的琐屑感到精神匮乏时,精神导师卢嘉川出现在她面前。这个新朋友"诚恳、机敏、活泼、热情","他的每一句问话或者每一句简单的解释,全给她的心灵开了一个窍门"。当卢嘉川牺牲后林道静在人生道路上再次感到迷茫时,得到了革命者江华的引领,这个"坚强、勇敢、诲人不倦"的学运领袖把她引上了实质性的革命道路。这三位在林道静肉体或精神上的救赎者都有一个共同的身份——北京大学的学生。不仅如此,林道静后来还直接成为北大的旁听生,并深入北大学生群体组织领导了"一二·九"运动。半个多世纪后,杨沫仍然对北大红楼"梦魂牵绕","感谢北大自由听课的有利之举,更感谢北大的图书馆,几年之间,不知借给我多少读物"[1]。当然,《青春之歌》不止是描写了"编外人"林道静经由"大学"的成长之路,而且还展现了众多北大学生们的成长历程。卢嘉川出身于乡村小学教员家庭,从小就受到革命先驱李大钊的影响,"他的理论知识,他的思想认识,以及他的斗争意志全在李大钊同志的耐心培养下逐步成长起来"。中学时代,卢嘉川就开始从事革命活动,考上北大后,立即成为了北大党的负责人之一。江华(真名李孟瑜)出身于工人家庭,高小毕业后曾经当过印刷厂的学徒,在工人夜校"受到了共产党员的教育和培养",参加了共产主义青年团,入了党。后来通过自学考取了北京大学哲学系,并接受了党分配的任务,领导北大学生运动。戴愉出身于地主兼官僚家庭,1925 年在上海参加共产党,大革命失败后

---

　　① 杨沫:《梦魂牵绕忆红楼》,《精神的魅力》,北京大学出版社,1988 年,第 57—61 页。

逃到北京,担任学生运动领导,后被捕叛变,混入党内从事破坏活动。但需要提出的是,由于杨沫的北大"编外"身份,她对卢嘉川、江华、戴愉、罗大方、许宁等北大学子们的成长历程只能是通过"看"与"听"的方式作浅表式想当然的外部打量。作为林道静成长的领路人,卢嘉川和江华的成长过程在小说中几乎都只作简历式的回顾,他们在小说中一出现便已经是成熟的革命者了。至于戴愉、罗大方、许宁等人是如何背叛家庭走上革命道路的,小说中也无必要的铺垫。曼海姆认为:"一定的观点和一定的一组概念由于与某种社会现实密切相关并产生于这一现实,便能够通过与这一现实的密切联系提供更多的揭示它们含义的机会。"①在"十七年"主流意识规约下,作为小资产阶级的知识分子,其思想改造的必由之路只能是与工农大众相结合。正如毛泽东所指出:"知识分子既然要为工农群众服务,那就首先必须懂得工人农民,熟悉他们的生活、工作和思想。我们提倡知识分子到群众中去,到工厂去,到农村去。"②《青春之歌》初版本由于"书中所描写的知识分子,特别是林道静,自始至终没有认真地实行与工农大众相结合"而备受指责,因此杨沫在再版时对林道静进行了重新叙述,增加了农村生活的八章和领导北大学生运动的三章,以至"让农村阶级斗争的革命风暴将她的感情磨砺得更粗豪一些",更加强调"在党知识分子尤其是林道静对其他青年知识分子的领导和引导作用"③。而在对其他人物形象的处理时,小知识分子或工人家庭出身的卢嘉川、江华与地主兼官僚家庭出身的戴愉在对待革命的忠诚方面是显著不同的,卢嘉川被捕后至死不渝,顽强地保持了共产党员忠诚革命的本色。而十八岁反叛地主兼官僚家庭参加革命的戴愉,"被捕后不到一点钟",便在敌人的威胁利诱下叛变了革命。杨沫在《青春之歌》中对这些人物的处理在很大程度上透漏出特殊时代"血统论"对于作者的影响。

　　蒙古作家扎拉嘎胡的长篇大学叙事《红路》以解放前夕内蒙古尖锐复

①　曼海姆:《意识形态与乌托邦》,商务印书馆,2000 年,第 82 页。
②　毛泽东:《不要四面出击》,《毛泽东选集》第 5 卷,1977 年,第 21 页。
③　金宏宇:《对知识分子的改叙——〈青春之歌〉的版本变迁》,《西安外事学院学报》,2006 年第 2 期。

杂的斗争形势为背景,描写了扎兰屯工业专科学校蒙族青年大学生和知识分子在以教务处主任额尔敦为代表的共产党知识分子的引领下,战胜了潜伏在学校中的以校长巴达尔为代表的国民党残余势力,最终走上共产党所指引的"红路",其中重点描写了蒙古族青年大学生胡格吉勒图的思想转变和成长历程。作者把胡格吉勒图的思想转变和成长历程置于复杂的革命斗争冲突中来展开。小说一开始,作者便交代了一九四七年春天,扎兰屯"多雾、阴暗,几乎整天都不见阳光"的政治气候,以及蒙古人民在"跟共产党还是跟国民党走"的十字路口"抑郁和彷徨",与此同时,潜伏在学校里的国民党特务巴达尔校长散布关于共产党和额尔敦的谣言,人为制造混乱。《红路》正是在这种"多雾、阴暗"的政治气候和校园氛围中展开主人公胡格吉勒图的成长叙事的。在很大程度上,《红路》中的扎兰屯工业专科学校不是作为本体性的大学进入读者视野的,而是作为革命斗争的场域而存在的。校长巴达尔和教务处主任额尔敦分别代表了国民党和共产党两种对立的政治力量。校长巴达尔表面上伪装成热爱蒙古民族的开明正直的知识分子,而实际上却是潜伏的国民党老牌特务,他用移花接木的办法把他在日伪时期的罪恶转嫁给额尔敦,并把额尔敦反满抗日的英雄事迹挪移到自己身上,蒙蔽了无知的青年学生。在学校里,他打着热爱民族的幌子,欺骗胡格吉勒图、敖尔斯、梅其其格等没有社会阅历却有着狭隘民族观念的青年学生,并在幕后怂恿他们进行反对额尔敦、反对共产党的破坏活动。作为共产党在扎兰屯工业专科学校的代表,教务主任额尔敦是革命正义的象征指涉。他出身普通农民家庭,凭借自己的努力,先后毕业于吉林师范大学和日本早稻田大学,学生时代便投身抗日运动,经历了各种磨难和痛苦,在长期艰苦卓绝的革命斗争中,磨砺了坚强的革命意志。担任扎兰屯工业专科学校教务主任后,额尔敦积极宣传革命思想,在专业课之外推行政治课教育,但却遭到校长巴达尔和胡格吉勒图等不明真相的学生们的抵制。出身知识分子家庭的胡格吉勒图是扎兰屯工业专科学校的学生会主席,虽然正直、无私,但最初却有着浓厚的狭隘民族观念,民族利益成为他评判是非曲直的唯一标准,在他看来,"当前,咱们要睁大眼睛看现实。哪个党要拉起我们跌到的民族,就跟哪个党走。沉默、不理,那就是背叛自己的民族"。胡格吉勒图的这种思想弱点使得他很长时间成为校长巴达尔欺骗利用的工具,抵制额尔敦开设政治课、拥护巴达尔当选内蒙古"五一"代表大会代表、偷渡蒙古留学、组织罢课游行等。同为"十七年"政治文化语境规范下的大学叙事,《红路》在情节设置和叙事旨意上与《青春之歌》有着相同之处,都安排了革命道路的引路人,都经历了叙述起点的幼稚到叙述终点的成熟,都设计了思想改造的环节,都通过叙述主人公的思想转变和成长历程为中国共产党领导的革命事业做出真理性证明。《红路》中,巴达尔和额尔敦分别指涉了两种不同的政治力量和民族前途。胡格吉勒图的思想转变和成长历程主要是通过他对巴达尔和额尔敦的思想认识和相互关系展开的,对前者经历了信赖—听从—消解信赖—决裂的过程,对后者经历了疑惑—排斥—消解排斥—信赖的过程。小说结尾,胡格吉勒图最终幡然醒悟:"中国共产党,你为内蒙古人民曾经付出过多少心血呀,如今饱受苦难的内蒙古人民欢笑着向你拥抱的时候,我们决不忘记为我们蒙古民族流了鲜血的那些烈士们和英雄们! 在那灾难的岁月中,在那残酷的肉搏年代里,你象巨人般站立在我们面前,给了我们力量和信心,又高举火把,指引了我们前进的方向。"然而,值得注意的是,胡格吉勒图的思想转变和成长之路与林道静有着显著区别。《青春之歌》中林道静的思想转变和革命成长是在卢嘉川、江华、郑瑾等共产党员的引领下并经历了"与工农结合"之后渐进式完成的;而《红路》中胡格吉勒图虽然也受到共产党员额尔敦和共青团员斯琴的教导,并经历了思想改造运动,但是革命启蒙和思想改造对于胡格吉勒图并没有产生实质性效果,或者说作者并未有意让作为进步政治力量的代表额尔敦和斯琴以革命启蒙的角色出现在文本中,胡格吉勒图的最终转变是因为巴达尔的罪行败露而达成的。可见,《青春之歌》注重的是人物的"革命成长",《红路》强调的是人物的"思想转变"。

二、转换时期的成长烦恼

1956 年 5 月至 1957 年上半年,中国文化思想领域经历了一个短暂的调整时期。1956 年 5 月,毛泽东提出了"百花齐放,百家争鸣"的"双

百方针"。"双百方针"的提出与实施,给紧张的思想文化领域营造了一
个短暂的宽松自由的环境,文学界开始出现了一些冲破僵化教条和政
治禁忌的"解冻"现象,一批"干预生活"作品和爱情题材作品突破"禁
区",真实反映社会阴暗面的矛盾和问题,大胆描写知识分子情感生活。
但是,"百花文学"营造短暂繁荣局面很快在 1957 年下半年开始的"反
右"运动中结束了,上述创作也被批判为"一股创作上的逆流"①。宗璞
的《红豆》和刘绍棠的《西苑草》正是在这一"百花文学"背景下产生的,
真实反映了新旧转换时期青年大学生在革命与爱情、集体与个人冲突
之间的"成长烦恼"。

《红豆》主要以解放前夕北平动荡的社会环境和国共两党日益尖锐
的矛盾冲突为背景,描写了大学生江玫在经历了革命与爱情、个人与祖
国之间的徘徊与痛苦之后,从一个小资产阶级知识分子成长为"一个好
的党的工作者"。从故事表层来看,《红豆》具有一个符合主流意识形态
规范的叙事框架。然而,关于《红豆》的叙事旨意,历来有不同的争议。
从小说结尾来看,江玫最终拒绝了齐虹邀她一起去美国的请求,而选择
了革命的道路,"人们一般将《红豆》的主题定位为革命战胜了爱情,一
个小资产阶级知识分子成长为一个无产阶级的革命战士"②。然而,从
小说本身来看,江玫自始至终都没有因为"革命"忘却"爱情",或者说,
江玫的革命成长中始终伴随着爱情的烦恼,而这种成长的烦恼却是作
者要重点表现的。对此,宗璞在《〈红豆〉忆谈》中说,"在我们的人生道
路上,不断地出现十字路口,需要无比慎重,无比勇敢,需要以斩断万路
情丝的献身精神,一次次做出抉择。祖国、革命和爱情、家庭的取舍、新
我和旧我的决裂,种种搏斗都是在自身的血肉之中进行,当然十分痛
苦","《红豆》写的也是一次十字路口的搏斗","《红豆》还想写人的性格
上的冲突。这种冲突不是环境使然,而是基于人的内心世界","人的精

---

① 李希凡:《从〈本报内部消息〉开始的一股创作上的逆流》,《中国青年报》,
1957 年 9 月 17 日。

② 赵晓芳:《爱,是不能忘记的——试述宗璞〈红豆〉的叙述裂缝》,《名作欣赏》,
2007 年第 2 期。

神世界是极复杂的,如何揭示它,并使它影响人的灵魂,使之趋向更善、更美的境界,这真是艰巨的课题"①。

小说中,宗璞在革命与爱情的紧张关系中着力表现了江玫成长烦恼的丰富性与复杂性。江玫从一个单纯浪漫的女大学生成长为"一个好的党的工作者"离不开精神导师萧素的启蒙和引导。萧素以渐进的方式启蒙了江玫的革命思想,让她阅读《方生未死之间》《大众哲学》一类革命书籍;鼓励她参加"大家唱"歌咏团和"新诗社",邀请她在革命诗歌朗诵会中扮演主要角色,让她参与墙报抄写、游行救护等工作。萧素的革命启蒙和人格魅力让江玫的思想发生了转变。江玫进入了"一个新的天地",明白了"大家"的意义,获得了一种"完全新"的力量,"她隐约觉得萧素正在为一个伟大的事业做着工作,萧素的生活是和千百万人联系在一起的,非常炽热,似乎连石头也能温暖","共产党在她心里,已经成为一盏导向幸福自由的灯,灯光虽还模糊,但毕竟是看得见的了"。值得注意的是,萧素在江玫的成长过程中不但承担着精神导师的革命职责,而且还兼具母亲和姐姐的伦理身份,在生活上对她进行无微不至的关怀。小说中描写了这样的场景:当江玫睡不着的时候,她总是希望萧素快点回来。她不但期待萧素给她带来吃的东西,更盼望萧素给她"讲点什么",望着萧素坦白率真的脸,江玫"想起了母亲"。

与《青春之歌》等"十七年"革命成长小说一样,宗璞努力让《红豆》的叙述遵循主流意识形态规范要求,不但为江玫的成长安排了精神导师萧素,而且让她参加了各种改造思想的革命实践。但不同的是,《青春之歌》中林道静的革命成长是在扬弃了小资产阶级情调(爱情)之后进行的,而《红豆》中江玫的成长过程始终没有解除干扰革命的小资产阶级情调,或者说,爱情与革命始终对立统一地贯穿在江玫的成长叙事中。小说中,作者并没有把齐虹处理为负面的典型。他对江玫的爱情是真挚的,直到最后离开的一刻也没有改变。作者甚至借江玫的视角,对齐虹的艺术家气质和艺术才华进行了由衷的赞美。第一次相遇后,齐虹"迷惘的做梦的神

---

①　宗璞:《〈红豆〉忆谈》,《宗璞文集》第四卷,华艺出版社,1996年,第306—307页。

气"便让江玫难忘,"觉得那清秀的象牙色的脸,不时在她眼前晃动"。一起散步的时候,江玫"甚至希望路更长一些,好让她和齐虹无止境地谈论着贝多芬和肖邦,谈着苏东坡和李商隐,谈着济慈和勃朗宁"。虽然江玫隐约觉得,"在某些方面,她和齐虹的看法永远也不会一致。可是她却并没有去多想这个,她只喜欢和他在一起,遏制不住地愿意和他在一起"。即便萧素批评齐虹是个"自私自利的人","他有的是疯狂的占有的爱",强烈要求江玫结束爱情,"忘掉齐虹","真的到我们中间来",然而,江玫却斩钉截铁地告诉萧素"我爱他",她"从没有想到要忘掉齐虹。他不知怎么就闯入了她的生命,她也永不会知道该如何把他赶出去"。尽管宗璞曾说:"当初确实是想写一个小资产阶级的知识分子怎样在斗争中成长,而且她所经历的不只是思想的变化,还有尖锐的感情上的斗争。是有意要着重描写江玫的感情的深厚,觉得愈是这样从难于自拔的境地中拔出来,也就愈能说明拯救她的党的力量之伟大。"①但是从小说开头,已经走上革命工作岗位的江玫寻找六年前的爱情信物"红豆",到小说结尾,"江玫握着的红豆已经被泪水滴湿了",江玫对爱情的难舍已充分在作者的叙事安排上再一次得到印证。无怪乎有批判者当年指出:"照理说,这样的题材是应当通过对过去的批判促使人们向上追求更美好的未来的。然而不,在读完之后,留给我们的主要方面不是江玫的坚强,而是江玫的软弱。不是成长为革命者后的幸福,仿佛个人生活这部分空虚是永远没有东西填补得了","作者也曾经想刻画出小资产阶级知识分子江玫经过种种复杂的内心斗争,在党的教育下终于使个人利益服从于革命利益","然而,事实上,作者并未站在工人阶级立场上来描写小资产阶级知识分子的心理状态。一当进入具体的艺术描写,作者的感情就完全被小资产阶级那种哀怨的、狭窄的诉不尽的个人主义感伤支配了"②。尽管当年的批判不乏武断粗暴,但却也在一定程度上敏锐地抓住了问题的某些实质。

---

① 赵晓芳:《爱,是不能忘记的——试述宗璞〈红豆〉的叙述裂缝》,《名作欣赏》,2007 年第 2 期。

② 姚文元:《文学上的修正主义思潮和创作倾向》,《人民文学》,1957 年第 11 期。

　　与宗璞的《红豆》相比,刘绍棠的《西苑草》在当时和之后都没有引起足够的关注和影响。《西苑草》以五十年代知识分子思想改造为背景,主要描写了西苑大学学生蒲塞风在成长过程中所遭遇的由个人与集体冲突所导致的矛盾以及隐含其中的情感困惑。蒲塞风的成长烦恼首先来自特殊政治文化语境下个人与集体的冲突。小说中,蒲塞风在一定程度上被赋予了现代大学知识分子的独立人格精神,对集体性的政治活动不"随波逐流",努力坚持自己的爱好追求。五六十年代,在"文艺为政治服务"的特殊文化语境中,文化思想领域和日常社会生活中的一些个人性努力大多失去了合法性身份。《西苑草》中,本应属于个人兴趣爱好范畴的跳舞唱歌却"理所当然"地被赋予了集体政治性内涵。蒲塞风为了有更多时间看书写作,逃避跳舞唱歌等集体活动,被认为是违反了"集体条例"、"组织纪律"和"基本原则"。他的这种"个人主义"行为不但遭到周围同学的批评、嘲讽,甚至成为党委书记给西苑大学全体党员报告中"有严重消极情绪的共产党员"的典型,这种行为"给党的威信造成了损失"。于是,党支部委员会以决议的形式"严格要求蒲塞风参加集体跳舞和集体唱歌"。蒲塞风的成长烦恼不止是来自个性追求与集体政治之间的冲突,还有来自学术权威和思想成规对新生力量和学术创见的压制。小说中,作为学术权威和思想成规的代表萧渔眠教授一方面认为蒲塞风的文章"写得相当流利,不流俗,有些论点很新颖,很精辟,可以说是有独到之处",另一方面又旁敲侧击地批评作者"缺乏足够的美学修养","志大才疏","盛气凌人","非常危险","非常可怕",并要他按照自己的要求从题目到内容进行"面目全非"的修改。此外,毋庸讳言,蒲塞风还有来自婚姻爱情方面的烦恼。虽然蒲塞风对爱人伊洛兰充满了感激和敬意,对交从过密的黄家萍保持着克制和理性,但是蒲塞风与伊洛兰、黄家萍之间的三角恋情仍然隐现在文本的叙述之中,而作者本人也曾在自传里借夫人之口告诉读者,《西苑草》里的女主角是为了纪念一位爱慕自己,也颇令他动心的女同学①。小说中主人公蒲塞风对爱人伊洛兰的叙述明显充满了政治上的

---

①　刘绍棠:《我是刘绍棠》,团结出版社,1996年。

"敬意"和情感上的"不满":"我是她介绍入党的,她比我成熟,冷静","她批评我所使用的语言,百分之八十以上是引经据典,象是给我吃嚼过的甘蔗渣","我们的爱情比目前我们的文学作品所描写的爱情还公式化,一个月写两封信,见一次面,每封信一页纸,每次见面两个钟头","她在她们学校担任系团总支书记工作,星期日常开会,不开会也要跟团员或者群众谈话,跟爱人在一起占去过多时间,要被批评为脱离群众"。蒲塞风与伊洛兰之间所缺乏的"平等"和"知心"恰恰在黄家萍那里得到了充分体现,从流泪恳求他参加集体活动以避免被政治打压,到自始至终关心他的论文写作、修改和发表;从明里关心他的个人生活,到暗里寄钱给他帮助母亲治病,黄家萍处处以知交和挚友的身份无微不至地关心和支持他,与他一起分享挫折时的痛苦和成功时的喜悦。与"十七年"时期其他成长小说一样,小说的结尾,主人公蒲塞风的困惑和危机在党的指引下得以解除,蒲塞风接到中宣部的来信,"鼓励他大胆发表自己的论见,同时谆谆告诫他,不要被骄傲自满的细菌侵蚀,因为他只是一个尚可期待的希望"。党委书记也在西苑大学的校刊上发表文章,"论述了过去工作中的若干错误"。但是值得注意的是,经过政治训斥的蒲塞风还是参加了集体跳舞和集体唱歌,他那"可笑而又可怜的窘态","惹得同学们哄堂大笑,让他在大家面前出丑"。他的论文也是在按照《文学评论》编辑部和萧渔眠教授的意见修改后才得以发表的。当选为东山大学团委会副书记的伊洛兰认为自己"不是蒲塞风的最合适的爱人",决定"把悲伤埋葬心底",与蒲塞风分手,而曾经"最知心的朋友"黄家萍也跟蒲塞风"完全断绝来往了"。在五十年代的特殊政治文化语境中,这部带有自传性质的大学叙事作品对以组织原则压制个人自由的集体活动的抵制,对以权威姿态压制学术创新的思想成规的质疑,以及对青年知识分子的个人追求的肯定,都是在一定限度内进行的。

三、建设时期的成长进步

建国初期,频仍的政治运动与高涨的建设热情相伴相随。随着社会主义改造的完成,"一五""二五"国民经济发展计划的实施,从社会总体发展角度而言,"中国虽然经历了若干曲折,但总的来说是处于向上的通道中"①。五十年代后期至六十年代初,高等教育随着政治、经济的"大跃进"而进入了非正常的"高速增长"时期。据统计,高校从 1957 年的 229 所增加到 1960 年的 1289 所,学生数由 1957 年的 441000 名增加到 1960 年的 961000 名,进入大学读书深造的不止是高中毕业的应届生,还有大量来自农村、工厂和部队的"速成"工农干部学生②。康式昭和奎曾的《大学春秋》、程树臻《大学时代》、汉水(原名刘孟宇)的《勇往直前》集中反映了这一时期各类不同身份的青年大学生在大学校园的学习生活和成长历程。

　　康式昭和奎曾合著的《大学春秋》与数易其稿的《青春之歌》一样,命途多舛。1965 年底由《收获》杂志刊出前半部,后因"文革"爆发停刊,不久便被列为"为十七年教育黑线翻案""为'三家村'树碑立传"的"大毒草"而受到批判,直至 1981 年才由人民文学出版社正式出版,第一版发行十一万册,1984 年被全国中学生投票评为"最喜爱的十本书"之一,可谓是"迟来的鲜花"。康式昭和奎曾在《大学春秋》的"后记"中说,他们创作的初衷是"旨在反映第一个五年计划时期党对青年学生培育教育"③,小说以五十年代中华大学(即现实中的北大)为中心,主要描写了许瑾、白亚文、吴学孟、陈筱秋、王月英、乌力吉、钟家健、傅一夫、黄美云等中文系二年级甲班同学一年来的学习生活和成长经历。经历了五十年代如火如荼的社会主义改造和"百花齐放,百家争鸣"的短暂宽松与自由,六十年代在反右扩大化之后接踵而至的是"千万不要忘记阶级斗争"的警钟长鸣,一场声势浩大的劫难已是"山雨欲来风满楼"。因此,同为成长小说,《青春之歌》《红豆》《西苑草》等在五十年代的革命话语之外仍然很大程度地保留了"五四"以来先进

---

　　①　王智:《1949—1976:中国文化发展的语境转换与知识分子状况》,《知识分子与近现代中国社会》,湖北人民出版社,2009 年。

　　②　1954 年 2 月 15 日,高等教育部发出《关于高等学校应加强对工农干部学生工作的指示》指出,三年来,全国高等学校已录取机关、部队和厂矿的工农干部两万名入学。

　　③　康式昭、奎曾:《大学春秋》,人民出版社,1981 年,第 682 页。

知识分子的启蒙话语风格,在林道静、江玫、蒲塞风等的个人成长历程中不乏莎菲女士式的成长烦恼。而从1960年开始酝酿至1965年完成初稿的《大学春秋》则更多地烙上了特殊年代的历史印记。首先,小说是由"有着相近的经历和相同的感受"的两个"穷孩子"合作完成的,而且他们的修改工作得到了"宣传文化部门的领导和同志们的大力支持,并得到人民文学出版社的具体帮助指导"。其次,他们是怀着对党对新中国无比感恩的心理来构思和创作的,作者在"后记"中满怀深情地说:"是伟大的党把我们培养成人,是马列主义、毛泽东思想哺育我们成长"。《大学春秋》在题材上叙写的是中二甲班同学的集体成长故事,而支撑这些成长故事的架构则是思想矛盾的斗争。小说中,以许瑾为代表的正面人物和以白亚文为代表的反面人物之间的思想矛盾贯穿全篇,这中间又徘徊着吴学孟、钟家健、傅一夫、黄美云等落后分子,而这三类人物的划分又是与其不同的阶级出身相对应的,这不难从贫苦革命家庭出身的许瑾的集体主义精神和资产阶级家庭出身的白亚文的个人主义追求中得到充分体现。许瑾原名曾为群,父亲曾子亮曾是北京大学图书馆职员,为人正直,有爱国心,帮助地下党传递进步书籍,保护革命者朱志刚,参加散发传单等爱国活动,后被国民党反动派逮捕杀害。父亲遇难后,历经磨难而又伤病缠身的母亲也跳河自尽了。幼小的许瑾与寡居的姑母相依为命,"卖过报,打过草鞋,拣过煤核,当过小工",解放后在人民助学金的帮助下读完中学,加入中国新民主主义青年团。进入大学后,有着革命家庭出身和进步政治思想的许瑾担任了班级的团支部书记,在系党支部书记朱志刚和班级党支部书记王月英的引导和帮助下,处处以共产党员的标准严格要求自己,帮助落后生傅一夫,反对白亚文的个人主义,劝导恋人鲁珉放弃转校,热爱学术研究,力争达到"身体、思想、学习三丰收"。与许瑾相对照的白亚文,"出身在上海一个资产阶级家庭,从小就是几个奶妈和几个仆人捧着长大的",父亲是一个无赖出身的洋行经理,信奉"为了两个铜板,要敢于咬死你自己的恩人"的人生哲学。从小受到父亲影响的白亚文长达后形成了自私自利的个人主义人生哲学,"为了我的目的,可以采取我愿意采取的任何手段"。白亚文把这种人生哲学贯彻到他的学习工作和爱情生活中去。为了争取加入青年团,他一周写三次思想汇报,"工作起来整天整天不吃饭";为了个人欲望,他想方设法先爱林应敏,后追陈筱秋;为了争名夺利,"他一会儿跑去系里联系工作,一会到教师那里反映意见;一会催同学们写墙报稿子,一会又问问大家学习上有什么困难"。作为班长和团员,白亚文一度为许瑾救人负伤的事迹所触动,"他感到羞愧和悔恨,感到自己的渺小和自私",但是,"很快地,嫉妒代替了羞愧,埋怨代替了悔恨,没当上英雄而对英雄的无名反感,代替了对英雄的崇敬","他更深入地陷入极端个人主义的泥潭中了"。在许瑾和白亚文之外,小说还描写了以王月英、乌力吉为代表的工农大学生的成长经历。出身贫苦的王月英曾在济南纱厂做过工,"进华大以前,只上过三年工农速成中学"。进入中华大学后,王月英担任了中文系二年级的党支部书记,虽然学习很刻苦,但是成绩不理想,在加上身体原因,在医生的建议和系副主任贾建业的要求下,王月英最后服从组织安排同意休学并转到合适的部门。转业军人乌力吉出身于蒙古族奴隶家庭,在革命队伍中成长为一名成熟的共产党员,接受组织安排进入中华大学学习,由于基础差,学习很吃力,后来在同学们的帮助和自己的刻苦努力下,终于取得满意的成绩。小说的结尾,"矛盾斗争结束了",个人主义没有容身之地,白亚文的错误思想受到批判,中文系三年级甲班的同学们大多数都进步成长了,"许瑾入党了,钟家健入团了,团外的落后青年也都进步了",老夫子吴学孟也深刻地认识到自己做学问"钻进了死胡同"的错误,决心向许瑾学习。值得注意的是,虽然《大学春秋》并没有直接描写许瑾等青年大学生成长过程中的挫折与危机,而是强调"在社会主义建设飞速发展的今天,我们每个人都有个赶上时代、跟着时代步伐前进的问题",但仍然像大多数"十七年"小说一样,作者显然受到特殊政治文化语境中的"血统论"的影响,把阶级分析的方法运用到了大学叙事中,在结构作品时遵循了"二元对立"的思维定式。

与《大学春秋》一样,程树臻的《大学时代》"命运乖桀,生不逢时,刚出世就遇到中国知识分子和他们的劳动成果无法逃避的厄运"①。这部完稿于1957年的长篇大学叙事直到时过境迁的八十年代初才得以出版。

① 程树臻:《大学时代·后记》,人民文学出版社,1983年,第587页。

在"后记"中，作者满怀感慨地描述了 20 多年前创作之初的时代风貌和激动心情："这一年，我国国民经济恢复时期已经胜利结束，发展国民经济的第一个五年计划刚刚开始，正是我们共和国诞生后的黄金时代。从那段历史走过来的人，都会记得并深深怀念着那个时代；那是多么美好、多么纯真、多么正直的年代；人们的生活、思想、信念、理想，几乎都是透明的"，"生活里充满了幸福、爱情、诗意和青春的喜悦"，"我用赤诚的心，描述了一群有理想、有志气、有献身精神的大学生为了科学、为了真理，勇于在艰难险阻中攀登、敢于在坎坷中抗争的故事"①。虽然《大学时代》里同样有成长的烦恼和思想的矛盾，主人公刘向明在成长过程中不乏学习上的困难和来自团总支副书记李庆、团支书王文斌的阻挠，但是很显然，这些矛盾冲突并不是小说的中心，作者所要重点表现的是刘向明在大学校园如何由一个技校学生转变为一个优秀大学生的成长历程。刘向明出身于工人家庭，在父亲的影响下从小对刀具产生了浓厚的兴趣。考取技校后，"更是如鱼得水，学业与年龄同时俱增"，毕业实习时苦心钻研，革新刀具获得成功。刘向明在刀具革新方面的钻研精神和出色才华得到了北方大学机械系党总支书记兼系主任顾巍教授的赏识，并在其帮助下被破格录取到北方大学机械系金属切削工具专业学习。由于生病直到开学一个月后才入学，本来基础较差的刘向明在学习上遭遇了前所未有的困难，"流水般的公式、概念，从授课老师的嘴里涌出，思想上稍一溜号，回头来就跟不上老师飞驰而去的思路"，"这位在技校里从来就是提前完成课外作业的快手，现在总是最后一个交习题卷的人；而在发还'课外作业'时，老师转请学习干事交代需要重做的习题也属他最多"。尽管有同学们的热心帮助，刻苦努力的刘向明还是很难取得满意的成绩，尤其是高等数学，由于王守维教授"公报私仇"的刁难，刘向明期终考试只得了 30 分。一向争强好胜的刘向明在沉重的打击面前，甚至萌生了退学的念头。在顾巍、徐鸣教授和郭亚、刘岚等同学的帮助下，刘向明战胜了悲观失望的情绪，刻苦补习，迎难赶上，不但在补考中取得良好成绩，跟上了班上的学习进度，

---

①　程树臻：《大学时代·后记》，人民文学出版社，1983 年，第 585—587 页。

而且后来还成为同学们的学习榜样，并被推选为团支部书记。担任团支部书记以后，刘向明更是以满腔的热情投入学习和工作，成立科研攻关小组，取得突破性成果，抵制团总支副书记李庆和组织委员王文斌的错误思想和不良作风，最终加入了中国共产党，赢得了赵敏的爱情。在某种意义上，《大学时代》也是关于"英雄成长"的叙事。小说中，进入大学后的刘向明始终不改其工人家庭本色，努力学习，刻苦钻研，把北方工具厂作为实习基地，经常向师傅陈勇和父亲刘继刚请教。在刘向明的成长进步中，党总支书记兼系主任顾巍、老教授徐鸣和团总支书记周坚是指引和帮助"英雄成长"的政治力量，赵敏、郭亚、刘岚等机械系金属切削专业的同学们是帮助和支持"英雄成长"的集体力量，他们总是在关键时刻帮助刘向明指引方向，克服困难。虽然与林道静、江玫、胡格吉勒图等的革命成长不同，刘向明的成长历程主要是通过克服学习上的困难和危机来实现的。然而，他们在本质上又是相同的，都属于一种"英雄成长"叙事，并且在"英雄"的成长过程中，政治与集体的力量得到强调。

与《大学春秋》和《大学时代》相比，汉水的《勇往直前》虽然在六十年代初得以出版，但不幸的是，它很快便被认为"歪曲了大学生的生活"、"宣扬了错误思想"①而受到集体批判。《勇往直前》描写了五十年代中期，华南大学地理系"一群不同出身、不同经历和不同性格的男女青年，在党的教育培养下，如何懂得了生活意义，提高了觉悟水平，成为既有专门学识，又有远大理想的人；同时，也描写了纯洁的年轻人如何与要两面派手段的伪君子进行斗争"②。从八十年代初《勇往直前》重版时的"出版说明"中，我们不难看出，这部六十年代初的长篇大学叙事仍然是一部反映大学生活的"成长小说"，"通过这部小说，能亲切地见到新中国的大学生成长的步伐"③。与《青春之歌》《大学春秋》和《大学时代》等不同的是，《勇往直前》中的成长叙事不是重点集中在一个主人公身上，而是以万春华、丁云生、郑

---

① 刘明川、毕殿岭：《〈勇往直前〉歪曲了大学生的生活》，《郑州大学学报》，1964年第 4 期；张维耿：《〈勇往直前〉的错误思想倾向》，《中山大学学报》，1964 年第 4 期。

② 汉水：《勇往直前》，"出版说明"，百花文艺出版社，1981 年，封面二。

③ 同上。

丽芳、徐家宝等众多人物为对象,叙事的起点设置为1955年春夏之交万春华等新生报到,终点至丁云生、徐家宝等大四学生毕业告别母校奔赴"广阔的生活道路",主要讲述了一年来同学们在大学校园里的进步成长,其间还穿插了不同人物的身世经历。与"十七年"大多数小说一样,《勇往直前》中人物的家庭背景和成长经历得到强调,小说主要描写了两类人物的成长,一类是出身革命或工农家庭的万春华、丁云生、李世顺等人,另一类是出身于剥削家庭的郑丽芳、徐家宝、张人杰等人。万春华出身于革命干部家庭,父亲是共产党员,曾经从事党的统战工作和抗日救亡工作被逮捕,解放后在柳州担任文教领导职务。万春华在战乱反动统治下"度过了惨淡的儿提时期","在解放后的新春艳阳之下,度过了蓬勃美好的少年时代","在少先队、青年团的战斗组织中,象春花幼苗一般的欣欣成长"。进入大学后,万春华把刘胡兰的牺牲精神作为自己前进的动力,热爱地理专业,立志要"把自己锻炼成一个真正的共产主义战士,学好本领,做一个红色的尖兵"。担任团支部副书记后,万春华更是以饱满的热情投入学习和工作,协助团支书李世顺做好支部工作,处处关心同学们的学习和进步,率先给郑丽芳输血治病,妥善处理张人杰带来的情感风波。但是,万春华这一形象被当时的批评者认为是友谊的化身,阶级立场不够鲜明①。丁云生出身贫苦,经历坎坷,在旧社会颠沛流离,当过兵,养过路,解放后参加解放军文工队,立志通过读书改变命运,进入大学后,"他就用自己顽强的工作和学习的精神,用自己的坦白、真诚和火一样的热情,赢得了组织和不少同学的信任。一直担任学习干事的工作","被评为全校的'三好'积极分子"。与丁云生一样,李世顺也出身于底层贫苦家庭,早年有过当学徒和流浪的坎坷经历,后来参加了解放军,四处奔忙,解放后经过干部文化补习学校、工农速成中学补习,进入华南大学地理系学习,并且担任了系团支部书记。然而由于文化基础差,李世顺在学习上遇到了难以想象的困难,"日日夜夜感都难以应付",受到一些同学和老师的冷眼和歧视。但是李世顺并没有在困难面前低头,在党支部和团委的帮助鼓励下,"他又信心百倍、毫不动摇地在生

---

① 张维耿:《〈勇往直前〉的错误思想倾向》,《中山大学学报》,1964年第4期。

活的洪流里争取主动权",无论是课余还是饭后,无论是坐着还是走路,他都抓紧时间学习。郑丽芳出身于资产阶级家庭,进入大学前"像一朵温室中养大的娇嫩鲜花",讲究穿着,喜爱安逸,羡慕虚荣,"畏惧人生中的大风大浪"。进入大学后,在同学和老师们的感染和帮助下,尤其是生病住院时得到大家的亲切关怀,郑丽芳迅速地成长起来,思想发生了根本改变,不再追求梳妆打扮,积极参加集体活动,关心国家时政大事,决心努力学好地理专业,并且动员哥哥姐姐一起劝说父亲捐出黄金,支援社会主义建设事业。徐家宝出身于商人家庭,为人处世圆滑,对学习缺乏热情,得过且过,思想落后,经常与张人杰一起讨论女生,抱怨党团组织。后来在大家的帮助下,尤其是为了追求郑丽芳,徐家宝决定洗心革面,"他的水浮性格变得比较稳定,他的油滑嘴巴变得比较有分寸,学习比以往努力得多,工作也比以往认真得多"。值得注意的是,与"十七年"大多数成长小说不同的是,《勇往直前》不仅关注先进人物的成长,而且还描写落后人物的进步。然而,这种处理方式在六十年代的特殊政治文化语境中却被批评为"抹杀阶级斗争,歪曲了思想改造"①。

莫迪凯·马科斯认为:"成长小说展示的是年轻主人公经历了某种切肤之痛的事件之后,或改变了原有的世界观,或改变了自己的性格,或两者兼有。这种改变使他摆脱了童年的天真,并最终把他引向了一个真实而复杂的成人世界。"②无论是描写革命成长的《青春之歌》《红路》,或是表现成长烦恼的《红豆》《西苑草》,还是反映成长进步的《大学春秋》《大学时代》和《勇往直前》,从成长小说的角度来看,"十七年"大学叙事中的年轻主人公大多在实现"理想自我"的奋斗历程中,在党、团等集体政治力量的规训、引导和帮助下,经过自身努力,克服种种困难,由"个体自我"成长为"社会自我",把个人理想融入集体(革命)事业中,从而拥有真正值得赞美的青春。

---

① 刘明川、毕殿岭:《〈勇往直前〉歪曲了大学生的生活》,《郑州大学学报》,1964年第4期。

② 芮渝萍:《美国成长小说研究》,中国社会科学出版社,2004年,第5—6页。

第二节　"十七年"大学叙事的伦理书写

阿尔都塞认为,"任何一个阶级如果不在掌握政权的同时把意识形态置于自己的控制之下并在其中行使自己的霸权的话,那么它的统治就不会持久。"①正因如此,具有无比政治智慧和文学情怀的一代领袖以幽默而深刻的话语指出:"一个新的制度的诞生,总是要伴随着一场大喊大叫的,这是宣传新制度的优越性,批判旧制度的落后性。"②上世纪五六十年代,新生的国家政权为了维护和巩固自身的合法性与合理性,在各个领域尤其是意识形态领域进行了一系列的社会主义改造,进一步承续了四十年代"文学为政治服务"的延安文学方向。文学生产被上升到国家政治层面上来,文学创作中作为伦理形式存在的主体情感和私人话语日渐被阶级意识和集体符号所消解和替代。

一、政治文化语境中的爱情书写

如果说,借大学校园演绎成长故事是"十七年"大学叙事的共同特点。那么,记录青春成长的大学叙事自然不能缺少承载浪漫激情的爱情故事。然而,"十七年"特定文化语境中爱情书写的生存空间是十分有限和逼仄的。在"十七年"的爱情书写中,只有通过彻底否定建立在"小我"基础上的普遍人性,构建基于阶级属性之上的革命伦理,将爱情话语纳入民族、国家、阶级等宏大主题之中,才能获得爱情叙事的合法身份,因此在"十七年"小说中,爱情几乎不是作为生命自然状态进行叙述的,人物对爱情的体认、取舍是根据他们对待革命、工作和劳动的态度紧密联系在一起的,因为"爱情,只有建筑在对共同事业的关心、对祖国的无限忠诚、对劳动的热爱的基础上,才是有价值的,美丽的,值得歌颂的"③。正是在这一特殊

---

① 阿尔都塞:《意识形态和意识形态国家机器》,李讯译,《当代电影》,1987年第3期。

② 毛泽东:《毛泽东选集》第5卷,人民出版社,1977年,第245页。

③ 了之:《爱情有没有条件?》,《文艺月报》,1957年3月,第54页。

的政治文化语境下,"十七年"大学叙事中的爱情书写不可避免地背负了过多的规定和约束,从而缺乏了文学自身更多意义生长的空间和可能。

在《青春之歌》中,林道静的成长之路是伴随着三段爱情经历来完成的。在第一段爱情中,叛逃家庭的林道静在走投无路时遇到余永泽。这位北大的高材生一方面从身体上拯救了正欲轻生的林道静,另一方面又在精神上给予了她从未有过的情感慰藉。在林道静看来,余永泽不但是一个在艰难险厄的境地中"救了自己生命的人",而且是一个"多情的骑士,有才学的青年",短短的几天中,她便感到了"隐隐的幸福和欢乐","暂时忘掉了一切危难和痛苦,沉醉在一种神妙的想象中",甚至当余永泽回北大时,"道静的心里在依恋中还有一种好像婴儿失掉母亲的沉重和惶悚"。可见,余永泽最初是作为一个骑士式的拯救者形象出现的。然而,与余永泽同居后,"她的生活整天是涮锅、洗碗、买菜、做饭、洗衣、缝补等琐细的家务,读书的时间少了,海阔天空遥想将来的梦想也渐渐衰落下去"。第二段爱情出现在林道静婚后陷入精神危机的时候,卢嘉川成为了她成长转型过程中的领路人。卢嘉川为林道静指出了把个体投身集体的成长之路,契合了林道静自小形成的叛逆性格和英雄梦想,而且他还以"诚恳、机敏、活泼、热情"使得林道静在"短短的几个钟点中","特别喜欢起她这个新朋友了"。正如有学者指出:"余永泽拯救的是身体,是一个可以激发知识分子浪漫情怀的美丽肉体,他是传统'英雄救美'模式的再现;卢嘉川拯救的是灵魂,是一个必然伴随革命者勇猛前行的战斗单位。"①林道静在与江华的第三段爱情中终于成长为一个成熟的革命者。作为林道静的入党介绍人,"身体魁伟,面色黧黑"的江华实际上扮演的是她的"精神之父"的角色。与活泼热情的"卢兄"(卢嘉川)相比,江华让林道静感觉到的是从容稳定和父亲般的"慈爱"。因此,当江华向她示爱时,林道静产生了一种复杂微妙的心理,"这个坚强的,她久已敬仰的同志,就将要变成她的爱人吗?而她深深爱着的,几年来时常萦绕梦怀的人,可又不是他呀",当江华进一步提出了身体要求时,林道静"霎地感到这样惶乱,这

① 蓝爱国:《解构十七年》,华东师范大学出版社,2003年,第151页。

样不安,甚至有些痛苦"。林道静在经历了一场超我与自我之间的挣扎之后,革命伦理最终战胜了爱情本能,于是"她不再游疑"了,"像江华这样的布尔什维克同志是值得她深深热爱的"。从余永泽到卢嘉川再到江华,林道静的爱情经历伴随着革命的成长,"表面看是爱情的取舍、身体的委弃,而实质上表达的是知识分子如何抛弃资产阶级和个人主义信仰,投向无产阶级及其政党,追求共产主义信念的政治主题。男/女关系成为政治关系的一个借喻。男/女关系(爱情故事)是喻词,政治关系(知识分子走向革命的故事)是其实际的喻指"①。

　　通过爱情关系演绎政治主题同样在《大学时代》和《大学春秋》中得到充分彰显。《大学时代》中的爱情叙事主要围绕赵敏、王文斌、刘向明、郭亚之间展开。王文斌与赵敏是从小一起长大的表兄妹,在学校里处处营造与赵敏的爱情关系;郭亚也对秀丽端庄的赵敏情有独钟,然而,赵敏的爱情天平最终倾向了"又红又专"的刘向明。《大学春秋》中的爱情叙事主要在许瑾—鲁珉—陈筱秋,白亚文—林应敏—陈筱秋之间展开。许瑾与青梅竹马的鲁珉因为思想分歧而出现感情裂痕并最终分手。白亚文对昔日的恋人林应敏也因身份变化而始乱终弃。知识分子家庭出身的陈筱秋徘徊在许瑾与白亚文之间,最终在真相大白后选择了品学兼优的许瑾而唾弃了个人主义者白亚文。与《青春之歌》中的"一女三男"的历时性爱情叙事相比,《大学时代》中"一女三男"和《大学春秋》中"两男三女"之间的共时性爱情位移本应具有更加复杂微妙的想象空间和书写可能,但是它们却被作者在壁垒分明的思想路线斗争中简单化处理了。人物的家庭出身及其在此基础上形成的思想品行成为作者处理爱情问题的唯一标尺。出身于资产阶级或小资产阶级家庭的王文斌、白亚文、鲁珉等都因自私自利的个人主义而成为爱情竞争中的失败者,而出身于革命工农家庭的刘向明、许瑾则被描述为五六十年代"又红又专"的大学生典型而受到爱情的青睐。当然,《大学时代》和《大学春秋》的爱情叙事另有其价值所在,与

---

　　① 孙先科:《〈青春之歌〉的版本、续集与江华形象的再评价》,《河南大学学报》,2005 年第 2 期。

《青春之歌》中爱情故事主要在风起云涌的大学之外进行不同,《大学时代》和《大学春秋》中的爱情书写主要在书生意气的大学校园进行。作为社会主义新一代大学生的典型,刘向明和许瑾的优秀不仅表现在大公无私的时代化品质上,而且还落实在术有专攻的学业上。而王文斌、白亚文的形象虽然有个人主义的标签化征兆,但很显然,作者并没有一味简单化处理,尤其是白亚文,他是中二甲班的班长,是"学士府"的"三学士"之一,是大家公认的最具气质和才情的诗人。正因如此,小说中陈筱秋与白亚文、许瑾之间的爱情位移还是在一定程度上体现了作者在特殊语境下的叙事努力。虽然陈筱秋最初对许瑾暗藏爱意,但是白亚文仍然一度赢得她的芳心,而结尾时,筱秋与许瑾之间的互赠礼物和对爱意的任性表达也明显摆脱了"十七年"爱情叙事的窠臼。当然,许瑾、白亚文、陈筱秋等人的成长并不是像林道静那样通过爱情隐喻来表达的,而是借助思想斗争来实现的。这是不同背景下成长起来的两代作家对大学叙事中爱情话语的不同处理方式。

值得注意的是,由于政治文化语境短暂宽松的变化,《红豆》和《西苑草》中的爱情书写明显不同于上述作品。虽然在《红豆》中,主流意识形态所倡导的革命政治话语仍然得到重视,在革命与爱情、集体与个人之间,江玫选择了前者。然而,作者对爱情问题的处理并没有遵循政治文化语境中的一般逻辑,把个人性的私密情感问题纳入社会性的革命政治框架中去解决。江玫与齐虹之间的爱情是真挚的,小说中,作者赋予了他们足够的私密空间和情感逻辑,他们一起散步,一起练琴,一起谈论贝多芬和肖邦、苏东坡和李商隐、济慈和勃朗宁。虽然江玫隐约觉得,"在某些方面,她和齐虹的看法永远也不会一致。可是她却并没有去多想这个,她只喜欢和他在一起,遏制不住地愿意和他在一起"。从叙述表面看来,江玫最终放弃了爱情,选择了革命,是革命战胜了爱情,但实际上,小说开头,已经走上革命工作岗位的江玫寻找六年前的爱情信物"红豆",小说结尾,"江玫握着的红豆已经被泪水滴湿了",江玫对爱情的难舍在作者的叙事安排上再一次得到充分印证。同样,《西苑草》中的爱情书写也是值得深思的。表面上看来,在蒲塞风、黄家萍和伊洛兰的隐形三角恋情中,蒲塞风与黄家萍之间的婚外感情始终被作者控制在"不逾矩"的适度范围内，但实际上，蒲塞风与妻子伊洛兰的婚姻不是建立在平等的爱情基础上的，而是出于政治和经济上的感恩："我们是在与月考和期考斗争中建立爱情的，我是怀着感激的心情爱她的，她不但在政治上给了我很多帮助，而且在经济上也给了我很多帮助"，"我们的爱情比目前我们的文学作品所描写的爱情还公式化，一个月写两封信，见一次面，每封信一页纸，每次见面两个钟头"。虽然蒲塞风对爱人伊洛兰的"爱情"叙述是以"十七年"常见的革命政治话语方式进行的，但是很显然，在蒲塞风充满敬畏的"爱情"叙述中暗含着反讽的意味，这种被政治干预或扭曲的"关系"中真正的爱情是缺失的。小说的结尾是意味深长的，伊洛兰已经意识到了自己的问题，"她憔悴多了，不知流了多少眼泪"，"她恨自己是个僵化了的冰冷的人"，但是她最终还是决定为了"革命"放弃"爱情"。可见，作为"百花文学"时期突破禁区的《红豆》和《西苑草》，在知识分子的爱情书写上作出了可贵的努力，从人性的角度，对"革命"干预"爱情"的合理性提出了质疑。

二、政治文化语境中的友谊书写

在中国传统以"孝悌"为中心的家族伦理秩序中，强调"入则孝，出则悌"的日常生活伦理。这种"孝悌"观念和伦理关系常常被延伸到家族以外的广泛生活领域，成为社会关系的重要组成部分。在社会生活领域，同学（又称同门或同窗）乃朋辈，常常被纳入兄弟手足的伦理秩序中，自古以来便有"同窗践约"、"同门相携"的传统。自"五四"以来，现代大学叙事中，同学之谊常常被冠以"姊妹关系"或"兄弟关系"得到广泛关注，譬如庐隐《海滨故人》中露莎和她的姐妹们，冯沅君《说有这么一回事》中的云罗与影曼，丁玲《韦护》中的丽嘉与姗姗，郁达夫《她是一个弱女子》中的郑秀岳与冯世芬、《微雪的早晨》中的"我"与朱儒雅等。然而，在"十七年"政治文化语境规约下，建立在革命政治关系基础上的现代阶级伦理在从家庭到社会的广泛层面上消解或取代筑基于血缘关系基础上的传统家族伦理，大学叙事中的同学关系不是在传统伦理视域中展开描述的，而是在革命政治视域中的阶级伦理层面上得到强调的。

　　《青春之歌》中,一方面由于政治文化语境的影响,另一方面也许由于作者大学编外的身份,虽然余永泽、卢嘉川、李孟瑜(江华)、罗大方等都是北大学生,但是他们的同学关系并没有得到关注,作者甚至有意或无意地忽略他们的专业出身、知识背景及其相关的校园活动,而只是从革命政治视域描写了他们的不同信仰、行为表现和相互交往。小说中,余永泽信仰杜威的实用主义,为了眼前职业前途,攀附胡适,钻故纸堆,是应该批判的个人利己主义者;而卢嘉川、李孟瑜、罗大方等人信仰马克思主义,为了民族国家未来,不顾个人安危,从事革命活动,是值得赞美的共产主义者。所谓"道不同,不相为谋",实用主义利己遭到马克思主义革命者的嘲弄和抛弃。小说中,作者特意安排了两个场景,一是余永泽为了攀附胡适,以同学名义宴请父亲与胡适是故交的罗大方,却不料被叛离家庭参加革命救亡的罗大方嘲笑为不问世事而只会钻故纸堆的老夫子。另一是当余永泽发现卢嘉川在他家里给林道静进行革命宣传时,以同学名义警告卢嘉川责怪他违背道德破坏别人家庭幸福,但却遭到卢嘉川对他狭隘自私的讽刺,并最终遭到林道静的抛弃。半个多世纪后,作为余永泽原型的张中行先生在回忆录《流年碎影》中,解释他与杨沫及其周围从事革命的北大同学在思想上的差异:"所谓思想距离远,主要是指她走信的路,我走疑的路,道不同,就只能不相为谋了。"①而对于那些给予林道静信仰力量的北大学子卢嘉川、李孟瑜、罗大方、许宁,作者并没有描写他们在校园本体性生活中如何形成情同手足的同学之谊,而主要是通过南下示威、除夕聚会、"三一八"纪念大会、"五一"示威游行、"一二九"运动等革命救亡运动来表现他们的政治觉悟和革命情谊。

　　与《青春之歌》不同,在《大学春秋》《大学时代》《勇往直前》等作品中,有过大学生活切身体验的康式昭、奎曾、程树榛、汉水、扎拉嘎胡等都十分重视大学校园中的同学关系,主要通过宿舍日常生活、课堂学习讨论、社团集会活动等大学校园本体性生活生动呈现同学之间的友谊。《大学春秋》中,同一宿舍的团支书许瑾、班长白亚文、学习委员吴学孟三人都是团

---

① 　张中行:《流年碎影》,中国社会科学出版社,1997 年,第 752 页。

员、班干和优等生,"成天谈学术,想学术,钻学术,梦学术",引起了班上同学由衷的钦慕,大伙儿戏称他们为"三学士",称他们的宿舍为"学士府"。小说一开始便借陈筱秋探访"学士府",描写了纯真无邪的同学友谊:热心打"义务仗"的许瑾偷偷地帮助吴学孟洗掉了藏在床底下的脏衣服;埋头学问的"老夫子"吴学孟用订书机表演"无针缝补法";帮忙叠衣服的陈筱秋一边嘲笑吴学孟的"表演",一边要来针线帮助吴学孟缝补衣服;踏雪寻诗归来的白亚文与吴学孟为"诗歌风格"和"恋爱哲学"抬杠吵嘴;大家为许瑾的南京来信打赌,输者要"罚扫三天地、打三天开水",最后争执不下的"三学士"把矛头一致对外,要把打水扫地的事让给陈筱秋,"表现了高度的战斗友谊"。小说中,作者还通过帮助"落后群众"傅一夫和留级生乌力吉、诗歌朗诵会、科学讨论会、评"三好"等各种活动描写了中文系二年级甲班同学在一年来的学习生活中结成的深厚友谊。《大学时代》中,程树榛主要通过校园学习研究活动描写了刘向明、魏永斌、郭亚、赵敏等同学之间的友谊。由于刘向明是技校毕业,底子薄,再加上生病推迟入学一个月,所以刚开始学习很吃力,跟不上班,于是大伙儿齐心协力帮助他补习功课,郭亚和刘岚甚至寒假留校帮助刘向明复习功课,在大家的帮助下,奋起直追的刘向明很快"后进成先进",赢得了大家的信任,当选为团支书,并且与郭亚、魏永斌、赵敏等组成科研攻关小组,取得了突破性成果,激发了全班同学的研究热情。小说中,作者还通过别开生面的"欢迎式"、联欢会、科学报告会、毕业典礼等各种校园活动描写了同学之间的团结互助、相亲相爱,尤其是第七章开学"欢迎式"的描写:"各个系、级的留校同学,三五成群,守候在校门前,准备接待自己亲爱的伙伴。每当一辆汽车开过来,便拥过去一大群男女大学生,车门开了,熟悉的面孔出现了,他们便亲热地抢上前去,握手言欢,你推我搡,常常把风尘仆仆的归客,抬回宿舍中去。这时,小小的房间便充满了欢乐的喧闹。你言我语,此问彼答,七嘴八舌,嚷个不休,以致使新到的人,应接不暇,无所适从。"这种别开生面的"欢迎式"让二十年来从未体验到兄弟姐妹友爱之情的独生子刘向明感到"一种幸福的享受",对同窗之谊看得格外珍重。《勇往直前》中,其乐融融的同学之谊更是得到生动呈现。小说一开始便借大一新生万春华在开学迎新中的感受描写了纯真浪漫的同学友谊。当万春华发现趸船上站着的一群人齐声高呼"欢迎你,新同学万春华"时,"一股巨大的热流在万春华心里汹涌起来,眼泪竟夺眶而出"。船一靠岸,地理系的同学们都争着和她握手问好,尤其是丁云生和李世顺争先恐后地与她握手,帮助她拿行李。随后,作者生动描写了102号宿舍四位女生万春华、薛雯、郑丽芳和何碧娟融洽共处的和谐氛围,"虽然她们的出身经历不同,有各自的性格,但是互相对于美好生活的向往,对于友谊的渴求,对于同伴的尊重,使她们自然易于亲近。在最初相识的日子里,她们就经常形影不离"。此外,小说第五章"友谊"专门描写了吕扬和丁云生之间亲密无间的友谊。一场关于生产力与生产关系相互作用的争论使得他们"彼此开始注意","他们都是实事求是、胸怀热烈的青年,很快摸熟了对方个性上的一些优点和缺点"。当他们有了较深的了解之后,彼此"与日俱增地生长着友爱和同情",尤其是吕扬,他用一般青年"难有的天真、纯朴、细腻的友情,给丁云生以鼓舞和督促。每逢什么节日、喜事,每逢那些欢愉或是庄严的、催促人们加快脚步的时刻,他都会用一两句话,或者净用深情的眼睛,安抚丁云生激动而焦急的心怀"。作者对这种美好纯真的同学友谊发出了由衷的赞美:"在生活中,是这样美好的一种存在,它使人感到温暖、光明、朝气勃勃。"由于对青春年少同学之谊的"鼓吹",在"以阶级斗争为纲"的六十年代,《勇往直前》被"极左"批评者指斥为用"超阶级"的人性论和友谊观来"调和阶级斗争,取消思想改造"①。

当然,需要提出的是,尽管《大学春秋》《大学时代》《勇往直前》等"十七年"大学叙事从传统伦理的角度为大学校园中同学友谊的书写进行了一定程度的努力,但是创作主体不可能也不会摆脱主流意识形态的规约,建构出超越时代语境的现代大学伦理关系。"十七年"时期,我国大学管理体制经历了由建国初的校长负责制到五十年代后期至六十年代前期党委领导下的校务委员会负责制的转变。1958年9月19日,中共中央、国务院发布《关于教育工作的指示》,提出"在一切高等学校中,应当实行党

---

① 张维耿:《〈勇往直前〉的错误思想倾向》,《中山大学学报》,1964年第4期。

委领导下的校务委员会负责制"。无论是《大学春秋》《大学时代》，还是《勇往直前》，党的基层组织生活和党委领导下的共青团组织生活在大学叙事的友谊书写中得到明确强调。《大学春秋》中，"学士府"中的"三朋友"在学习和工作上开始出现了分歧。吴学孟为了"成名成家"打算辞去"为他人作嫁衣裳"的学习委员，而作为他的入团介绍人团支部书记许瑾为此感到苦恼，并提醒他注意"方向问题"。作者在此强调了他们的政治身份差异和思想认识差异。吴学孟说："咱们好比坐在一列客车里，党是开火车的，我们都是乘客。只要司机把住方向盘，一直往社会主义开，还会有哪节车厢不向着社会主义?"而许瑾对此纠正道："咱们好比是一条船，党掌舵，我们都是水手。我们划，力量有大小，可都是用在驶向社会主义、共产主义彼岸上。坐火车，不出力，我总觉得太消极，比喻不恰当。"《大学时代》中，机械系金属切削专业一年级同学的学习、研究、文娱活动都是在党委和团总支的领导关怀下进行的。当刘向明学习遇到困难时，党总支书记顾巍帮助他解除思想上的顾虑，团总支书记周坚安排学习较好的同学帮助他复习，郭亚和刘岚忠实地执行了团支部书记的"临别嘱咐"，放假之后便老老实实待在宿舍里，准备帮助刘向明复习功课。在这里，党、团的形象鲜明突出，尤其是顾巍，其党总支书记职务得到强调，而作为系主任的行政职务却被有意遮蔽。上述"党的关怀"让刘向明感到"一股感动的热潮从心里油然而出，凝成一颗感激的泪水从眼眶中滚出"。同样，在《勇往直前》中，党团组织力量在地理系同学的开学迎新、学习志愿、联欢演出、劳动实践等各种活动和友谊建构中得到彰显。当万春华得知迎接她的李世顺是一年级的团支部书记时，责怪他没有事先告诉自己他的政治身份。李世顺之所以改变学电机的志愿来学地理，是因为热爱"党和党的事业"，"能够在党的伟大事业中起螺丝钉的作用，能够服从党的需要"是他最大的志愿。正是因为李世顺的工农出身、党员身份和诚恳质朴品质，让万春华把他当成是自己"政治上和生活上的良师益友和学习的同志"。而这种建立在共同信仰和进步追求基础上的"同志式"友谊在吕扬和丁云生身上更是得到集中体现。团总支副书记吕扬了解到丁云生的过去和思想情况，开始对这个热情、蓬勃、积极要求进步的同志"与日俱增地生长着友爱",他坚信,"在党的殷切关怀和教导下,他必定会成为一个好战士的"。自从那次关于组织观念和革命精神的谈话后,他们"就更紧密地连在一起了。无论在学习上、生活上、思想感情上,他们都能互相帮助、督促、关心"。不难看出,"十七年"大学叙事的创作者们仍然主要运用政治话语把纯真美好的同学之谊纳入革命伦理范畴内的"同志式"关系,并且不忘强调革命政党力量对同学友谊建构的介入和主导作用。这种革命伦理是建立在校园公共生活中的共同政治信念和理想追求基础上的,从而在很大程度上遮蔽或剔除了作为个体的日常性或私密性生活空间。

三、政治文化语境中的亲情书写

在以血缘关系为纽带的传统家族伦理体系中,既强调"父父子子"的长幼秩序,也重视"父慈子孝"的相亲关系。"五四"时期,在西方现代"个性解放"思潮的冲击下,虽然传统家族制度和伦理秩序受到前所未有的挑战,但是正如鲁迅所指出,由于传统力量过于强大,伦理观念根深蒂固,而经济上又缺乏独立,因此背叛家庭的"娜拉"们常常不是"堕落"便是"回来"①。这种"有时因为严亲,或者因为薄命,也竟至于悲剧的结局"②在"五四"时期的大学叙事中屡见不鲜,譬如《是爱情还是痛苦》(罗家伦)中的程叔平、《隔绝》(冯沅君)中的隽华、《斯人独憔悴》(冰心)中的颖铭兄弟、《梦珂》(丁玲)中的梦珂等等。然而,时过境迁,三四十年代以来尤其是建国后,政治文化语境中革命伦理成为进步青年走出家庭后的精神支撑,传统伦理秩序中的父子关系发生了根本性变化,在大多数革命叙事作品中,原本作为家族权威象征的父亲形象被颠覆,转而成为革命改造的对象,而对其实施教育改造的力量常常来自作为新型革命伦理精神的体现者——"儿子"们。

"十七年"政治文化语境规约下,大学叙事的亲情书写主要沿着两种

---

① 鲁迅:《娜拉走后怎样·坟》,《鲁迅全集》,人民文学出版社,1981年。
② 鲁迅:《上海文艺之一瞥》,《鲁迅全集》,人民文学出版社,1985年。

路向展开,一种是在"血统论"影响下,描写正面或负面的父子相承关系;另一种是在革命伦理支配下,表现代表新型革命力量的青年一代与代表落后或反动力量的父辈们的矛盾冲突。《大学春秋》中,陈文中和陈筱秋之间的父女关系充分体现了家庭伦理承传与革命伦理改塑之间的矛盾冲突和复杂关系。在女儿眼里,父亲是一个落后于时代的"老夫子",对古典文学的热爱超过了对她和已故哥哥的爱。而在父亲看来,女儿则是一个不懂得把功夫用在学业上而只会热衷政治活动的幼稚的"红领巾"。为了强调两代人的思想差异的根源,作者分别检视了他们的成长之路。陈文中是在旧社会接受教育成长起来的,曾经有过崇洋媚外的思想,后来因为对黑暗社会的失望而"钻进了古书堆"。陈筱秋"差不多是在五星红旗下成长起来的",刘胡兰、董存瑞、黄继光从小是她心目中的偶像,十四岁就是"秧歌队、腰鼓队的积极分子",少年儿童队(少年先锋队)建立,她就带上了红领巾,经过一次又一次政治运动的锻炼,"姑娘摘下了红领巾,加入了青年团"。然而,作者在强调陈筱秋接受革命伦理改塑的同时,并未遮蔽家庭伦理传统对她的影响。和同年纪的姑娘比起来,陈筱秋"既简单得多,又复杂得多"。一方面,"她从小生活在比较优裕的环境中","对社会,对人生,对生活中的艰难险阻,对社会上的阶级斗争,她都懂得太少太少了"。另一方面,"她从家庭、从父母、从旧的学校、从资产阶级文学作品中,接受了更多的旧的东西,背着沉重的包袱,特别是在思想感情上,带着更深的资产阶级、小资产阶级的烙印"。正是由于传统家庭伦理和现代革命伦理的双重影响,陈筱秋对"固执"的父亲既在感情上爱和尊敬,又在思想上质疑和反对。当旧知识分子的父亲立誓要为祖国的文学事业贡献出"三辈子精力"时,这种"对学业深沉而执著的感情"却遭到女儿的质疑:"为什么要把一切时间都花在书本上呢,难道生活中就没有其他重要的东西?工作、劳动、互助、体育锻炼、看戏、读诗、听音乐,……生活中有多少丰富的内容啊!可爸爸,老是读书,读书!照他这种办法,全班非得都成了'老夫子'不可。"当陈文中教授坚持反对许瑾谈《楚辞》人民性的文章时,青年团员陈筱秋与父亲发生了激烈的争执,在她看来"顽固不化"的父亲就是"压制新生力量的怪物",她从心底里希望父亲"认真改造自己,跟上时代的步伐",并决定"要和爸爸的顽固资产阶级思想划清界限,她要依靠党组织来教育她爸爸"。这场父女思想矛盾而导致的伦理冲突最终因党组织的介入帮助而得到了合理解决,系党总支书记朱志刚与自己曾经的老师陈文中教授沟通交流后,了解到老教授反对"只讲究政治性、革命性而忽视科学性、求实性的弊端",是关心青年一代成长,"对革命、对青年满腔热情而又充满责任感的表现"。

与《大学春秋》相比,《大学时代》中的亲情书写更为宽泛,也更为类型化,作者以传统家庭伦理和现代革命伦理双重视角描写了郭亚与父亲郭峰、刘向明与父亲刘继刚、王文斌与父亲王建业等三种不同阶级类型的父子亲情关系。小说第二十九章"父与子"专门叙写了郭峰与郭亚之间的父子关系。郭峰是著名作家,毕业于北方大学,由于长期忙于革命工作,疏于对儿子郭亚的管理,在老同学顾巍以"知子莫若父"、"子不教,父之过"的传统古训提醒后,决定今后要更多关心儿子的成长。郭亚出生于革命知识分子家庭,由于父母忙于工作,在生活比较富裕的姥姥家长大,从小"便有点养尊处优,不知稼穑的艰难",考上大学后与家人"见面的机会更少了"。对于郭亚这一革命知识分子家庭出身的大学生形象,作者既注重表现他"子承父业"的写作才华,也凸显其热爱学生工作、大胆追求爱情的革命浪漫气质。"医院探访"一节真实生动地展示了传统伦理与革命伦理交互影响下的父子关系:郭峰看到儿子消瘦的脸庞和稚气的大眼睛,心里充满了父亲的爱怜和内疚。而"父亲的到来给郭亚带来了一种幸福的欢愉。他那苍白的脸上,出现了兴奋的红润,那双眼睛又恢复了孩童时的活泼,好像有无数的话要和爸爸说似的,一直滔滔不绝地说个没完"。在传统伦理表征之后,革命伦理很快支配了父子之间的对话。等到郭亚问完之后,"郭峰转回头来要儿子和他谈谈几年来自己的生活、学习情况。郭亚也认真地向父亲作了汇报式的介绍"。接下去,父亲因"职业性的关系"批评了儿子诗歌思想感情的"不健康之处",指出了那些"缠绵悱恻"、"凄楚哀怨"的爱情诗在"格调"上的问题,并嘱咐儿子"要好好听组织的话,和同学们好好相处,珍惜自己是革命后代的荣誉"。郭亚感到父亲对自己语重心长的叮嘱和批评"是切中要害的"。工人家庭出身的刘向明继承了父亲刘继刚的刻苦钻研精神。刘继刚是北方工具厂的刀具革新能手,从小向刘向明灌输各种刀具知识,使他很早便对金属切削刀具产生浓厚兴趣,钻研它们的性能,琢磨它们的几何图形,成了刘向明生活中不可缺少的内容。这种对刀具的浓厚兴趣和钻研精神正是后来成为北方大学金属切削专业学生刘向明的前进动力和精神特征。当然,应该提及的是,机械系党总支书记、金属切削专家顾巍实际上充当了刘向明"精神之父"的职责,不但像伯乐发现千里马一样破格推荐他报考大学,而且每当他遇到困难的时候,总是像慈父一般为他排忧解难。与前者不同,作为负面典型的王文斌出身于资本家家庭,父亲王建业是地主出身的商人,充满了"封建伦理思想",常常向青年人灌输自己那套利己主义"处世哲学",反对儿子担任团支部书记和做功课之外"杂七杂八"的社会工作。而王文斌之所以要担任团支部书记不是出于公心,而是为了利己,在他看来,"现在团的会议少,功课又不少学,团干部为领导重视,受同学尊敬,毕业时可以分配好工作"。可见,王文斌表面上的"积极进步"不是接受革命伦理改塑的体现,而是"子承父业"传统伦理承传的表征。

《勇往直前》中的亲情书写和伦理建构主要体现在万春华对父亲革命传统的继承和郑丽芳对其资本家父亲的改塑上。万春华的父亲在抗战时期就加入了共产党,长期从事党的统战工作和抗日救亡工作,曾经遭到国民党反动派逮捕,解放后担任文教工作的领导职务。万春华上大学离家前夕,父亲一方面对自己因为忙于工作很少照顾女儿感到"遗憾",另一方面又因为"有党的教育,有组织和集体的帮助"而对女儿的成长感到"很放心",并在女儿临别之际,把刘胡兰塑像赠送给她,鼓励她"向刘胡兰姐姐学习,永远听党的话,热爱集体和同志,在党团组织的教育下,天天向上,把自己锻炼成为一个坚定的无产阶级的革命战士"。入学以后的万春华继承了父亲的革命传统,以刘胡兰、罗盛教、黄继光等革命英雄为榜样,担任了团支部副书记,在学习、工作、劳动、生活各个方面积极努力,"尽早把自己锻炼成为一个坚强的布尔什维克"。出身于资产阶级家庭的郑丽芳在大学期间经过革命伦理的改塑,不但用新的眼光来看身边的人与事物,改变了往日那样闲散和过分考究梳妆打扮的不良习惯,对学习生活中的一切"都有了感情",而且主动写信动员父亲把家里的黄金拿出来支持社会主义建设,并且告诉他,"这是一项极光荣的事,在祖国进行社会主义建设的时候作出了对人民有益的事情,是不会被人民忘记的"。父亲在女儿的动员下,一方面决定不做"守财如命之愚夫",献出"黄金百两,银洋数百",另一方面也告诫女儿,"须知来日之生计,已非往昔可比",而自己"精神远不如昔,盖已年老力衰",希望她今后"节俭奋勉"。显而易见,在这样一场革命伦理话语与传统伦理话语的相互劝诫中,前者取得了压倒性胜利,"十七年"政治文化语境中,大学叙事的伦理建构正是如此以革命伦理话语置换传统伦理话语。

第三节　政治文化视域中的大学想象

大学叙事在很大程度上是为大学赋形的文学想象。创作主体以虚构想象的方式对其所观察或经验过的大学进行形象化的塑造,通过对大学生活及其人物事件的取舍、编排、剪裁、调度,最终形成一个综合的整体性印象,并赋予它以人格化内涵品质和精神风貌,从而使得各种不同的大学形象在大学叙事中呈现出来。五六十年代,在政治文化语境规约下的大学想象中,大学校园内的思想斗争、党团组织、集会演讲、劳动锻炼等各种政治性活动得到重视,教书育人、求学问道、师生情谊等本体性的大学生活以及讲堂、宿舍、图书馆等各种校园风物景观也大多被赋予政治性内涵;对大学人物也主要强调的是政治品行(进步或反动)及其在此基础上的学术水准和职业修养。当然,由于创作主体的政治身份、教育背景、人生阅历和个性气质的差异,大学想象的方式和风格不尽相同,作品中所呈现出来的大学形象也各不相同。

一、政治视域与学术传统

自"五四"新文化运动以来,中国大学向来有着两个不同的精神传统,"妙手著文章"的学术精神和"铁肩担道义"的政治热情同样薪火相传。两个传统虽性质不同,但意义同样重大。正如陈平原在论及北大传统时所说,"'政治的北大'与'学术的北大',同样可爱,同样值得深入探究"①。建国后,中国大学一方面赓续了"五四"以来的学术传统,另一方面则在日益政治化的时代语境中更加凸显其政治形象。五六十年代,无论是《青春之歌》中的北京大学、《大学春秋》中的中华大学、《大学时代》中的北方大学、《勇往直前》中的华南大学,还是《红路》中的扎兰屯工业专科学校,政治文化语境规约下的大学想象不可避免地交织着"政治"与"学术"这样两种不同的大学形象。

《青春之歌》描写的是 1931 年"九一八事变"到 1935 年"一二九运动"这一特定历史时期的北京大学。置身于政治高歌猛进的 50 年代,《青春之歌》主要以 20 年前的北平学潮运动为背景,以林道静的革命成长为线索,描述了北大校园及其周围地区风起云涌的学生运动。南下请愿,暗室密谋,广场集会,大街游行,杨沫努力呈现的是有着五四辉煌传统的"政治北大"的形象,而对红楼、礼堂、教室、宿舍、未名湖、图书馆等这些积淀了"学术北大"精神传统的校园风物较少关注,即使涉及也不过是作为学生运动的场景一笔带过,它们甚至还不如曾经同居的沙滩公寓那样能够引起主人公的驻足停留。与杨沫的"大学编外"身份不同,康式昭、奎曾、程树榛、汉水、扎拉嘎胡等都是建国后怀着理想激情进入大学的新一代大学生,其大学想象都主要以亲身亲历体验为基础,创作时昨日"恰同学年少"的青春激情仍然历历在目,因此他们笔下的大学生活要比《青春之歌》更多了置身其中的真切和生动,校园中的碧瓦红椽,课堂上的争鸣讨论,宿舍里的嬉笑卧谈,报告会上的书生意气,等等,小说中随处可见作者们对大学校园的诗意描绘和对莘莘学子的青春感怀。

当然,"十七年"政治文化语境中的大学及其文学想象,不可能像当年"北大之父"蔡元培所憧憬的那样"不受任何宗教或政党之拘束,亦不受任何著名学者之牵制"②。与民国时期教授治校的欧美大学体制不同,建国后,我国大学体制全盘学习与借鉴苏联,执政党利用自己强大的政治威

---

① 陈平原:《文学史视野中的"大学叙事"》,《北京大学学报》,2006 年第 2 期。
② 蔡元培:《大学教育》,《蔡元培全集》第五卷,中华书局,1988,第 507 页。

望,向新旧转型时期的大学输入一体化的政治力量,一方面在大学内部各个层级建立具有领导权威的党团组织,全面负责管理高校师生的思想政治和教学研究工作;另一方面向高校选派来自各条"战线"的工农兵学员(这种选派制在"文革"取消高考后发展为推荐制,直到1977年高考恢复工农兵学员也随之退出历史舞台),改变大学知识分子队伍结构(这些具有党团政治身份的工农兵大学生通常是大学党团组织的干部)。这种沿袭至今的党委领导下的大学行政化管理体制既体现了具有社会主义特色的民主集中制原则,有利于统一思想认识,也较容易形成科层化的官僚主义弊病,在一定程度上限制了学术自由精神。这些五六十年代中国大学的思想、制度和文化特征在这一时期的大学想象中都有不同程度的体现。《大学春秋》中,中华大学中文系的各项工作是在校党委委员兼中文系总支书记朱志刚、总支副书记贾建业的领导下展开的,学生活动则主要是在年级党支部书记王月英和团支部书记许瑾的组织下进行的。王月英、乌力吉等工农学员虽然思想积极进步,但是学习基础很差,以至于马鸣皋教授无可奈何地感叹"拉车的,放羊的,全挤进大学来了,华大快成了杂货铺"。虽然总支书记朱志刚身上保留了老北大尊师重教的精神传统,意识到"在部队里行之有效的那一套政治思想工作的方式方法"在大学里"不能照抄照搬",但系副主任贾建业却主张"对两个老教授开展批评、辩论、教育,以致批判",武断地把政治运动的一套方式方法运用到大学的管理中。虽然康式昭等的大学想象在一定程度上体现了"学术北大"的精神传统,但在主旨内容上仍不难发现特殊文化语境中"政治北大"的时代嬗变。小说中,关于白亚文诗报告的争鸣,只重思想性,不谈艺术性;关于文学名著《红与黑》的讨论,因于连的阶级属性和乌力吉的工农身份引发了意见分歧和师生冲突;关于吴学孟论文《从女嬃谈到中国文学的女性传统》的批评,是因为作者运用了"大胆假设,小心求证"的胡适式考据研究方法,而忽视了文章学术观点的创新和论证材料的充分;而陈文中教授对许瑾从政治视角论《楚辞》人民性的文章的异议,竟然引发了一场"原则的斗争"。毋庸讳言,《大学春秋》中的学术话语实际上映射出五六十年代寓思想路线斗争于科学艺术批判的文化语境。从更显性的话语层面上看,《大学春秋》的大学想象主要是围绕中甲二班"争三好"活动展开的。这个以"德、智、体"为评价体系的校园评优活动自 50 年代开始一直沿袭至今,虽不同时期其内涵稍有变化,但"德"(即思想好)始终是其考量的首要方面。小说结尾,评选"三好学生"的活动"正以班级为单位,加紧进行着"。中三甲班(中二已升为中三)经过集体讨论,从五个候选人中,大家"一致评选许瑾、王月英、乌力吉、尹玉珍为'三好学生'",而学习刻苦成绩优秀的吴学孟则因思想问题落选了。毋庸讳言,在"十七年"意识形态一体化的文化语境中,大学校园中的"三好"更具有政治意识形态层面的指涉意义。

与《青春之歌》和《大学春秋》一样,《大学时代》《勇往直前》《红路》等十七年大学叙事也主要彰显的是大学的"政治形象",大学校园内部各类党团组织的政治性活动和思想矛盾斗争成为大学想象的主要内容,党总支、团总支和团支部等各级党团组织是大学内部的主要领导管理机构,各级党团组织的学生干部则成为大家向往和争取的目标。《大学时代》中,机械系党总支负责全系工作、团总支负责学生工作,团支部书记被同学们认为是班级的"最高领导"。王文斌之所以要争取担任团支部书记和组织委员,因为"团干部为领导重视,受同学尊敬,毕业时可以分配好工作"。《勇往直前》中,地理系的所有学生活动都由团支部组织安排,万春华担任团支部副书记后,下决心要协助支部书记李世顺搞好支部工作,"尽全部力量,忠于工作、学习和生活,与班上十九位团员同志和二十七位同学一道,在党的殷切关怀和教导下,积极争取进步"。《红路》中,额尔顿领导的团支部是扎兰屯工业专科学校的领导核心,学生会主席成为国共两派力量争夺的目标,扎布因团支部副秘书长的职权自以为是,胡格吉勒图终因思想落后而失去学生会主席的位置,国共两种政治力量和思想路线的矛盾斗争成为贯穿全书的主旨内容。

学术独立与思想自由是现代大学追求的理想境界。马克斯·韦伯在《学术与政治》中一再强调,学术与政治应该而且必须分离,学术研究应该客观,应遵循价值中立的学术标准,不应存在所谓的社会性与政治性[①]。

---

①　马克斯·韦伯:《学术与政治》,广西师范大学出版社,2010 年。

然而,这种现代大学的理想境界在政治高歌猛进的特殊年代显然是不合时宜的。"十七年"大学叙事中的学术形象主要是在政治视域中建构的,创作主体或者赋予其革命伦理的内涵,从而使得描写对象获得学术行为的合理性与合法性;或者将其置于革命对立面,作为落后或负面的典型进行否定和批判。以学生和老师为主体的知识分子群体赋予了大学人格化的魅力,离开了他们的活动,大学也将无以依附,无以言表。虽然 50 年代杨沫关于三十年代的北大想象已时过境迁,而作为创作主体,其本人又非北大登堂入室的学子,但是在作者笔下仍然不经意中隐现着另一个"学术北大"的形象。当然,由于 50 年代一波未平一波又起的文艺批判运动尤其是对"胡适资产阶级唯心论的斗争",杨沫对北大"胡适派"师生不合时宜的"读书救国"是从揶揄、嘲讽和批判的角度上来表现的。小说中,作者不但对恳请罢课学生返回课堂的胡适、蒋梦麟进行了充满嘲讽意味的漫画化描写,也让王鸿宾、吴范举、范维周等当年对胡适之"敬若神明"的北大教授最终觉悟走上街头,更主要的是对"胡适之的弟子"余永泽自私落后的行为、心理进行了批评与嘲讽。当大多数热血青年为革命救国奔走呼号时,余永泽"局促在小屋子里",沉浸在线装书和故纸堆中"寻章摘句","他的心灵被牵回到遥远的古代的浩瀚中,和许多古人、版本纠结在一起"。而他如此埋头苦学的动机和目的都不过是纯粹的"个人主义",除了要想成为"自立一家说"的学者名流之外,更主要是为了期待获得胡适的赏识以至毕业后谋取一个好工作。在"马克思的弟子"林道静眼里,这位昔日的骑士英雄已经变得落后、自私甚至丑陋了,她毅然地选择了离开。半个多世纪之后,作为余永泽的原型,学贯中西的一代学人,北大"未名四老"之一的张中行先生,在《流年碎影》中回忆当年情形时说:"她走信的路,我走疑的路,道不同,就只能不相为谋了。"①这其中"信"与"疑"的差异不只是杨、张二人之间的思想分歧和情变缘由,其实还蕴涵着两个不同"北大"的纠葛。当然,作为北大的"嫡传弟子",康式昭和奎曾的大学叙事同样赓续着"学术北大"和"政治北大"两种不同的精神传统。《大学春

---

① 　张中行:《流年碎影》,中国社会科学出版社,1997 年,第 752 页。

秋》中"学术北大"的传统流脉主要在陈文中和吴学孟这对师生身上得到集中体现。古典文学教授陈文中为了整理研究祖国的文化遗产,誓言要"贡献出三辈子精力",主张学术研究"要踏实,要刻苦,要不怕琐细,不怕繁杂","要有为了科学肯于放弃一切的精神",反对"只讲政治性、革命性而忽视科学性、求实性的弊端"。吴学孟是"学士府"里的真正"学士",从进大学的那天起"就下定了决心,要为祖国的文学遗产干一辈子",平时潜心问学几近迂腐,被大家称作"老夫子",不但拜德高望重的陈文中教授为师,而且一心追求王国维提倡的三重学术境界。然而,值得注意的是,在政治意识形态一体化的六十年代,《大学春秋》中关于中华大学学术活动主要是在政治视域中展开描写的,吴学孟的专心求学被赋予了个人主义的名利色彩,陈文中对学术研究科学精神的坚持遭到了包括女儿陈筱秋、系总支副书记以及其他大多数同学的质疑和反对。"大学者,研究高深学问者也"①,"对于学说,访世界各大学通例,循思想自由原则,取兼容并包主义"②,当年北大之父蔡元培的治校理念和治学思想一直都是北大精神传统的核心。尽管《大学春秋》中的学术活动在很大程度上受到政治力量的改塑,但是它们仍然是小说中最为精彩的部分之一。学术墙报《号角》的编辑,世界文学名著《红与黑》的讨论,白亚文诗报告的争鸣,以及中文系学生论文报告会的举办等,这些自由、活泼的学术活动充分彰显出"思想自由,兼容并包"的北大精神传统在新时代的可贵传承。与酝酿于六十年代的《大学春秋》稍有不同的是,脱稿于1957年的《大学时代》对大学学术形象的建构显得要"理直气壮"得多。小说中,传承学术精神的徐鸣、顾巍、刘向明等三代学人成为重点描写的正面力量,而阻挠学术研究、压制新生力量的李庆、王守维则成为讽刺批判的反面人物。徐鸣是北方大学从教近三十年的老教授,早年致力于学术研究,晚年则"把全部身心献给培养下一代的崇高事业","教学艺术也达到炉火纯青的程度"。机械系总

---

① 蔡元培:《就任北京大学校长之演说》,《蔡元培全集》第三卷,中华书局,1988,第5页。

② 蔡元培:《致〈公言报〉函并答林琴南函》,《蔡元培全集》第三卷,中华书局,1988,第271页。

支书记兼系主任顾巍"一向治学谨严",爱惜科研人才,甘当"伯乐",推荐具有从事科学工作可贵品质的刘向明破格报考北方大学。刘向明从小热爱钻研,进入大学后,以惊人的毅力克服学习上的困难,组建科研小组,在学习和研究上取得众人瞩目的成绩,被团员们一致推选为团支部书记,成为大家"在科学的长途上踏踏实实迈步的带头人"。当然,小说中,徐鸣、顾巍、刘向明等的学术行为和科学精神是在为社会主义建设的伟大事业服务的前提下获得肯定和赞美的。

二、现实认同与虚构限设

虽然小说通常被认为是虚构的叙事艺术,但是任何叙事作品都不可避免的要面对所要维持其存在的历史现实和生活世界,没有人可以使其作品完全脱离于现实生活世界而得以产生和发展,无论其所述事件的真实与否。作品要想让接受者认可,就必须使其产生一种认同感,这种认同感必须建立于读者对现实认同的基础上。对于"十七年"政治文化语境中的大学叙事而言,无论是创作构思的当时,还是时过境迁的多年以后,作者们都无一例外地表达了其大学想象对于历史生活现实的遵循,来源于自身的真实生活经历和情感体验。杨沫在《青春之歌》的"出版后记"中表示,"这书中的许多人和事基本上都是真实的","这些人长期生活在我的心中,使我多年来渴望有机会能够表现他们","就是这些人鼓舞我写,就是这些人给了我力量"①。程树榛在《大学时代》的"后记"中说:"我的大学时代,就是我记忆之窗留下的最绚丽的一段","我那时,就生活在这样的天地里,生活唤起了我的情思,激发了我的灵感,于是,我拿起了笔","我用赤诚的心,描述了一群有理想、有志气、有献身精神的大学生为了科学、为了真理,敢于在艰难险阻中攀登、敢于在坎坷中抗争的故事"②。康式昭、奎曾在《大学春秋》的"后记"中说,这部小说来源于他们"相近的经历和相同的感受","旨在反映第一

---

① 杨沫:《青春之歌》,人民文学出版社,1979 年,第 672 页。
② 程树榛:《大学时代》,人民文学出版社,1980 年,第 586—587 页。

个五年计划时期党对青年学生培养教育","今天,在为祖国的四个现代化而勤奋学习、努力工作的青年朋友们,也许很想了解祖国开始社会主义建设的五十年代的大学生活,了解那个时期大学生们的理想、志趣、学习、工作、友谊、爱情、欢乐、苦恼,并从中获得一些有益的启示,那么就请读一读这部小说"①。

虽然现实生活世界是由各种"坚硬"的事实构成,创作者也一再强调其大学叙事的真实可靠性,然而,社会是丰富复杂的,现实是流动变化的,生活客体具有无限的丰富性和杂糅的含混性;更何况,事实本身并不能自动生成为故事,正如历史学家海登·怀特所说:"没有任何为历史记载所见证的特定的事件系列构成为一个明显完成了的或完备的故事。对于构成一个个体的人生的事件来说是如此,对于一种制度、一个国家或者一个民族来说也是如此。我们并没有生活在故事中,即便我们是通过在回顾中赋予我们的生活以故事的形式,来给生活赋予意义"②。对于文学叙事作品而言,无论是作者的描述还是当事人的陈述,都是主体化的叙述,而由于叙述主体特别是某一叙述个体的生活积累、知识结构、思想境界、审美情趣、表达习惯不同,所以叙述者面对类似或同一生活客体时所作出的审美选择必定有异③,这些都决定了"十七年"大学叙事所呈现的现实与其虚构一样,都是有限度的。虽然杨沫说《青春之歌》中的"许多人和事基本上都是真实的",主人公林道静的经历实际上大多来自作者本人,林红也"真有其人",但是 50 年代的杨沫对三十年代北大往事的书写显然不是也无法重述历史的真实,这不难从初版后读者的追问与作者的释疑中得到证实。对于读者来信询问林道静是否实有其人,杨沫借"再版后记"解释道,"林道静是真的又是假的","作为艺术的真实来说,她是真的。因为当时千千万万的青年知识分子(尤其是女同志)都和她有着大致相同的生

①　康式昭、奎曾:《大学春秋》,人民文学出版社,1981 年第 682—683 页。

②　海登·怀特:《元史学——十九世纪欧洲的历史想象》,陈新译,译林出版社,第 31 页。

③　彭刚:《叙事、虚构与历史——海登·怀特与当代西方历史哲学的转型》,《历史研究》,2006 年第 3 期。

活遭遇,大致相同的思想、感情","说她是假的","因为确确实实世界上不曾有过林道静这样一个人。她是由几个或者更多人的影子糅合在一起而创造出来的"①。根据叙事学理论,文本是创作主体在创作过程中对现实与虚构进行选择与融合的结果,真实性问题是由发话人、文本和接收者所共同决定的。符号发送者意图在于"使一知"或"使一信",是某种叙述性的操纵,而符号接收者的阐释行为是某种叙述性的审判②。杨沫对三十年代北大校园的"革命性"叙述在很大程度上是与历史现实存异的。事实上,三十年代的北大在"政治的漩涡"之外"同样涌动着文化的激流"。在启蒙主题让位于救亡主题的时代语境中,国民政府统治下的北京大学事实上已渐渐黯淡了昔日的政治光环,曾经主张"文化革命"的一代学人在"五四"退潮之后纷纷转向了"国故整理"。有学者曾对当时学生的政治倾向作过如下定量分析:"从小学到中学、到大学,我的印象中当时学生的政治倾向基本上就是这样,有十分之一的人是'专业的',他们是真正的革命者,属于职业政治活动家,国民党称他们为'职业学生',就是说他们不是来念书的,他们的职业就是搞运动,搞政治。"③上述现实情形从《青春之歌》的叙述缝隙中也可得到证实。在"一二九"前夕,当化名路芳的林道静到北大去开展革命工作时遭遇了难以想象的困难,党员学生只剩下三个,普通学生"空前的沉寂",远远落后于清华、燕京。因此,作为党派驻北大的"巡视员",林道静不得不焦虑地提出:"有光荣传统的北大,可不该叫它像现在这样老大下去。"北大学生对政治运动的"沉寂",虽然有小说中提到的遭到国民党"镇压"的客观原因,但是也明显不能排除三十年代北大"多研究问题,少谈主义"的学术空气,不只是胡适、蒋梦麟等北大学术名流和管理者提倡"读书救国"的口号,而且余永泽、王晓燕、王鸿宾、吴范举、范维周等北大师生也大多以读书治学为职志。小说中,作者还曾借女特务王凤娟之口反映了当时北大学生的某些真实情状:"北大赤色分子不

---

① 杨沫:《青春之歌》,人民文学出版社,1979年,第672页。
② 格雷马斯:《论意义》下册,冯学俊、吴泓缈译,百花文艺出版社,2005年,第120页。
③ 何兆武:《上学记》,三联书店,2006年,第16页。

多了,可是咱们的人也不多,倒是读死书的多。""读死书"的北大学子当年真实情形到底如何,现在也只能凭借当事人的点滴回忆和文学中的虚构想象来管窥一二。值得特别提到的是,80 年代后期至 90 年代初,当年饱受诟病的余永泽原型张中行先生,以"燕园"老人的身份在《负暄三话》和《流年碎影》中追忆了当年老北大的旧人故事,胡适、周作人、刘半农、刘叔雅、朱自清、温源宁、张伯驹、辜鸿铭、梁漱溟、朱光潜、宗白华、季羡林等一批北大学人的学术往事和故友旧谊跃然纸上。而另一位当事人作者杨沫也对当年在北大的短暂生活"梦魂牵绕",表达了另一个版本的"青春之歌":"我的那位老夫子,是个北大国文系的用功生。……老夫子帮助我提高了文学素养,我感谢他;也感谢北大自由听课的有利之举,更感谢北大的图书馆,几年之间,不知借给我多少读物。"①

　　建国初,随着社会主义改造的提前完成,国民经济发展规划的实施,全国上下掀起了社会主义建设的高潮,新生共和国迈入到一个带有乌托邦色彩的激情浪漫时代。像所有"从那段历史走过来的人"一样,杨沫、程树榛、汉水、康式昭和奎曾等,在谈及各自"大学叙事"的缘起时都无不充满了对共产党和社会主义新中国的感恩之情。杨沫充满感激地说:"在那暗无天日的日子中,正当我走投无路的时候,幸而遇见了党。是党拯救了我,使我在绝望中看见了光明……这感激,这刻骨的感念,就成为这部小说的原始的基础。"②康式昭和奎曾充满感慨地说:"我们是一九五三年进入北京大学的穷孩子,是伟大的党把我们培养成人,是马列主义、毛泽东思想哺育我们成长。由于我们有着相近的经历和相同的感受,远在六十年代初就经过多番酝酿,利用业余时间,合作写出一部旨在反映第一个五年计划时期党对青年学生培养教育的长篇小说。"③汉水在对编辑克明谈及《勇往直前》时说:"我是一个穷家长大的孩子,解放后才有了能上大学的机会。我亲身感受到

---

　　① 杨沫《梦魂牵绕忆红楼》,见《精神的魅力》,北京大学出版社,1988 年,第 57—61 页。

　　② 杨沫:《青春之歌》,人民文学出版社,1979 年,第 671 页。

　　③ 康式昭、奎曾:《大学春秋》,人民文学出版社,1981 年第 682—683 页。

新中国大学生的幸福、欢乐和前进道路上的矛盾、苦恼,觉得应该把它表现出来。"①程树榛饱含深情地写道:"那是多么美好、多么纯真、多么正直的年代","崇高的生活现实,孕育着人们崇高的情操。那时候,谁不怀有崇高的理想","生活的火花与青春的火花一经碰撞,就产生了意想不到的'化学变化'","我几乎在来不及精心构思的情况下,一气呵成近四十万字的初稿"②。虽然现实生活世界永远是文学虚构的依据和源泉,但是创作主体的主观情感和社会识见在很大程度上影响着作者对现实和虚构的选择。半个多世纪以后,耄耋之年的程树榛在自传《坎坷人生路》中提供了另一个版本的"大学时代":当"我"在毕业实习期间撰写《大学时代》的初稿时候,"我们国家的政治生活发生了剧烈的变化",一场自上而下的"整风运动"在全党、全国范围内声势浩大地展开了。"我突然接到学校的紧急通知,要求尽快返校参加运动","来到学校一看,令我大吃一惊。目光所及之处,都是各种形式的'大字报'和大标语,内容皆是批判'右派分子'的'罪行'的。那些右派分子有的是我的老师,有的是我的同学,还有许多生疏的名字。他们都被冠上各种各样的'反党、反社会主义'的罪行","这处处充满火药味的地方,哪里像一个平静的大学校园呀"。很快,在"深入揭发右派言行"会上,"我"的"错误言论"和"名利思想"遭到同学们的检举揭发。毕业时,"我们这些犯了错误的人,则被分配到边远的地区或城市"③。不同时代关于同一"大学时代"的叙述竟然如此迥异,这其中除了创作个体的主观情感因素之外,当然更有公共社会意识形态的规约。

事实上,公共社会意识形态对"十七年"大学叙事的规约和改塑在杨沫、汉水的"遵旨"修改和刘绍棠的"退学"事件中同样得到彰显。《青春之歌》出版后,引起了广泛关注,《中国青年报》和《文艺报》等官方媒体甚至组织了相关讨论,提出了"许多意见",其中主要有三个方面:"一、林道静

---

① 克明:《我的编辑生涯》,《天津新闻与出版》,1990 年第 3 期。
② 程树榛:《大学时代》,人民文学出版社,1980 年,第 586—587 页。
③ 程树榛:《大学时代》,《新文学史料》,2011 年第 2 期。

的小资产阶级情感问题;二、林道静和工农结合问题;三、林道静入党后的作用问题。"尽管杨沫在承受着巨大精神压力的情况下为自己的最初创作进行了谨小慎微的"辩护":"小说中的人物已经变成客观存在的东西,它的发展有它自己的规律。如果作者不洞悉这种规律,不掌握这种规律来创造人物,那就会歪曲人物,就会写出不真实的东西来。"但是,杨沫还是基本上吸收了"各种中肯的、可行的意见","在党的社会主义建设总路线和大跃进的形势鼓舞下",对小说进行了符合主流意识形态规范要求的修改:删除了林道静"不够健康"的小资产阶级感情,"增加了林道静在农村的七章和北大学生运动的三章"。此外,杨沫还对批评家和广大读者的"监督、支持与帮助"表示了感谢,并对自己的修改留有余地:"不过因为时间的仓促,因为生活经验的不足,更因为自己政治水平不够高,这部小说可能还存在许多缺点。"①尽管如此,在随后到来的激进政治运动中,杨沫及其《青春之歌》仍然难逃遭受各种批判和打击的厄运。汉水在创作《勇往直前》时还是中山大学的一名在校学生,百花文艺出版社编辑在读完《勇往直前》以后,认为小说中"人物较单薄,有的描写浮浅、草率",给作者提出了修改意见。然而在汉水按照意见修改后,编辑还是感到"很失望",虽然"从表面看,我们所提的不足都'弥补'了,问题都'解决'了,但原来的形象性和那股活泼的朝气却在修改了的部分中减少甚至不见了"。于是,出版社再次提出,"作者尽可放开手脚,从个人熟悉的生活出发,把不满意的部分进行再创作。也许所做修改和编辑的具体意见完全不同,但只要人物形象加强了,思想性,艺术性提高了就好"。经过反复修改后,《勇往直前》于1961年出版后,在读者尤其是青年学生中震动很大,很多大学生写信给出版社说,"我们终于读到了写'我们'的小说"②,甚至向往和模仿书中描写的生活方式。然而,这部第一次反映新中国大学生生活的长篇小说在随后到来的批判中被认为,"并没有反映出大学生们在党的领导下沿着红专大道飞奔前进的沸腾景象。与此相反,它到处充斥着异性追逐、

---

① 杨沫:《青春之歌》,人民文学出版社,1979年,第673—675页。
② 克明:《我的编辑生涯》,《天津新闻与出版》,1990年第3期。

打打闹闹、嘻嘻哈哈的空虚、庸俗生活的画面,掩盖了学校中的阶级矛盾,散布了大量的资产阶级思想的毒素,在青年读者中产生了极坏的影响。因此,必须对它进行严肃的批制"①。刘绍棠的《西苑草》主要取材于他在北京大学短暂的学习生活,这是刘绍棠唯一一部反映大学生活题材的作品,也是他流露真实情感最多的一部小说。在自传中,作者曾借夫人之口告诉读者,《西苑草》里的女主人公黄家萍是为了纪念一位爱慕自己,也颇令他动心的女同学②。当然,小说中的西苑大学实际是当年的北京大学,而男主人公蒲塞风也被看作是当年的刘绍棠了。小说中,作者主要表现了公共社会意识形态规约下政治对个人自由和学术创作的干预和压制。小说结尾,蒲塞风的论文在权威的《文学评论》上发表,中宣部来信"鼓励他大胆发表自己的论见",市团代会和西苑大学党委书记都提出了"大学内过分强调集体化中所产生的某些偏差",伊洛兰也意识到了自己成为了一个"僵化了的冰冷的人"。所有的问题似乎都得到了合理解决。然而,现实却并非如此。1954 年刘绍棠高中毕业时,国家为了加快发展,要求最大限度地招收大学生。当年毕业的高中生只有 5 万多人,而国家的招生计划却是 11 万人。中央为此下达文件,应届毕业生必须全部报考大学。刘绍棠只能暂时放弃此前团中央和胡耀邦为培养他写作制定的"五年计划",报考大学。考入北京大学后,刘绍棠仍然钟情的是文学创作。可是在大学学习,他还必须完成规定的课程。当时学校的活动颇多,刘绍棠是党员,必须带头参加。这样一来,刘绍棠钟爱并且时有冲动的文学创作,便不得不搁置,或挤一点非常有限的时间去进行了。这种状态令刘绍棠十分不适应。一年后,刘绍棠感到学习和创作冲突实在太大,便作出了令常人吃惊的"退学"决定。可见,《西苑草》中的集体与个人、政治与创作的矛盾冲突是真实的写照,但结局却远不是那样。两年后,刘绍棠因发表小说《西苑草》《田野落霞》以及论文《我对当前文艺问题的一些浅见》等,被判为"右派分子",剥夺了写作权利。

---

① 张维耿:《〈勇往直前〉的错误思想倾向》,《中山大学学报》,1964 年第 4 期。
② 刘绍棠:《我是刘绍棠》,团结出版社,1996 年。

厄尔·迈纳认为:"事实性与虚构性,这两个概念是互相关联的,但在逻辑上事实先于虚构。这种情况适用于所有文学,尽管在实际应用中事实性与虚构性的程度会有所不同。"①尽管"十七年"大学叙事大多具有自叙传色彩,创作者也一再声称它们取材亲身经历或身边人事,然而,社会公共意识形态的客观规约和创作主体情感意志的主观介入都在把他们的文学想象和叙事虚构引向偏离现实的境遇。正是在这个意义上,我们说,"十七年"政治文化语境中的大学想象同样呈现出现实与虚构双重变奏的面影。

三、规范共性与叙述差异

建国后,在新的社会历史条件下,文学艺术成为党领导下的社会主义革命和建设事业的组成部分,呈现出思想艺术和人员组织的一体化倾向,即在思想方面表现出高度的统一性,以毛泽东文艺思想为指导;在队伍方面表现出高度的组织性,统一由中国作家协会及其下属各级作协或文化机构管理;在艺术方面表现出高度的规范性,以革命现实主义和革命浪漫主义相结合为艺术规范。正是在上述公共意识形态一体化和文学艺术规范化的要求下,"十七年"的大学叙事在艺术构思、思想倾向和表现方式等方面都表现出很大程度上的共性特征。

"十七年"时期,战争的硝烟虽然已经远去,但是战争时期的文化规范及其在这一规范下形成的文化心理却并没有随着硝烟一起消散。战争状态下的价值判断、行为方式、思想倾向在新的时代语境下从军事领域转入政治领域,并渗透到社会公共意识中,形成了一种明显带有战争文化特征的社会心理,进而深刻地影响了作家的创作思维和读者的审美接受。这种战争文化心理在"十七年"大学叙事中主要表现为二元对立的思维模式、革命英雄主义情结和战争话语风格。从情节结构上来看,"十七年"大学叙事明显表现出战时敌我两军对垒式的二元对立结构。《红路》主要以扎兰屯工业专科学校国共两党尖锐复杂的矛盾斗争为线索来结构全篇,

---

① 厄尔·迈纳:《比较诗学》,王宇根、宋伟杰等译,中央编译出版社,2004年,第324页。

描写了蒙族青年大学生和知识分子在以教务处主任额尔敦为代表的共产党知识分子的引领下,战胜了以校长巴达尔为代表的国民党残余势力,最终走上共产党所指引的"红路"。《大学春秋》中,中华大学中文系二年级甲班同学一年来的学习生活和成长经历主要是在集体主义和个人主义两种对立的思想矛盾斗争中展开的。以许瑾为代表的正面人物和以白亚文为代表的反面人物在学习、生活、爱情等各方面的矛盾冲突贯穿全篇,这中间又徘徊着吴学孟、钟家健、傅一夫、黄美云等落后分子,结尾当然是"十七年"小说的统一模式,先进人物最终战胜反面人物,落后人物受到教育感化,加入到先进人物的行列中来,许瑾在学习、思想、爱情各个方面取得"胜利",不但成了"三好生"、入了党,而且还赢得了陈筱秋的爱情;而白亚文的个人主义全面"破产",失去了爱情和大家的信任;吴学孟、钟家健、傅一夫、黄美云"都进步了"。同样,贯穿《大学时代》的也主要是两种思想、两条路线的矛盾斗争。小说中,刘向明、顾巍、徐鸣等先进人物充分体现了集体主义精神,为社会主义建设事业刻苦钻研,奋发有为,深受同学们的信任和爱戴,而王文斌、李庆、王守维等落后人物是个人主义代表,处处为了个人利益投机取巧,假公济私,最终为大家所唾弃和批评。在人物塑造上,"十七年"大学叙事大多表现出革命英雄主义情结,常常在对比衬托中突出主人公在不同历史条件下不畏艰难、无私奉献的革命精神和英雄品质。《青春之歌》中,作者借林道静的视角,通过余永泽与卢嘉川的对比,来凸显卢嘉川高尚的英雄主义形象。经历了革命启蒙之后的林道静发现,曾经的"白马王子"余永泽原来是一个只为个人前途和名利而沉浸在故纸堆里的自私、狭隘的"书呆子"。而卢嘉川则是一个具有远见卓识且为了民族国家英勇无畏的"革命骑士"。因此,当"道静凝视着余永泽那个瘦瘦的黑脸,那对小小的发亮的黑眼睛"时,"她忽然发现他原来是个并不漂亮也并不英俊的男子"。而对于卢嘉川,"从短短的几个钟点的观察中,道静竟特别喜欢起她这个新朋友了。他诚恳、机敏、活泼、热情",以至最后把他当成了自己"最亲爱的导师和朋友"。《红路》中,作者为了凸显额尔敦的革命精神和英雄品质,把他置于尖锐的敌我矛盾冲突中来进行刻画。额尔敦出身贫苦,读大学时就接触了进步书籍,信仰共产主义,"与日寇进行过殊死的斗争","在日寇的监狱酷刑面前英勇不屈,大义凛然"。在担任扎兰屯工业专科学校教务主任和党团组织领导人后,为人正直、坚毅、果敢,与阴险、狡诈、反动的国民党特务校长巴达尔展开思想政治斗争,切实从学生根本利益出发开展学生工作,真心实意为包括蒙古民族在内的广大人民利益无私奉献,获得了全体师生的爱戴和拥护。在《大学春秋》和《大学时代》中,主人公许瑾、刘向明的革命英雄主义精神主要表现为新的历史条件下"又红又专"的思想品质。许瑾出身于革命家庭,父亲被国民党反动派杀害,母亲病重自杀,从小与姑母相依为命,苦难的经历培养了许瑾坚毅的性格和高尚的情操。在中学时期就加入了青年团,进入中华大学以后,一直担任班里的团支部书记,更是"把精力全部投入到学习、工作和政治运动中去"。他时时反省自己不断要求进步,"学习扎实,成绩突出",热心"打义务仗",尽心尽力地帮助大乌补课,在狂风中抢救学校财产,因救大乌而受重伤,住院期间仍不忘学习和集体,认真撰写论文,获得同学们的敬重和党组织的认可,被评为"三好"生,并光荣地加入了党组织。对于刘向明,作者主要是通过他不畏艰难、突破阻碍、努力学习、刻苦钻研的精神来彰显其英雄品质的。出身于工人家庭的刘向明,从小受父亲的影响,热爱钻研金属切削技术,养成了刻苦钻研的精神和坚毅的品质。破格考入北方大学后,尽管底子薄,入学晚,学习吃力,但是他毫不畏惧,凭着惊人的毅力,在大家的帮助下,克服了重重困难,取得了巨大进步,团支部改选时被大家一致推选为团支部书记。当选为团支书后,刘向明不但坚持同以李庆、王文斌等为代表的不良思想倾向作斗争,而且成立科研攻关小组,带领同学们一起"在科学的长途上踏踏实实迈步前进"。在话语风格上,"十七年"大学叙事与这一时期的其他文学样式一样,在革命战争思维的影响下,大量运用战时状态下的话语方式来表现建设时期的大学生活。《大学时代》中,作者把刘向明学习考试的过程当成一场战争来描写。抄录笔记时,"刘向明看到的不是单纯的符号和数据,而是向高高的山峰攀登时足踏的块块阶石","两小时的奋战,难于统计战果,因为今天他仅仅做了赵敏笔记本的抄录工作"。在复习功课时,"刘向明采取'全面进攻'、'重点突破'的战略方针","针对自己最薄弱的环节,奋起发动主攻"。考试时,"徐鸣教授用鼓励的目光望着他,似乎说:勇敢一点,冲过去",刘向明最终"一举攻下了这个小碉堡,取得这次攻坚战役的全胜"。"只有经过紧张战斗过来的人,才能领会到战斗后的乐趣",考完后,刘向明"叙述战斗的经过,当然是轻松而愉快的",而"主帅"徐鸣教授"对这次战斗的评价"也十分满意。《大学春秋》中,作者不止是通过新旧对比,用战争话语回溯小说人物革命斗争年代的经历,而且还常常运用战争话语表现和平年代大学人物对战争思维的沿袭。在党小组长王月英看来,"和平的环境里,同样有严酷的斗争和考验。特别是在意识形态领域里,要清除资产阶级的、封建主义的腐朽没落的东西,斗争还是很艰巨的";在白亚文诗歌中,舍己救人的许瑾被描述成了战斗英雄,"为了赢得战友的生命,为了获取救人的美名,英雄战胜了五秒钟的动摇,友谊的歌声才响彻云霄";对于青年团员陈筱秋而言,刘胡兰始终是她学习的榜样,"她崇拜英雄,追求战斗的幸福"。《勇往直前》中,万春华临行前,爸爸拿起塑像,端详了一会,而后庄严地说:"你看,她在敌人的酷刑和屠刀的威逼下,还是挺胸昂头坚定地屹立着,真是'生的伟大、死的光荣'的英雄形象! 她是比你还小的时候就参加革命斗争、英勇就义的啊! 小华! 希望你向胡兰姐姐学习,永远听党的话,热爱集体和同志,在党团组织的教育下天天向上,把自己锻炼成为一个坚定的无产阶级战士!"显而易见,这段上学前的嘱托,如同赶赴战场时的动员,彰显了斗争意识。

当然,由于创作者在知识背景、生活经历和个性气质等方面的不同,他们关于大学的文学想象和叙述方式也表现出一定程度上的差异。虽然小说是虚构想象的叙事艺术,但是蕴含非虚构性的生活客体永远是文学创作的依据和源泉,任何虚构想象都必须遵循现实生活逻辑和艺术真实性原则。正因如此,沃尔夫冈·伊瑟尔提出,现实、虚构与想象的三元合一是文学文本存在的基础,"虚构是将已知世界编码,把未知世界变成想象之物,而由想象与现实两者重新组合的世界,即是呈现给读者的一片新天地"①。

---

① 沃尔夫冈·伊瑟尔:《虚构与想象——文学人类学疆界》,吉林人民出版社,2011 年,第 3—4 页。

由于杨沫本人并没有大学校园生活的亲身经历和真实体验,因此,作为自传式叙事文本的《青春之歌》在对大学风物的描写上自然难免缺少"切肤"的质感和生动。小说中,杨沫努力呈现的是南下请愿、暗室密谋、广场集会、大街游等"政治北大"的形象,而对红楼、礼堂、教室、宿舍、未名湖、图书馆等校园风物较少关注,即使涉及也不过是作为学生运动的场景一笔带过,它们甚至还不如曾经同居的沙滩公寓那样能够引起主人公的驻足停留。与杨沫的"大学编外"身份不同,康式昭、奎曾、程树榛、汉水、扎拉噶胡等都是建国后怀着理想激情进入大学的新一代大学生,其大学想象都主要以亲身亲历体验为基础,创作时"恰同学年少"的青春激情仍然历历在目,因此他们笔下的大学生活要比《青春之歌》更多了置身其中的真切和生动,校园中的碧瓦红椽,课堂上的争鸣讨论,宿舍里的嬉笑卧谈,报告会上的书生意气,等等,小说中随处可见作者们对大学校园的诗意描绘和对莘莘学子的青春感怀。

在叙述方式上,经历了启蒙时代的杨沫与革命时代成长起来的康式昭、奎曾、程树榛、汉水、扎拉噶胡等也不尽相同。《大学春秋》《大学时代》《勇往直前》和《红路》等,贯穿始终的是充满时代激情和理想色彩的革命叙事话语,主要描写的是"在党的教育培养下","新中国的大学生成长的步伐"[①];而《青春之歌》则在革命叙事话语之外还隐现着启蒙叙事话语形态。小说中,林道静的离家出走及其爱情追求显然是"五四"式的:"我憎恶这个万恶的社会,我要撕碎它! 可是我像蜘蛛网上的小虫,却怎么也摆脱不了这灰色可怕的包围。……家庭压迫我,我逃到社会;可是社会和家庭一样,依然到处发着腐朽霉烂的臭味,黑漆一团。……从今天起,我爱你了。而且十分的……"在这封写给余永泽的信里充满了启蒙时代个性解放的声音。不止如此,在与卢嘉川、江华的情感关系中,林道静也仍然保留着"五四"以来知识女性罗曼蒂克式的革命幻想和小资情调。她对卢嘉川的心仪不仅仅出自对革命的追求,更有对理想男性的向往。卢嘉川"那高高的挺秀身材,那聪明英俊的大眼睛,那浓密的黑发,和那和善端正

---

① 汉水:《勇往直前》,"出版说明",百花文艺出版社,1981 年,封四。

的面孔",以及他的"诚恳、机敏、活泼、热情"和"对于国家大事的卓见",使得林道静在"短短的几个钟点","竟特别喜欢起她这个新朋友了",并从内心升腾起"一种油然而生的尊敬与一种隐秘的相间的喜悦"。然而,在与江华的情感关系中,尽管最后是"革命"战胜了"爱情",但是对于"面色黧黑"、"敬仰已久"的江华的"求爱",林道静一开始感到的是犹豫、不安,"甚至有些痛苦",因为"她所深深爱着的、几年来时常萦绕梦怀的人,可又并不是他"。

此外,值得特别提出的是,作为"百花文学"时期的《红豆》和《西苑草》,在叙述方式和风格基调与上述大学叙事有着明显差异。《红豆》在一个革命与爱情的冲突的叙事框架里更多容纳了"十七年"时期向来被忽视的个人生活和情感因素。在小说追忆性的叙述中,"党的工作者"江玫的"反省"并不彻底,"在细致而动情地涉及当事人的爱情经历时,便会或多或少地离开了'批判'立场,而同情了江玫的那种情感纠葛①。《西苑草》通过集体与个人的表面化冲突和潜伏着的革命与爱情矛盾表达了作者对于社会时弊和体制缺陷的质疑。无论是借大学校园开掘个人生活空间,还是通过大学叙事揭示社会时弊,《红豆》和《西苑草》在风格基调上都明显放弃了《青春之歌》《大学春秋》《大学时代》《勇往直前》和《红路》等"十七年"大学叙事中常见的英雄主义情结和浪漫主义基调,而表现出建立在人道主义和真实性原则基础上的现实主义风格。

在意识形态一体化和文学艺术规范化的五六十年代,政治第一、艺术第二的文学评价标准决定了小说题材的分类等级,工农兵生活被赋予了优于知识分子生活的重大价值②。正如周扬在第一次文代会上提出,"工农兵群众在作品中如在社会中一样取得了真正主人公的地位","知识分子离开了人民的斗争,沉溺于自己小圈子内的生活及个人情感的世界,这样的主题就显得渺小与没有意义了"③。在知识分子文学书写被边缘化

---

①　洪子诚:《中国当代文学史》,北京大学出版社,1999年,第143页。
②　同上,第81页。
③　周扬:《新的人民的文艺》,《中华全国文学艺术工作者代表大会纪念文集》,新华书店,1950年。

的五六十年代,作为知识分子重要场域的大学也同样淡出了文学的视野,正是在这一背景下,"十七年"政治文化语境中的大学叙事格外值得重视。虽然创作者们大多是以革命或政治话语获得合法的大学叙事身份,但是他们关于特殊年代大学生活的记忆和书写不仅提供了重要的认识价值,而且更具有不可或缺的审美意义。

第四章　社会转型时期的大学叙事

　　"文革"结束后,中国社会的政治、经济、文化状况发生了重要变化。在经历了过渡时期的拨乱反正后,思想文化领域和社会经济方面开始迎来了一个改革开放的"新时期"。从思想禁锢中解放出来的知识分子以各自不同的姿态,对过去或仍然存续于当下的极"左"意识形态进行批判和反思,对生机勃勃的"新时期"充满兴奋和期待。在教育方面,随着高考制度的恢复,高等教育迅速扩大规模,各类院校扩大招生人数,实行多元化培养方式。据统计,从 1977 年至 1985 年,在校大学生人数翻了一番多,从 625319 人上升为 1703115 人[1],一度"百废待兴"的大学很快恢复了生机。在八十年代的前五年间,大学不但在规模人数上获得了迅速发展,而且在制度内涵上得到了显著提升。在改革开放的时代气候中,一大批学者获得了出国学习交流的机会,大学获得了建国后从未有过的自治权。1985 年颁布实行的《关于教育体制改革的决定》指出:大学是教学和科研的中心,有权控制课程内容,有权选择课本[2]。然而,在八十年代后期,大学经历了一些失望和挫折,一是经济上遭遇了越来越大的压力,二是招生规模放缓了步伐,三是国家开始逐步取消大学毕业生统一分配制度。八十年代中期以后,思想文化领域也出现了诸多复杂的变动,原本步调一致

---

①　许美德:《中国大学 1895—1995》,教育科学出版社,2000 年,第 154 页。
②　同上,第 155 页。

的主流意识形态和社会公共领域开始出现了一定程度的抵牾和冲突。一方面,社会公共领域仍然异常活跃,最初只是在文学或美学领域进行的"讨论"已经开始蔓延到哲学、美术、电影等文化艺术各领域,从西方借鉴而来的各种"方法论"和"文化热"在全社会范围兴起。另一方面,1983 年开始的清除"精神污染"和随后的反资产阶级自由化运动在一定程度上收紧了此前思想解放的"自由空间"。毋庸讳言,上述思想文化领域和大学校园内的诸多变动都在这一时期的大学叙事中得到真实生动的体现。

第一节 转型时期大学叙事的发展衍变

通常意义上讲,"文革"结束后至八十年代,中国经历了思想文化和经济制度的新旧转型。这一转型分为两个阶段,首先是思想解放所带来的思想文化领域的转型,然后是经济改革所带来的经济社会结构的转型。这种转型对于知识分子的思想意识、内部结构及其与社会的关系等诸多方面都产生了深刻的影响。转型之初,因恢复高考而生机勃勃的大学校园很快引发了大学叙事的热潮,无论是曾经折戟沉沙的老三届,还是正待扬帆启航的新一代,不同背景、身份和经历的人们站在"同一地平线"上反思过往,憧憬未来,转型时期的大学叙事充满了各种喧哗和躁动。然而,随着改革开放的深入,思想文化和社会生活各领域出现了诸多复杂的变动,相对滞后的教育体制和思想观念与象牙塔内觉醒了的自我意识和不断增长的精神需求发生了难以调和的矛盾冲突,一批挣扎、叛逆、虚无、颓废的时代青年成为了八十年代中期大学叙事的主人公。八十年代后期至九十年代初期,随着经济体制的市场化转型和庸常生活形态的到来,大学叙事更多以追忆的方式回望"恰同学年少"时的往事,高擎起人文精神的旗帜,尝试抵御世俗化的努力。

一、象牙塔内的青春乐章

"喜悦、兴奋、激动、得意,这些字眼都不足以形容我此时的心情,我终于成为一名女大学生了。"八十年代初,喻杉在《女大学生宿舍》中的这段真情告白无疑代表了一代青年学子的心声。1977 年冬,教育部恢复了停止十年的高考招生制度,无论是曾经折戟沉沙的老三届,还是正待扬帆启航的新一代,不同背景、身份和经历的人们站在"同一地平线"上,怀着满心的喜悦开启了人生的新阶段。充满生机的大学校园很快引发了文学叙事的热潮,一些刊物为此专门开辟了"大学生创作之页"、"大学生专号"等,但这一时期以文学想象的方式关注大学生活的主要是一些在校的大学生作者。他们多以亲历者的身份对身边生活和情感世界进行共时性的描写,由于沸腾的生活还没来得及沉淀和作进一步的思考,这些共时性的大学叙事往往表现出叙述者的在场感和校园生活的片段化特征,既洋溢着浪漫的热情,也充满了青春的困惑。

喻杉的《女大学生宿舍》既没有完整情节,也没有中心人物,而主要以某大学 305 宿舍中的五个女生为对象,描写了她们在分铺位、评助学金、修宿舍等过程中,从分歧摩擦到和睦共处的大学生活片段。今天看来,无论是在思想层面还是从艺术角度,这篇大一新生的处女作无疑有些稚嫩,然而,这并没有妨碍它随后所收获的赞誉和产生的影响。小说发表后很快便被《新华文摘》全文转载,并被评为当年的全国优秀短篇小说。究其缘由,不难发现,《女大学生宿舍》是因其在场传递出人们久违了的有关大学校园的青春浪漫乐章而获得普遍赞誉的。小说中优美典雅的校园风光、纯真无邪的同学情谊、丰富多彩的宿舍生活以及既年轻有为又平易近人的大学校长等等,无不给读者留下了难忘的美好印象。

现代大学教育是"通过大学课堂来实现的,课堂文化是一种精神的存在,是一种批判精神、自由精神、探究精神、创新精神的存在,是一种学术文化存在,是一种学术阅读、学术写作、学术表达的文化存在"[1]。八十年代初,意识形态领域一方面在涌动着思想解放的潮流,另一方面各种保守、落后和"左"的思想观念仍然束缚着大多数人。而这时期的大学课堂率先成为知识生产和思想解放的前沿,学术争鸣式的课堂讨论取代了此

---

① 朱旭东:《论大学课堂学术文化的重建》,《清华大学教育研究》,2011 年第 3 期。

前的政论式宣讲,一种基于人性和人道主义立场的思想争鸣在大学课堂上广泛展开。

王小鹰的《感谢爱神丘比特》在叙写丁之芬、卢小羽、宋文渊、朱玲玲、程翊等同学之间的青春烦恼和情感风波的同时,生动呈现了新时期初期大学课堂上的活跃氛围。在关于俄罗斯文学的课堂上,王老师的讲课"像闪着奇光异彩的河流酣畅地流淌",他对屠格涅夫的名著《父与子》的分析在同学们中间引起了"轻微的骚动","教室里喧腾起来"。大家对小说人物巴扎罗夫与费涅奇卡之间的爱情展开了激烈的讨论,尽管也有"课堂上不宜大谈特谈无聊的接吻"之类的质疑和讯问,但王老师清癯的面容始终挂着自信的微笑。"同学们相互交换着兴奋的目光,压抑不住的激情在他们体内勃起"。同样的课堂场景呈现在张抗抗的《夏》、海翔的《啊,生活的浪花》和袁越的《大学城》等作品中。在《夏》中的政治课上,关于"当前我们班级面临的主要矛盾是什么"的问题引起了激烈的辩论,以吕宏为代表的大多数同学认为是"红与专的矛盾,是政治和业务的矛盾",但岑朗却自信地认为"学校的主要矛盾是获取知识和知识贫乏的矛盾"。在《啊,生活的浪花》中的外国文学课上,"我"以戏谑的方式对秦老师关于裴多菲诗歌的陈腐观点进行了嘲弄,引发了课堂上的"骚动"。

新时期之初,随着高考招生制度的恢复,知识和教育的尊严得以"拨乱反正",全民族被压抑已久的学习、教育热情在改革开放的春天激烈地迸发出来。当昔日的工人、农民、上山下乡和回乡知青、复员军人、干部和高中应届毕业生通过公平竞争进入大学校园的时候,尤其对于那些曾经被剥夺了受教育机会的"老三届"知青来说,倍加珍惜来之不易的学习机会,他们如饥似渴地学习精神和由复杂人生阅历积淀而来的经验见识在八十年代初的大学校园里营造出特殊的校园氛围。阎阳生在作品中为我们勾勒了七七届大学生的画像:"他们眼球突出而神情专注,背着书包、提着饭盒、塞着耳机、拿着单词,简直就是时间、压力、竞争的化身。"在新时期的大学校园,这些历经磨难的"老大学生们"既想抓住即将逝去的"青春",又不愿"浪费"来之不易的学习机会(《舞会》)。新时期之初大学校园的这种令人感动的学习场景和进取精神反复出现在这一时期的大学叙事作品中。张辛欣的中篇小说《在同一地平线上》曾因在新的历史条件下发出"男女平等"的呼声而成为新时期备受关注的大学叙事作品。小说中,导演系的同学们为了刻苦学习,"看谁睡得最晚、起得最早"。而克服家庭和社会重重困难,最终考取电影学院的女主人公更是珍惜来之不易的大学时光,"自觉地遵守自己想要达到的生活秩序和节奏",让紧张的学习生活"塞得满满的、再也插不进一点别的东西",奋力与年轻的同学和大男子主义的丈夫站在"同一地平线上"追求自己的事业。在张承志的《北方的河》中,有过六年插队经历的主人公在大学毕业前夕,克服重重困难,矢志报考人文地理学研究生,始终充满了积极进取的理想主义精神,在刻苦学习各种专业知识之余,还要利用假期"增添感性知识","从新疆一直跑到黑龙江,调查北方的所有大河",为的是"用记熟的准确概念和亲自调查来的知识轰炸那张考卷",实现自己的人生理想。

袁越写于1984年的《大学城》是较早反映新时期初期大学校园生活的长篇大学叙事。小说全方位展示了改革开放背景下沪江大学在制度管理、学术研究、课堂教学、人际纠纷等诸多方面的真实情状,塑造了包括校长、教师和学生等各类大学人物群像。虽然小说中不乏以邹大曙、史侃、裴正卿等为代表的保守势力和投机分子表现了新时期之初大学校园内消极落后的一面,但显然这些并没有影响小说整体积极明朗的格调。锐意改革的李若光、严谨治学的陶玲君、朝气蓬勃的白非等成为小说的主体力量。小说中,作者借李若光的视角呈现了充满生机的大学校园:早晨的校园充满着生机。红霞满天的曙光,把树木和远远近近的高楼建筑披上了一层美丽的色彩。大学生们利用上课前的短暂时间,分散在理化大楼前的那棵百年老樟树下、图书馆前的雪松树旁、教学大楼门口的宽敞又洁净的走道上,有的正在背诵英语范文,有的正在阅读上课笔记,有的正在争议某一学术问题。马瑞芳的长篇大学叙事《蓝眼睛·黑眼睛》以子午大学留学生马尔克和中文系学生丛雪的爱情故事为主线,全方位反映了八十年代初丰富多彩的大学生活。虽然小说中不乏衣仲真、王云贵、汪弋一类沽名钓誉的大学人物,但以鲁省三、叶云朗、侯梦轩、刘树人、米丽、华苏为代表的大多数学院知识分子正直敬业,更有以马尔克、丛雪、水辛、毕天嵩等为代表的青年学子弦歌校园、乐观进取,整部作品始终洋溢着积极向上的格调。小说开始借校长鲁省三漫步校园,描写了子午大学朝气蓬勃的晨读情景:在校园的林荫路上,微风吹过,晨雾泛起,学生们踱来踱去,他们有的背《离骚》《文心雕龙》,有的背公式,有的背英语单词,有的背日语句子。晨辉映红了学生们的身影,白杨树的沙沙声伴随着喃喃地读书声,带露月季和学生的面庞相映。

陈平原在谈及大学文化精神的时候颇有感触地指出,构成大学“风景”的,除了眼见为实、可以言之凿凿的校园建筑、图书设备、科研成果、名师高徒外,还必须有心领神会的历史传统与文化精神。在这个世界上,没有比“大学”更为充满灵性的场所。漫步静谧的校园,埋首灯火通明的图书馆,倾听学生宿舍里不着边际的高谈阔论,或者“远眺”湖边小路上恋人的窃窃私语,只要有“心”,你总能感知到这所大学的脉搏与灵魂①。新时期大学叙事中的校园青春乐章是由不同的协奏曲组成的和声共鸣,自由嬉闹的宿舍、生产知识的课堂和丰富多彩的课外活动等关于大学的本体性生活内容成为这一时期大学叙事的中心。虽然这些大学叙事作品在思想层面或是艺术层面都存在一些稚嫩的地方,但是它们正是因为共时性在场传递出人们久违了的有关大学校园的青春浪漫乐章而获得普遍关注和赞誉。

二、“别无选择”的主题变奏

转型时期的大学叙事在 1985 年前后开始出现了一些新的变化,一批焦虑不安、虚无颓废的青年人成为了小说的主人公。他们不再流连校园风光,也无心向学,而是对大学校园的学习生活充满了厌倦、叛逆和虚无的情绪,早期充满浪漫和诗意的大学校园开始弥漫着一种感伤颓废的氛围。

刘索拉的《你别无选择》描写了音乐学院作曲系的年轻学子们在传统教育观念和体制束缚下“别无选择”的烦恼、焦虑和叛逆。小说中,李鸣虽然是个“有才能,有气质,富于乐感”的学生,但是他却对学习提不起任何

---

① 陈平原《“太学”传统——老北大的故事之一》,《读书》,1997 年第 4 期。

兴趣，在要求退学不成之后，一个人躲在宿舍里，以躺在床上睡觉和给老师同学画像的方式打发时间。而"马力干的事更没意思"，整天忙着把所有买的书籍登上书号，再画上自己的私人印章，一到上课便趴在桌上"鼾声大作"。森森留着大鸟窝式的长发，经常"不洗衣裳不洗澡"，身上难闻的味道竟然把老师"熏得憋气五分钟"。"懵懂"以"能连着睡三天不起床"而闻名全系，"宁可去劳改"，也不愿接受贾教授的"教育运动"。徐星《无主题变奏》中的大学生们处于不知道"该要什么"和"等待什么"的"无主题"状态。主人公"我"九门功课的考试成绩全部在 20 分以下，宁愿退学到饭馆去做服务员，也不想呆在大学里读书。曾经与"我"同一宿舍的其他几位同学没有一个能说出"为什么而学的"，或沉迷于无病呻吟的"现代诗"，或以泡妞玩弄女性为乐。陈染《世纪病》中的"我"则处处以玩世不恭的方式与周围世界"对抗"，整天想着的是逃学、恶作剧和说脏话。《花儿为什么这样红？为什么这样红？》中的林小媚从本科到研究生，性格变得越来越内向、偏执和刻薄，与周围同学格格不入，在与男友发生争执后竟然选择了自杀。《少男少女，一共七个》中七个高考失败的"少男少女"个个都"决心不上他妈的大学"，在他们看来，"没出息的才上大学"，之所以到大学预科班"复读"，完全是为了逃避父母"那眼巴巴的可怜模样"。

与此前积极乐观、勤奋刻苦的老三届大学生们相比，八十年代中期的李鸣们为何对大学生活失去了兴趣和热情呢？究其缘由，应该与这一时期的文化语境和大学自身的问题不无关联。十一届三中全会以后，改革开放所带来的自由空间让主体意识觉醒的青年一代尽情释放了此前的压抑和苦闷。与此同时，这一时期被引进的西方现代主义思潮逐渐在思想意识领域和社会生活层面产生广泛影响，尤其是对大学校园内正处于人生观形成期和青春叛逆期的大学生群体影响尤为显著。八十年代中期，大学校园里盛行的精神读本是现代主义文学，大学生们迷恋的是萨特、加缪、卡夫卡和"垮掉的一代"。在《大学城》中的古代文学课堂上，当神态庄重的陶玲君副教授要求学生们分析白居易诗歌艺术时，伏案创作现代派诗歌的白非却理直气壮地认为，当前外国现代派文学引进比古典文学继承更重要，因为古典诗歌所反映的社会环境与当前现实毫无联系，而外国现代派诗歌探求人的本性,是当代人共同努力的目标。同样,在《别无选择》中,音乐学院的学生们对贾教授所教授的"十七世纪以来最古典最正统"的作曲技法毫无兴致,而对充满力度表达个性的现代派手法情有独钟。毋庸讳言,现代主义思潮一方面给予了青年一代反抗成规和嘲弄虚伪的精神指向,另一方面也让他们陷入到丧失激情和失去目标的颓废虚无之中。八十年代曾经引发过全国范围内关于人生观大讨论的"潘晓来信"如此表达了一代青年的人生困惑:"为了寻求人生意义的答案,我观察着人们,我请教了白发苍苍的老人,初出茅庐的青年,兢兢业业的师傅,起早摸黑的社员……可没有一个答案使我满意。如说为了革命,显得太空不着边际,况且我对那些说教再也不想听了;如说为名吧,未免离一般人太远,'流芳百世''遗臭万年'者并不多;如说为人类吧,却又和现实联系不起来,为了几个工分打破了头,为了一点小事骂碎了街,何能侈谈为人类? 如说为吃喝玩乐,可生出来光着身子,死去带着一副皮囊,不过到世上来走了一遭,也没什么意思。有许多人劝我何必苦思冥想,说,活着就是为了活着,许多人不明白它,不照样活得挺好吗? 可我不行,人生、意义,这些字眼,不时在我脑海翻腾,仿佛脖子上套着绞索,逼我立即选择。我躺在床上辗转反侧,想呀,使劲地想,苦苦地想。慢慢地,我平静了,冷漠了。"转型之初,文化思想领域的复杂状况终于导致了后来的清除"精神污染"和反资产阶级自由化运动,有关方面开始在一定程度上收紧了此前的"自由空间",这些不能不对以追求自由个性为精神特征的大学校园产生一定程度的影响。

另一方面,转型之初大学教育本身的诸多问题也是导致八十年代中期大学校园风气转变的重要原因。"文革"后,虽然迅速恢复的高考招生制度,恢复了知识和教育的尊严,激发了全民族的学习热情,但是八十年代教育的恢复与重建"只有一个方向":"义无反顾地重新回到五十年代"。正如有学者指出,在这场教育领域"未完成的拨乱反正"中,我们仅仅在"要不要教育"的问题上恢复了常识,但对于"要什么样的教育","却未能在更高的起点上建立起符合现代化潮流、具有前瞻性和建设性的新思路"[①]。也许

---

①   杨东平:《中国教育公平的理想与现实》,北京大学出版社,2006年,第49页。

从这个层面上，我们可以更好地理解，为何七十年代末八十年代初的老三届大学生们能够在恢复重建的大学校园内如饥似渴地学习各类知识，而八十年代中期的一代新人却在现行教育体制下充满了叛逆的情绪，失去了学习的热情。因为前者除了有追回青春的紧迫和自觉，更在文化背景和心理基础上与"十七年"有着更多的"血缘"联系，而对于后者而言，不但没有先在的"血缘"，更加上后天的现代派熏染，那种对"传统"反感和叛逆的程度可想而知。蔡玉洗在《火焰闪光之后》中借林社明老师之口表达了对这种教育代际矛盾的忧虑。六十年代大学毕业留校任教的林社明曾经是学生们崇拜的偶像，那时，"在梯形教室的讲台上，希腊悲剧使他黝黑的脸上发出光彩，亚里士多德、黑格尔、莱辛使他的手臂变得有力，费尔巴哈、别林斯基、恩格斯使他的语言透出机智的光彩，充溢着人生的哲理"，"喜欢讲话的学生无心再去讲话，喜欢缺席的学生不再缺席"。然而，八十年代重上讲台的林老师却痛苦地发现自己落伍了，这位只有"六十年代水平"的"八十年代教授"进行了深刻的自我反省：我把以前在课堂上取胜的法宝拿来给今天的学生，却从他们的眼睛中再也看不到过去的热情了。我送给他们的食物他们感到无味，我交给他们的尺度他们觉得无用。我是多么惶恐啊，我知道的，他们不一定知道；可他们知道的，我几乎一点也不知道。我不知道他们为什么要那么迷恋萨特、卡缪，也不知道他们为什么推崇美国垮掉一代文学。他们不看托尔斯泰、巴尔扎克，而把卡夫卡、辛格当成文学大师。然而，八十年代中期的大学叙事中，能够像林社明一样有着清醒自觉的学院知识分子形象并不多见，更多的还是像《你别无选择》中执迷不悟、顽固保守的贾教授一类。

　　八十年代中期，原本滞后于经济改革步伐的教育体制尤其是大学教育问题（1985年才正式颁布《关于教育体制改革的决定》）更加集中地凸显出来。落后的教育观念和教学模式越来越让充满主体意识的青年学子感到"别无选择"后的沮丧和失望，加之1985年之后，大学毕业生的分配前景越来越不乐观。上述诸多问题在这一时期的大学叙事中得到反映。由此，我们不难理解，为何在《世纪病》《你别无选择》《无主题变奏》《少男少女，一共七个》等作品中，曾经令人向往的"象牙塔"在年青一代的眼里不但失去了神圣的光环,而且成为了束缚个性、扼杀活力的传统成规的象征,那些以精神导师自居的教师们则大多以保守落后的形象出现,一种迷茫、孤独和失望成为这一时期大学叙事的主题基调。

三、大学回望中的历史诗意

社会学家通常把八十年代中国的社会转型分成思想观念和社会结构两个阶段。八十年代后期,随着改革进程的进一步深入,中国的社会转型由思想意识层面进入到社会实践领域,经济体制开始由计划经济向市场经济过渡。与此同时,"在结构转型时期,各种结构性要素都处于变化之中,具有较大的流动性、过渡性和不稳定性,城乡之间、地域之间、行业之间、经济层面与社会层面之间、物质层面与精神层面之间,都会出现发展的不平衡和不协调"①。如果说,转型时期的第一个阶段,知识分子以自身的文化思想优势成为关注的焦点和社会的中心,那么在社会结构和利益杠杆发生显著变动和分化的第二个阶段,素来以精神导师自居的知识分子尤其是人文知识分子在社会转型中很快失去了此前的优越感,而陷入到无法适应的窘迫和焦虑之中。受此影响,八十年代后期,宗璞、霍达、蔡观华等的大学叙事有意回避现实尴尬,以回忆和重组的方式想象大学往事,从历史诗意中吸取与现实抗衡的力量。

宗璞的《南渡记》主要以家庭生活和身边人事折射大学变故和时代变迁。小说中,卢沟桥事变、北平沦陷、上海沦陷、南京沦陷、武汉沦陷等抗战背景时隐时现,明仑大学从北京至长沙,再迁至昆明,孟樾教授一家及其周边亲朋好友从幸福宁静的书斋生活陷入颠沛流离和困顿不堪。小说虽名为《南渡记》,但叙事的重心并不在"南渡",而旨在表现"南渡"前后明仑大学孟樾一家及其周边亲朋好友的生活变故和情感反应。民族危难之际,虽然也有如凌京尧、缪东惠等附逆的知识分子,但更多的是如孟樾、吕清非、卫葑、秦巽衡、庄卣辰、萧子蔚等坚毅爱国的知识分子,他们对民族

---

①　袁方等:《社会学家的眼光:中国社会结构转型》,中国社会出版社,1998 年,第 41—42 页。

国家的家国情怀、对亲友师生的眷眷之心，对学术事业九死不悔的执著精神，是作者所要倾心表现和细腻刻画的部分。毋庸讳言，从宗璞的生活背景和相关访谈来看，小说中的明仑大学即是现实中的清华大学，孟樾的原型即为冯友兰先生，孟樾的二女儿嵋即是作者本人。因而，《南渡记》及其后的"野葫芦引"在某种意义上可以看作是，当年西南联大附中学生宗璞对曾经亲历过的父兄辈烽火岁月中的人生往事和精神品格的追忆与致敬，正如作者所言："西南联大师生们于逆境中弦歌不辍，父兄辈坚韧不拔的以国家民族为己任的精神给我印象很深。"①这种"弦歌不辍"、"坚韧不拔"的精神正是转型时期文人知识分子逐渐失落的精神品质。

　　霍达的《穆斯林的葬礼》虽主要叙写的是一个穆斯林家族三代人的命运浮沉和生活变迁，但其中关于六十年代初北京大学的校园风光和师生生活的细腻描写和诗意想象仍依稀可现当年《未央歌》的回声。六十年代曾在北京求学的霍达，二十年后重构大学往事，古朴典雅的燕园风光，纯朴友爱的同学情谊，真挚动人的爱情故事，处处充满了诗意和温馨。在第四章"月清"中，作者借主人公韩新月的视角呈现了燕园"一塔湖图"的美丽风光，碧水涟涟的未名湖，矗立湖畔的博雅塔，掩映在苍松翠柳中的图书馆，以"某某斋"命名的中西合璧的建筑，"新月的心醉了，啊，北大，我的第一志愿，我的家"。在关于大学生活的叙述部分，作者有意淡化了特殊年代的政治文化色彩，而着力营构纯真高洁的同学师生情谊，二十七斋的四个女生，无论是干部家庭出身的党员郑晓京，还是来自资本家家庭的谢秋思、农民家庭的罗秀竹和穆斯林商人家庭的韩新月，大家和睦相处，互相帮助，即便是新月因病休学两年了，同学们也没忘记给她送去生日祝福。小说中，对于师生情谊的描写主要以楚雁潮为中心，作者以动情的笔触描写了楚雁潮与恩师严教授之间的"父子"情深和与学生之间的亦师亦友。丧父的楚雁潮在老师身上认识了"父亲"的含义："爱得那么深，教得那么细，管得那么严"。对于班上的十六名同学，初为人师的楚雁潮时时把自己看成他们中的一员，"习惯了课上、课下和学生们的相处"，尤其是与韩新月之间的纯真

①　宗璞：《自传》，《宗璞文集》第四卷，华艺出版社，1996年，第334页。

爱情并由此折射出来的高洁人格,更是表征了新一代知识分子薪火赓续的理想追求和精神品格。毋庸讳言,《穆斯林的葬礼》中的大学叙事话语虽然取材于六十年代的大学往事,但思想情感的质地却主要来自于八十年代思想解放时期的人道主义立场和的理想主义精神。

蔡观华的《生命与爱情》主要以董海生、罗莎和闻清婵的大学生活和爱情故事为中心,反映了五十年代后期至六十年代初期整风和反右扩大化等政治运动背景下的大学往事。小说开始,作者以明朗欢快的笔调呈现了云山大学朝气蓬勃的校园生活:生物系女生宿舍"丁香阁"温馨浪漫的格调,操场上、松树下、小池边散发着青春活力的早操和晨读,课堂上既严肃认真又轻松活泼的发言、讨论,图书馆大楼中国古典式的大屋顶下潮涌而去的青春的脸庞,大饭厅里空前盛大的除夕化妆舞会,"整个大学城着上一派恬静、优美而富于生气的绚烂色彩","生活的节奏紧张而有秩序,人们的情绪饱满而欢快"。然而,随着整风运动和反右运动的开展,宁静的校园被政治的喧嚣打破,整风中,"大鸣大放";反右时,整肃下放。小说中,作者虽然没有回避政治运动对大学校园生活和教学科研秩序的破坏,但其主旨并非揭示伤痕、反思历史,而是着力刻画以董海生和林植中为代表的青年大学生和老一辈知识分子的形象,赞美他们在特殊时代语境中为理想、事业、爱情、友谊执著追求和无畏牺牲的精神,尤其是董海生对学业的刻苦努力,对情谊的执著真诚,对师长的敬畏爱戴,在政治运动中的正直无私,在人生危难时的坚毅不屈,彰显出建国后青年一代知识分子的高尚情操和人格魅力。此外,作者还以大量深情细腻的笔触描写了董海生、闻清婵、罗莎、江汉夫、王玉娟等之间的爱情和友谊,林植中对董海生的舐犊之情,以及董海生、闻清婵、罗莎等人与其父母之间的伦理亲情,从而使得这部大学叙事长篇小说既具有五六十年代的理想主义色彩,又不乏八十年代的人道主义关怀。

第二节　八十年代大学叙事中的"公共领域"

今天无论从哪个角度回望八十年代的大学校园,都会让人产生难以自抑的激动。无论是曾经折戟沉沙的老三届,还是正待扬帆启航的新一代,不同背景、身份和经历的人们站在"同一地平线"上反思过往,憧憬未来,转型时期的大学校园充满了各种喧哗和躁动。"公共领域"是哈贝马斯用来描述俱乐部、咖啡馆、沙龙、杂志和报纸等西方社会"公共文化空间"的一个概念①。它是介于国家和社会之间的一个公共活动领域。新时期之初,伴随着真理标准的大讨论和解放思想、实事求是思想路线的确立,恢复生机的大学校园很快弥漫着自由开放的空气。各种公共文化活动异常活跃,拥有不同经历和知识背景的大学生们在恢复高考后充满活力的大学校园里根据各自的兴趣爱好,积极寻找可以归属的群体,从事各种文化活动,共同构建了一种类似"公共领域"的校园文化空间。在此,我们试图以八十年代大学叙事中的舞会、社团和集会为对象,分析转型时期大学校园公共文化空间所凝聚的思想文化讯息并由此投射出的时代精神气候。

一、"舞会"的难题:政治隐喻与道德焦虑

"舞会"在中国现代化进程中是一个颇具政治隐喻色彩的文化符码。虽然早在二十世纪初,"交谊舞"便在上海、天津、广州等中国沿海"开放"地带成为流行的文明时尚,甚至在抗战时期,舞会还一度作为联络干群关系、活跃紧张氛围的娱乐活动在延安等后方根据地受到欢迎。然而,它毕竟是西方的舶来品,在本土的传播流行中时常因"逾矩"而受到批评指责,三十年代的上海便因跳舞有伤"风化"发生过著名的"大学生禁舞事件"。建国后,在六七十年代的特殊政治文化语境中,"舞会"曾被长期当作资本主义腐朽堕落的生活方式和文化符号遭到禁止,直到"文革"后的思想解放时期,才逐渐获得公开合法的"身份"。然而,新时期思想文化领域的解放潮流并非是在"顺理成章"中一蹴而就的。虽然1979年除夕,在北京人民大会堂的新春联欢会上出现了消失多年的交谊舞,随后民间舞会也在

---

① 哈贝马斯:《公共领域的结构转型》,曹卫东等译,学林出版社,1999年,第34页。

全国各地自发性地开展起来。但不到半年,1980 年 6 月,公安部、文化部便联合发布了《关于取缔营业性舞会和公共场所自发舞会的通知》,要求"公园、广场、饭馆、街巷等公共场所,禁止聚众跳交际舞"。解禁之初,"舞会"是否真如《通知》中所描述的那样"混乱"不堪,我们姑且"悬而不论"。但是,对于"舞会",官方的"前后不一"和民间的"欲罢不能"的反应及其背后所蕴含的复杂意味是值得我们深思的。显然,它在很大程度上透露了转型之初文化思想领域"乍暖还寒"的复杂症候。为了更清楚地了解这一复杂症候,我们不妨从八十年代初出版的《大学生活小说选》中的两场舞会谈起。

阎阳生在《舞会》中描写了八十年代初一场自发性的大学生舞会及其所产生的各方反应。为了活跃校园生活,作为学生会主席的"我"准备组织一次舞会。然而,这样一场民间自发性的娱乐活动却遭遇各个方面的压力。首先是校方的态度不置可否,主管学校政治思想工作的书记一方面认为"跳跳舞嘛,也不是不可以",但另一方面又要顾虑上面"最近好像不感冒"的动向。联系上述"禁舞通知",校方的"犹疑"应该是可以理解的。其次是同学们的反映"有点特别",私下里说"不会",公开却说"不去"。这些历经磨难的七七届"老大学生们"之所以如此"特别",是因为在"舞会"仍然缺乏合法性身份的敏感时期,他们既不愿"浪费"来之不易的学习机会,又想抓住即将逝去的"青春"。第三是社会舆论"阴晴不定",几个月前,报纸还在"大力提倡舞会,反对压制青年",如今却接二连三地发表署名"工农兵"的读者来信,批评"喇叭裤、交谊舞、垮掉的一代"。虽然舞会后来在大家的努力下得以如期举行,但不料却被一群穿着"喇叭裤、敞胸衫"的不速之客冲乱了,最后不得不在院长怒不可遏的制止声中提前结束了。

八十年代初期,意识形态领域的思想交锋虽然余波犹存,但在随后"改革开放"洪流的强劲推动下,开明的"改革派"获得了广泛的群众基础和压倒性胜利。作为思想解放"晴雨表"之一的交谊舞会也随之获得了合法性。1984 年 10 月,宣传部、文化部、公安部联合发布《关于加强舞会管理问题的通知》,认为舞会"对活跃文化生活起了一定积极作用",各地可以有条件地举办舞会。因此,在稍后高尔品的《青春兮,归来》中,大学生舞会已不再是一个被争议的敏感问题。在小说开头欢快明朗的叙述中,那些"年岁几乎与共和国相等"的莘莘学子们"踩着刚刚消融的冰雪",纷纷"走进了多姿多彩的大学舞厅",虽然舞步有些"笨拙",但无不"沉醉在浩荡的春风里"。然而值得注意的是,在这篇关于舞会的叙述文本中,虽然外部的"冰雪"得以消融,但是内心的"纠结"却不容易得到"释然"。舞会由思想交锋的领域转而成为道德冲突的现场。当主人公张青与刘莓莓陶醉在"最时髦"的迪斯科舞曲中的时候,张青的妻子芮娅抱着生病的孩子出现在了舞会的现场。叙述者以特写的方式呈现了舞会中令人惊颤的一幕:张青"惊恐不安"地急忙推开了刘莓莓,刘莓莓"惊慌失措"地跑出了舞厅,芮娅怀着"凉透了的心"独自离去。这场看似偶然的舞会冲突背后其实有着深层的历史成因和伦理困惑。在恢复高考的最初几年中,大学校园里的学生群体(主要是 77、78、79 级)大多是"文革"十年被耽误的一代"知识青年"。当他们重新获得机会走进大学校园时,许多人已过而立之年,甚至已为人父母,丰富的社会阅历和复杂的历史问题成为他们大学生活中"难以承受之重"。小说的主人公张青和刘莓莓正是挣扎在这样的矛盾和困惑中:一面是难以自抑的激情和欲望,一面是婚姻的道德和家庭的责任。

转型时期两场"舞会"所蕴含的复杂讯息是耐人寻味的,折射出转型之初大学校园乃至整个社会文化思想领域的复杂情状。在《舞会》中,虽然冲破坚冰的新力量最初并非"一帆风顺",甚至遭遇各种挫折,但是谁也不能阻止时代前进的步伐。舞会虽然没有取得预期的成功,但是它已扰动了"社会的神经",刺激了"传统的道德"。正如充满自信的叙述者在小说的结尾所言,"未来应该是美好的"。而在《青春兮,归来》中,情况似乎更为复杂。制度的坚冰容易融化,内心的藩篱却无法轻易拆解。无论张青们怎样努力地要"重度青春","过一过真正的大学生活",可是他们始终无法摆脱道德的重负和内心的焦虑。直至小说的结尾,作者也未能给出明确的昭示,孩子的哭声划破了"爱情与痛苦的感情凝成的天地",张青再次"夺路而去",刘莓莓的心底升起了"莫名的伤感和悔恨"。虽然舞会可以多姿多彩,但失去的青春却不能真正地"归来"。因历史谬误所导致的个体生命的合理要求在现实生活中无法实现的深层冲突赋予了这篇青春感伤小说以更丰富的内涵。

二、"社团"的喧哗:青春诗意与思想分歧

学生社团是由具有共同意愿和兴趣爱好的学生成员自愿组成并按一定的章程开展活动的群众性学生组织,是大学校园文化活动的重要载体。这种校园文化空间是介于国家和社会之间的公共领域,社团成员借此可以进行各种文化活动。转型时期大学叙事中的社团活动凝聚了改革开放年代大学校园和思想文化领域诸多变动的讯息,这在方方和张抗抗早期的大学叙事中得到真实体现。

方方早期的大学叙事作品大多取材于八十年代初她在大学时期的学生生活,具有亲历性特征和明朗活泼的基调。《安树和他的诗友们》主要围绕桉树诗社和他们的诗歌朗诵会展开。这是一个由五位中文系学生自发成立的文学社团,社部就设在社长安树的宿舍203寝室。全体社员连续三天利用课外活动时间蹲在狭小的寝室里"苦苦讨论",最终给诗社起了一个"有派儿"的名字"桉树"。随后,小说重点描写了诗社组织的一次诗歌朗诵会。小说中,方方赋予了这个校园公共文化空间诸多"浪漫而富有诗意"的想象:朗诵会在校园的老银杏树下举行,人们搬着小方凳坐在秋天的银杏树下,"树上摇着一片片黄金,树下铺着一片片黄金"。丁丽丽"像只飞来飞去的百灵鸟",桉树的脸上"泛着自豪而得意的光",他的开场诗《我的名字叫桉树》"朗诵得精彩极了","从他高亢热烈的声音中,人们仿佛能看到桉树的高大、奇伟,看到它旺盛的生命力和傲然于大地的自信心","掌声不断地哄起"。

同样,张抗抗在《夏》中也以深情的笔触描写了"仲夏"文学社和他们编写的文学墙报:"北国的夏天是生机蓬勃的季节,阳光照例在半夜催开牵牛花的喇叭。几天后,我和岑朗,还有六七个同学办起了一个'仲夏'文学社,编写了一个文学墙报。第一期出版后,反映非常强烈;我们在平静的生活中投下几颗石头,引起了荡漾的涟漪,这总是一种喜悦。"

转型时期的文学不但积蓄了感伤和反思的力量,也在时代的召唤中承载了一代人的激情和梦想。正如《夏》中梁一波和岑朗在筹划文学社和墙报时所感受到的那样,"我们兴致勃勃地谈起文学来。好像文学有一种魔力,把我们拉到另一个幻想的世界,以至于我忘记了自己在什么地方"。在安树和诗友们的宣言中同样溢满了青春的激情和理想:"我萌发于一粒有棱角的种子;我的船驶向大海,整个世界都匍匐在我的前面;我是风,自由而无形;我是山,独立而强硬。"这段桉树诗社的"宣言"所蕴含的主体精神、自由意志和开放胸襟彰显了思想解放时期大学校园的精神气候,寓言了新时期民族国家的想象。在那个伴随着思想解放而来的文学黄金年代,各类文学社团和刊物如雨后春笋般在大学校园遍地丛生,譬如北京大学的《未名湖》、武汉大学的《珞珈山》、人民大学的《大学生》、中山大学的《红豆》、吉林大学的《红叶》,还有全国十三所大学联合创办的《这一代》等等,众声喧哗的大学校园处处充满了浪漫和诗意。直到若干年后世俗化甚嚣尘上的商品经济时代,当年的文化精英们回首八十年代的时候,仍然为思想解放年代的理想主义和同学情谊激动不已。在陈平原、甘阳、李陀等关于八十年代的回忆中,文学、激情、理想和友情等被不断强调(详见查建英的《八十年代访谈录》)。

　　诚然,当我们今天重回激情岁月时,需要对"八十年代的浪漫化"保持必要的清醒和警惕。正如有学者所言:八十年代虽然终结了"文革"的信仰,但也保留了"文革"的某些脾气。八十年代的"反叛"激情与"文革"式的"革命"激情看上去一正一反,其实是有关联有延续的,因为八十年代反叛的主力军实际上正是"文革"一代人[①]。当我们反思八十年代文化思想领域的复杂情状时,有必要重新检视不同时代两种激情的"关联"。还是让我们重新回到《夏》和《安树和他的诗友们》文本中来。

　　《安树和他的诗友们》的后半部分颇令人玩味。叙事游离了这个校园文学社团的本质性内容,而主要聚焦于诗社成员与待业女青年吴文玉之

---

　　①　查建英:《八十年代访谈录》,生活·读书·新知三联书店,2006年,第277页。

间的交往互动。桉树诗社的朗诵会吸引了待业女青年吴文玉。然而，这个当初带着《我寻找阳光》报名参赛的待业青年不但没有带来"惊喜"，反而不愿上台朗诵，让大家"高涨的热情一落千丈"，导致朗诵会不欢而散。于是诗社成员与待业青年之间发生了一场"争执"。当诗社成员把满腔怨恨投向吴文玉时，以勤杂工身份出现在大家眼前的吴文玉为自己的行为进行了辩解。她害怕被大家识破身份而遭到歧视，"我们这种人，文化水平比你们低，自尊心却不比你们低"。显然，叙述者的情感倾向明显偏向后者，甚至在小说的结尾，安树们受到吴文玉的影响，决定走向社会，"从丰富的生活中去寻找诗情"。这一叙事指向固然与作者早期的生活经历相关联，但也在很大程度上反映了转型时期大学公共领域的真实情状和社会镜像中的大学生形象。

而在《夏》中，大学生内部思想领域的冲突要比上述两类不同时代青年的隔膜要复杂得多。仲夏文学社并没有得到支部和班委同学的支持，作为发起人的岑朗甚至被当作"不正之风"的反面典型受到批评和指责。而梁一波也因为是岑朗的同盟者失去了"三好学生"的资格。小说中党小组长吕宏对待岑朗和仲夏文学社的态度很容易让我们联想到刘心武在《班主任》中刻画的那个受到"文革"精神伤害的团支书谢慧敏。在她看来，当前社会的主要矛盾是无产阶级与资产阶级的矛盾，那么大学生面临的主要矛盾"毫无疑问也是红与专的矛盾，是政治和业务的矛盾"，岑朗在《仲夏》墙报上写的那些诗歌和她平时的"自由散漫"是缺"德"的表现，不符合"'三好'学生的标准"。而她的这些言论和思想都获得了老师和大部分同学的支持。很显然，"遭受极左路线荼毒以后的第一批大学生"们思想深处的包袱是难以在短时间内被彻底"解放"出来的。

三、"集会"的风波：现代派表达与自由化顾虑

思想解放初期，意识形态领域既要借人道主义、自由民主和个性解放等"五四"以来的现代启蒙话语对过去的极"左"思潮遗留进行清理，又必须谨防大规模涌入的西方思潮对传统和社会主义合理性与合法性的质疑和背叛。正如邓小平在1980年《目前的形势和任务》中所指出的那样：一

方面，"'四人帮'在组织上和思想上的残余还存在。我们不能低估这些残余的能量，否则就要犯错误"。但是另一方面，"现在有一些社会思潮，特别是一些年轻人中的思潮，需要认真注意"。在此，邓小平特别把北京西单文化墙事件作为负面典型重点提出。"总设计师"清醒地意识到，改革开放时期的中国既"要安定团结，也要生动活泼"①。新时期之初，改革开放所带来的自由空间让主体意识觉醒的青年一代尽情释放了此前的压抑和苦闷。然而，正如有学者所指出，"与真正青春期的少年不同，八十年代的朝气并不纯洁、灿烂"，"对于八十年代人而言，道德理想国在他们的心中切切实实地升起又扎扎实实地毁灭。这一方面使他们在背离七十年代的时候，充满了对自由的渴望。但另一方面，在他们的心中也深深地埋下了对崇高、理想的怀疑"②。

转型时期的大学叙事在 1985 年前后开始出现了一些新的变化，一批焦虑不安、虚无颓废的青年人成为了小说的主人公，早期充满浪漫和诗意的大学校园开始弥漫着一种感伤颓废的氛围。在刘索拉的《你别无选择》中，大学校园里的公共文化空间对于音乐学院作曲系的同学们已经失去了吸引力。当作曲系参加比赛的音乐会在礼堂进行公演时，戴齐直到女朋友莉莉"死拉活拽"才勉强走出琴房，而退学不成的李鸣也只是破例"从床上爬起来坐在最后一排最边上的一个角落"。作者对音乐会上那些"逻辑严谨但平淡无味"的作品只是一笔带过，而重点聚焦于森森和孟野的"现代派"表演。森森的五重奏"给人带来了远古的质朴和神秘感，生命在自然中显出无限的活力与力量。好像一道道质朴粗犷的旋律在重峦叠嶂中穿行、扭动、膨胀"。孟野的大提琴协奏曲"像一群昏天黑地扑过来的幽灵一样语无伦次地呻吟着"，"铜管劈天盖地铺下来，把所有高山巨石、所有参天古树一齐推到"，"那魔鬼似的大提琴仿佛是在这大地的毁灭中挣扎"。演唱会一结束，"台上台下的学生叫成一片。有人把森森举到台上打算再扔到台下去，有人想把孟野一弓子捅死"。在刘索拉"自由散漫"的现代派叙述中，

① 邓小平：《邓小平文选》（第 2 卷），人民出版社，1994 年，第 266 页。
② 高超群：《80 年代和 80 年代人》，《南风窗》，2006 年第 9 期。

这段淋漓尽致的表达与小说压抑沉闷的整体基调构成了"极不和谐"的冲突,它们不但释放了小说人物长久被压抑的青春"力比多",也把叙事推向了一个瞬间即逝的高潮。然而,在有关方面看来,这种肆无忌惮的释放是"可怕"的。正如"严谨"的贾教授所愤怒的那样:这种"用二十世纪手法再加上他们自己想的一些鬼花招"创作出来的音乐是"危险的"、"充满疯狂"、"充满对时代的否定"、是"神圣世界的污点"。音乐会上两个"现代派"青年的表演最终导致了不同的结局。临近毕业,孟野被勒令退学,他怀着对音乐未来的坚定信念走出了校园。森森在国际比赛中获了奖,但他无论如何都兴奋不起来,最后把自己一个人关在琴房里,下意识地关上了"现代派"音乐,播放起五年来都不曾听过的"古典音乐"大师莫扎特的 C 大调交响乐,顿时感到"一种清晰而健全,充满了阳光的音乐深深地笼罩了他。他感到从未有过的解脱。仿佛置身于一个纯净的圣地,空气中所有混浊不堪的杂物都荡然无存。他欣喜若狂,打开窗户看看洁净如玉的天空,伸手去感觉大自然的气流。突然,他哭了。"《你别无选择》这个颇具意味的结尾,向来少被人们提及。被排挤出"体制"的孟野和被"正统"感化的森森的不同结局是令人深思的,八十年代中期意识形态领域的"收"与"放"在音乐学院两个"现代派"青年身上得以彰显。

"在一个充满矛盾和变化的时代,当过去和现在彼此交融,不同的力量也聚合在了一起①。八十年代中期,思想意识领域出现了诸多复杂的变动,原本步调一致的主流意识形态和社会公共领域开始出现了一定程度的抵牾和冲突。一方面,社会公共领域仍然异常活跃,最初只是在文学或美学领域进行的"讨论"已经开始蔓延到哲学、美术、电影等文化艺术领域,各种"方法论"和"文化热"在全社会范围兴起。以"走向未来"丛书编委会、"文化:中国与世界"丛书编委会和"中国文化书院"编委会等为代表的三大民间文化机构成为"文化热"的重要标志。另一方面,1983 年开始的清除"精神污染"和随后的反资产阶级自由化运动在一定程度上收紧了

---

① 张旭东:《改革时代的中国现代主义——作为精神史的 80 年代》,北京大学出版社,2014 年,第 26 页。

此前思想解放的"自由空间"。这种复杂的情形不难从这一时期孙颙的大学叙事文本《青年布尔什维克》中得到真切反映。

《青年布尔什维克》的叙述主要围绕某大学哲学系一场关于"现代化"问题的演讲会及其所引发的风波展开。风波是由四年级学生莫凡平标新立异的演讲引起的。"他的主要论点是:'现代化进程将大大缩小人和人的物理空间'(无需多加解释,因为有发达的交通与通讯联络);'非常遗憾的是,与此相反,人和人的心灵距离却日趋增大'(这就要详细论证,由于事例庞杂,难以在小说中一一引言);他的结论是:'在大力发展现代化的同时,广泛提倡精神文明,可能只是美好的空想'(放肆的莫凡平,唯一谨慎的地方,是使用了不那么武断的字眼'可能')。"小说中,叙述者一方面采用自由间接话语转述人物的声音,另一方面,又通过"超表述"的评判话语表明自己的意识形态立场。从中我们不难体味出叙述者对人物滑稽模仿的语气和满含嘲弄的口吻。在这场演讲比赛中,作者主要提到了两个人,一个是标新立异的莫凡平,另一个是"青年布尔什维克"方旋。莫凡平的演讲引起了强烈反响,"仅讲了五分钟零四十三秒。然而,引起的余震却久久不散",而方旋附带驳斥莫凡平的演讲却"并未引起多少注意"。这场演讲"风波"很快引起了校方和市里领导的高度重视,并要对当事人采取"严厉措施"。

值得注意的是,在接下来的故事中,"风波"的始作俑者莫凡平并没有成为叙述的主角,而主要聚焦于"青年布尔什维克"方旋和莫小鸥为合理解决演讲风波所作的努力。故事的结局是,"青年布尔什维克"既反对偏激观点也反对严厉措施的主张获得了权威领导同志的支持,演讲"风波"有了合理解决的转机。在此,我们不难看出,这场大学校园演讲风波实际上是新时期初期意识形态领域复杂性的真实反映。十一届三中全会以后,随着拨乱反正的完成和改革开放的进行,公共领域和言论空间虽然已进入到一个十分活跃的历史时期,但是,"话语领域既是限制性的,又是解放性的"①。在"左"的影响与自由化倾向同时并存的八十年代中期,《青

---

① 张旭东:《改革时代的中国现代主义——作为精神史的八十年代》,北京大学出版社,2014 年,第 26 页。

年布尔什维克》中关于演讲风波的叙述体现了转型时期主流意识形态在
坚持思想解放和反对资产阶级自由化之间寻找平衡的努力。

第三节　新时期大学叙事中的"文革"记忆

"文革"时期,以"文化"为革命对象的激进政治运动,不但割断了
"五四"以来的新文学传统,而且摧毁了晚清以来的现代大学传统,从而
使得本就贫乏的"文革文学"难觅大学叙事的踪迹。"文革"大学叙事直
到新时期之后才得以"旧事重提"。"文革"结束后,面对濒临崩溃边缘
的社会经济和文化残局,国家领导层很快对这场冠以"文化大革命"的
极左政治实践作出了明确的否定,宣称它"是由领导者错误发动,被反
革命集团利用,给党、国家和各族人民带来严重灾难的内乱"[①]。在国家
意识形态的规训和引导下,文学尤其是小说很快承担了对"文革"否定
性和批判性历史重述的主要职责。新时期的"文革"大学叙事正是在上
述历史语境中重回大学校园,书写特殊年代学院知识分子的生存境遇
和精神危机。

一、"文革"大学叙事中的"校园生态"

新时期文学是以对"文革"创伤的追忆和反思开始的。在拨乱反正和
思想解放的潮流中,重新获得合法身份和话语权利的知识分子以各自不
同的身份和姿态追忆曾经的创伤,进而反思遭遇身心创伤的历史缘由。
在新时期以来关于文革记忆的感伤和反思过程中,曾经作为"文化革命"
主要场域的大学校园,也作为一个蕴含复杂意味的叙事空间进入当代作
家的文学想象。

自晚清以降至民国时期,随着现代大学制度的建立,中国大学的校园
生态主要是基于大学独立、学术自由和教授治校等现代大学理念形成的。

---

① 中共中央文献研究室:《三中全会以来重要文献汇编》(下),人民出版社,
1982年,第811页。

正所谓，"大学者，研究高深学问者也"，"对于学说，访世界各大学通例，循思想自由原则，取兼容并包主义"①。当年"北大之父"蔡元培的治校理念和治学思想一直都是中国现代大学薪火相传的精神传统。然而，并非世外桃源的大学既需对抗社会的压力，又要建立内部的秩序。要真正实现"独立"、"自由"的大学理想原本不易，更何况在"以阶级斗争为纲"的特殊年代。美国教育学家卡扎米亚斯认为："所有社会，在民族危机和重大事变时期之后，都有过重大教育改组的尝试。"②卡扎米亚斯的这一结论同样适用于中国，"百年树人，教育为本"的道理谁都明白，建国后新生政权在教育领域进行了诸多"革命性"尝试。尤其是"文革"期间，为了"彻底搞好文化革命"，领导层开始进行了教育制度的"彻底改革"③，大学一度停止上课，高考招生制度被废除。虽然后经最高领袖"指示"④，大学恢复招生，但那些肩负"上、管、改"政治使命的工农兵学员，都把主要精力播散在政治运动和劳动实践中，大多数人的知识水平还不如"文革"前的中学生，而他们的老师则大多在"革命大批判"的改造中被迫走下讲坛，放弃学术。至此，自五十年代以来，历经"院系调整"、"思想改造"和"革命批判"的中国大学校园生态几乎被破坏殆尽。对此，有学者指出，这些接踵而至的政治激进运动"完全改变了中国大学的独立性，同时也几乎摧毁了大学这样一种体制"⑤。

　　大学叙事是大学校园生活经验的真实表达，"讲述的是已经完成的教育事件和在院校中发生的真实事件，其叙述追求的是对教育'实然'状况

① 蔡元培：《蔡元培全集》（第三卷），中华书局，1988年，第271页。

② （美）卡扎米亚斯：《教育的传统与变革》，文化教育出版社，1983年，第231页。

③ 本报评论员：《彻底搞好文化革命，彻底改革教育制度》，《人民日报》，1966年6月18日。

④ 1968年7月21日，毛泽东在《人民日报》关于《从上海机床厂看培养工程技术人员的道路（调查报告）》的编者按中批示："大学还是要办的，我这里主要说的是理工科大学还要办，但学制要缩短，教育要革命，要无产阶级政治挂帅，走上海机床厂从工人中培养技术人员的道路。要从有实践经验的工人农民中间选拔学生，到学校学几年以后，又回到生产实践中去。"这段话后来被称为"七二一指示"。

⑤ 韩水法：《世上已无蔡元培》，《读书》，2005年第4期。

的解读和诠释,关注的是院校发展中的真实"①。新时期之初,王新纪、陶正和田增翔合著的长篇小说《魂兮归来》虽然在伤痕、反思文学浪潮中没有引起足够的关注(几乎没有研究文章涉及这部长篇),但是从大学叙事的角度来看,却是一部不可多得的重要文本,作品真实呈现了 1972 年至1976 年间风云变幻的政治运动对大学校园的深刻影响。小说一开始便在一个看似普通的入学迟到事件中潜藏着较为丰富的时代讯息。新华大学中文系新生梁晓茵风尘仆仆地赶到学校时,"七二届工农兵新学员已经开学好几天了"。小说中梁晓茵的"大学命运"随着父亲梁牧的"政治命运"起伏不定。当初因为父亲被"打倒"而失去报名的资格,后来又因父亲的"解放"而得到了迟来的"入学通知书"。入学以后,她一度因父亲的"复出"而受到"关照",后来又因父亲的"失势"而遭到"审查"。虽然梁晓茵入学迟到背后的复杂政治因素让人深思,但新华大学招生小组欧阳冰老师在梁晓茵入学事件中的作用更值得关注。当初,正是因为欧阳老师来到梁晓茵下放的知青点,看到她写在墙报上的两首诗和另一些诗稿,才"对她发生了兴趣,找到她","兴奋地"鼓励她去报名,并为之"极力争取",这才有了后来"迟到"的录取通知书。时过境迁,虽然当初"文革"废除高考采取推荐制的大学招生制度有着诸多缺点和局限,但是由各大学派往各地的招生小组进行实地考察和当场面试的招生方式也并非一无是处。它不但在当时从根本上改变了那些底层"幸运者"的命运,即便对现在"一考定终身"的应试招生制度来说,也有可资借鉴之处。对此,知青作家梁晓声在他的自传体长篇小说《我的大学》中有着更为详实的叙述。1974 年的一天,复旦大学招生组的陈老师让人把正在抬木头的"我"叫到招待所去见面。在他热情的询问下,"我"激动地向他讲述了自己看过的《牛虻》《钢铁是怎样炼成的》《红与黑》《红字》等一些文学著作,"陈老师自始至终听得很认真"。三天后,当"我"和抬木头的同伴们一起为自己"对复旦的老师卖弄"而自责,不再对上大学抱任何期待时,陈老师竟然"又把我找到招待所,一见面就对我说:'你的档案,我从团里带到师里了,如今已从师

---

①　侯志军:《大学叙事与院校研究》,《高等教育研究》,2007 年第 8 期。

里寄往复旦大学了。如果复旦复审合格,你就是复旦大学中文系创作专业的学生了!'我呆住了。半天讲不出话。"更让人吃惊的是,到了复旦之后,"我才知道,那一次招生,整个东北地区只有两个复旦大学的名额"。而这万里挑一的幸运之所以降临到"我"身上,是因为"陈老师住在招待所里,偶读《兵团战士报》,发现了我的一篇小散文,便到宣传股,将我几年来发表的小散文、小诗、小小说一类,统统找到,认真读了。还给黑龙江出版社去了一封信,了解我在那里的表现,然后亲自与团招生办交涉。将我的名字同复旦大学联在了一起"。虽然王新纪、梁晓声等的"文革大学叙事"与同时期的"文革叙事"一样,在他们的主体叙事部分中充满了对历史过往的否定性叙述和批判式反思,但是这些关于"文革"大学招生的叙述片段却再现了患难人生中难得一见的温暖场景。

　　"文革"时期,高考招生制度被废除,大学实行的是"群众推荐、领导批准和学校复审相结合"的办法招收工农兵学员,工农兵学员的任务是"上大学、管大学、用毛泽东思想改造大学"(简称"上、管、改")①。虽然当初这一源于领袖人物试图改变大学阶级属性、促进高等教育公平的大学改革举措明显带有理想化的乌托邦色彩,然而,"文革"大学的招生事实在一定程度上还是反映了在校大学生生源成分的显著变化。据1971年5月对清华大学、北京大学等七所大学当年招收的8966名工农兵学员的统计,出身工人、贫下中农、革命干部和其他劳动人民家庭的占99.8%,出身剥削阶级家庭的占0.2%②。毋庸讳言,"文革"大学校园中进行的一些有悖于教育自身规律的"革命",仍不可避免地产生了诸多令人啼笑皆非的大学之"怪现状"。

　　"文革"时期大学招生注重的是政治标准,而非学业水平,那些通过推荐进入大学的工农兵学员在文化程度上严重参差不齐。据1972年对北

①　1970年6月27日,中共中央批转《北京大学、清华大学关于招生(试点)的请示报告》,决定废除考试制度,"实行群众推荐、领导批准、学校复审相结合的办法",招收工农兵学员,并决定先在以上两校进行试点。文件确定工农兵学员的任务是"上大学、管大学、用毛泽东思想改造大学"(简称"上、管、改")。

②　郑谦:《被"革命"的教育》,中国青年出版社,1999年,第83页。

京市 11 所院校工农兵学员文化程度的调查,学生中相当小学程度的占
20%,初中程度的占 60%,初中以上程度的占 20%①,大部分人根本无法
适应大学生活。在《我的大学》中,只念过一年初中的樊姓女同学,"连标
点符号也不会用","有四分之一的字似是而非,缺胳膊短腿,语法就更谈
不上了"。这位农村姑娘当初是作为教育革命的"试验品"被招进复旦大
学中文系创作专业的,因为张春桥"指示",要招收一个文化很低的学生,
将其培养造就成为作家,以打破"文学神秘论"、"作家天才论"。然而直到
毕业时,樊同学的"字写得依然如故,不见进步。残字在她的文化废墟上,
依然可以组成一个'独立王国'"。而中文系创作专业的另一位藏族女生
的悲剧更令人唏嘘不已。这位文化水平与小樊差不多的藏族女生,入学
时已是两个孩子的妈妈了,"入校后有压力,也想孩子,对文学评论不感兴
趣,如同盲人对看电影不感兴趣。数次要求退学,工宣队不同意,党委不
批。她是农奴的女儿,认为退了她,是'阶级感情'问题"。不堪重负的藏
族女生最终跳楼自尽了。

　　"文革"持续不断的政治运动和参差不齐的生源结构致使大学几乎无
法进行正常教学。《魂兮归来》中的"课堂教学"与"开门办学"真实反映了
当时独具"文革"特色的大学教育。小说第六节描写了一次校内"课堂教
学"的情景:由于连续的武斗、搬迁、打砸抢,新华大学的教学设备遭到严
重损害,只好把一间住了十几个男同学的大宿舍当作教室,"教员和学生
一样,随随便便坐在椅子或是床铺上。上课的时候,学生们可以交头接
耳,随意插话、提问,还可以抽烟喝茶"。更让人五味杂陈是,对于这种"放
鸭式"的教学方式,"这几年教员们也都习惯了,并不觉得有什么不舒服"。
在这堂文学一年级的写作课上,面对基础参差不齐的工农兵学员,欧阳冰
老师"只好不讲什么理论",让他们"摸一摸文学创作的门径",唯一的要求
是要大家反映"最熟悉、最有感受的生活",要抒发"内心的真情实感"。然
而,欧阳冰的这种"从游式"的教学方法和近乎小学生习作式的基本要求
还是让新华大学文学专业的不少学员感到"迷惑"和"压力"。课堂上,"同

---

　　①　高奇:《新中国教育历程》,河北教育出版社,1996 年,第 220 页。

学们一个个神情浮动,目光游移"。下课后,系学生党支部副书记卢新宇
便赶紧召集班里学习吃力的同学商谈如何对付这次老师布置的"硬骨
头",因为这些连初中毕业水平都没有的同学"每人都是一脸的忧愁","吭
哧半天也写不出几个字来"。在《魂兮归来》的第五十三至六十九节,作者
用十万多字的篇幅详细描述了文学三年级(即两年前的文学一年级)到燕
山煤矿"开门办学"的整个过程。在开门办学活动中,师生们除了听矿史
报告、参观阶级教育展览馆和下矿劳动外,最富"喜剧"色彩的是那堂由工
人阶级代表商扬主讲的"写作评论课"。尽管支部书记叶啸和主持人严逸
松事前经过了周密安排,但商扬却把严逸松给他准备的讲稿弃之不用,我
行我素地讲起了"真心话"。这位工人阶级代表不但对他们的创作"竭尽
挖苦嘲弄之词",而且还对当前大学的敏感问题"畅所欲言"。这不得不让
主持人严逸松"胆战心惊"。这堂课最后在组织者叶啸怒不可遏的制止中
结束了。"开门办学"这一"文革"教育革命的"新生事物",最初源于中共
高层关于"教育必须为无产阶级政治服务,必须同生产劳动相结合"的思
想方针①。根据这一方针,高校师生除了要到农村、工厂、部队"学农"、
"学工"、"学军"之外,还必须进行"对流",即教师放下知识分子的架子到
工厂接受工人阶级的再教育;工人以主人翁的姿态到学校挑起培养接班
人的重担。事实证明,这一具有浓厚实用主义色彩的"教育革命"不但没
有让教育与实践很好结合,反而本末倒置地破坏了正常的教育逻辑。

大学的领导管理体制是"文革"大学革命的核心问题之一。毛泽东早
在"文革"前便指出:"学术界、教育界的问题,过去我们是蒙在鼓里的,许
多事情我们不知道,事实上是资产阶级、小资产阶级掌握的。……现在,
大学、中学、小学大部分被资产阶级、小资产阶级、地富出身的人垄断了",
"这是一场严重的阶级斗争,不然将来要搞修正主义的,就是这一批
人。"②显然,毛泽东的上述判断是教育领域里的"阶级斗争扩大化"。不

---

① 1958 年 9 月 19 日中共中央、国务院发布《关于教育工作的指示》,确定了"教
育必须为无产阶级政治服务,必须同生产劳动相结合"的思想方针。

② 毛泽东:《毛泽东选集》(第 5 卷),人民出版社,1977 年,第 426 页。

久,在中央"文革"小组的号召下,"斗垮走资本主义道路的当权派,批判资产阶级的反动学术'权威'"的大批判运动很快在全国范围内的大学校园如火如荼地展开①。"文革"大学的干部队伍主要由三部分人组成,一是进驻学校的工宣队,二是"上、管、改"的工农兵学员,三是"十七年"留任的领导干部。"文革"时期,大学管理体制的"革命"主要是作为革命力量的工宣队和工农兵学员对"十七年"教育黑线的代表"资产阶级当权派"和"反动学术权威"的"权力"斗争。

作为"文革"大学批判运动的亲历者,戴厚英在长篇小说《人啊,人!》中以当事人和旁观者的不同身份,反复描述了由工宣队组织的对 C 城大学党委书记奚流及"保奚派"的批斗场景。在当事人孙悦的回忆中,"瘦得几乎要倒下来的奚流,弯腰站在台上挨斗",她和陈玉立挂着"奚流姘头"的牌子陪斗,旁边站着奚流病弱的老伴。对奚流"反戈一击"的是校党委副书记游若水和中文系造反派教师许恒忠。对此,旁观者何荆夫从另一个角度描述了这场批斗大会:大礼堂正召开批斗奚流的大会,他从拥挤的人群中挤了进去,看到孙悦挂着"奚流姘头"的牌子,"她的辫子已被剪掉,头发蓬乱,面色泛黄。沉重的牌子压弯了她的腰",全场响起了"打倒——!""打倒——!"高一声、低一声的口号。据许子东对新时期"文革"叙事的研究,"罪与罚"是文革叙事模式中一个最重要的"情节功能"②。在这场批斗中,奚流的罪名是"走资派",主要罪证是许恒忠揭发奚流给陈玉立写的"情书"。站在奚流旁边接受批斗的"保奚派"孙悦和陈玉立的罪名是"奚流姘头"。不难发现,"文革"中的"罪与罚"常常是通过把道德问题转换为政治问题来实现的。这种政治与道德双重打击的后果是受罚者不但被剥夺了政治上的权力和地位,其家庭、婚姻、情感也很快随之瓦解。奚流、孙悦、陈玉立都难逃"文革"悲剧宿命(奚流老伴去世,孙悦和陈玉立家庭破裂)。然而,带着"最高指示"进驻大学的工宣队占据学校各级领导

---

① 中国人民解放军国防大学党史党建政工教研室编著:《"文化大革命"研究资料》(上册),国防大学出版社,1988 年,第 72 页。

② 许子东:《重读"文革"》,人民文学出版社,2011 年,第 52 页。

岗位之后,总是难以避免在这个知识分子的场域"力不从心"、丑态百出。梁晓声在《我的大学》中以嘲讽的笔调描写了工宣队在复旦大学里的"表演"。担任中文系总支书记和副书记的是两位工宣队员,在新学期的全系大会上,那位工宣队队长兼系总支书记发表了"复旦是藏龙卧虎之地,也是虎豹豺狼之窝"的讲话,遭到"我"的反驳之后,"很恼火","脸色阴沉严峻",竟要组织人马对"我"进行批判。而那位系总支副书记则是一个身高一米五左右的侏儒,"从未见其笑过,永远那么猥琐地严肃着",因为发表了一篇所谓杂文《赞"山羊角"精神》,得到张春桥的好评,身价百倍,"使人觉得你不招他不惹他,他也时刻想猝然顶你一头","大有顺我者昌,逆我者亡的架势"。

　　相对而言,作为学生身份的工农兵学员即使肩负着"上、管、改"的政治使命,但是他们在争取大学权力的分配过程中显然不如工宣队那样"理直气壮"。《魂兮归来》中的邵云龙从中文系学生会主席、系总支委员到系总支书记、校党委副书记并非轻而易举,而是经过了政治权谋中的不断"打拼"。这位造反派出身的工农兵学员,在各种政治运动中始终保持高昂的情绪,很快在同学中显示出"出类拔萃的锋芒",先后入党,进入系总支,担任学生会主席,主管各系开门办学,最后竟然成为了新华大学最具话语权力的党委副书记,连老谋深算的党委书记廖尚朋也"无可奈何"。而系支部书记王磊与支部副书记卢新宇之间的一场富有戏剧性的师生谈话更显示出工农兵学员在"上、管、改"过程中的尴尬。一开始,卢新宇对王磊的约谈满不在乎,甚至流露出明显的轻慢,因为在他看来支部书记与支部副书记之间似乎没有太大的身份悬殊。然而,"形势"随后发生了逆转,师生身份差异很快消解甚至颠覆了工农兵学员干部卢新宇的自信。当卢新宇发现自己抄袭作业被王磊发现,甚至虚假身份有可能要暴露的时候,他"突然像电打了似的,浑身剧烈地一抖",原来的傲慢顿时"一扫而光",竟然惊慌失措地大叫起来,他开始沉痛地检讨自己的错误,"全成了另一个人"。与前辈知识分子相比,工农兵学员们明显地表现出"先天不足"和"后天不良"的双重缺失。他们既没有继承前辈"士之谔谔"的精神传统,也没有习得"诗书自华"的知识学养。因而,在复杂多变的政治环境和校园生活中,更容易迷失自我。

建国后,大学领导队伍中的"学院派"代表在五十年代以来的思想改造运动中逐渐失去了合法身份和话语权力①,"十七年"时期大学的干部队伍主要是由革命干部组成的各级党委②。这些"行伍"出身的大学党委领导在反"右"期间常常以"唯我独左"面目排斥异己,常常把当年在部队那一套政治思想工作方式"照搬"到社会主义建设时期的大学校园,作风简单粗暴,缺少人文关怀。然而,一旦更为激进的"文革"到来,他们或者难以跟上"时代步伐",处处被动;或者沦为"资产阶级当权派"成为批斗对象。《魂兮归来》中新华大学的党委书记廖尚朋和《人啊,人!》中 C 城大学党委书记奚流都是如此。廖尚朋常常以"老粗"为自己掩饰内心的"百曲千折",把"当前形势"作为衡量一切是非、处理一切问题的"天秤"。借用这架"天秤",他发动过种种清查、揪斗学校干部和教员的运动。而奚流这位当年"全国高等院校中出名的反右英雄","文革"一到来,便在 C 城大学文化大革命中被当作走资派"揪了出来",最后众叛亲离。

自清末民初以来,中国近现代大学主要借鉴欧美大学体制,努力遵循大学独立和教授治校的原则,构建起现代大学管理体制。而"文革"大学管理体制则主要是在政治"血统论"的支配下形成的政治一体化管理,它是以无产阶级出身的工宣队为核心,以"上、管、改"的工农兵学员为辅助,以所谓的"资产阶级当权派"为斗争对象,那些曾经在大学以学术和人格备受尊崇的学院知识分子(教授)则完全被排斥在了组织之外。由上述"文革"大学叙事不难看出特殊时代语境中政治对大学管理体制的干预及其与现代大学管理体制的背离。

"文革"时期,大学校园内遭受致命打击的还是从事学术研究的学者

---

① 陈徒手在《故国人民有所思》(三联书店,2013 年 5 月)中以大量第一手材料真实描写了建国后马寅初、陈垣、汤用彤、周培源等著名学者在大学组织管理活动中被不断边缘化的尴尬境遇。

② 1958 年 9 月,《中共中央、国务院关于教育工作的指示》规定:"在一切高等学校中,应当实行学校党委领导下的校务委员会负责制;一长制容易脱离党委领导,所以是不妥当的。"

及其学术活动,本为"学术研究之机关"的大学基本上失去了学术研究的功能,而这一动摇大学学术根基的破坏是从五十年代的院系调整开始的。新中国成立后,中国大学经历了由民国时期的欧美体制向苏联体制转换的"院系调整",大学的主要任务被规约为"为经济建设服务",为革命事业培养"又红又专"社会主义劳动者①。大学原有的研究职能逐步让位于教育培训。对此,有研究表明,五十年代以来,"所有研究项目均由中国科学院及与之相关的机构来组织实施,而高等教育体系中的机构却无从插手","大学通常只是用一成不变的教科书传授早已有定论的知识"。随着大学主要职能的转换,再加上五十年代后期以来至"文革"时期的各种政治激进运动,大批知识分子被迫离开岗位,放弃学术,下放劳动,"从而使民国时期大学培养起来的一代著名学者的集体知识和智慧丧失了二十年"。"文革"时期,经历了五十年代以来反"右"扩大化和思想改造运动的大学知识分子,在以"批判资产阶级反动学术权威"为职志的"革命大批判运动"的震慑下,精神高度紧张几乎陷入了"集体失语",大学教授们经常因为"政治问题"而被剥夺学术权利,而那些所谓的"政治问题"通常来自于莫须有的或非政治的原因。

梁晓声在《我的大学》中描写了"文革"时期大学学术生活中令人惊颤的一幕:一天,"我"在图书馆偶然翻到本系老师"文革"前出版的一本研究文艺理论的"小册子",便拿着向他请教,"不料他连连摆手,有些惊惶地说:'不是我写的。不是我写的。'我说:'别人告诉我就是您写的呀!'他更加惊惶:'同名同姓,同名同姓!'说罢匆匆而去。"这位教师之所以对自己的学术成果如此噤若寒蝉,主要是因为他曾经在隔离审查时交代了市革委会副主任徐景贤"怕鬼"的事情,从而导致那位当年的老同学怒不可遏地下了一道口谕:"这个人是个坏人。要控制使用,永不得带学生。"于是"未盖棺而定论",他便成了复旦校园内众所皆知的"坏人"了。即使他与那些"道德败坏,腐化堕落,以及与女人乱搞关系一类事情"毫不相干,但

---

① 中央教育科学研究所:《中华人民共和国教育大事记(1949—1982)》,教育科学出版社,1983年,第8页。

是他还得背着这个含混的"罪名"而不能向别人"释冤"。因为"述说一次自己成为'坏人'的经过,便等于又散布一次上海市革命委员会副主任怕鬼的言论,岂非坏上加坏,罪上加罪"。于是,这位教师就只好惶恐不安地背着"坏人"的身份,失去正常的教学和科研的"权利"。类似这位复旦学者面对学术噤若寒蝉的现象在当时的大学校园中非常普遍。孙颙在中篇小说《冬》中借主人公郭凯的视角同样描写了一位生物系老教授在"大批判"中接受调查时的紧张反应。生物系几乎没有像样上过一次课,学生们都在革命大批判的战场"驰骋"。郭凯接受了系大批判组交给他的一个任务,对生物系一位老教授的修正主义科研路线进行"再批判"。那位从"牛棚"里落实政策回到学校的一级教授,尽管被"安排"在厕所对面的一间十平米的小屋子里,仍然在偷偷进行单细胞原生动物的肛门点研究。"听到敲门声,老教授浑身一颤,以老年人少有的敏捷的动作,把玻璃切片塞进中山装口袋里",带着长期受惊吓的人特有的"惊恐"望着高大的郭凯。面对郭凯的询问,老教授软弱无力地承认了自己的"修正主义"问题,并请他"狠狠地批"。在以"文化"为"革命"对象的"大批判"运动中,"坏人"和"修正主义"分子还能在"劫后余生"中迎来"解放"的春天,更让人触目惊心的是那些在劫难逃、失去生命的"牛鬼蛇神"们。宗璞在《我是谁》中描写了两位大学"海归"学者在"文革"中遭受身心打击和人格羞辱后,精神分裂,自杀身亡的惨剧。从事植物细胞研究的韦弥和孟文起夫妇在解放前满怀赤子之心从海外归来,誓言要以自己所学报效祖国。然而,在"文革"中,他们却变成了众人唾弃的"黑帮红人"、"特务"、"牛鬼蛇神"、"杀人不见血的笔杆反革命"、"狠毒透顶的反动权威"。当曾经的理想情怀和学术自信遭遇危机时,韦弥迷失了"自我",陷入了精神分裂,她发现自己变得"青面獠牙,凶恶万状","放毒杀人"。同她一样,那些文科的教授和物理学的泰斗也大都变成了"伤痕累累,血迹斑斑"的虫子在地上"一本正经地爬着"。当那些比生命还要宝贵的研究成果被当成垃圾一样焚烧时,他们最后在精神的崩塌中走向死亡。显而易见,宗璞对六十年代末期中国知识分子的象喻式书写具有更为普遍的象征意义。

美国社会学家刘易斯·科塞认为,大学应该是知识分子最适宜生存的社区。在这里,知识分子应该得到制度上的保证,应该最大限度地免受外部影响,能够把大部分时间投入到独立的思考和自主的研究中去①。然而,毋庸讳言,在上述"文革"大学叙事中,缺乏制度保障和人身自由的大学校园已不再是学术活动的场域,更遑论知识分子生活的社区,而成为了"文化革命"的"前沿阵地",半个多世纪以来中国近现代大学所累积形成的大学"校园生态"至此遭受了毁灭性的破坏。

二、"文革"大学叙事中的学院知识分子形象

新时期"文革"大学叙事中的学院知识分子主要涵括三类人物:一是来自解放前的"旧知识分子",二是建国后五六十年代成长起来的"新知识分子",三是"文革"时期入学的"工农兵学员"②。根据许纪霖先生关于二十世纪中国知识分子的代际划分,"文革"学院知识分子大致分别属于后"五四"一代、"十七年"一代和"文革"一代。后"五四"一代知识分子主要在民国时期接受欧美体制的大学教育,学生时代受到具有东西文化背景的前辈知识分子("五四"一代)的熏陶,曾经为三四十年代的中国文学和学术做出了突出贡献,但是在建国后被政治边缘化,被迫接受思想改造③。这些昔日启蒙大众的"精神导师"一旦转而成为大众批判的"反动学术权威",那种巨大的人生落差及其所产生的身份危机和内心焦虑可想而知。

在新时期的"文革"大学叙事文本中,宗璞的《我是谁》对特殊时代知识分子生存境遇的象喻书写具有"呐喊"式的意义。学院世家出身的宗璞一反曾经的温婉雅致,在作品中大尺度地运用现代派的荒诞手法表现"文革"学院知识分子濒临崩溃的精神危机。主人公韦弥和丈夫孟文起是某大学从事植物细胞研究的专家,解放前满怀赤子之心从海外归来报效祖国。他们虽然经历了"反右"改造,但仍难逃"文革"劫难。在遭遇身心摧残之后,孟文起自杀身亡,韦弥精神分裂。当"黑帮红人"、"特务"、"牛鬼

---

①　郑也夫:《知识分子研究》,中国青年出版社,2004年,第260页。
②　中共中央文献研究室:《三中全会以来重要文献汇编》(下),人民出版社,1982,第811页。
③　许纪霖:《中国知识分子十论》,复旦大学出版社,2004年,第82页。

蛇神"、"杀人不见血的笔杆反革命"、"狠毒透顶的反动权威"等各种欲加之罪纷至沓来时,韦弥在精神错乱中陷入了幻觉,她发现自己真的变成了"大毒虫","青面獠牙,凶恶万状"。同她一样,那些文科教授和物理学泰斗也变成了"伤痕累累,血迹斑斑"的虫子在地上"一本正经地爬着"。在此不难看出,宗璞对六十年代末期中国知识分子的象喻式书写具有更为普遍的象征意义。作者正是通过迷失自我、陷入危机的韦弥发出了特殊政治语境中知识分子"我是谁"的呐喊与追问。那些同韦弥、孟文起一样从"旧时代"来到"新社会"的知识分子们即便经过了"脱胎换骨",也无法摆脱身份危机与自我迷失的焦虑,或者绝望地挣扎,或者屈辱地顺从。在自传体长篇小说《我的大学》中,当年的"工农兵学员"梁晓声用黑色幽默的笔调描写了一位文艺理论教师背着"坏人"身份在大学校园难以抬头的尴尬与无奈。这位文艺理论教师之所以被公认为"坏人",只是因为他曾经在隔离审查时交代了市革委会副主任"怕鬼"的事情,从而导致那位当年的老同学怒不可遏地下了一道口谕:"这个人是个坏人。要控制使用,永不得带学生。"于是"未盖棺而定论",他便成了复旦校园内众所皆知的"坏人"了。即使他与那些"道德败坏,腐化堕落,以及与女人乱搞关系一类事情"毫不相干,他也得背着这一莫须有的"罪名"而不能"向别人释冤"。因为"述说一次自己成为'坏人'的经过,便等于又散布一次副主任怕鬼的言论,岂非坏上加坏,罪上加罪么? 别人也是无法替他释冤的"。于是,这位教师就只好惶恐不安地背着"坏人"的身份,失去了正常的教学和科研的"权利"。这种通过道德训诫实现政治打压的"斗争"方式常常给"文革"时期的学院知识分子带来难以承受的精神重负。

建国以后,大学历经"院系调整"、"思想改造"和"革命批判"等各种运动冲击,至"文革"时期,大学校园的学术生态几乎遭到毁灭性破坏。那些曾以学术安身立命的前辈学人在激进政治运动中大多被迫走下讲坛,中断学术。但是,在黑白颠倒的动乱时代仍不乏"脊梁式"的学院人物。在王新纪等合著的长篇小说《魂兮归来》中,老教授林霭峰"一生写过不少书,在研究中国文学史方面,很有造诣",即便在"文革"中被打成"反动学术权威"和"特嫌",整整被审查了五年,仍不失其"谦和刚正"的人格尊严和"春蚕到死丝方尽"的学术职志。在"批肃划"的座谈会上，老教授没有倾诉苦难，而只是希望余生能够完成两部未竟著作，"哪怕当作毒草来批判"也在所不惜。《我是谁》中的孟文起一生献身植物细胞研究，在惨遭批斗备受屈辱时，也要保护"比自己生命还要宝贵"的研究成果。当"多年的、再也无法重复的辛苦化成了一道青烟"后，孟文起义无反顾地选择了死亡。孙颙在中篇小说《冬》中描写了一位生物系一级教授在政治挤压和生活窘迫中仍坚持学术研究的感人场景。这位被打成"修正主义"的生物系一级教授从"牛棚"里放出来之后，即使被安排在厕所对面一间十平米的小屋子里，仍然在艰苦环境中坚持进行微生物研究。鲁迅先生曾说："我们从古以来，就有埋头苦干的人，有拼命硬干的人，有为民请命的人，有舍生求法的人，……虽是等于为帝王将相作家谱的所谓'正史'，也往往掩不住他们的光耀，这就是中国的脊梁。"①这些虽身陷危机仍不忘坚守学术职志的前辈学人，正是鲁迅先生所称赞的民族"脊梁"。

孔子说"士志于道"（《论语·里仁》）。对于古代知识分子而言，"道"体现为"济苍生"、"善其身"的政治抱负和人格操守。对于近现代知识分子而言，"道"除了被赋予了时代内涵的政治抱负和人格操守之外，更有了赋予他们以身份自信的学术知识。然而，对于那些从"旧社会"来到"新中国"的"旧知识分子"而言，以知识学术为批判对象的"文化大革命"彻底瓦解了他们曾经安身立命、建构人生自信的基础，从而使他们在无法把握的政治运动中陷入精神危机，甚至失去人格尊严。但是，中华民族的信念、知识分子的精神传统几千年来生生不息、薪火相传，凭借的是九死不悔的"理"，而非一时一地之"势"②。"文革"时期，学院知识分子在"学术与政治之间"的身份位移和信念消长是值得我们深思的。

建国后，知识分子被纳入到一体化的政治体制中，他们的身份大多是"被给定的"，常常在阶级和阶层结构的划分中陷入尴尬。最初他们被归入到"小资产阶级"范畴，这一身份属性主要源于战争年代革命领袖的政

① 鲁迅：《鲁迅全集》（第6卷），人民文学出版社，1981年，第147页。
② 徐复观：《学术与政治之间》，台北"中央书局"，1956年，第115页。

治确认。毛泽东认为，"知识分子和青年学生并不是一个阶级或阶层，但是从他们的家庭出身看，从他们的生活条件看，从他们的政治立场看，现代知识分子和青年学生的多数是可以归入小资产阶级范畴的"，"这些小资产阶级是革命的动力之一，是无产阶级的可靠的同盟者。这些小资产阶级只有在无产阶级领导下，才能得到解放。"①在时代语境和革命形势发生根本转变的社会主义建设时期，主流意识形态对知识分子的身份确认发生了变化。1957年3月，毛泽东在全国宣传工作会议上指出："我们现在的大多数知识分子，是从旧社会来的，是从非劳动人民家庭出身的。有些即使是出身于工人农民的家庭，但是世界观基本上是资产阶级的，他们还是属于资产阶级的知识分子。"自此以后至"文革"，知识分子一般被归入到资产阶级范畴。基于此，"党中央认为，对于旧时代的知识分子必须帮助他们进行自我改造，使他们抛弃地主阶级和资产阶级的思想，接受工人阶级的思想"②。在改造"旧知识分子"的同时，新生政权开始强调建设无产阶级自己的知识分子队伍。1957年，毛泽东在最高国务会议上指出，"一个阶级的政权，没有自己的知识分子那是不行的"，"我们是无产阶级专政，一定要造就无产阶级自己的知识分子队伍"③。

在"文革"学院知识分子群体中，那些五六十年代成长起来的青年一代主要在建国后特殊政治文化语境中成长，接受的是苏联模式的社会主义大学教育，其知识背景具有浓厚的意识形态色彩，在很大程度上中断了民国知识分子的精神传统，他们在文化和学术上的生命没有得到充分发展。由于成长的时代环境及其在此环境下习得的学术修养和人生阅历与前辈学人迥异，"十七年"一代知识分子的身份危机和精神痛苦主要不是来自学术知识遭鞑伐，而是源于政治信念被动摇。对于"十七年"一代年青知识分子而言，成长于"红旗下"的他们当初正是怀着与前辈完全不同的身份自信和政治热情走进大学校园的。然而，随着"阶级斗争"形势的

① 毛泽东：《毛泽东选集》（第二卷），人民出版社，1991年，第640页。
② 胡绳：《中国共产党的七十年》，中共党史出版社，1991年，第377页。
③ 毛泽东：《毛泽东选集》（第五卷），人民出版社，1977年，第426页。

不断升级，原本针对旧知识分子的"思想改造"很快上升为针对整个知识分子群体的"革命批判"。曾经有着"无产阶级知识分子"身份自信的"十七年"一代学院知识分子在始料未及的"文化大革命"中几乎集体性陷入了身份危机和精神痛苦。

长篇大学叙事《魂兮归来》集中展示了欧阳冰等"十七年"一代学院知识分子的身份危机和精神痛苦。欧阳冰、程明治、王磊、钟任远、叶啸等一批年轻教员都是"文革"前的大学生，他们是捧着《钢铁是怎样炼成的》《青春之歌》《烈火金刚》等一类革命英雄主义和理想主义精神读本成长起来的"社会主义新人"，是新中国造就的"无产阶级自己的知识分子队伍"。与林霭峰、严逸松等前辈知识分子不同的是，他们的工作不是或者不只是教学和研究，而主要是从事学校基层党务工作，上述五人中只有欧阳冰是文学写作教师，程明治教过一阵文艺理论后被借调到学校大批判组，王磊担任文学一年级支部书记，钟任远担任系总支副书记，叶啸担任文学一年级支部书记（代替被撤职的王磊）。对于这些五六十年代成长起来的年轻知识分子而言，虽然他们在新中国的大学校园完整地接受了高等教育，也耳闻目染地受到前辈知识分子的熏陶，但是，"时移世易"，他们的成长环境已发生了翻天覆地的变化。读书期间，他们要被培养成为"有社会主义觉悟的有文化的劳动者"；工作之后，他们必须继续努力成为"又红又专的教师队伍"中的一员。与前辈学人显著不同的是，这些大学年轻教员们曾经的身份自信主要不是来自知识人格，而是来自政治理想。欧阳冰们"天生一派诗人的浪漫气质"，大学毕业后，很快"把满腔的热情投入到教育事业中来"，总是"毫无保留地敞开自己火热的胸怀"，"用他爱憎鲜明的炽烈情感去感染那些年轻的心灵"。然而，让欧阳冰们始料未及的是，他们竟然很快变成了"修正主义的代言人"、"反攻倒算的急先锋"、"毒害青年的刽子手"、"挂着共产党员招牌的国民党"，给他们带来致命打击的不只是来自上层的"极左"势力，更有自己曾经倾注一腔热情的学生们。一场针对"十七年"教育"黑线"的激进"革命"运动颠覆了他们曾经的理想信念，使得这些怀着人生梦想的年轻知识分子正待"扬帆起航"时，便遭遇了"折戟沉沙"的挫折。

欧阳冰们的身份危机与内心焦虑同样弥漫在《墓场与鲜花》和《人啊，人!》的主人公身上。在肖平的《墓场与鲜花》中，主人公陈坚几乎是在身不由己的迷离惶惑中被卷入"运动"的。陈坚"文革"前从北京 S 大学毕业后分配到西北 A 省大学，最初像许多年轻知识分子一样，"虽然对这来势迅猛的伟大运动不甚理解，但仍怀着极大的热情和积极性参加了"，并且在同事李兴的撺掇下成了"造反派头头"。然而，随着校内形势的急剧变化和李兴的出卖，陈坚在一夜之间由"造反派头头"变成了"现行反革命分子"。"大动荡"时代的陈坚在生命的困厄中陷入了身份危机和内心焦虑。戴厚英在长篇小说《人啊，人!》中以不同的视角描写了孙悦等"十七年"一代知识分子在历史谬误中的危机与痛苦。孙悦从 C 城大学毕业留校担任系总支书记，学生时代曾经是反"右"运动中的英雄，在全系的学生大会上对"资产阶级思想"进行过深刻的自我批判。"文革"一到来，孙悦便被打成了资产阶级当权派的"姘头"。在批斗会上，孙悦挂着"奚流姘头"的牌子，"她的辫子已被剪掉，头发蓬乱，面色泛黄。沉重的牌子压弯了她的腰"。让孙悦"完全失去信心"的不止是造反派的欲加之罪，更有自己曾经崇拜的党委书记奚流写给陈玉立的那封被揭发的情书。突如其来的政治运动不但颠覆了孙悦曾经自信的身份，而且摧毁了她的理想信念。此外，流浪民间的何荆夫、背叛爱情的赵振环、检举揭发的许恒忠等也无不陷入思想迷雾和历史谬误的焦虑，作者以不同生命个体对历史的追问和反思凸显了特殊年代知识分子群体的主体迷失和身份危机。

如果说前辈学人的精神危机主要来自于学术自信的失落，那么年轻一代知识分子的主体迷失更多来自于理想信念的动摇。一旦曾经深信不疑的"真理"和满怀激情的"理想"突然瞬间坍塌，歧路彷徨的新老知识分子几乎整体性陷入了迷失自我的身份危机。正如作品中欧阳冰、陈坚、孙悦们所感到的迷惑："对这个十分复杂的社会运动"，置身其中的他们"还不能讲出什么有把握的评价"。于是，他们在"理"与"势"之间动摇徘徊，既不愿意盲从于极"左"势力的代言人，又无法从"生活的浪尖上"获得明确的指引，从而陷入"中无所主"的危机与焦虑。

从显在身份来看，"文革"大学生们是经过群众、领导和学校等层层政治审核的工农兵学员。他们主要在持续不断的政治运动中成长,早年大多有过红卫兵和上山下乡的经历,"文革"的到来,使他们错过了正常接受高等教育的机会,虽然后来以工农兵学员的身份进入大学,但是由于历史原因造成的特殊大学身份却成为他们日后难以坦然面对的尴尬(当然,他们中的不少人后来通过自学和恢复高考,取得了出色的成果,成为当下文坛和学界的中坚)。

"文革"期间,工农兵学员虽然大多由"知青"或"红卫兵"身份转变而来,但他们在很大程度上仍然与有着复杂政治背景的家庭保持着无法"划清"的血缘联系(尽管很多知青在下放前与成分不好的父母划清界限,但无论他们后来身在何处都无法摆脱"血统论"的烦恼),这使得他们在大学校园中被赋予不同的政治权利,呈现出不同的精神面貌。在《魂兮归来》中,担任学生干部、占据班级中心位置的是工农兵出身的邵云龙(学生会主席)、卢新宇(党支部副书记)、岳明辉(班长)、吴谨(团支部书记)等人。而作为"可教育子女"的梁晓茵,虽因父亲(被打倒的革命干部)的"解放"进了大学,但在政治上仍是个"白丁",她的入团申请迟迟得不到解决,总是带着忧郁处于冷眼旁观的一角。与梁晓茵一样,知识分子家庭出身的于良才也始终怀着谨慎游走在班级边缘,常常因"明哲保身的狡猾"受到同学的鄙夷。在《我的大学》中,作者借一场普通的日常生活之辩,彰显了特殊政治文化语境中由不同政治身份而产生的话语权力之争。同样来自哈尔滨的C与"我"之间展开了一场关于"大列巴"的争论。C认为,哈尔滨人个个都是从小吃"大列巴"长大的。"我"认为,大部分哈尔滨人是吃大饼长大的,只有"一小撮人"才能吃上"大列巴"。C反驳,"你说谁是'一小撮'? 告诉你,我的家庭是'革干家庭'! 你侮辱革命干部","你的话里明明有对现实不满的意思"。"我"据理力争,"咱俩都是工农兵学员,你少跟我来这一套! 就算我对现实不满,你又能把我怎么样"。C说,"我是一名共产党员,那我就有权批判你"。显而易见,这场最初关于日常生活的争论,很快溢出了日常生活经验而被普泛化的政治逻辑所取代,二者都自觉或不自觉地寻求政治身份作为话语权力的保障。用政治方式解决日常生活和思想认识问题正是"文革"最通行的做法。

　　"文革"工农兵学员在大学校园中不仅因家庭背景面临身份难题,而且还常常因文化语境而遭遇精神困惑。一方面,他们是以学生的身份来"上大学"的,在前辈知识分子面前,显然缺乏知识的自信。另一方面,他们又被赋予了"管"和"改"的政治使命,在被改造者面前,他们充满了作为革命事业接班人的政治自信。《魂兮归来》真实描写了工农兵学员们在复杂多变的政治形势面前身份错位的矛盾与焦虑。我们不妨通过以下两个叙述片段来分析工农兵学员因身份问题而产生的矛盾与焦虑。一是以内视角(即采取故事中的人物视角)描写的一次座谈会及其引起的人物的心理变化。岳明辉一开始被座谈会的热烈气氛所感染,对老师们的不幸遭遇产生同情。这些平时在同学们面前"谨慎小心、四平八稳"的教员现在"说话却是那么放肆,感情冲动得好像变成了另外一些人"。然而,当教员们开始反思"文革"激进运动对知识分子的伤害时,岳明辉的同情立时"烟消云散",那些平时和蔼可亲的教员在他的眼里很快变成了陌生的"资产阶级知识分子",这位曾经的红卫兵甚至为自己仿佛背叛了理想而感到"惭愧"。二是以外视角(即采取故事外的叙事人视角)描写的一次意味深长的谈话。卢新宇:"又是什么事啊?"王磊:"找你交换一下思想。"卢新宇:"可我已经和陶陶约好了,今天晚上谈心。你为什么不早一点儿和我约定时间呢?"不难看出,一开始,支部副书记卢新宇对支部书记王磊的约谈满不在乎,甚至流露出明显的轻慢,二者之间似乎没有明显的身份悬殊。然而,"形势"随后发生了变化,老师与学生之间的身份差异很快消解甚至颠覆了卢新宇的自信。当卢新宇发现自己抄袭作业被王磊发现,甚至虚假身份有可能要暴露的时候,他"突然像电打了似的,浑身剧烈地一抖",原来的傲慢顿时"一扫而光",竟然惊慌失措地大叫起来,他开始沉痛地检讨自己的错误,"全成了另一个人"。与前辈知识分子相比,工农兵学员们既没有继承前辈"士之谔谔"的精神传统,也没有习得"诗书自华"的知识学养。因而,在复杂多变的政治环境和校园生活中,更容易迷失自我。岳明辉式的矛盾困惑产生于既想追求"真理"又要捍卫"文革"的信念误区,卢新宇式的浅薄无知根源于既"先天不足"又"后天不良"的学养缺失。

　　产生于西方十九世纪末的"知识分子",是一个充满复杂内涵的能指,向来因其保持独立人格和批判精神而被当作"社会的良心"。对于中国古代"士"者而言，既有追求"济苍生"的政治抱负，又要坚持"善其身"的人格操守。"五四"以来，中国现代知识分子既纵地继承了古代士者"志于道"的精神传统，又横地移植了西方近代知识分子追求自由独立的精神质素。无论是古代的"士"，还是现代的"知识分子"，与一般的阶层和职业不同，知识分子天然就是一个"游动的群体"，是"难以归类的一群"①。建国后尤其是"文革"期间，特殊政治文化语境中的学院知识分子在经历了一系列"思想改造"和不断"自我调适"之后，"不是怀着沮丧的无力感面对边缘地位，就是选择加入体制、集团或政府的行列"②，尽力使所"志"之"道"趋同新生之"势"，但大多仍难逃被"势"排斥的悲剧，其身份认同也常常因政治情势的变化而陷入自我迷失的危机。毋庸讳言，新时期"文革"大学叙事在很大程度上弥补了"文革"时期大学叙事的空白，真实书写了"文革"学院知识分子的生存境遇和精神危机，从而具有了特殊的文学意义。

三、新时期"文革"大学记忆的不同表述

新时期初期，与同时期的大多数伤痕和反思文学相比，无论是对学院知识分子迷失自我的呼唤，还是对特殊时代语境历史迷雾的反思，"文革"大学叙事在揭示"文革"灾难、反思历史缘由的姿态和立场上并无本质化的差异，情感的控诉和理性的反思仍是其主要的叙事方式。但是，以特殊年代知识场域为主要对象的"文革"大学叙事在话语策略和表述方式上的探索精神已在很大程度上明显超越了当时的同类小说。

当我们把目光从思想内容转向艺术形式的时候，视角（viewpoint 或 focalization）常常成为探讨叙事艺术的中心问题，甚至有学者认为"小说复杂的表达方法归根结底就是视角问题"③。在传统叙事理论中，根据观

---

① 金耀基：《中国现代化与中国知识分子》，时报文化出版有限公司，1997 年，第 80 页。

② 许纪霖：《中国知识分子十论》，复旦大学出版社，2004 年，第 82 页。

③ 帕西·卢伯克：《小说技巧》，转引自申丹《叙事、文体与潜文本》，北京大学出版社，2009 年，第 79 页。

察事物的角度,通常把第一人称和第三人称视角作为"区分小说不同叙述方式的唯一标准"①。然而,在现代叙事理论中,视角其实不仅仅是一个单纯的观察事物的角度问题,实际上它还常常涵涉立场观点、情感态度、措辞用语、结构安排等诸多重要方面。在新时期的"文革大学叙事"中,梁晓声的《我的大学》和戴厚英的《人啊,人!》主要采取的是第一人称视角来叙述特殊时代语境中的大学往事的。这种通过第一人称视角展开的叙述具有回顾性和个性化特征,故事中的人物与叙述者通常合为一体。在第一人称回顾往事的叙述中,可以有两种不同的叙述眼光,一种是叙述者"我"当下追忆往事的眼光,另一种是被追忆者"我"过去经历事件时的眼光。如果叙述者采用的是目前的眼光,则叙述声音与叙述眼光通常统一于作为叙述者的目前的"我";如果叙述者放弃自己的眼光而转用以前经历事件时的眼光或故事中主要人物的眼光来叙述时,叙述声音与叙述眼光就不再统一于叙述者,而是分别存在于故事外的叙述者和故事内的聚焦人物。《我的大学》采取的是自传体的叙述方式,主要以第一人称视角叙述"我"在复旦学习、生活的经历和见闻,"我"既是作品中的主人公,也是事件的见证者,还是作者梁晓声。但值得注意的是,在小说的开始部分,叙述者却以第三人称"他"为聚焦人物叙述到复旦报到的经历,显然此时的叙述声音与叙述眼光是分离的,前者属于故事外的叙述者,后者属于故事中的"他"。然而,小说很快出人意料地交代"他是我",把叙述视角转向了第一人称"我",先前的顺叙转向了倒叙,叙述的眼光表现出过去与现在交替,并与叙述的声音时而统一时而分离。在小说的主体部分,现在追忆往事的眼光与过去经历事件的眼光交替运用。两种不同眼光的对比体现出"我"在不同时期对事件的不同认知程度或情感态度,即幼稚与成熟、不知原委与了解真相的对比。譬如"我"当时对如何被复旦录取并不知情,对兵团女友的情谊多有误解,这些兵团往事是从过去的眼光回顾的,叙述时总是不失温情;而那些大学往事是从现在的眼光追忆的,校园中的管理制度、学习生活和人际关系等大多是基于批判立场的否定性叙述,处

---

① 申丹:《叙述学与小说文体学研究》,北京大学出版社,1998,第 200 页。

处流露出讥讽。

《人啊，人！》虽然也主要采取的是第一人称叙述视角，然而，与《我的大学》不同的是，文本中的第一人称叙述者是由多个人物分担的，不同的"我"作为小说中的人物以现在和过去不同的眼光展开回忆和反思，叙述声音和叙述眼光不再统一，而是分别存在于故事内的叙述者和故事外的作者。小说分别以孙悦、何荆夫、赵振环、许恒忠、孙憾、奚流、李宜宁、陈玉立、章立早等不同主体的"我"对过往经历和当下现实展开叙述。在孙悦的"文革"叙述中，"我"作为第一人称见证者回忆了"文革"时期和奚流一起接受批斗的屈辱经历以及反"右"时期奚流和"我"的行为表现。显而易见，在这一双重叙述中，叙述声音和叙述眼光是完全不同的。"文革"回忆是从现在的角度展开的，叙述声音和叙述眼光是统一的，"我"和同是受害者的奚流遭到造反派的无情批斗（同一场面还有何荆夫以旁观者的身份进行了第一人称的叙述）。反"右"往事是从过去的角度叙述的，"我"被奚流所蒙蔽，幼稚地对人道主义进行了"深刻的批判"。如果我们撇开《人啊，人！》中的情感纠葛和个人恩怨，不难发现，贯穿作品的思想问题或者说意识形态问题（即如何看待历史和人道主义）实际上是不同主体的"我"的主要矛盾冲突。正如作品中孙悦所指出，因为大多数人通常"只是记住对自己有利的历史，而要抹去和篡改对自己不利的历史"，这些在奚流处理许恒忠文章和何荆夫著作的态度上得到充分体现。奚流坚决否定许恒忠的《试论"四人帮"的文艺路线》，其深层原因不是文章的思想问题而是作者的身份问题。在奚流看来，许恒忠是没有资格批判"四人帮"的，因为他曾经就是"四人帮"的爪牙，是揭发和批斗过自己的造反派。对于何荆夫，奚流的态度有些复杂微妙。一方面他内心意识到当年"反右斗争扩大化，我是有责任"，但另一方面他不能正视历史，不愿意"去负我负不起的责任"。他阻止《马克思主义与人道主义》出版，坚持"反右"以来的一贯"左"的立场，认为"这个何荆夫二十多年前，就是因为鼓吹人道主义、反对党的阶级路线被划成右派的，今天还不学乖，变本加厉了起来"。可见，奚流在对待历史问题时一方面强调"文革"受害者的立场，另一方面又遮蔽"反右"施害者的身份。英国叙事学者福勒认为，叙述视角或眼光具有意识形态方面的含义,他把文本中语言表达出来的价值或信仰体系称为意识形态眼光,在分析文本时,需要注意,"究竟是谁在文本的结构中充当表达意识形态体系的工具？是通过叙述声音说话的作者还是一个人物或者几个人物？是仅有一种占统治地位的世界观还是有多重交互作用的思想立场？"①显然,《人啊,人!》正是通过孙悦、奚流、何荆夫、赵振环、许恒忠、孙憾、李宜宁、陈玉立、章立早等不同第一人称叙述进行多重互现。这些有着不同经历和体验的叙述主体通过不同的叙述声音和叙述眼光常常处于相互补充或对立冲突的状态,对"文革"前后的过往历史和现实生活表现出多重交互的思想立场和情感态度,从而赋予作品一种具有争辩性质的众声喧哗的复调式结构。文本中充当表达意识形态体系的主要是肯定人道主义、具有反思精神的孙悦、何荆夫和小说家章立早等。在新时期的"文革"大学叙事乃至整个伤痕、反思文学中,戴厚英的《人啊,人!》都是一个充满复杂意味的叙事文本。1981 年《人啊,人!》几经周折终于得以面世,但随后却遭到了不同程度的质疑和批判,甚至成为"反对资产阶级自由化"(1982 年)和"清除精神污染运动"(1984 年)的反面典型。与同一时期的《伤痕》《班主任》等获奖作品相比,同样是控诉"文革"灾难、呼唤人道主义的《人啊,人!》为何却遭到迥然不同的命运？也许通过对文本更深入的叙述学分析可以更好地拨开迷雾敞现更多的真相。美国著名叙事学者乔纳森.卡勒认为:"在阐释叙事作品时,我们必须辨认隐含叙述者和属于他的视角,区分行动本身和观察行动的叙述视角,因为每一个故事的中心主题之一就是隐含叙述者(他的知识、价值观等)和他所述故事之间的关系"②。当我们在分析《人啊,人!》中不同第一人称叙述者时,不能忽视隐含叙述者的存在与影响。戴厚英在《人啊,人!》的后记中说:"二十年前,我站在讲台上,大声地宣读根据领导意图写成的讲稿,批判我的老师所宣传的人道主义。二十年后的今天,我想在小说中倾吐的,正是我以前要努力克制和改造的'人情味'。这对于我来说真是具有讽刺意味的事情。所

---

① 申丹:《叙述学与小说文体学研究》,北京大学出版社,1998,第 204 页。
② 申丹:《叙事、文体与潜文本》,北京大学出版社,2009 年,第 93 页。

以,我看到的是命运。充满血泪的、叫人心碎的命运啊! 我明白了,不论是人、是鬼,还是神,都被历史的巨手紧紧地抓住,要他们接受实践的检验。都得交出自己的账本,捧出自己的灵魂。我微如芥末。但在历史面前,所有的人一律平等。账本要我自己去结算。灵魂要我自己去审判。双手要我自己去清洗。上帝的交给上帝。魔鬼的还给魔鬼。自己的,就勇敢地把它扛在肩上!"根据这段具有浓厚反思和忏悔色彩的表白,再结合戴厚英的经历和新时期初期的时代语境,我们不妨从《人啊,人!》隐含叙述者的视角及其相关的社会身份、立场观点和情感态度,对该书在当时的境遇尝试作出进一步的分析。新时期之初,一方面思想解放的潮流在涌动,曾经被遮蔽遭批判的人道、人情、人性等问题成为争论的热点,另一方面长期以来意识形态领域形成的僵化思维并没有随着"文革"结束而退出历史舞台,"还有不少同志不敢大胆地实事求是地提出问题和解决问题"(十一届三中全会公报)。因此,当戴厚英的《人啊,人!》"在思想观点上来了个180度的大转变,由批判人道主义而宣扬人道主义"时,"也就被某些人抓住了'把柄',成为新一轮文艺批判的靶子"(吴中杰《坎坷的人生道路》)。《人啊,人!》受到批判的深层原因还不只是作者宣扬人道主义的立场观点和反思忏悔的情感态度,更有其令人无法接受的叙事身份。正如作品中奚流因许恒忠曾经的造反派身份而否定其批判"四人帮"的资格那样,在某些人看来,"反右"和"文革"时期的施害者戴厚英①是没有资格在受害者面前反思历史的,更何况是宣扬当时备受争议的"人道主义"。时过境迁,当《人啊,人!》及其所宣扬的人道主义不再成为问题的今天,我们在对作者的反思精神表示敬意的同时,也应充分肯定这部完稿于八十年代初期的长篇小说在艺术形式上所作出的富有价值的探索。

在新时期的"文革大学叙事"中,《魂兮归来》《墓场与鲜花》《我是谁》等采取的是第三人称叙事视角。与第一人称视角相比,第三人称视角具有更大的伸展性和灵活性,叙述者不需要将视野限定在自己所见所闻的范围内,既可以采用全知全能的视角(即处于故事之外的叙述者眼光或曰

---

① 戴厚英"反右"时期的"小钢炮"、"文革"时期的"文艺哨兵"。

外视角)观察自己不在场的事件,自由表达各种认知和情感;也可以选择放弃全知全能的"特权",转换聚焦方式,采用故事内不同人物的眼光(或曰内视角)来观察事物。采用故事内人物眼光的内视角叙述往往带有人物的主观偏见和感情色彩,采用故事外叙述者眼光的外视角叙述则往往较为冷静、客观。从新时期第三人称的"文革大学叙事"来看,叙述者大多是"一方面尽量转用聚焦人物的眼光来观察事物,一方面又保留了用第三人称指涉聚焦人物以及对其进行一定描写的自由"①。

在《魂兮归来》中,叙述者主要以梁晓茵、岳明辉、欧阳冰、于良才、刘永祥、卢新宇、王磊、吴瑾、温蕴、叶啸、邵云龙、廖尚朋等多重转换的第三人称视角叙述新华大学的"文革往事"。正如俄国叙事学者乌斯宾斯基在《结构诗学》中所指出,视角不仅是观察事物的角度,而且还涵盖立场观点、措辞用语、时空安排、对事件的观察等诸方面②。在关于"文化大革命"的立场观点和情感态度上,《魂兮归来》中不同家庭背景和生活经历的人物显然是不同的,诸如梁晓茵的忧郁困惑、岳明辉的激情豪迈、欧阳冰的爱憎分明、温蕴的心有余悸、廖尚朋的见风使舵等等。在这里,叙述者常常放弃全知全能的"特权",限制自己的"内省"范围,用故事内人物的感知替代叙述者的感知,试图更真实地透视主人公的内心世界,以凸显叙述的在场性和真实性;但有时叙述者又以故事外的全知视角补充叙述,交代人物的家庭背景和成长经历,以保证叙述的完整性。譬如第一节,先以梁晓茵的陌生好奇的眼光打量新华大学校园和周围人物,随后又以全知视角补叙梁晓茵的"黑帮"干部家庭背景和读书、插队等成长经历。第四节,先以全知视角交代岳明辉的工人家庭背景和读书、红卫兵等成长经历,然后又以他充满政治热情的眼光观察"批肃划"运动中教员们的表现。毋庸讳言,《魂兮归来》这种内视角与外视角交错转换的叙述方式开拓了文本的叙述空间,产生了持续的叙述张力,但也给文本的叙事立场和情感态度带来了不确定性。一方面,正如作品中的欧阳冰所言,由于人物置身事中

---

① 申丹:《叙述学与小说文体学研究》,北京大学出版社,1998,第 213 页。
② 申丹:《叙事、文体与潜文本》,北京大学出版社,2009 年,第 97 页。

的局限,"对这个十分复杂的社会运动","还不能讲出什么有把握的评价"。另一方面,由于文本外的叙述者既具有当下的鲜明立场(《魂兮归来》的题名即表明了作者的叙述立场),又试图还原过去的真实情状,从而产生了叙述的不确定性。根据申丹对布恩·维思叙事理论的理解,作者在创作时会脱离平时自然放松的状态,进入某种理想化的、文学的创作状态,这种理想化创作状态的人就是隐含作者,可见,隐含作者就是处于某种创作状态、以某种立场和方法来写作的正式作者,作品是隐含作者"选择、评价的产物"①。在《魂兮归来》后记中,作者这样解释了创作时(隐含作者)的选择:"直到结尾,书中几个主要人物的思想认识还是那么模糊,他们的灵魂并没有真正归来,……我们也曾希望把这些弄潮儿写得完美些,也曾试图把我们迄今才获得的一些新认识注入他们的头脑中。然而,当这些人物在特定的历史环境中活起来之后,他们却却向我们提出了抗议:'这不真实! 这是你们的理想的产物。我们可不是这样的,希望你们尊重事实!'几经犹豫,我们只好依从了他们——这不是故弄玄虚,作品中的人物执拗地改变着作者原有的一些构思,是创作中经常遇到的事情。更何况,我们的人物并不仅仅生活在我们的想象里。他们中有不少人就是从当时与我们生活在一起的人身上脱化出来的。写他们就是写我们,写我们这一代年轻人。"很明显,正是作者的身份立场、隐含作者的情感态度和人物的限知视角制造了《魂兮归来》的叙述张力和间离效果,从而也导致了叙述声音和叙述眼光的偶合与分离。

许子东在《重读"文革"》中通过对五十部"文革小说"的分析后认为,引起社会争议和政治批判的文革叙事"既体现着官方意识形态对文革文学的控制尺度,也显示了大众读者的某些叛逆情绪",而获奖的文革小说则能够在很大程度上"体现文化管理部门对作家创作的欣赏、赞同和允许的尺度以及作家创作参与、挑战和维护主流意识形态的方式与程度"②。同样是借大学校园演绎"文革往事",由于身份、视角的差异显示出立场、

①　申丹:《叙事、文体与潜文本》,北京大学出版社,2009 年,第 37 页。
②　许子东:《重读"文革"》,人民文学出版社,2011,第 154 页。

姿态的不同,所获得的社会影响各异。与受争议的《人啊,人!》、遭冷遇的《魂兮归来》不同,《墓场与鲜花》却获得了不同层面的一致认同(1979年获全国首届优秀短篇小说奖)。我们不妨仍从叙述学的角度去探讨这部获奖小说的潜文本意义及其折射的社会关联。小说以第三人称视角描写了"文革"前夕至"文革"期间主要发生在北京S大学和西北A省大学的"校园故事"(其间的大串联和农场改造可以看作校园故事的逻辑延伸,并不具有独立的文本意义)。与同是第三人视角的《魂兮归来》不同,《墓场与鲜花》采取的是传统全知全能的叙事视角,叙述的声音和叙述的眼光是同一的,故事外的叙述者承担了这一功能。在这种全知叙述中,叙述者掌握着对叙述角度自由调节和对人物、事件进行各种评论的"权力"。《墓场与鲜花》中,虽然叙述者对十几年前的"故事"无所不知,但是在透视人物内心和发表相关评论的时候叙述者却是有重点、有选择的。在人物描写的处理上,叙述者聚焦的是主人公陈坚在爱情经历和文革运动中的体验和感受,对于另一主人公朱少琳适当地悬置她的经历和"隐瞒"她的内心活动,而对于次要人物李兴则只是进行旁观者的"外察",几乎没有"内省"。这种叙述角度的调节一方面有助于产生悬念,使得后来陈坚"落难"时朱少琳的到来有些出人意料,从而增强对读者的吸引力;另一方面,也可以有效调节叙述距离,对陈坚的内心活动展示越多,使得读者与他的距离越近,对其不幸遭遇的同情越深,而对于只"外察"而没有"内省"的李兴则相反,读者与其距离越远,对其丑恶行径的厌恶程度也就越深。在对待"文革"的立场上,虽然故事外的叙述者与故事中的人物有一定的距离,但"墓场与鲜花"的象征意义已明确地暗示了叙述者和人物不言自明的一致立场。叙述者以现在的视角一再表明批判的立场,那是一个"大动荡的年代","被文化大革命运动震撼了的社会,就像被强大风暴搅翻了的大海,波浪滔天,汹涌澎湃"。陈坚虽然一开始"对这来势迅猛的伟大运动不甚理解","怀着极大的热情和积极性参加了",但是经过一年来的观察思考,他对这场运用"逐渐产生了怀疑",直到后来被打成"现行反革命分子"接受批斗和劳改。如果联系现实生活中作者在"文革"时的遭遇,也许我们对《墓场与鲜花》在叙述者与人物的思想立场和情感取向上的趋同选择,会有更深的理解。"文革"时期,肖平在五十年代曾经获得较高声誉的小说《三月雪》(被评为当年最有影响的小说)被当作"糖衣裹得最厚的毒草"成为"高校文科的批判样文"(《魂兮归来》对此有过真实反映)。二十年后,当年的"毒草"又作为"重放的鲜花"得到主流意识形态的肯定,《墓场与鲜花》正是在新时期"拨乱反正"的逻辑起点上展开叙述的。由此,我们不难理解,同是"文革大学叙事",为何在新时期思想解放的时代语境中所获得的"政治待遇"和社会反响完全不同。不同身份和经历的叙述者在追忆往事反思历史时的不同姿态,"既是由于年龄、时代、文化背景之差异,也显示了读书人社会角色(及心态)在当代中国的某种转变"①。

　　在新时期"文革大学叙事"中,《我是谁》在叙事艺术探索方面更具先锋意味。学院出身的宗璞以现代派的荒诞手法描述了特殊语境中知识分子的"变形记"。从叙述视角来看,《我是谁》虽然也主要以第三人称视角叙述动乱岁月大学校园中的"见闻感受",但是在叙述结构方面,却明显不同于一般线性结构的叙事文本,而是尝试以一种错乱的时空顺序和逻辑关系,表现出具有荒诞特征的叙述方式。在《我是谁》中,"文革"大学面貌并不清晰,几乎没有校园内的日常活动和具体景观描写,而主要以批斗场景、路人反应和人物感受呈现出一派"不安的萧杀之气";"文革故事"的叙述也并不完整,没有"一个具有匀称的开头、中间、结尾和中心之旨的线性秩序"②,只是由一些回忆、见闻和幻觉组成的叙述片段;相关人物的形象也较模糊,除了受害人韦弥和孟文起之外,其他的灾难实施者和承受者都只是作为未具名的个人或群体出现,如惊恐的路人、狂热的群众和爬在地上的教授等。可见,这种"荒诞叙述"往往忽略叙述结构中的情节功能,而注重的是弥漫作品的整体氛围和文本深处的象征意义。主人公韦弥在惨遭批斗之后,精神高度紧张甚至分裂,迷失身份的她不知道"我是谁","该往哪里走"。充满萧杀之气的校园是文革社会的整体象征,韦弥的自我迷失象喻了特殊年代知识分子生存境遇。当然,值得注意的是,《我是谁》还

---

① 许子东:《重读"文革"》,人民文学出版社,2011,第 144 页。
② 同上,第 155 页。

运用了转换聚焦的方式,以故事外叙述者的身份(外视角)审视故事中的人和事,补充叙述,并适时作出分析和评价,以弥补由内聚焦的"荒诞叙述"所造成的叙述裂痕和意义空缺。由此可见,与西方现代派和八十年代后期的先锋派相比,新时期初期"文革"大学叙事在探索尺度和叙事姿态上仍然是有所顾忌的。

第四节　转型时期大学叙事中的叙述声音

在叙事学中,叙述声音通常指叙述者以何种态度、口气讲述,以及他对这一事件的判断和评价等。有学者认为,"声音是说话者的风格、语气和价值的综合"①。也有学者认为,"声音"指叙事中的讲述者(teller),用以区别叙事中的作者和非叙述性人物,位于"社会地位和文学实践"的交界处,体现了社会、经济和文学存在状况,如果没有讲述者就没有故事,没有故事也就没有讲述者②。叙述声音通常是对抗、冲突与挑战的焦点场所,体现叙述者的意识形态,受到叙述者身份特征(如年龄、性别、学识修养等)的制约。在《虚构的权威》中,苏珊·S.兰瑟把叙事实践与文学产生过程和社会意识形态结合起来,提出了作者型(authorial)、个人型(personal)和集体型(communal)三种叙述声音模式。在她看来,每一种模式不仅各自表述了一套相互联系的技巧规则,同时也表达了一种类型的叙事意识③。

二十世纪八十年代以来,中国经历了思想文化与经济社会的结构性转型,思想文化由一元到多元,经济体制从计划过渡到市场。"这种转型对于知识与社会的关系、知识与政治权力的关系、知识的内部结构以及知识分子的精英结构都产生了深远的影响,导致了一系列的相应变化"④。大学是生产知识、培育人才和交流思想的知识分子社区。转型时期,众声

---

① 詹姆斯·费伦:《为修辞的叙述》,北京大学出版社,2002年,第174页。
② 苏珊·S·兰瑟:《虚构的权威》,北京大学出版社,2002年,第3页。
③ 苏珊·S·兰瑟:《虚构的权威》,北京大学出版社,2002年,第17页。
④ 陶东风:《社会转型与当代知识分子》,三联书店,1999年,第303页。

喧哗的大学叙事汇聚了各种"思想"和"声音"，并由此折射出改革开放时代的精神气候。这些大学叙事在叙述声音与话语方式上主要有作者型、个人型和集体型三种形式，分别彰显出反思意识、主体意识和群体意识。

一、作者型叙述声音与反思意识

七十年代末至八十年代初，从思想禁锢中解放出来的知识分子以各自不同的姿态，对过去或仍然存续于当下的极"左"意识形态进行批判和反思，对生机勃勃的"新时期"充满兴奋和期待，并因此逐步建立起获得主流意识形态许可的"文化身份"和"话语权力"，从而在共和国的历史上第一次与上层建筑达成了默契。这一时期的大学叙事自觉或不自觉地选择作者型叙述声音表述叙述者对社会、人生、知识、道德、历史和美学等诸多问题的反思。作者型叙述声音是指一种异故事的、集体的并具有潜在自我指称意义的叙事状态。在这种叙述模式中，叙述者不是虚构世界的参与者，他与虚构人物分属两个不同的本体存在层面。作者型叙述者存在于叙述时间之外，而且不会被叙述事件加以"人化"，这种叙述模式具有更优越的话语权威。王新纪等的长篇大学叙事《魂兮归来》讲述的是"文革"后期（1972—1976）新华大学师生们的故事，作者型的叙述声音贯穿了文本始终。文本外的叙述者一方面站在新时期的立场对校园内的"极左"思潮及其影响下的政治运动持鲜明的否定立场，小说题目"魂兮归来"（语出《楚辞·招魂》）十分清楚地表明了全书的要旨所在，即召唤那些在特殊年代"失魂"的年轻人"归来"。文本中，诸如"突如其来的灾难"、"失去了做人的资格"、"极左思潮终归要进'土馒头'"一类新时期的批判性话语，以及对邵云龙、卢新宇、陈凯军等政治符号化人物所持有的贬斥性态度，建构了叙述声音的权威，表达了新时期的主流意识形态立场。但另一方面，叙述者又努力遵循现实主义的真实性原则，对岳明辉、梁晓茵、于良才等"一群不同经历的年轻人"尽量不拔高，真实地描写他们"被时代的大潮卷进大学"后，在严酷现实中的"迷惘"、"思考"和"抗争"。故事外的叙述者从事着"超表述"的行为，不但对故事的前因后果和人物的内心世界"全知全能"，而且在叙述过程中进行深层的思考和评价，并寻求与受述对象和受述者对话的可能。在本书的"后记"中,叙述者向读者解释:"或许有的读者会提出疑问:这怎么能叫《魂兮归来》呢?……坦白地讲,我们也曾希望把这些弄潮儿写得完美些,也曾试图把我们迄今才获得的一些新认识注入他们的头脑。然而,当这些人物在特定的历史环境中活起来之后,他们却向我们提出了抗议,……几经犹豫,我们只好依从了他们。"①这种既表达又压制的话语方式开拓了叙述空间,产生了叙述张力,但也给文本的叙事立场和情感态度带来了不确定性。我们不妨以第十七节岳明辉驳斥邵云龙大字报的一段叙述为例:

他(岳明辉,笔者注)高声朗读《真理越辩越明!》。

……没想到,岳明辉的大字报根本没有回骂一句,甚至没怎么反驳邵云龙对他长诗的种种指责。他用一种居高临下的口气,大谈真理的发展过程,谈真理同谬论交锋的不可避免性,谈从林彪极左思潮的桎梏中解放出来的重要性,谈改革者捍卫真理的历史责任……他的声音热情而又雄辩,他的神态高傲而又潇洒。……最后一段,他是这样写的:"因此,尽管我们不能同意邵云龙同志在大字报里提出的观点,但我们却真诚地欢迎邵云龙同志张贴大字报的行动。任何公开发表自己的看法的行动都是值得赞许的,它至少能够活跃人们的思想,引起大家的争论,从而推动真理的发展,……未来属于掌握真理的人,而真理只能在斗争中发展! 真理万岁!"

这段关于岳明辉朗读大字报的叙述是通过(叙述者和人物的)双重声音来表达的。在自由间接话语部分,尽管叙述者借用了吴瑾的视角,但它不再依附小说人物的感觉、思想和言语的限制,作者的意识表现得很强烈。小说中,吴瑾的身份是团支部书记,"十五岁入团,十八岁入党",并且"从小受的都是那种单纯的正面教育"。毫无疑问,这些间接性的议论被表述为权威的声音,它所树立的与其说是小说人物的权威,不如说是叙述者自己的权威,作者型叙述声音由此建立了与小说人物的"共谋关系"。而在直接引语部分,人物的语言则摆脱了叙述者的干

---

① 王新纪:《魂兮归来》,中国青年出版社,1980 年,第 938 页。

预,直接表达了"老红卫兵"岳明辉不成熟的"文革式"思维方式和话语风格。这种通过自由间接话语和直接引语在建构叙述权威和体现真实原则之间的调和努力也是这一时期作者型大学叙事通常采用的叙事策略和话语方式。孙颙的《青年布尔什维克》主要讲述的是上世纪80年代初期某大学一场关于"现代化"问题的演讲所引发的风波。风波缘起于哲学系四年级学生莫凡平的演讲《从现代化进程论及人和人之间的物理空间与心灵距离》。作者型的叙述声音一开始便在调侃式叙述中体现出叙述者的权威和自信:"高等学府,藏龙卧虎,难免闹点耸人听闻的新鲜事儿。且看下面一桩。"接下来,莫凡平的演讲被叙述者以自由间接引语和直接引语交互的方式转述:

不妨看看莫凡平的"发明"! 他的主要论点是:"现代化进程将大大缩小人和人的物理空间"(无需多加解释,因为有发达的交通与通讯联络);"非常遗憾的是,与此相反,人和人的心灵距离却日趋增大"(这就要详细论证,由于事例庞杂,难以在小说中一一引言);他的结论是:"在大力发展现代化的同时,广泛提倡精神文明,可能只是美好的空想"(放肆的莫凡平,唯一谨慎的地方,是使用了不那么武断的字眼"可能")。

在上述交互式话语中,叙述者和人物两种声音互文共生,大大增强了话语的语意密度,兼具了直接引语的生动性和间接引语的表现力。叙述者一方面采用自由间接话语转述人物的声音,另一方面,又通过"超表述"的评判话语表明叙述者的意识形态立场。读者从中不难体味出叙述者对人物滑稽模仿的语气和略带嘲弄的口吻。这场演讲"风波"很快引起了校方和市里领导的"高度重视",要对当事人采取"严厉措施"。故事的结局是,"青年布尔什维克"方旋既反对偏激观点也反对严厉措施的主张获得了权威领导同志的支持,演讲"风波"有了合理解决的转机。在这里,叙述者的权威通过小说人物的在场声音得到进一步体现。这场大学校园演讲风波实际上是新时期初期意识形态领域复杂性的真实反映。十一届三中全会以后,随着拨乱反正的完成和改革开放的进行,公共领域和言论空间虽然已进入到一个十分活跃的历史时期,但是,"从批判的阐释学的角度考虑,话语领域既是限制性的,又是解放性。在一个充满矛盾和变化的时刻,当过去和现在彼此交融,不同的力量也聚合在了一起"①。在"左"的影响与自由化倾向同时并存的新时期初期,大学叙事中的作者型叙述声音大多体现了转型时期主流意识形态在坚持思想解放和反对资产阶级自由化之间寻找平衡的努力。在张笑天的《公开的"内参"》中,权威记者陆琴方受校长康平之邀,到 S 大学调查当下大学生的思想状态。小说中三位女大学生"解放型"的戈一兰、"怀疑论"者康五四和"传统美"的徐晴分别代表了三种不同类型的爱情观(思想形态)。叙述者一开始就向读者交代,小说来源于权威记者采写的"残稿",以示所述内容的真实性和权威性。小说中,体现意识形态立场的作者型叙述声音表现出对自由化思想倾向的鲜明反对态度,"新女性"戈一兰被表述为受资产阶级"性解放"思想毒害的"女流氓","忠贞于高尚爱情"的徐晴成为被赞许的时代典型,"怀疑论"者康五四也逐渐改变了自己的偏见。文本中的自由间接话语尤其是那些关于各种现象和问题的间接性议论被表述为权威的声音,树立了它们所附着的小说人物的权威,并由此建立了作者型叙述声音与小说人物之间的共谋关系,作者型叙述声音及其权威也附着于小说人物得以实现。

二、个人型叙述声音与主体意识

在新时期的思想解放潮流中,经由"人道主义"、"异化"和"人性"等问题大讨论后逐渐获得广泛认可的"主体性"在各个领域得到张扬,成为文学创作的主要诉求之一。正如有学者当时所指出:"人在实践和认识中,在行动和思考过程中,都处于主体的地位,表现出主体的力量和价值。"②转型时期大学叙事中的个人型叙述声音通过讲述叙述者各自经历的"自身故事",建构"自我指称"的叙述场景,从而彰显各种不同类型的"主体意识"。个人型叙述声音是指那些有意讲述"自身故事"的叙述者,其中讲故事的"我"也是故事中的主角,是该主角以往的自我。与其他类型的叙述

---

①　张旭东:《改革开放时代的中国现代主义》,北京大学出版社,2014 年,第 26 页。
②　刘再复:《论文学的主体性》,《文学评论》,1985 年,第 5 期。

声音相比,个人型叙述声音更能凸显叙述者的"主体意识"。梁晓声的自传体长篇小说《我的大学》主要以第一人称视角叙述"我"在复旦学习、生活的经历和见闻。"我"既是作品中的主人公,也是事件的见证者和叙述者。但值得注意的是,在小说的开始部分,叙述者却以第三人称"他"为聚焦人物叙述到复旦报到的经历,显然此时的叙述声音与叙述眼光是分离的,前者属于故事外的叙述者,后者属于故事中的"他"。然而,小说很快出人意料地交代"他是我",把叙述视角转向了第一人称"我",先前的顺叙转向了倒叙,叙述的眼光表现出过去与现在交替,并与叙述声音时而统一时而分离。在小说的主体部分,现在追忆往事的眼光与过去经历事件的眼光交替运用。两种不同眼光的对比,体现出"我"在不同时期对事件的不同认知程度或情感态度,即幼稚与成熟、不知原委与了解真相的对比。譬如"我"当时对如何被复旦录取并不知情,对兵团女友的情谊多有误解,这些兵团往事是从过去的眼光回顾的,叙述时总是不失温情;而那些大学往事是从现在的眼光追忆的,校园中的管理制度、学习生活和人际关系等大多是基于批判立场的否定性叙述,处处流露出讥讽。对于作者型叙事文本,因其全知视角的特点往往容易被理解为虚构,而个人型叙述中的虚构却因第一人称"我"的在场常常与自传难以区分。虽然叙述自身故事的"我"是结构上"优越的"声音,统筹着其他人物的声音,但个人型叙述声音却明显缺少如作者型叙述声音所拥有的"权威",其对主体意识的自我建构也往往面临遭遇其他人物或读者抵制的危险,因为全知全能的作者型叙述者拥有发挥知识和判断的无限可能,而个人型叙述者总是会强化这样一种效果:文本中的"自我再现"不是"理性"的结晶,而是"直觉"的产物。在《我的大学》中,叙述者借一场普通的日常生活之辩,彰显了特殊政治文化语境中不同政治身份叙述者的话语权力之争。同样来自哈尔滨的"我"与 C 之间展开了一场关于"大列巴"的争论。C 认为,哈尔滨人个个都是从小吃"大列巴"长大的。"我"认为,大部分哈尔滨人是吃大饼长大的,只有"一小撮人"才能吃上"大列巴"。C 反驳,"你说谁是'一小撮'?告诉你,我的家庭是'革干家庭'!你侮辱革命干部","你的话里明明有对现实不满的意思"。"我"据理力争,"咱俩都是工农兵学员,你少跟我来这一套！就算我对现实不满，你又能把我怎么样”。C说，“我是一名共产党员，那我就有权批判你”。显而易见，“我”在这场争论中并不具备任何权威性，双方都自觉寻求政治身份作为主体意识和话语权力的保障。正如苏珊·S·兰瑟所言，“叙述声音位于‘社会地位和话语实践’的交界处，体现了社会、经济和话语的存在状况”①。

赵毅衡认为，叙述可靠性的主要衡量标志是叙述者与隐指作者的距离，也就是叙述者的价值观与隐指作者所体现的全文价值观之间的差距②。为了达到“现实感”的叙述可靠性，陈建功的《飘逝的花头巾》以“非虚构”的采访报道形式呈现文本。小说主要以直接引语的对话方式展开叙述，第一人称叙述者“我”以记者的身份对主人公秦江进行采访。表面上看，叙述声音被分配为“我”和秦江两个不同的主体层次，但实际上，作者放弃了制造叙述内部紧张的可能，隐指作者与小说人物“我”和秦江所体现主体意识高度一致。小说中，虽然秦江和沈萍的故事主要由秦江以第一人称的个人型声音讲述，“我”只是以倾听者的身份参与到故事中，但是“我”并不仅仅是置身事外的“旁观者”。作品中，“我”没有见过沈萍，也没有见证秦江的过去，关于沈萍的一切和秦江的过去都是从秦江的叙述中获得的。在这里，隐指作者与叙述者“我”几乎是重合的，而“我”又是站在主述者秦江的立场接受并认同秦江关于沈萍现状和过去自我的否定性陈述的。在这个关于转型时期青年大学生价值抉择和人生移位的故事中，曾经玩世不恭的秦江在偶然的机会受到沈萍的感召，通过自身努力考取了S大学，成为知名作家，而昔日积极向上的沈萍却受到社会“浊流”的侵染蜕变成世俗的功利主义者，甚至为了满足虚荣心攀附官宦子弟。小说突出了秦江和“我”的叙述声音之间的和谐关系，他们在很大程度上相互指涉，强烈地突出了同一价值立场，即对积极人生的肯定，对消极人生和世俗功利（即文中的“浊流”）的唾弃。在小说的结尾，叙述者进一步强

---

①　苏珊·S·兰瑟：《虚构的权威》，北京大学出版社，2002年，第4页。
②　赵毅衡：《当说者被说的时候——比较叙述学导论》，中国人民大学出版社，1998年，第54页。

调了本文叙述的可靠性:"我就按照他讲的,只是把人名、地名变了一下,写成了这篇权当小说的报告"。

主体意识的自主性通常表现在两个方面:一是在外部对象面前的自主性,即主体能在与外部对象的关系中显示出自己的主导性和主动性。二是在自身面前的自主性,即主体能自觉意识到自身是自我命运的主宰,自我具有不依附于他人的独立人格。陈染早期带有自叙传性质的大学叙事作品《世纪病》通过个人型叙述声音表现了转型时期青年一代对世俗成规的嘲弄和反叛。小说以第一人称"我"的个人型声音叙述了"我"的离经叛道、山子的失踪和 M 的"流行性感冒"。个人型叙述者"我"对自己的"离经叛道"具有充分的意识。一方面"我"以玩世不恭的方式与周围世界"对抗",另一方面又很在意逃学、恶作剧、说脏话等违反常规的行为在周围引起的反映。"我"一方面表现出特立独行,另一方面却对男友山子"有一种天性的依恋"。在这些充满了嘲弄和自嘲的独语体叙述中,叙述者既在嘲弄成规中显示出自主性,又在迷茫孤独中缺失独立性。显然,正是叙述声音的两重性导致了《世纪病》个人型叙述者与隐指作者若即若离的"暧昧"关系。1985 年前后,类似《世纪病》一类有影响的作品还有刘索拉的《你别无选择》、徐星的《无主题变奏》、陈村的《少男少女,一共七个》等,这种现代主义审美倾向在"八五"新潮前后出现当然与西方现代派的影响不无关联,但是我们也不能忽视这一时期文化语境、叙事主体和大学自身的问题。新时期之初,改革开放所带来的自由空间让主体意识觉醒的青年一代尽情释放了此前的压抑和苦闷。然而,正如有学者所指出,"与真正青春期的少年不同,八十年代的朝气并不纯洁、灿烂","对于八十年代人而言,道德理想国在他们的心中切切实实地升起又扎扎实实地毁灭。这一方面使他们在背离七十年代的时候,充满了对自由的渴望;但另一方面,在他们的心中也深深地埋下了对崇高、理想的怀疑"①。1983 年开始的清除"精神污染"和随后的反资产阶级自由化运动在一定程度上收紧了此前的"自由空间",原本滞后于经济改革步伐的教育改革尤其是大学改

---

① 高超群:《80 年代和 80 年代人》,《南风窗》,2006 年,第 9 期。

革(1985 年才正式颁布《关于教育体制改革的决定》)出现了不同程度的"摇摆与停顿",落后的教育观念和教学模式越来越让充满主体意识的青年学子感到"别无选择"后的沮丧和失望,加之"1985 年之后,大学毕业生的分配前景越来越不乐观"①。因而,上述诸多变动很快在这一时期的大学叙事中得到反映。在《世纪病》《你别无选择》《无主题变奏》《少男少女,一共七个》等作品中,大学成了传统成规的象征,主人公都不把上大学当回事,没上的不想上,上了的想退学,一种新的迷茫、孤独和失望成为这一时期大学叙事人物主体意识的表征。

三、集体型叙述声音与群体意识

转型时期尤其是八十年代初,大学处于一个较为宽松和活跃的时期,各种管理制度还没有健全,从各种禁锢中解脱出来的学生和老师们都有足够的自由和热情去"各行其是"。在这种自由、宽松、活跃的氛围中,"群体意识"逐渐得到强调,来自不同地域和不同阶层、拥有不同身份和不同经历的人们处于一个全新的文化思想空间,大家更希望根据他们的文化趣尚和生活方式来互相认同,而不再拘泥于原有的社会身份和结构基础。这种根据文化趣尚和生活方式重新建构的"群体意识"不难从方方的《桉树和他的诗友们》、戴厚英的《人啊,人!》、张辛欣的《在同一地平线上》、孙颙的《青年布尔什维克》等诸多大学叙事中得到反映,活跃在大学校园各个层面的社团和集会活动正是以重新建构的"群体"方式展开的。

转型时期大学叙事主要讲述两类人物的故事:一是经历了上山下乡(生活跌宕)的知青(恢复高考后入学的在校大学生),二是经历了改造运动(政治跌宕)的知识分子("拨乱反正"后回到高校的教师)。在凸显群体意识的大学叙事中,集体型叙述声音得到有效的尝试。所谓集体型叙述声音是指这样一系列叙述行为:它们或者表达了一种群体的共同声音,或者表达了各种声音的集合。在这种叙述过程中,某个具有一定规模的群体被赋予叙事权威,这种叙事权威通过多方位、交互赋权的叙述声音,也

---

① 许美德:《中国大学 1895—1995》,教育科学出版社,2009 年,第 155 页。

通过某个获得群体明显授权的个人的声音在文本中以文字的形式固定下来。集体型叙述声音是社会意识形态的各种汇合以及不断变化的叙事技巧常规的表现形式，它通常是边缘群体或受压制的群体的叙述现象①。

　　在转型时期的大学叙事乃至整个反思文学中，戴厚英的《人啊，人！》无论是思想主题还是艺术形式都极具探索性意义。与作者型和个人型叙述不同的是，《人啊，人！》在叙述方式上采取的是不同第一人称的"轮言"形式。叙述者由多个人物分担，不同的"我"作为小说中的人物以不同的声音展开叙述。小说分别以孙悦、何荆夫、赵振环、许恒忠、孙憾、奚流、李宜宁、陈玉立、章立早等不同主体的"我"对过往经历和当下现实展开叙述。然而，这些交响乐式叙述声音的目的主要在于构建一个集体型声音，即对人道主义的反思和人性回归的呼唤。以孙悦的叙述为例，"我"作为见证者回忆了"文革"时期和奚流一起接受批斗的屈辱经历以及反"右"时期奚流和"我"的行为表现。在这一双重叙述中，叙述声音和叙述眼光是完全不同的。"文革"回忆是从现在的角度展开的，叙述声音和叙述眼光是统一的（叙述者与隐指作者几乎一致），"我"和同是受害者的奚流遭到造反派的无情批斗。而反"右"往事则是从过去的角度叙述的，"我"被奚流所蒙蔽，幼稚地对人道主义进行了"深刻的批判"，叙述声音和叙述眼光是分离的（分属于叙述者与隐指作者）。如果我们撇开《人啊，人！》中的情感纠葛和个人恩怨，不难发现，贯穿作品的思想问题或者说意识形态问题（即如何看待历史和人道主义）实际上是不同主体的"我"的主要矛盾冲突。正如作品中孙悦所指出，因为大多数人通常"只是记住对自己有利的历史，而要抹去和篡改对自己不利的历史"，这些在奚流处理许恒忠文章和何荆夫著作的态度上得到充分体现。奚流坚决否定许恒忠的《试论"四人帮"的文艺路线》，其深层原因不是文章的思想问题而是作者的身份问题。在奚流看来，许恒忠是没有资格批判"四人帮"的，因为他曾经就是"四人帮"的爪牙，是揭发和批斗过自己的造反派。对于何荆夫，奚流的态度有些复杂微妙。一方面他内心意识到当年"反右斗争扩大化，我是有责

----

　　① 苏珊·S·兰瑟：《虚构的权威》，北京大学出版社，2002 年，第 23 页。

任",但另一方面他不能正视历史,不愿意"去负我负不起的责任"。他阻止《马克思主义与人道主义》出版,坚持"反右"以来的一贯"左"的立场,认为"这个何荆夫二十多年前,就是因为鼓吹人道主义、反对党的阶级路线被划成右派的,今天还不学乖,变本加厉了起来"。可见,奚流在对待历史问题时一方面强调"文革"受害者的立场,另一方面又遮蔽"反右"施害者的身份。苏珊·S·兰瑟认为,集体型叙述通常是边缘群体或受压制的群体的叙述现象①。在《人啊,人!》中,虽然孙悦、奚流、何荆夫、赵振环、许恒忠、孙憾、李宜宁、陈玉立、章立早等不同第一人称叙述声音多重互现,这些有着不同经历和体验的叙述主体通过不同的叙述声音和叙述眼光有时处于相互补充或对立冲突的状态,对"文革"前后的过往历史和现实生活表现出多重交互的思想立场和情感态度,从而赋予作品一种具有争辩性质的众声喧哗的复调式结构。然而,文本中充当表达意识形态(与隐指作者一致)的叙述声音是肯定人道主义、具有反思精神的孙悦、何荆夫、赵振环、孙憾、李宜宁、章立早等受压制的群体,正是这些不同的叙述声音构成了具有群体性质的集体型叙述声音。

集体型叙述声音除了"轮言"形式外,还有一种代群体发言的"单言"形式。在这种叙述中,某叙述者被赋予一定的叙事权威代某群体发言,这种集体型声音的叙述权威被认为是"最隐蔽最策略的虚构形式②"。宗璞的《我是谁》主要叙述了主人公韦弥在动乱岁月大学校园中的"见闻感受"。从表面来看,《我是谁》的叙述者是故事外的作者,但实际上,叙述声音主要是从小说人物韦弥的角度和立场发出的,而韦弥又被赋予了特殊政治文化语境中"知识分子"的集体身份。在小说中,"文革"大学面貌并不清晰,几乎没有校园内的日常活动和具体景观描写,而主要以批斗场景、路人反应和人物感受呈现出一派"不安的萧杀之气"。在结构方面,《我是谁》明显不同于一般线性结构的叙事文本,而是以韦弥错乱的精神世界为框架,表现出具有荒诞特征的叙述方式。

---

① 苏珊·S·兰瑟:《虚构的权威》,北京大学出版社,2002年,第23页。
② 同上。

这种"荒诞叙述"忽略了叙述结构中的情节功能,而注重的是弥漫作品的整体氛围和文本深处的象征意义。"文革故事"的叙述并不完整,没有"一个具有匀称的开头、中间、结尾和中心之旨的线性秩序"①,只是由一些人物的回忆、见闻和幻觉组成的叙述片段,相关人物的形象也较模糊,除了韦弥夫妇之外,其他的灾难实施者和承受者都只是作为未具名的个人或群体出现,如惊恐的路人、狂热的群众和爬在地上的教授等。韦弥在惨遭批斗之后,精神高度紧张甚至分裂,迷失身份的她不知道"我是谁","该往哪里走"。充满萧杀之气的校园是文革社会的整体象征,韦弥的自我迷失象喻了特殊年代知识分子生存境遇。当然,值得注意的是,《我是谁》还运用了转换聚焦的方式,以故事外叙述者的身份审视故事中的人和事,补充叙述,并适时作出分析和评价,以弥补由内聚焦的"荒诞叙述"所造成的叙述裂痕和意义空缺。由此可见,与西方现代派和八十年代后期的先锋派相比,学院派的宗璞在探索尺度和叙事姿态上仍然是有所顾忌的。

　　从叙述方式上来看,张辛欣的《在同一地平线上》具有集体型叙述声音"轮言"和"单言"的双重特征。小说通过男女主人公交替进行的内心独白叙述了各自在事业和生活中遭遇的难题。主体意识觉醒的女主人公为了追求独立的人格和公平的竞争机会,努力挣脱婚姻家庭的束缚,积极报考戏剧学院。而墨守成规的男主人公无法理解妻子的"叛逆",依然沉浸于自我世界为绘画事业四处奔走。虽然,从表面上看,叙述者分别由男女主人公以第一人称承担,但从小说题目和女性叙述者与男性叙述者之间所构成的张力关系不难看出,向来具有自觉女性意识的作者主要是赋予了女主人公作为集体型叙述声音的权威,而男叙述者对女性独立意识的忽视则形成了文本意识形态的反面。英国叙事学者福勒认为,叙述声音具有意识形态方面的含义,在分析文本时,需要注意,"究竟是谁在文本的结构中充当表达意识形态体系的工具? 是通过叙述声音说话的作者还是

---

　　① 许子东:《为了忘却的集体记忆——解读 50 篇文革小说》,生活·读书·新知三联书店,2005 年,第 155 页。

一个人物或者几个人物？是仅有一种占统治地位的世界观还是有多重交互作用的思想立场？"①显而易见,充当表达文本意识形态的是女性叙述者。她不但对女性的生存处境具有清醒的认识,既不愿成为依附男性的"第二性",也不甘屈从婚姻和年龄的不利条件,而且强烈要求站在"同一地平线上"公平竞争,实现自我价值,这些都无疑代表了思想解放和社会变动的转型时期女性群体的声音。

　　小说给予作家在虚构话语和历史边缘地带制造叙述声音的机遇②。在思想解放与社会转型的八十年代,充满生机的大学校园引发了大学叙事的热潮,拥有不同经历和不同身份的叙述者以各自不同的方式讲述这一时期的大学故事,无论是作者型叙述声音所体现的反思意识、个人型叙述声音凸显的主体意识,还是集体型叙述声音传达的群体意识,都充分无一例外地表征了一个众声喧哗的"新时期"的到来。

---

①　申丹:《叙述学与小说文体学研究》,北京大学出版社,2005 年,第 204 页。

②　苏珊·S·兰瑟:《虚构的权威》,北京大学出版社,2002 年,第 17 页。

第五章　市场经济时期的大学叙事

二十世纪九十年代以来,中国改革开放进入到一个新的阶段,经济社会由"计划"转入"市场",文化形态由"整一"走向"多元","这种转型对于知识与社会的关系、知识与权力的关系、知识的内部结构以及知识分子的精英结构(中心—边缘关系)都发生了深远的影响,导致了一系列的相应变化"[①]。与此同时,高等教育也进入到一个以规模和数量急剧扩张为主要特征的"高速发展"期[②]。随着经济社会结构的转型和高等教育的"高速发展",大学成为了社会关注的中心和文学叙事的热点。与八十年代转型时期的大学叙事相比,市场经济时期的大学叙事失去了往日的理想主义色彩,更多了现实批判精神,主要呈现了市场经济时代和大学"高速发展"时期学院人物的生存境遇和精神状态,并进而揭示和反思社会现代化进程中高等教育体制和大学文化精神等诸多方面的复杂问题。

第一节　市场社会视域中的大学叙事

在体制转型之前,作为知识分子生活的社区,大学主要以知识生产、人才培育和思想交流为己任,与市场社会保持一种相对疏远的关系状态。

---

① 陶东风:《社会转型与当代知识分子》,上海三联书店,1999年,第303页。
② 杨东平:《中国教育公平的理想与现实》,北京大学出版社,2006年,第28页。

转型之后,随着市场经济时代的到来,教育尤其是大学教育被赋予了"新的任务和要求",即要加快"建立适应社会主义市场经济体制和政治、科技体制改革需要的教育体制,更好地为社会主义现代化建设服务"(《中国教育改革和发展纲要》,1993年)。为此,"国家鼓励企业事业组织、社会团体及其他社会组织和个人向高等教育投入"(《中华人民共和国高等教育法》,1998年),开展多样化合作办学渠道。在新的时代背景和要求下,市场获得了合法的身份介入大学,大学也有充足的理由走向市场。毋庸讳言,市场一旦介入大学,其对于大学的影响正如其自身一样,必然是利弊共生的。一方面,市场可以成为大学加快发展的推手和服务社会的平台,另一方面也以其自身的逻辑和要求不断改塑学院人物和大学自身的形象及精神气质。通览后转型时期的大学叙事,我们不难发现,90年代,创作者大多关注市场经济时代学院人物的生存尴尬和精神焦虑,揭示市场经济对学院人物和大学形象的破坏性影响。进入新世纪之后,这一叙事姿态逐渐发生了变化。一方面,市场已经成为"看不见的手"改塑着学院人物的生活方式和精神面貌,并由此"规定"了大学的文化走向;另一方面,市场并不只是大学的破坏者,在一些作家笔下,市场获得了一定程度的认同,大学与市场逐渐达成了某种和解甚至默契。

一、市场经济时代的生存尴尬与精神焦虑

九十年代初,经济体制由计划转向市场之后,人们的生活方式和价值观念发生了深刻变化。随着物质主义、拜金主义和工具理性的盛行,知识分子无法在市场经济社会维持自身的尊严和理想主义风格。后转型时期的大学叙事最初主要关注的是市场经济时代学院人物的生存尴尬和精神焦虑。在《行云流水》中,方方以冷峻写实的笔调描写了学院知识分子在市场经济到来之初的生活艰窘。高人云、梅洁文夫妇虽都是大学副教授,但由于工资微薄,物价飞涨,又要供养一个上大学的儿子和一个读高中的女儿,生活困窘不堪,夫妻两人共用一张书桌,电视、冰箱、洗衣机等家电用旧了也舍不得换,连买一本书也要算计一下合适不合适。作为书香世家出身的知识分子,高人云虽身陷困窘,仍不甘坠入庸常,处处努力守护

知识分子的人格操守，勤勉教书，致力科研。然而，在经济地位决定社会地位的商品经济年代，高人云的"守护"在苍白无力中节节败退。当他以"人格"担保会偿还理发费时，却遭到美容院女孩的人格羞辱；当初拒绝为"蝇头小利"给学生送分，可最终还是不得不"成人之美"；当有了去培训班赚外快的机会时，他也欣然前往。正如女儿高苑所嘲弄的那样，高人云即使要做一块"玉"，那也是一块"有瑕的玉"了。小说的结尾，感到"尴尬和窝囊"的高人云意识到，他已经和这个时代生活的齿轮错了位，"无论他用怎样平静的心情来对待生活而生活却总是不留情面地来打破这种平静"。在汤吉夫的《本系无牢骚》中，东大中文系的教师们同样在困窘的生活中人心涣散，牢骚满腹。身为副教授的"我"为了省钱，五年来，少吃鸡蛋，停喝牛奶，戒了烟，绝了购书的嗜好，可是直到女儿临死，也没有攒够钱买彩电以偿心愿。古典文学讲师韩天雷为了补贴家用，课余抓紧时间卖报、倒鱼，甚至摆摊算卦赚外快，最终还是不得不放弃十多年苦心孤诣的专业，远赴加拿大发展。而即便是楚辞专家、系主任乔臻也苦于"囊中羞涩"，深感"君子固穷"的古训早已无法振奋充满失落感的同事们的精神，决定辞职。近年来，学院知识分子的生存境遇和心理隐患常常引起各方关注。家庭问题、工作压力、情感危机等转型时期的各种矛盾冲突都在不同程度上蚕食学院知识分子的身心健康。杨剑龙的《凝望与叹息》借一位英年早逝的大学教师的独特视角，反映了商品经济时代学院知识分子的生存尴尬和心理隐患。同为大学教师的主人公夫妇，都令人叹息地英年早逝。小说中，躺在殡仪馆里的"我"对自己的英年早逝心有不甘，以"凝望与叹息"的方式追问自己的死亡原因。在妻子病逝、儿子辞职、孙女上学、职称评定等各种现实烦恼之外，给"我"致命一击的是与干女儿王雪荫有悖伦理的"性丑闻"事件。令人吊诡的是，小说中作者对"我"关于王雪荫的蓄谋猜测未置可否，却对"我"在性冲动过程中的心理和细节辗转铺陈，不惜笔墨，其叙述动机和深层用意不难明了：对于长期身处相对封闭而单调的学院生活中的知识分子而言，商品经济时代的竞争压力和欲望诱惑双重夹击下的生存困窘和心理重负不容忽视。

尽管方方等关于学院人物生存困窘的描写在一定程度上有文学修辞

的夸大嫌疑,但高人云们的尴尬和焦虑实际上是商品经济时代学院知识分子的共同处境。九十年代以后,进一步深化的经济体制改革改变了初期各个阶层普遍受益的分配格局,在以价值规律和交换原则为内在逻辑的市场经济时代,缺乏市场资源的学院知识分子在新一轮的利益分配中失去优势,经济地位的下降不可避免地造成了社会地位的下降和身份认同的危机。在稍后的大学叙事中,方方进一步描写了商品经济时代学院人物"无处逃遁"的"定数"。在《无处遁逃》和《定数》中,严航和肖济东同样陷入了物质上的艰窘和精神上的尴尬。虽然他们不再像高人云那样甘于窘迫的现实,而是奋起抗争,试图摆脱困境,改变命运。严航准备考"托福"出国,肖济东辞职开出租车。然而,事与愿违,严航由于缺乏可靠的经济担保,签证被拒,出国无望。肖济东在经历了短暂的出租车司机生活之后,感觉并不如意,怀念校园生活,重返讲台。商品经济时代学院人物的"逃遁"最后以失败而告终,不管他们采取怎样的行动,总是在社会现实面前碰壁,这使得他们重新陷入困顿和迷惘。"我们不知道应该怎么做了。因为无论我们如何努力让自己去适应一切,而一切却坚决不让我们去努力适应它。于是我们索性让自己呈自然状态。我们不为什么做事,也不为什么生活,不要想改变什么,也无所谓自己是否被改变。"①方方在创作谈中的这番感慨表白了市场经济社会外部强大异己力量面前个人努力的微不足道。因而,在后来的《涂自强的个人悲伤》和《惟妙惟肖的爱情》里,方方对青年大学生涂自强的个人奋斗和大学教师惟妙的爱情生活作了非常消极的命运安排。出身贫寒的涂自强,为改变命运刻苦努力,奋斗不止,幻想着"考研—读博—留校—当教授"的人生美梦,然而父亲的自杀让他错过了考研的机会。毕业后,涂自强选择留在武汉作"就业半漂族",没有人脉关系和家庭背景的他在城市的夹缝中艰难生存,疲于奔命,最后积劳成疾,走向了人生终点。在《惟妙惟肖的爱情》里,学识渊博的大学教授惟妙,因收入菲薄在家人面前低人一等,被看作是"无用书生";而担任房地产公司高管的双胞胎弟弟惟肖虽然只有高中学历,但收入高、能办事,

---

① 方方:《一个人怎样生活无需要问为什么》,《小说月报》,1999 年,第 7 期。

成为了社会"精英"。经济上的劣势导致了惟妙爱情婚姻的失败,先是女友选择了有"钱"途的弟弟惟肖,后是妻子主动离婚选择从事房地产开发的初恋男友。在商品经济时代,金钱成为衡量价值的唯一标准,大学在市场面前力不从心。

九十年代以来,虽然市场获得了介入大学的合法身份,国家要求教育"自觉地服从和服务于经济建设这个中心"(《中国教育改革和发展纲要》1993 年)。但是,知识分子"耻利"、"抑商"的思想传统却与追逐利润的市场法则存在着格格不入的矛盾。因此,在物质主义甚嚣尘上、人文精神日显衰退的时代语境中,大学叙事的作者主要是从传统与现代的冲突和裂痕中关注市场经济时代知识分子的生存境遇和精神嬗变,并由此敞现同为知识者的批判姿态和人文情怀的。在《裸体问题》中,陈世旭一方面真实呈现了市场向大学高歌猛进的场景:东方大学校园内,南方预测咨询开发公司在企业和校方的支持下"轰轰烈烈"地开张,立志要打造中国"兰德梦"的研究生们热情地为企业提供市场预测和发展咨询。樱花时节,全校学生上演了规模空前的商业狂欢,新闻系开设摄影服务点,生物系提供验血服务,中文系举办樱花诗会"引商刻羽",外语系办起咖啡屋,数学系办起"露天餐厅"。另一方面,陈世旭更加关注商品经济对大学文化精神和学院知识分子的破坏性影响。在作者笔下,八十年代风靡校园的弗洛伊德、萨特、尼采和叔本华已不见踪影,汹涌而至的商品经济浪潮很快瓦解了大学的理想与诗意。年轻才子们的红杉社最终风流云散。在商业赞助下获得演出机会的《山鬼》"并没有出现很多年前创作者们想象的那种轰动"。南方预测咨询开发公司在变幻莫测的经济风云面前很快破产了。以中文系主任梁守一为代表的学院派在商品大潮中经受不住利益的诱惑,商品经济观念锋利地击穿了传统中国知识分子的"甲胄",使他们"陷入不可自拔的人格困窘"。格非的《欲望的旗帜》主要围绕一次商业赞助的学术会议展开。由于缺乏经费,哲学年会已延期了四年,现在因为南方某制药集团的赞助而规模空前地在某大学召开了。为了感谢董事长邹元标在学术界面临严峻经费困难时候的慷慨相助,校方决定聘请他担任该校的兼职教授,并提出了进一步校企合作的愿望。接下来,作者开始以一种煞有介事的嘲讽语气叙述学术会议过程中的种种变故,其中最为吊诡的是会议执行主席贾兰坡教授坠楼自尽和赞助商邹元标在会议现场被警察带走。小说中,拘捕邹元标的警察向曾山提出了一个令人困惑的问题:作为商人的邹元标为何突然对学术界的哲学讨论会发生了兴趣,很难说他的这次赞助不是一场恶作剧。邹元标到底为何赞助这次会议?据他与校长对话时的说法是,除了对知识分子的尊重外,还要本次会议给他本人在哲学上的一个悬而未决的问题下个结论,即"是先有鸡还是先有蛋"或者说"是先有物质还是先有意识"。很明显,这两个理由都是自欺欺人的扯淡。因为它们都在邹元标与校长的调侃中被推翻了。邹元标说,"他们公司的副董事长曾经因为研究这个问题坐过牢,还发过疯,不过后来一旦做起生意来,病就全好了"。事实上,商人邹元标对哲学会议的兴趣来自他对张末的欲望,这正如贾兰坡教授的神秘自杀一样,世俗欲望在粉碎了他的哲学理性之后彻底摧毁了他的生命信念。这场由市场与大学"媾和"的国际学术会议经受两次致命打击后最终在尴尬中草草收场。正是在这个意义上,我们似乎可以说,格非在《欲望的旗帜》中揭示了大学与市场"媾和"的破产,学术与经济对话的不可能。

二、知识经济时代大学与市场的"媾和"

后转型时期,当知识分子及其拥有的知识进入到生产、流通和消费各领域,并逐渐成为资本市场的重要因素时,标志着知识经济时代的到来。如果说在后转型之初的九十年代,以知识分子为主体的大学叙事在处理市场与大学的关系时,主要是在"抑商"、"耻利"思想传统的支配下,一方面无法回避市场对大学的"介入",另一方面又不能接受大学与市场的"媾和",大多是站在传统知识分子的精神立场揭示和批判市场因素对学院人物和大学形象的破坏性影响。那么,进入新世纪知识经济时代之后,这一叙事姿态已然发生了变化。在张者的《桃李》、邱华栋的《教授》、史生荣的《所谓教授》、葛红兵的《沙床》、郭敬明的《小时代1》等作品中,大学与市场逐渐达成了某种和解甚至默契。在《桃李》中,作者以大量的细节和场景描写了法学教授邵景文在市场和大学之间的成功和得意。邵景文既是著名教授、学者、法学家，深受学生崇拜和欢迎；又是开着律师事务所和宝马车的大律师和老板，业务繁忙，日进斗金。在邵景文那里，商品经济时代的教授和老板并行不悖，相得益彰。他从"市场"上带回一个个生动有趣而又能阐释某个法律教义的案例，然后在上课时把它们交给学生们进行讨论，"最后有关案子的法律问题在大家的讨论中越来越清楚了，讨论结果将成为老板代理词的核心内容。老板这种理论和实践相结合的教学方式一举数得，效果显著。不但教育了学生，打赢了官司，也赚了大钱"。大学与市场之间的默契不但给邵教授带来了成功，同时也惠及他的弟子们。小说中写道："只要老板单独给谁派个活，报酬是极为可观的。我曾经因在老板的授意下写了一篇几千字的文章在报上发表，拿过一万块钱。师兄曾帮老板写过一次小案子的代理词拿过两万块。"正因为如此，学生中流行开了这么一种说法，"读研要读邵教授的，打工要打邵主任的，泡妞要泡邵先生的"。虽然小说的最后，作者让邵景文教授凄惨地死在了情人的床上，但从叙述者对"老板"钦慕的口吻和关于"老板"无限风光的叙述过程来看，正如铺张扬厉的汉赋一样，这个劝百讽一的结局安排并不能遮蔽或消解邵景文在大学和市场共谋中的成功和得意。就像小说中叙述者那番郑重其事的解释一样，商品经济时代，"老板"是比"导师"更富有时代感和新涵义的流行称谓，大学和市场的"共谋"已不再只是一个贬义化的叙事指向。在《教授》中，邱华栋在处理大学与市场的关系时似乎比《桃李》更加暧昧。小说的主体部分以大量繁复的笔调描写了经济学教授赵亮在市场社会无比风光的"事业成就"和声色犬马间的消费生活，而作为小说人物寄身的大学及其学院活动在叙述过程中反而成为了辅助和陪衬。身为经济学教授、博士生导师、政协委员和国务院特殊津贴享受者的赵亮凭借自己的学术和身份穿梭于学界、商界和政界，为市场利益集团出谋划策，为自己树立明星般的公众形象。他可以在广播上谈"和谐社会"、在报纸上谈"超级女声"、在网络上谈博客文化、在电视上谈中产阶级、在杂志上谈建筑、在街头广告牌上做地产代言，开宝马530、洗玫瑰浴、做皇帝按摩、住豪华别墅等等。小说中，第一人称叙述者"我"即文学教授段刚的叙述态度和情感指向充分体现了作者在处理大学和市场或曰学院知识分子与市场经济社会关系时的暧昧态度。一方面，作为文学教授的段刚始终没有放弃人文学者的人格操守，与市场社会保持清醒的距离，对赵亮的所作所为并不认同；另一方面，作为赵亮的亲密朋友，段刚又时常身不由己地赞赏赵亮在知识经济时代的睿智博学和左右逢源，陪他一起出入消费场所，帮助他解决婚姻情感上的矛盾。小说的结尾，赵亮教授虽然最终在学界、商界、政界和婚姻等各个方面身败名裂，"经过校长办公会议的研究，大家认为，像赵亮这样一个道德形象狼狈、给学校的声誉造成了损害的人，已经不适合在本大学继续任教了"。然而，作者并没有对赵亮的"沉沦"和"悲剧"进一步地批判和谴责，而是让他通过自我放逐、反省、忏悔完成了自我救赎。在那封留给段刚的信中，自我放逐的赵亮不但请求段刚为他建立一个基金，资助贫困大学生，而且深刻地反思了商品经济时代物质金钱和精神生命的关系，"当人们过分地注重追求物质的增加、金钱的获得，结果我们赢得了世界，但是却失去了心灵。人们被封闭在一种狭隘的世俗世界里不能自拔，人类与广阔的宇宙相隔绝，陷入了社会富裕而精神贫瘠的疯狂漩涡。我们已经失落了生活的意义，每个人的精神生命来自宇宙的精神生命，它内在于我们，是我们生活中内在的本质，又是一种超自然的生命，因此，我现在要去寻找人的精神和内在的生命力，重新获得继续生活下去的勇气"。史生荣的《所谓教授》围绕某农业大学与西台县合作进行小流域综合治理和畜牧业开发为中心展开，虽然小说批判的矛头仍然主要指向大学内部的学术腐败和权钱交易等丑恶现象，但是，作者并不只是以传统知识分子的批判眼光把大学与市场、学术与经济的关系简单化处理。畜牧系宋义仁教授最初是怀着回报桑梓的心理到老家西台县创办良种猪场的，作者不但以较大篇幅描写了宋义仁在创办种猪场过程中的吃苦耐劳和认真细致，而且还以赞赏的眼光叙述了他建立在学术知识和敬业精神基础上的"名利双收"，"几年下来全县成了养猪大县"，县里不但要给他立碑，还要奖励他小轿车。对于主人公刘安定，虽然小说细致呈现了他在项目合作开发过程中身不由己地陷入到学校和社会、权力与女色的欲望怪圈，但是很明显，在这一叙述过程中，作者的情感态度是复杂和暧昧的。刘安定始终热爱自己的专业，对工作认真负责，与白明华、赵全志等腐化堕落者保持距离，甚至充满反感。作家在此不是要简单地否定和批判，而是试图从更深的层面探讨商品经济时代学院知识分子在面临困境与诱惑时的内心挣扎和人格分裂，这无疑比单一维度的揭示和批判更具有发人深省的力量。葛红兵的《沙床》主要讲述的是哲学教授诸葛与多名女性之间复杂幽微的情欲关系。虽然故事情节的主体不是学院生活，人物活动的场所也主要不在大学校园，但是，我们仍然可以从诸葛教授的学院身份及其活动的场域来解读文本所潜含的大学与市场的关系状态。小说中，年轻的哲学教授"整天泡在酒吧里"，喝着一种由朗姆酒加上柠檬、牛奶兑制而成的叫做"赤裸的晕眩"的饮料，与不同的年轻女性幽会。酒吧和女性，在某种意义上都是商品经济时代的文化符号，前者是消费空间，后者是欲望对象。在这个自叙传式的文本中，作者显然无意把迷恋酒吧和女性的诸葛教授描述成一个不学无术、沉湎酒色的堕落青年。在作者笔下，商业消费与文学创作（学术活动）是可以在酒吧中同谋共生的。诸葛教授在酒吧里，在迷恋"赤裸的晕眩"的同时，也"用一台老式手提电脑写点儿东西"。同样，即便小说始终氤氲着暧昧和颓废，诸葛与不同的年轻女性发生关系，甚至不乏三人同居和裸体派对等超越正常道德底线的作为，我们仍然不能简单地把它当作是一部情色小说，正如作者所说，这本书其实不是写"情色"而是写"情色后的虚无"①。尽管作者的解释有时可能导致接受谬误，但是它在一定程度上还是为我们进一步了解真实的文本意图提供了思路。从大学叙事的角度来看，在《沙床》中，"大学与市场"或曰"学院知识分子与商品经济消费"传统意义上的紧张关系已经在很大程度上被"消解"。流连于酒色之间，处于漂浮状态的哲学教授始终都没有放弃对生命意义的追问和性爱的哲学探讨。而在比葛红兵更年轻一代的时尚作家郭敬明笔下，大学与市场的关系进一步被"颠覆"。《小时代1》主要讲述了大学校园里一群时尚男女的前卫生活和情感交往。在这个充满都市消费主义气息的大学叙事文本中，大学似乎

---

① 李冰：《是情色小说？葛红兵开口为〈沙床〉辩白》，《北京娱乐信报》，2003年11月30日。

成为了一群都市"宝贝"展示高端消费趣尚和情爱游戏的舞台。她们追逐的是 LV、PRADA、DIOR、GUCCI、DISEL、MOLESKINE 等各种奢侈品牌,在校园里充分享受着商品经济时代带给她们的快乐和自信。他们崇拜的是"那些闪闪发亮的人",也就是小说中像宫洺那样的商场精英,"永远觉得他们都像是神氏一样存在着"。而传统意义上的榜样,勤奋刻苦的同学和学识渊博的老师都成了她们鄙视和嘲讽的对象。毋庸讳言,大学经验不够丰富和完整的郭敬明(大学肄业,没有住校经历)对大学的描写缺少必要的耐心和兴趣,虽然主人公林箫平时都在学校上课,只有周末才到《当月时经》兼职,但是在作者笔下,本体性的学院生活大多浮光掠影,作为人物活动背景存在着的大学显得沉滞、呆板。然而,对校园外面的世界,作者则始终保持足够的叙述耐心和盎然的兴趣,在这个"以光速往前发展的城市"和"浩瀚的巨大时代",带来物质繁华的市场社会充满了活力和生机。商品经济时代的市场社会不仅给大学带来了物质繁华,而且在更深层次改变了人们的思想意识,正如主人公林箫所坦承的一样:我得意洋洋的生活在自以为幸福无比的境遇里,以高高在上的心态怜悯这些后来所有不幸的朋友,我觉得自己幸运极了幸福透了。大学的理想主义和诗浪漫意已让位于市场社会的世俗幸福。

毋庸讳言,市场及其消费文化给大学带来了诸多负面影响,但值得注意的是,作为"双刃剑"的市场当然也给大学带来了积极意义,它不仅提供给大学以金钱物质基础,而且还输入正面积极的文化精神。从整体层面上看,传统大学处于"象牙塔"内,在一定程度上,疏远了社会,脱离了大众,而市场的进入,给大学带来了竞争意识和效益观念,注入了生机和活力,推动了大学现代化发展,改变了学院价值观念,从而"不断地刺激学院和大学,使其适应不断变化的经济和社会状况"①。从个体层面上看,市场及其消费文化在给学院人物带来负面影响的同时,也对其道德人格产生积极影响,在很大程度上进一步强化了他们的独立自主、公平竞争、求

---

① (美)伯顿·R·克拉克:《高等教育新论》,王承绪等译,浙江教育出版社,2001年,第92—93页。

真务实、开拓创新、合作开放等现代精神。然而,综览九十年代以来的大学叙事,由于知识分子"轻商"、"耻利"的传统,使得作家在处理以知识分子为主体的大学叙事题材时,大多以单一的思维向度,关注市场对大学的负面影响,对市场主要采取的是拒斥和批判的态度,揭示市场经济体制下学院知识分子窘迫的生存状态、腐化的生活方式、蜕变的思想情感,在很大程度上缺少市场与大学关系的正面表述和深度探索。

三、多元文化空间中的学院知识分子

九十年代以后,随着市场经济地位的确立,以娱乐消费为主要特征的大众文化取得了合理性与合法化身份,与主流文化、精英文化形成了多元格局的社会文化空间,并迅速取代了八十年代以来知识分子精英文化的中心位置,成为了大众意识形态的主导力量。在转型后的经济社会结构和多元文化空间中,知识分子失去了八十年代以来居于社会中心引领时代风尚的优越和自信。正如有学者所描述的那样:"当代中国的知识分子正面临着一个严峻的生存挑战。商品经济的大潮以不可阻挡的气势席卷社会的每一角落,涤荡着既存的价值观念、生存准则和人际规范。人们仿佛突如其来地被抛出了久已习惯的生活轨道,愕然地注视着周围陌生的一切。偌大的神州,已放不下一张平静的书桌,神圣的校园,失去了往日的清高,安宁的书斋,也难以再抚慰学者们一颗寂寞的心。"[1]文化思想领域的问题往往是社会系统变化所带来的一系列矛盾冲突的折射和表现。在九十年代以来的后转型时期,那些曾经以为真理在握、重任在肩的知识分子惊讶地发现,他们不但正处于日益被边缘化的尴尬境遇,甚至还在生存处境、精神价值和社会尊严等诸多方面面临来自市场社会的严峻挑战和强大压力。在这一时期的大学叙事中,面对转型后的市场社会和多元化的文化空间,学院知识分子内部开始出现了分化,一部分人改变价值目标,迎合市场需求;一部人采取抵御的姿态,坚守学术岗位和精神传统;还有一部人则挣扎于市场和学院的边缘,在纷繁复杂的矛盾冲突中患得患

---

① 　许纪霖:《商品经济与知识分子的生存危机》,《读书》,1988 年第 9 期。

失,左右失据。

在体制转型之前,作为知识分子生活的社区,大学主要以知识生产、人才培育和思想交流为己任,与市场社会保持一种相对疏远的关系状态。转型之后,随着市场经济时代的到来,教育尤其是大学教育被赋予了"新的任务和要求",即要加快"建立适应社会主义市场经济体制和政治、科技体制改革需要的教育体制,更好地为社会主义现代化建设服务"(《中国教育改革和发展纲要》,1993 年)。为此,"国家鼓励企业事业组织、社会团体及其他社会组织和个人向高等教育投入"(《中华人民共和国高等教育法》,1998 年),开展多样化合作办学渠道。在新的时代背景和要求下,市场既成为大学加快发展、服务社会的推手和平台,也以其自身的逻辑和要求不断改塑大学的形象和精神气质。后转型时期大学叙事中的市场化知识分子正是在上述语境中出场的。张者《桃李》中的邵景文曾经是大学中文系的才子,爱好文学,擅长吹箫,后来改学法律,成为法学教授,开办律师事务所,成为游刃于学院和市场之间的"老板"。虽然邵景文当初弃"文"习"法"肇因于为父报仇的幼稚想法,但显然正是这一暗合了社会转型步伐的选择促成了"老板"邵景文教授的成功。深谙市场经济时代实用法则的邵景文教授向弟子们如此传授心得:"文学是感性的,法学是理性的;文学是人文主义的,而法学是科学主义的;文学以情动人,法学以理服人。如果同时掌握了这两门学科,知识结构也就合理了,就可以达到合情合理之要求。情与理有机地组合在一起,相生相克,形成太极。那将前途光明,功德无量。走向社会就能立于不败之地。"显然,邵景文的"合情"部分是为自己青春时代的"幼稚"理想开脱的,弟子们对他的"合理"部分早已心领神会,他们给老板这称呼赋予了新的含意,"老板已不是生意人,也不是一般人理解的大款了。大款算什么,大款只有几个臭钱,而老板不仅是大款也可能是大师、大家",因此,他们"读研要读邵教授的,打工要打邵主任的,泡妞要泡邵先生的"。在某种意义上,作为知识经济时代的市场化知识分子,身兼老板和教授双重身份的邵景文名利双收,"成功"地实现了自己的人生"价值",学术知识和教授身份既为他获取了丰厚的物质回报,也使他成为学生们崇拜的"偶像"。在邱华栋的《教授》中,经济学教授赵亮更是知识经济时代的"弄潮儿"。身兼大学教授、经济学家、政协委员、公司企业和政府部门顾问等众多身份的赵亮穿梭于学界、商界和政界,时而充当政府喉舌为经济高唱赞歌,时而充当企业顾问为利益集团出谋划策,通过各种媒介为自己树立明星般的公众形象。与邵景文、赵亮一样,倪学礼的《大学门》中,中文系主任李冰河深谙知识经济时代"名气就是生产力",他的名气主要来自他的活动能力,长期做电视台的节目策划人,在社会上建立了方方面面的关系,靠这些能力和关系,他把自己运作成了明星教授和著名电视节目策划人。史生荣的《老板教授》中,下海经商的秦刚宁愿每年向系里交五千元钱来保住具有市场附加值的教授牌子,因为"到下面一说咱是教授,人家首先敬咱七分,没有教授这牌子,谁还信你。这教授也是品牌,是商标,它的价值就在于它是名牌,所以我不能丢了这牌子"。曹征路的《有个圈套叫成功》中,经济系副教授安娴在民营企业家邹俊安的帮助下,借助媒体的力量,从一名普通教师一跃成为众人瞩目的学术明星和社会名流。马瑞芳的《感受四季》中,下海经商的中文系教师刘宏运用经济手段来竞争副教授职称,每个评委按一千块钱的标准"对症下药,各个击破,一家一家朝拜,一票一票落实"。然而,他评职称,并不是为了待遇,而是为了市场效应,因为在市场只要"端出大学教师牌子",就可以被"远接高迎"。后转型时期的大学叙事中的这些市场化知识分子,在深谙知识经济时代的商品经济法则之后,很快调整了价值立场和生存方式,利用自己的知识和身份,积极投身市场社会,在知识、经济和权力的同谋游戏中实现商品经济时代的人生"价值"。市场经济社会和大众消费文化在给邵景文和赵亮们带来"名利"双收的同时,也重新改塑了他们的人生观和价值观,当他们从导师变成"老板"、从教授变为"叫兽",开着宝马 530、洗玫瑰浴、做皇帝按摩、住豪华别墅、出入各种高档会所时,他们不但放弃了知识分子的精神传统和社会责任,而且很快在金钱、物质、美色等世俗欲望和感官刺激中无法自持,人性迷失,最终走向悲剧性的人生结局。邵景文最终死在情人梦欣的床上,"死状极其奇特","全身被小刀捅了一百零八刀",每个刀口"都种下了一枚珍珠"。赵亮最终在政治调查、婚姻破裂、对手攻击等系列打击下身败名裂,自我放逐。安娴最终因精神分裂住进了康宁医院,"已经不适合再讲课了"。无论时代语境如何变换,市场和大学毕竟有着不同的目标追求、价值取向和运行逻辑,这使得二者的关系变得既密切又复杂起来。它们对学院人物生存方式和思想观念的影响也必然是多方面的。

二十世纪九十年代以来,随着社会经济体制转型和高等教育产业化与社会化改革,在规模和数量上得到迅速发展的大学逐渐形成了层次鲜明、制度严格、权责明确的科层体制。科层制最初由马克斯·韦伯在《社会组织与经济组织理论》一书中提出,是一种只追求效率、排斥个人情感的官僚化和企业化的组织管理形式。在后转型时期的大学叙事中,科层体制下的行政职级很快成为一些学院知识分子争相竞逐的目标,而原本为立身之本的知识学术已不再是他们孜孜以求的理想。《一生之水》中的主人公冯乐虽寄身高校,学的是中文专业,但他不再是一个单纯治学或从文的人文知识分子,而是一个介于官、学之间的高校行政化知识分子。最初处在高校行政系列底层的冯乐利用山丹丹的裙带关系从政教处科员一跃而为副处长,随后又凭借"吮痈舐痔"的谄媚功夫从副处长一路升迁至校长。随着职务的升迁,身边的漂亮女人也趋之如鹜。冯乐在仕途与情场的"得意"是与其深谙消费时代商品交换规律和官场权谋法则分不开的。他不但深悟出"我现在做叭儿狗,以后才能有别人做我的叭儿狗"的官场法则,而且还总结出一套权力与女人的关系哲学:"权力与女人密不可分,你有权就会有女人;有女人,你就干什么事都特有劲,就会有更多的权。"在某种意义上,《一生之水》可谓是一部后转型时期高校官场现形记。在冯乐的周围,政教处的"官员"们全都不务本职"正业",而热衷于文艺创作和汇报演出等一类名不正言不顺的"副业",其目的既不是为了社会效益,培养人才,繁荣文化,也不是为了经济效益,增加收入,惠利师生,而是为了拿"国家大奖",捞取"政治资本","只要拿了奖,参与组织和编演的主要人等提拔的提拔,升级的升级,就皆大欢喜,万事大吉"。因此,政教处处长陈怀民虽然为"官"不为,对各种工作几乎不闻不问,但他却处处凭借职权公然占据各类创作、汇演成果,并因此而获得了升迁为院长乃至副省长的政治资本。贺兰三从政教处副处长到影视系主任再到"技院"院长,处处"一马当先",抓创作短训班,组织观摩演出,甚至给当厅长的丈夫"拉皮条",不惜一切攫取向上攀爬的政治资本。九十年代以来,中国大学开始了以院校合并和大学扩招为主要特征的"跨越式"发展,原本为教学和科研服务的大学行政管理人员在这一转型发展中逐渐获得了更多的支配性地位和权力资源,从而导致了大学行政系列中各类不学无术的官僚化知识分子的产生,尤其更助长了一些大学管理高层的官僚主义作风。汤吉夫《大学纪事》中原本为师范学院政治系主任的何季洲,依靠部长同学的裙带关系,一跃为六所院校合并而成的H大学的校长兼书记。经过上任初期的一番权力博弈后,独断专行的何季洲开始在H大的一系列"跨越式"发展中片面追求政绩,树立个人形象。他所谓的"不要墨守成规,要敢于创新",实际上是好高骛远,弄虚作假,譬如他不切实际地提出"五年进入国内一流,十年进入国际一流"的发展目标,要求"五年之内创建二十个博士点、一百个硕士点",主张老师们"大干快上"地出书、发表论文,出钱收买校外专家学术成果的署名,强调利用各种非常规的公关手段与评委沟通,大张旗鼓地进行校企合作,利用手中的博士学位点与政界搭建关系网,斥巨资建设国内绝无仅有的五星级教学楼,花一千万元买下南北走向两辆列车的命名权。何季洲的所作所为完全背离了现代大学的基本精神和教育规律。在某种意义上,与其说何季洲是一个官僚化知识分子,不如说他更是一个政客式官僚。正如有学者指出,精通权术、拉帮结派、排除异己、蒙上坑下、制造虚假繁荣的何季洲既是"以'官本位'、'等级制'为核心的几千年封建专制制度留给当代中国的一份丑陋的遗产",又是"改革开放以后在官场、民间得到广泛认可的'政绩'文化的产物"(李星《对历史理性精神的强烈呼唤——为汤吉夫〈大学纪事〉序》)。史生荣《所谓教授》中的白明华身兼教务处长和教授,既要钻营官场,又想经营学术。为了所谓的前程,白明华不惜忍受并默许妻子与老书记长期保持暧昧关系。为了申请科研项目,白明华不但利用同学刘定安的学术成果,而且不惜以转让情人和代办文凭的方式巴结胡处长和赵主任。权力和学术的苟合让白明华和赵主任实现了"互利共赢"。他们都"清醒"地认识到:"现在以经济建设为中心,领导单纯当干部不搞经济不行,出不了政绩;知识分子单纯搞学问也不行,财力物力都不支持你,出不了成果;只有领导和学者结合,学问和权力结合,才能如虎添翼如鱼得水。"

在后转型时期的大学叙事中,官僚化知识分子并不仅指那些在高校行政系列中各类不学无术的"官员",也表现为教师队伍中一些掌握学术资源的"权威"人物。这些原本学者出身的"权威"人物在大学科层体制中"与时俱进",见风使舵,不再以学术为追求,而是以权谋为职志,失去了学者本色,凸显出官僚作风。在马瑞芳的《天眼》中,原本学者出身的史可亮,表面上为人师表、文质彬彬、儒雅谦和,背地里投机取巧、自私虚伪、妒贤嫉能。在学院内部,史可亮利用文科学术委员会主任的职权打压对自己有潜在威胁的同事章鹤年、李朝晖、南琦,占用学生的论文充当自己专著,欺骗年轻学者为自己撰写吹捧文章,窃取同学黎中石夫妇的选题构思。在对外关系上,史可亮依附权贵,营造声名,甚至编制了一份"人事关系调度表",致力于"学者和政客联网",处心积虑结识同行学术权威,巴结退休高官钱老,对其夫人淮青更是极尽谄媚奉承,给省委书记送书,趋炎附势。深谙权谋法则的史可亮不但凭借内援外交当上了文学院院长,而且还把原本没有实权的院长变成了实权在握,成为了大学科层体制内掌握学术资源和行政权威的官僚化知识分子典型。阎真《活着之上》中的蒙天舒在大学读书期间就是一个善于心计的功利主义者,考试、读研、写论文、交朋友、选导师,"凡事都经过周密计算,大小好处都要捞"。毕业留校后,工于心计的蒙天舒在大学科层体制中更是如鱼得水,对外积极营造各种学术关系,通过学术会议结交权威人物和刊物编辑;对内利用导师董校长的权力影响占用学术资源,建立人际关系,窃取同学聂志远的学术成果。始终把"屁股决定脑袋"作为人生信条的蒙天舒终于凭借裙带关系和投机取巧成为了历史学院副院长和学术带头人。后转型时期大学叙事中的官僚知识分子常常身处"官"、"学"之间,在尊职级、重权责的大学科层体制中,深谙官场权谋交易法则,竭尽所能地利用职务权力侵占学术资源,并利用学术资源为进一步晋升攫取政治资本,从而在权力与学术的"共谋"中实现"双赢"。

九十年代以后,随着经济社会结构的转型和多元文化空间的形成,知识分子的内部结构、价值体系及其与社会的关系等诸多方面都发生了深

刻的变化。在后转型时期的大学叙事中,除了一部分主动进入社会流通
的市场知识分子和积极追求科层职级的官僚知识分子之外,还塑造了一
批坚守学院岗位的学术知识分子形象。首先,学术知识分子的精神传统
在一批德高望重的前辈学人身上得以彰显。由于时代背景、成长经历和
知识结构等的不同,不同代际的知识分子往往表现出不同的生存状态和
精神风貌。后转型时期大学叙事中的前辈学人大致属于后"五四"一代,
经历了民族危亡和社会变动,主要在民国时期接受教育,受到"五四"一代
学人的熏陶,有着较深的学术根底和传统知识分子的道义良知。在思想
淡出和学问凸显的知识经济时代,他们虽然不再有传统知识分子"济苍
生"的理想抱负,但仍然试图在学术追求中坚持"善其身"的人格操守。马
瑞芳的"新儒林"系列中,林东篱是江岭大学的古代文学专家,曾经是胡适
的"高足",一生致力于学术事业,远离世俗,不问政治,"学问深,思路敏
捷,谈吐文雅",始终保持着"一种封建士大夫的清高和绅士风度相结合的
美",深受学生爱戴和同行敬重。诸葛白帆是泗海大学的历史学家,致力
于春秋史学研究,退休后仍锲而不舍地著书立说,书房的灯彻夜不熄,无
论是在动乱年代还是在转型时期,对荣辱得失始终坚持"度德而处之,量
力而行之",逝前把自己的珍稀藏品和八万册藏书全部捐赠学校,并以个
人存款设立泗海大学博士研究生"珍泉"奖学金,深受全校上下的敬重和
爱戴。陈世旭的《裸体问题》中,法学大家彭佳佩教授为东方大学"泰斗之
首",学术成就国内公认,历经"文革"坎坷,始终坚守知识分子的社会良知
和爱国热忱,多次把分配给自己的住房让给年轻人,并把毕生存款全部捐
赠给学校,自己则居陋室,守清贫。校学术委员会副主任和中文系学术委
员会主任公伯骞是古典文学权威,年轻时就刻苦治学,不到二十七岁便被
聘为教授,毕生致力于建构自己的理论体系。弟子姚长安的去世让他愕
然警醒,主动向学校和系里递交辞呈,自觉把位置给年轻人让出来,为"目
前的教育现状"作出最后最切实的努力。汤吉夫《龚公之死》中的龚公,一
辈子专治古文研究,全身心投入教学,既为国学式微和传统断裂忧心如
焚,更以知识分子的良知和道义与世俗名利和腐败行为作抗争。此外,朱
志荣《大学教授》中的古典文学大家侯永昌、张者《桃李》中的法学权威蓝

其文、曹征路《大学诗》中的史学专家马同吾等学术知识分子,既以学术建树为人仰慕,更以思想品行为人敬重。其次,学术知识分子的岗位意识和精神品格还体现在一批赓续前辈学人传统的中年知识分子身上,譬如马瑞芳"新儒林"系列中的章鹤年、陈世旭《裸体问题》中的姚长安、阎连科《风雅颂》中的杨科、李洱《导师死了》中的吴之刚等。这些中青年学术知识分子大致属于"十七年"和"文革"一代。他们主要是在建国后至"文革"时期的特殊政治文化语境中成长起来的,由于时代环境及其在此环境下习得的学术修养和人生阅历与前辈学人迥异,中青年知识分子在文化和学术上的生命没有及时得到充分发展,在一定程度上中断了民国知识分子的精神传统。然而,值得注意的是,虽然激进的政治运动扭曲甚至中断了他们正常的学习进程,但是"文革"后他们大多通过恢复高考或自修,在文化知识和专业技能上获得迅速提升的机会,而成为新时期社会各领域的中坚力量。马瑞芳"新儒林"系列的《天眼》中,章鹤年和李达仁在五六十年代接受大学教育,"文革"时被打为白专典型,治学为人深受老师林东篱的影响,专注学问,不问政治,淡泊名利,风度儒雅。尤其是章鹤年,即使在"文革"艰难时期也从未放弃词学研究,最终在词学史方面取得了填补空白的卓越成就。陈世旭的《裸体问题》中,姚长安是"文革"前的"老三届"大学生,有过下放的苦难经历,恢复高考后考取骞先生的研究生,为人处世深受老师影响,"读书很像年轻时的骞先生,肯下功夫",凡是读过的书,几乎过目不忘,"从骞先生那里继承了对学术上集大成的清代文化的特殊兴趣",编纂《全清诗补遗》,成为东方大学中文系学术骨干。阎连科《风雅颂》中的杨科致力于《诗经》研究,耗费五年光阴,终于完成了五十万字的书稿《风雅之颂》。李洱《导师死了》中的吴之刚致力于民俗学研究,完成了开创新体系的《民俗学原理》,成为学界新一代学者的代表。

　　"国家与学术为存亡,天而未厌中国也,必不忘其学术。天不欲亡中国之学术,则与学术所寄之人,必因而笃之。世变愈亟,则所以笃之者愈至。"①王国维的这番感慨真实反映了乱世之秋一代学人的内心焦灼和学术

---

① 　王国维:《观堂集林》,卷二三,《沈乙庵先生七十寿序》,中华书局,1959年。

操守。虽然学术兴衰未必真能直接危及国家存亡,但是大学放弃了作为"天下之公器"的学术,那么何谓大学,大学何为? 所幸的是,在九十年代以来的多元文化语境中,仍然有一批学术知识分子坚守学院岗位和知识分子精神传统,以学术事业为职志,与世俗社会保持应有的距离,对科层体制保持必要的警惕。然而,在市场社会的商业法则与科层体制的权力话语大行其道的大学校园中,学术知识分子往往成为知识经济时代的牺牲品或是边缘人。在后转型时期的大学叙事中,前辈学人诸葛白帆、林东篱、公伯骞、蓝其文、侯永昌、龚公等或逝去,或退休,在凄凉、落寞中退出历史舞台,中年学者章鹤年、姚长安、杨科、吴之刚等或受权谋者排挤,或在巨大压力中猝然病逝,或被当成精神病放逐,或不愿苟活坠楼自尽。曾经以"囊括大殿,网罗众家"为己任的大学,在繁荣发展的表面景观之下,可谓是"悲凉之雾,遍被华林"。

通览九十年代以来的大学叙事文本,我们不难发现,作为知识分子生活的社区,大学校园已经失去了往日的宁静,各种喧嚣和冲突不断加剧。虽然一方面体制内的道德规范仍然强调勤奋努力,忠于职守,为人师表。但是另一方面,在学院外面广阔的市场社会,各种丰富的物质消费和转变了的价值取向"明目张胆"地诱导人们追逐利益,满足欲望。后转型时期,在商品实用法则、科层体制权谋和世俗欲望诱惑的冲击和影响下,无论是迎合社会的市场知识分子、经营权谋的官僚知识分子,还是坚守岗位的学术知识分子,或在蜕变中融入世俗社会,或在疏离中退守书斋生活,知识分子的角色和功能都发生了转变,那种本应具有的批判精神和公共情怀在后转型时期的学院知识分子身上渐行渐远。

第二节　商品经济时代的学术生态

早在二十世纪初,"北大之父"蔡元培便提出,所谓大学者,"实以是为共同研究学术之机关",而"对于学说,访世界各大学通例,循思想自由原则,取兼容并包主义"[①]。然而,在中国近现代大学的发展史上,长期依附

[①]　蔡元培:《蔡元培全集》(第三卷),中华书局,1988 年,第 271 页。

于政府的大学一直未能给予学院知识分子足够的自由独立的学术研究空间。新中国成立后,很长一段时期以来,在以阶级斗争为纲的特殊政治文化语境中,按照"苏联模式"改塑和调整后的大学几乎很少有独立自主的学术空间和言论自由。直到八十年代,知识和教育重新得到重视,转型时期经济社会领域的改革开放和意识形态领域的思想解放在很大程度上为学院知识分子及其学术活动释放出较大的活力和空间。但是,九十年代经济社会结构转型之后,由于市场和权力的渗透与影响,以及大学自身"跨越式"发展的需要,外部环境和内部生态都已发生重要变化的学术研究已难有自由独立的生长空间。

一、学术生态的市场化倾向

在后转型时期的大学叙事中,市场经济环境下学术生态的市场化倾向常常成为作家们鞭挞的对象。曹征路的《大学诗》以九十年代后期教育产业化和大学扩招为背景,围绕S大申报博士点的前后经过,揭示了市场经济对学术生态的破坏性影响。小说一开始便交代了市场经济背景下教育产业化和高校扩招给大学带来的生存压力。"众所周知,如今高等教育已经产业化了。自高校扩招以来,谁的品牌大质量优谁就能抢到更多的市场份额,这已是不争之事实。而衡量品牌质量的标准就是,硕士点和博士点的多寡。"小说中,"产业化"、"市场份额"、"操盘手"、"硬通货"等市场经济术语成为叙述热词。为了实现博士授予权零的突破,S大决定"重拳出击",不但拿出五百万元专项资金,而且还聘请中介机构进行市场化运作。申博过程中,"操盘手"廖星凯不但调动全校上下制造"硬通货"(师资力量和科研成果),虚报各种数据,而且四面出击,给评委公关送礼。虽然S大的申博工作最终功败垂成,但是"大学诗"的讽刺意味令人深思。小说中秉持学术立场和道德良知的马同吾成为了学校"公敌",而不学无术的"操盘手"廖星凯则受到全校上下的盲目崇拜。同样,倪学礼的《大学门》也围绕E大申报电影学博士点的过程展开,讽刺了市场经济时代儒林学界的各种丑态。在申博问题上,E大上下空前团结起来,因为"一个一级学科学位点后面跟着一大堆利益,学历层次越高国家和社会的投入就越高"。为了创造条件申报博士点,E 大不惜用经济手段刺激学术生产,既出重金到外校把有影响的学者"挖"过来,又斥巨资激励本校教师进行学术"大跃进"。然而,"写书毕竟不是上厕所,硬憋硬挤是弄不出来的",申博组和科研处便把相关人员拉到度假村"足足玩了三天"。事后要大家按时交稿,稿费翻番,并且预支。在这种经济利益的刺激下,大家都"热火朝天"地写起书来。中文系教授林若地最为高产,"几乎以每年写三本书的速度向前推进"。在《大学纪事》中,H 大为了实现"跨越式"发展,成为"世界一流",公然运用非正常的市场经济手段干预和刺激学术生产,不但要求教师们进行学术公关,花钱买外校专家科研成果的"署名权",而且还要求他们抓住时机"大干快上",花钱买书号,把讲稿当专著出版。在这种新观念和新机制的"激励"下,古典文学教授阿古用半个月的时间编了两本书,一本是《中国文学史纲要》,是他历年上课用的讲稿,稍加删改,连缀成卷;第二本《宋诗辨》是论文集,请书商帮忙,花钱买书号,一个月内见书。不仅如此,阿古甚至还抄袭小林和林老的学术成果。市场经济时代,祖先的"君子不可以货取"的信条早被大家看成是迂腐透顶,市场机制和经济手段完全破坏了以知识和学术为本位的大学伦理。

大学是学术研究的场域,它以创新知识与传播知识为使命。因此,学术性是大学的根本特性,也是大学立身和发展的必然要求,离开了学术力量的支撑,大学将不能"成其大"。作为精神性活动的学术研究有其自身的内在逻辑与规律,只有宽松自由的学术环境、刻苦钻研的学术精神,方能取得开拓创新的学术成果。正如王国维所说,今之成大事业、大学问者,罔不经过三种之境界:昨夜西风凋碧树。独上高楼,望尽天涯路。此第一境界也。衣带渐宽终不悔,为伊消得人憔悴。此第二境界也。众里寻他千百度,蓦然回首,那人却在灯火阑珊处。此第三境界也。然而,市场经济是通过市场来调节社会经济活动、配置社会资源的一种经济组织形式。市场机制是以利益驱动为主的干预机制,竞争与效率是其典型特征。一旦市场机制成为学术活动的干预力量,在竞争中追求利益最大化的市场导向很容易使学院知识分子产生急功近利的思想,盲目短视地放弃学术自治,偏离学术标准,违背学术规范,从而滋生各种学术腐败。在

《大学诗》《大学门》和《大学纪事》等后转型时期大学叙事中,以金钱收购学术和为利益学术造假的学术腐败正是由此产生。

二、学术生态的权力性影响

后转型时期大学学术生态的破坏性影响不止来自市场经济的侵袭,还有权力的伤害。现代大学运行体制中权力主体既包括掌握行政权力的行政干部,也包括拥有学术权力的学术权威。从理论层面上讲,大学中的行政权力与学术权力具有不同的组织形态、运行方式和权力指向。行政权力是大学为有效实现其目标而赋予大学科层制结构中各管理层次的,依据一定的规章制度、法律法规对大学中的非学术事务进行管理的能力或力量①,其合法性基础是辅助、配合大学以教学和科研为核心的目标的实现②。学术权力源自知识的专门性和学术造诣而形成并赋予某些人或团体以某种方式处理学术事务的权力,其合法性源于学术工作本身的复杂性及从事学术工作的人员在大学组织中的不可替代性③。学术性是大学组织存在的合法性基础,学术权力是保证大学价值功能的主体力量,以学术人员合理占有学术资源、独立开展学术工作为特征的学术权力应该是大学组织结构中的核心权力,行政权力应围绕学术权力进行配置、展开工作。然而,九十年代以来,随着大学规模和功能的扩张,大学的行政化倾向愈趋严重,行政权力对学术权力的僭越几乎成为常态。

在后转型时期的大学叙事作品中,行政权力对学术生态的越界侵犯和破坏常常成为作家笔下鞭挞的对象。这种侵犯和破坏首先表现为权力者为了追求政绩,无视学术规律,利用行政权力干预学术生产,鼓励学术浮夸,包庇学术造假,以行政命令的权力逻辑取代学术自由的学术逻辑。《大学纪事》中的校长何季洲要求老师们改变思路,跟上形势,放弃"愚公移山"

---

① 钟秉林:《大学如何协调学术权力与行政权力》,《中国教育报》,2005 年 2 月 4 日。

② 林荣日:《论高校内部权力》,《现代大学教育》,2005 年第 2 期。

③ 查永军:《中国大学学术管理中的学术权力与行政权力冲突研究》,华中科技大学教育科学研究院,2009 年博士论文。

的学术精神,采取"绕过去"的市场捷径。《大学诗》里,为了申报博士点,辛校长要求全校老师"在外面参加学术会议时,暂且放弃某些名士风流,偃旗息鼓,千万不要出言不逊,得罪任何一个能够影响评审结果的人"。《大学门》里孟校长在泡温泉时对老师们的"训话"更是以行政命令破坏学术逻辑:"大家吃也吃了,玩也玩了,回去就该干活了。要按时交稿,谁也不能拖欠。这次写书稿费翻番,千字一百元,并且预支,泡完澡去会务组领钱,写文章的先领八百元、写书的先领六千元。今天之所以光着腔开会,我的意思咱们谁也别留隐私,该透的透,该露的露。如果哪一位完不成,不但要把钱吐出来,还要扣半年津贴。"其次,后转型时期大学叙事关于权力对学术生态破坏性影响的描述,体现为各类大学行政官员违背学术规范和学术公平利用职权肆意侵占学术资源。在《所谓教授》中,畜牧系副教授刘安定为了争取科研项目和评教授职称,十多年来想尽办法都没有成功,然而一旦依附上教务处长白明华、朱校长,不但有了重大科研项目,而且还很快成为了教授和校长助理。而教务处长白明华利用刘安定的学术能力申报重大科研项目,朱校长则利用刘安定的学术成果申报科学院院士。小说中,白明华开导刘定安的一番"肺腑之言",袒露了大学行政权力对学术权力的习惯性"僭越":"校长如果要让你当教授,你不当行不行,不行! 校长给学校职称部门说句话,不用你跑,搞职称的就会找你要材料,缺什么材料他们就会给你补什么材料。总之,让你当教授就成了他们的工作,干不好自有人批评他,批评的理由能把他压死,比如不尊重人才,没有树立服务思想,官僚主义衙门作风,思想僵化不够解放,不能适应改革开放等等,随便找条理由,就能让他滚蛋。退一步说,即使实在没法给你凑够材料,文件规定学校还可以低职高聘高职低聘,校长就有权把你聘为教授,你别忘了这是个改革的年代。"在另一部长篇大学叙事《所谓大学》中,史生荣同样反映了大学行政权力侵占学术资源导致学术倒挂的不合理现象。在奇才大学,不学无术的行政干部利用职权掌控学术资源,干预职称评审,而基层教师则四处碰壁,走投无路。党委书记乔书记自认为"一辈子搞行政,一辈子研究社会","对社会问题的研究,要远远超过许多专门研究的专家",趁退休前利用手中职权筹划成立新农村建设研究所,并让科技处长胡增泉帮他"申请一个大经费的大课题"。科技处长胡增泉不但自己掌握着几百万的课题经费,而且还帮助刚留校的小姨子高歌拿到课题。食品系副主任夏天羽科研课题三四个,经费四五十万,而且很快升成了教授和硕士生导师。而老实本分的食品系教师马长有虽然吃苦钻研,每年都要写出不少论文,却因为申请不到课题,没有科研经费,努力多年才勉强升个副教授。而他的妻子杜小春虽然准备了五六年,长期在教学一线上课,可是申报副教授时初评便落选,后来求助科技处长胡增泉才得以通过,但为此付出了婚姻家庭的代价。再次,后转型时期大学叙事中权力对学术生态的破坏性影响还体现为学者在权力面前人格的扭曲和丧失。阎连科的《风雅颂》中,清燕大学的《诗经》研究专家杨科含辛茹苦耗费五年光阴,终于完成了重新揭示《诗经》起源和要义的五十万言专著《风雅之颂》。然而,当他怀着激动和喜悦回到家时,看到的竟然是妻子赵茹萍与副校长李广智通奸的场景。作者以反讽的笔调描写了学者杨科面对权力凌辱时的表现:感到不安和内疚的杨科"一连声地说,对不起,对不起,写完这部专著我就回来了,我应该先打回来一个电话的,应该先给你们打一声招呼再进来",最后竟然"鬼使神差地从沙发上站起来,晴天霹雳地在他面前跪下去(我跪得猛烈而有力,像倒下的一棵树要征服一座山),跪下看着他",请求他"下不为例"。在接下来的叙述中,自以为有了突破性研究成果的杨科不但得不到认可,反而因"风沙"事件被学校党委集体决定强制送到了精神病院。在李洱的《导师死了》中,民俗学专家吴志刚教授遭遇了与杨科同样的尴尬和屈辱。当他从北京参加学术会议回来后亲眼目睹了妻子与图书馆副馆长的奸情,软弱卑怯的吴之刚不但没有表现出维护尊严的反抗,而是最终选择了自杀。在权力面前,遭遇屈辱和不公的杨科们完全失去了一个常人的尊严和人格,是底层弱势知识分子长期遭受外部权力倾轧和自身心理不健全共同导致的结果。

三、学术组织内部的矛盾冲突

通常来说,大学学术资源既包括项目、经费、奖励等有形资源,也包括人脉关系、学术职位和社会声誉等无形资源。在现代大学运行体制中,学术资源既是大学学术事业发展的基础,更是大学评价体系的主要指标。

大学叙事中因学术资源而引发的冲突还更多体现在学术组织内部拥有一定学术权力的学术群体或个体之间的争夺。早在八十年代中期,李晓的《操练操练》便借华大中文系刘、柳两派学术群体之间和内部在学术权力和行政权力两方面勾心斗角的故事辛辣讽刺了学院知识分子的文人相轻和自私虚伪。九十年代以后,经济社会结构转型和高等教育改革发展给大学带来了更多的利益之争,各种学术资源成为学院知识分子尤其是学术权力者争夺的对象。李劼的《丽娃河》以某大学中文系教师龙在田出走为线索,多层面揭示了学术群体内部的明争暗斗。中文系首席博士导师袁逸儒是闻名全国的学术权威。这位德高望重的学术老人表面上温文儒雅,实际上外强中干,阴险自私。多年没有学术建树的袁逸儒虽然年事已高,但是衰而不退,利用自己的权威声望控制着中文系的学术大权和人事安排。而他的学术声望主要依靠的是五六十年代写的两篇文章和学生们的学术成就。他不仅在政治运动中出卖学生,还在职称评定中压制有学术潜力的学生龙在田,让他做了十几年的讲师,而那些不学无术的人在他的手中都先后成了教授和博导。正如小说中所说:"他用手中的职称跟他们把持的权力作了交易,从而在高校里稳坐钓鱼台,一面扮演德高望重的清流人物,一面从权力之河里钓取种种实惠和好处。至于学生在他眼里,也不过是一根根的筹码而已,他的名声有一半是因为你们这些在外面奋斗出了学术影响的学生才水涨船高的。"袁逸儒的学术接班人张超深得乃师真传,虽无学术才华,却擅权谋关系,他先凭借老丈人起家,后仰仗袁逸儒立足,还靠盗取龙在田的学术成果成名,逐渐在中文系建立起学术权威。张超身上集中体现了市场经济时代和学术科层体制下新一代学术权力者的典型特征:伪善、自私、无耻。正如小说中所说,"张超骨子里并不是一个擅长于标新立异的学者,相反,他把所有的标新立异都看作是一种猎取功名的手段。他内心深处从来不以什么终极关怀之类的东西为然,但他知道,有时候这些东西却很有市场价值。张超没有龙在田那样的才气,可以随便说出一个令人耳目一新的观点,但他却有龙在田所缺乏的兜售能力,抓住时机的能力,从而诉诸大众传媒的能力","任何学问,只要抓住口号就成了,根本用不着花功夫潜心研究,也不需要天赋的才华,别人的东西拿来就行"。朱晓琳的《大学之林》以九州大学外语学院英语系主任俞道丕与日语系主任薛人杰的明争暗斗为主线,展示了学院内部的学术生态和权力之争。俞道丕是英语学科的权威,年近花甲、德高望重,平日里恭谨谦让、俭朴治学,在九州大学有着很深的人脉关系。薛人杰为日语专业的学科带头人,年轻气盛,是日本留学回来的海归博士,学术能力强,科研经费多,在学校和学生之间呼声较高。两位棋逢对手的学术权威为了竞争院长职位不惜放下身段,使出浑身解数,博取校领导、组织部和老师们的认可,连他们的夫人也参与其中,积极谋划。争斗的结果是,老奸巨猾的俞道丕技高一筹,夺得院长职位,薛人杰暂处下风取得副院长一职。三年后,院系领导调整,俞道丕先是遭到二十七张"差"票的否决,后来又错失国际交流处处长一职,备受打击的他最终瘫痪在床。薛人杰也在纷扰的权力争斗中,感到"心力交瘁",萌生退意,但却最终被推上了院长的宝座。马瑞芳的《天眼》《感受四季》分别通过史可亮、齐树戈等利用职权垄断资源、排斥同道的丑陋行径,讽刺了学院内部学术权力者的虚伪自私。《天眼》中的史可亮表面上温良恭俭让,实际上狭隘阴鸷自私。他一方面利用文学院院长兼学术委员会主任的职权在评职称、报博士点和对外学术交往等方面打压和排挤对自己有潜在威胁的章鹤年、李朝晖、南琦等人,占用学生和年轻教师的论文充当自己专著,窃取同学黎中石夫妇的选题构思;另一方面处心积虑编制"人事关系调度表",给同行学术权威颁发"客座教授"聘书,进行"人情储蓄",依附权贵钱老及其夫人淮青,邀请他们担任自己编著的《晚晴爱国诗文选》的顾问和主编,致力"学者和政客联网",为自己营造社会声誉。与史可亮一样,《感受四季》中的语言学教研室主任、学科带头人齐树戈对待学生辈的年轻教师穆瑶,表面上关心呵护,背地里处处打压。小说中,作者借穆瑜、蒋肖因之口揭示了当下大学不正常的学术生态和游戏规则:"搞科研,学生得替老师干活;在学术领域,学生必须跟老师拉开一定距离,不能威胁他的学术地位,不可以平起平坐,更不允许枪跑越位","你成果多,前进步子迈得太快,有人就会对你有看法,有想法,提防你。这个时候,就得好好观察,什么人真心希望你成功,什么人表面为你高兴,实际嫉妒得要死;好好认准,什么人能够雪中送炭,什么人专门釜底抽薪;好好记住,有了成就,什么场合可以显能,什么场合必须藏拙;好好揣摩,在哪些人面前可以伸头,在哪些人面前只能缩尾。"此外,《桃李》中的法学权威蓝其文、《欲望的旗帜》中的哲学权威贾兰坡、《导师死了》中的民俗学权威常同升等虽然都已衰退,丧失了学术能力,但却都无不利用学术权力压制或利用年轻学者,拒绝退出历史舞台。

　　早在二十世纪之初,梁启超就曾痛心疾首地指出:"中国学风之坏,至本朝而极,而距今十年前,又末流也。学者一无所志,一无所知,惟利禄之是慕,惟帖括之是学。"①中国在二十世纪以来一直未能形成良好的学术风气,未能建立起真正的学术标准。其原因正如有学者指出,既有学术之外的,也有学术自身的②。现代意义上的"学术"(academic)概念是从西方引进的。在欧洲传统中,学术具有学院性与非功利性两大基本特征,"学术是由受过专业训练的人在具备专业条件的环境中进行非实用性的探索"③。西方知识分子的学术传统是单纯地追寻知识,即"为学术而学术",中国知识分子的学术传统是"学以致用",即用所学来"经世济民"。九十年代以来,市场经济和科层体制背景下的大学"扩张"运动使得学院知识分子的功利主义思想愈趋严重。无论是外部市场和权力对学术的影响,还是学术组织内部自身的溃败,上述大学叙事中学术生态的种种不良现象正是大学功利主义学风的表征。

第三节　大学书写中的知识蕴含与叙事伦理

　　文学作品的知识蕴含主要由作品所描写的主体对象和题材所反映的生活内容所规定。大学叙事的知识蕴含是由知识分子及其学院生活内容的特点决定的。作为大学生活主体的知识分子是以知识文化为本质特征的,是以创造、积累、传播、管理及应用科学文化知识为职业的脑力劳动

---

① 中国史学会:《戊戌变法》,神州国光社,1953 年,第 12 页。
② 李伯重:《论学术与学术标准》,《社会科学管理与评论》,2006 年第 4 期。
③ 同上。

者,"是有能力向公众以及为公众来代表、呈现、表明讯息、观点、态度、哲学或意见的个人"①。所谓伦理,"其实是以某种价值观念为经脉的生命感觉",通常有理性的与叙事的两种不同角度的理解,理性伦理是关注的是"生命感觉的一般法则和人的生活应遵循的基本道德观念,进而制造出一些理则",叙事伦理关注的是人类道德中的特殊状况或意外事故,是通过个体生命感觉,"营构具体的道德意识和伦理诉求"②。因此,我们这里所指称的叙事伦理涵括两个层面,既从理性层面上指学术工作者在学术实践活动中形成的各种学术关系及其应该遵循的基本准则和道德规范;也从叙事层面上指作为生命个体的学者在具体学术实践活动中的生命感觉和价值观念。

大学叙事是关于大学生活的文学想象,是学院经验的生动表达,主要讲述的是以知识学术为生存方式的大学人物的伦理故事。后转型时期的大学叙事主要是以市场经济和科层体制背景下大学校园中的各类知识活动和伦理事件为题材展开叙述,建构想象的。反映学院人物学术生活的知识蕴含和生命感觉的伦理事件是大学叙事区别于其他题材类型小说的本质性叙事特征。

一、知识蕴含彰显学院气质

大学以生产知识、培养人才、服务社会为使命,学院生活以知识学术为主要内容。知识蕴含最能彰显学院气质,是大学叙事独具魅力的题材优势和审美特征。后转型时期,大学叙事的知识蕴含首先体现在大学生活的最重要场域——大学课堂。现代大学教育主要是通过大学课堂来实现。大学课堂既是学院人物最重要的活动舞台,也是知识文化在空间和时间上的存在。在后转型时期的大学叙事中,作家们常常把富有知识蕴含的大学课堂作为描写大学人物、塑造大学形象的重要场景。在《感受四

---

① 爱德华.W.萨义德著:《知识分子论》,单德兴译,生活.读书.新知三联书店,2002 年。

② 刘小枫:《沉重的肉身》,华夏出版社,2007 年。

季》中,开篇第一章"没有讲稿怎么上课"便以泗海大学历史系副教授孟繁林上课作为整部作品的叙述起点,作者在此不惜笔墨对孟繁林的一次课堂教学进行了实录式书写,其中关于明初封藩和靖难的历史知识、课堂上师生互动的教学方式、课后来自各方的反映评价以及讲稿被损坏的意外变故使得整个叙述既富有知识蕴含,又充满了戏剧张力。在《天眼》中,作者用大量篇幅对比描述了江岭大学中文系教授史可亮和南琦关于《红楼梦》的课堂教学。史可亮讲四大家族兴亡史,内容枯燥,方式陈旧,遭到冷落;南琦组织学生结合《红楼梦》中的爱情讨论择偶观,内容生动,方式新颖,反响热烈。同样的知识内容,不同的教学方式,迥异的课堂效果,反映出不同的学院风格,史可亮的道貌岸然和南琦的坦诚活泼在大学课堂的学术表达中得到生动体现。在《大学诗》中,曹征路生动描述了历史教授马同吾在大学课堂上学识渊博、形神兼备的表现:"他讲《中国史学史》,从吴任臣讲到龚自珍,从龚自珍讲到魏源,从魏源在灵隐寺辟谷一年有余粒米未进,又讲到沙漠里的仙人掌能吸收日月精华,然后讲到海南人喜吃仙人掌,并问:仙人掌有什么功效?答曰:人体清道夫,可以去脂肪。忽而走下讲台,笑容可掬地说:李××要减肥,可以多吃点仙人掌,众人皆抚掌大笑。而他却一本正经说:这是私下谈话,不可外传","有一学期他的选修课是《中国当代黑社会调查》,选课者甚众,阶梯教室的走廊里都站了人。可上课铃打过,马先生居然没到,这在他是前所未有的教学事故。约摸过了五分钟,马先生一袭风衣一副墨镜,气宇轩昂地走进教室,身后一左一右跟着他的两个研究生。顿时全场欢声雷动"。由此,我们不难看出,多元化时代的大学课堂有了更多的自由空间,既彰显出大学叙事的知识蕴含,也折射出大学人物的精神风貌。

时移世易,不同时代的大学课堂常常反映出不同的时代风貌和知识趋向。商品经济时代,功利主义的实用性知识和大众化的娱乐性趣尚成为大学课堂上的新宠,而传统以学术见地和精神向度为价值取向的课堂教学遭受冷落。在《桃李》中,市场经济时代法学教授邵景文的实用性教学在大学课堂上备受欢迎:"老板的名气大,授课内容实用,业余来听者极多,每一次授课都像讲座一样座无虚席","老板签了合同首先会和我们见一面,通报案情,然后下次上课进行讨论。这时的老板像一位虚心老实的旁听生,坐在一边听我们的发言。在讨论的过程中老板也会记笔记,然后根据大家的讨论发表自己的看法。当然如果谁不同意老板的观点也可以反驳。最后有关案子的法律问题在大家的讨论中越来越清楚了,讨论结果将成为老板代理词的核心内容。老板这种理论和实践相结合的教学方式一举数得,效果显著。不但教育了学生,打赢了官司,也赚了大钱"。在《风雅颂》中,《诗经》研究专家杨科的"诗经解读"课,虽然"长篇大论,有意有趣,有识有知,有方法,具深度",然而,"在我把课讲到一半时,学生走了一半,在我快要把课讲完时,学生也差不多就要走完了",甚至"十几个学生联名写信给学校要求取消这门课"。而妻子赵茹萍讲授的"大明星的生活细节",不但备受学生欢迎,而且还成为全校老师的"典例和范式":能容纳 200 人的公用大教室"座无虚席,黑黑压压一片儿,而且还有学生挤在走廊上或者窗口边,有的男女共坐一把椅子,有的索性在过道里放上书,席地而坐,如同是听一位来自国外的大师的讲座般","她说这些大名星、大导演的日常琐事、人生细节,如同学校的国学大师们随口引用中国的典章和典故,西学大师们随口用英语、法语或者西班牙语引用美国和欧洲名人的警句和妙言,完全是顺手拈来,春来花开"。大学是学术研究之机关,课堂是文化传播的场域。大学课堂应该是学术表达、思想交流和知识传播的文化存在。然而,市场经济时代,以娱乐和媚俗为主要特征的大众文化改变了人们的知识趣尚,冲决了大学的精神堤岸。后转型时期,大学叙事的作家们正是借由大学课堂知识蕴含和文化趣尚的变化表达了对商品经济时代大学教育问题的深层忧虑。

　　大学之所以为大,不在高楼大厦而在知识学术。以知识学问为本体的学术活动是大学叙事中最具知识蕴含的学院本色化生活。后转型时期的大学叙事大多借由小说人物所从事的专业研究、学术会议或职称评议呈现出学术活动的知识蕴含。在《风雅颂》中,作者在叙述杨科对《诗经》精神本源探究的同时,向读者呈现了《诗经》丰富的知识蕴含:"《诗经》的物质本根与精神本根分为三大部分,从最底层的物质如土地、采摘、耕种和建筑,到精神上的爱情、性和无拘无束的男欢与女爱,最后再到宗教的图腾、崇拜与各种宗教仪式的细微和辉煌"。《感受四季》通过葛菀葭的历史考古展示了考古学和历史学的知识堂奥："《周礼》《仪礼》对墓葬用鼎、用棺、甩乐都有严格规定。天子九鼎，诸侯七，大夫五，士三；天子棺四重，诸侯再重，大夫重，士不重；天子墓可以四面悬乐器，诸侯三面悬挂，大夫两面悬挂，士只能一面挂。"《欲望的旗帜》围绕一次全国性的学术会议展开，其中曾山与贾兰坡关于《阴暗时代哲学问题》的分歧、贾兰坡在《轴心时代的终结》关于当代宗教出路的论述、慧能院长与神学家唐彼得关于宗教问题的争辩等，都显示了哲学方面的知识蕴含。《裸体问题》中职称评议过程中，范正宇的《庄子美学思想浅探》、姚长安的《龚自珍开创的诗风》、肖牧夫的《艺术本质论反思》等学术报告呈现了文学方面的知识蕴含。此外，还有《导师死了》中所涉及的民俗学知识、《所谓教授》中的畜牧学知识、《桃李》中的法学知识、《教授》中的经济学知识、《活着之上》中的历史学知识等等。这些蕴含在作品中的学术知识充分地揭示了学院题材的深刻内涵，将艺术触角直接伸向大学的主体生活，拓展了小说构成的观念，修正了人们对大学生活的感知，显示了大学叙事独到的审美情趣。

后转型时期的大学叙事的知识蕴含不仅体现在课堂教学、学术活动、职称评议等以知识学问为主体内涵的学院生活中，而且还贯注于学院人物日常生活的言行举止和精神气质。宗璞《东藏记》中的历史学家孟樾，虽历经亡国之痛、流离之苦、漂泊之难、生存之艰，仍不舍家国情怀、执守学术人生，演讲会上一番慷慨陈词彰显出学院人物特有的精神风范和书卷气质，他从历史上三次异族侵略，政权南迁，衣冠南渡，鼓励每位学子任何时候都要"弦歌不辍"，"尽伦尽职"，"衣冠北归"。马瑞芳《天眼》中的古典文学大家林东篱，言行举止处处都透露出一种"成熟的美，智慧的美，潇洒倜傥的美"，爱读"判天地之美，析万物之理"的《庄子》，爱画"挺拔孤峭"、"疏朗俊逸"的翠竹，"东篱画竹"一节以画吟诗，以诗赢画，散发出一种独特的书卷气息。《欲望的旗帜》中，哲学系副教授曾山对妻子和张末的美的对比，充满了哲学意味。妻子在一般人的眼中长得丰硕，漂亮，有着令人羡慕的身段，可是曾山总觉得她的身上有些地方使自己很不舒服。她的下巴令人沮丧，线条轮廓分明，像是被刀削过的一样，充满了男性化的坚毅与决绝。而张末的下巴没有给他留下任何印象,那张脸才显得动人,于是,曾山模仿康德给美所下的定义,在日记本上写下了这样一句话:"可以被忽略的东西就是美的。"在杨剑龙的《清明时节雨纷纷》中,新闻系教授李天白与化学系教授苏海伦夫妇之间的生活矛盾中常常交织着各自学术专业特色。在争吵中,苏教授常常会翻着白眼嘲弄地问丈夫:"大陆有新闻吗? 狗咬人不是新闻,人咬狗才是新闻! 大陆大多是狗咬人的新闻!"自认为学术知名度超过丈夫的苏教授,不但对新闻学专业带着有色眼镜,而且对丈夫的学问也颇为不屑。这种学术歧视当然引起李天白的愤愤不平,况且他挣的钱也比苏教授多。文人相轻的传统积习在这对学者夫妇之间最终演变成了家庭危机。知识蕴含所凸显的学院趣味在杨剑龙的《消失了的朦胧》中表现得更为充分。患有眼疾的美术系教授华一帆一度受到同行和学生的推崇,他的作品"以一种独有的朦胧美构成其独特的意境,以其色彩运用的大胆与奇特,打破美术界传统的审美观念","具有极大的视觉冲击力,体现出一种生命的张扬与生动,洋溢着现代派的意味"。然而,华教授在摘除白内障以后,心态和事业却发生了逆转,"一切原先在他眼前模模糊糊、朦朦胧胧的都变得十分清晰了,他原先以想象去填补朦胧美,现在却没有了美感,他原先认为美的事物,现在却变得十分丑陋了"。显而易见,这些符合人物身份的学术话语大大丰富了作品中的知识蕴含,凸显了学院生活的特有情趣,丰富了小说的审美空间,提升了作品的思想境界,散发出浓郁的书卷气息,从而彰显出大学叙事的魅力。

文学作品的知识蕴含既由题材所反映的生活内容所规定,也受创作主体的审美取向和知识结构所制约。后转型时期,虽然反映学院生活的大学叙事并不少见,但是能够真正写出独具大学知识蕴含的成功大学叙事作品并不多见。即使是那些曾经轰动一时的大学题材小说,如《大学潜规则》《大学. com. 狼》《折纸时代》《教授》《沙床》等作品,大学只是作为叙事的场景,知识并未成为小说的内涵,作者只是津津乐道于大学黑幕和欲望故事以满足阅读市场的猎奇心理和大众趣味,而忽视或遮蔽了学院人物特有的行为方式和精神气质,在很大程度上脱离了具有时代精神的大学生活主体。早在上世纪八十年代,王蒙就曾在《读书》杂志上提出了"一个值得探讨的问题",对作家忽视学问知识表示了深深的忧虑。他说,尽管有些作家在生活经验基础上能够写出优秀的作品,而许多学富五车的学者写不成小说,但是绝不能认为"搞创作不需要学问"。因为"光凭经验只能写出直接反映自己的切身经验的东西","很难持之长久","只有有了学问,用学问来熔冶、提炼、生发自己的经验,才能触类旁通、举一反三、融会贯通生活与艺术、现实与历史、经验与想象、思想与形体……从而不断开拓扩展,不断与时代同步前进,从而获得一个较长久、较旺盛、较开阔的艺术生命"①。今天看来,王蒙这番关于学问与创作关系的中肯之语仍然具有十分重要的现实意义。缺乏学识的作家必定是狭隘的,其创作难以达到应有的深度和高度。当然,大学叙事中的知识蕴含不能成为"一种炫耀和卖弄",而应该作为"一种透明的血液,贯穿、渗透于作品之中、人物性格之内",从而使大学叙事显现出"自己应有的特色和时代感"②。因此,正是在上述意义上,我们说,后转型时期富有知识蕴含的大学叙事具有特别的审美价值和文学意义。

二、学术伦理建构大学叙事

学术伦理既指学术工作者在学术实践活动中形成的各种学术关系及其应该遵循的基本准则和道德规范,也涵括作为生命个体的学者在具体学术实践活动中的生命感觉和价值观念。大学叙事主要是关于大学生活的文学想象。与八十年代主要以学生群体为表现对象,以思想解放背景下校园学习风气和精神面貌为主要内容的大学想象不同,九十年代以来的大学想象主要以教师群体(学术群体)为表现对象,以市场经济和科层体制背景下知识分子的学术生态和精神状况为主要内容,并进而揭示学术生态恶化和知识分子精神颓变背后学术伦理失范的深层问题。揭示商品经济时代市场法则对学术伦理的破坏是后转型时期大学叙事常见的主题。《大学门》中,E大为了申报博士点,不惜用经济手段刺激学术生产,

---

① 王蒙:《一个值得探讨的问题》,《读书》,1982年第11期。
② 李晓峰:《浅议大学生活小说的知识蕴含》,《当代文坛》,1987年第1期。

既出重金到外校把有影响的学者"挖"过来,又斥巨资激励本校教师进行学术"大跃进"。《大学诗》中,S 大为了实现博士点零的突破,聘请中介机构进行市场化运作,拿出五百万元专项资金来制造"硬通货"(鼓励出版著作)。《大学潜规则》中,门亮、曹小慧、申明理和朱雪梅等人为了争取科研项目,把原本严肃的学术行为变成了赤裸裸的权钱交易和权色交易。讽刺科层体制中各种权力主体对学术伦理的破坏是后转型时期大学叙事又一常见主题。这种破坏既表现为行政权力对学术生产的干预,也体现为行政权力者和学术权力者对学术资源的侵占。《大学纪事》中的校长何季洲要求老师们改变思路,跟上形势,放弃"愚公移山"的学术精神,采取"绕过去"的市场捷径。《所谓教授》中教务处长白明华、朱校长、《所谓大学》中的科技处长胡增泉、乔书记等不惜利用手中权力侵占课题、论文等学术资源。《丽娃河》中的袁逸儒、《天眼》中的史可亮、《欲望的旗帜》中的贾兰坡、《导师死了》中的常同升等都无不利用学术权力压制年轻学者,侵占他们的科研成果。描写学院知识分子在各种学术伦理关系中的人格分裂和灵魂痛苦也是后转型时期大学叙事的重要主题。《桃李》中的邵景文、《教授》中的赵亮既当导师又当"老板"、既是教授又是"叫兽",常常因不同的身份和境遇而表现出不同的人格。《大学诗》中的马同吾、《龚公之死》中的龚公、《风雅颂》中的杨科在商品经济时代的生存法则和世俗环境中得不到认同,痛苦挣扎。

在后转型时期的大学叙事中,学术伦理既是作品的主题内容,也是作者建构大学想象的内在逻辑和依据。倪学礼在《大学门》的后记《发现自我灵魂的幽暗之处》中说:"二十多年前的关于知识分子题材的小说多写住房难生活难,还停留在苦难层面;十多年前的,多写男女关系,还停留在欲望层面;而真正深入到他们灵魂和精神的作品还不多。我试着来写了","因为我身在大学","我试图通过小说发现自我灵魂的幽暗之处,并从中逃离出来,让自己回到朴素和宁静的故乡"①。倪学礼的这番表白在很大程度上真实反映了后转型时期大学叙事的一般状况,正是因为有了

---

① 倪学礼:《大学门》,北岳文艺出版社,2009 年,第 222 页。

学术伦理的内在逻辑和依据,后转型时期成功的大学叙事作品才避免了流于表面形式的大学想象,而深入到学院内里和知识分子的灵魂深处进行发掘和反思。

后转型时期大学叙事为当代文学人物画廊塑造了一大批学院知识分子群像。在知识谱系上,这些学院知识分子大致可以分为民国一代、建国初一代和"文革"后一代等三个代际;在学术伦理上,既包括有学术渊源的师生或同学关系,也包括专业相近的同事或同仁关系。在同一学术共同体(大学或院系)中,不同代际的学院知识分子既具有时代或群体的整体性和普遍性特征,又具有不同个体性格的特殊性和丰富性。民国一代的前辈学人虽然有着较深的学术根底和传统知识分子的道义良知,但是在物质主义甚嚣尘上的市场经济时代,他们既缺失了传统知识分子"济苍生"的理想抱负,也难以在学术追求中坚持"独善其身",譬如《裸体问题》中经受不住商业利益诱惑的梁守一、职称评审中举棋不定的公伯骞,《大学教授》中受到高官礼遇四处炫耀的侯永昌,《感受四季》中黯然神伤自我疏离的诸葛白帆,《丽娃河》中世故圆滑自私虚伪的袁逸儒等。建国后一代知识分子既在一定程度上赓续了前辈学人的精神传统,又在较长时期受到政治文化语境的影响,相对滞后的思想观念和商品经济时代的生存法则有些格格不入,"人到中年"的知识分子们常常遭遇更多的生存尴尬和精神危机,譬如《行云流水》中生活拮据遭人羞辱的高人云、《裸体问题》中在职称竞争中英年早逝的姚长安、《感受四季》中虽成果丰硕却不被重用的葛菀葭、《龚公之死》中特立独行抗争世俗的龚公、《大学诗》中坚持正义遭受排挤的马同吾等。"文革"后一代青年知识分子,主要在改革开放时代成长起来,既能在市场经济时代"与时俱进",也容易在世俗诱惑面前迷失沉沦。譬如《桃李》中既做导师又当"老板"的邵景文、《教授》中既是教授又是"叫兽"的赵亮、《所谓教授》中在学术与权力交易中逐渐沦陷的刘定安、《活着之上》中擅长经营学术关系的蒙天舒等。

自古以来,知识分子大多被视作时代精英和社会的良心,代表着先进文化和精神力量。然而,综观后转型时期的大学叙事,我们却难以找到具有独立人格和健全精神的知识分子形象,作家笔下呈现的大多是一些自私虚伪、庸俗市侩、腐化堕落、卑微怯懦的儒林丑类,是被讽刺、被批判和被揶揄的对象。后转型时期,大学叙事知识分子"审丑化"倾向应该有着多方面的原因。有人从时代语境的角度认为,这是"消费社会的总体环境对文学产生了渗入肌理的影响",并由此"促生了一套固化且熟习的叙事成规"①;有人从创作主体的角度认为,"九十年代以来学院知识分子小说的创作者多数身兼大学教师与作家双重身份,他们对于高校生活,都有着很深的了解和体验,他们敏感地捕捉到大学校园的变化,他们描写的大学校园和学院知识分子,与人们心目中多年来约定俗成的形象有着惊世骇俗的差异,他们在小说中不约而同地写出了当今大学在俗世洪流冲击之下的异化,把笔触伸向了这些知识分子的内心世界和灵魂深处,对他们的心理黑暗与人格缺陷进行了深刻解剖和理性审视"②。也有人从知识分子自身的角度认为,"由于中国知识分子长期处于这样一个灰色的位置上(连依附大概都谈不上),又由于历史原因造成的中国知识分子自身质量的欠缺,中国知识分子在这一段历史中,实际并没有承担起知识分子这一角色所要承担的责任。……他们非但没有改造社会,反而被这个社会改造了"③。毋庸赘言,后转型时期大学叙事中知识分子"审丑化"倾向是时代语境、主体认识和知识分子历史现实状况等多重因素导致的,但是如果我们从学术伦理和人物塑造的角度分析,也许能够更深刻更切近地阐明问题的本质。

学术伦理是学术利益相关方在学术交往活动中形成的,主要表现为个人(大学教师)、组织(大学)和社会之间的一种交互式的伦理关系和价值规范。它既主观地隐藏在学者个人的德性之中,也客观地存在于学术组织和整个社会相应的规范之中,体现为各方在处理与学术相关的利益关系时所

---

① 雷鸣、赵家文《消费文化与20世纪90年代以来大学题材小说的叙事成规》,《文艺评论》,2014年第1期。
② 徐涛:《欲望追逐中的人格缺陷——20世纪九十年代以来学院知识分子题材小说的一种考察》,《现代语文》,2008年第7期。
③ 曹文轩:《"我是谁——新时期小说中知识分子的身份意识研究"》(易晖著),序一,百花洲文艺出版社,2004年,第5页。

应遵循的内在价值尺度。在后转型时期的学术交往活动中,市场社会和科层体制背景下的学术伦理关系变得更为复杂。有时在特定的时空条件下,可能会有多个要求或规范同时对个人主体发挥制约作用,如个人信念、传统成规、组织制度、市场规则、社会舆论等,一旦这些因素无法同时满足,彼此发生冲突时,学术个体"便面临着规范相互冲突带来的伦理困境"①。《裸体问题》中,师出同门的姚长安、范正宇和肖牧夫为了副教授职称展开公开竞争。学术报告会上,三位同门都各自使出浑身解数,而作为学术委员会主任和老师的公伯骞则对此举棋不定,一方面从情感上他偏向与自己性情相投的姚长安,另一方面从伦理上范正宇和肖牧夫也都是嫡系门生,在资历和才学上各有所长。小说中,公伯骞的犹疑、姚长安的孤僻、范正宇的豁达、肖牧夫的精明等性格特征主要在学术伦理冲突中得以充分体现。《欲望的旗帜》中,德高望重的贾兰坡教授在前所未有的学术伦理困境中不能自拔,在会议前夕神秘自杀。这位"平时既练达又朴鲁,既谨慎又疏狂"的哲学权威的学术伦理困境来自两个方面,一是"寄托着他全部梦想"的哲学系由于生源不够且占用大笔经费将被校方"撤销";二是他梦想中建立的哲学体系在晚年出现了难以调和的矛盾,他一生中贯穿始终的许多重要命题都面临着被瓦解与分裂的危险。贾兰坡的两个弟子子衿和曾山也陷入了同样的精神困境。作为一个哲学博士和知名作家,子衿"在虚拟的艺术世界表达真实的存在,却在真实的现实世界编织生活的谎言",既无法存在于真实的世界,又无法不生活在谎言的世界,这种"知"、"行"的悖论最终导致了他的精神分裂。而曾山副教授的学术伦理困境则与其导师贾兰坡一样,他所从事的哲学研究不但未能给他带来学术和人生的确信,反而让他陷入到"无所适从"的困境,这种理性世界与现实世界的矛盾冲突在他与导师之间的学术分歧和两次婚姻失败中得到充分体现。《风雅颂》中,卑微怯懦的诗经研究专家杨科在学术伦理困境中不断挣扎,溃败,终至自我放逐。为了改变处境,副教授杨科耗费多年心血,终于完成了五十万字的学术著作《风雅之颂》。然而,这部关于《诗经》精神本源探究的"伟大"专著却既得

---

① 罗志敏:《"学术伦理"诠释》,《现代大学教育》,2012 年第 2 期,第 9 页。

不到学校的认可,也引不起学生的兴趣,更遭到妻子的讥讽。但却令人讽刺的是,却得到了精神病人和坐台小姐的欢迎和认同。为了进一步探寻《诗经》本源,杨科逃离了精神病院,回到耙耧山故乡,但却再也无法找寻已经失落的精神家园,最终在底层民间自我放逐。此外,《丽娃河》中貌合神离的袁逸儒与张超、《天眼》中惺惺相惜的林东篱与石西郓、《感受四季》中的同室操戈的齐树戈与穆瑶、《大学门》中不共戴天的林若地与徐尘埃、《大学之林》中勾心斗角的俞道岙与薛人杰等等,或为师生,或为同门,或为同事,各类学院人物的不同性情都在微妙复杂的学术伦理关系中得到生动呈现。文学作品中人物性格的形成主要由外因即人物活动的具体环境和内因即个人内心感情世界两个方面相互作用而成,内因与外因的对立冲突,导致了矛盾的对立与发展,从而产生了情节,随着情节的发展,人物性格得以充分地展现。艺术形象需要有"某种特殊的情致作为基本的突出的性格特征,来引起某种确定的目的、决定和动作"①。综观后转型时期的大学叙事,不难发现,各类学院人物大多是通过微妙复杂的学术伦理关系、困境及其所引起的一系列冲突来塑造的,他们既在其活动的学术共同体(大学或学院)中形成并受其制约,同时也以学院人物的"特殊情致"将其活动的环境学术伦理化。

三、叙事结构中的伦理关系

小说是以叙事的形式对于现实生活片段和个人经验世界的缀合。因而,从叙事学的角度来说,研究组织事件的结构远比探讨事件本身重要。结构既内在地统摄着叙事的程序,又外在地指向作者体验到的人生经验或人生哲学,"一篇叙事作品的结构,由于它以复杂的形态组合着多种叙事部分或叙事单元,因而它往往是这篇作品的最大的隐义之所在。它超越了具体的文字,而在文字所表述的叙事单元之间、或叙事单元之外,蕴藏着作者对于世界、人生以及艺术的理解,在这种意义上说,结构是极有哲学意味的构成,甚至可以说,极有创造性的结构是隐含着深刻的哲学

---

① 黑格尔:《美学》,第一卷,商务印刷馆,1979 年,第 313—314 页。

的。要把握一部叙事作品有关宇宙、人生和审美方面的哲学,而不去解读它的结构,这就难免有'捡了芝麻,丢了西瓜'之嫌了。这种结构的隐义,在虚构叙事作品中就更费思量,更能考验读者的感悟能力"①。九十年代以来,此前长期支配小说精神指向和叙述方式的主流意识形态被多元文化形态所取代,社会转型后的大学校园生活和知识分子精神世界更趋丰富复杂,以整一的、内聚的方式在总体意义上把握大学叙事的形式越来越力不从心,各种不完整的、碎片式的叙事结构逐渐成为后转型时期大学叙事的主要结构形态。但另一方面,"艺术的统一性"仍然是文学审美的内在要求和接受者的阅读期待。因此,后转型时期大学叙事中组织叙事单元的结构模式及其隐含在结构内部的"叙事性联系"同样值得重视。后转型时期的大学叙事主要有套盒结构、对比结构和并置结构等三种叙事结构形态。所谓套盒结构,是指一种故事里套故事的小说结构方式。它像民间套盒那样结构故事,"大套盒里容纳形状相似但体积较少的一系列套盒,大玩偶里套着小玩偶,这个系列可以延长到无限小"②。譬如,《欲望的旗帜》中,作为大套盒的主故事层叙述了哲学年会曲折离奇的过程,其中包括贾兰坡自杀、邹元标被捕、子衿疯狂等。次故事层叙述了贾兰坡的外遇、曾山的婚变、张末的成长、子衿的疯狂等。第三层故事叙述了苏辛与邹元标的故事。《丽娃河》中,主故事层是龙在田失踪事件,次故事层由苏菲的故事、张超的故事、袁逸儒的故事、陶乐天的故事以及姜丽人的故事等构成,第三层故事包括了凯方的自杀、苏菲父母的爱情、米娜的故事。二是对立或对比结构,这种叙事结构是中国古代重要叙事传统之一,并在二十世纪五六十年代的"工农兵"叙事中一度得到极致性发展。在这种叙事结构中,没有贯穿始终的事件,而主要以人物对立或对比关系为架构谋篇布局,展开叙述。这种叙事结构在后转型时期的大学叙事中主要表现为"堕落与守望"的对立或对比模式,即一方作为堕落者放弃知识分子的

---

①　杨义:《中国叙事结构的还原研究》,《社会科学战线》,1996 年第 6 期。

②　(秘鲁)巴尔加斯·略萨:《中国套盒——致一位青年小说家》,百花文艺出版社,2000.年,第 86 页。

精神操守,另一方作为守望者仍坚守知识分子的道德底线。这种对立或对比模式不仅是人物形象的塑造方法,而且也是小说叙事的结构模式,能够更鲜明地彰显作家的思想意图。譬如,《教授》的叙述主要在经济学教授赵亮和文学教授段刚的交往活动和婚姻情感对比中展开。《天眼》的对比结构由两个层面组成,一是同代学人,主要是以史可亮为代表的投机者和以章鹤年、南琦、黎中石等为代表的坚守者之间的对比;二是不同代际学人,主要是以史可亮、章鹤年、南琦为代表的当代学人和以林东篱、石西郊、南圣村为代表的前辈学人之间的对比;三是并置结构,这种叙事结构往往没有贯穿始终的人物和事件,而且人物事件之间也没有什么关联,甚至不同章节的叙述秩序可以互换重置,这些松散的人物事件只是凭借共同的文化背景或统一的思想主题并置在同一文本结构中,从而形成一种并置缀合的结构方式。《裸体问题》中,况达明、戴执中、田家宝、程志等红杉社年轻才子们的故事,公伯骞、范正宇、姚长安、肖牧夫师生之间的纠葛,以及彭佳佩、梁守一、董敦颐等学院人物的活动,没有因果关系和内在逻辑,在并置的文本叙述结构中松散而随意,大多可单独成篇,缀连这些人物事件的是作为文化背景存在的东方大学和"人的精神归宿"这一共同的思想主题。《大学轶事》由博士点、硕士点、本科生、专科生、成人班、校长们六个部分缀连而成。"博士点"以主人公郝建设的视角讲述教育学博士点各色人物故事;"硕士点"以主人公赵代达的视角描述了文献史硕士点的生存处境;"本科生"主要叙述了政法系本科生杨晓河的毕业实习经历;"专科生"主要叙述了农家子弟专科生谢小辉为改变处境苦心钻研的奋斗经历;"成人班"以主人公刘毓海在MBA学习生活经历为线索反映了各种成人教育的复杂问题;"校长们"以副校长柯孝兵处理一封匿名告状信为线索揭示G师大领导层内部的复杂问题。各部分的主要人物事件各不相同,六个部分像六个扇面一样并置组合成G师大的整体形象。

如果说结构是叙事的框架,那么缀连框架的"叙事性联系"则是叙事的血脉。因此,当我们在解析后转型时期大学叙事的叙事结构时,应该给予缀连结构的"叙事性联系"以同样足够的重视。"叙事性联系"最早是由美国学者诺埃尔·卡罗尔提出来的。在《论叙事的联系》中,卡罗尔认为,叙事性联系是小说或历史作为叙事的"本质要素"。叙事性联系的存在必须有"两个或两个以上事件"和一个"统一的主题"①。后转型时期,大学叙事基本放弃了单一情节的时间线性结构方式,而运用多线条的空间集合结构方式,上述套盒结构、对比结构,尤其是并置结构,都是如此。因而,在这些多线条的空间集合结构中,作为叙事性联系的"统一的主题"和"因果关系"或"因果关系输入的模式"显得尤为重要。否则,就会因为缺乏"艺术整一性"而成为亚里斯多德所批评的那种"前后缺乏或然或必然关系"的最坏的"缀段性的情节"②。综观后转型时期大学叙事,我们不难发现,1990年代以来,市场化、行政化、犬儒化等不良倾向破坏了大学的学术生态和精神传统,高扬人文精神的作家们在大学叙事中几乎采取了大致相同的批判立场,揭示市场经济时代科层体制中学院人物的生存境遇和精神危机成为了作品"统一的主题",而建构这一"统一的主题"的正是表征学院人物生命感觉和思想观念的学术伦理。只不过在不同的作品中,学术伦理的生命感觉在叙事中呈现为具体的个人命运,而不同生命个体或叙述对象在纷繁复杂的市场经济时代的生存遭遇和精神困惑不尽相同,因而"叙述某一个人的生命经历触摸生命感觉的一般法则和人的生活应遵循的道德原则"也各不相同。《欲望的旗帜》中,世俗欲望无法拯救贾兰坡教授的精神危机。《丽娃河》中,龙在田为了逃离丑恶的学院生活自我放逐。《教授》中,经济学教授赵亮在声色犬马的追逐中身败名裂。《天眼》中,史可亮为追逐名利投机取巧人格分裂。《裸体问题》中,姚长安在激烈的职称竞争中英年早逝。《大学轶事》中,杨晓河在社会实践中迷失本性。

在卡罗尔看来,叙事性联系的存在除了事件和主题以外,还应该具有一种"因果关系"或"因果关系输入结构"(由于"大多数叙事不是因果相继的叙事",因此需要一种"因果关系输入结构"建立叙事性联系)③。学术

---

①　(美)诺埃尔·卡罗尔:《论叙事的联系》,载诺埃尔·卡罗尔《超越美学——哲学论文集》,李媛媛译,商务印书馆,2006年,第188页。

②　张中载:《西方古典文论选读》,外语教学与研究出版社,2002年,第45页。

③　(美)诺埃尔·卡罗尔:《论叙事的联系》,载诺埃尔·卡罗尔《超越美学——哲学论文集》,李媛媛译,商务印书馆,2006年,第188页。

伦理是一种以学缘关系为纽带的社会伦理,有着类家族伦理特征,所谓
"师徒如父子,同门似手足"。后转型时期大学叙事中的"因果关系"或"因
果关系输入结构"大多是建立在学术伦理关系基础之上的,譬如《欲望的
旗帜》中的贾兰坡、宋子衿、曾山、张末,《丽娃河》中的袁逸儒、张超、龙在
田,《天眼》中的林东篱、史可亮、章鹤年,《裸体问题》中的公伯骞、范正宇、
姚长安、肖牧夫等,都是有着密切学缘关系的师生或同门。因此,各种不
同结构形态的大学叙事大多是以学术伦理建构的"因果关系"或"因果关
系输入结构"作为缀连人物故事的叙述性联系。

套盒结构模式的大学叙事常常通过学术伦理建构的"因果关系"或
"因果关系输入结构"把所有的故事连结在一个系统里,整部作品由于各
部分的组合而得到丰盈,而不同叙述层的故事也由于它与同属于一个大
的架构中别的故事有着叙述性联系而得到充实。在《欲望的旗帜》中,套
盒结构中的主故事层中的哲学年会与次故事层中贾兰坡、曾山、张末、子
衿等的故事因学术伦理建立了直接的"因果关系",而第三故事层中苏辛
与邹元标的故事则是通过学术伦理建构了"因果关系输入结构"。从表面
来看,学术会议两次被中断,(一次是因会议主席贾兰坡自杀,另一次因赞
助商邹元标被捕),实际上主故事层叙述并未中断,两次意外事件都与次
故事层和第三故事层有着因果关联。次故事和第三层故事并不是在主故
事中断时机械插入的,而是随着主故事层或次故事层人物的回忆有机植
入其中的,譬如张末是在曾山的回忆中出场的,贾兰坡的外遇是在曾山与
张末的对话中叙述的(暗示了贾兰坡的死因),邹元标的故事是在张末的
回忆中呈现的(揭示了邹元标赞助学术会议的真实原因),正是这些因学
术伦理建构的叙事性联系使得套盒叙事结构呈现出复杂的"拼贴"形态。
《丽娃河》在叙事上呈现出更为复杂的先锋姿态,譬如迷宫式叙述、元叙事
手法、叙事空缺等的运用,小说中作者甚至借格非的《褐色鸟群》表示了对
先锋叙事的敬意。在结构上,《丽娃河》主故事层中龙在田的失踪与次故
事层和第三故事层中的张超、袁逸儒、吴天云、陶乐天、凯方等在学术伦理
上存在着直接的因果关系。小说主体部分是在第一人称(龙在田)和第三
人称(潜在作者)的转换中完成的,而引子和尾声则是陶乐天以第一人称

视角叙述的，并且不同视角叙述中的叙述视点又是在变化的。譬如，第四章第一节，龙在田以第一人称视角向苏菲讲述凯方的故事，在这个故事中，一部分是龙在田亲历的，另一方部分是从凯方那里转述的。接下来的第二节，潜在作者以第三人称视角向读者讲述了姜丽人和楚雄的故事，而姜丽人又向楚雄讲述了她的往事，其中包括她与龙在田的交往。也许担心读者不能领会其结构上的匠心，小说中作者通过既是小说人物又是叙述者的龙在田与苏菲的对话进行了结构上的阐释（这是当年先锋小说中常见的元叙事手法）："我有一个类似于钢琴协奏曲那样的小说构架，主题旋律由每一章的第一部分奏出，它就像一架钢琴，奏出主人公的故事和命运，包括你父母的悲剧在内。然后是三组管弦乐的协奏部分。我说三组的意思，是指由九个人物分别承担协奏部分的关联主体，三人一组，每一组依次环行三个章节，这样就有了九章，然后最后一章是一个大合奏，再加上引子和尾声，正好构成一个完整的钢琴协奏曲。"可见，与一般套盒结构不同，《丽娃河》的叙事结构因不断转换的叙述视角和同一叙述视角内部视点的转移而变得更为复杂起来。

学术伦理建构的"因果关系"或"因果关系输入结构"在对比叙事结构中较为直接和鲜明。在《教授》中，"我"（即段刚）既是叙述者又是小说人物，既讲述赵亮的故事，也呈现自身的经历。文本叙述明显地呈现出对比结构特征，所有的叙述都是基于经济学家赵亮"辉煌——堕落"与人文学者段刚"平淡——坚守"的对比结构展开的。曾经是文学专业的赵亮顺应时代"潮流"改学经济，成为著名经济学家、大学教授、博士生导师、政协委员、政府和企业顾问，活跃于政界、商界和学界，一时风光无限。然而，赵亮在用学术知识交媾市场和权力成为"社会名流"的同时，也在金钱、物质、美色等声色犬马的追逐中丧失了知识分子的道德良知，最终婚姻解体，身败名裂。而与此相反，作为文学教授的"我"则洁身自好，甘于平淡，顽强地坚守大学教授的职业操守和知识分子的道德良知。但值得注意的是，在这个对比叙述结构中，赵亮与段刚不是"二元对立"的两极而是对照互补的两面，正如他们在作品中的关系一样，既是"最好的朋友"，又是观念和性情迥异的不同道者。作者在批判赵亮丧失道德良知的同时，但也

"很欣赏他的适应能力,欣赏他的聪明和灵活"。而作为参照对象的"我"(段刚),并没有被塑造成商品经济时代的抵抗世俗的"英雄",在性格上有些犹豫、软弱和畏缩,常常在原则和友谊、欲望和爱情之间挣扎。邱华栋说他无意在对比叙述中"做过多的道德批判",而是"希望写出主人公更为复杂的内心和现实处境",因而"处理这么一个'我',是为了形成和赵亮教授的反差,会让读者觉得有所感悟和思考"①。《天眼》中由学术伦理建构的因果关系也较为明显,小说借天眼猫的视角通过两代学人历时和共时的对比叙事结构,"力图全面描写知识界的生态、心理,体现'新儒林'新含义"②。小说中,史可亮过去为明哲保身出卖老师林东篱,后来为追逐名利打压同学章鹤年,违背学院知识分子的学术伦理和道德良知;章鹤年承继老师林东篱的精神传统,坚守学术岗位,淡泊世俗名利,体现了当代知识分子的优秀品质;林东篱清高洒脱,品学超拔,彰显了古代知识分子的精神传统。马瑞芳在《天眼·后记》中说,"写作过程中,始终采用《红眼睛·绿眼睛》的名字","有了这个红绿眼睛和天眼的切入点,各种各样的材料迅速地归位,各种人物纷至沓来,各个情节此伏彼起,小说进展出乎预料的顺利"③。可见,以学术伦理为叙事性联系的对比叙事结构既可凸显人物性格,又能彰显小说主旨;既利于叙述者结构复杂事件,又便于接受者领悟作品意图。因而,这种叙事结构在以批判为主旨的后转型时期大学叙事中较为普遍,譬如,《大学之林》主要围绕英语系主任俞道岙与日语系主任薛人杰的明争暗斗展开,《大学教授》以桃李山上形色各异的"四囊"教授为叙述对象,《惟妙惟肖的爱情》在惟妙惟肖兄弟人生境遇的对比中展开叙述,《大学纪事》在独断专行的何季洲周围安排了实干的陈冬至、正义的盛霖,和良知未泯的卢放飞,《活着之上》主要以对比结构叙述了"我"与蒙天舒从本科到研究生再到单位各自的生活、学习和工作,《大学诗》在S大为申报博士点全校上下造假舞弊的过程中凸显了"众人皆醉我

---

① 卜昌伟:《邱华栋:教授》,《京华时报》,2008年11月10日。
② 马瑞芳:《天眼》,北京出版社,1996年,第641页。
③ 马瑞芳:《天眼》,北京出版社,1996年,第643页。

独醒"的马同吾,等等。

　　有学者提出现代小说的理想结构是以注重空间维度的并置结构。这种结构方式的主要特征是:(1)主题是此类叙事作品的灵魂或联系纽带;(2)在文本的形式或结构上,往往是多个故事或多条情节线索的并置;(3)构成文本的故事或情节线索之间既没有特定的因果关联,也没有明确的时间顺序;(4)构成文本的各条情节线索或各个"子叙事"之间的顺序可以互换,互换后的文本与原文本并没有本质性的差异①。可见,与套盒结构和对比结构不同的是,并置结构中的人物故事之间往往没有特定的因果关联,而主要依靠主题思想作为联系纽带。然而,值得注意的是,此类并置结构还常常通过"因果关系输入结构"作为整部作品的叙事性联系。《裸体问题》和《大学轶事》没有贯穿始终的人物和事件,而且人物事件之间也没有什么关联,甚至不同章节的叙述秩序可以互换重置,这些松散的人物事件主要依靠统一的思想主旨和文化背景并置缀合在作者虚构的大学想象中。《裸体问题》没有贯穿始终的主要人物和事件,即便是唯一牵动各方"神经"的《山鬼》演出也没有成为主要叙述事件,而只是在小说的开始和结尾"昙花一现"。小说中缀连公伯骞、董敦颐、彭佳佩、梁守一、范正宇、姚长安、肖牧夫、况达明、戴执中、田家宝等人物事件的叙事性联系除了"人的精神归宿"这一共同主旨之外,还有作为文化背景存在的"东方大学",正是在这个由学术伦理建构的"因果关系输入结构"中,并置结构中相对松散的人物事件才有了统一的归置。陈世旭在《裸体问题·后记》中如此坦诚他的叙述意图:"我根据自己上大学的经历,一直在断断续续地写一些高校生活题材的中、短篇小说,出于一种朦胧的计划,这些小说中的事件所发生的地点,我一律都冠以了东方大学,以便有一天将它们连缀成一个关于东方大学的长篇故事。东方大学当然是一所虚构的高等学府。虚构的目的仅仅是为现实舞台提供一种文化背景。在这背景前面,活动着现实的各色人等,各色人等的观念和行为,以及这些观念和行为的

――――――――――

　　①　龙迪勇:《试论作为空间叙事的主题-并置叙事》,《江西社会科学》,2010 年第 7 期。

相互对立、纠结、嬗变和融汇,以及由这一切演绎出来的故事。这些故事各具独立性。连缀它们的,除了共同的文化背景之外,还有故事中的人物所共同面对的社会和人生命题。萦绕在所有这些现实生存命题的交响之间的,是一个飘荡的、闪烁的、回旋的形而上的主题,即人的精神归宿。这也一直是长期困扰我本人的一个主题。这即是我为这部长篇结构找到的唯一的、可能是极脆弱的一条钢绳。"①《大学轶事》中的六个部分博士点、硕士点、本科生、专科生、成人班、校长们等更为独立,没有逻辑关联和时间顺序,各部分的主要人物事件各不相同,缀连各部分人物故事的是作者要"把大学从头到脚地扫描一遍"(反映市场经济时代大学各层面的生存处境和精神状貌)的思想主旨,还有作为共同文化背景的 G 师大,以及客串作品中的次要人物方书记、卢校长和金处长等。在后记《应似飞鸿踏雪泥》中,作者南翔如此解释小说的叙述结构:"我不想象既往的长篇小说那样,用一个或几个主要人物的命运,串联起一个一个的故事,那样会得到画面的严整却牺牲了生活的斑驳与丰厚。于是我情愿尝试一次让'次要人物'贯穿始终,而主要人物轮流出场与退场,于是在同一所大学——G 师大,有了博士点、硕士点、本科生、专科生、成人班和校长们六个截面。这样书写,还有一个好处,就是读者若是太忙,可以不分前后,予取予弃,悉听尊便。"可见,并置结构的大学叙事虽然通常不以某一人物或某一事件作为主要表现对象(主人公或中心线索),形式上较为松散,但是它们的叙事集合却汇聚成一个总体叙述客体——"大学",它们的叙事指向后转型时期"大学"的整体形象,所有片段叙事均为这一整体形象的局部表现。

第四节   市场经济时期大学叙事的反讽艺术

反讽最初源自古希腊戏剧中的一种"佯装无知者"的角色类型,后来作为一种修辞方式或思维方式广泛地运用到文学、艺术和哲学各领域。反讽的修辞学意义在于对表层语义的颠覆,包含着引人深思的双重蕴涵,

---

① 　陈世旭:《裸体问题》,中国青年出版社,1993 年版,第 395 页。

"既有表面又有深度,既暧昧又透明,既使我们的注意力关注形式层次,又引导它投向内容层次"①。然而,作为一种美学范型,一种话语方式或曰叙事风格,"反讽的流行是一种社会文化的重要症候"②。九十年代以来,市场经济和消费文化已经成为社会生活和意识形态领域的支配性力量,"知识"与"理性"、"价值"与"存在"、"主体性"与"主体间性"的相互剥离和相互对立导致了精神与现实矛盾冲突的加剧。社会由此转入由各种矛盾冲突和悖谬荒诞所编织的"无名"时代。面对统一价值体系的崩塌与人文精神失落的危机,反讽所具有的怀疑性、反智性、祛魅性品格无疑在审美层面契合了后转型期知识分子的精神遭遇,从而使得以揭示知识分子生存尴尬和精神荒诞的反讽叙事成为后转型时期大学叙事的一种自觉或不自觉的审美行为。

一、大学叙事中的话语反讽

话语反讽是后转型时期大学叙事中极为普遍的修辞方式。它常常是通过叙述者或者小说人物(有时叙述者同时也是小说人物),以戏谑性的话语方式,"言在此而意在彼","说与本意相反的事情"③,使表层意思与深层意旨之间产生矛盾与悖反。《裸体问题》第二章"致美乎黻冕"几乎全部以反讽言语叙述主人公梁守一的保守僵化:"梁守一自己,当然是极注意为人师表的。即使在边幅的修饰上,也是严守着儒家风范,真正到了'致美乎黻冕'的程度。……弘扬新儒学,并不是什么新鲜之论,梁守一的不同在与他不像其他某些从来就说不上有什么真正信念的学者那样常常故作危言耸听,一味哗众取宠。他所说的肺腑之言,他是有过切身的深刻体验的。……他之所以反对况达明他们,完全是基于深刻得多、重大得多的原则立场。况达明他们显然是受到西方思潮影响,从一种盲目的非传统的冲动出发,随心所欲地对古典横加阉割和演绎,纯粹是对优秀文化传

①　(英)米克:《论反讽》,周发祥译,昆仑出版社,1992年,第7页。

②　南帆:《后现代主义、消极自由和负责的反讽》,《文艺理论研究》,2009年第2期。

③　(英)米克:《论反讽》,周发祥译,昆仑出版社,1992年,第23页。

统的粗暴亵渎。表现出他们对传统和现实的同等的无知。按照他们的想法，岂不是以为改革开放就是放任人欲的泛滥横流！"在这里，叙述人有意打破相沿成习的话语成规，反话正说，把"为人师表"、"儒家风范"、"致美乎黻冕"、"肺腑之言"等具有褒义色彩的话语叠加在本来应该贬义化处理的人物身上，并且让反讽对象以正面的方式批评本应褒扬的人物事件，从而通过文本内部的话语冲突产生强烈的反讽效果。话语反讽的修辞效果主要在"讽"。作家常常设置一个与自己本义相反的叙事人或人物，借他的视角"言此意彼"，以达到对反讽对象讽刺的目的。在《天眼》第三章"硕儒贤媛　珠联璧合"中，作者为讽刺史可亮夫妇的虚伪做作，特意安排小说人物李宗炜的到访，然后借李宗炜的视角描述他们在外宾面前的"硕儒贤媛"形象。史可亮的"侃侃而谈"让李宗炜忍不住地赞叹"真是思路明晰锐利，口才出类拔萃"。梅丽做的菜让李宗炜觉得"比起外宾楼的厨师也不差"，"整天吃这样的饭食，史先生真是好福气啊"。在这里，承担叙述视角的小说人物传述的是表层涵义，具有明显的虚假标志，在外宾到来之前，李宗炜还亲眼目睹了梅丽对史可亮的粗鲁言行。因此，话语反讽使人们越过承担叙述视角的小说人物，沿着一个相反的方向更深层次地看到了作家所要表达的真实意图。

　　话语反讽主要有两种不同的话语资源和表达风格，一种是民间反讽，另一种是精英反讽。民间反讽的姿态较低，言语往往粗俗、幽默、泼辣、放肆，时常带有色情意味，既充满生机活力，又藏污纳垢。巴赫金认为民间反讽的最古老形式是"民间节庆中的讥笑和秽语形式"①，譬如至今仍广为流行的东北二人转就是典型的民间反讽艺术形式。在后转型时期的大学叙事中，王朔的《一半是海水一半是火焰》、李师江的《中文系》、孙睿的《草样年华》等的反讽风格都是民间式的，反讽主体的姿态下放得较低，话语间常常带着一些"嬉皮笑脸的调侃"和"某种不正经"，但让人感到轻松活泼、幽默欢畅。《一半是海水一半是火焰》以第一人称视角讲述了"我"

―――――――

① ［俄］巴赫金：《讽刺》，《巴赫金全集》第四卷，白春仁等译，河北教育出版社，1998 年，第 23—25 页。

(即主人公方明)与吴迪之间的情感纠葛。小说的故事虽然不是主要发生在大学校园,但主人公都具有大学人物身份(方明为函授大学学生,吴迪为艺术学院学生)。我们不妨看看其中关于"五四青年读书演讲会"一段描写:"演讲者工农兵学商都有,全部语调铿锵,手势丰富。也不乏声嘶力竭,青筋毕露者。内容嘛,也无非是教育青年人如何读书,如何爱国,是一些尽人皆知、各种通俗历史小册子都有的先哲故事,念几首'吼'派的诗,整个一个师傅教出的徒弟。等到一个潇洒的男大学生讲到青年人应该如何培育浇灌'爱情之花'时,尖得几乎喘不过气来,已明显异于听众不时发出的会意的笑声。"王朔以一贯之的"顽主"姿态进行着"嬉皮笑脸的调侃",把"工农兵学商"、"语调铿锵"、"教育"、"爱国"、"先哲"、"诗"等一些具有严肃意义和崇高外壳的语辞以嘲弄的方式来呈现出来。为了避免攻击和指责,"王朔狡猾地溜出了作家的传统位置,不再以先行者、殉道者、思想家自居;他无须扮出精神领袖的架势坚持什么、倡扬什么或者保卫什么。他可以随时放低姿态进行自嘲。这为他的全方位反讽提供了条件"①。李师江的《中文系》和孙睿的《草样年华》明显沿袭了王朔的民间反讽策略,都同样设置了一个"顽主"式的叙述人——第一人称"我"。《中文系》的叙述起点是一场同学聚会,反讽主体一开始便放低姿态进行了一番自嘲:"上午有个师生交流会,一部分在事业上小有成就的同学在会议室轮流发言,向系领导和老师证明学校没有白培养他们。像我这样除了给学校丢脸别的事都不干的学生,实在是没有什么可汇报的,齐聚在主楼墙根抽烟唠嗑。"这种"除了给学校丢脸别的事都不干"的身份和姿态为后来的"全方位反讽"提供了条件。在《草样年华》中,作者一开始便在充满反讽的"引子"里,把反讽主体设置为一个"顽主式"的不良青年,直到毕业一年后才"勉强通过了一门功课的补考从系主任的手中接过毕业证书"。在接下来的叙述中,一种王朔式的反讽话语贯注全篇,譬如"我"与韩露爱情经历的一段叙述:"至于我和韩露的亲热也完全是出于不得已而为之,

---

① 南帆:《反讽、结构与语境——王蒙、王朔小说的反讽修辞》,《小说评论》,1999 年第 5 期。

当时班上的另几对情侣早已把卿卿我我在公共场所愈演愈烈,我和韩露完全是受了这股不正之风的影响,没有出淤泥而不染,如果我们近墨者没有黑,那么他们就会出言不逊,说我们脱离群众路线,搞歪理邪说,甚至指责我们蜻蜓点水,敷衍塞责,不尊重对方感情,所以我就把颤抖的双手伸向韩露为我敞开的胸怀,当时我并不非常清楚这样做的意义所在。"把"脱离群众路线"、"搞歪理邪说"、"敷衍塞责"等政治辞令套用在爱情话语之中,对原本应该充满浪漫诗意的大学生活肆无忌惮地进行嘲弄和颠覆。在此我们不难看出,王朔、李师江和孙睿等的"顽主式"反讽与北京胡同日常生活中的"京味"语言之间在话语资源上的密切关联。

在精英反讽中,作为反讽主体的知识精英为"常常伫立在某一个精神高地思索这个纷纷扰扰的世界",反讽话语具有更多的知识蕴含和思辨理性,"更为文雅、书卷气,甚至热衷于搬弄典故"①。在某种意义上,精英反讽更契合以知识分子为主体的大学叙事。《大学教授》中,作为反讽主体的叙述人站在精神高处,以充满幽默智趣的语言叙述北越大学教授们令人啼笑皆非的故事。自诩为"智囊"的张渊之,"从来都是一套黑色的西装,并不是古典主义层面上温文尔雅的中文系教授形象,有些调皮的学生喜欢把他划为抽象派。也许正是因为这一点,他常常感叹自己曲高和寡,没有知音";好色成性的"胆囊"刘摩,"婚后的十年之内,胆囊以他的'歪心眼'至少'制伏'了八个以上的一夜情或老情人,他还自诩'常在水边走,就是不湿鞋',把泡妞称为'爱情冲浪'。他还给这些系列的相好产品一个统一的昵称,把她们都叫做'百日恩',取意于'一日夫妻百日恩'";"酒囊"范英俊的"嘴总是先于思想而超速行驶,每次报告会、演讲、总结报告等等一些让系里老师头疼的张嘴活到了'酒囊'这里简直是量身定做的一样"。以美学术语描写日常生活,化用俗语典故反衬不良习性,把抽象名词与具体行为套用一处,大学教授的《大学教授》充分彰显了精英反讽话语的知识蕴含和思辨色彩。

---

① 南帆:《后现代主义、消极自由和负责的反讽》,《文艺理论研究》,2009 年第 2 期。

　　李洱的《午后的诗学》为精英反讽提供了更为典型的阐释文本。小说中,作者首先为反讽主体设置了一个特殊的身份和位置。叙述人"我"是主人公费边的朋友,同时也是一个小说家,既处于精神高位,对反讽对象的悖谬性存在有着充分的自觉,又与反讽对象保持着近距离的关系,对反讽对象的一切有着充分的了解。这种特殊的身份和位置使得小说中的精英反讽话语产生了丰富的可能。在"午后的诗学"这个极具反讽意味的题目中,作者已经向我们表明了他的话语方式和叙述意图,虽然形式上仍然是"诗学",但"午后"的内容却是失去了诗意的琐碎和庸常。譬如:

　　"在费边看来,有一个若有若无的杠杆在引导女人的脸蛋,使那些脸蛋越来越标准。男人无法通过视觉来判断对方是谁了,只好依靠嗅觉,通过闻体味来判断和自己同床共枕的女人究竟是谁。可嗅觉也会失灵,因为一滴香水就能改变一个女人的体味,甚至能把一个人身上的狐臭味给盖掉。看来只好依靠听觉了。费边说,通过听觉是不是就一定能分辨出对方是谁,他是不敢把手指头伸到磨眼里打赌的,因为人的嗓子同样会变。由于各种发声方法的引进,一个女歌手在行家的调教下,几天之内,就会变调。费边说,算来算去,似乎只剩下一项判断依据,那就是习惯,但这也并不是非常可靠。马克·吐温说,习惯就是习惯,虽然任何人都不能把它扔出窗外,但是可以将它慢慢地轰下楼。费边的这段精彩的论述,显然来自他对杜莉的观察和思考。有一次,我和费边在谈起这方面的话题时,费边突然对女人的这种变化做了一点勉强的肯定。他神情诡秘地说:'也不能说一点好处都没有,和这种变来变去的女人做爱,你时常会感到你是在帮大众通奸。一般的通奸只能让人感到惊喜,这个呢,还能让你有一种很磅礴的感受。'"

　　诗人费边博闻强记,才学非凡,"本土的民谚、典籍和西方哲人的格言、警句"信手拈来,"随口溜出来的一句话就是诗学"。然而,他的这些才学和本领不是用来谈论国计民生或是追求理想事业,而是"饶舌"在琐屑的生活和庸俗的情趣中。正如诗人以凌空高蹈的方式津津乐道于"女人"、"脸蛋"、"体味"和"性"一样,《午后的诗学》大量地覆盖着这些符号形式与表意内涵之间雅、俗间离的话语反讽。

二、大学叙事中的情景反讽

如果说话语反讽表征了后转型时期大学叙事的主要言语风格，那么情景反讽则进一步体现了其美学特质。"情景反讽（situational irony），是行为的意图与结果之间正好相悖，认真努力的后果恰恰是愿望的反面"①。情境反讽是话语反讽的进一步发展，更深入地体现在思维方式和生存方式上，对情节结构设置、人物形象塑造和思想主旨凸显等诸多方面都起着重要作用。"情境反讽——合理的名义与难堪结果之间的张力——远比言语反讽（表层涵义与潜台词之间）的逆反更为强烈"②，更能体现生存境遇的悖谬性、人物性格的复杂性和思想主旨的深刻性。

在后转型时期的大众文化语境中，小说创作大多回避崇高，坠入庸常，大学叙事也由理想的天空回归现实的大地，学院人物的平凡生活和庸常事件逐渐成为主要叙事内容和情节结构线索。于是，情境反讽常常被运用到情节结构的设置中以拓展叙述空间，丰富叙事内涵，增强审美趣味。通常而言，情境反讽需要一个观察者，这个观察者一般由叙事人承担，"他站在高处纵览事件全局；也许事件的每一个局部都十分正常，但是，观察者的位置都能看到局部与局部相互配合所产生的荒诞结果"，叙事人"剪除种种无关的枝节。通过综合、组接、映衬，显露出事件表象与事件内涵的分裂"③，以达成情境反讽的叙事目标。《欲望的旗帜》在情节结构上似乎较为平淡简单，主要围绕一次学术会议展开，筹备、接待、发言、辩论、开幕、闭幕、离会等等，一般学术会议的流程和内容都在叙述中得到呈现，然而，一系列情景反讽却使得平淡简单的情节结构波澜诡谲起来。叙述者一方面煞有介事地渲染会议的规模、规格和重要意义，另一方面，又不断地"制造"出贾兰坡自杀、赞助商被捕、子衿发疯等令人难堪的反讽情景，其中赞助商邹元标被捕的情景最具反讽性：一方面，"主席台上簇拥

---

① 赵毅衡：《反讽：表意形式的演化与新生》，《文艺研究》，2011 年第 1 期。
② 南帆：《反讽：结构与语境——王蒙、王朔小说的反讽修辞》，《小说评论》，1999 年第 5 期。
③ 同上。

着鲜花,校长正在讲话。代表们正襟危坐,踌躇满志";另一方面,"两位警察在校长的讲话声中冲向主席台,其中的一位还掏出了手铐。校长不得不中断了讲话。他脸色苍白地站起身来,在警察逼近的同时连连后退。直到警察扑向会议赞助商的那一刻,校长才如梦初醒地掏出手帕来擦汗。他对旁边的大会主持人看了一眼,那神情仿佛在暗示对方:他们所要抓的人并不是我"。在情景反讽中,作为反讽主体的叙述人对叙事中所包含的悖谬早已有了充分的意识,但是情节中的反讽对象和其他小说人物对此并不知情。校长之所以"兴致很高",发表"既冗长又乏味"的讲话,不是"着意要在来自全国各地的代表们面前展露一下他的口才",而是"以为警察们是冲着他来的,他故意拖延讲话的时间,实际上是在极度的不安中思索着如何应付这场突如其来的麻烦",因为"学校不久前刚刚竣工的理科大楼出现了尽人皆知的经济问题,账面上一百七十余万的巨资不翼而飞。他的惊慌不安恰好证明了他的受贿嫌疑"。叙述人通过小说人物老秦等人的事后陈述让两个方向的叙述交叠在一起,从而把情景反讽中的喜剧效果进一步深化。这种通过转移叙事线索形成心理落差不断增强悖谬性的情景反讽在《风雅颂》中更为突出。《诗经》研究专家杨科捧着费尽心血完成的"伟大著作"《风雅之颂》兴奋地跑回家,本想"提着这兜儿伟大,突然站到妻子面前,借以炫耀显摆,邀功领赏",却不料迎来的是妻子与副校长通奸的屈辱和鄙夷,强烈的反讽在意想不到的情境中突然爆发。在接下去的叙述中,精神向度与现实世界的悖谬性冲突所构成的情景反讽成为小说情节结构的主体。课堂上,即便"我把我讲课的声调,提高到撕心裂肺,声震九洲",使出浑身解数想"让学生们听我传授《诗经》中寻找精神家园,回归精神家园的秘径","可是我的努力,终于还是为他们离开教室铺平了路桥";出版社一方面称赞《风雅之颂》"是二三十年来我们出版社遇到的最有学术价值的一部书",另一方面却说事实上"最有价值的书最是没人看",需要 5 至 10 万块钱资助出版。然而,不被现行体制接受的高雅学术成果却得到精神病人和坐台小姐的礼遇:"所有的神经病人们,个个都神情专注,听得仔细认真,没有交头接耳,没有东张西望,更没有人退场离去","我从所有的精神病人的目光中,看到了他们对我的渴求焦焦裂裂,旺旺茂茂","在那痴呆木然下,竟有压抑不住的兴奋和渴望,有掩盖不住的满足和欢乐";"姑娘们也翘首以待","每一双眼睛都睁得又大又圆,仿佛在大学听课的好奇和新鲜","我深入浅出,言简意赅,把四十五分钟的课压缩到半个小时内。没想到半个小时里,她们为我鼓了十二次掌,平均不到三分钟,她们就为我鼓上一次掌。那掌声的频繁和响亮,就连唯一一次外国总统到京燕大学演讲时,学生们的掌声也不及她们给我的掌声热烈和频繁"。小说中,"叙事线索从一批人转向另一批人,每一次转移都为事件带来一个落差。经过一次又一次的走样、变形和磨损,当初设置的高雅被彻底解构了,荒诞被不断推向顶点,反讽的对象指向产生和容纳它们的社会现实"①。在后转型时期的大学叙事中,情景反讽所构筑的情节结构不但具有上述逆转、悖谬的特征,而且还常常具有对称平行的特点。譬如,《惟妙惟肖的爱情》中,惟妙子承父业,靠勤奋努力上大学、读博士、当教授,可是爱情失败,婚姻离散;惟肖不好读书,没上大学,靠投机取巧在商场风生水起,名利双收。惟妙、惟肖兄弟充满情景反讽的爱情和人生构成了小说对称平行的情节结构。《大学教授》中,作者运用情景反讽在对称平行的情节结构中分别叙述了"智囊"的张渊之、"胆囊"刘摩、"酒囊"范英俊和"阴囊"侯华等令人啼笑皆非的生活经历和逸闻趣事。《天眼》的情节结构也因情景反讽的运用而呈现出平行对称的特征。小说主要在历时和共时的平行结构中对比叙述了林东篱、史可亮、章鹤年、南琦等两代学人的学术生活和情感故事。

　　小说人物是在一定的情景中呈现的。艺术形象需要"某种特殊的情致作为基本的突出的性格特征,来引起某种确定的目的、决定和动作"②。在后转型时期大学叙事中,作家们常常通过情景反讽中人物行为的悖谬或表里的反差来揭示人物的内心冲突和性格特征。《裸体问题》第十五章"未理之璞"中,作者以反讽的方式描述了梁守一在学术演讲和购买璞玉

　　① 南帆:《反讽:结构与语境——王蒙、王朔小说的反讽修辞》,《小说评论》,1999 年第 5 期。
　　② 黑格尔:《美学》,第一卷,商务印书馆,1982 年,第 304 页。

时的情景："良久的沉默之后,人们忽然报以潮声般的鼓掌。本来一个鼓噪乏味的学术讨论会,由于梁守一的故事和激情而动人的高潮。……梁守一弓着背,眼睛眨得飞快,两片因为过量吸烟而发黑的嘴唇嚅嚅翕动,忽然他朝前跨一步,弯下腰重又捡起那块毛玉,重又反过来顺过去地看了半天"。在这里,文本外的叙述者承担着反讽的职责,站在精神高位描述了反讽对象行为的悖谬和表里的反差。学术讨论会上,梁守一演讲的成功不是因为"学术水平"高,而是因为"故事"精彩,他移居美国的经历和他不幸的婚姻"极富感染力"。购买璞玉时,一向严守儒家风范的梁守一患得患失,很快就被商品经济观念击穿了他向来以为坚韧无比的"传统知识分子甲胄","陷入深刻不可自拔的人格困窘"。《欲望的旗帜》第一章中,作者通过小说人物宋子衿的视角描述了贾兰坡教授在预备会发言时的反常情景："在他讲话的过程中,我发现他的心智已经完全失控。好像他遇到了什么可怕的事情,或者一个十分棘手的难题。他说话语无伦次,以至于在引用斯宾诺莎的言论时,出现了一些不应有的错误。有好几次,他不得不中断发言,呆呆地坐在讲台上发愣,仿佛他对自己心慌意乱全不在意,也不加掩饰。……大约过了二十分钟,贾兰坡先生突然中止了发言,并从讲台上站起身来,他说他要离开一会儿。我们还以为他想要上厕所。可他这一走,就再也没有回到报告厅里来。"对于平常"既练达又朴鲁,既谨慎又疏狂"的贾兰坡教授来说,上述情景中的行为无疑充满了反讽和悖谬,凸显了他内心难以克服的矛盾和危机,为接下来的自杀事件做好了铺垫。《风雅颂》一开始,作者便以叙述人杨科的第一人称视角描述了"我"意外遇见妻子赵茹萍和副校长李广智通奸的场景："我站在卧室门口,一手拿着钥匙,一手提了《风雅之颂》的书稿。洋洋 50 万言,刚刚改定誊毕,重量半尺多厚,字迹天热烦躁,其思想犹如四块砖头。大功告成,凯旋归来,我想提着这兜儿伟大,突然站到我妻子面前,借以炫耀显摆,邀功领赏。可是她却正在和校领导同床共枕,偷欢取乐(大白天的)。……他们望着我,目光暗淡而忧伤,充满了期盼和哀祷,仿佛被俘的两个士兵,在望着一管黑洞洞的枪口。这让我感到有些不安和内疚,只好一连声地说,对不起,对不起,写完这部专著我就回来了,我应该先打回来一个电话的,应该先给你们打一声招呼再进来。"凯旋归来的主人公本想在妻子面前"炫耀显摆,邀功领赏",却不料遭遇了猝不及防的"耻辱"。人物前后的心理落差及其软弱卑怯的性格在这个极具荒诞和悖谬意味的情景反讽中凸显出来。

　　珀西·卢伯克在《小说技巧》中说:"小说创作技巧中全部复杂的方法问题,都受视角问题—即叙述者与故事之间的关系问题—的支配。"①值得注意的是,情景反讽中叙述视角(反讽主体与反讽对象关系)的不同常常会造成不同的反讽效果。《裸体问题》中的情景反讽是文本外的叙述者以传统的全知全能视角叙述的,作为反讽主体的叙述者对反讽对象有着自觉的反讽意识,反讽具有严肃的批判精神内核,外在的喜剧形式下潜藏着反讽主体对生存境遇和人生价值的深层思考。《欲望的旗帜》中的情景反讽是借小说人物宋子衿的视角展开描述的,小说人物对反讽对象并没有自觉的反讽意识,只是以在场者的身份增强叙述的可靠性,反讽效果的产生主要来自文本之外作者(叙述人)的叙述意图和读者的审美感悟。而《风雅颂》中的情景反讽是在杨科的回忆中展开的,叙述人、小说人物、反讽对象三者合而为一,"我"既是反讽主体又是反讽对象,反讽者充分意识到到自己的悖谬性存在。然而,在情景反讽中,主体"我"一步步往后退,在遭到妻子的背弃、学生的拒斥、体制的迫害之后,最终逃回"故乡"耙耧山,以扭曲的、荒诞的方式拯救自己。克尔凯郭尔把这种不断后退的反讽主体称之为"消极自由的主体","它摇摆不定地飘浮着,因为没有任何东西支撑着他。然而正是这种自由、这种飘浮给予反讽者某种激情,因为他陶醉于无穷无尽的可能性之中"②。在这个意义上,我们可以说《风雅颂》名义上的反讽主体(充当叙述人的杨科)和实际上的反讽主体(作者)几乎可以重叠。这一点,作者本人在"后记"《飘浮与回家》中如此表白:"我只是写我。我只是描写了我自己飘浮的内心;只是对自己做人的无能与无

---

　　①　(英)卢伯克、福斯特、缪尔:《小说美学经典三种》,上海文艺出版社,1990年,第 180 页。

　　②　克尔凯郭尔:《论反讽概念》,汤晨溪译,中国社会科学出版社,2005 年,第226 页。

力,常常会感到一种来自心底的恶心。"

三、大学叙事中的主题反讽

　　小说中的反讽有时还经由话语反讽、情景反讽进一步深化为主题反讽。主题反讽是一种涵括话语反讽和情景反讽的整体性反讽。当反讽上升到认知层面,成为作家把握世界、探讨生命的一种思维方式和表达方式,就形成了一种整体性反讽,即主题反讽。后转型时期大学叙事的主题反讽常常来自两个方面,一是文本中事件的结局与初衷的悖离构成文本表层的反讽,二是叙述者的"不可靠性"与隐含作者的真实意图悖离造成的深层反讽。《桃李》主要讲述的是法学教授邵景文及其弟子们的故事。在传统文化语境中,"桃李"是一个褒义的概念,既是对育人者的赞美,也是对学子们的称誉,所谓"一日声名遍天下,满城桃李属春官"(刘禹锡《宣上人远寄和礼部王侍郎放榜后诗因而继和》)。然而《桃李》中的"桃李"无疑充满了反讽的意味,邵景文的"言传身教"和弟子们"经济时代的称呼和爱情"完全解构了"桃李"的古典内涵。小说中,作为"老板"邵景文的"桃李"之一,叙述人"我"以幽默诙谐的话语叙述着"老板"和同门"兄弟姐妹们"的言行举止和逸闻趣事,诸如"老板"邵景文的春风得意、师姐柳条对"老板"的暧昧心理、师妹甄珠的故作姿态、师兄老孟和师弟李雨的爱情经历等等。这种近距离的在场叙述一直是在轻松活泼的方式中进行的,甚至处处流露出叙述者对"老板"的崇拜羡慕和作为"桃李"的沾沾自喜,譬如:"老板现在有多少钱谁也说不清楚,反正豪华别墅、宝马香车都有了,至于有没有小蜜……呵呵,作为他的学生不好乱说。当然老板也不是小气的人,案子结了之后他也多少给我们表示一下,经常请我们吃饭、泡吧、唱歌之类的。老板要求他的学生手机二十四小时开着。老板说:'放心吧同学们,手机费由所里报销。'这当然会引起我们的一阵欢呼。在同学们中间流行的几句话可以说明一些问题:'读研要读邵教授的,打工要打邵主任的,泡妞要泡邵先生的。'"然而,叙述者的叙述姿态与价值立场显然是与文本之外的隐含作者相悖离的,轻松活泼的叙述最终却导向了悲剧的结局,梦欣因车祸毁容,刘唱疯了,老孟跳楼自杀,邵景文"全身被小刀捅了一百零八刀", "死状极其奇特"。在结局与初衷的逆反所带来的表层反讽之外, 隐含作者的不动声色与叙述者的"洋洋自得"更一步地构成了文本的深层反讽, 这些无疑拓展了文本的意蕴空间并强化了关于知识分子精神批判的思想主旨, 从而达成整体性主题反讽的叙述目的。《大学诗》的整体性主题反讽也主要来自于结局与初衷的逆反、叙述者与隐含作者的悖离。"大学诗"这个让读者产生诗意联想的题目实际上叙述的是毫无诗意的大学故事。叙述人"我"饱含激情地叙述了大师兄廖星凯指挥 S 大申报博士点的经过, 从大师兄"英雄"般的出场, 到全校上下紧张的筹备、公关, 再到最终"全军覆没"和老马悲愤自戕的悲剧收场。在叙述人兴奋不已的叙述中, 处处流露出对"大师兄"的艳羡和崇拜, 大师兄不仅受到书记、校长和院长们的"绝对一流"规格接待, 更是"成了研究生院全体女生的偶像", "他向大家挥手问好, 手掌钢刀似的向两边一劈, 转了整整 360 度, 然后带头鼓起掌来, 绝对的大腕级做派"。叙述开始的"喧闹"和故事结局的"沉重"、叙述者的叙述狂欢与隐含作者的不动声色构成了文本由表及里的整体性反讽, 目的就是为了更突出地揭示和讽刺学院知识分子的精神之殇和大学体制的深层病症。与《桃李》《大学诗》一样, 《导师死了》中的叙述人"我"的叙述与隐含作者的意图也是悖离的。作为弟子, 叙述人对导师吴之刚教授生前行事和死亡过程的叙述明显怀有一种油然而生的同情和怜悯, 譬如他对婚姻不幸的遮掩、他在常同升阴影下的自我牺牲、他死后的凄凉和周围的冷漠等等。有时叙述人甚至试图通过一些生活细节和学术活动的回忆, 努力在更高层面上恢复导师的尊严和风貌, 譬如他对嫦娥的大胆追求, 他在学术上的成就、地位和影响等等。然而, 越过叙述者蕴含感情色彩的叙述, 在潜文本意义上, 读者不难体悟到隐含作者批判知识分子主体精神沦丧的真实意图。吴之刚在走向死亡的过程中, 一直在进行着精神上的自戕。无论是婚姻还是学术, 他都无原则地逃避、妥协和退让, 完全丧失了知识分子的主体性。毋庸讳言, "导师死了"是一个充满隐喻色彩的描述, 既指导师肉体的死亡, 也指导师精神的死亡; 既是吴之刚之死, 也是知识分子之死。当然需要指出的是, 与《桃李》《大学诗》不同的是, 《导师死了》的结局和初衷并未形成悖离, 叙述人对

"导师之死"饱含惋惜和怜悯的叙述贯穿始终。

由此,我们不难发现,作品的主题反讽是从话语、情景、结构,到主题的整体性反讽,是作家从整体性上认识世界和把握世界的独特方式。主题反讽"在其明显的意义上不是针对这一个或那一个个别存在,而是针对某一时代和某一情势下的整个特定的现实……它不是这一种或那一种现象,而是它视之为在反讽外观之下的整个存在"①,"总体反讽的基础是那些明显不能解决的根本矛盾"②。后转型时期,旧的价值体系已然瓦解,新的价值体系尚未确立,理性与本能、价值与存在、知识抽象与生活具象、自由意志与决定论之间的对立难以调和,"虚无主义"和"玩世作风"在生活空间和精神领域四处蔓延。"当代文化正在经历一个前所未有的转向,整体地进入反讽社会"③。作为知识分子生活的社区,后转型时期的大学校园失去了昔日的和谐与宁静,各种喧嚣和矛盾不断加剧。一方面体制内的道德规范仍旧强调忠于职责,为人师表。但另一方面,在学院外面广阔的市场社会,各种丰富的物质消费和转变了的价值取向"明目张胆"地诱导人们追逐利益满足欲望。知识分子在这一无法解决的矛盾冲突中不同程度地陷入了不可逃脱的生存窘境和无法解决的精神危机。这一切都为后转型时期大学叙事的整体性主题反讽提供了条件和依据。

---

① D·C·米克:《论反讽》,昆仑出版社,1992年,第100页。
② D·C·米克:《论反讽》,昆仑出版社,1992年,第38页。
③ 赵毅衡:《反讽:表意形式的演化与新生》,《文艺研究》,2011年第1期。

第六章　大学叙事的个案分析

　　大学叙事主要讲述的是大学人物的故事,关注的是学院知识分子的生存,并由此折射出时代的精神气候。"五四"新文学伊始,大学便已成为现代作家笔下一个颇具意味的叙事空间。尽管陈平原认为,"成功的'学堂(大学)叙事',不仅数量不多,而且很难进入文学史视野"①。但事实上,以大学为活动场域、以大学人物为表现对象的大学叙事贯穿了二十世纪以来的中国文学发展进程。在此,我们主要以老舍、沈从文、宗璞和陈世旭的大学叙事为对象,进一步对不同时期的大学叙事进行个案分析。

第一节　老舍的大学叙事

　　老舍早年虽然没有大学读书的经历,但他的创作却是在大学校园中开始的,三十年代老舍更是辗转于多个大学教书授业,这些促成了他特有的大学视野和大学叙事。在《二马》《文博士》《赵子曰》等长篇小说和《东西》《不成问题的问题》《牺牲》《大悲寺外》等短篇小说中,老舍用自己独具特色的幽默讽刺笔墨呈现了民国时期的大学环境、大学人物和大学往事。

---

　　①　陈平原:《文学史视野中的"大学叙事"》,《北京大学学报》,2006 年第 2 期。

一、"流浪":学院知识分子的生存形态

"知识分子永远是最不安分的,总是不愿被某个固定的模式禁锢,即使他们已被定位在社会体制的某一个环节上,仍然没有安身立命之感,总是要不断地寻求着突破与更合理的归宿。"①老舍笔下的学院知识分子是不安分的,他们常常在社会体制的某个环节,处于不安分的状态,既不愿被某个固定的模式禁锢,但又缺乏逃脱体制、寻求心灵归宿的勇气。于是,"流浪"便成为其主要生存状态和精神内核。在老舍的大学叙事小说中,那些处于"流浪"状态的学院人物,或风尘仆仆地远渡重洋去追寻别样的人生,或从海外学成归来意欲在职场追名逐利。然而,无论哪类人物,哪种状态,终归难以在流浪中安身立命,或在名利场随波逐流,或在世俗中迷失自我。物质的追逐与精神的流浪是老舍笔下学院人物的主要生存形态。

长期从事知识分子研究的著名学者郑也夫认为:"中国的知识分子毕竟在大学内比大学外享有更多的思想自由,特别是当思想披上学术符号的外衣时,中国知识分子的生活未必达到了中产阶级,但毕竟大学中的职务可以使他们较少受到市场的影响和压力。"②民国时期,大学体制仿效欧美,以大学自主和教授治校为基本原则,在很大程度上为崇尚人格独立、思想自由的知识分子们提供了较为理想的栖居之所。然而,在老舍笔下,大学却主要不是作为知识分子学术研究和思想争鸣的园地存在,而是作为世俗生存的栖居之所。《文博士》中留学美国的文志强主要精力不在求学问知,而是注重交际。他"时时处处留着神",希望"能多交一个朋友便多交一个,为的是给将来预备下帮手"。回到国内,顶着"美国哲学博士"头衔的文博士,仍然把西方留学获得的文化身份作为自己获取理想婚姻和工作的"筹码"。然而,文博士并未因自己头上的博士帽而仕途平坦,婚姻美满。在一连串的碰壁之后,他最终明白,"博士,学问,本事,几乎都可以搁在一边不管,得先'打进去'"。"顿悟"了的文博士为了"打进去"和

---

① ［美］爱德华·萨义德:《知识分子论》,三联书店,2002 年版,第 65 页。
② 郑也夫:《大学与知识分子》,《社会学研究》,2003 年第 2 期。

"爬上去",不择手段,处处打着"大学人"的招牌,趋炎附势,阿谀奉承,即便是"终身大事"也例外。为了能够成为杨家女婿,文博士费尽心机,处处忍耐,时时小心。作为"堂堂的男子汉",文博士内心不屑与三个娘儿们玩牌,"他很想哗啦一下子,把牌推开"。可是,他很快又转念一想,"不能这样办,绝不能! 谁知道这里有多少好处呢? 况且是只须陪着她们玩,就能玩出好处呢! 忍耐一些吧! 他劝告着自己:等把钱拿到手里再说。把这个机会失掉,只能怨自己性子太急,'文博士,请忍耐一些!'他心中叫着自己。"由满怀希冀出走他乡,到被现实束缚身陷困窘,然后到为摆脱现状再次出走,文博士始终在"物"与"我"的转换中游移不定。

《牺牲》中光惠大学的教授们从未把精力放在教书和问学上,大多只把学校作为人生流动的驿站。留学哈佛的毛博士认为回国教书是自己人生中的重大牺牲。为了尽量减少牺牲带来的损失,他分别用中英文与校方签订两份工作合同。如果自己要毁约就用中文合同,不守契约,随时走人。假若校方要解聘他,就用英文合同,必须遵守美国精神。崇洋媚外的毛博士言必称美国,满脑子只有女人和电影,最后在长期对物质生活的极度不满和精神生活的日益困顿中精神失常。而另一教授老梅则每学期都可能找借口请上两三个礼拜的假,托人代课,自己则为了个人私利外出。毛博士嘲笑老梅没有博士学位,老梅则讥讽毛博士不识时务,二人虽然身份、性格和爱好迥异,但却都是在"流浪"的生活形态中无法确定人生的方向。《赵子曰》中的赵子曰"不要文凭,不要学位",但是,"凡加以人事者亦无所不尽其极:他的皮袍,从'霜降'穿过'五七国耻纪念日',半尺来长的雪白麦穗,地道西口老羊皮。他的皮鞋,绝对新式,英国皮,日本做的,冬冷夏热,臭闻远近的牛皮鞋"。与赵子曰一样,周少濂、欧阳天风、武端、莫大年等这群"天台公寓"的大学生们,整日不思进取,经常四处捣乱闹事,捆绑殴打校长,喝酒打牌,醉生梦死,世俗欲望的追求和精神世界的漂泊构成了他们大学生活的主要内容。

萨义德曾对知识分子的流浪形态有如下表述:"流亡者存在于一种中间状态,既非完全与新环境合一,也未完全与旧环境分离,而是处于若即若离的困境,一方面怀乡而感伤,一方面又是巧妙的模仿者或秘密的流浪人。精神生存之道成为必要的措施,但其危险却过于安逸,因而要一直防范过于安逸这种威胁。"①老舍笔下学院知识分子的流浪形态既包含了作为"圈外人"对世俗社会不能完全适应的状态,也包含了知识分子在物质追求与精神诉求之间的背离和两难。

二、"迷途":学院知识分子的精神批判

赓续"五四"启蒙精神的老舍对国民劣根性展开过持续不断的讽刺与批判。在《谈讽刺》中,老舍认为:"讽刺文学是最尖锐的批评,通过艺术形象使大家看清楚我们拥护什么和反对什么,我们怎会不需要它呢? 正因为我们讲民主,重视批评与自我批评,所以我们才需要讽刺文学,欣赏讽刺文学。欣赏讽刺文学是我们的民主精神的一种表现。"②在大学叙事中,老舍继承了"五四"以来的启蒙传统,通过对学院知识分子身陷迷途的嘲讽,进一步表现了国民性批判的精神主旨。

清末民初以降,为了革新图强,国人在器物、制度和思想等各个方面效仿西方,出国留学。然而,欧风美雨熏陶出来的留学生中也不乏一些身陷迷途的不学无术者。他们不但没有学到报效祖国的真才实学,反而受到西方颓废社会的影响,崇洋媚外,精神迷失,表现出一副十足的洋奴相。老舍在小说中着意刻画了一批崇洋媚外的"洋奴"式知识分子,诸如《牺牲》中的毛博士、《东西》中的鹿书香和郝凤鸣、《文博士》中的文志强等。《东西》中留学英、日的郝凤鸣和鹿书香,丝毫没有救国的理想,一心为的是金钱和地位,甚至不惜出卖人格和尊严。崇洋媚外的鹿书香宁愿背着"卖国贼"的罪名也要跟东洋人合作,因为"人家的确是有高明人"。不得志的郝凤鸣"恨自己,为什么当初要上英国去读书,而不到东洋去。看不起东洋留学生是真的,可是事实是事实,现在东洋留学生都长了行市,他自己落了价"。《牺牲》中的毛博士则是人在中国,心系美国。他觉得人生最大的牺牲就是因为出生在中国,而不是美国。美国什么都有,有洋澡盆、钢丝床、沙发、钢琴、地毯等等,而中国人连冰激淋都买不起。《文博

---

①　[美]爱德华·萨义德:《知识分子论》,三联书店,2002年版,第71页。
②　老舍:《谈讽刺》,《老舍全集》第17卷,人民文学出版社,1999年版,第424页。

士》中的文志强也同样因自己的留美身份而自觉高人一等，"他简直不愿再看任何东西。那些贱劣的东洋玩具，瓷器，布匹，围具；那些小脚，汗湿透了蓝布裤子的臭女人们，那些张着嘴放葱味的黄牙男子们，那些鸡鸡嘹嘹嘹的左嗓子歌女们，那些红着脸乱喊的小贩们！他想一步迈出去，永远不再来，这不是名胜，这是丢人"。老舍通过对这些归国学人扭曲心理的描写，批判了知识分子的精神萎顿和道德沦丧。

老舍大学叙事作品中的另一类批判对象是"大学人"中的"顽主"形象，其中以《赵子曰》中的赵子曰、周少濂、欧阳天风、武端、莫大年等为代表。这群"天台公寓"的大学生们除了"莫谈学事"外，胡吃、闷睡、喝酒、打架、追女人、搞恶作剧等各种丑行恶习，无所不为。作为明正大学的学生，赵子曰们的日常生活无关学业，志在玩乐。赵子曰"学过哲学，文学，化学，社会学，植物学，每科三个月。他不要文凭，不要学位，只是为学问而求学"，他自以为，"道德，学问，言语，和其他的一切，不跟别人比较，（也没有比较的必要。）他永远是第一。他不要文凭，学位"。同样体现了"顽主"精神的还有《牺牲》中的毛博士。身为大学教师，毛博士却把女人和电影视为人生追求，与人交谈的内容仅限于"金钱、洋服、女人、结婚、美国电影"，一切不以玩乐为主旨的活动都被毛博士视为"牺牲"。"大学人"不务正业是老舍"顽主"系列形象批判的核心，这很容易让我们想起四十年代钱锺书的大学叙事名篇《围城》。《围城》中的一批大学人物也多是不学无术，一味投机取巧。然而，与钱锺书旁征博引式的讽喻相比，老舍对学院"顽主"们的讽刺大多停留在对生活表象的认识和反应上，早期"为了幽默"的创作初衷在一定程度上也冲淡了严肃的主旨，但值得重视的是，老舍后来很快便超越了早期的幽默趣味，而"借着自己一点点社会经验和心目中自由积累下的委屈，反抗那压迫人的个人和国家"，把大学叙事的审美取向引向了国民性批判的深刻主旨。

老舍大学叙事中的第三类迷途的"大学人"是那些在觉醒中遭受打压的知识分子。《赵子曰》中的李景纯是老舍笔下第一个具有强烈国家意识的学院知识分子。李景纯刺杀军阀失败后被捕入狱，他在给赵子曰和莫大年的临终遗言中表白："救国有两条道，一是救民，一是杀军阀……老莫！老赵！你们好好地去作事，去教导人民，你们的工作比我的难，比我的效果大！我只是舍了命，你们是要含着泪像寡妇守节受苦往起抚养幼子一样困难！"李景纯身上集合了传统士者的道义精神和现代知识分子的家国情怀。《二马》中的留学生李子荣，为了改变祖国的贫弱，远渡重洋到西方学习经济和管理。他在英国半工半读，既有东方式的古道热肠，又具西方式的独立务实。在物欲横流的伦敦，李子荣仍然坚守"大学人"的道义帮助马则仁打理古玩店，担当马威人生道路上的精神导师。《赵子曰》中的李景纯经常劝说赵子曰等人认真学习。老舍笔下的这些理想化"大学人"为迷途的青年指点迷津，寄寓了作者对民族国家未来的期待。

三、"边缘"：老舍大学叙事的视野

陈平原在论及二三十年代的大学叙事小说时认为："老舍和沈从文都是大小说家，之所以写不好大学生活，不是技巧，而是心态。两位著名小说家都是自学成才，然后走向大学讲台的，对于大学的校园文化及大学师生的心理及趣味，把握的不太准确，笔下自然缺少神采。"①陈平原的这番分析在很大程度上透露出老舍大学叙事的视野和局限。

老舍的大学叙事在一定程度上缺少了关于校园风情和学术人生的大学本色化书写。在上述大学叙事作品中，涉及大学环境的描写少之又少，即使偶尔涉及，也完全没有营造出大学特有的学院氛围。《牺牲》全篇涉及校园环境的描写只一句"校园里的垂柳已经绿得很有个样儿了"。《赵子曰》中大学生活场景的精彩描写不在大学校园，而在"专租学员，包办伙食"的天台公寓。虽然其中偶有大学校园的片言只语，但也丝毫没有学院气息。譬如下面一段关于大学校园活动的描写："商业大学的球场铺满了细沙黄土，深蓝色的球门后面罩上了雪白的线网。球场四围画好灰白线，顺着白线短木桩上系好粗麻绳，男女学生个个在木桩外站满，批次交谈，口中冒出的热气慢慢的凝成一篇薄雾，……几个风筝陪着斜阳在天上挂着，代

---

① 陈平原：《文学史视野中的大学叙事》，《北京大学学报》，2006年第2期。

表出风静云清初冬的晴美。"大学校园青春激昂的体育运动却似乡下农民
赶集般滑稽,老舍无法认同也难以传达出年轻大学生的青春活力。这与同
时期鹿桥笔下的大学校园有着天壤之别。《未央歌》处处流露出大学校园
的诗意和烂漫:"喏! 灯光亮了! 校园中的总店门开了! 图书馆,各系办公
室,各专门期刊阅览室,读书室,各盥洗室……曲折的小河沟也有了流动的
影子。校园内各建筑物也都有了向光和背光的阴阳面。走动着的人物也
都可以察觉了,黑色的幕是揭去了。"只有沐浴过大学春晖的莘莘学子才会
这样凝视校园景观。宗璞在《野葫芦引》中关于民国大学校园的描写也流
露出这样的亲近感:"太阳从新校舍东面慢慢升起,红彤彤的朝霞又唤醒自
强不息的一天。新校舍在夜晚显得模糊不清,似乎没有固定的线条,这时
轮廓渐渐清晰,一排排板筑土墙,铁皮搭建的房屋,整齐地排列着。"大学校
园环境是反映大学生活的一面镜子,能够巧妙折射出大学人物的生存状
态。老舍的大学叙事在一定程度上疏远校园景观,淡化故事背景,从而凸
显出人物在叙事中的重要性,或者说,老舍的大学叙事关注的不是"大学",
而是"人物",他是在借大学人物进一步完成国民性批判的叙事宗旨。

　　大学女性形象的缺失是老舍大学叙事的又一局限。纵观老舍的作
品,他对女性的塑造其实并不乏热情。在老舍笔下,既有霸道自私的女
性,如《牛天赐传》里的牛太太、《四世同堂》里的大赤包;也有传统温婉的
女性,如《骆驼祥子》里的小福子、《正红旗下》里的姑母。然而,大学女性
形象却没有真正进入老舍的大学视野。在老舍的大学叙事作品中虽然出
现过一些女性形象,如《赵子曰》中的王灵石、谭玉娥、魏丽兰,《文博士》中
的唐振华、丽琳;《二马》中的温都母女;《牺牲》中的毛博士夫人等。然而,
我们不难发现,一是这些女性在作品中着墨不多,形象模糊;二是她们根
本就没有生活在大学校园。在《我怎样写赵子曰》中,老舍坦言道:"我怕
写女人;平常日子见着女人也老觉得拘束。在我读书的时候,男女还不能
同校;在我作事的时候,终日与些中年人在一处,自然要假装出稳重。我
没机会交女友,也似乎以此为荣。在后来的作品中虽然有女角,大概都是
我心中想出来的,而加上一些我所看到的女人的举动与姿态;设若有人问
我:女子真是这样么? 我没法不摇头,假如我不愿撒谎的话。《赵子曰》中

的女子没露面,是我最诚实的地方。"①从这里,我们不难明白,为什么在老舍的大学叙事作品中找不出诸如蔺燕梅(《未央歌》)、林道静(《青春之歌》)和孟离子(《东藏记》)等性格鲜明的学院女性。

师范毕业的老舍很早就投身教育事业,曾任京师北郊劝学员、南开中学教员、京师第一中学教员等,直至 1924 年的英伦之行才真正拉开老舍大学职业生涯的序幕:伦敦大学(1924—1929)、齐鲁大学(1930—1934)、山东大学(1934—1936)。老舍的大学职业生涯使得他具备了观察和叙写"大学人"的独特视角,但也给其大学视野和大学叙事带来了一定的局限。老舍在谈及大学题材创作时曾说:"我在'招待学员'的公寓里住过,我也极同情于学生们的热烈与活动,可是我不能完全把自己当作个学生,于是我在解放与自由的声浪中,在严重而混乱的场面中,找到了笑料,看出了缝子",虽然"我差不多老没和教育事业断缘,可是到底对于这个大运动是个旁观者。看戏的无论如何也不能完全明白演戏的"②[8]。联系老舍的大学叙事作品,我们不难发现,对于大学融入程度的不足,致使老舍的大学叙事多半是以旁观者的角度展开的,从而造成其作品中大学校园和大学人物亲近感的缺失。老舍的大学视野主要建立在对人物生活细节的刻画和对人物精神实质的揭露上,这种极具讽刺性和幽默性的大学叙事作品有其独到的韵味,但毋庸讳言,大学体验的不足也明显造成了老舍大学视野与大学叙事的局限。

第二节　沈从文的大学叙事

只有高小学历的沈从文早年虽然没有正式的大学生活经验,但却有着特殊的大学旁听经历,而且后来曾经长期在大学任教,他的大部分作品也是在三四十年代大学教书时期完成的。可以说,大学是沈从文生命和

---

① 老舍:《我怎样写〈赵子曰〉》,《老舍全集》第 16 卷,人民文学出版社,1999 年版,第 169 页。
② 同上。

创作中的重要一环。然而,以"乡下人"自居的沈从文对大学如同对待都市一样始终缺乏认同感,在他的系列大学叙事作品中,他常常从世俗、乡土、边缘的视角打量大学校园,观照大学人物,揭示他们身上的人性弱点和人格缺陷。显然,沈从文的大学叙事,不是从大学的本身出发,而是基于人性的考量,彰显了作者一以贯之的文明批判态度。

一、世俗视野中的大学书写

最初源于西方中世纪教会组织的大学,向来被称誉为"象牙塔",是与世俗生活世界迥异的精神领地和知识王国,所谓"大学者,研究高深学问者也,大学者囊括大殿,网罗众家之学府也"①。现代大学以生产知识、培养人才、服务社会为使命,学院生活以知识学术为主要内容。作为大学生活主体的知识分子是以知识文化为本质特征的,是以创造、积累、传播、管理及应用科学文化知识为志业的脑力劳动者,"是有能力向公众以及为公众来代表、呈现、表明讯息、观点、态度、哲学或意见的个人"②。然而,沈从文的大学叙事却表现出对大学生活的祛魅化书写,很少正面描写大学的知识活动和精神领地,而是将视角投向大学世俗的一面,着眼于现代文明之殇,有意揭示大学校园和大学人物的庸俗与鄙陋。他笔下的大学人物,无论是老师还是学生,都是一群不学无术之辈,从不关心教书育人和求学问知的本业,却对无聊琐屑的庸常人生兴趣盎然。

《道德与智慧》中,湖北大学的教授们虽然大致都曾在国外留过学,见过了中外文化与文明所成就的"秩序"与"美","经过许多世界,读过许多书"。然而,在国难当头、民族危难之际,这些"非常有名气而且非常有学问"的教授们,之所以从南京新都或北京旧都来到这里,既不是为了学术,也不是为了育人,更不是为了救国,而只是为了个人名利,"有些知道自己是应当做官的,都在那里十分耐烦的等候政治的推迁";有些是为了"可以

① 高平叔编:《蔡元培教育论著选》,人民教育出版社,1991 年版,第 171 页。
② 爱德华.W.萨义德著:《知识分子论》,单德兴译,三联书店,2002 年版,第 4 页。

多拿一些钱,吃一点好东西,享享清闲的福";而那些"爱钱的",更是"把所得的薪水,好好处置到一种生利息的事情上去"。他们每天的"乐趣"便是沉溺于庸俗无聊的琐屑生活。一到课后,无事可做的教授们便"围到暖烘烘的火炉,喝着一杯清茶",从本人薪水、本校会计股、本省财政局、本国财政部,一直谈到银钱、舅子和女人的关系。《平凡的故事》中,某教会大学学生们的精力不是用在求学问知的本业上,而是整天沉湎于庸俗无聊的业余生活。男生们以追逐女生为乐,他们每个礼拜都要举行一次集会。集会的主要内容就是由一个同学当众来报告他那好管闲事的"成绩"。报告者总是用一个演谐剧者的态度,把所探得到的消息说出,另外还有个副手代为补充。女生们则以飞短流长为趣。没有正当事情可作的时节,她们就在一处互相批评,笑谑一阵,或者为教授们取一个绰号,或者为男同学取一个绰号,用为娱乐。《知识》中,在国外某著名大学求得哲学硕士学位的张六吉虽习得渊深哲学,却时时为生存而烦恼,他所学得的那些书本知识,在都市不能立足,在乡下无法与人们沟通。然而,那些没有知识的乡下人却在苦难多灾的生活中洒脱达观,通晓人生"真义"。最后,张六吉从生活哲学中醒悟过来,咒骂教授他哲学知识的导师:"你是个法律承认的骗子,所知道的全是活人不用知道的,人必须知道的你却一点不知道!"张六吉对"知识"、"人生"的幡然醒悟也正是沈从文的一贯态度。沈从文向来认为,"知识"与"做人"是分属两个不同层面的问题。知识分子"读书"目的不能只是为了"知识",更不能把"知识"变成一种"求食"的工具,知识分子更需要在"做人"目的上有较高的理想,"读书若在求知识以外,还有点意义,应当是从书本接受一个健康坚实的做人原则"。然而,在沈从文看来,那些所谓的知识分子一旦只是把知识作为"求食"的工具,"知识"就与"做人"脱了节,这种知识的世俗化甚至庸俗化"对国家无信仰,对战争逃避责任",在学校和社会上形成一种"有传染的消极态度"和"坏影响"[①]。

沈从文对大学的世俗化书写不仅表现在对本应具有知识蕴含的大学

---

① 沈从文:《沈从文全集》第 17 卷,北岳文艺出版社,2002 年版,第 349 页。

生活的袪魅,还表现在对本该富有浪漫诗意的大学生活的消解。作为一种独特的生活空间,大学不仅是学习知识、追求真理、创造思想的精神殿堂,而且还应该是激扬青春、交流情感、建立友谊的生活世界。然而,在沈从文笔下,大学人物既不求学问知,更缺乏浪漫诗意,而是在空虚无聊中欺名混世,在自私虚伪中追名逐利。《大小软》中,大小软所属的"君子会"和"棒棒团"是两个极为可笑的学生组织。君子会注重的是穿衣戴帽,养成小绅士资格。其中居多是"白面书生",文雅,懦弱,聪明,虚浮,功课不十分好,但杂书却读得很多,学问不求深入,然而常识倒异常丰富。至于棒棒团,军人子弟居多,寻衅打架是他们主要工作。他们不只是在本校打架,且常常出校代表本校打架。"棒棒团"的小软后来"伤人逃命、东奔西蹿、神出鬼没煽动革命而终于丢掉脑袋","君子会"的大阮则"讲究打香水、宿娼捧戏子、当小报编辑"。《记一大学生》里,大学生吉先生之所以写诗,不是因为爱好,而是"想努力把自己姓名使国中一切人皆知",甚至"希望名字列入文学史上去给另一世界另一时代人人也知道"。他之所以恋爱上房东的女儿,不是为了爱情,而是因为有了这恋爱,诗人生活大大变更了,可以有更多的"红烧肉",能够感受到异国情调。虽然最后吉先生的"公主"跟一个厨子跑了,但吉先生却庆幸失败的爱情"成就"了他的诗,因为"一个失恋的诗人的诗,是更容易流传的",他的作品《自杀诗人的遗嘱》终于得以在一个刊物上发表,失败的"爱情"却成就了胜利的"诗人"。《冬的空间》则描写了滨江私立 xx 大学从老师到学生整体性困厄无聊的生存状态。文学教授 A 在困厄乏味中痛苦挣扎,"先以为只要能够在大学校上一天课就好了,现在到这里教书还无趣味。先以为每一个月有三十块钱,我就将好好的活下去,现在十个三十的数目也仍然不够"。而周围那些无聊的同事,却"凭了那好酒好肉培养而成的绅士神气,如鸡群之鹤矫矫独立"。学生们则大多数沉湎于千篇一律的虚无生活,"就是所谓生命力外溢,时时不能制止自己的胡闹,成天踢踢球或说点笑话就可过日子"。本应诗意浪漫的校园生活完全被空虚无聊的世俗人生遮蔽和消解。

大学是知识分子生活的社区。大学知识分子应该具有较高的知识文化水平、明确的社会责任意识和高蹈的精神理想追求。20 世纪上半叶,中国进入到一个交织着阶级斗争和民族矛盾的动荡时期。这一时期的大学书写中,不乏奋发有为、敢于担当的知识分子形象,他们或走上街头,为民请命,以实际行动寻求救国救民的真理;或放下书本,投身抗战,在烽火硝烟中躬行践履;或身在校园,心系天下,在艰苦卓绝的环境中执著坚守,教书育人,弦歌不辍。然而,沈从文笔下的大学校园却是一个藏污纳垢的世俗领地,生活其间的大学人物几乎都是不学无术、自私虚伪和庸俗不堪的碌碌之辈,不但没有引领大众、改良社会的精英意识,甚至缺乏自尊自重、为人师表的道德良知。在沈从文世俗视野的观照下,大学校园的诗意荡然无存,充斥其间的是世俗生活中的"饮食男女"和"一地鸡毛"。

二、乡土视野中的大学想象

沈从文常常以"乡下人"自居,并且夫子自道:"我是一个乡下人,走到任何一处照例都带一把尺,一把秤,和普通社会总是不合,一切来到我命运中的事事物物,我有我自己的尺寸和分量,来证实生命的价值和意义。"①综览沈从文的小说创作,不难发现,即便后来长期置身现代都市或大学校园,沈从文仍然惯常于以"乡下人"的视角去打量他周围的世界和人事。他说,他的创作"要表现的是一种'人生形式',一种优美、健康、自然而又不悖乎人性的人生形式"②。"人生形式"是沈从文书写的重心,"湘西的人生形式"是他寄托理想人性的载体,而"乡下人"便常常成为他的叙事身份。沈从文对于"乡下人"的身份认同,使得他在面对现代文明时常常自觉或不自觉地采取一种保持距离甚至有些敌意的态度,而"丈量"这距离的尺子便是以湘西人性为参照的理想人性。因而,当沈从文从乡土视野来观照表征现代文明的大学时,大学便在很大程度上成为了乡土的对立面和参照物,大学与大学人所表现出的病态与无用,也就被批判为"悖乎人性的人生形式"。

---

① 沈从文:《水云》,《沈从文全集》第 12 卷,北岳文艺出版社,2002 年版,第 91 页。

② 沈从文:《〈边城〉题记》,《沈从文选集》第 5 卷,四川人民出版社,1983 年版,第 224 页。

作为与人性息息相关的重要表征,生命力常常成为沈从文进行人生形式观照时的重要符码。沈从文笔下的大学人与乡下人在外貌形态上常常有着天壤之别。在沈从文的乡土叙事中,湘西人物大多是作者"美"的理想的化身。他们与生俱来地带有一股生命的原始强力,拥有强健的体魄,皮肤黝黑,俊美超凡,用一种最为朴素的方式与自然和谐相处,他们的生命形式中甚至透露出伟大的"神性"。在《月下小景》《神巫之爱》《龙朱》等带有神幻色彩的乡土小说中,生命被搁置在原始澄净的环境中,人物的"一微笑,一眹眼,一转侧,都有一种神性存乎其间"①。在《柏子》《会明》《雨后》等现实乡土作品中,湘西儿女的情爱故事虽质朴粗野,但顺乎自然,彰显出"一种优美、健康、自然而又不悖乎人性的人生形式"②。这些优美、健康、自然的人性描绘里,蕴含着作者守护生命本真的理想。然而,一旦沈从文把目光投向以"文明人"自居的大学人物时,则常常充满了夸张的讽刺和嘲弄。《平凡故事》中,××教会大学的学生们"完全是千人一样","白白的脸,小小的手和脚,长头发披在脑后,眼睛有点失眠神气",好管闲事,崇尚空谈,"声音如雄鸡般略略略,头昂着带点骄傲的步伐"。《记一大学生》中,上海某大学的吉先生,"扁脸圆头",有着像屠户或当铺掌柜那样肥胖的身躯,热衷追求"异国情调":喝酒要求是威士忌、白兰地、红酒,中国花雕与汾酒则不行;对于穿着,中国的丝织物"不合卫生",外国的毛织物则"及其相宜"。《八骏图》中,青岛大学的专家教授们表面上"为人显得很庄严,很老成",但实际内心里的欲望"被抑制着,堵塞着",或私藏艳诗、美女半裸画;或沉湎情欲、意淫女子;或奉行畸形变态的恋爱观。在现代叙事理论中,视角不仅仅是一个单纯的观察事物的角度问题,它还常常涵涉立场观点、情感态度、措辞用语、结构安排等诸多重要方面。沈从文的大学叙事,不仅在立场观点、情感态度和措辞用语上彰显了批判指向和乡土趣味,而且还在结构安排上凸显出"乡土视野"。《知识》以知识与

---

① 沈从文:《沈从文文集》第5卷,花城出版社,1984年版,第47页。
② 沈从文:《〈边城〉题记》,《沈从文选集》第5卷,四川人民出版社,1983年版,第224页。

乡野两种不同的人生形式为叙事架构,叙写了哲学硕士张六吉在都市的失败和农夫老刘一家在乡野的从容。《萧萧》借萧萧及其乡邻们的眼光去打量女学生们"奇奇怪怪"的装扮和"不可思议",她们"没有辫子,留下个鹌鹑尾巴,像个尼姑,又不完全像。穿的衣服像洋人又不像洋人,吃的,用的……总而言之事事不同,一想起来就觉得怪可笑"。《道德与智慧》借乡村女佣人的视角描绘湖北大学教授们庸俗市侩的形象,他们"胁下挟个黑皮包,撑了拐棍上学堂,七天中又休息一天,月终就拿薪水,把支票取来到上海银行去兑现"。可见,当沈从文以"乡下人"的眼光来"丈量"笔下的大学人物时,那些表面上讲究穿着、爱赶时髦、追求"得体"的"文明人",在精神内里和人性本质上却是扭曲病态的。

沈从文曾在《习作选集代序》中写道:"请你试从我的作品里找出两个短篇对照看看,从《柏子》同《八骏图》看看,就可明白对于道德的态度,城市与乡村的好恶,知识分子与抹布阶级的爱憎,一个乡下人之所以为乡下人,如何显明具体反映在作品里。"①当沈从文以"乡下人"的视角打量大学,在揭示大学人物丑陋行状的同时,常常进一步将其内心压抑的欲望与外表道貌岸然之间的冲突展露无遗。这种叙述视角无疑使沈从文的大学叙事具有了浓郁的讽喻色彩。在沈从文笔下,以现代文明为表征的大学实际上外强中干,大学人物虚伪的外表下潜藏的是病态的内心和扭曲的本性。从这个意义上说,沈从文的大学叙事与湘西叙事虽题材迥异,但在本质上同样体现了他一以贯之的批判态度和文化理想。在沈从文看来,以大学知识者为代表的城市文明人"有一派老去民族特有的憔悴颜色","这些人大部分是因缘时会,和袭先人之余荫,虽在国内国外,读书一堆,知识上已成'专家'后,在作人意识上,其实还只是一个单位,一种'生物'"②。沈从文对乡土中国原始生命力的赞颂,正是为了给生命力萎顿的知识者作为参照。因而,沈从文反对现代文明对人性的压抑,希冀以湘

---

① 沈从文:《习作选集代序》,《沈从文文集》第11卷,花城出版社,1984年版,第46页。

② 沈从文:《沈从文全集》第17卷,北岳文艺出版社,2002年版,第18页。

西具有原始形态的健康人性,重唤中华民族的生命活力。对此,苏雪林在《沈从文论》中指出:"我看(他)就是想借文学的力量,把野蛮人的血液注射到老态龙钟,颓废腐败的中华民族身体里去,使他兴奋起来,年轻起来,好在 20 世纪的舞台上与别个民族争生存权利。"①

三、边缘视野中的大学叙事

虽然大学及其知识分子是沈从文的重要叙事对象。然而,无论是早年的旁听经历还是后来靠自学走上大学讲台,沈从文一直处于大学的边缘,始终缺乏对大学及其学院派知识分子的认同。沈从文的大学叙事小说多写于二十年代后期至四十年代初期,也就是他在北京大学当旁听生以及之后辗转于上海、青岛、武汉、昆明、北平等各地大学任教期间。沈从文早期的大学叙事作品大多描写一些寄寓在大学边缘的文学青年一边陷入生活上的困窘和精神上的苦闷,一边仍然满怀憧憬地编织着幼稚而美好的文学梦,譬如《老实人》中的"我"与自宽君、《松子君》中的"我"与松子君、《我的邻》中的"我"、《一个晚会》中的洪先生等。在这些早期"习作"中,作者通常以大学边缘人第一人称"我"的身份和视角,运用对比的方式,一面以幽默的笔调描写主人公在大学边缘的窘迫境遇,一面以嘲讽的口吻叙述大学生们的不务正业。《我的邻》中,主人公"我"寄寓在大学区附近的公寓里,与北京大学的法科学生和六个当兵的副爷为邻。那些大学生们甚至比杀气腾腾的"丘八"还要不务正业,除了吹打弹唱以外少有休息,他们的吵闹声像"无形的鞭子"一样,每天"把我灵魂痛痛敲打"。于是,"我"只好逃出像"杂耍场"一样的公寓,到学校图书馆的藏书室去,"用我这败笔按着了纸写我所能写出的小说,写成拿到各处去,求讨少数的报酬,才不至于让我住房的东家撵我"。《老实人》中,炎炎烈日下,"我"每天埋头写作,自宽君则上北海图书馆看书。而周围的大学生们则个个"生命力过强",每天"唱戏骂人吆喝喧天吵得书也读不成"。这些所谓的大学生们不但自己不务正业,而且对刻苦读书写作的自宽君和"我"充满了"嘲

---

① 苏雪林:《沈从文论》,安徽文艺出版社,1989 年版,第 456 页。

讽"。《一个晚会》中,作者更以嘲讽的笔调和对比的方式一面极力渲染晚会的盛况,一面描写了青年作家洪先生出席西城某大学时令人啼笑皆非的尴尬遭遇。平日里专为那类"嘴边已有了发青的胡子教授们"而预备的会场,今天却主要是为"一个年轻的新从南边北来的文学作者"而精心筹备。会场被花纸电灯点缀得"异样热闹",数不清的教授名流、太太小姐们都在翘首期盼作家的到来,可是主人公却因为灰暗肮脏的衣着和"年轻的怯怯的"样子被赶出了会场。

显然,沈从文早期大学叙事中这些蛰伏在大学边缘、依靠卖文为生、穷困而忧郁的文学青年正是当初沈从文和他周围那些"京漂"朋友们的写照。当年,怀揣着文学梦想和人生憧憬的沈从文只身从湘西来到北京,"按照当时《新青年》《新潮》《改造》等等刊物所提出的文学社会运动原则意见,引用了些使我发迷的美丽辞令,以为社会必须重造、这工作得由文学重造起始,文学革命后,就可以用它燃起这个民族被权势萎缩了的情感,和财富压瘪扭曲了的理性,两者必须解放,新文学应负责任极多。我还相信人类热忱和正义终须抬头,爱能重新黏合人的关系,这一点明天的新文学也必须勇敢担当。我要那么从外面给社会的影响,或从内里本身的学习进步,证实生命的意义和生命的可能"①。然而,严酷的现实很快粉碎了文学青年的幻梦。沈从文先是投考燕京大学失败,只好到北京大学旁听,后是尝试卖文求生却四处碰壁,生活陷入窘境。这些经历后来不但成为他文学创作之初的素材,而且经由郁达夫那封著名的《致一个文学青年的公开状》而广为人知。

报考大学失败且饱受创作挫折的沈从文后来经过自己的努力奋斗,并在徐志摩、郁达夫和胡适等人的帮助下,不但在文学创作上"声名鹊起",而且还由此"登堂入室",成为大学讲台上传道授业解惑的"师者"。1929 年 9 月,只有高小学历的沈从文应胡适之邀前往上海吴淞担任中国公学讲师,教授"新文学研究""小说习作"和"中国小说史"课程,开启了他

---

① 沈从文:《一个传奇的本事》,《沈从文随笔 生之纪录》,北京大学出版,2007年版,第 157 页。

的大学教书生活,此后陆续任教于武汉大学(1930.9—1931.4)、青岛大学(1931.9—1933.7)、西南联大(1939.8—1946.6)和北京大学(1946.6—1949.8)。沈从文后期的大学叙事小说大多取材于在上述大学任教期间的生活经历和见闻感受,如《冬的空间》《八骏图》《傔之先生传》《道德与智慧》《知己朋友》《如蕤》等。

　　尽管沈从文以教师的身份走上了大学讲台,然而与此前一样,来自偏僻湘西只有高小学历的沈从文在注重家庭出身和教育背景的民国大学校园仍然只得彳亍在大学边缘,一方面那些自以为"学贯中西"的教授们对"什么也没有"的沈从文嗤之以鼻。譬如,1943 年,西南联大聘请沈从文为中文系教授,月薪三百六十元,国学大家刘文典教授听闻后如此表达不满:"陈寅恪才是真正的教授,他该拿四百块钱,我该拿四十块钱,朱自清该拿四块钱,可我不给沈从文四毛钱!他要是教授,那我是什么?"后来大家一起跑警报时,刘文典更是如此奚落沈从文:"陈(陈寅恪)先生跑是为了保存国粹,我跑是为了保存《庄子》,学生跑是为了保留下一代的希望,可是你什么用都没有,跑什么跑啊!"①虽然上述"传说"只是个别案例,但也形象地说明了民国大学的一般风气。另一方面在创作上踌躇满志的沈从文对那些只注重"学校教育"而忽视"人事教育"的"乡愿学究者流"也颇不以为然。在他看来,"大多数人受过'学校教育',我受的却是'人事'教育。受学校教育的人,作人观念似乎就不大宜于文学,用功地方也完全不对"②,"我同任何一个下等人就似乎有很多方面的话可谈,他们那点感想,那点观念,也大多数同我一样,皆从实生活取证来的。可是若同一个大学教授谈话,他除了说从书本上学来的那一套心得以外,就是说从报纸上学来的他那一分感想,对于一个人的成分,总似乎缺少一点什么似的。可说的也就很少很少了"③。因而,即便高小毕业的沈从文后来因创作上的成功取得了正式的大学教职,但却始终未能产生对大学及其知识分子的认同。这种特殊的大

① 章玉政:《狂人刘文典》,广西师范大学出版社,2008 年版,第 36 页。
② 沈从文:《沈从文全集》第 17 卷,北岳文艺出版社,2002 年版,第 378 页。
③ 沈从文:《沈从文全集》第 13 卷,北岳文艺出版社,2002 年版,第 330 页。

学经历和复杂的心理体验都真实生动地反映在他后期的那些大学叙事作品中。《冬的空间》中，文学教授 A 与妹妹玖相依为命，一边在大学教书，一边勤奋创作，然而生活仍时常陷入窘迫，需要当掉衣服，或是等着书店卖文的钱来治病。周围的人们，无论是学生还是老师，几乎一律都是在毫无生气地重复着无聊乏味的生活。在这种如同"冬的空间"一样沉闷冷寂的大学校园里，A 始终与周围的一切格格不入，总是以置身事外的姿态嘲讽身边人物。在他看来，教授们"皮肤柔滑，身穿上等细软材料衣服，懂许多平常人不能明白的事情，随随便便谈一点什么就可以在签名簿上画一个到字，于月底向会计处领取薪水"，而学生们"就是所谓生命力外溢，时时不能制止自己的胡闹，成天踢踢球或说点笑话就可过日子"，他们对自己的穿着打扮和厨子自杀一类的意外事件远比功课要感兴趣得多。《八骏图》中，作家达士先生和其他七位教授暑期应邀到青岛某大学讲学。以"浪漫派"自居的达士先生对身边这些"古典派"的教授们充满了嘲讽。在达士看来，这些教授们都是"病人"，甚至还有点儿"疯狂"，他们"虽富于学识，却不曾享受过什么人生。便是一种心灵上的欲望，也被抑制着，堵塞着"。然而，令人吊诡的是，小说结尾时，自以为"是"的达士也因海滨美女而意乱情迷，推迟归期。值得注意的是，《八骏图》在叙事方式上比《冬的空间》有了更多变化。作者一方面在文本外设置了一个全知全能的叙述者，另一方面又让主人公达士先生以写信的方式承担着主要叙述的任务。在很大程度上，主人公达士与文本外叙述者的情感态度和叙述口吻十分接近，但结尾的处理又显然拉开了二者的距离。《佼之先生传》中，在××大学既教点书又写点小说的佼之先生，同一群"扁脸圆头名为知识阶级的教授们"住在一处，他觉得"在一群知识阶级人中间，没有一个像他那么出身的人，因此他只是一个人很孤立的在那里打发日子"，常常"一个人在一间小小房中坐下，把自己让四堵墙包围着，或一个人走到那些很荒僻很空旷的山上去散步"。《知己朋友》中，主人公"我"原本"每月不知节制的写短篇小说"，后经朋友介绍到××大学一面教点书，一面仍然坚持"每个礼拜要写两三个短篇"，并且"学习用理知管束自己"。尽管"我"想把自己放在一个新的世界新的生活里去"折磨身心"，但却"仍然不能得到平静"，周围那些"美观的风度，精致的身材,以及用知识与香料作成的人格,使我厌恶发怒,使我认为到大学校去,简直是一种于人我两皆无益的冒险事情"。可见,沈从文后期的大学叙事小说仍然主要是以一种局外人身份和边缘性视角去打量大学校园及其周围人事的。

由此不难看出,无论是早期在北京的旁听经历,还是后来辗转于各大学间的教书生涯,大学之于沈从文都是一种"异质性"存在。这种特殊经历和复杂体验直接导致了沈从文在大学叙事中主要采取一种边缘化视角打量大学及其人事,并由此建构了一系列大学边缘人群像。这些大学边缘人明显具有作者本人的身影,大多是没有经历正统大学教育而主要寄寓在大学边缘的写作者,他们始终与大学及其知识者保持着一种既无法认同、更无法融入的紧张关系,因而在物质与精神世界都不免陷入困顿和孤苦。

陈平原在论及二三十年代的大学叙事时说:"老舍和沈从文都是大小说家,之所以写不好大学生活,不是技巧,而是心态。两位著名小说家都是自学成才,然后走向大学讲台的,对于大学的校园文化及大学师生的心理及趣味,把握的不太准确,笔下自然缺少神采。"①陈平原的这番分析在很大程度上透露出沈从文大学叙事的局限。"大学者,研究高深学问者也,大学者囊括大殿,网罗众家之学府也。"无论中国还是西方,大学作为一个独特的文化空间和生活世界,在人类文明进程中具有无可替代的重要意义。通常而言,大学既是学习知识、追求真理、创造思想的精神殿堂,也是激扬青春、交流情感、建立友谊的生活世界。然而,沈从文笔下的大学缺失了关于校园风情和学术人生的本色化内容,遮蔽了大学校园本应具有的浪漫和生气,从而在一定程度上表现出一种"成见书写"。这种关于大学的"成见书写"显然与其在大学的特殊经验和审视大学的视野密不可分。

第三节　宗璞的大学叙事

宗璞是当代文学中极具学院气质的女作家,其浓郁的书卷气质使得

---

① 陈平原:《文学史视野中的大学叙事》,《北京大学学报》,2006 年第 2 期。

她的文学创作显示出与同时期作家迥然不同的温婉风格。从最初的短篇小说《红豆》，到后来四卷本的《野葫芦引》(《南渡记》《东藏记》《西征记》和《北归记》)，笔耕不辍的宗璞用自己满载书香的文字将不同历史时期的知识分子复活在她的大学叙事作品中。在她笔下，不同时代的知识分子呈现出不同的人生遭际和精神风貌，或在动荡岁月徘徊迷惘，人性异化；或在乱离时代弦歌不辍，彰显家国情怀。宗璞从事文学创作已有七十余年，"玉精神，兰气息"成为宗璞给人最为深刻的印象，其文词间一以贯之的优雅气质与古典韵味显示出独树一帜的学院风范。

一、特殊时代语境中的迷惘与抉择

1956 年 5 月至 1957 年上半年，中国文化思想领域经历了一个短暂的调整时期。1956 年 5 月，毛泽东提出了"百花齐放，百家争鸣"的"双百方针"。"双百方针"的提出与实施，给紧张的思想文化领域营造了一个短暂的宽松自由的环境，文学界开始出现了一些冲破僵化教条和政治禁忌的"解冻"现象，一批"干预生活"作品和爱情题材作品突破"禁区"，真实反映社会阴暗面的矛盾和问题，大胆描写知识分子情感生活。宗璞的《红豆》正是在这一"百花文学"背景下产生的，真实反映了新旧转换时期青年大学生在革命与爱情、集体与个人冲突之间的"成长烦恼"。

《红豆》主要以解放前夕北平动荡的社会环境和国共两党日益尖锐的矛盾冲突为背景，描写了大学生江玫在经历了革命与爱情、个人与祖国之间的徘徊与痛苦之后，从一个小资产阶级知识分子成长为"一个好的党的工作者"。从故事表层来看，《红豆》具有一个符合主流意识形态规范的叙事框架。然而，关于《红豆》的叙事旨意，历来有不同的争议。从小说结尾来看，江玫最终拒绝了齐虹邀她一起去美国的请求，而选择了革命的道路，"人们一般将《红豆》的主题定位为革命战胜了爱情，一个小资产阶级知识分子成长为一个无产阶级的革命战士"①。然而，从小说本身来看，

---

① 赵晓芳:《爱，是不能忘记的——试述宗璞〈红豆〉的叙述裂缝》,《名作欣赏》,2007 年第 2 期。

江玫自始至终都没有因为"革命"忘却"爱情",或者说,江玫的革命成长中始终伴随着爱情的烦恼,而这种成长的烦恼却是作者要重点表现的。对此,宗璞在《〈红豆〉忆谈》中说,"在我们的人生道路上,不断地出现十字路口,需要无比慎重,无比勇敢,需要以斩断万路情丝的献身精神,一次次做出抉择。祖国、革命和爱情、家庭的取舍、新我和旧我的决裂,种种搏斗都是在自身的血肉之中进行,当然十分痛苦","《红豆》写的也是一次十字路口的搏斗","《红豆》还想写人的性格上的冲突。这种冲突不是环境使然,而是基于人的内心世界","人的精神世界是极复杂的,如何揭示它,并使它影响人的灵魂,使之趋向更善、更美的境界,这真是艰巨的课题"①。

小说中,宗璞在革命与爱情的紧张关系中着力表现了江玫成长烦恼的丰富性与复杂性。江玫从一个单纯浪漫的女大学生成长为"一个好的党的工作者"离不开精神导师萧素的启蒙和引导。萧素以渐进的方式启蒙了江玫的革命思想,让她阅读《方生未死之间》《大众哲学》一类革命书籍;鼓励她参加"大家唱"歌咏团和"新诗社",邀请她在革命诗歌朗诵会中扮演主要角色,让她参与墙报抄写、游行救护等工作。萧素的革命启蒙和人格魅力让江玫的思想发生了转变。江玫进入了"一个新的天地",明白了"大家"的意义,获得了一种"完全新"的力量,"她隐约觉得萧素正在为一个伟大的事业做着工作,萧素的生活是和千百万人联系在一起的,非常炽热,似乎连石头也能温暖","共产党在她心里,已经成为一盏导向幸福自由的灯,灯光虽还模糊,但毕竟是看得见的了"。值得注意的是,萧素在江玫的成长过程中不但承担着精神导师的革命职责,而且还兼具母亲和姐姐的伦理身份,在生活上对她进行无微不至的关怀。小说中描写了这样的场景:当江玫睡不着的时候,她总是希望萧素快点回来。她不但期待萧素给她带来吃的东西,更盼望萧素给她"讲点什么",望着萧素坦白率真的脸,江玫"想起了母亲"。

与《青春之歌》等"十七年"革命成长小说一样,宗璞努力让《红豆》的

① 宗璞:《〈红豆〉忆谈》,《宗璞文集》第四卷,华艺出版社,1996年,第306—307页。

叙述遵循主流意识形态规范要求,不但为江玫的成长安排了精神导师萧素,而且让她参加了各种改造思想的革命实践。但不同的是,《青春之歌》中林道静的革命成长是在扬弃了小资产阶级情调(爱情)之后进行的,而《红豆》中江玫的成长过程始终没有解除干扰革命的小资产阶级情调,或者说,爱情与革命始终对立统一地贯穿在江玫的成长叙事中。小说中,作者并没有把齐虹处理为负面的典型。他对江玫的爱情是真挚的,直到最后离开的一刻也没有改变。作者甚至借江玫的视角,对齐虹的艺术家气质和艺术才华进行了由衷的赞美。第一次相遇后,齐虹"迷惘的做梦的神气"便让江玫难忘,"觉得那清秀的象牙色的脸,不时在她眼前晃动"。一起散步的时候,江玫"甚至希望路更长一些,好让她和齐虹无止境地谈论着贝多芬和肖邦,谈着苏东坡和李商隐,谈着济慈和勃朗宁"。虽然江玫隐约觉得,"在某些方面,她和齐虹的看法永远也不会一致。可是她却并没有去多想这个,她只喜欢和他在一起,遏制不住地愿意和他在一起"。即便萧素批评齐虹是个"自私自利的人","他有的是疯狂的占有的爱",强烈要求江玫结束爱情,"忘掉齐虹","真的到我们中间来",然而,江玫却斩钉截铁地告诉萧素"我爱他",她"从没有想到要忘掉齐虹。他不知怎么就闯入了她的生命,她也永不会知道该如何把他赶出去"。尽管宗璞曾说:"当初确实是想写一个小资产阶级的知识分子怎样在斗争中成长,而且她所经历的不只是思想的变化,还有尖锐的感情上的斗争。是有意要着重描写江玫的感情的深厚,觉得愈是这样从难于自拔的境地中拔出来,也就愈能说明拯救她的党的力量之伟大。"[①]但是从小说开头,已经走上革命工作岗位的江玫寻找六年前的爱情信物"红豆",到小说结尾,"江玫握着的红豆已经被泪水滴湿了",江玫对爱情的难舍已充分在作者的叙事安排上再一次得到印证。无怪乎有批判者当年指出:"照理说,这样的题材是应当通过对过去的批判促使人们向上追求更美好的未来的。然而不,在读完之后,留给我们的主要方面不是江玫的坚强,而是江玫的软弱。不是

① 赵晓芳:《爱,是不能忘记的——试述宗璞〈红豆〉的叙述裂缝》,《名作欣赏》,2007年第2期。

成长为革命者后的幸福,仿佛个人生活这部分空虚是永远没有东西填补得了","作者也曾经想刻画出小资产阶级知识分子江玫经过种种复杂的内心斗争,在党的教育下终于使个人利益服从于革命利益","然而,事实上,作者并未站在工人阶级立场上来描写小资产阶级知识分子的心理状态。一当进入具体的艺术描写,作者的感情就完全被小资产阶级那种哀怨的、狭窄的诉不尽的个人主义感伤支配了"①。尽管当年的批判不乏武断粗暴,但却也在一定程度上敏锐地抓住了问题的某些实质。

同样是反映学院知识分子在个人与集体之间的徘徊与抉择,60年代初的《后门》《知音》与《红豆》不同,显然更多地与当时主流意识形态保持一致性,小说不仅涉及到知识分子"改造"的主题,人物的阶级成分也相当清晰,"阶级论"和"血统论"的影子随处可见。主人公林回翠想通过走后门进入理想大学,后来在妈妈的教育下最终摆脱自私、幡然醒悟。林回翠的愿望是能做一名有真本事的医生,替病人解除痛苦。因分数不够,林回翠已经坦然接受了自己无法被保送军医学校的事实,却被好友赵得志的"后门"建议打动。通过妈妈的悉心教育,林回翠终于认识到"后门"这种行为的自私和狭隘:父辈用生命开辟革命道路是为了让千万人一起去建设社会主义,而并非是为了让林回翠一人获得走"后门"的机会。在个人和集体面前,林回翠最终选择放弃为了个人利益走"后门"的小路,心胸坦荡地走上了追随集体步伐的大路。《知音》讲述的是物理学教授韩文施与青年干部石青由针锋相对到互相理解的故事。在"我"与物理学教授韩文施的交谈中,韩教授回忆了他与青年干部石青的故事。认识之初,二人在对音乐的欣赏上颇有共同点,可谓不折不扣的"知音",但却在科学研究上存在颇大分歧。石青质疑韩教授的生存理念,"可我觉得这好像有点悬空,这样我是活不下去的,天地都在翻覆,怎么可能钻在实验室里?"。她认为韩教授闭门搞科研是不妥的,在她看来,革命运动才是当务之急。多次"交锋"之后,二人的关系发生了天翻地覆的变化,从最开始的相互僵持

① 姚文元:《文学上的修正主义思潮和创作倾向》,《人民文学》,1957年第11期。

逐渐过渡到互相理解和支持,最后,二人不仅在革命事业上成为了知音,更在科学事业上成为了密友,并许诺共同为革命和科学奋斗终身。

"文革"时期,以"文化"为革命对象的激进政治运动,不但割断了"五四"以来的新文学传统,而且摧毁了晚清以来的现代大学传统,从而使得本就贫乏的"文革文学"难觅大学叙事的踪迹。"文革"大学叙事直到新时期之后才得以"旧事重提"。"文革"结束后,在国家意识形态的规训和引导下,文学尤其是小说很快承担了对"文革"否定性和批判性历史重述的主要职责。宗璞在新时期之初的大学叙事正是在上述历史语境中重回"文革"大学校园,书写特殊年代学院知识分子的生存境遇和精神危机的。在《我是谁》中,宗璞描写了两位大学"海归"学者在"文革"中遭受身心打击和人格羞辱后,精神分裂,自杀身亡的惨剧。从事植物细胞研究的韦弥和孟文起夫妇在解放前满怀赤子之心从海外归来,誓言要以自己所学报效祖国。然而,在"文革"中,他们却变成了众人唾弃的"黑帮红人"、"特务"、"牛鬼蛇神"、"杀人不见血的笔杆反革命"、"狠毒透顶的反动权威"。当曾经的理想情怀和学术自信遭遇危机时,韦弥迷失了"自我",陷入了精神分裂,她发现自己变得"青面獠牙,凶恶万状","放毒杀人"。同她一样,那些文科的教授和物理学的泰斗也大都变成了"伤痕累累,血迹斑斑"的虫子在地上"一本正经地爬着"。当那些比生命还要宝贵的研究成果被当成垃圾一样焚烧时,他们最后在精神的崩塌中走向死亡。显而易见,宗璞对六十年代末期中国知识分子的象喻式书写具有更为普遍的象征意义。《我是谁》对特殊时代知识分子生存境遇的象喻书写具有"呐喊"式的意义。学院世家出身的宗璞一反曾经的温婉雅致,在作品中大尺度地运用现代派的荒诞手法表现"文革"学院知识分子濒临崩溃的精神危机。主人公韦弥和丈夫孟文起是某大学从事植物细胞研究的专家,解放前满怀赤子之心从海外归来报效祖国。他们虽然经历了"反右"改造,但仍难逃"文革"劫难。在遭遇身心摧残之后,孟文起自杀身亡,韦弥精神分裂。当"黑帮红人"、"特务"、"牛鬼蛇神"、"杀人不见血的笔杆反革命"、"狠毒透顶的反动权威"等各种欲加之罪纷至沓来时,韦弥在在精神错乱中陷入了幻觉,她发现自己真的变成了"大毒虫","青面獠牙,凶恶万状"。同她一样,那些文科教授和物理学泰斗也

变成了"伤痕累累,血迹斑斑"的虫子在地上"一本正经地爬着"。在此不难
看出,宗璞对六十年代末期中国知识分子的这一象喻式书写具有更为普遍
的象征意义。作者正是通过迷失自我、陷入危机的韦弥发出了特殊政治语
境中知识分子"我是谁"的呐喊与追问。

特殊时代文化语境中,宗璞在大学叙事中常常是将知识分子置于时
代洪流和人生道路的"十字路口",来凸显其面对人生抉择时的希冀和痛
苦,从而更集中地表现新旧时代转换过程中,个人与集体、事业与爱情、新
我与旧我的冲突与选择,这正如作者本人所言:"在我们的人生道路上,不
断地出现十字路口,需要无比慎重,无比勇敢,需要以斩断万种情思的献
身精神,一次次做出抉择。祖国、革命和爱情、家庭的取舍,新我和旧我的
决裂,种种搏斗都是在自身的血肉之中进行,当然是十分痛苦。但只要有
信仰,任何痛苦都是可以忍受的。在信仰和理想中,痛苦甚至于可以变成
欢乐。"①

二、救亡时代的漂泊与坚守

社会学家通常把"文革"后中国的社会转型分成思想观念和社会结构
两个阶段。八十年代后期,随着改革进程的进一步深入,中国的社会转型
由思想意识层面进入到社会实践领域,经济体制开始由计划经济向市场
经济过渡。与此同时,"在结构转型时期,各种结构性要素都处于变化之
中,具有较大的流动性、过渡性和不稳定性,城乡之间、地域之间、行业之
间、经济层面与社会层面之间、物质层面与精神层面之间,都会出现发展
的不平衡和不协调"②。如果说,转型时期的第一个阶段,知识分子以自
身的文化思想优势成为关注的焦点和社会的中心,那么在社会结构和利
益杠杆发生显著变动和分化的第二个阶段,素来以精神导师自居的知识
分子尤其是人文知识分子在社会转型中很快失去了此前的优越感,而陷

① 宗璞:《宗璞文集》第四卷,华艺出版社,1996年版,第306页。
② 袁方等:《社会学家的眼光:中国社会结构转型》,中国社会出版社,1998年,第41—42页。

入到无法适应的窘迫和焦虑之中。受此影响，八十年代后期，宗璞的系列长篇大学叙事《野葫芦引》有意回避现实尴尬，以回忆和重组的方式想象大学往事，从历史诗意中吸取与现实抗衡的力量。

《野葫芦引》主要以抗日战争时期的西南联合大学为叙述背景，整部小说的创作建立在宗璞个人的历史记忆之上，讲述了非常时期中国知识分子异常坎坷的生存故事。成书于 1987 年的《南渡记》重在表现知识分子逃离北平的忧伤，2000 年的《东藏记》重点突出了偏安昆明的烂漫，2009 年完成的《西征记》则重现了抗日战场中大学人所历经的悲壮与惨烈。宗璞历经数十年的潜心创作，把目光主要投放在抗战时期的知识分子身上，揭示了民族危亡时期知识分子的生存状态和精神向度。

《南渡记》主要以家庭生活和身边人事折射大学变故和时代变迁。小说中，卢沟桥事变、北平沦陷、上海沦陷、南京沦陷、武汉沦陷等抗战背景时隐时现，明仑大学从北京至长沙，再迁至昆明，孟樾教授一家及其周边亲朋好友从幸福宁静的书斋生活陷入颠沛流离和困顿不堪。小说虽名为《南渡记》，但叙事的重心并不在"南渡"，而旨在表现"南渡"前后明仑大学孟樾一家及其周边亲朋好友的生活变故和情感反应。民族危难之际，虽然也有如凌京尧、缪东惠等附逆的知识分子，但更多的是如孟樾、吕清非、卫葑、秦巽衡、庄卣辰、萧子蔚等坚毅爱国的知识分子，他们对民族国家的家国情怀、对亲友师生的眷眷之心，对学术事业九死不悔的执著精神，是作者所要倾心表现和细腻刻画的部分。毋庸讳言，从宗璞的生活背景和相关访谈来看，小说中的明仑大学即是现实中的清华大学，孟樾的原型即为冯友兰先生，孟樾的二女儿嵋即是作者本人。因而，《南渡记》及其后的"野葫芦引"在某种意义上可以看作是，当年西南联大附中学生宗璞对曾经亲历过的父兄辈烽火岁月中的人生往事和精神品格的追忆与致敬，正如作者所言："西南联大师生们于逆境中弦歌不辍，父兄辈坚韧不拔的以国家民族为己任的精神给我印象很深。"①这种"弦歌不辍"、"坚韧不拔"的精神正是转型时期文人知识分子逐渐失落的精神品质。

---

① 宗璞：《自传》，《宗璞文集》第四卷，华艺出版社，1996 年，第 334 页。

　　"家国意识"是中国知识分子传统精神操守的重要体现。晚清以降，中华民族日渐衰微的现实不断激起知识分子振兴救亡的家国情怀。梁启超曾大声疾呼："不有民，何有国，不有国，何有民？ 民与国，一而二，二而一者也。"①近代有识之士对家国的呼唤充分反映出中国知识分子的国家观念和民族意识。《野葫芦引》集中描写了民族危亡时期几代中国知识分子的命运遭遇和精神风貌，以吕清非、孟樾、卫葑等为代表的三代知识分子在抗战时期所遭遇的生活磨难和心灵疾苦，表现了知识分子在民族遭劫和个人罹难面前所持有的"我在"意识，这种牺牲"小我"成全"大我"的精神充分展现了知识分子的铮铮铁骨、凛然正气和勇敢担当。面对国之山河沦丧，以吕清非老人为代表的老一辈知识分子的爱国之情多是"五四"启蒙式的，他们将驱逐鞑虏的希望寄托在晚辈身上。在民族命运危在旦夕之时，吕老人心忧天下，"位卑不敢忘忧国"的使命感终日令他因不能亲自为民族抵御外侮而自责。一向注重传统礼节的吕老人拒绝像往年一样接受晚辈们的礼，在他看来，自己未对国家做过贡献，老来却要眼见倭寇登堂入室，他自觉没有颜面面对祖宗和儿孙；中国军队撤离北平后，爱国之心让吕老人不相信既定的事实，他在炮火刚刚停歇的前几天仍热心于时政，日日希望在报纸中读出我军反攻的消息，而在亲眼见到日本军司令颁布的告市民书之后，老人便再也无心读报，而是每到读报时间，就在椅上呆坐无言；南京陷落后，老人夜里便常常大哭不止。吕清非虽年老无法亲自上场杀敌，却用自己的言行教育儿孙们学会自强不息。日军侵占北平后，吕清非坚持"思想教育和锻炼身体同时进行"，亲自教家人和孙子孙女们练习拳术，"前三后三，还我河山。左七右七，恢复失地。一息尚存，此志不懈！"等锻炼口号集中展现了老人朴素但坚毅的爱国情怀，他用启蒙式的行动诠释对家国的热爱。吕清非坚信滴水可穿石，坚信星星之火可燎原，微不足道的爱国行动终会在晚辈心里种下不卑不亢的种子并逐渐长成参天大树。他对晚辈卫葑舍弃学术事业选择步入政途表现出充

---

　　①　梁启超.:《爱国论》,《梁启超全集》(第二卷),北京出版社,1999 年,第272 页。

分的理解和支持,他坚信必须要有人把精力花在政治上,否则国家和民族的命运便无人掌控。作为民族文化的精英,吕清非敢于以身作则,为了能让女儿碧初不受战事困扰、安心离开北平,老人不惜以生命做赌注,谎说西山游击队准备接自己去山里避难。

以严谨自律的历史学家孟樾、散发学者风范的大学校长秦巽衡、风神疏朗的生物学家萧徵等为代表,作为具有启蒙精神的现代知识分子,他们既显露出高级知识分子的尊严,也充分展现了一代知识分子作为民族中坚力量的风范和气度。社会大动荡的背景下,这些身处象牙塔的大学教授坚守三尺讲台,和国家民族荣辱相偕、生死与共,他们虽然没有亲自持枪入战场,却始终坚守在自己的工作岗位,教书育人、著书立说,用实际行动为祖国的未来培育后备力量。硝烟弥漫的战争年代,历史学家孟樾始终保持着对家的热爱、对国的忠诚。战争打响前,孟樾就对国之未来有深切的担忧,他认为我们国家长期积贫积弱,需要彻头彻尾地改变,"那蚕食政策是明摆着的。狼子野心,无法餍足。一味忍让,终有国破家亡的时候";战争打响后,孟教授怀揣教学热情毅然南下,把对祖国的热爱之情倾注到对新一代知识青年的培育上,他不仅在学习上给予了学生们特别的辅导和关注,更在生活上给予了学生们父亲般的关爱。"弗之想说几句嘉奖的话,却觉得话语都很一般,只亲切地看着那几张年轻而带几分稚气的脸庞,乱蓬蓬的黑发上撒着雪花,雪水沿着鬓角流下来,便递过一块叠得方整的手帕。一个学生接过,擦了雪水,又递给另一个,还给弗之时已是一块湿布了。"对学生的关心和关注是教师表达爱的重要体现,生活的细节最能凸显师生间的温情,孟樾希望自己慈父般的关爱能温暖年青人,也希望在自己的培育下,战火之中的青年能够像前辈们一样,内心积淀起对家和国更深沉、更成熟的爱,勇敢的喊出"我们——中国人! 我们是中国人!"的心声。

以卫葑为代表的年青一代知识分子,用他们的激情和果敢奏响了《野葫芦引》的青春之歌。他们不仅立志要以实际行动报效国家,还不断探索保卫国家的新途径和新方法。战争教会了年青人成长,枪声和硝烟丰富了他们的理想,残酷和流血激发了他们的斗志。大学读书期间卫葑就秘密加入了中国共产党,日军进驻北平后,为了保存实力,他奉命撤离北平,果断离开新婚妻子。作为一名有理想、有抱负的年轻知识分子,他从未怀疑过自己的坚持和执著。怀着对革命的热情和对党的忠诚,无论是教员、还是无线电台技术员,卫葑都能够恪尽职守,无怨无悔。卫葑的妻子凌雪妍是《南渡记》中一直身处温柔富贵乡的知识女性的典型代表,但她表现出的"最温婉的性情往往有最执拗的一面"令人动容。一边是奔赴革命、走入枪林弹雨,一边是退而保全自己的安逸生活。寻着"雪雪,你来!"的呼唤,在撕心裂肺的选择面前,青年知识分子在国家危亡关头的社会责任感、民族自尊心让痛苦中的雪妍最终选择了投身革命。宗璞温婉又不失力量的笔墨,让读者在洞悉小说人物内心世界的同时,更把读者带入到轰轰烈烈的年代,领略中华民族在战争年代所体现出的民族气节以及沉浮于战火中的人性。《西征记》是一部直面抗日战争的作品,以大时代、大背景为抒写格局,整部作品题材和轮廓雄伟磅礴,文字和画面相得益彰。宗璞笔下有各种各样的普通老百姓和学生,也有数不清的战场和战役,"大背景"与"小细节"的交织不仅让读者感受到宗璞对历史的严谨态度和对人性的亲切关怀,更让我们深刻体会到乱离时代中华儿女的担当、勇气和面对死亡的凛然。嵋和玮是整部《西征记》中宗璞着色最多、以小说艺术聚焦点存在并给读者留下深刻印象的人物形象,两位年轻人在战争中表现出的无畏无惧令人钦佩,更令人动容。战场和敌人的步步紧逼让他"觉得战场和敌人越来越近,科学变得远了,要安心念书似乎很难",所以澹台玮主动请缨,毅然选择走向战场,最后在滇西大反攻中血洒疆场,青春不复。小说中的澹台玮有勇、有谋,敢想、敢做,宽容、大度,在任何工作中都能全力以赴。"玮没有一点犹豫,一个箭步窜了出去,冲过了街,跳过矮墙,来到树下。""'啊!'玮叫了一声,右手用力一推,把电缆抛在地下,那是他全身的力气,左手无力地拉着树。'一个兵跑过去,接住他,玮受伤了。"简单叙述背后矗立的有血有肉、坚强战士的形象了然可见。为接通前线通讯电缆,澹台玮挺身而出,最后虽身负重伤但仍坚持完成了任务。与表哥澹台玮一样,嵋的年龄尚小,本来也并不在征调之列,但父辈、祖辈的爱国情怀让她自小便耳濡目染,在澹台玮毅然投军的激励下,在江昉先生讲授的《国殇》的感召之下,嵋最终选择与好友李之薇一起穿上军装,成为了伤兵医院的志愿者护士,走上了为战争奉献青春的革命之路。玹子在了解恋人保罗与置国之危难于不顾、一心贪图个人享乐的吕香阁有密切私交后,便肯定自己与保罗之间已经不可能再有情感交集,二人"之间正在升起一座冰墙,那墙就像自己脚下的台阶一样,一步步升高",玹子本来纠结的内心豁然开朗,果断提出了分手。生活中逐渐积累的点滴情感终有汇成大海的一天,硝烟中的家国之爱,正如战时学校每星期一第一节课的纪念周,纪念形式可以简单到"升国旗,唱国歌,背诵总理遗嘱",但却有"由俭入奢"的力量,因为忠诚和奉献永远是中华民族进步的源泉。

中国知识分子自古有着修身、齐家、治国、平天下的精神传统。这种家国情怀正是中华民族能够在饱经忧患、历尽劫数之后仍生生不息的重要精神支撑,这些无不在《野葫芦引》中得到生动诠释和真实再现。诚然,对于现代学院知识分子而言,以传道授业解惑为主要内容的知识学术活动应该是其本业,《野葫芦引》不仅呈现了民族危亡时期学院知识分子保家卫国的家国情怀,而且还以生动笔触描写了他们在困厄中的弦歌不辍、孜孜以求的学术人生。以孟樾为代表的中坚知识分子一方面保留了传统知识分子的持守精神,另一方面则以更加积极的态度应对灾难、主动为理想寻找栖息的家园。他们坚信:只有学校尚在,才能继续为国家培养新生力量,民族文化就得以传承,国家就不可能灭亡。对学术理想的追求和对文化传承的热忱构成了这一代知识分子的人生图景。小说中,孟樾既是执著率先垂范的师者,又是执著追求的学者。在战火中,孟樾对史书创作不离不弃,对学术追求严谨苛刻,对教书育人尽职尽责。"飞机投了十余枚炸弹,仍在空中盘旋。弗之估计这是轰炸西苑。在城里往后楼下躲,在学校往图书馆地窖子藏,这就是今后的命运。他慢慢走到书房,鼓起勇气推开门,看见乱堆着的高高的一摞摞书和横七竖八的文稿,心里倒安定了许多。他在桌前站了一会儿,抚摸着压在文稿上的水晶镇纸。"硝烟弥漫之中,对学术事业的热爱让并无生命的书稿成为抚慰孟教授的一剂良药。面对空袭,孟樾仍然坚持到校图书馆读书,居所遭遇轰炸时,他最先想到的是书稿。"他不止一次从地板上抬起一本书,因为不知该放到哪里,总是交到管书人手中。他用袖子擦去书上的浮尘，还用袖子擦擦地板。"孟樾热爱书库，热爱书库里蕴藏着的人类精神，热爱书库里贮存的知识。所以，他视每一本书都如生命，并热爱着与书本有关的一切，包括玻璃地板。在设施极度简陋的校园里，孟教授牢记自己作为文化传递者的使命，既富于批判精神，又不忘学术实践性。一面恪守良知、认真治学，一面完成自己四十万字的学术专著《中国史探》。"我的思想则在著作中，光天化日之下。说左倾也未尝不可。无论左右，我是以国家民族为重的。我希望国家独立富强，社会平等合理。社会主义若能做到，有何不可。只怕我们还少有这方面的专家。"孟樾始终认为学校是传授知识、探讨学术的地方，所以一直无意在学校搞政治；他提议，学校既要海纳百川，又要特立独行，不仅要包容各种主义，而且要独立于各种主义之外。坚持以"学"为重，在学术与政治的碰撞中，在学术与战火的交织中，孟樾始终坚信：知识是拯救一切的力量。

与孟樾一样，物理系教授庄卣辰在战火硝烟中仍然坚持在实验室里做实验。他鼓励学生要投身革命，同时，自己也不放弃物理实验工作，甚至为了保护实验室里的仪器甘愿献出生命。庄教授原本已接受劝说，不守实验室、参加跑警报，但因为"穷物之理不容易，得积累多少人的智慧，我们才能做个明白人"的信念，他始终坚持对物理实验的热爱，舍不得弃教学仪器于战火中，誓与实验仪器同生存、共命运。在一次与炸弹的交锋中，因为不忍心离开实验室，庄卣辰险些丧生。被炸弹震晕醒来之后，他半截身子被埋在土里，手中却仍死命抱着完好无损的光栅。当人们冒着危险再次赶回新校舍来施救时，庄卣辰的举动让人为之一振，"人们跑过来时，见庄先生如一尊泥像，立在废墟上，眼泪将脸上泥土冲开两条小沟。庄先生在哭！人们最初以为他是吓的，很快明白了他哭是因为高兴，为光栅平安而高兴！"此外，庄卣辰在授课之余还积极开设有关国内外战争时局的讲座，在人心涣散的年代，他不仅向学生们讲解有关第二次世界大战的战争动态，更鼓励青年学生树立正确的价值观和世界观，走出一条属于国家和民族的民主富强之路。

明伦大学由北京迁入昆明之后就一直面临着严重的兴学之难。"难"

不仅表现在校址选择和科学研究的安定上,教学条件难以改善、教学设备购置困难、日常教学无力周转、办学资金无处筹措等都给教师的教学和学生的学习带来了巨大的阻力。《东藏记》中,"宿舍很拥挤。三个学生正处在疟疾发作期,一个冷得上牙磕下牙,两个处于高烧昏迷的状态,一个无意识地呻吟,一个一声不响。还有两个不在发作期,神色委顿,一个靠在床上,另一个手里还拿着微积分习题"。经费的短缺让学生们的居住环境极度恶劣,就寝环境差、传染病泛滥,但恶劣的环境和孱弱的身体没有阻碍青年学子追求知识的步伐,他们深知知识改变命运的真理,用一颗平常心勇敢面对生活的坎难。隆隆的飞机声呼啸而来,紧急警报响了,讲课却依然继续进行,没有人因此胡乱移动,没有学生被警报扰乱"学心"。正如澹台玮所说,尽管知道"昆明的师生生活更苦,布衣蔬食,有时连饭都吃不饱",但这却是他最不在乎的,他只在乎能不能在战争年代通过知识改变国家的命运。冒着战火学习成为求学的常态,由最初的恐惧到逐渐地适应,战争让不谙世事的少年摇身变成能够担当民族重任的有为青年,纵使颠沛流离,他们坚持在战火中追随知识的脚步,不惧危难,不惧困苦,努力学习,一心向上。中小学的办学条件同样令人心酸:"一切都在打游击状态。他们用大学的和别的中学的空教室,趁别人不上课,便上一两堂课,有时索性在大树下,黑板挂在树身上……"校舍匮乏,师生们就想办法把寺庙改成宿舍;没有操场,师生们就一起动手运土、平整空地,自修操场;没有教室,师生们干脆把草莽坟堆当成课堂。华验中学"浪漫的教学生涯"很特别,在一个个蘑菇伞下,学生们年轻的面容神情专注,上课时落在头顶的雨声丝毫不会打扰少年们的求学梦。"庙宇之中,一切都很简陋,但书声琅琅,歌声飞扬,还有少年人的言谈笑语,使得破庙充满了朝气。便是四大天王的面目也不是那样狰狞了,他们受了感染,似随时要向孩子们问一声'你们好'。"黎明中的新校舍由模糊不清、没有固定的线条到逐渐轮廓清晰,板筑土墙、铁皮搭顶的房屋,墙脚边恣意生长的植物……战争中的校园失去了以往应有的规整和威严,却多了一份在战火中的傲然和不屈,在师生的共同努力下,"铅皮屋顶在阳光抚摸下,泥垢较少的部分便都闪闪发亮。学生们为此自豪,宣称这是我们的'金殿'。"战争的艰苦没有击退年轻的乐观，也没有掩埋青春的想象力，学生们能在残垣断壁之间找出属于他们的美好家园，用童趣和想象装点眼前落魄的校园。"天气阴暗，细雨迷蒙。转堂码头上一群学生等着上传，约有二十余人。他们大都戴着草帽遮雨，打伞的人极少……"大雨和战火没能击退生物系学生进行野外实践的热情，他们不怕困难，善于苦中取乐、发现生活的美：调皮的女学生在等船间隙被小地摊的白兰花吸引，于是纷纷买了白兰花，争相挂在工裤前襟或是旗袍纽扣上，互相打趣、比美。破败的校园和有限的学习资源没有成为青年人追求真理的阻碍，在爱国之情的鼓舞下，青年学子们带着对知识的渴望投入战争的洪流，在苦难面前不怨天尤人、不妄自菲薄，以乐观积极的态度接触知识、开始学业，并最终踏上为民族自由和解放艰苦奋斗的征程。

当年，冯友兰在他所撰写的《国立西南联合大学纪念碑文》中如此评述西南联大的大学精神："联合大学以其兼容并包之精神，转移一时之风气，内树学术自由之规模，外来民主堡垒之称号，违千人之诺诺，作一士之谔谔。"从古至今，知识分子"谔谔"的精神内涵未曾改变：不随波逐流、唯唯诺诺，敢于发表正直的言论、临危不惧，恪守"富贵不能淫，威武不能屈"的人格。知识分子的坚毅人格源自儒家"士志于道"的传统文化，士道精神赋予了知识分子向上的精神姿态，也让宗璞笔下的知识分子散发出凛冽的正气。宗璞曾说，写战争的目的不仅仅是只着眼于战争，而是要超越战争。战争虽然使人异化，但是人应该还原为人。《野葫芦引》完整呈现了中国现代知识分子的人格特征，他们以儒家传统精神铺垫生命根基，又积极采纳西学，吸收西方人文主义。因此，《野葫芦引》中知识分子的人格既延续了中华传统，又具备了现代因素，在战争语境中表现人物在抉择途中的灵魂皈依，《野葫芦引》中的知识分子呈现出既"楚楚动人"又"回肠荡气"的美感。

"士志于道""薪尽火传"是吕清非等老一辈知识分子的精神写照。身处乱世，吕老人虽无力扭转乾坤，却始终以"士可杀不可辱"的人格捍卫着民族的尊严。中华民族"无求生以害仁，有杀身以成仁"的道德准则鞭策着老人"时危时奋请缨志，骥老犹怀伏杨惭"，他拒绝卖国求荣，严词拒绝出任伪职,最后以一死拒不任伪职。"贫贱不能移,威武不能屈",知识分子肩负的高尚道德使命在宗璞的文字中得以体现。"以天下为己任""修身齐家治国平天下""穷且益坚,不堕青云之志""自强不息""仁爱"等传统人格在中青两代知识分子身上得到了更突出的体现。孟樾是宗璞着力塑造一个兼具传统道德修养和先进民主意识的知识分子。北平沦陷之际,孟教授毫不犹豫地转徙南下,他不甘心忍受头戴亡国奴帽子的侮辱;他不畏政府施压、不畏流言干扰;他拒绝安逸的诱惑,言正义之言,坚守知识分子的人格,在战火中用中华民族传统的道德规范尽自己的育人之责。与之形成强烈对比的是不甘忍受酷刑、放弃人格尊严而充任伪官的凌京饶,严刑之下,凌京饶的唯唯诺诺和舍义取生不仅出卖了知识分子应有的清高,更突出了威逼利诱之下孟樾们甘于清贫、坚守知识分子人格尊严的难能可贵。深受传统精神熏染的吕碧初(《东藏记》)虽为妇人,却有着比男人还要刚烈的骨气。她严词拒绝大姐和二姐的馈赠,积极依靠自己的力量来料理一切家庭事务,她坚持"我们必须靠自己。这是爹的教训,也是中国人从古到今的祖训。永远要自强不息! 其实世上无论大小事,大至治国兴邦,小至修身齐家,归根到底都得靠自己。""穷且益坚"的精神赋予了吕碧初不逃避、不推卸的坚韧。遭遇空袭后,吕碧初乐观地说出"毕竟我们一家人都在!",并能冷静的发令动手收拾残局;为了摆脱生活的窘境,几位教授太太也走出狭小的庭院、走上街头卖包子;人们坚信"我们人还在,我们还有头、还有手呢!"……细节之中彰显了传统知识分子家庭"自强不息""积极进取"的生活态度。博爱精神源于中华民族"仁"的传统,"仁爱"让孟家两代子孙给予了逃难犹太人无私的关照。米先生和米太太落难中国,虽生活及其艰苦,却得到了来自中国人民细致入微的照顾。米太太小产之后,热心的村民以及雪妍和碧初两家人都伸出了援助之手,不仅在物质上帮助他们,更在精神上给予他们鼓励。在大家的共同努力下,米太太逐渐走出心理阴影,身体也迅速恢复了健康。此外,孟家儿女的与人为善,凌雪妍与做汉奸的父亲划清界限的果敢,峨为了惩罚自己在处理与仇欣雷爱情时所犯错误而勇敢刊登的订婚启事,娇娇女玹子工作以后虽常有闲空却恪守"吕老太爷家训,不能晚起"、"无论什么时候也不会迟到"的原则等等,由此可见,即便是在民族危亡时期,宗璞笔下的学院知识分子无不积极向上、达观大度,赓续传统知识分子"士之谔谔"的人格精神。

三、大学叙事的学院气质

宗璞自小便受到良好的中国传统文化和西方现代文化的教育。父亲冯友兰是著名的哲学家,曾执教于清华大学和西南联大,母亲任载坤毕业于北京女子师范学院,亲自监督和指导宗璞的学习。生于学院中,成于学院下,宗璞自小便耳濡目染了大学校园的书香气和人文气。"一切景语皆情语",对环境的刻画过程即作家心境外显的过程,宗璞作品中散逸的学院气息大多源于作家对学院物质空间和精神空间的营构。

校园环境是反映大学生活的一面镜子,其不仅能如实反映学院人物的学习生活,更能折射出彼时知识分子的真实生存状态。宗璞的大学叙事尤其注重对学院环境的刻画,而且相比其他涉及大学校园环境的作品,宗璞对校园的刻画更加真实和生活化。《红豆》的开篇即是大段的校园景物描写,大学校园弯曲的小道,小路一旁矗立假山,躲在假山背后若隐若现紫藤萝架,被同学们戏称为阿木林的枫树林子……"江玫抚着楼梯栏杆,好像又接触到了六年以前的大学生生活。这间房间还是老样子,只是少了一张床,有了些别的家具。窗外可以看到阿木林,还有阿木林后面的小湖,在那里,夏天时,是要长满荷花的。江玫四面看着,眼光落到墙上嵌着的一个耶稣苦像上。"校园小径,紫藤萝架,枫树林,女职工宿舍、林后小湖、耶稣苦像……由初进校园充满熟悉感的喜悦,到触碰到耶稣苦像后逐渐被打开思绪的痛苦,校园环境贯穿于整个故事的叙述,主人公江玫的爱情、亲情和友情故事也随着眼前变换的校园景色在回忆中缓缓拉开序幕。《西征记》中,学院环境成为彰显作品主题的重要组成部分:"太阳从新校舍东面慢慢升起,红彤彤的朝霞又唤醒自强不息的一天。新校舍在夜晚显得模糊不清,似乎没有固定的线条,这时轮廓渐渐清晰,一排排板筑土墙,铁皮搭建的房屋,整齐地排列着。"战争中的校园虽不似长城的坚固,却有长城般屹立不倒的精神。校舍的简约与不简单,图书馆的简陋而不疏漏,无一不让身处校园的学子们感受到时代的召唤,意识到自身肩负的民族重任。作品所要表现的家国情怀在对学院环境的刻画中渐渐突出,所述人物的高风亮节也在浓郁的学院氛围中逐步彰显。

选取学院故事为小说题材是宗璞知识分子小说的重要特点。以大学为故事背景既能为学院人物的刻画埋下伏笔,更能在叙述中逐步突出小说的学院气质。《野葫芦引》是宗璞知识分子小说的代表作,故事内容虽涉及抗战,但叙述内容几乎全部围绕学院展开,是一部全景展现校园生活的叙事作品。《南渡记》中,教师和学生因战争被迫踏上了南下求学的道路,整部作品弥漫的忧伤气息主要源自撤离旧校的无奈和南下师生的颠沛流离;《东藏记》取"东躲西藏"之意,承接《南渡记》的南迁之苦,作品内容主要围绕抗战期间西南联大的大学生活展开,重在表现民族危难时刻中国知识分子的人格操守和情感世界;《西征记》虽多有涉及抗战的正面战场,但仍然是以大学为背景展开人物描写和情感叙事的作品,作品主要突出的是青年知识分子走向战场的勇敢,大学教师们坚守教学岗位的孜孜不倦。学院生活是学院题材的重要体现,学院的教学活动、富有知识蕴含的学术活动等都是学院生活的本色化内容。宗璞作品中出现的各种教学活动为其作品的学院味道增色不少。《米家山水》中,大学美术教师米莲予的美术课吸引了众多中学教师和美术爱好者。"这次她讲的是皴法。她先从笔墨二字讲起,讲了简短的开场白。然后在黑板上写了'披麻皴、观麻皴、芝麻皴、大斧劈、小斧劈、云头皴、雨点皴、弹涡皴'等十六中。每一种都先讲解,后示范。因为人多,她特意把纸挂在黑板上,用大笔做出夸张的动作。"宗璞对美术专业词汇的运用信手拈来,对米莲予授课的思路解析的简单明了,没有切身的学院生活经历是不可能做到的。《青锁窗下》中对周甲孙学业生涯的描述不仅增加了小说的学术气氛,更为周甲孙日后弃学从政的徘徊埋下了重要伏笔,"他上完本科学业,又随李先生做研究生,论文题目是:稀散金属的分离和提纯。尽管那些年风狂雨骤,他也没有少参加政治运动,他总能以学业为主,成绩斐然。"

以学院故事为主要叙述题材的《野葫芦引》对学院生活的刻画更加具体,也更加深入。以《东藏记》为代表,小说中涉及到的教学活动、学术活动多而真实,不仅全面揭示出战争中知识分子的求学之难、求学之切,更充分展现出宗璞对学院生活的熟知和对学院题材的准确把握:"峨拉着嵋进了一间教室,已经有十来个学生了。这里灯光也不亮,电灯和油灯差不多……刚坐定,教课的美国教师夏先生进来了。"小说中此类教学活动多展现出教学环境的恶劣、教师的孜孜不倦和学生的艰苦卓绝,"场内椅子、小凳都是自己搬的,也有人坐在几块砖头上。""庄卣辰从前面座位上站起,几步迈上权作讲台的矮桌,转身面对大家……人群很快安静下来,听庄先生讲话。"讲座是体现学院生活的重要方面,《东藏记》中物理学家庄教授的战时讲座不仅展现了学院的学术气氛,加深了学生们对时局的认识,更具备了表现知识分子民族凝聚力的作用。此外,《野葫芦引》中多有涉及中外著名的文学艺术作品。如生物教授萧子蔚在与嵋进行生物学探讨时谈到的短篇小说《拉帕奇尼的女儿》,暑期实习班时学生们唱歌的歌词取自《礼记·礼运篇》中的词句,钱明经为考验归国学者尤甲仁提到的司空图《诗品》等。细节之处显学术韵味,为了更全面的展现作品的学院气质,宗璞把对学院生活的刻画渗透到了《野葫芦引》的每个角落。

宗璞的知识分子小说中学院人物占据很大篇幅,而且人物多种多样、性格鲜明,作家用细腻的笔触勾勒出学院人物与众不同的气质和风度。千姿百态的学院人物,似活跃在宗璞笔触的精灵,在作家的文字中游弋、跳跃,拼凑出一幅学院人物的清明上河图——表面繁杂,实则错落有致。大学教师是学院人物的代表,也是宗璞学院人物刻画的主体。如《米家山水》以大学老师为叙述主体,美术教师米莲予面临事业和人格的抉择淡定从容;《我是谁》以遭遇时代危机的大学校园为叙事背景,记述了大学生物教师韦弥的迷茫和痛苦,《弦上的梦》中毕生与大提琴为伴的音乐教师慕容乐珺,《我是谁》中迷茫的归国学者韦弥,《青锁窗下》为了革命事业放弃教授职位选择出任副总务长的周甲孙,《三生石》中因为身份问题备受煎熬最终收获"三生石"般爱情的大学教员梅菩提、饱尝人间苦难的"现行反革命"西班牙语教师陶慧韵、操着上海口音、尖酸刻薄的女教师施庆平。《野葫芦引》是宗璞对大学教师群体刻画较为集中的作品,作品中分散在各个教学领域的大学教师都颇具特色:以历史学教授孟弗之、物理系教授庄卣辰、生物系教授萧澂、大学校长秦巽衡等为代表的"实干派"教师;以白礼文为代表,有真才实学但以吃喝享乐为主,以研究和教授学问为辅的"豪放派"大学教师;以钱明经为代表,为争名逐利卖弄学问的"圆滑派"大学教师;以尤甲仁、姚秋尔夫妇为代表,虽学识渊博却无主见,表面清高实则自私虚伪,热心背后嚼人舌根的"无为派"大学教师……这些大学教师形象都有异于常人的人生经历,或情路受挫,或事业遭遇波折,或碌碌无为,或声名显赫,或学识了得,或浑水摸鱼。宗璞描绘出了大学教师这一知识分子群体的悲欢喜乐和流离坎坷,千姿百态的教师角色让她的作品中始终存在一个地域主体——大学校园。学生是学院人物另一主体。《红豆》中,有为了革命理想放弃爱情的大学生江玫,有积极参与革命并帮助同龄人走出困境、走向进步的大学生萧素,有一心追求个人自由而将国家安危置于脑后的大学生齐虹。《野葫芦引》中有无数在战争中逐渐成长的年青知识分子,在战火纷飞的年代,不放弃追求科学和理想,始终保持乐观的心态。他们或有峨敢于只身奔赴郊外探索的勇气,或有澹台玮弃学从军的魄力,或有嵋外表孱弱无力但内心强大无比的性情。学生群体虽远离成人世界的人情世故,但他们的青春气息和敢为人先的气魄同样能为宗璞在作品中构建的"学院"添砖加瓦。

总之,宗璞善于捕捉学院自然环境的恬淡和人文环境的复杂,这让宗璞的文字透着书香。宗璞笔下的故事都萌生于校园,发展于校园。宗璞笔下多大学教师和大学生,他们虽千姿百态,却自然显露出学院式的人物格调。

第四节　陈世旭的大学叙事

根据陶东风先生的界定,社会转型时期主要是指中国从二十世纪八十年代至九十年代这段时期。在这一时期,伴随着改革开放的不断深入,中国经历了思想文化与经济社会的结构性转型,思想文化由一元到多元,经济体制从计划过渡到市场。这种转型对于知识分子的内部结构、价值体系及其与社会的关系等诸多方面都产生了深刻的影响。随着市场经济地位的确立,大众消费文化语境的形成,"转型期知识分子在神圣秩序与世俗秩序、神圣价值与世俗价值之间感受到了极大的紧张与焦虑"①。正是在这一时代背景下,陈世旭的大学叙事试图从代际传承、精神迷失与自我救赎等不同方面,着力探讨转型时期文人知识分子的精神谱系。

一、代际传承与传统断裂

在一次访谈中,陈世旭说:"我觉得,一个国家的时代变革,能不能形成和发展一种新的文化精神,这种新的文化精神的品质如何,渗透程度如何,在很大程度上取决于知识分子的文化成色。可以说,知识分子的表情就是国民的表情。"②如果说七十年代末陈世旭以"小镇作家"的身份正式走上文坛,那么从九十年代开始,他则以"时代书记官"的视角对社会转型时期的知识分子进行了表情绘写与精神叩问。1993 年 4 月,长篇小说《裸体问题》的发表在某种程度上可以视为"小镇作家"陈世旭创作转型的到来。随后,《一半是黑色一半是白色》《世纪神话》《边唱边晃》《登徒子》《一生之水》等知识分子系列作品相继问世,陈世旭对社会转型时期知识分子群体的生存状态和精神世界进行了持续关注和深入开掘。

陈世旭的大学叙事及相关作品共时性地呈现了老、中、青三代不同知识分子的群体形象。由于时代背景、成长经历和知识结构等的不同,不同代际的知识分子往往表现出不同的生存状态和精神风貌。根据许纪霖先生关于 20 世纪中国知识分子的代际划分,陈世旭笔下的老一代知识分子大致属于后"五四"一代,如彭佳佩、公伯骞、董敦颐、梁守一、秦友三等。他们主要在民国时期接受大学教育,学生时代受到具有东西文化背景的"五四"一代知识分子的熏陶,赓续了前辈知识分子的精神传统。在《裸体问题》中,法学泰斗彭佳佩教授,历经"文革"坎坷,始终坚守知识分子的社会良知和爱国热忱,多次把分配给自己的住房让给年轻人,并把毕生存款

---

① 陶东风:《社会转型时期与当代知识分子》,上海三联书店,1999 年,第148 页。

② 陈劲松:《我很庆幸把这一生交给了文学——陈世旭访谈录》,《山花》,2010年第 5 期。

全部捐赠给学校,自己则居陋室,守清贫。中文系主任梁守一,生活中严守儒家风范,为人师表;学术上推崇乾嘉学派,弘扬传统文化。校学术委员会副主任公伯骞,德高望重,潜心治学,毕生致力构建自己的理论体系。校长董敦颐为了把东方大学建设成"东方哈佛",恪尽职守,心力交瘁。在《边唱边晃》里,老作家秦友三虽迟迟没能"转正",却始终坚持为人处世的"忠直"原则,即便在救灾过程中备受冷遇,也仍然竭尽所能帮助石埠村,甚至不顾生命危险。《世纪神话》中,主人公方肃的父亲,深居简出,一生投身于考古事业,无怨无悔。老一代知识分子虽然在急剧变化的时代,无法实现"济苍生"的理想抱负,但试图坚持"善其身"的人格操守。

陈世旭笔下的范正宇、姚长安、肖牧夫(《裸体问题》)、陈火林(《一半是黑色一半是白色》)和郑子健(《边唱边晃》《登徒子》)等中年知识分子,大致属于"十七年"与"文革"一代。他们主要在建国后特殊的政治文化语境中接受大学教育,其知识背景具有浓厚的意识形态色彩。由于时代环境及其在此环境下习得的学术修养和人生阅历与前辈学人迥异,中年知识分子在文化和学术上的生命没有及时得到充分发展,在很大程度上中断了民国知识分子的精神传统。虽然激进的政治运动扭曲甚至中断了他们正常的学习进程,但是"文革"后他们大多通过恢复高考或自修,在文化知识和专业技能上获得迅速提升的机会,而成为新时期社会各领域的中坚力量。《裸体问题》里的三位讲师,范正宇五十年代末大学毕业留校任教,六十年代末下放,后来又回到东方大学;姚长安是老三届的大学生,"文革"时被迫中断学业,高考制度恢复后考取骞先生的研究生;肖牧夫"文革"时期下乡插队,后来作为"工农兵学员"被推荐上了大学。在小说中,三人都是骞先生嫡传弟子,都在不同程度上受到乃师的影响,都有过"文革"下放的苦难经历,后来又都通过各自的努力成为东方大学中文系的骨干力量。《一半是黑色一半是白色》中的陈火林,师专中文系毕业,曾经在偏僻的乡村中学教了两年书,后来一路升迁,从校长到局长,到县长,到省学总副主席,到市长,成为不同岗位上的佼佼者。然而,不管何时何地,陈火林总是保持着读书思考和躬身自省的知识分子本色。《边唱边晃》和《登徒子》中的作协负责人郑子健,早年有过下乡插队的经历,后来凭自己的勤奋笔耕,成为省内唯一获得全国文学奖的扛鼎人物。面对周围的人事倾轧和物欲横流,郑子健既不趋炎附势,更不随波逐流,始终坚守知识分子的批判精神和独立人格。

青年知识分子常常是陈世旭知识分子系列作品中的核心人物,如《裸体问题》中的况达明、戴执中、田家宝、程志、张黎黎,《世纪神话》中的方肃,《边唱边晃》中的何为,《登徒子》中的李贺,《一生之水》中的冯乐等,他们属于"文革"后的一代,主要在新时期接受大学教育,"轻装上阵"的他们对周围一切都充满了无所顾忌的叛逆精神和青春活力。在《裸体问题》中,况达明、戴执中、田家宝等东方大学的年轻才子们结社、办刊、演出、游行、恋爱、经商等等,制造了一系列标新立异的文化叛逆事件,尤其是对屈原的奇诡长诗《山鬼》的现代改编,使得原本沉闷的东方大学充满了勃勃生机。在《一生之水》《世纪神话》《边唱边晃》《登徒子》等作品中,虽然冯乐、方肃、何为、李贺等人已不再像其前辈们那样专注于学术专业和文学创作,而是以知识学术或文学才华为资本游戏红尘,但是他们内心角落里仍然蛰伏着对世俗的敌意,挣扎着知识分子的良知。《一生之水》中,冯乐虽然在权力与女人两方面都"春风得意",但是作为一个并未完全失去自省精神的知识分子,他在追逐欲望满足和感官刺激过程中总是难以摆脱精神上的困惑与危机。他一方面听从世俗欲望的召唤寻欢作乐,另一方面又陷入道德律令充满内疚和自责。此外,《边唱边晃》里的何为并不甘于无为,《登徒子》中的李贺向往山水,《世纪神话》里的方肃追求古典雅趣。由于没有前辈知识分子的历史包袱和苦难记忆,更加上改革开放时代各种思想文化潮流所赋予他们的全新思想观念,转型时期的青年知识分子表现出了与前辈知识分子完全不同的人生姿态。

二、精神迷失与生存尴尬

自上世纪末以来,长期维系意识形态一体化的时代"共名"开始被众声喧哗的多元化所取代,旧的价值体系开始崩塌,新的价值体系尚未建立,迅速转型的经济体制和多元文化空间使得知识分子逐渐失去了居于社会中心引领时代风尚的优越和自信,并进而在商品经济的大潮中迷失方向。正如许纪霖先生所忧虑的那样:"当代中国的知识分子正面临着一个严峻的生存挑战。商品经济的大潮以不可阻挡的气势席卷社会的每一角落,涤荡着既存的价值观念、生存准则和人际规范。人们仿佛突如其来地被抛出了久已习惯的生活轨道,愕然地注视着周围陌生的一切。偌大的神州,已放不下一张平静的书桌,神圣的校园,失去了往日的清高,安宁的书斋,也难以再抚慰学者们一颗寂寞的心。"①商品经济时代的消费文化语境中,作为知识分子生活的社区,大学校园已经失去了往日象牙塔内的和谐与宁静,各种喧嚣和矛盾不断加剧。一方面体制内的道德规范仍旧强调忠于职责,为人师表。但另一方面,在学院外面广阔的市场社会,各种丰富的物质消费和转变了的价值取向"明目张胆"地诱导人们追逐利益满足欲望。以商品交换价值为基础的实用理性法则和来自世俗社会赤裸裸的欲望诱惑,使得当下知识分子在追逐物质消费和感官满足的精神颓变中不同程度地陷入了自我认同的危机和道德理性的困惑。

　　陈世旭笔下的知识分子虽然大多生活于文人气息较浓而又相对封闭的高校、作协或博物馆等文化事业单位,然而,转型时期泥沙俱下的时代洪流冲刷着每个社会角落,使得不同代际的知识分子几乎都陷入了不同程度的精神迷失或生存尴尬。老一代知识分子一方面虽然赓续了前辈知识分子安贫乐道、克己奉公的优秀品质,但另一方面也因袭了他们隐忍退让、学优则仕的不良传统,在纷繁芜杂的社会转型时期不可避免地表现出难以"与时俱进"的不适与焦虑,甚至失去知识分子应有的操守和人格。在《裸体问题》里,中文系主任梁守一在商品大潮中终于经受不住利益的诱惑,趁学术活动之余另寻生财之道,"君子耻于利"的信念在购玉的患得患失中瞬间崩塌,伴随着职位的上升,梁守一更是将"君子爱财,取之有道"的生存法则通过作家班和校庆活动发挥得淋漓尽致。而化学系主任尹教授为了沽名钓誉,最初主动笼络学生,支持女儿尹敏同田家宝的恋爱,并推荐他参加"星火计划",然而,一旦田家宝拒绝他占用自己的学术成果,这位享誉学界的导师竟然对学生进行了爱情和事业的双重打击,完

---

　　①　许纪霖:《商品经济与知识分子的生存危机》,《读书》,1988年第9期。

全迷失于对功利主义的追求，丧失了知识分子的基本操守。如果说梁守一和尹教授在追名逐利中丧失了知识分子应有的操守和人格，那么彭佳佩、公伯骞和董敦颐等则在纷繁芜杂的社会转型时期表现出难以"与时俱进"的生存尴尬。彭佳佩在学术上敢为人先，在生活中却处处隐忍退让，陷入困境。公伯骞虽德高望重，学为人师，但为了天伦之乐，不惜以公器了私愿，在职称评定上举棋不定，最终酿成不良后果。董敦颐虽志存高远，事必躬亲，无奈力不从心，事与愿违。

　　社会转型时期，中年知识分子在长期压抑后急欲重新振奋，然而，相对滞后的思想观念和商品时代的生存法则却成为他们施展人生抱负的掣肘，"人到中年"的知识分子们遭遇到新的尴尬和危机。《裸体问题》里一场晋升副教授的竞争让三位人到中年的讲师同时陷于尴尬。范正宇年龄大，科研弱；姚长安科研强，讲课不受学生欢迎；肖牧夫上课和科研都优秀，但"工农兵学员"的身份不好。三人都渴望评上副教授，因为他们深知"这个头衔和它所体现出来的价值"，职称不仅是能力水平的判断，更是工资、住房等各种生活待遇的载体，然而，副教授的名额却只有一个。在新的竞争环境中，虽然中年知识分子不再像他们的先辈那样忍辱退让，安于现状，而是表现出积极主动的竞争姿态，然而，残酷的竞争最终导致令人扼腕的两败俱伤，姚长安英年早逝，肖牧夫辞职出国。这种转型时期个人的合理性要求与现实条件下无法实现之间的冲突同样不断侵蚀着陈火林、向海洋和郑子健等的个性与良知。辗转于讲台、官场和学界的陈火林始终难以找到张扬个性、实现自我的净土。从省城到地方的向海洋虽有过人的工作能力，却最终难以逃脱折戟沉沙的悲剧。享誉文坛的实力派作家郑子健即使不愿同流合污，却也在复杂的人事倾轧中一筹莫展。

　　相较于前辈知识分子，转型时期的青年知识分子既是年轻有为的一代，具有敢为天下先的开拓精神；也是浮躁多变的一群，常常在困厄曲折中缺乏持之以恒的毅力，在世俗诱惑面前迷失人生航向。《裸体问题》中，年轻才子们的红杉社最终风流云散，戴执中下海、田家宝出国、程志下乡、张黎黎沉沦。而那部曾经寄寓了才子们精神追求的《山鬼》尽管在商业赞助获得了舞台演出的机会，却"并没有出现很多年前创作者们想象的那种轰动,预期的那场革命根本就连一点影子也看不见"。"象牙塔"外伴随着商品经济汹涌而至的世俗化浪潮很快瓦解了青年知识分子涉世未深的理想与诗意。《一生之水》中,主人公冯乐虽寄身于高校,学的是中文专业,但他不再是一个单纯治学或从文的人文知识分子,而是一个介于官、学之间的高校行政化知识分子。尽管政教处的官场生态对于冯乐而言,并不如意。在他周围,既有作风强悍的"九大代表"贺兰三,更有老谋深算的处长陈怀民。但是,冯乐却能在仕途和情场两方面都"得意"。他从政教处一般科员一路攀至主政一方的院长,随着职务的升迁,身边的漂亮女人也趋之如鹜。毋庸讳言,冯乐在仕途与情场的"得意"是与其深谙消费时代商品交换规律和官场权谋法则分不开的。最初处在高校行政系列底层的冯乐是利用山丹丹的裙带关系从政教处科员一跃而为副处长的,他为此付出的是在"高潮沙龙"中充当山丹丹的"男宠"。因此,一旦山丹丹的父亲单市长去世了,他们之间的"权色"交易也随之结束,上位之后的冯乐很快便弃之如敝屣,并把他们的绝交信处理成中青年干部积极上进励志共勉的文字发表在省党报的相关栏目上。依靠"裙带关系"踏上仕途的冯乐随后凭借"吮痈舐痔"的谄媚功夫从副处长一路升迁至院长,"随着职务的不断升迁,冯乐小心伺候的大人物越来越多。就像一个圆,直径越大,涉及的空间也就越大。但他也越来越得心应手,游刃有余,上上下下、方方面面都有很好的人缘,破格提拔很顺利"。冯乐由此深悟出"我现在做叭儿狗,以后才能有别人做我的叭儿狗"的官场法则,并且从自己的仕途和艳史中总结出一套权力与女人的关系哲学:"权力与女人密不可分,你有权就会有女人;有女人,你就干什么事都特有劲,就会有更多的权。"此外,在《边唱边晃》中,原本"独善其身"的何为最终难抵世俗诱惑,很快在与赵响、猴子、姚红等的欲望放纵中迷失人生,而以巫婆、新斯基、大马等为代表的一帮文坛新秀更是整天寻欢作乐,沉湎于跳舞、泡妞、酗酒等声色犬马之中,与何为等一样,《世纪神话》中的方肃与《登徒子》中的李贺也都不务正业,只把满腔热情洒向无边风月,在欲望的追逐中沉沦,而逢中、二饼、幺鸡等作协一帮文人更是不学无术,寡廉鲜耻,有的借骗取诗坛泰斗回信而"声名鹊起",有的靠女性化署名走上文坛,有的凭运作关系在权、钱、色的交易中呼风唤雨。

"过去知识分子的生活是要符合某种精神标准的,现在在消费快感的怂恿下,标准被取消,代之而起的是纯粹私人的快乐原则。一个人如果完全被这种快乐原则所捕获,那他势必会有一种无法缓解的渴望和焦虑。"①在社会急剧转型的商品经济浪潮中,传统知识分子追求理想抵御苦难的精神支撑已然土崩瓦解。以商品交换价值为基础的实用理性法则和来自世俗社会赤裸裸的欲望诱惑,使得当下知识分子不同程度地出现了自我认同的危机、道德理性的困惑和人性良知的迷失。

三、自我救赎与俗世突围

陈思和先生在《知识分子精神的自我救赎》中谈及王安忆的创作时说到:"在九十年代文学界的知识分子人文精神普遍疲软的状态下,有相当一部分有所作为的作家放弃了八十年代的精英立场,主动转向民间世界,从大地升腾的天地元气中吸取与现实抗衡的力量,还有的作家在文化边缘的生存环境中用个人话语来表达自己的感受,王安忆则高擎起纯粹的精神的旗帜,尝试着知识分子精神上自我救赎的努力。"②与王安忆一样,自二十世纪九十年代以来,在物质消费主义渐趋流行的商品经济时代,陈世旭始终以坚韧的姿态持守知识分子特有的精英立场,直面转型时期的社会现实,"擎起纯粹的精神的旗帜",执著探寻知识分子的精神世界,并尝试"自我救赎的努力"。

在陈世旭的作品中,无论是身处高校的教师,还是活跃文坛的作家;无论是因袭传统的前辈知识分子,还是迷失精神的年轻一代,转型时期的知识分子虽然遭遇"被边缘化"的尴尬与焦虑,但是作为知识和思想的代表,他们仍然没有完全放弃知识分子的某些精神传统。在商品法则和俗世欲望的魅惑下,敏感的知识分子难免感应时代脉搏、随波逐流,但是内心的自省与焦灼却常常将"沉重的肉身"袒露在现实的沙滩上。自省不仅

---

① 谢有顺:《消费社会的暖色幽默》,《南方文坛》,2002 年 4 月。
② 陈思和:《知识分子精神的自我救赎》,《文艺争鸣》,1999 年第 5 期。

是知识分子对自身价值的重估,也包含对人、对己的人性关怀以及与之而来的反思。在外部现实与内心理性的不断交锋中,陈世旭笔下良知未泯的知识分子常常萌生出突围俗世的冲动,并试图在事业、爱情与宗教中寄予自我救赎的期待。

　　陈世旭笔下的知识分子多为文人知识分子,所从事的专业或职业多与文化或文学有关,他们常常试图在事业的追求中寄予自我救赎的期待。《一半是黑色一半是白色》里,大学中文系毕业的陈火林,不管在什么岗位上,始终保持好学多思的习惯,每当工作或感情陷入困顿或纠结时,他总是将精力转移到学习和写作上,甚至多次想回到高校,投身学术事业。《裸体问题》中以况达明为首的年轻才子们试图以现代版的《山鬼》在东方大学引起一场革命,而以晓雨为代表的先锋诗人们则企图"以最不先锋的肉体为代价,去换取最先锋的灵魂的自由"。《边唱边晃》里的郑子健始终与文坛流弊格格不入,每当陷入人事纷扰时,总想"弃了市嚣,抛却俗务",到韵园"依碧枕流,汲泉品茗",一洗身心,而何为在经历了巫山云雨和俗世浊流之后,最终在下乡救灾的过程中受到灵魂的洗礼,重新投入差不多已经放弃的小说写作。《世纪神话》里的方肃虽然沉湎于酒色之间,但也不忘文人雅趣,开设"饮冰室"茶馆,并装修得古典且雅致,力求在现代都市里隔出一方古典天地,让正被物欲压得无处藏身的文化精神得到一个喘息的角落。《一生之水》中,正当盛年的冯乐最后罹患绝症,曾经的权力、女人和家庭最终都"风流云散"。临终前,冯乐似乎彻悟人生:"活到现在这个份上我全明白了,世界上凡是能用钱计算的都是廉价的,只有真情无价。"他把那些本属隐私的故事交给他自认为"最信赖的朋友",希望有一天这些真实的故事能以虚构的表象发表出来,从而能被那些与他有过瓜葛的女人看见,"让那些从来就没有爱过他的女人看见了知道他也从来就没有把她当回事;那些给过他真爱的女人看见了知道他也是个有情有义的男人"。

　　韩少功曾在《性而上的迷失》中说:"人既不可能完全神化,也不可能完全兽化,只能在灵肉两极之间的巨大张力中燃烧和舞蹈。'人性趋上'的时风,经常会造就一些事业成功道德苛严的君子淑女,'人性趋下'的时风,则会播种众多百无聊赖极欲穷欢的浪子荡妇。"①尽管陈世旭笔下的知识分子常常在现代的声色犬马间演绎传统文人的才子风流,但是在这身体狂欢的背后却也有对古典爱情的向往。《世纪神话》中的方肃在失败的婚姻之后,企图寻求一场纯粹的古典爱情,从夏天天到小玉由,从卜繁到朱慧,方肃经历了一次次恋爱与婚姻的尝试。《边唱边晃》里的何为在世俗诱惑下,仍然试图追求纯粹的理想爱情,难以捉摸的赵响、热烈放纵的猴子、若即若离的姚红,何为在三个女性身上体验了不同的感情与性爱。《登徒子》中的李贺在情欲的纠缠中,始终没有放弃对爱情的寻找,在经历了与田田、杜咏春、筱桂兰等的风流韵事之后,李贺仍然小心呵护着与水水、陈蓁的纯真情感。然而,毋庸讳言,在"人性趋下"的时风熏染下,一次次恋爱或婚姻的失败不断瓦解方肃、何为、李贺等的才子佳人式的古典梦想。从追逐爱情到放纵欲望,方肃所寻求的古典爱情只能是一个播种百无聊赖的"世纪神话"。从道德的守护到性爱的解放,无法获得爱情归属的何为依然难以摆脱"边唱边晃"的俗世人生。从贪恋风月到放逐自我,好色的"登徒子"李贺最终无法找寻失去的精神家园。

　　弗洛伊德认为,作为一种独特文化,宗教为人类提供了一种心理的拐杖②。虽然在中国,由于儒家入世精神和民间实用哲学的影响,知识分子大多"不语怪力乱神",平民大众对鬼神之事也常"敬而远之",以至在西方人眼里,这是一个没有宗教信仰的民族。但事实上,善男信女与文人墨客也少不了到寺院、庵堂祈福还愿,安放身心。在陈世旭笔下,置身于山水之间的寺院、庵堂也常常成为那些精神迷失者临时安放身心的栖居之所。《登徒子》中,事业受阻、爱情失意的陈蓁成了在家居士,隔三差五到莲灯寺做义工,参加法会,李贺也试图在佛教里寻求内心的安静与精神的解脱。《世纪神话》里,普济寺是方肃的忏悔与觉悟之所。在寺中,方肃聆听了寂照大师的教诲,领会了超然物外的要义,幡然醒悟。历经了爱情与婚

---

　　①　韩少功:《性而上的迷失》,《读书》,1994 年第 1 期。
　　②　弗洛伊德:《文明及其缺憾》,杨绍刚译《弗洛伊德文集》(8),吉林出版社,2006 年版,第 220 页。

姻失败后,方肃对小玉的愧疚不断升华,最终他在普济寺为小玉许愿以表忏悔。然而,值得提出的是,在陈世旭的作品中,商品经济时代的寺院庵堂已经难再宁静致远,从《世纪神话》里普济寺的主持之争到《登徒子》中莲灯寺的经济之争,在各种世俗纷扰的侵袭下,这些原本庄严肃穆的清修之地也隐伏着纷繁复杂的权势和名利之争。在物欲横流的大潮中,对于流失了"庙堂意识"、"广场意识"和"岗位意识"的知识分子而言,自我救赎之路仍然茫无所期。正如莲灯寺中那座充满隐喻色彩的"接引殿",虽然幻空大师煞费苦心以求超度凡俗,但无奈基础早被宵小啃啮一空,终究功亏一篑。

孔子说"士志于道"(《论语·里仁》)。对于古代知识分子而言,"道"体现为"济苍生"、"善其身"的政治抱负和人格操守。对于现代知识分子而言,"道"除了被赋予了时代内涵的政治抱负和人格操守之外,更有了赋予他们以身份自信的学术知识。然而,"文革"时期对知识学术的批判在很大程度上瓦解了当代知识分子建构人生自信的基础,转型时期人文精神的失落再次使知识分子的价值重建陷入危机。陈世旭正是从传统与现代的冲突和裂痕中关注转型时期不同代际知识分子的生存境遇和精神嬗变,试图探讨知识分子的自我救赎之途,进而完成对一个时代的表情绘写和精神叩问,并由此敞现出同为知识者的批判姿态和人文情怀。

结　语

　　大学不仅创造和传承学术文化,而且凝聚和彰显时代精神。不同文化语境中的大学叙事塑造出不同的大学形象,折射出不同的时代精神。二十世纪以来,随着文化语境的嬗变,不同时代的大学呈现出不同的精神风貌,关于大学的文学想象和叙述方式也各不相同。不同时期的大学叙事生动描写了各个历史时期学院知识分子的生存状态和精神品格,集中表现了二十世纪中国现代知识分子的精神轨迹。

　　"五四"时期,鲁迅、郭沫若、郁达夫、张资平、陈衡哲、庐隐、冰心、丁玲、废名等现代作家都是从大学学习时期开始从事文学创作的,因而身边大学校园的生活人事和情感心理最先也最容易成为他们想象和书写的对象。启蒙文化语境下的大学叙事,既契合个性解放的时代主题,也关注困窘落后的社会问题;既反映国内大学校园的文化风尚,也书写海外留学生们的生存状态。作为新文学的两位扛鼎人物鲁迅和郭沫若,前者以纪实和虚构的方式在《藤野先生》和《高老夫子》中刻画了两类迥然不同的大学教师形象,后者则以自我抒发的方式在《残春》《落叶》《阳春别》《喀尔美萝姑娘》等系列小说中表达了留日学生在异域求学时的困顿和欲求。陈衡哲的短篇小说《一日》叙写了异域大学新生"在寄宿舍中一日间的琐屑生活情形"。郁达夫的小说集《沉沦》几乎都是"自叙传"式的大学叙事,表现了留日学生在异域的彷徨和苦闷。在个性解放的时代潮流中,从觉醒与叛逆,到思索与追求,终至彷徨与苦闷,青年一代知识分子的心路历程和自我形象在庐隐的《海滨故人》、冯沅君的《隔绝》、冰心的《斯人独憔悴》、罗家伦的《是爱情还是痛苦》、丁玲的《梦珂》等大学叙事作品中得到真切记录和生动反映。五四时期的大学叙事大多带有作者的自叙传特征,主要采取自我抒发的短篇方式表达青春时期的烦恼和苦闷,在文体结构上具有抒情性和片段化特征,虽然在叙事艺术上都不够成熟,不同程度地染上了时代的"感伤色彩",但却为现代文学和大学叙事提供了最初的审美样式和叙事经验。

三四十年代,中国进入到一个交织着民族矛盾和阶级斗争的动荡时期。与在艰难中砥砺前行的民国大学一样,革命救亡时代的大学叙事仍然取得了长足发展,大学已经成为独立的审美对象和生活空间,独具特色的本体性大学生活得到长足关注和充分书写。这一时期的大学叙事小说一方面呈现了进步青年知识分子在时代激流中的自发奋起和责任担当,如巴金的《电》、茅盾的《路》、阳翰笙的《大学生日记》、司马文森的《尚仲衣教授》、齐同的《新生代》、鹿桥的《未央歌》等;另一方面表现了部分大学知识分子在艰难时世中所暴露出的各种性格缺陷和精神弱点,如沈从文的《八骏图》、钱锺书的《围城》、老舍的《文博士》、万迪鹤的《中国大学生日记》、张爱玲的《茉莉香片》等。三四十年代的大学叙事小说在叙事艺术上更加趋向成熟,更多趋向把大学校园与更深广的社会生活和时代风潮相衔接,无论是在题材内容、叙事视角和结构规模上都有了新的突破,尤其是长篇大学叙事《围城》和《未央歌》的出现,更标志着大学叙事小说在艺术上的成熟。

五六十年代,在政治文化语境和文学规范下,以表现知识分子为主体的大学叙事在当代文学题材的等级秩序中处于边缘位置,无论是创作数量还是艺术质量都远不如此前。在《青春之歌》《红路》《大学春秋》《大学时代》《勇往直前》《红豆》《西苑草》等屈指可数的大学叙事小说中,杨沫、扎拉嘎胡、康式昭、程树榛、汉水、宗璞、刘绍棠等,努力与主流意识形态保持一致,以获取大学叙事的合法性与合理性,试图表现建国初期革命理想与建设热情鼓舞下,大学知识分子尤其是新一代大学生们的成长历程、青春梦想和校园生活。无论是反映三十年代革命救亡时期学潮运动的《青春之歌》,或者是表现四十年代新旧交替时期知识青年人生与爱情选择的《红路》《红豆》,还是描写五十年代大学校园生活的《大学春秋》《大学时代》和《勇往直前》等,"十七年"大学叙事大多贯穿着一个共同的成长主题:即风华正茂的青年知识分子只有让个体生命的成长与民族国家的宏大事业结合起来才有值得赞美的青春。在政治文化语境规约下的大学想象中,大学校园内的思想斗争、党团组织、集会演讲、劳动锻炼等各种政治性活动得到重视,教书育人、求学问道、师生情谊等本体性的大学生活以及讲堂、宿舍、图书馆等各种校园风物景观也大多被赋予政治性内涵;对大学人物也主要强调的是政治品行(进步或反动)及其在此基础上的学术水准和职业修养。由于政治语境和文学规范的影响,"十七年"大学叙事小说在情节结构上,明显表现出二元对立的结构模式;在人物塑造上,大多表现出革命英雄主义情结,常常在对比衬托中突出主人公在不同历史条件下不畏艰难、无私奉献的革命精神和英雄品质;在话语方式上,大量运用战争话语来表现和平建设时期的大学生活。

　　七十年代末至八十年代,中国经历了思想文化与经济社会的转型。新时期之初,因恢复高考而生机勃勃的大学校园很快引发了大学叙事的热潮,无论是曾经折戟沉沙的老三届,还是正待扬帆启航的新一代,不同背景、身份和经历的人们站在"同一地平线"上反思过往,憧憬未来,转型时期的大学叙事充满了各种喧哗和躁动。一些在校的大学生作者多以亲历者的身份对身边生活和情感世界进行共时性的描写,由于沸腾的生活还没来得及沉淀和作进一步的思考,这些共时性的大学叙事往往表现出叙述者的在场感和校园生活的片段化特征,既洋溢着浪漫的热情,也充满了青春的困惑,这些都在喻杉的《女大学生宿舍》、海翔的《啊,生活的浪花》、方方的《桉树和他的诗友们》等大学叙事作品中得到反映。然而,随着改革开放的深入,思想文化和社会生活各领域出现了诸多复杂的变动,相对滞后的教育体制和思想观念与象牙塔内觉醒了的自我意识和不断增长的精神需求发生了难以调和的矛盾冲突,一批挣扎、叛逆、虚无、颓废的时代青年成为了八十年代中期大学叙事的主人公。刘索拉的《你别无选择》描写了音乐学院作曲系的年轻学子们在传统教育观念和体制束缚下

"别无选择"的烦恼、焦虑和叛逆。徐星《无主题变奏》中的大学生们处于不知道"该要什么"和"等待什么"的"无主题"状态。陈染《世纪病》中的"我"则处处以玩世不恭的方式与周围世界"对抗",整天想着的是逃学、恶作剧和说脏话。这一时期大学叙事中的主人公们不再流连校园风光,也无心向学,而是对大学校园的学习生活充满了厌倦、叛逆和虚无的情绪,早期充满浪漫和诗意的大学校园开始弥漫着一种感伤颓废的氛围。八十年代后期,随着经济体制的市场化转型和庸常生活形态的到来,宗璞、霍达、蔡观华等人有意回避现实尴尬,而采取回忆和重组的方式想象大学往事,从历史诗意中吸取与现实抗衡的力量。《南渡记》主要以家庭生活和身边人事折射大学变故和时代变迁。《穆斯林的葬礼》中关于六十年代初北京大学的校园风光和师生生活的细腻描写和诗意想象仍依稀可见当年《未央歌》的回声。《生命与爱情》主要以董海生、罗莎和闻清婵的大学生活和爱情故事为中心,反映了五十年代后期至六十年代初期整风和反右扩大化等政治运动背景下的大学往事。

九十年代至新世纪以来,中国社会进入后转型时期,经济社会由"计划"转入"市场",文化形态由"整一"走向"多元"。随着社会结构的转型和高等教育的"高速发展",大学成为了社会关注的中心和文学叙事的热点。与八十年代转型时期的大学叙事相比,后转型时期的大学叙事失去了往日的理想主义色彩,更多了现实批判精神,主要表现了市场经济时代学院人物的生存境遇和精神状态,并进而揭示和反思社会现代化进程中高等教育体制和大学文化精神等诸多方面的复杂问题。在陈世旭的《裸体问题》、李劼的《丽娃河》、张者《桃李》、倪学礼的《大学门》、史生荣的《老板教授》、马瑞芳的《感受四季》、汤吉夫《大学纪事》、阎连科《风雅颂》、曹征路《大学诗》、李洱《导师死了》、阎真的《活着之上》等诸多大学叙事作品中,面对转型后的市场社会和多元化的文化空间,学院知识分子内部开始出现了分化,一部分人改变价值目标,迎合市场需求;一部人采取抵御的姿态,坚守学术岗位和精神传统;还有一部人则挣扎于市场和学院的边缘,在纷繁复杂的矛盾冲突中患得患失,左右失据。后转型时期的大学叙事常常以市场经济和权力制度夹击下大学校园中的种种行状为题材展开叙述,建构想象。面对统一价值体系的崩塌与人文精神失落的危机,反讽所具有的怀疑性、反智性、祛魅性特征在审美层面契合了后转型期知识分子的精神遭遇,从而使得以揭示知识分子生存尴尬和精神荒诞的反讽叙事成为这一时期大学叙事自觉或不自觉的审美行为。

　　二十世纪以来大学叙事的作者都有过直接或间接的大学生活经历,或者在大学校园度过了青春浪漫的学生时代,或者在大学校园有过终生难忘的职业经历,大学对创作主体人生观、价值观的形成有着十分重要的影响。作为创作主体的作家,既是实践主体,也是精神主体①。在创作实践中,大学叙事小说的作家们实践对象——大学之间建立起主客体关系,主体既按照自己的方式进行创作实践,又必须遵循客体对象的事实存在和既有逻辑。因而,不同背景和身份的创作主体对大学的想象方式和情感态度各不相同,譬如早年没有大学经历的作者,其大学想象常常缺少自我认同感,叶圣陶、沈从文、老舍等在大学叙事作品中就很少对大学校园风物景观进行耐心细致的描写,对大学人物的描写也几乎都持嘲讽和批判态度,这些不难从《英文教授》《八骏图》和《赵子曰》等小说中人性扭曲的大学教授和不学无术的大学生那里得到见证。正如老舍在谈及《赵子曰》时所说:“虽然我差不多老没和教育事业断缘,可是到底对于这个大运动是个旁观者。看戏的无论如何也不能完全明白演戏的。”②其次,从叙事文本来看,虽然小说通常被认为是虚构的叙事艺术,但是任何叙事作品都必须要面对所要维持其存在的历史现实和生活世界,没有人可以使其作品完全脱离于现实生活世界而得以产生和发展,无论其所述事件的真实与否。自“五四”以来,大学便作为一个独特的叙事空间进入了现代作家的文学视野,大学校园给大学叙事提供了各类大学人物丰富多彩的生活空间和纷繁复杂的精神世界。程树榛在《大学时代》的“后记”中说:“我的大学时代,就是我记忆之窗留下的最绚丽的一段”,“我那时,就生活在这样的天地里,生活唤起了我的情思,激发了我的灵感,于是,我拿起了

---

① 刘再复:《论文学的主体性》,《文学评论》,1985 年第 6 期。
② 老舍:《我怎样写〈赵子曰〉》,《老舍全集》第 16 卷,人民文学出版社,1999 年。

笔","我用赤诚的心,描述了一群有理想、有志气、有献身精神的大学生为
了科学、为了真理,敢于在艰难险阻中攀登、敢于在坎坷中抗争的故
事"①。康式昭、奎曾也在《大学春秋》的"后记"中说,这部小说来源于他
们"相近的经历和相同的感受","旨在反映第一个五年计划时期党对青年
学生培养教育","今天,在为祖国的四个现代化而勤奋学习、努力工作的
青年朋友们,也许很想了解祖国开始社会主义建设的五十年代的大学生
活,了解那个时期大学生们的理想、志趣、学习、工作、友谊、爱情、欢乐、苦
恼,并从中获得一些有益的启示,那么就请读一读这部小说"②。一时代
有一时代之大学,同一时代之大学也往往各不相同,因而,不同时代或同
一时代的大学叙事文本所呈现出来的大学形象各不相同。同样是四十年
代抗战时期的大学想象,鹿桥的《未央歌》呈现了一个诗意浪漫的西南联
大,而钱锺书的《围城》则描画的是一个蝇营狗苟的三闾大学。面对同一
个北京大学,五十年代杨沫的《青春之歌》注重的是"政治北大"的形象,八
十年代张中行的《负暄琐话》追忆的是"学术北大"的传统,而新世纪张者
的《桃李》则影射了一个"世俗北大"的形象。第三,从读者接受来看,具有
主体性的读者在接受作品的同时也参与了文学史的构建。在尧斯看来,
如果一部文学作品的历史生命里缺少了接受者的积极参与"是不可思议
的"③。有学者认为,接受者的主体性主要表现为:一是在接受过程中的
自我实现;二是在接受过程中的审美创造④。在二十世纪以来的大学叙
事中,接受者参与文本建构的典型案例莫过如《青春之歌》的改写。《青春
之歌》初版后,引起了广泛关注,《中国青年报》和《文艺报》等官方媒体甚
至组织读者进行相关讨论,并提出了"许多意见",其中主要有三个方面:
"一、林道静的小资产阶级情感问题;二、林道静和工农结合问题;三、林道
静入党后的作用问题。"尽管杨沫在在承受着巨大精神压力的情况下为自
己的最初创作进行了谨小慎微的"辩护":"小说中的人物已经变成客观存

---

① 程树榛:《大学时代》,人民文学出版社,1980 年,第 586—587 页。
② 康式昭、奎曾:《大学春秋》,人民文学出版社,1981 年,第 682—683 页。
③ 尧斯:《接受美学与接收理论》,辽宁人民出版社,1987 年,第 3 页。
④ 刘再复:《论文学的主体性》,《文学评论》,1986 年第 1 期。

在的东西,它的发展有它自己的规律。如果作者不洞悉这种规律,不掌握这种规律来创造人物,那就会歪曲人物,就会写出不真实的东西来。"但是,杨沫还是基本上吸收了"各种中肯的、可行的意见","在党的社会主义建设总路线和大跃进的形势鼓舞下",对小说进行了符合主流意识形态规范要求的修改:删除了林道静"不够健康"的小资产阶级感情,"增加了林道静在农村的七章和北大学生运用的三章"。此外,杨沫还对批评家和广大读者的"监督、支持与帮助"表示了感谢,并对自己的修改留有余地:"不过因为时间的仓促,因为生活经验的不足,更因为自己政治水平不够高,这部小说可能还存在许多缺点"①。尽管如此,在随后到来的激进政治运动中,杨沫及其《青春之歌》仍然难逃遭受各种批判和打击的厄运。由此可见,大学是大学叙事的生活依据和创作源泉,大学叙事是大学的文学想象和形象呈现。没有大学,大学叙事无以依凭;缺少大学叙事,大学形象无法呈现,二者之间相生相随,不可或缺。

　　大学叙事作为一种小说类型,建构起独立的大学叙事空间,塑造了丰富的大学人物形象,开拓了现代文学的表现领域,提供了诸多可资借鉴的艺术经验。然而,从目前已有中国现当文学史著作来看,几乎没有提及"大学叙事"这一概念,更没有把它作为一种小说类型加以关注。因而,在合理界定"大学叙事"的基础上,把它作为一种小说类型,置于二十世纪文学史视野下,进行系统研究,对于梳理中国现代大学的历史变迁,反思中国大学文化精神,探析中国现代知识分子的生存状态和精神轨迹,以及对于当前中国特色社会主义的文化构建和高等教育改革都应该具有较为重要的价值意义。

---

　　①　杨沫:《青春之歌》,人民文学出版社,1979 年,第 673—675 页。

主要参考文献

一、著作、史料类

1. 蔡元培:《蔡元培全集》,中华书局,1984 年。

2. 周予同:《中国现代教育史》,良友图书公司,1934 年。

3. 陈东原:《中国妇女生活史》,商务印书馆,1937 年。

4. 中共中央文献研究室:《三中全会以来重要文献汇编》,人民出版社,1982 年。

5. 中央教育科学研究所:《中华人民共和国教育大事记(1949—1982)》,教育科学出版社,1983 年。

6.《中国教育成就:统计数据 1949—1983》,人民教育出版社,1984 年。

7. 陈学恂、田正平:《留学教育》,上海教育出版社,1991 年。

8. 高奇:《新中国教育历程》,河北教育出版社,1996 年。

9. 李华兴:《民国教育史》,上海教育出版社,1997 年。

10. 余英时:《中国知识分子论》,河南人民出版社,1997 年。

11. 陈平原:《中国大学十讲》,复旦大学出版社,2002 年。

12. 许纪霖:《中国知识分子十论》,复旦大学出版,2003 年。

13. 舒新城:《舒新城教育论著选》,人民教育出版社,2004 年。

14. 田正平、商丽浩:《中国高等教育百年史论》,人民教育出版社,2006 年。

15. 杨东平:《中国教育公平的理想与现实》,北京大学出版社,2006 年。

16. [加拿大]许美德:《中国大学 1895—1995》,许洁英译,教育科学出版社,2000 年。

17. 杨义:《中国现代小说史》,人民出版社,1998 年。

18. 贾植芳等:《文学研究会资料》,河南人民出版社,1985 年。

19. 申丹:《叙述学与小说文体学研究》,北京大学出版社,1998 年。

20. 罗钢:《叙事学导论》,云南人民出版社,1999 年。

21. 陶东风:《社会转型与当代知识分子》,上海三联书店,1999 年。

22. 袁方等:《社会学家的眼光:中国社会结构转型》,中国社会出版社,1998 年。

23. 钱理群等:《中国现代文学三十年》,北京大学出版社,1998 年。

24. 陈思和:《中国当代文学史教程》,复旦大学出版社,1999 年。

25. 洪子诚:《问题与方法》,生活·读书·新知三联书店,2002 年。

26. 蓝爱国:《解构十七年》,华东师范大学出版社,2003 年。

27. 郑也夫:《知识分子研究》,中国青年出版社,2004 年。

28. 易晖:《"我是谁——新时期小说中知识分子的身份意识研究"》,百花洲文艺出版社,2004 年。

29. 查建英:《八十年代访谈录》,生活·读书·新知三联书店,2006 年。

30. 程文超等:《中国当代小说叙事演变史》,中国社会科学出版社,2006 年。

31. 王卫平:《中国现代知识分子小说史论》,中国社会科学出版社,2009 年。

32. 王智、郭德宏主编:《知识分子与近现代中国社会》,湖北人民出版社,2009 年。

33. 许子东:《重读"文革"》,人民文学出版社,2011 年。

34. 陈小手:《故国人民有所思》,三联书店,2013 年。

35. 张旭东:《改革时代的中国现代主义——作为精神史的 80 年代》,北京大学出版社,2014 年。

36. [美]萨伊德:《知识分子论》,单德兴译,生活·读书·新知三联书店,2002 年。

37. [英]约翰·亨利·纽曼:《大学的理想》,徐辉等译,浙江教育出版社,2001 年。

38. [英]海斯汀·拉斯达尔:《中世纪的欧洲大学》,重庆大学出版社,2011 年。

39. [英]杰拉德·德兰迪:《知识社会中的大学》,黄建如译,北京大学出版社,2010 年。

40. [英]米克:《论反讽》,周发祥译,昆仑出版社,1992 年。

41. [美]华莱士·马丁:《当代叙事学》,伍晓明译,北京大学出版社,2005 年。

42. [法]热奈特:《叙事话语·新叙事话语》,王文融译,中国社会科学出版社,1990 年。

43. [美]苏珊·S·兰瑟:《虚构的权威》,黄必康译,北京大学出版社,2002 年。

44. [英]乔治·拉伦:《意识形态与文化身份》,戴从容译,上海教育出版社,2005 年。

45. [法]丹纳:《艺术哲学》,傅雷译,天津社会科学院出版社,2004 年。

46. 马克斯·韦伯:《学术与政治》,广西师范大学出版社,2010 年。

二、论文类

1. 温儒敏:《论郁达夫的小说创作》,《中国现代文学研究丛刊》,1980年第2期。

2. 刘再复:《论文学的主体性》,《文学评论》,1985年第6期。

3. 康林:《论"五四"时期知识分子题材小说的中心冲突》,《中国社会科学》,1986年第6期。

4. 陈平原:《传统的创造性转化与小说叙事模式的转变》,《文艺研究》1987年第5期。

5. 李晓峰:《浅议大学生活小说的知识蕴含》,《当代文坛》,1987年第1期。

6. 李玲:《青春女性的独特情怀——"五四"女作家创作论》,《文学评论》,1998年第1期。

7. 刘潮临:《论大学形象》,《湖北社会科学》,2003年第10期。

8. 孙先科:《〈青春之歌〉的版本、续集与江华形象的再评价》,《河南大学学报》,2005年第2期。

9. 高超群:《80年代和80年代人》,《南风窗》,2006年第9期。

10. 钱超英:《流散文学与身份研究》,《中国比较文学》,2006年第2期。

11. 陈平原:《文学史视野中的"大学叙事"》,《北京大学学报》,2006年第2期。

12. 侯志军:《大学叙事与院校研究》,《高等教育研究》,2007年第8期。

13. 罗振亚:《悖论与焦虑:新文学中的"文体互渗"》,《湘潭大学学报》,2008年第6期。

14. 凌宇:《联大时期沈从文的知识分子观》,《湖南师范大学社会科学学报》,2008年第1期。

15. 朱旭东:《论大学课堂学术文化的重建》,《清华大学教育研究》,2011年第3期。

16. 赵毅衡:《反讽:表意形式的演化与新生》,《文艺研究》,2011年第1期。

17. 罗志敏:《"学术伦理"诠释》,《现代大学教育》,2012年第2期。

18. 雷鸣、赵家文:《消费文化与20世纪90年代以来大学题材小说的叙事成规》,《文艺评论》,2014年第1期。

三、作品类

1. 鲁迅:《鲁迅全集》,人民文学出版社,1981年。

2. 郭沫若:《沫若文集》,人民文学出版社,1979年。

3. 郁达夫:《郁达夫文集》,花城出版社,1982年。

4. 茅盾:《茅盾全集》,人民文学出版社,1984年。

5. 巴金:《巴金全集》,人民文学出版社,1988年。

6. 张资平:《资平自选集》,上海乐华图书公司,1933年。

7. 老舍:《老舍全集》,人民文学出版社,1999年。

8. 陈衡哲:《民国女作家小说经典·陈衡哲小说》,上海古籍出版社,1997年。

9. 冰心:《冰心全集》,海峡文艺出版社,1999年。

10. 庐隐:《象牙戒指》,人民文学出版社,2009年。

11. 苏雪林:《棘心》,群众出版社,1999年。

12. 司马文森:《尚仲衣教授》,上海文化生活出版社,1947年。

13. 钱锺书:《围城》,上海晨光出版公司,1947年。

14. 鹿桥:《未央歌》,黄山书社,2008年。

15. 齐同:《新生代》,人民文学出版社,1957年。

16. 张爱玲:《张爱玲文集》,安徽文艺出版社,1992年。

17. 宗璞:《宗璞文集》,华艺出版社,1996年。

18. 程树榛:《大学时代》,人民文学出版社,1980年。

19. 康式昭、奎曾:《大学春秋》,人民文学出版社,1981年。

20. 扎拉嘎胡:《红路》,人民文学出版社,1981年。

21. 杨沫:《青春之歌》,人民文学出版社,1979年。

22. 汉水:《勇往直前》,百花文艺出版社,1981年。

23. 张中行:《流年碎影》,中国社会科学出版社,1997年。

24. 何兆武:《上学记》,三联书店,2006年。

25. 刘绍棠:《我是刘绍棠》,团结出版社,1996年。

26.《大学生活小说选》,花城出版社,1984年。

27. 梁晓声:《梁晓声作品自选集》,漓江出版社,1996年。

28. 王新纪、陶正和田增翔:《魂兮归来》,中国青年出版社,1980年。

29. 戴厚英:《人啊,人!》,广东人民出版社,1980年。

30. 袁越:《大学城》,中国文联出版公司,1987年。

31. 金岱:《侏儒》,中国文联出版公司,1989年。

32. 方方:《方方文集》,江苏文艺出版社,1996年。

33. 汤吉夫:《汤吉夫中篇小说选》,百花文艺出版社,1996年。

34. 汤吉夫:《大学纪事》,花山文艺出版社,2007年。

35. 蓝棣之、李复威主编:《世纪病:别无选择》,北京师范大学出版社,1989年。

36. 陈染:《纸片儿》,作家出版社,2001年。

37. 霍达：《穆斯林的葬礼》，人民文学出版社，2005 年。

38. 冯俐：《北京夏天》，中国社会出版社，2009 年。

39. 倪学礼：《大学门》，北岳文艺出版社，2009 年。

40. 史生荣：《所谓教授》，春风文艺出版社，2004 年。

41. 史生荣：《所谓大学》，作家出版社，2009 年。

42. 马瑞芳：《蓝眼睛·黑眼睛》，中国文联出版公司，1993 年。

43. 马瑞芳：《感受四季》，北京十月文艺出版社，1999 年。

44. 马瑞芳：《天眼》，北京出版社，1998 年。

45. 曹征路：《曹征路中篇小说选》，时代文艺出版社，2004 年。

46. 陈世旭：《裸体问题》，中国青年出版社，1993 年。

47. 南翔：《大学轶事》，花城出版社，2001 年。

48. 张者：《桃李》，人民文学出版社，2002 年。

49. 李师江：《中文系》，人民文学出版社，2010 年。

50. 葛红兵：《沙床》，长江文艺出版社，2003 年。

51. 邱华栋：《教授》，长江文艺出版社，2008 年。

52. 李洱：《遗忘》，人民教育出版社，2012 年。

53. 阿袁：《郑袖的梨园》，21 世纪出版社，2011 年。

54. 李劼：《丽娃河》，内蒙古人民出版社，1999 年。

55. 格非：《欲望的旗帜》，春风文艺出版社，2005 年。

56. 王宏图：《风华正茂》，上海文艺出版社，2009 年。

57. 马以鑫：《黄花堆积》，上海文艺出版社，2010 年。

58. 郭敬明：《小时代》，长江文艺出版社，2011 年。

59. 阎真：《活着之上》，湖南文艺出版社，2014 年。

后　记

　　"久别长相忆,孤舟何处来?"这是唐人刘长卿对朋友李翰不期而至倍感欢悦时的感慨。我想借此来表达最初从陈平原先生那里获悉"大学叙事"时的欣悦和敬意。清晰记得十四年前的一个冬夜,在华东师大访友时幸遇陈平原先生的讲座,题目便是《文学史视野中的"大学叙事"》(翌年发表于《北京大学学报》第2期)。多年以后,丽娃河畔的往事风情都在记忆中失去了踪迹,而"大学叙事"却在心底牵绊至今。自2013年获得国家社科基金立项后,"20世纪以来的中国大学叙事"一直成为伴随左右的话题,甚至2015至2016年在美访学期间也别无旁骛,本书中的大部分章节便是在风景如画的杜克大学完成的,在写作过程中有些已在《文艺研究》《中国现代文学研究丛刊》《光明日报》《西南大学学报》《湖南社会科学》《江西社会科学》等诸多刊物发表过,全书于2016年底成稿,2017年5月正式结项,2018年12月获得南昌大学哲学社会科学学术精品培育资助。

　　虽然"五四"以来,大学便作为一个独特的叙事空间进入了现代作家的文学视野,但是1990年代以前大学叙事并未引起人们的足够关注。直至上世纪末以来,大学扩招和高校合并等重要事件使得转型中的大学成为社会关注的热点,以大学校园和学院人物为表现对象的大学叙事逐渐繁盛一时,关于大学叙事的研究也日益得到重视,但多限于相关作品的阐释分析,"大学叙事"作为一个独立完整的对象进入学者研究视野的仍不多见,更缺少系统性和整体性的研究专著。由于研究对象的复杂性,涉及的时间跨度大,再加上笔者理论知识和研究能力的局限,拙著在结构体系上显然不够完善,对于一些大学叙事文本也存在诸多遗漏,尤其是近两年的一些重要作品都没法再补充进去,这是引以为憾,并请方家指正批评的。然而,本书第一次全面梳理了20世纪以来中国大学叙事的发展衍变,分析了不同时期大学叙事的艺术经验与不足,考察了大学叙事中现代知识分子的生存状态和大学文化精神,初步形成了关于20世纪以来中国大学叙事的整体研究,在一定程度上开拓了现代文学的研究空间,应该具有一定的学术价值,对于反思中国大学文化精神、促进当下仍在行进着的大学叙事创作也应具有一定的借鉴意义。

像此前出版的拙著《上海文化与现代派文学》《中国左翼文化思潮与现代主义文学嬗变》《古典韵致与现代焦虑的双重变奏》《生命意识与文化启蒙》一样,《20世纪以来中国大学叙事研究》也是本人学术人生中的一个重要见证,虽仍朴拙,但见增长。在一个文学日益边缘化、学术渐趋工具化的商品经济时代,这当然不止是一种自我确证的方式,更是一种面对生活的姿态。当然,在此我要真诚地感谢导师陈思和先生当初在项目开题时亲临指导和后来在百忙之中为拙著写序,感谢导师杨剑龙先生一直以来的鼓励和指导,感谢南昌大学社科处胡伯项先生的支持和帮助,感谢上海三联书店钱震华先生为拙著付出的心血和努力,感谢仍操劳不辍的父母对我的培育和期许,感谢爱人姜国华女士和女儿李萌对我的默默支持,愿在师友亲人的帮助和支持中继续前行。此外,需要特别提及的是,近期新冠状病毒由武汉而肆虐至全国,给国人制造了难言的伤害和惶恐,谨向那些奋战在抗疫前沿的勇士们致以特别的敬意,

2020年2月

图书在版编目(CIP)数据

20世纪以来中国大学叙事研究/李洪华著.
—上海:上海三联书店,2020.10
ISBN 978-7-5426-7162-2

Ⅰ.①2… Ⅱ.①李… Ⅲ.①小说研究—中国—当代
Ⅳ.①I207.42

中国版本图书馆CIP数据核字(2020)第166434号

20世纪以来中国大学叙事研究

著　　者　李洪华

责任编辑　钱震华
装帧设计　陈益平

出版发行　上海三联书店

　　　　　　中国上海市漕溪北路331号
印　　刷　上海昌鑫龙印务有限公司

版　　次　2020年10月第1版
印　　次　2020年10月第1次印刷
开　　本　700×1000　1/16
字　　数　350千字
印　　张　24.25
书　　号　ISBN 978-7-5426-7162-2/I·1656
定　　价　88.00元